KB168636

新譯

月軒集

羅州丁氏月軒公派宗會 編
丁範鎭 監修
鄭相泓 · 李聖浩 共譯

2009

東文選

月軒集

간행사

월헌공(月軒公)은 파란 많던 연산군 · 중종 시대를 사셨던 우리의 중시조이시다. 난세에서는 스스로 몸을 숨겨 학문과 도리를 닦았고, 성세(聖世)에서는 위국진충(爲國盡忠)하신 조선조의 모범적인 문신(文臣)이었다. 그리고 만년에는 공명을 멀리 하고 나라의 은혜를 듬뿍 받으면서 몇몇 지기(知己)들과 더불어 시가(詩歌)로 대자연과 세상을 읊으면서 서로 화창하시며 유유자적(悠悠自適)하시다가 일생을 마치셨다.

공의 유문(遺文)은 우리 문중에서 가장 먼저 《월헌집》으로 세상에 알려졌다. 물론 이보다 앞서 공의 사형이신 교리공(諱壽崑)의 유문이 있었지만 이는 공이 35세라는 비교적 이른 연세에 세상을 떠나신 탓에 일찍이 간행되지 못하였고, 훗날 월헌공의 문집이 아드님 공안공(諱玉亨)에 의해서 상재(上梓)될 때 비로소 권미의 부록으로 세상에 알려졌을 뿐이다.

《월헌집》 이후로는 《삼도관방록(三道關防錄)》《고암집(顧巖集)》《덕암집(德巖集)》 등등 수십 종의 유집이 간행되었으나 병화(兵火) 등으로 후손들이 잘 보존하지 못하여 안타깝게도 거의 유실되었고, 현재는 《월헌집》을 비롯해서 《우담집(愚潭集)》《해좌집(海左集)》《여유당전서(與猶堂全書)》 등 수종이 남아 있을 뿐이다. 그러나 이 네 문집만으로도 문학 상, 성리학 상, 실학 상으로 조선의 학계에서는 교교자(佼佼者)임에 틀림이 없고, 따라서 우리 후손들의 자랑이 아닐 수 없다.

월헌공의 유문은 비록 방대하지는 못하지만 우리 문중에서는 첫번째로 간행된 문집이라는 점과 그 위에 영조대왕이 "昔見湖洲集 今何聞此編"이라고 한 감동의 어제어필이 붙어 있다는 점이 무엇보다도 광영이라 하겠다. 그리고 또 연민 이가원 박사도 언급했듯이 치국여치병부(治國與治病賦) 포절군전(抱節君傳) 등 작품의 문학적 가치와 공이 남긴 한시가 훗날 권필(權韠) · 정철(鄭澈) 등 문호의 시풍(詩風)을 열어 주었다는 점은 높이 살 만한 공적일 것이다.

공의 문집은 애초에 차자인 공안공(恭安公, 諱玉亨)께서 제1간본을 낼 당시부터 월헌공 단 한 분의 문집이 아니었다. 즉 첫머리에는 선친인 서령공(署令公, 諱子伋)의 유시(遺詩)를 붙였고, 권말에는 백씨인 교리공(校理公, 諱壽崑)의 시와 문이 부록되어 있었다. 그러나 그것은 서령공이나 교리공의 남긴 시문이 단행본으로 내기에는 그 분량이 적어서 어쩔 수 없이 합편(合編)했던 것이지 그렇지 않았다면 《월헌집》에 부록할 까닭이 없었다.

그 이후로 우리 선조님들은 조금씩 남아 있던 역대 조상님들의 유문을 《월헌집》의 판본이 나올 때마다 계속해서 부록으로 첨가하기에 이르렀다. 그러다 보니 《월헌집》이 마치 세고(世稿) 비슷한 모양새가 되고 말았던 것이다. 어디 그뿐인가? 근자에 와서는 별로 관계도 없는 삽화, 검증도 안 해본 선조님들의 유묵들, 더더욱 놀라운 것은 소위 '계고편' 이란 것을 부록하였는데 여기에는 그야말로 잡동사니 문장들이 난잡하게 실려 있고, 심지어는 우리 역대 조상님들이 그렇게도 부인하시던 시조 동래설(東來說)을 인정하는 글까지도 포함되어 있었다.

이상과 같이 세보도 아닌, 족보도 아닌, 보학사전(譜學辭典)도 아닌, 만신창의 《월헌집》이 이제야 겨우 온갖 무겁고 힘들었던 짐들을 다 훌훌 벗어던지고, 순수한 월헌할아버지만의 시문들이 명료하고 값지게 새로운 모습으로 세상에 알려지게 되었다. 이는 진정 《월헌집》의 결정적인 신판이라고 해도 과언은 아닐 것이다. 참으로 기쁘고 후손으로서 긍지를 느끼지 않을 수 없다.

공의 문집은 정확히 말하자면 이번이 그 여섯번째 간행본이다. 지난 세월 속에서 다섯 번이나 되는 간행을 추진하면서 매회 실무에 임했던 역대 실무진 여러분의 많은 노력과 공로가 있었을 것으로 믿어, 이 자리를 빌려 감사를 표하는 바이다. 아울러 이번 제6간본 월헌집을 간행함에 있어 그 총책을 맡아 감수의 역할을 해주신 범진 대부님, 그리고 새로운 번역 작업을 충실히 해주신 동양대학교 정상홍(鄭相泓) 교수와 전 성균관대학교 강사 이성호(李聖浩) 선생, 마지막으로 어려운 여건에도 불구하고 출판을 맡아주신 동문선(東文選)의 신성대(辛成大) 사장님 등 여러분들에게 우리 종회를 대표해서 깊은 감사의 말씀을 전한다.

2008년 12월 세모(歲暮)에

월헌공 18대손 명식(明植) 근지(謹識)

역대 《월헌집(月軒集)》의 간행 경위 및 그 내용의 변천

월헌공은 경전(經傳)과 서사(書史)에 해박한 지식을 시문(詩文)으로 발산함으로써 그 평담(平淡)하고 전아(典雅)함이 옛 문인의 풍체(風體)를 갖추고 있었다. 거기에다 속세의 영리를 멀리하고 유속(流俗)을 벗어나 우유자락(優遊自樂)하는 기상으로 만년에는 몇몇 지기(知己)들과 더불어 수창불철(酬唱不輟)하면서 일생을 마치시니 그 남긴 시 또한 적지 않았다. 이 수많은 명작들을 어찌 건협(巾篋) 속에 묶어만 둘 수가 있었겠는가?

공이 세상을 버리신 지 16년이 되던 해에, 공의 차남 공안공(恭安公, 휘 玉亨)은 그 시문(詩文)을 처음으로 상재(上梓)하였다. 공안공은 조선조 중종 37년(1542) 임인에 《월헌공유집(月軒公遺集)》 3권을 성주부(星州府)에서 간행하였는데, 앞에는 조부 서령공(署令公, 휘 子伋)의 시를 붙이고 뒤에는 백부 교리공(校理公, 휘 壽崑)의 시문을 붙여서 간행하였다. 그리고 자신의 발문을 권말에 붙였지만 거기에는 다만 선친 월헌공의 천성 · 학문 · 교우관계, 그리고 할아버지와 아버지 형제, 이렇게 세 분이 등과(登科)하여 사환(仕宦)의 길로 나아간 입신양명에 대한 긍지 등을 언급하였을 뿐, 문집간행에 관한 상세한 언급은 하지 않았다. 이것이 바로 **《월헌집》의 초간본**인데 애석하게도 출간된 지 약 반세기만에 임진왜란을 만나 간행 반포된 책자는 물론 그 판각마저 모조리 잃어버리고 말았다.

그런데 다행히도 또 40여 년이 흐른 인조 14년(1636) 병자호란이 일어났을 때, 공의 5대손 교리공(휘 彥璧)이 난을 피해 영남지방으로 갔다가 마침 어떤 선비의 집에서 《월헌집》 한 질을 구하게 되어서 여러 후손들이 서로 베껴서 전하였다. 그러나 그 문집은 칠언절구 14수가 결손된 것이어서 여간 애석하고 원통한 일이 아니었다. 그런데 그 후 또다시 50여 년이 흐른 뒤, 병사(兵使) 이익형(李益亨)이란 사람이 단천(端川)으로 귀양갔다가 우연히 한 민가에서 전사(傳寫)한 《월헌집》 수권(首卷)을 구해서 공의 자손에게 돌려줌으로써 천만다행으로 마침내 《월헌집》은 본래의 모습을 되찾게 되었다.

그 후 약 16년이 흐른 숙종 28년(1702) 임오에, 공의 6대손 참의공(參議公, 휘 時潤)이 순천부사였을 때, 《월헌집》을 처음으로 활자로 중인(重印)하였는데, 거기에는 공안공의 차운시(次韻詩) 수편이 애초에 이미 원시의 밑에 붙여져 있었고, 또 월헌공의 손자 충정공(忠靖公, 휘 應斗)의 시 약간편이 이때 편말에 추가로 붙여져 4세 5공의 시문이 한 책 속에 모아졌으니 문집은 마치 세고(世稿)와 흡사하게 되었다. 이것이 바로 **《월헌집》 제2간본**이다.

그로부터 약 70년이 흘러간 영조 49년(1773) 계사에, 공의 10대손 해좌공(海左公, 휘 範祖)이 호당(湖堂) 출신으로 승지(承旨)에 발탁되어 있었을 때, 영조대왕이 "경의 선조 중에 문집을 간행해야 할 분이 누가 있는가?"라고 물었다. 이때는 당쟁의 여풍이 심하여 언행을 매우 조심해야 할 때였으므로 차마 《우담집(愚潭集)》이 있다는 말은 하지 못하고 한참을 망설이다가 시대를 훨씬 올라가서 당쟁과는 아무 관련이 없는 시대의 문집으로 이미 간행된 바가 있는 《월헌집》이 있음을 진언하였던 바, 영조는 어람하고 나서 하교하기를 "내 일찍이 근세의 문집들이 없어지는 것이 너무 많음을 고민하였는데, 이것은 4세의 시문을 3권에 모아 놓았으니 참으로 귀한 것이로다"라 하면서 친히 "昔見湖州集, 今何聞此編(전일에는 호주집이 있음을 알았는데, 오늘은 또 이런 문집이 있다는 말을 듣는구나)"라고 10개 글자를 써주면서 책머리에 싣게 하고, 바로 호남의 도신(道臣)에게 유시하여, 다시 간행해서 그 중 한 질은 어전에 진상하고, 또 한 질은 동궁으로 보내라고 교시하였다. 이렇게 간행된 것이 바로 **《월헌집》 제3간본**으로 오늘날 우리가 볼 수 있는 가장 오래된 판본이다.

제3간본의 권수에는 어제어필 열 글자를 위시해서 호조판서 채제공(蔡濟恭)이 삼가 하교문(下教文)을 받들어 쓴 것이 있으며, 예조판서 권유(權愈)의 서문, 그리고 이어서 해좌공의 상세한 '월헌집중간시말(月軒集重刊始末)'이 붙어 있고, 권말에는 해좌공의 발문과 역시 10세손, 휘 재원(載遠)의 발문이 나란히 실려 있다. 이 제3간본 《월헌집》을 통해서 지금 우리는 《월헌집》 원집의 모습을 읽을 수가 있고, 《월헌집》이 그 당시에 이르기까지의 실득(失得)했던 경위 등 간행 시말(始末)도 '중간시말(重刊始末)'을 통해서 소상하게 알 수가 있게 되었으니 그 얼마나 다행한 일인지 모르겠다.

여기서 충정공(忠靖公)의 유고는 1702년 중간(重刊) 때에는 흩어져 없어진 것이 많았기 때문에 많이 보충하지는 못하고 약간 편을 편말에다가 추가하여 붙였고, 제3간이 나올 때까지 남에게 써준 시나 편지 등에서 어렵게 찾아내어 그 중에서 공의 시가 확실한 것으로 5언절구 1수(寄鄭林塘惟吉案下), 7언절구 3수(紀夢·滿月臺懷古·題無盡臺), 5언율시 3수(同李知事賢輔遊映湖樓·挽李知事賢輔·挽吳判書準母夫人金氏), 7언율시 3수(次風詠亭板上韻·奉別金榮川絪令公赴任官司·挽黃貳相士佑)를 차례로 보충하게 되었음을 알 수 있다. 그밖의 문집의 내용은 처음부터 제3간에 이르기까지 별로 큰 변동은 없었던 것 같다.

그 후 약 170년이 흘러간 1939년경에, 그러니까 지금으로부터 65여 년 전에, 우리 문중에서는 《월헌집》이 귀하여 후손들이 구해 보기가 어려워지자 이를 다시 간행하기로 하였는데, 지지부진 그 일을 추진하지 못하고 있다가 그 후 21년이 흐른 1960년에 《월헌집》에 앞서 족 증조 대의(大懿) 씨의 이름이 붙여진 《금성세고(錦城世稿)》 6권 3책이 호남의 적벽(赤壁)에서 출간되었다. 그리고 계속해서 이른바 **제4간 《월헌집》**을 간행하기로 하고, 이가원(李家源) 박사에게 청탁해서 그 서문까지 받았다. 그런데 어쩐 일인지 오늘날 이 제4간본 《월헌집》은 거금 45년의 세월이 흘러갔을 뿐인데 단 한 권도 남아 있는 것이 없고, 단 한 사람도 보았다는 이 없다. 그런데 제5간본 《월헌집》을 낼 때에는 제4간본의 서문은 이가원(李家源), 발문은 김사진(金思鎭)이 쓴 것으로 인용해 놓았다. 그것도 김사진 씨의 발문은 《금성세고》에 쓴 것과 똑같은 내용이었다. 이런 사실을 어떻게 이해를 해야 할 것인지 신중히 검토를 해야 할 것으로 믿는다.

범진이 지금 생각건대, 이가원 박사의 서문에 보면, 당시 《금성세고》를 발간하고 나서 정문(丁門)에서는 곧바로 또 제4간 《월헌집》을 발간하기로 하고 그 서문을 부탁하였는데, 자신은 이미 《금성세고》를 편찬할 때 교감(校勘)을 해준 적이 있으니 이번 일에도 사양할 수가 없다고 하면서 서문을 쓴다고 했다. 그런데 그 서문이 들어 있는 《월헌집》은 지금 어디에서도 찾아볼 수가 없는 것이다. 그래서 그 당시 설령 《월헌집》을 발행하였다고 하더라도 그것은 아주 극소수의 제3간본을 있는 그대로 다시 찍어 발행해서 간행되자마자 곧 다 없어졌거나, 그렇지 않으면 본래의 계획은 전례(前例)대로 《월헌집》에 또다시 나중에 수집된 다른 선조들의 유고를 추가해서 제4간본을 간행하려고 하였지만 실제로 일에 접하고 보니, 다시 추가해야 할 유고가 '월봉선생유고(月峰先生遺稿)' '삼양재선생유고(三養齋先生遺稿)' '전첨공유고(典籤公遺稿)' '고암공유고(顧菴公遺稿)' '초암공유고(草菴公遺稿)' '도헌공유고(都憲公遺稿)' '동원공유고(東園公遺稿)' 등 너무 많아 한 권으로 수용하기가 어려웠을(당시는 현색본 석판인쇄였다) 뿐만 아니라 재정도 여의치 않고 해서, 부득불 본래의 계획을 바꾸어서 우선 분량이 비교적 많은 월봉선생(공안공), 삼양재선생(충정공), 동원공 등 세 유고의 유고를 주로 하고, 고암공·초암공·도헌공의 유고를 곁들여서(전첨공의 유고는 이때까지는 아직 찾아낸 것이 없었던 것 같다) 별도로 《금성세고》를 간행하고, 그런 연후에 또 《월헌집》 제4간을 추가로 발행하고자 이가원 박사에게 제4간본 《월헌집》 서문까지 받았으나 그 후 출판 사정이

여의치 않아 《월헌집》 제4간본 출판을 포기했던 것이 아닌가? 하는 생각이 강하게 든다. 만약에 그렇다면 《월헌집》 제4간은 실행되지 않았으니 보이지 않는 것이 당연하다 하겠다.

어쨌든 지금은 남아 있는 제4간본 《월헌집》을 보았다는 사람이 없고, 또 그 당시(1960)에 문집 출판에 참여했던 분이 아무도 생존해 있지 않으니 분명하게 단언하기도 어렵다. 그러나 김사진 선생의 발문은 분명히 《금성세고》의 발문으로 쓴 것으로 거기에 맞게 사용해서 《금성세고》를 발행하였다. 이런 사실을 감안한다면, 후인들이 《금성세고》의 발문을 마치 제4간본 《월헌집》의 발문으로 착각하고 있었거나 아니면 더 큰 착각으로 《금성세고》를 제4간본 《월헌집》으로 인식했던 것은 아니었는지 의심이 간다. 어쨌든 지금은 이상 두 분의 서문과 발문을 모두 제4간본 《월헌집》에 해당하는 것으로 알고 있으니 이는 사실과는 다른 잘못된 인식이라고 보여 진다.

선성(宣城) 김사진 선생의 발문에 보면, "내 《금성세고》를 읽고 나서…" "…누차 산정을 거쳐서 세고 6권으로 편성하였다"라는 말 등이 있는 것을 보면 이는 분명 《금성세고》의 발문이지 《월헌집》에는 해당하는 말이 아니다. 그런데 《월헌집》 제5간본을 낼 때는 이가원 · 김사진 두 분의 서문과 발문이 모두 《월헌집》의 것으로 소개되어 있고, 족숙 규염 씨는 '편집전말소회(編輯顚末所懷)' 에서 "족조 대의 씨께서 주력하시어 1960년 경자에 4간을 내셨으니 지금에 우리들이 볼 수 있는 책의 거개가 이 4간본들이라 할 것이다"라고 말하고 있는 것을 보면 이는 당시의 정황을 확실히 알지도 못하면서 어설픈 짐작이나 또는 착각으로 한 말로밖에 볼 수 없다. 어쨌든 제4간 《월헌집》은 모든 정황을 살펴볼 때 발행되지 않았던 것이 거의 확실하다.

그 후 17년이 흘러간 1977년 정사에, 족숙 규염(奎琰) 씨가 종회장으로 있을 때, 최초로 국역본 《월헌집》을 발행하였다. 이것이 통칭 **제5간본(?) 《월헌집》**인데, 이는 옛날과 같은 현색본이 아니고 현대식 활자로 조판한 책자이므로 더 많은 분량도 다 수용할 수가 있었으므로 간행 이래 모든 선조들의 유고가 총망라되어 있다. 그 형식도 목차를 보면 완전히 세고(世稿)의 형태를 갖추고 있다. 즉 《월헌집》을 본문으로 하고 그밖의 선조들의 유고를 그전처럼 부록으로 처리한 것이 아니고, 모든 선조들의 유고를 시대 순으로 나열해서 편집하였다. 그런데 다만 교리공의 유고가 아우인 월헌공의 유고 뒤에 편집된 것은 모순으로 지적할 수 있겠으나 이는 아마도 책의 명칭이 《월헌집》이어서 월헌공을 중심으로 엮었기 때문이었을 것으로 보인다. 그리고 여기에는 처음으로 공안공의 유고가 대량으로 추가되고, 충정공의 시(李退溪滉輓, 金判書虛白堂楊震輓, 湖叟朴君台

壽壽筵詩, 安思齋處順輓 등)와 문이 역시 대량으로 추가되었으며, 또한 고암공 · 초암공 · 도헌공의 유고 이외에 전첨공의 유고도 새로 추가되었다. 그래서 결국 5대 9공의 유고가 한 책자에 모여진 세고 같으면서도 완전한 세고가 아닌 다소 혼란스러운 문집이 되었다고 하겠다.

뿐만 아니라 문집 앞에는 마치 족보를 연상케 하는 역대 선조들의 묘지 · 묘갈 · 신도비 · 행장 등의 문장이 다 실려 있다. 이는 지난날 족보가 없거나 혹은 흔하지 않았을 때에는 그런 문장들을 수록할 곳이 없어서 그렇게 할 수도 있다고 하겠지만 그러나 근래에는 족보가 있어서 그런 문장들을 다 수용하기 때문에 문집에 추가해 놓는다는 것은 잘못된 것이며, 보기에도 좋지 않다.

또 문집 뒤에 붙인 계고편(稽古編)에는 각종 자료와 참고 문장들이 수도 없이 실려 있는데, 여기에는 심지어 정확하지도 않고 또 가문(家門)의 전통이나 선조들의 유잠(遺箴)에도 어긋나며, 그리고 우리 상계(上系) 문제와 역사적인 사실에도 맞지 않는 엉터리 잡문도 많이 뒤섞여 있다. 이런 것은 지극히 잘못된 것으로 월헌공 시문(詩文)의 순수하고 고귀한 문예 가치를 크게 훼손한 것으로서 조속히 폐기되어야 할 것이다.

다만 난해한 한문으로 된 원문을 처음으로 국역하여 후손이나 또는 강호 제언(諸彦)들에게 처음으로 원문에 쉽게 접근하게 할 수 있게 하였다는 사실에 대해서는 그 노고에 찬사를 보내야 할 것이다. 그러나 여기에도 교정에 철저를 기하지 못한 까닭에 오자가 너무 많고, 오역한 곳 또한 적지 않음은 참으로 유감스러운 일이 아닐 수 없다. 또 아쉬운 것은 이때 제4간본 간행에 관한 자세한 언급을 한 것이 없어서 많은 의아심을 낳게 하고 있다는 점이다.

그 후 다시 19년이 흐르자《월헌집》은 다시 품귀 현상이 나타나게 되고, 종회에서는 이런 점을 감안해서 하는 수 없이 1996년 병자에, 이른바 **제6간본(?)《월헌집》**을 발행하였다. 당시의 종회장은 지금의 회장인 족질 해창(海昌) 씨로 서문을 썼고, 족손 주영(周榮) 씨가 '《월헌집》 6간 발간에 즈음하여' 라고 제한 간행사를 썼다.

이 간행사에는 제6간본을 내게 된 동기에 대하여 다섯 가지의 요인을 밝혀 놓았다. 그 중 넷째와 다섯째의 요인은 논외로 하고, 앞의 세 가지 요인을

첫째는 제5간이 나온 지 근 20년이 되어 책이 절판됨으로써 이를 가지고 싶어하는 종인은 많으나 구할 길이 없고,

둘째는《월헌집》원본과 대조해서 오자가 많을 뿐만 아니라 한글 철자법에 맞지 않는 자가 많아 이를 바로잡아야 하겠고,

셋째는 편집순서에도 바꿔야 할 부분이 많다.

라고 설명하고 있다. 그 애초의 의도는 참으로 좋았으나 이 중에서 첫번째의 목적은 그런대로 달성한 것으로 보이나 그 두번째와 세번째의 기도했던 바는 전혀 그대로 되지 않았다. 즉 《월헌집》 본문은 제5간의 원판을 한 자도 수정한 것이 없이 전체를 그대로 다시 인쇄하였기 때문에 오역은 물론, 오자까지 모두가 그대로 남아 있었고, 원문 앞에 잡다하게 늘어놓은 곳에는 별로 상관도 없는 잡문이 더욱 더 흉하게 불어나 있었으며, '계고편' 가운데의 근거도 없는 엉터리 문장이 고스란히 그대로 다 실려 있다. 그래서 첫번째의 의도도 결국은 잘못된 《월헌집》을 더 많은 곳에 반포한 결과를 초래하였으니 이는 처음부터 시도하지 않은 것만 못한 것이 되고 말았다. 앞으로 제대로 된 《월헌집》이 출간되면 이미 반포했던 제6간본은 남김없이 모조리 회수해야 할 것으로 본다.

이상과 같이 해서 《월헌집》은 1542년 초간본이 나온 이래 제6간본(실은 제5간본)이 나오기까지 벌써 약 460여 년이란 세월이 흘러갔다. 그동안 《월헌집》 원문의 모습은 조금도 달라진 것이 없었지만 오히려 부록은 시대에 따라 점차적으로 불어나서 지금은 원문보다도 부록의 양이 더 많아지게 되었고, 따라서 문집인지 세고인지를 가늠할 수 없을 정도가 되었다. 이는 물론 월헌공 이후의 선조들의 유고를 버릴 수는 없고 그렇다고 면면이 문집으로 발간할 만큼의 분량은 되지 않아 어쩔 수 없이 계속해서 《월헌집》에 부록으로 추가하다 보니 이런 결과를 초래하였겠지만 어쨌든 아무리 생각해 봐도 이는 정상적인 모양새는 아닌 것 같다. 즉 《월헌집》도 그 권위와 형상에 손색을 입었고 세고로서도 모양이 어색해지고 말았다고 할 수 있다.

근자에 범진이 《월헌집》과 《금성세고》를 봉독하고 나서 그러한 점에 대해서 무척 가슴 아픔을 느껴오다가 다행히도 종회의 여러분들의 동의를 얻어 《월헌집》과 《금성세고》를 전면 새로 개편하고 다시 번역해서, 《월헌집》의 진정한 모습을 되찾고, 《금성세고》의 결함을 보완해서 모든 선조들의 유고를 총 정리하기로 결정하고 그 사업에 전념하였다.

그러니까 이번에 간행하는 판본은 실제로는 **《월헌집》 제6간**이 되는 셈이다.

이번 번역은 동양대학의 정상홍(鄭相泓) 교수와 동국대학의 이성호(李聖浩) 연구교수가 나누어서 번역하였는데, 특별히 고려하였던 점을 열거하면 대략 다음과 같다.

1) 기존 번역에 구애됨이 없이 문집 전체를 다시 새롭게 번역하였다.

2) 원문이나 주석을 막론하고 모든 오자를 교정하였으며, 오역한 부분도 적지 않게 찾아내어 바로잡았다.

3) 편집을 새롭게 하여 체제를 완전히 현대식 횡서 체제로 바꾸어 현대인들이 보기에 편리하도록 꾸몄다.

4) 모든 원문은 번역문과 함께 배열하여 대조해서 보기에 편리하도록 하였다.

5) 시의 주석은 바로 밑에, 장시나 긴 산문의 주석은 그 같은 쪽에 각주로 달아 찾아보기에 편리하도록 하였다.

6) 원문과 주석을 막론하고 모두 한글 전용을 하여 모든 사람들이 쉽게 읽을 수 있도록 고려하였다.

7) 월헌공과 직접 관련이 없는 수미(首尾)의 부록은 모두 삭제하였다.

2005년 3월 6일

월헌공 16대손 범진(範鎭) 삼가 적다

月軒 丁壽崗의 思想과 文學

鄭相泓(동양대학교 교양학부 교수)

차 례

1. 머리말

월헌에 대한 논문들이 이미 몇 편 발표되었다.[1] 이 연구들은 처음에는 연산군 때 갑자사화를 만나 장님으로 자처하면서 더 이상의 화를 면하며 대나무를 의인화한 가전체(假傳體)인 《抱節君傳》으로 시작되었고 점차 생애 및 시대 배경과 연계지어 漢詩를 중심으로 연구가 확대되었다. 그 가운데는 월헌의 한시를 외형적으로 분류하고 시의 특징적인 면 등을 분석하는가 하면, 당대 정치사회에 대한 그의 인식과 宦路에서의 갈등양상 등을 살핌으로써 삶의 진행에 따라 시세계가 어떻게 전개되었는지 그 변천 과정 및 시에 투영된 내면 세계의 변모를 파악하는 것을 주제로 삼기도 하였다. 이로써 보면 월헌 연구에 대한 어느 정도 기본적인 틀은 갖추어진 것으로 보인다. 이제는 《월헌집》 내의 연구를 包越하여 좀더 포괄적인 부분, 즉 조선조 한시의 흐름이라는 거시적 관점에서 상호 관련성을 염두에 두고 심층적이고도 다각도로 살펴볼 필요가 있으며 그럴 때가 되었다. 대체적으로 말하면 작품의 주제 중심이나 전후 시인들과의 관계 및 문학작품을 통한 월헌의 사상 탐색 등이 그 연구 대상이 될 것이다.

본고는 기존 연구의 토대 위에서 나아가 월헌공이 삶을 살아간 방식 내지 사상적인 측면을 추출하고자 한다. 그리고 월헌 문학의 가장 두드러진 대상으로서의 '술'과 '달' 등을 중심으로 동시대 또는 전후 시대 시인의 작품과의 대비를 통해 그 심층 의미를 파악하고자 한다.

2. 月軒의 思想 概略

우리가 여기서 말하는 '사상'이란 형이상학의 논리적 사변적인 학문적인 접근을 말하는 것이 아니라 이 세상을 살아감에 자신의 사고와 행위의 기준 및 대인관이나 현실관 등 실제생활 속에서의 자율적인 내외적 규칙을 말한다. 또한 월헌은 시문을 제외하고는 經學이나 기타 제자(諸子) 등에 대한 글이 없기 때문에 소위 철학이라 언명하기는 적절하지 않다.

일단 가족이나 타인의 평가를 살펴본다.

① "…시문을 지으시면 평담(平淡)하면서도 전아(典雅)하여 옛 시인의 풍이 있었다. 염정(廉靜)을 독실히 지켰고, 부모를 사모하는 마음이 지극하셨는데 이것이 시문에 잘 드러나 있으며, 또한 영리(榮利)를 추구하지 않고 유속(流俗)을 벗어나서 한가히 노닐며 자락(自樂)하는 기상도 아울러 엿볼 수 있다"(次子 玉亨의 《月軒集·跋文》).

---

1) 연대순으로 정리하면 다음과 같다. 기타 분량이 적은 문장들은 필자가 누락했을 수도 있을 것이다.
丁奎福, 〈月軒 丁壽崗 小考〉《丁氏彙報》 1972.
金光淳, 〈月軒의 抱節君傳考〉《東洋文化研究(四)》, 경북대학교, 1977.
《韓國 擬人小說 研究》, 새문사, 1987.
金洛鏞, 〈月軒 丁壽崗의 生涯와 文學〉, 고려대 교육대학원 석사학위 논문, 1989.
丁奎福, 〈月軒公의 生涯와 文學〉(月軒文集 解題), 1997.
尹在善, 〈丁壽崗 漢詩 研究〉, 경희대학교 교육대학원 석사학위 논문, 1990.
安名煥, 〈月軒 丁壽崗의 詩世界 研究〉, 영남대학교 교육대학원 석사학위 논문 2001.

② "(공의 성품은) 仁恕孝友, 廉簡謙謹"(次子 玉亨의 〈墓碣陰記〉).

③ "公性**恬貞**故能處昏而哲, 明而讓. **通辨**故能試職內外, 咸有成績, **謹愼**故嘗訓子孫以讓益滿損之義. 旣謝事, 與諸名碩爲耆社會, 觴咏以自娛. 其詩文澹而有法, 本原性情道理, 可以補世敎"(공의 성품은 **고요하고 곧아서** 혼군을 만나서는 명철보신하고 명군을 만나서는 겸양하였으며, **총명하고 지혜롭고 밝게 분별**한 까닭에 능히 안팎의 일을 겪고 봉직하여 모두 공적을 이루었으며, **삼가고 신중한** 까닭에 일찍이 자손들에게 '양보하면 이익이 되고, 차면 손해를 본다' 는 이치로써 가르쳤다. 이미 일을 그만두고는 여러 이름난 큰 선비들과 더불어 기사회를 만들어 술을 마시며 시를 짓는 것으로써 스스로 즐겼는데, 그 시와 문장은 담백하고 법도가 있어 性情과 道理를 근본으로 하였으니 세상의 교화에 도움이 되었다)(丁範祖의 〈墓誌銘〉).

'恬貞' 과 '通辨' 과 '謹愼' 은 월헌의 성품이나 자질을 정리한 것이며, 그 각각의 설명은 그러한 성품이나 자질에 의해 그 일생 동안 실제로 행하거나 성취한 바를 말한 것이다. '通辨' 이란 '聰慧明辨' 즉 '총명하고 지혜로우며 밝게 분별하는 것' 을 말한다.

④ "세도를 꺼리고 진실한 추구한 것은 마치 겁쟁이처럼 보이지만 이는 고의로 그러는 것이 아니고 천성이 그랬다."

"부귀를 뜬 구름과 같이 여겼다."

"50년 동안 관리생활을 하는 동안 언제나 부지런하고 삼가고 조심하였다. 그리고 항상 시를 읊었고, 깊은 물가에 임하듯이 살얼음 위를 걷듯이 조심하라는 말로 자손들에게 당부하였다"(閔壽千 〈墓誌銘(竝書)〉).

⑤ 酒軒 金俊孫이 '月軒' 이라는 軒名을 쓰기를 권유하고 월헌의 청을 받아 쓴 시가 있다.

어스름한 달이 높이 떠서 신선의 거처를 비추는데	淡月高懸照太清
자만을 꺼려서인 듯 차고 이지러짐이 있네	如嫌自滿有虧盈
주인의 마음도 이와 같은지라	主人心地應相似
이를 빌어 집 이름으로 삼고 이 삶을 기탁하네	借此名軒寄此生[2]

2) 酒軒 金俊孫의 시 〈詠月軒〉(《월헌집》 권2. 〈和酒軒詠月軒詩(並序)〉의 '竝序' 에서 인용).

《서경》에 '滿招損, 謙受益'(차면 손실을 불러들이고, 겸양하면 이익을 받는다)라고 했는데, 앞의 ③에서도 나왔지만[讓益滿損] 가까운 벗 주헌은 이미 월헌의 성품을 익히 알고 있는 터인지라 달의 차고 이지러짐을 자만하지 않는 것에 비유하고, 나아가 월헌이 평소 진퇴에 신중한 것과 대비시킨 듯하다.

이상과 같은 내용을 바탕으로 하고 월헌의 시문 속의 내용을 참고하면 대개 다음과 같은 사고의 틀로 정리할 수 있겠다.

2-1. 出處觀

오랜 세월 동안 유학자들의 出處觀은 기본적으로 '窮則獨善其身, 達則兼善(濟)天下'(《孟子·盡心上》)이었다. 상황이 궁하게 되면 홀로 자신의 몸을 선하게 하고, 영달하여 나설 기회가 주어지면 천하 사람들을 선하게 한다는 것이다. 出退가 分明해야 한다는 말이다. 대체로 때를 만나지 못한 不遇한 사람들이 스스로 위로하기 위해 사용하는 경우가 많았지만 修己治人이 그 바탕이 된다. 여기에서 나아가 安分知足으로도 이어진다. 이 窮과 達은 자신의 개인적인 처지에 적용될 뿐 아니라 객관적 사회상황에도 적용된다. 그리고 능동적이나 수동적 또는 임시로나 노년이거나를 막론하고 일단 물러났을 때에는 경영의 논리보다는 安分知足과 自適과 優遊 등의 마음자세가 요구되며 이를 굳이 생활방식과 사상의 영향이라는 잣대로 보면 유가적이기보다는 도가적이라 할 수 있다.

월헌 사상의 가장 큰 틀은 바로 여기에 있다. 〈낙행우위부(樂行憂違賦)〉는 바로 이것을 정면으로 제시하였다.

대저 군자의 출처를 생각하건대	夫惟君子之出處
시운의 통하고 막힘에 관계 있나니	關時運之通塞
문명한 세상을 만나도 숨어서 지낸다는 것은	遇文明而隱晦
나라를 경영하고 세상을 구제하는 큰 덕이 아니요	非經濟之大德
어지러운 세상을 당하여도 굳이 진출한다면	當亂世而干進
어찌 몸을 보존하는 좋은 계책이라 하겠는가	豈保身之良策
혹 나가기도 하고 혹 숨기도 함은	或行而或違兮
세상 도리의 근심됨과 즐거움에 따름이다	隨世道之憂樂

《周易》 乾卦 〈文言傳〉의 初九에 '물에 잠겨 있는 용이니 활동해서는 안 된다' 함은 무엇을 말하는 것인가. 공자가 말하기를 "용은 덕이 있으면서 숨어있는 자이다. 세상을 바꾸려 하지 않고 이름을 이루려고도 하지 않는다. 세상을 도피해서 살아도 근심함이 없고, 자신의 옳은 것이 알려지지 않는다고 해서 근심하지 않는다. **즐거우면 이를 행하고, 근심스러우면 이를 버려서** 확고하여 움직일 수 없는 것이 바로 물 속에 잠겨 있는 용이다"라고 하였다(初九曰潛龍勿用. 何謂也? 子曰, "龍德而隱者也. 不易乎世, 不成乎名, 遯世无悶, 不見是而无悶. **樂**則**行**之, **憂**則**違**之, 確乎其不可拔, 潛龍也")라고 하였다. '違'는 버리거나 거리를 두거나 숨는 것을 의미한다. 賦의 제목을 여기에서 취했다.

자신이 속해 있는 이 세상이 문명의 시기인지 난세인지 눈앞의 사람이 어떤 부류인지는 판단하려면 현실을 적극적이면서도 냉철히 분별할 수 있는 혜안이 있어야 한다. 월헌은 연산조 때 稱病하여 관직을 버림으로써 절조를 지키면서 집안이 더렵혀지지 않음과 동시에 위기도 벗어나면서 더 크게 나아갈 수 있었다.

2-2. 謙讓과 謹愼

월헌의 대표적인 賦의 하나인 〈治國如治病賦〉는 다음과 같이 시작된다.

정형산의 험한 곳을 지나온 자는	歷井陘之險者
평평한 길에 나와도 미끄러지게 되고,	出平道以方蹶
염예퇴를 거쳐 온 자는	過灩澦之堆者
순하게 흐르는 물에 이르러서도 건너지 못한다.	至安流而不濟
진실로 소홀한 곳에서 마음을 놓아 버린다면	苟縱心於所忽
실패하지 않는 것이 드물도다.	鮮不爲乎見敗
나는 병을 다스리는 도리에서	吾於治病之道
나라를 다스리는 큰 훈계를 얻었노라.	得治國之大誡[3]

정형산은 太行山의 지맥이다. 좁고 험한 곳을 지나올 때에는 험하기 때문에 매우 조심하였고 그래서 문제가 없었는데 다 지나와서 평평한 길에 이르러서 미끄러진다는 것이다. 마찬가지로 물길 사나운 염예퇴를 타고 내려올 때에는 신중하여 사고 없었는데

3) 《月軒集》 권1.

순하게 흐르는 물에서 건너지 못한다는 것이다. 일을 완성하는 순간 긴장을 풀고 소홀하여 실패하게 된다는 뜻이다. 병을 다스리는 도리란 '참으로 위험은 편안한 곳에서 생기고, 병은 조금 낫는 데서 더해진다(信乎危生於所安, 病加於少愈)' 는 깨달음이다. 이 도리를 깨닫고 나니 나라를 다스리는 것도 이와 같다는 것을 알게 되었다는 게 이 賦 전체의 요지이다. 처음에는 군신과 백성이 화합하여 功成治定하다가 임금이 나태해지고 충언을 멀리하면서 마치 온 몸에 병이 든 것처럼 무너지는 것이니 미리 경계하고 조심해야 한다는 것이다. 앞의 4구는 중국 五代시기 혼란이 극을 달릴 때 5왕조(後唐, 後晋, 契丹 遼, 後漢, 後周), 8姓, 11군주를 섬기면서 재상을 지낸 馮道(882-954)와 明宗과의 대화에서 나온 말이다.[4] 실로 전대미문의 인물로서 만년에 자칭 長樂老라 하였는데, 유교의 입장에서 보면 不事二君에도 어긋나서 진정한 忠을 행했는지가 의문시되며 절의나 지조면에서 다소의 혐오감을 준다고 할 수 있어서 歐陽修는 '염치없는 자'라 지탄하였다. 그러나 명말의 혁신적이며 이단적인 사상가 李贄는 '백성이 중하고, 사직은 그 다음이며 임금은 가볍다' 는 맹자의 말을 인용하면서 당시 풍도의 덕택으로 왕조 교체기에 일어날 수 있는 쓸데없는 혼란과 전쟁을 피할 수 있었다고 옹호하기도 했다. 그리고 '입은 재앙의 문이고, 혀는 몸을 베는 칼이다. 입을 닫고 혀를 깊이 감추면 처신하는 곳마다 몸이 편안하리라'[5]라는 〈舌詩〉도 그가 남긴 시이다. 그가 입과 혀를 단속하며 항상 특히 편안할 때 신중하게 행한 것이 재상만 20년 넘도록 할 수 있게 한 바탕일 것이다. 월헌이 그의 중요한 작품의 첫머리에 馮道의 말을 인용한 것은 풍도에 대한 비난보다 매우 적극적으로 긍정한 셈이다. 宦路에서는 항상 조심하고 신중해야 하겠지만 월헌이 가장 적극적으로 활동할 시기를 포함해서 3번의 士禍를 겪었다는 것은 그 중요성을 더욱 강조한다.

2-3. 淸靜과 溫柔敦厚

《월헌집》의 서문에서 權愈는 월헌이 '淸靜함을 스스로 지켜 勢道와 이익에 유혹되지 않았다' 고 하였다. 이 淸靜함은 기실 謹愼함에서 온다. 삼가고 조심함으로써 번거롭고 부담스러운 일을 만들지 않으므로 스스로 맑고 고요할 수 있다. 그리고 월헌은 그러한

4) 이 내용은 歐陽修가 撰한 《新五代史》 권54 雜傳 제42의 〈馮道傳〉과 宋代의 沈樞가 찬한 《通鑑總類》 권16上의 〈後唐馮道以四方無事爲戒〉에 나오며, 뒷날 明 茅坤이 엮은 《唐宋八大家文鈔》 권76에서 구양수의 잡전 《풍도전》을 실었다.

5) '口是禍之門, 舌是斬身刀. 閉口深藏舌, 安身處處牢' 〈舌詩〉.

士禍 등과 같은 정치 현실의 다양한 사태에 대해 직접적으로 비난하지 않은 듯하다. 비난할 수 있는 상황도 아니었겠지만 다만 是非의 혼란이나 無常함을 통절히 느끼고 그걸 내려다보고 있는 것같이 느껴진다. 儒學의 詩敎에서 강조하는 溫柔敦厚를 실천하고 있는 것이다. 자신의 철학과 학문에 따라 주어진 바에 최선을 다하고 혼군난세를 만났을 때에는 과감히 물러나 자신을 보호한다. 진퇴출처를 분명히 하고난 뒤 과거의 행위나 업적이나 인식을 부정하는 것이 아니라 그것들의 무상함을 깨닫고 자연에로 귀환하는 듯하다. 공을 이루고 물러나 노년을 보낼 때 갖게 되는 심사는 욕망을 버리고 자연과 어울리며 한가하게 詩酒를 즐기는 일이다. 그러나 다시 기묘사화가 일어나고 수많은 벗들을 먼저 보내면서, 그리고 이제 몇 남지 않은 상황에서도 과거의 일들이나 목전에 전개되어가는 여러 상황을 생각하면서 죽음을 매개로 하여 빈부·귀천·시비를 하나로 바라보는 시각을 가진 것은 아닐까.

2-4. 道家思想의 수용

《월헌집》에서 道敎나 道家思想을 직접 거론한 예는 없지만 도교 및 도가의 용어를 사용한 예는 상당수 발견된다. 특히 월헌의 부친 子伋이 소격서(昭格署) 령(令)이었다. 조선조에 들어와 소격서를 서울의 三淸洞에 두고 三淸의 醮祭를 관장하게 하고 제조(提調)·영(令)·별제(別提)·참봉(參奉)을 두었으며, 또 자수궁(慈壽宮)을 설치하고 여도사(女道士)가 거주하였다. 중종(中宗) 14년(1519)에 삼사(三司)에서 간하여 폐지하였다가 종종 20년(1525)에 다시 세웠으며, 임진왜란 이후에 영영 폐지되었다.

칠로회의 한 사람인 李陌(1455-1528)은 《태백일사(太白逸史)》를 지었고, 홍만종(洪萬宗)이 우리나라의 영이(靈異)한 사적 38인을 모아 이름한 《해동이적(海東異蹟)》에는 단군(檀君)·혁거세(赫居世)·동명왕(東明王)부터 최치원(崔致遠)·강감찬(姜邯贊), 그리고 조선조에 와서는 김시습(金時習)·홍유손(洪裕孫)·정붕(鄭鵬)·정수곤(丁壽崑)·정희량(鄭希良)·남주(南趎) 등이 열거되는데, 정수곤(丁壽崑)은 월헌의 舍兄이며, 홍유손과 남주는 월헌이 시로 차운한 내용이 기록되어 있다. 그냥 단순한 道家的 관심으로만 생각할 수 없는 부분이기도 하다.

이맥이 내각(內閣)의 비서(秘書)를 읽고 《태백일사》를 지은 것은 중종(1506-1544) 초의 일이었다. 세조(1455-1468)가 모든 상고사 기록 즉 《고기(古記)》를 거두어들이라는 명[收書令]을 내린 지 불과 50년 뒤의 일이었다. 세조 2년, 왕은 각도 관찰사에게 민간에서 소장하고 있는 모든 상고사 기록을 압수하라는 명령을 내렸다. 이 영을 어기고 책을 숨기는 자는 사형에 처한다고 하였으니 진시황의 분서갱유와 비슷한 문화탄압이었다. 《태백일사》의 '일사(逸史)'란 말은 "정사(正史)에서 빠진 태백의 역사"란 뜻이다. 태백이란 태백산, 즉 환인 · 환웅 · 단군의 역사란 뜻이다. 태백의 역사가 왜 빠졌는가 하면 조선왕조가 이를 금지하였기 때문이다. 당시의 조선왕조는 명나라와의 외교적 문제를 고려하여 단군 이전의 역사를 금지했던 것이다. 상고사는 금지된 역사요 國是에 위반되는 역사였던 것이다.

그러나 월헌의 생애에 이와 관계된 구체적인 시문이나 활동은 보이지 않았다. 다만 道家風의 이런 사상의 표출은 관련 어휘를 통해서 찾아볼 수 있다.

나무 그늘 짙은 곳으로 더위 피하여	樹陰深處避炎暉
죽부인을 불러 껴안으니 나비 되어 날아가네	喚取靑奴化蝶飛
옳으니 그르니 떠들지 말라	是是非非休聒聒
마음이 비어 있으면 옳은 것도 없고 그른 것도 없나니	心空無是又無非[6]

장주(莊周)가 꿈에 나비가 되어 노닐다가 깨어난 뒤, 자신이 꿈을 꾼 것인지 나비가 꿈을 꾸고 있는 것인지 알 수 없었는데, 여기서 호접지몽(蝴蝶之夢)이라는 말이 나오며 뒤에 널리 물아(物我)의 구별을 잊음의 비유로 쓰인다. 마음을 텅 비우고 是非의 상대성을 넘어 초월하는 것을 말했다. 마음을 비우려고 해서 비운 것이 아니라 무더운 여름 불같은 햇살을 피하려고 나무 그늘 밑으로 가서 죽부인을 껴안고 있으니 꿈인 듯 생시인 듯 내가 나비인지 나비가 나인지 惚恍한 상태에서 시비가 저절로 사라진다. 만사 잊은 한가한 도인이 나무 그늘 평상 위에 비스듬히 베개 베고 누운 도가풍의 동양화가 떠오른다.

백년살이 몸을 작은 정자 하나에 기탁하였지만	百年身寄一亭微
그대같이 청정한 품격 옛날에도 또한 드물었다	如子淸塵古亦稀
세간의 갈림길 많은 곳에서 울지 마시고	謾泣世間多路處
수풀 아래로 몇 사람이나 돌아오는지 다시 보시라	更看林下幾人歸
부귀영화가 남가일몽에 미혹됨이 가소롭고	榮華可笑迷槐夢
위험은 누가 능히 함정과 올가미를 피할 것인가	危險誰能避穽機
옳은 것은 옳고 그른 것은 그르다 하여도 쓸데가 없는 것이니	是是非非無用處

6) 〈한가한 가운데 우연히 읊음 [閑中偶吟]〉(《月軒集》 권2).

옳은 것도 없고 또 그른 것도 없는 것만 같지 못하도다　　　不如無是又無非[7)]

도성의 서쪽 고양군(高陽郡)에서 그 남쪽으로 15리쯤 되는 곳에 압도(鴨島)라 불리는 모래톱이 있는데, 그 부근 한강 물가에 당시 내금위(內禁衛)로 있었던 朴閏孫이 띠풀로 된 소박한 집 세 칸을 지었다. 그 따님이 월헌의 장남 옥경(玉卿)과 혼인하여 서로 사돈간이어서 월헌에게 정자 이름을 부탁한 모양이다. 월헌은 주인 박윤손의 마음과 새로 지은 집 주위의 풍광을 자세히 알기 때문에 萬景亭이라 이름 짓고 기문(記文)도 지었으며 칠언율시 6편도 읊었다. 월헌의 청에 의해 洪貴達도 〈만경정기〉(《虛白亭文集》 권2)를 지었다. 월헌의 〈만경정기〉가 辛酉年(연산군 7년 1501년, 48세) 겨울 10월에 지어졌으므로 이 6편도 대개 그 전후에 쓴 것으로 보인다. 이 정자가 있는 압도는 1970년대 후반 쓰레기매립장으로 사용하면서 난지도(蘭芝島)로 이름을 바꾸었고 지금은 하늘공원이 조성되었다.

괴몽(槐夢)은 南柯一夢을 말한 것이다. 남쪽 가지 아래 개미굴이 있는데 그것을 괴안국(槐安國)이라 했다는 데서 활용되었다. 前 4句를 만경정의 주인에게 하는 말로 보고 頷聯을 '세간의 갈림길 많은 곳에서 공연히 울지 않고, 수풀 아래로 몇 사람이 돌아오는지 다시 보네'로 해석할 수 있다. 혼란스러운 상황에서 물러나 상처받지 않고 전원으로 사람들이 돌아오는지 지켜보고 있다는 의미로 풀 수 있다는 것이다. 尾聯도 거의 앞의 시 3,4구의 반복이다.

옥 이슬 내린 새 가을에 밤기운이 싸늘한데　　　玉露新秋夜氣凉
은하 만리에 맑은 빛이 구른다　　　銀河萬里轉淸光
거미가 금합을 간직한다는 것이 거짓말인데　　　蜘蛛謾說藏金合
까막까치가 돌다리를 만든다고 누가 말했나　　　烏鵲誰言造石梁
청조의 소식이 없으니 구름이 아득히 멀고　　　靑鳥信沈雲渺渺
작은 생황의 소리가 끊어지니 학이 망망하구나　　　小笙音斷鶴茫茫
또 좋은 밤의 만남 만들지 알 수 없지만　　　不知且作良宵會
오이와 과일을 뜰 가운데 놓고 손님 불러 맛보게 하리라　　　瓜果庭中喚客嘗[8)]

7) 〈만경정, 그 여섯번째 [萬景亭 其六]〉(《月軒集》 권3).
8) 〈七夕〉.

頸聯의 靑鳥는 파랑새로서 편지 또는 편지를 전하는 使者를 뜻한다. 한나라 궁전에서 세 발 가진 푸른 새가 날아온 것을 보고 동방삭이 西王母의 사자라고 했다. 또 鶴은 華表鶴 故事나 黃鶴樓 고사와 관련 있을 것이다. 요동 사람 정령위(丁令威)가 영허산(靈虛山)에서 도를 배웠다가 뒷날 학이 되어 요동으로 돌아가서 성문의 화표 기둥에 앉았다. 어느 소년이 활을 들고 쏘려고 하자 학은 날아 공중을 돌면서 말하기를 "새가 있는데 정령위라고 하네. 집을 떠나 천 년에 이제 비로소 돌아왔네. 성곽은 옛날과 같은데 사람들은 아니로다. 어찌 신선을 배우지 않아 무덤이 다닥다닥 겹쳐 있느냐"라고 하고는 하늘 높이 날아가 버렸다고 한다. 崔顥의 《황학루》[9] 시처럼 선인(仙人) 비위(費褘)가 학을 타고 가버리고 다시는 돌아오지 않는다는 것으로 볼 수도 있다. 월헌의 시 속에 특히 화표학 얘기가 자주 나오는데 이에는 몇 가지 이유가 있을 수 있겠다. 우선은 찰라와 같은 인생에 대한 충격요법으로 사용됨과 동시에 이 고사의 배경이 요동(遼東)이므로 중국에 사신으로 갈 때 거치게 되는 곳이고 또 사신으로 가는 사람을 전송하며 종종 인용하게 된 것이며, 그리고 가벼운 추측이지만 丁씨 성을 가진 신선 이야기라는 점 등이다.

본래 유학에서는 怪力亂神을 말하지 않고 인간중심적인 仁義禮智의 실천적 윤리도덕을 중시한다. 문학에서 괴이한 것, 勇力, 悖亂, 귀신 또는 신기한 것을 말하지 않으면 기실 상상력 발동이 어렵다. 이 괴력난신의 내용이 대개는 도교나 道家風과 가깝다. 시는 그 내용에 따라 다양하게 분류할 수 있는데 현실주의적 사실적인 시와 낭만주의적 공상적인 시로 대별할 때 도교 또는 도가풍의 시는 후자에 가깝다.

필자는 월헌의 작시 경향이 도교나 도가에 기울어졌다고 말하는 것이 아니다. 근본적으로는 인륜에 바탕이 되는 유학을 수용하되 당시 정치사회 현실에 대한 실망이나 존재에 대한 불안 또는 위기의식 등에 의해 가끔은 일탈을 꿈꾸는 것이 당시 사대부 또는 지식인들의 일반적인 경향이었으며 월헌은 비록 강하지는 않더라도 가문의 내력을 통해 자연스럽게 학습되었을 것이고 이런 경향은 일반 유학자들에 비해 그리고 특히 노년에 갈수록 농후해졌다는 것이다.

《월헌집》 속에서 이런 단어 사용은 적지 않게 발견된다. 우선 꿈에 대한 언급이 많다. 이 꿈은 대상에 따라 대개 3종류로 나누어볼 수 있는바 양친과 벗과 군왕 등에 대한 꿈이다. 가고 싶지만 닿을 수 없고 원하지만 이룰 수 없는 안타까운 심리가 꿈을 통해 표현되고 있다. 현실적인 바람이 비현실적인 꿈을 통해 제시된다. 그 외 巫山神女, 高唐,

9) "昔人已乘黃鶴去, 此地空餘黃鶴樓. 黃鶴一去不復返, 白雲千載空悠悠.
晴川歷歷漢陽樹, 芳草萋萋鸚鵡洲. 日暮鄕關何處是, 煙波江上使人愁."

金丹("欲得金丹未遇仙"《寄趙礪卿》), 東華(東王公 또는 東華帝君), 華表, 瑤池, 仙山, 鼇峰, 神交(꿈), 千歲鶴 등이 해당된다.

3. 月軒의 문학 1

당시 한문 또는 한시라는 것은 立身揚名과 修己治人을 위한 유생관료로서의 교양과 思考의 바탕이었고, 이후 삶의 매순간 자신을 표현하며 다잡고 격려하거나 울분 및 분노를 삭이거나 분출시키는 매개였다. 또한 벗과의 교유와 상하 군신 간의 인간 관계를 유지하거나 돈독하게 해주는 윤활유 역할도 하는 것이었다. 그러나 어느 시대나 사회를 막론하고 개인의 시각과 활동이 미치는 범위는 한계가 있을 수밖에 없다. 즉 월헌은 유생관료로서의 직분으로 평생을 내외직에 供奉하였으므로 그의 문학적 경향을 관료문인 · 館閣詩人 · 詞章派 문학 등으로 편의상 분류하기도 한다.

당시의 시대사조를 몇 마디로 정리할 수는 없겠지만 詩文學과 관련된 부분을 정리해 보면, 조선의 개국과 더불어 성리학에 바탕을 둔 禮樂思想을 강조하여 樂章文學이《시경》의 雅頌에 뿌리를 두고 발전하였으며 나아가 시문을 국가 경영의 중요한 것으로 인식하였다. 그리고 上國인 중국의 사신이 와도 시로 응대할 역량 있는 시인을 찾는 것도 중요한 일의 하나였다.

한 개인의 입장에서 보면 그 당시 사람답게 사는 가장 모범적인 방법은 과거시험에 급제하여 立身揚名하는 것이었고, 그 과거시험의 과목이 생원진사과나 대과 모두 明經과 詩文이었다는 것은 곧 시문이야말로 당시 지식인의 교양이고 필요조건이며 또한 사회참여의 거의 유일한 좁은 문이요 길이었음을 말해 준다. 단순화시켜 말하면, 명경이나 도학을 강조하는 쪽은 '文以載道'를 주장하고, 시문의 詞章을 강조하는 쪽은 '吟詠性情'의 폭넓은 수용을 강조할 것이다.

당시 오랫동안 文衡을 맡은 徐居正(1420-1488)의《東文選》은 1478년(성종 14)에 찬진되었는데 그 主選者인 盧思愼(1427-1498) · 姜希孟(1424-1483) · 梁誠之(1415-1482) · 李坡(1434-1486) 등은 道學派라기보다 詞章派에 가까운 勳舊詞人이다. 서거정이 문형을 장기간 장악한 것은 특별한 의미를 지닌다. 학자들이 문형을 잡은 사람의 문학성향을 본받기 때문이다. 당시 월헌의 舍兄인 校理公 丁壽崑도 서거정을 은사로 받들었으며, 월헌도 그 시대 주류의 문학성향의 영향을 받지 않을 수 없었을 것이다.

이러한 측면에서 그 시대 문학 성향의 가장 일반적인 틀을 정리하면, 첫째는 조선의 국시였던 성리학과 연결시켜 '文以載道'와 '吟詠性情'을 아우르는 것으로 '治敎'나 '世敎'에 있었다. 문학을 통한 이것의 구현이 조선의 右文政策의 핵심이기도 하다. 둘째, 주제가 건강하여 治世敎化에 도움이 되어야 한다는 것으로 이른바 '詞理醇正'이다.

월헌의 문학에 대한 입장도 이에 크게 벗어나지 않는다. 주제와 그 표현에 무리가 없이 온유돈후하다. 집안의 살림살이를 구체적으로 말한 것은 찾지 못했지만 살림이 어려웠던 것 같다. 그리고 몇몇 벗들처럼 쉽사리 떨치고 나가 풍광 좋은 산수간에 은거하며 자유를 만끽하려는 일종의 해방감을 굳이 선택하지 않았다. 많은 교유시에서는 그들의 자유롭거나 호기로운 풍도를 부러워하는 듯하고 스스로는 자락하지 못하는 듯 동경의 마음을 드러내고 있는데 이것은 기실 각자 자신의 뜻대로 삶을 만들어가는 상대에 대한 敬意와 예의의 표현이며 동시에 자신의 중심을 잡고 본분에 충실한 모습을 반영하는 것이기도 하다. 즉 현재 맡은 바에 대한 변함없는 충실성과 견고한 의지의 표현이기도 한 것이다. 그러나 시대의 소용돌이 속에서 이러한 틀이 깨어질 때 이는 隱居自適과 逸脫로 나타난다.

전체 시를 이해하기 쉽도록 몇 가지 분류로 정리하면 대개 다음과 같다.[10)]

가. 내용별 분류

1. 交遊詩: 次韻[11)]·送別·謝禮·贈呈 등의 형식에 다양한 내용의 교유 형태, 즉 思友·送別·醉興 등의 내용을 담고 있는 시를 말한다. 약 258수(三老會 교유시 127수).
2. 儀禮詩: 輓詞(27수), 帖子, 節氣 禮讚(48수) 등. 약 103수.
3. 紀行詩: 약 56수.
4. 懷古詩: 古蹟, 古事 등. 약31수.
5. 景物詩: 春夏秋冬, 端午, 七夕 등 계절의 변화와 풍경 및 詠物(특히 詠花) 등.

---

10) 金洛鏞, 〈月軒 丁壽崗의 生涯와 文學〉(고려대 교육대학원 석사학위 논문, 1989)의 내용을 조금 첨삭하였다. 학위논문은 일반인들이 구해 읽어보기 쉽지 않으므로 이 글에서는 요약이 잘된 필요한 부분을 인용한다. 그러나 이 분류는 '교유'라는 시의 용도에 의한 분류와 景物이나 情懷 등의 내용 위주의 분류가 서로 충돌하며, 또한 이 세 가지로 전체 시를 아우르기에는 부족함이 있다. 시의 내용은 복합적이라서 하나의 유형으로 분류하기에는 무리가 없을 수 없겠지만 시 전체의 경향이나 방향성을 확인한다는 점에서 임의로 개략적으로 분류한다. 그래서 우선 뚜렷한 목적이 있는 시들을 용도별(交遊詩, 儀禮詩, 紀行詩, 懷古詩 등)로 분류하고, 나머지는 景物詩와 情懷詩 등으로 분류하는 것이 좀 더 나은 듯하다. 이는 安名煥의 〈月軒 丁壽崗의 詩世界 硏究〉를 참조하였다.

11) 次韻詩가 모두 交遊詩에 속하는 것은 아니다. '동파가 왕진경의 그림에 쓴 시에 차운'한 것(4수)도 있고 지방 東軒의 시나 누각의 시에 차운한 것 등도 기실은 교유시로 볼 수 없다.

약 64수.

6. 情懷詩: 사물에 의하여 촉발되는 내적 감정을 읊은 시. 客愁·醉興·嘆老·閑情 등. 약 36수. 앞의 다섯 가지 분류의 시 속에 대개는 기본적으로 정감이 없을 수 없으나 중복되는 것을 피하기 위하여 따로 설정하였다.

나. 月軒 시의 특징

1. 소재면: 술, 달. 가을국화.
2. 주제면: 1. 벗에 대한 그리움 2. 淸淨한 삶에 대한 동경
 3. 어지러운 政事에 대한 근심(정치적 현실에 대한 날카로운 비판의식)

각 부분에 해당되는 시들을 선택하여 감상하기에는 분량이 너무 많을 것이고 또한 이런 연구방식은 가장 일반적이며 이미 제현들의 결과물들이 있다. 그래서 월헌 시의 특징 중의 하나인 '술'에 관련된 시들을 중심으로 그 고리들을 엮어 감상하고자 한다.

3-1. 술과 醉鄕, 그리고 文字飮과 將進酒

월헌은 스스로의 인품을 평한 적이 있다. 아마도 젊은 시절이 아니라 관직을 그만둔 이후의 일일 것이다.

내가 맑은 시절 만났으나 공적이 부족한데	我遇明時乏事功
작위가 삼공에 버금감에 이른 것을 부끄러이 여기네	多慙齒爵亞於公
스스로 평해 보건대 나의 인품은 어떠한가	自評人品何如者
시와 술 있는 가운데 대수롭지 않은 늙은이일 뿐이네	詩酒中間歇後翁[12]

연산군의 황음무도와 혼란한 정치에 반대하여 중종반정이 일어나고 새로운 도학정치의 움직임이 대두되어 외형적으로 小康의 상태가 유지되고 있는 중에 벼슬은 병조참판, 동지중추부사 등을 역임하였다. 이런 벼슬에 비해 공적이라고는 없는 것 같아 항상 부끄럽게 생각하고 있는데 별 일 없이 한가하게 술을 마시고 시를 짓고 있는 대수롭지 않은 늙은이일 뿐이라는 자평이다. '歇後'는 일반적으로 말하는 '어떤 성어(成語)의

12) 〈주헌의 서간에 답함 [答酒軒簡]〉 其二(《月軒集》 권2).

뒷말을 생략하고 그 윗부분만으로 전체의 뜻을 나타내는 隱語의 일종' 인 歇後語의 의미에 한정되는 것 같지 않다. '대수롭지 않다, 예사롭다' 는 뜻도 있다. 그래서 좀더 나아가 '대책이나 깊은 고려가 없는' 또는 시 짓고 술 마시는 자리에서 허튼소리 실속없는 말을 잘 하는 노인이라는 겸사로도 이해된다. 술을 마시는 것도 상황이나 나이에 따라서 다를 것이다. 그래서 '술' 에 대한 수많은 언급을 지금의 '술 권하는 사회' 식으로 해설하는 것은 매우 옳지 않다. 월헌의 나이 50세(연산군 9년 1503년) 가을에 驪州로 가는 도중에 지은 시가 있다. 고을 수령이 흰구름이 흘러가는 강가에 천막을 치고 노래와 피리소리도 들린다. 물고기를 잡아 안주로 하고 많은 사람들이 어울려 술판이 벌어진 모양이다.

———前略———	———
서로 어지러이 술잔을 주고받는데	亂酌迷巡迭相酬
고래같이 마시기를 어찌 그만두랴	蘸甲鯨飮何曾休
그대 기개가 옛사람 짝이 되니 아름답고	多君氣槩古賢儔
여러 사람과 한 마음 되어 노니 즐겁네	樂與諸子忘形遊
고금을 돌아보건대 죄다 흙 한 더미인데	細算今古土一丘
마시지 않고서야 어떻게 근심을 내보내랴	不飮何以遣悠悠
즐거움 끝나지도 않았는데 해는 저물고	歡意未了西日收
어찌하리 사람들 머물지 않고 사방으로 흩어지누나	其奈四散人不留[13]

연산군 시절 갑자사화가 일어나기 1년 전의 일이다. 관직에는 있지만 불안한 나날이 계속되고 월헌 자신은 이미 眼病이 있다 사직소를 올려 官界와는 거리를 두고 있을 때였다. 술을 마시는 이유가 자못 강개하다. 고금을 돌아보니 죽지 않는 사람 없어 죄다 흙 한 더미만 남겨 놓았으니 이러한 인생 어이 술로써 근심 달래지 않을 수 있겠는가 라는 음주의 고품격 원론이 제시되었다. 시의 내용 구성은 이렇지만 속뜻을 새길 수 있다. 시가의 正宗인 《시경》을 해설할 때에도 시가는 사회를 반영하는 것이라 사회가 혼란하면 노래하는 歌人의 곡조나 가사도 슬프고 우울한 법이라고 하였다. 질탕한 술판에 즐거움이 넘치지만 끝나지 않는 잔치가 없듯 해는 저물고 사람들은 흩어진다. 마치 당시의 상황을 풍자하는 듯도 하다.

13) 〈여주도중 [驪州行中]〉(《月軒集》 권4).

이제 시절이 다소 진정되었다고 하더라도 그 혼란한 시기에 수많은 사람들이 변을 당했고 자신도 이미 나이도 먹었으며 몸은 옛날 같지 않아 삶에 대한 회한은 더욱 깊어간다. 노년의 작품들에서 보이는 허무는 기실 超脫 및 達觀과 함께 느끼는 심리적 허무감이며, 이는 是非曲直에 대한 판단 보류나 노년 致仕 退隱 이후 醉鄕에의 傾倒 등으로 나타난다. 이런 경향은 특히 병치레 과정이나 그 이후 몸을 추스를 때 두드러지게 나타난다.

얽히고 얽힌 동산에서 칡신 신고 서리를 밟노라니	糾糾園中葛屨霜
병세가 남아 있어 가을 기운은 배나 처량하다	病餘秋氣倍凄凉
단풍나무에는 잎이 남아 짙은 빛을 띠고	楓留敗葉帶深色
국화는 남은 가지에 피어 얕은 향기를 머금었다	菊發殘枝含淺香
일찍 죽거나 오래 살거나 인생은 삼만 날이요	夭壽人生三萬日
슬프거나 즐겁거나 세상일은 천백 가지로다	悲歡世事百千場
한가하게 모든 정을 잊어버린 나그네가 되어	不如閑作忘情客
길이 맑은 술단지를 대하여 취향에 들기만 못하리라	長對清樽入醉鄕[14]

병치레한 이후 뒷동산에 산책을 나가니 때는 늦가을이라 단풍은 짙은 색을 띠고 시인이 평소 좋아하는 국화는 暗香을 발산한다. 이 자연 앞에서 갑자기 미약하고 쇠락해지는 자신을 느끼며 삶을 전체적으로 조망하게 된다. 이미 수많은 친지들이 급격하게 변하는 정쟁의 와중에서 먼저 세상을 떠나기도 했고 온갖 환락과 비애로 점철된 세월이 주마등처럼 흘러가는 것이 눈앞에 생생하다. 이러하니 忘情의 醉鄕에 들 수밖에 없노라고 시인은 말한다.

이 '醉鄕'은 취중의 경지를 理想鄕에 빗댄 것으로 술에 취했을 때 온갖 걱정을 잊는 별천지의 경계를 말한다. 이 일반적인 명사가 월헌에게는 매우 강력한 용어로 사용되었다. 그는 더 많은 의미를 부여하고자 따로 한 편의 문장을 지었다. 《醉鄕記》이다.

그는 이 문장에서 앞 부분에는 술이 만들어진 의도와 역사 및 得失을 混融質朴한 상고시대부터 다소 戲謔的으로 서술한 후, 후반부에선 취중의 여러 황홀한 느낌을 감각적으로 미학적이면서도 몽롱하게 표현 묘사하였다. 후반부를 인용한다.

---

14) 〈늦가을에 병은 남았다 [秋晩病餘]〉(《月軒集》 권1).

그 醉鄕의 소재를 물으면 몇 천 리나 떨어져 있는지 아는 자 없지만, 술을 주고받는 사이에 아득히 황홀히 홀연 그곳에 이르게 되는데, 꿈인 것 같으면서도 꿈이 아니고 거짓인 것 같으면서도 거짓이 아니며, 거기에 왕래하더라도 그 처음과 끝이 어딘지를 알 수 없으니, 아 참으로 괴이하도다.

내가 일찍이 청주종사(靑州從事)[15]와 함께 잠깐 江湖로 놀러갔다가 中山을 거쳐 洞庭湖를 지나서 上若이라는 마을에 이르렀다가 길을 잃고 실족하여 이 취향에 떨어진 적이 있었다. 그곳의 땅은 넓어서 구릉 등의 險地가 없었고, 날씨는 화평하여 서리와 눈 내리는 추위가 없었으며, 그 풍속은 밝아서 사람들이 다툼이 없었고, 온화한 元氣가 薰蒸으로 몸으로 스며들어 왔다. 樂土여! 낙토여! 나에게 맞는 곳을 얻었으니, 술에 깨어서 미쳐 있기보다는 차라리 술에 취해 참된 모습으로 있으리라. 나는 이 취향에서 남은 여생을 보내고 싶어서 이 기문을 적는다(問其鄕之所在, 則莫有知其幾千萬里者也. 而杯盤酬酢之餘, 悠然怳然, 忽至其所, 似夢非夢, 似虛非虛, 其往其來, 莫知端倪, 吁可怪也. 余嘗與靑州從事, 薄遊湖海間, 歷中山過洞庭, 至上若之村, 迷路失足, 墜於此鄕之中. 其地廣衍, 無丘陵險阻之難. 其氣和平, 無霜雪嚴凝之苦. 其俗熙熙, 無乖戾忿爭之心. 冲融元氣, 薰蒸透骨. 樂土樂土, 爰得我所, 與其醒狂, 不如醉眞. 余欲終老於此鄕, 故爲之記云).

그의 節槪와 志操를 擬人·假傳體로 서술한 《抱節君傳》과는 또 다른 맛이 있어 음주를 즐기는 사람이 읽으면 한편으로는 잔잔한 교훈을 느끼면서 저절로 고개 끄덕이며 미소 짓게 할 것 같다. 끝부분에서는 《詩經·魏風·碩鼠》의 두 구절('樂土樂土, 爰得我所')을 인용하고는 '술에 깨어서 미쳐 있기보다는 차라리 술에 취해 참된 모습으로 있으리라(與其醒狂, 不如醉眞)'고 하였다. 《석서》라는 작품은 현대에 와서 달리 해석되기도 하지만 월헌 당시에는 가렴주구를 일삼는 관리나 그 酷政을 피해 낙토를 갈망하는 시로 읽혔다. 깨어서 미치는 것보다 차라리 술에 취해 참된 것이 나을 것이라는 말과 어울려 글 읽는 滋味와 더불어 강력한 풍자를 느끼게 한다.

그런데 이 《취향기》는 유래가 있었다. 당나라 때 隱士 왕적(王績)은 字가 무공(無功)인

---

15) 《世說新語·術解》. 桓公에게 술을 잘 선별하는 主簿가 있었는데 술이 있으면 항상 먼저 맛보게 하였다. 잘 선별하는 사람을 '청주종사'라 하고 잘 못하는 사람은 '평원독우(平原督郵)'라고 하였다. 종사와 독우는 모두 관명이다. 이후에 청주종사는 좋은 술[美酒]의 代稱으로 사용되었는데, 그것은 청주에 제군(齊郡)이 있고 좋은 술은 그 기운이 배꼽[臍]까지 내려간다는 뜻이며, 좋지 못한 술은 평원독우라 부르는데 그것은 평원에는 격현(鬲縣)이 있고, 좋지 못한 술은 가슴[膈]에서 오르내리기 때문이며 그렇게 술에다 은어(隱語)를 붙인 것이다.

데, 그는 천성이 술을 매우 좋아하여 일찍이 두강(杜康)과 의적(儀狄) 이래 술을 잘한 사람들을 모아서 豪酒家들의 族譜를 만들고 또 〈취향기〉를 지었다. 그 구성과 어휘는 월헌의 그것과는 조금의 차이가 있으나 내용은 유사하다. '醒狂'과 '醉眞' 등의 어휘는 왕적의 문장에는 없다. 월헌의 〈취향기〉가 왕적의 그것을 換骨奪胎하였음을 알 수 있다.

그리고 이후 고려 때 李奎報(1168-1241)[16]와 李仁老와 牧隱 李穡,[17] 徐居正[18] 등의 시에서 '醉鄕'이라는 단어가 보인다. 그러나 월헌처럼 詩와《취향기》를 곁들인 예는 없어 보인다. 월헌 자신은 시 속에서 어떻게 醉鄕에 들어갔는가. 그런 모습을 보여주는 시들이 있다.

봉래산 최고 높은 다락에 잘못 들어갔다가	誤入蓬萊最上樓
하늘이 반나절 신선 모시고 짝하게 하였네	天敎半日侍仙儔
백운가 노래에다 맛있는 술 있으니	白雲歌裏瓊漿酒
한잔 술에 쇠한 얼굴에도 붉은 기운 감도네	一飮衰顔赭氣浮[19]

君度, 즉 枕流堂 李師俊에게 올린 시이다. 봉래산(蓬萊山)은 신선이 산다는 산인데, 여기서는 아마도 군도의 침류당에 올라서 신선 같은 그와 함께 반나절 술을 마신 것을 표현했을 것이다. 白雲歌, 즉 '흰구름의 노래'는 陶淵明의 시에 의하면 隱士의 시를 읊조린 것을 말하고, 謝朓의 시에 의하면 思親, 즉 가까운 사람을 그리워하는 시로 읽히는데 여기서는 아마도 前者가 맞을 것이다.

선경에는 오래 머물기 어렵다는 걸 스스로 알아서	仙境自知難久留

16) "睡鄕偏與醉鄕隣, 兩地歸來只一身. 九十日春都是夢, 夢中還作夢中人"(잠 고을이 바로 술 고을과 이웃이어서/한 몸이 두 고을을 오가네/석 달 봄이 모두가 꿈이고 보니/꿈속에 다시 꿈속의 사람이 되었다네)(〈윤학록(尹學錄)의 춘효취면(春曉醉眠) 시에 차운하다〉 其2.《東國李相國全集》 제2권).

17) 〈幽居〉 二首 (《牧隱詩藁》 제16권) "流觀鳴道集, 獨步醉鄕天"(명도의 글을 두루 훑어보고/취향의 별천지에 홀로 걷는다). 鳴道는 韓愈의 〈送孟東野序〉에 "맹가와 순경은 도로써 울린 사람들이다[孟軻荀卿以道鳴者也]" 한 데서 온 말로, 전하여 聖賢의 經傳을 의미한다.

18) 〈醉歌行〉(《續東文選》 권4) "前略…功名富貴皆筌蹄, 生死醉鄕能事畢. 君不見四佳老人性本愚, 是非善惡都不別, 有酒則飮無則沽. 日醉嗚嗚雙耳熱, 兩鬢胡爲白如雪"(…공명과 부귀가 모두 다 도구나 수단일 뿐/취향에 나고 죽으면 할일 마치리/그대는 못 보았나. 사가노인이 성품이 본시 어리석어서/시비와 선악을 도무지 구별치 못함을/술 있으면 마시고 없으면 사다가/날마다 취하여 웅얼거리니 두 귀가 화끈화끈 뜨거운데/어찌하여 두 귀밑머리 눈같이 희어졌는가).

19) 〈군도에게 올림 [呈君度]〉 其1, 아래 편은 其2(《月軒集》 권2).

몸을 돌리니 부지불식간에 속진 세상에 떨어졌네　　翻身不覺落塵陬
당시의 기묘한 흥취는 얼마나 되었던가　　當時奇興知多少
다시 세상 사람 되고 보니 오만 가지 근심일세　　轉作人間百段愁

마치 仙境 같은 醉鄕에서 다시 인간세상으로 돌아와 수많은 근심과 만나게 되는 것을 서술하였다. 사실은 침류당에서 군도와 헤어져 집으로 돌아온 것이겠다. 이러할진대 또 다시 술을 찾게 되는 것은 비록 마치 중독되는 듯한 느낌이 없진 않겠지만 당연한 일이다. 그러나 학문과 성품과 나이로 보아도 그렇게 될 여지는 없을 뿐 아니라 그들의 飮酒와 醉鄕을 더욱 값지게 만드는 것이 있다. 그것은 金蘭之交의 만남이다. '以文會友, 以友輔仁'이라고 했던가. 특히 그들 三老會는 '以詩酒會友'하였으며 월헌을 그것을 '文字飮' 이라고 하였다.

만나서 정신 잃을 정도로 술 마셨거늘　　相逢盃酒放精神
또 맑은 시를 얻어서 상자 속의 보배로 삼네　　又得淸詩作篋珍
능히 옛사람의 문자음을 이은 이로　　能續古人文字飮
다른 날 틀림없이 우리 세 사람을 거명하리　　他時應說我三人[20]

'文字飮' 이라는 신선한 단어가 만들어졌다. 시와 술로 흥을 돋우는 세 사람의 만남을 아예 '문자음' 이라고 하였다. 마치 불교에서 文字(詩文이나 선사들의 어록 등)를 통해서 禪에 접근한다고 하여 '文字禪' 이라고 하는 것과 같다. 禪이야 본시 '不立文字' 를 강조했지만 시대의 변화에 따라 학문 높은 지식인들이 선에 매력을 느끼면서 고승대덕들의 語錄을 읽기도 하고 선사들이 悟道의 순간을 시를 빌려 표현하게 되니 기실은 '不離文字' 인 셈이다. 나중에는 시인들이 作詩하는 것을 마치 參禪하듯이 하는 것을 말하기도 한다. 술이야 세상살이 근심을 털어 버리거나 잊기 위해 또는 즐거움을 배가시키기 위해 마시는 게 목적이지만, 술을 마셔도 무식하게 마시는 것이 아니라 높은 수준의 시문을 지으며 문자의 다양한 기교를 활용하면서 재주를 뽐내기도 하고 고담준론을 나누는 것으로 이른바 고상하게 마신다는 것이다. 당시 최고의 지식인이자 시인들이 어울려 시문을 짓고 담론하면서 술을 마시는 것이다. 이 '文字飮' 은 시대사회적인 환경과 무관하지 않겠지만 음주를 즐기는 騷客에게는 적절한 신조어로 보인다.

---

20) 〈주헌의 시에 차운하여 [次酒軒示韻]〉(《月軒集》 권3).

그러나 이 단어도 유래가 있었다. 黃庭堅은 말했다. 杜甫가 시를 짓거나 韓愈가 문장을 지음에도 한 글자라도 유래가 없는 것은 없다고. 대개 후인들이 독서가 부족하여 두보와 한유가 이 말들을 만들었다고 한다고도 하였다. 이른바 '無一字無來處'(한 글자라도 유래가 없는 것은 없다)이다. 이 '文字飮'이란 말을 처음으로 사용한 사람은 韓愈인 듯하다.

장안의 부잣집 자식들은	長安衆富兒
비린 고기와 훈채를 소반에 잔뜩 차려놓고	盤饌羅羶葷
문자음할 줄은 모르고	不解文字飮
연분홍 치마폭에서 취하는 게 고작이지	惟能醉紅裙
비록 한참 동안의 즐거움은 얻더라도	雖得一餉樂
모기떼가 모여 윙윙거리는 것과 같구나	有如聚飛蚊[21]

이후 고려와 조선의 몇몇 시인들이 이 말을 구사하였다. 역시 이규보 · 이색 · 서거정 등과 월헌의 후손인 茶山도 몇 차례 사용하였다. '文字飮'을 하기 위해서는 학문과 詩才과 知音의 벗이 있어야 한다. 월헌에게 그 벗은 주헌과 침류당이었다. 다음 두 편은 주헌에게 차운한 시이다.

시에도 능하고 술도 능한 연성군 能詩能酒鷰城君
시와 술로 혼란한 세상 건너가네 詩酒中間度世紛
나야 병들어 더불어 하진 못하나 病我未堪陪杖屨
그리는 정은 위수의 나무와 강 구름과 같다네 還如渭樹隔江雲

시만 있고 술 없으면 흥 많기 어렵고 有詩無酒興難多
술만 있고 시 없으면 그 속됨 어이하랴 有酒無詩俗奈何
술 한 잔 시 한 수 그대는 둘 다 얻었으니 一詠一觴君兩得
가슴속 탁 트여 저 물결같이 담백하리 胸中浩浩淡於波[22]

---

21) 〈醉贈張祕書〉(《韓昌黎集》 卷2).
22) 〈연성군 자언 김준손의 시에 차운하여 [次鷰城君金子彦俊孫示韻]〉(《月軒集》 권2).

위수의 나무[渭樹]와 강수(江水) 동쪽의 구름은, 한 사람은 위수가에 있고 또 한 사람은 강수가에 있으면서 서로 먼 곳에 있는 벗을 그리워하는 것을 말한다. 앞의 인용 시에서 월헌은 '詩酒中間歇後翁'이라 하였다. 스스로는 謙辭를 사용했고, 연성군 주헌에게는 그 술과 시로 紛紛한 세상을 건너간다고 하였다.

시가 있으되 술이 없으면 흥이 일어나기 어렵고, 술이 있으되 시가 없으면 卑俗하다고 했다. 선비가 속되지 않는 것보다 중요한 것은 없을 것이다. 속되지 않은 교유에서는 서로에게 느끼는 정을 굳이 말로 전달할 필요가 없다.

만나서 손을 부여잡고 함께 형체마저 잊고서	相逢握手共忘形
연방 따르며 취하도록 마셔 깨어나질 못하네	亂酌無巡醉不醒
원래가 서로 마음을 터놓고 사귀는 사이이니	自是依然肝膽照
사귀는 정을 어찌 말로 드러낼 필요가 있으랴	交情何必語丁寧[23]

사귀는 정을 소곤대듯 되풀이해서 알리며 확인할 필요가 있을까. 이미 肝膽相照하였고 知音일진대 구차하게 말할 필요가 없다. 만나 서로 손을 잡으면 忘形之交가 된다. 고상하게 말하면 物外에 超然한 것이기도 하고, 현실적으로 말하면 서로의 신세나 처지 및 족적 등에 구애되지 않는 사귐을 말한다. 어지럽게 술을 권하고 마시고 하여 취해서 깨어나지도 못할 지경이다. 이런 만남도 그리 길지 않았다. 君度가 먼저 죽고 酒軒은 월헌의 나이 72세에 타계했다.

월헌은 나이 70세에 스스로 말했다. 이 나이 많은 게 아니라고. 그러나 이건 더 살려는 욕심에서 하는 말이 아니었다. 지나간 일들 한바탕 꿈인 줄 아는데 무슨 욕심 있겠는가. 만약 100세까지 산다고 한들 그 30년도 또 마찬가지일 것이라고 강물에 이는 파도 같을 거라고 허허롭게 말한다.[24] 더 이상 기대할 것도 없는 담담한 허무의 구름냄새 강물냄새가 난다. 그리고 혼자 남아서 그들을 그리워한다.

세월이 흘러 어느덧 칠순을 넘었는데	冉冉光陰過七旬
근래에 친구들 모두 가 버리고 말았네	邇來朋舊盡沈淪
강산은 지금도 여전히 그 모습이건만	東江如昔西山在

23) 〈주헌의 방문에 감사해하며 [謝酒軒臨訪]〉 其二(《月軒集》 권2).

24) '休言七十是年多, 往事其如一夢何. 縱得百年爲我壽, 餘存三十亦如波' (《月軒集》 권2 〈又次〉 其三).

당시 대작하던 사람들은 보이지 않네 不見當時對酌人[25)]

월헌의 기억 속에서 가장 강렬한 것은 역시 文字飮을 하던 벗들이다. 대작하던 사람들이 보이지 않는다. 월헌이 별세하기 직전 나이 73,74세 때의 작품일 것이다.

문자음은 혼자서 할 수 있는 게 아니다. 그러니 만고의 飮酒詩仙 李白은 취중에 수많은 名品 시를 써냈다고 하더라도 대체로 고독하게 홀로 술을 마셨기 때문에 그건 '문자음'이 못된다.

그런데 술에 관한 월헌의 작품 중에서 더욱 중요한 것이 있다. 〈將進酒〉 3편이다. 〈장진주〉 계열은 중국의 남북조시대에서 시작된 것으로 남조 송나라 사람 何承天(370-447)의 〈將進酒篇〉이 전해지며 그 노래에 대해 郭茂倩은 '朝會에서 술을 올림'과 '濡首와 荒志를 경계한 것'이라고 하였다. '유수'는 술에 빠져 본성을 잃어버리는 것을 말한다. 즉 초기에는 조정의 공식적인 행사에서 행해지는 宴會의 음주 장면을 그려내는 것이 중심 내용이었지만 한편으로는 지나친 음주로 인한 弊害와 醉態를 경계했었음을 알 수 있다. 하승천의 시는 전체가 3言으로 구성되어 있으며, 樂府의 일종이다. 이후 梁 昭明太子 蕭統(501-531)이 5언으로 바꾸며 질펀한 음주행위를 간단히 보여주는 정도였고, 唐의 李白(701-762)과 李賀(790-816), 元稹(779-831) 등에 이르러 다양한 체재를 동원하여 시인이 의도하는 내용을 자유롭게 표현하게 되었다. 宋·明代에도 몇몇 시인들의 작품이 전해지지만 위의 3인에 비해서는 그 영향이 미약하다.

현재 확인된 우리나라 시인의 〈장진주〉 계열 작품으로 가장 오래된 것은 술을 좋아했던 고려의 문인 李奎報의 〈續將進酒歌〉이다. 이 작품에 대해 李家源 선생은 李賀의 것을 이었으며 아래로는 조선의 鄭澈(1536-1593)·權韠(1569-1612) 등을 열어 주었다[26)]고 하였다. 그리고 월헌의 〈神道銘(並序)〉(1969년 己酉年)에서 '〈장진주〉는 당시 七英三老契會의 풍류를 엿볼 수 있었으며, 또 권필 정철 輩의 시풍을 열어 주었다'고 한 바 있었다. 곧 李賀 계열의 〈장진주〉는 이규보 이후 조선의 월헌으로 이어졌는데, 월헌의 세 편 모두 李賀의 〈장진주〉에 次韻했을 뿐 아니라 글자 수까지 원작을 그대로 따르고 있다. 또한 내용도 덧없이 무상한 인생이니만큼 살아 있을 때 호탕하게 즐기자, 그리고 죽으면 술 한 잔도 마실 수 없다는 생각이 바탕에 깔려있다. 李白 계열의 〈장진주〉는

25) 〈군도와 자언의 옛 집을 생각하며 [懷君度子彥舊居]〉(《月軒集》 권2).
26) 李家源, 《韓國漢文學史》, 普成文化史, 1987.

李荇(1352-1432)·成俔(1439-1504)·申光漢(1484-1555) 등이 있는데, 次韻의 방식을 사용하기도 했고 시상 전개 방식이나 내용 등이 흡사하게 작시되기도 했다.[27] 월헌의 〈장진주〉 세번째 작품을 보자.

많은 곡식으로 재물이 넉넉해졌으면 粟千鍾 資財濃
괜히 썩어 문드러지게 하지 말라 不用空爲爛腐紅
하물며 세월이란 망아지 달리는 걸 문틈으로 봄과 같으니 況是光陰駒過隙
인생에서 몇 번의 봄바람 맞이할 수 있겠는가 人生能得幾春風
마루에는 비파가 있고 기둥에는 북이 걸려 있어서 堂有瑟 楹有鼓
앉아서는 노래하고 서서는 춤을 추네 坐則歌 起則舞
늘 취하여 그렇게 시절을 보내니 長醉任地時序去
혹한과 장마인들 어찌 알리오 那識祁寒與暑雨
청컨대 그대는 돈이 생겼으면 바로 술을 사도록 하라 請君得錢卽沽酒
그대 보지 못했는가 공자와 도척이 다같이 진토가 된 것을 君不見孔跖俱塵土[28]

기본 생각은 한번 죽으면 술을 더 이상 마시지 못하니 재물이 있으면 술을 사서 마셔라는 것이다. 그리고 가는 세월 그렇게도 빠르고 인생에서 봄날은 그리 많지 않으니 술을 마시며 노래하고 춤추면서 즐겨라는 요지의 권유이다. 공자와 도척을 함께 거론하며 善惡과 賢愚와 聖俗을 막론하고 이미 죽어 塵土가 되었음을 강조하였다. 공자를 이렇게 언급한 것은 상당히 자유로운 정신의 발로이거나 언어문자에 구애되지 않는 활달한 심경의 노출이다. 또한 시 전체를 현대적 관점으로 보면 상당히 퇴폐적 虛無的일 수 있다. 그러나 앞에서 〈醉鄕記〉를 보았지만 각 시문 속에는 鑑戒할 것이 있다.

4. 맺음말

이 글은 《월헌집》을 새로 번역하면서 해제를 쓰는 중에 월헌의 교유와 사상과 문학 등 전반적인 부분을 이전의 논문을 참조하여 좀 더 심화시키려는 의도에서 시작되었다.

27) 成範重, 〈將進酒 계열 작품의 시적 전승과 변용〉 참조, 《韓國漢詩研究》, 2003.
28) 〈將進酒〉 其三(《月軒集》 권4).

그러나 여기에서는 交遊 부분은 삭제하였다. 교유 인물의 구체적인 내용을 제시하다보니 분량이 너무 많아진 탓이다. 이 교유인물 중에 월헌의 思想과 관련해서 儒學的 官僚詩人의 한계를 넓혀서 道敎 또는 道家와 연관시킬 수 있는 인사도 있기 때문에 중요했지만 다른 곳에서 다루기로 한다.

《월헌집》에서 思想에 관한 구체적인 언설은 거의 보이지 않지만 시문과 타인들의 序跋 및 碑文 등을 읽어나가는 중에 느낄 수 있었던 것을 포괄적으로 정리하고 고리처럼 묶어나가면 깊은 철학적인 論究는 아닐지라도 어느 정도 월헌의 삶의 방식이나 생활의 기준 등을 제시할 수 있을 것으로 생각했다. 특히 월헌의 出處進退에 관한 것은 그의 삶 전체에 중요한 부분을 차지하고 있다. 여기서 더 나아가면 '謹愼과 謙讓'의 생활 태도에 미치고 '淸靜'과 '溫柔敦厚'까지 이어진다. 그리고 '道家思想의 수용'을 다루었는데, 이를 포함하여 전체적인 틀을 구성함에 좀더 천착이 필요할 것이다.

월헌의 문학에 대해서는 기존 연구에서 각자의 연구방식에 따라 전개하였는데 대개는 전체적인 틀을 잡고 그에 적합한 작품을 시대별이나 내용별로 제시하며 분석하는 방식이었다. 세월이 지나면서 생애에서 시대 배경을 거쳐 문학의 형식적인 분석까지 가장 안정된 틀이 만들어질 것이다. 그건 그것대로 진행되어야 할 것이고, 우선 중요한 각 부분들을 通時的으로 상호 연관성에 중점을 두어 분석하고자 했다. 그 최초의 분석 대상을 시험삼아 월헌의 시문에서 가장 많이 출현하는 '술'로 잡았고, 이후 관련 주제를 확대하여 '술과 醉鄕, 그리고 文字飮과 將進酒'라고 하는 긴 소제목을 설정하였다. 醉鄕이나 文字飮이라는 어휘 사용은 월헌 詩의 특징을 가장 잘 드러낸다고 판단했기 때문이며, 이러한 어휘 사용은 중국 宋代 시인들의 詩語 사용 및 수사기법을 원용한 듯이 보인다. 그럼에도 불구하고 전반적으로 그의 시풍은 온건하여 '말세의 경박한 태도는 없고 이치가 풍부하고 기운이 넉넉하여 古詩의 忠厚한 뜻이 있다'는 權愈의 《월헌집》 서문의 내용이 설득력 있음을 알 수 있다.

[도표1] 月軒의 生涯 年表

연도(왕력)	간지	나이	관직 등 경력 및 활동과 대표 작품
1454년 단종 2년	갑술	1세	8월 26일 배천군[白川郡]에서 출생
科試 前			12,3세 經史와 기타 서적 통독. 〈春睡〉
1474년 성종 5년	갑오	21세	진사 급제
1477년 성종 8년	정유	24세	문과 급제, 典校署 배속
1481년 성종 12년	신축	28세	宣校郎, 司憲府 監察
1482년 성종 13년	임인	29세	書狀官으로 燕京 왕래(正朝使 李克基, 副使 北評事 韓忠仁). 〈在遼東〉
1483년 성종 14년	계묘	30세	進勇校尉 및 함경북도 兵馬評事
1485년 성종 16년	을사	32세	承文院 校檢, 司諫院 正言.
1487년 성종 18년	정미	34세	부친상
1489년 성종 20년	기유	36세	모친상
1491년 성종 22년	신해	38세	成均館 典籍. 북벌 주장.
1493년 성종 24년	계축	40세	강원도 都事
1494년 성종 25년	갑인	41세	兵曹佐郎(工·兵曹正郎, 開城府經歷, 司憲府 掌令)*
1495년 연산 1년	을묘	42세	朝奉大夫 成均館 司成
1498년 연산 4년	무오	45세	戊午士禍
1499년 연산 5년	기미	46세	사헌부 掌令. 軍器寺 副正
1501년 연산 7년	신유	48세	〈萬景亭記〉
1502년 연산 8년	임술	49세	通勳大夫(軍器寺 副正, 成均館 司藝, 奉常寺 副正).* 李師俊 宣傳官이 되다.
1503년 연산 9년	계해	50세	司宰監正, 證考使從事官(驪州 부임). 11월 홍문관 직제학, 부제학, 지제교 등. 稱病仕退. 職牒박탈.
1504년 연산 10년	갑자	51세	甲子士禍. 〈抱節君傳〉
1505년 연산 11년	을축	52세	〈乙丑年除夜〉
1506년 연산 12년	병인	53세	7월, 영구히 敍用하지 말라는 傳敎가 내리다. 〈大雨三旬〉
1506년 중종 1년	병인	53세	가을, 中宗反正. 靖國功臣 原從勳一等 책록, 副護軍 겸 內禁衛將 및 五衛將. 〈丙寅初秋〉
1507년 중종 2년	정묘	54세	강원도 관찰사, 예조참의
1509년 중종 4년	기사	56세	대사간
1512년 중종 7년	임신	59세	병조참의
1514년 중종 9년	갑술	61세	형조참의, 성균관 대사성

1516년 중종 11년	병자	63세	6월, 사유(師儒)에 간택되다.
1518년 중종 13년	무인	65세	사헌부 대사헌, 稱病致仕 청함. 병조참판 겸 典醫와 氷庫 兩司의 提調.
1519년 중종 14년	기묘	66세	致仕. 同知中樞府事. 己卯士禍.
1521년 중종 16년	신사	68세	봄, 아들 玉卿이 얻어온 '月軒' 두 글자를 벽에 걸고 自號로 삼다.
1522년 중종 17년	임오	69세	〈和酒軒詠月軒詩幷序〉.
1527년 중종 22년	정해	74세	〈七十四吟呈海陽軒下〉. 2월 28일, 졸하다.

1. 전체적으로는 墓表나 《성종실록》《연산군일기》《중종실록》 등을 참조하였는데 * 표시한 두 부분 괄호 속의 내용은 《羅州押海丁氏述先錄》의 내용으로, 관직 제수받은 해가 다소 차이가 있으나 확정지을 수 없어 幷記하였다.

2. 연산조에서 병을 핑계로 10년을 벼슬하지 않았다고 했는데 초기에는 직위에 임명되었지만 실제로는 취임하지 않았고 이후는 직첩을 박탈당한 것이라 하였다(《述先錄》).

[도표 2]《月軒集》詩文 分類

卷 形式		권 1	권 2	권 3	권 4	권 5	計
韻文	辭 賦	10首 (10題)					10首 (10題)
	五言絶句	34首 (31題)					34首 (31題)
	七言絶句	111首 (86題)	156首 (129題)				267首 (215題)
	五言絶句		64首 (53題)				64首 (53題)
	七言絶句			215首 (171題)			215首 (171題)
	五言絶句				8首 (7題)		8首 (7題)
	七言絶句				3首 (2題)		3首 (2題)
	五言絶句				6首 (5題)		6首 (5題)
	七言絶句				40首 (35題)		40首 (35題)
散 文*						24篇	24篇
計		155首 (127題)	220首 (182題)	215首 (171題)	57首 (49題)	24篇	647首 (529題) 24篇

(＊散文: 祭文 9, 傳 1, 記 2, 論 2, 書 1, 序 1, 表 3, 箋 1, 制 1, 奏 1, 頌 2)

1. 詩型을 중심으로 간략하게 정리하면, 7언절구(267수)가 가장 많고 다음으로 7언율시(215수), 7언고시(40수)로 이어지며, 5언은 율시가 64수(53제)이고 절구가 34수(31제)의 순이다. 7언이 5언보다 월등히 많은 것은 당시의 보편적인 현상으로 서술적 경향이 강한 詞章의 詩風 때문인 것으로 분석된다.

목 차

《月軒集》卷之一

부(賦)

시(詩)

【오언절구(五言絶句)】

《月軒集》卷之二

《月軒集》卷之三

【칠언율시(七言律詩)】

《月軒集》卷之四

《月軒集》卷之五

제문(祭文)

전(傳)

기(記)

논(論)

서(書)

서(序)

표(表)

전(箋)

제(制)

주(奏)

송(頌)

《月軒集》附錄

月軒集

영조대왕(英祖大王) 어제어필(御製御筆)

예전에 《호주집(湖洲集)》[1]을 보았는데, 어째서 지금에사 이 문집을 보게 되는고?

昔見湖洲集 今何聞此編?

전교(傳敎)

평생 내 마음은 옛사람을 흠모하는 모고(慕古)일 따름이지만, 하물며 근래에는 문집(文集)의 분량이 너무 많아서, 내 일찍이 그것을 민망하게 여겼었다. 그 후손인 지금의 승지(承旨) 정범조(丁範祖)가 다시 호당(湖堂)[2]에 피선되고 의정부 좌찬성(議政府左贊成) 정응두(丁應斗)가 그 8대조(祖)가 되기에, (성상께서 집안의) 문집을 보고자 하여 가져오게 하셨다.

오호라! 지난해 성상(聖上)의 명을 받들어 《호주집(湖洲集)》을 찾아서 올렸더니, 그때에 어제(御製)를 하사하셨는데, 그 후손이 어제(御製) 중의 "간행해서 《호주집》을 올리게 하였는데, 3권이었다"라는 문구를 본 적이 있었다. 그러나 《월헌집(月軒集)》도 명색은 비록 3권으로 이루어져 있지만, 집안 4대의 글이 함께 실린 문집이니 매우 고귀한 것이라 하시고서, 특별히 열 글자〔十字〕[3]를 어필(御筆)로 써서 입시(入侍)해 있던 탁지장(度支長)[4]에게 명하시기를, 하교(下敎)와 나란히 책머리에 붙여라 하셨다.

그리고 옛 판본(板本)이 순천(順川)에 있다는 말을 들으시고서 전라도 관찰사에게 명

---

1) 《호주집(湖洲集)》: 조선조 효종 때의 대제학이었던 채유후(蔡裕後)의 문집이다.

2) 호당(湖堂): 독서당(讀書堂)이다. 문신 중에서 문장과 학문에 빼어난 자들을 특별히 선발, 일정기간 관직의 번거로움을 떠나 이 호당에 내려가 휴양하면서 독서에 전념하게 하였는데, 이를 사가독서(賜暇讀書)라 한다. 당시에는 대단한 영예였다.

3) 열 글자〔十字〕: 《월헌집》 첫머리에 실린 영조(英祖)의 어제어필(御製御筆) "昔見湖洲集 今何聞此編" 열 글자를 가리킨다.

4) 탁지장(度支長): 호조판서 별칭이다. 이 전교(傳敎)를 쓴 채제공(蔡濟恭) 자신을 가리킨다.

을 내리시기를, 간행(刊行)해서 올리도록 하되 지금 만약에 그 옛 판각(板刻)이 없으면 다시 간행해서 한 질은 궁내(宮內)에 들이고 한 질은 세손궁(世孫宮)에 들여서 백대(百代)에 걸쳐 전해질 옛신하〔舊臣〕를 잊지 않겠다는 짐의 뜻을 보이도록 하라 하셨다.

상(上) 49년(영조 49, 1773) 중추에 숭정대부(崇政大夫) 행호조판서(行戶曹判書) 겸 지경연·춘추관사(知經筵春秋館事) 세손좌빈객(世孫左賓客) 신(臣) 채제공(蔡濟恭)이 봉교(奉敎)하여 삼가 쓰다

平生予心 慕古而已. 況近者文集許多 予嘗悶焉. 因其孫今承旨丁範祖 更爲湖堂 知貳相丁應斗 爲八代祖 欲見文集持來. 粤 昔年 承命尋得湖洲集而獻 其時有御製 其孫得見御製中 鋟梓以進. 湖洲集已三卷 而月軒集 名雖三卷 卽四代文集 甚可貴. 特書十字 令入侍度支長 並與下敎而書 刊弁於首. 文集中聞板本在順川云 令道臣印進 今若無板 亦令道臣 刊板印進 一件內入 一件入于世孫宮 以示予不忘百載舊臣之意.

上之四十九年仲秋 崇政大夫 行戶曹判書 兼知經筵春秋館事 世孫左賓客 臣蔡濟恭 奉敎謹書

월헌집서(月軒集序)

우리나라의 문학(文學)을 한 선비로서 문집(文集)이 있는 자 많았었다. 그러나 지금까지 전해지고 있는 것은 많지 않으니, 이는 그 말을 후세에 전할 가치 여부를 따져서 혹 전하기도 하고 혹 전하지 않기도 하여서가 아니겠는가. 하물며 말류(末流)의 약삭빠른 자들이 후인(後人)들의 평가 여하를 생각지도 않고 사사로이 편파적으로 주장하여 그의 글이 영원히 전해지기를 도모하지만, 후인들이 그의 그런 뜻을 받들어 주리라고 생각하는 것은 큰 오산 중의 오산이다. 이런 자들은 섬세한 기교로 세속과 영합하고 허식(虛飾)으로 우매한 자들의 이목을 놀라게 하여 구차히 시속(時俗)의 기호(嗜好)를 좇을 뿐이니, 그 보잘것없음이 심하고 심하도다! 멀리까지 전해져 이름나는 것을 구하는 것만도 또한 부질없는 망령된 짓이어늘, 하물며 현양(顯揚)된 제가(諸家)들과 명성이 나란하기를 구하니, 이 어찌 가당찮은 일이겠는가. 무릇 옛날의 규모에 있어서 큰 문집이든 작은 문집이든 간에 세상에 유행하면서 지금까지 전해오고 있는 것들은, 그 작자가 덕과 학문을 아울렀고, 그 글의 내용과 형식이 상부하여, 온 유림(儒林)들이 이구동

성으로 칭송하고 흠모하여서이다. 그렇다면 이는 장강과 황하가 마르지 않고 퐁퐁 솟아나는 근원이 있어서 도도히 흘러가는 것과 같은 이치라 하겠다.

오래도록 흘러가면서 밝은 빛을 발할 대업(大業)이라면, 어찌 그것이 드러나지 않으리라 걱정하리요. 그리고 잃어버렸다가 다시 찾고 거의 끊어졌다가 다시 이어진 경우는, 이는 신의 도움으로 그렇게 된 것이니, 사람이 인위적으로 찾는다고 얻어지는 것도 아니고 힘써 구한다고 이어지는 것도 아니다. 아울러 말도 안 되는 엉터리 값이라면 끝내 팔리지 않고, 빼어난 보배라면 끝내는 드러나고 마니, 이 또한 이치상 당연한 것이다. 지금 《월헌집(月軒集)》이 전해질 듯하기도 하고 끊어질 듯하기도 하다가 마침내 간행(刊行)을 보게 되었으니, 앞으로는 영원히 인멸되지 않고 전해지게 되리라!

월헌(月軒) 공은 젊어서부터 글과 행실로 이름이 났으며, 일찍 조정에 나아가서 이름난 학사(學士)가 되었다. 청정(淸靜)함을 굳게 지켜 권세와 이익 앞에서도 조금도 흔들림이 없었으며, 연산군(燕山君)이 무도(無道)하자 병이 났다고 하여 두문불출하였다. 중종(中宗)이 반정(反正)하니 다시 나아가서 명재상이 되었다. 만년에는 물러나서 한가롭게 지내며 생을 마쳤다.

그 깨끗하면서도 한가한 마음이 문집 속에 잘 나타나 있는데, 말속(末俗)의 경박함이 없고, 이치는 넉넉하고 글 됨됨이는 여유가 있어서 고시(古詩)의 충후(忠厚)함이 있으며, 문질빈빈(文質彬彬)하여 근원과 말류〔源流〕가 어지럽지 않고 귀결됨이 있으니, 참으로 학사(學士)의 문(文)이라 이르지 않을 수 없겠다.

문집은 합쳐 3권인데, 공의 아들인 공안공(恭安公) 옥형(玉亨)이 편찬하였다. 증판서공(贈判書公)이 남긴 시(詩) 몇 편을 책머리에 실었는데, 정씨(丁氏) 발상의 조짐이며 후손들에게 주는 가르침이니 불가불 전하지 않을 수 없다. 또 공의 형님이신 교리공(校理公)의 시를 아래에다 엮어 놓았는데, 분량이 책 한 권을 이룰 수 없어서 별도로 문집을 만들 수 없어서이다. 애석하도다! 교리공은 재주가 빼어났는데, 지금 남아 있는 글들은 모두 젊었을 때 지은 것들이다. 그러나 빼어난 솜씨로 지은 글은 문채(文彩)가 있고, 또 좋은 말들이 많으니, 만약에 좀 더 오래 살아서 좀 더 많은 연마를 했더라면, 그 조예가 어디에까지 이르렀을지를 생각해 볼 수 있겠다. 다만 사십 성상(星霜)도 채우지 못하고 졸했기에 지은 글이 이와 같이 적을 뿐이다. 슬프다!

이 문집은 일찍이 성주(星州)에서 처음으로 판각(板刻)되었으나, 임진왜란 때 판본이 없어져서 남은 것이 없었는데, 그 자손뿐 아니라 많은 다른 사람들이 이를 한으로 여겼었다. 그 뒤 병자호란 때 공의 6대손 교리(校理) 언벽(彦璧)이 영남(嶺南) 지방으로 피난했다가, 때마침 한 사인(士人)의 집에서 한 본(本)을 얻었는데, 수미(首尾)가 완벽하였으며 조금의 누락도 없었으니, 자손을 맞이하고자 하는 뜻이 과연 있으셨던 것인가? 중간(重刊)을 하지 못하고서 교리(校理) 공은 졸했고, 50여 년 뒤 7대손 시윤(時潤)이 승평(昇平)의 수재(守宰)로 나가서 공인(工人)들을 모아서 간행하여, 누대의 숙원이 비로소 이루어지게 되었으니, 참으로 귀중한 일이라 아니할 수 없겠도다!

증판서(贈判書) 공은 휘(諱) 자급(子伋), 교리(校理) 공은 휘 수곤(壽崑), 월헌(月軒) 공은 휘 수강(壽崗)이며, 그 대서(代序)는 공안공(恭安公) 발문(跋文) 속에 있다.

숭정기원후(崇禎紀元後) 임오년(壬午年, 숙종 28, 1702) 12월에 자헌대부(資憲大夫) 원임예조판서(原任禮曹判書) 겸 홍문관대제학(弘文館大提學) 예문관대제학(藝文館大提學) 지성균관사(知成均館事) 동지경연춘추관사(同知經筵春秋館事) 세자우부빈객(世子右副賓客) 권유(權愈)가 서(序)하노라

國朝文學之士 有文集者多. 然傳之至今者寡 非乃其言之可以視譜於後與否也 于有所品別之而于有所傳不傳耶. 況末流儇子 不惟後人之指議如何 而偏有所主 强以規永傳者 其能望其後之承其意哉. 纖巧以會俗 餙虛以驚愚 苟焉逐時好而已者 其細已甚. 墨丈之外 求聞亦妄耳 而鄲與夫表見諸家共聲聞於後 惡可幾也. 凡古大小集行于世不廢絶者 德藝竝與 華實副與 槪乎儒林之通共稱慕者也 沛沛乎經川與 滔滔爾江河與 蓋皆恃源而往者也. 亘世流光之業 奚患乎伏不發也. 若旣失而復得 殆絶而又續者 蓋若有神助 非窮索而迺得之 力求而厘續之也. 誕價不終售 逸寶不終秘 亦其理有當然者矣. 今以月軒集若將傳若將不傳而卒能刊布者觀之 若云者 徵也夫 其可以必之來許夫. 月軒公 少以文行名於時 早登朝爲名學士. 淸靜自守 不誘奪於勢利 燕山無道 託疾屛居家 不受疚於汚上. 中廟反正 復晉用爲名宰 晩年謝事歸 優遊以終. 其恬淡蕭散之趣 多見于集中 而造端拓體 無季俗輕浮之態 理贍氣裕 有古詩忠厚之意 文質不偏勝 源流有所歸 眞國朝中世以上學士之文也. 集凡三卷 公之胤恭安公玉亨之所類次也. 贈判書公遺詩數篇 錄之卷首 丁氏發祥之兆 貽後之訓 不可不傳也. 校理公詩 又編諸下 不能卷 不可別爲集也. 惜乎 校理公才思敏達 其厘存殘篇皆少時作也. 然捷手所賦得詞彩 炳蔚多勝語 使得盡其齒究其業 其所造可想. 顧乃未四十而歿 故所著少若是 悲夫. 此集始嘗入板于星州 壬辰南寇之亂 板本蕩失 無復存者 不獨其子孫恨也. 後丙子亂 公之六世孫校理彦璧避兵嶺南 適于士人家得一本 首尾完具 無脫缺拔 所欲以迎子孫之意者 果有之耶. 未及重刊而校理公歿 後五十餘年 七世孫時潤 出守昇平 乃得鳩工刊行 累代所願欲始克成 可貴哉. 贈判書公

諱子伋 校理公 諱壽崑 月軒公 諱壽崗 其代序 在恭安跋文中 崇禎紀元後壬午十二月日 資憲大夫 原任禮曹判書兼弘文館大提學藝文館大提學 知成均館事 同知經筵春秋館事 世子右副賓客 權愈 序

월헌집 중간의 시말(月軒集重刊始末)

월헌공(月軒公) 유집(遺集)은 합쳐 3권인데, 공의 아들인 공안공(恭安公)이 편차한 것이다. 공(公)의 선고(先考)인 증판서공(贈判書公)의 시(詩)를 권수(卷首)에 싣고, 공의 백씨(伯氏)인 교리공(校理公)의 시문(詩文)을 그 아래에 부록하였다.

가정(嘉靖) 임인년(壬寅年, 중종 37, 1542)에 성주부(星州府)에서 처음으로 간행하였다. 그러나 만력(萬曆) 임진년(壬辰年, 선조 25, 1592)에 왜란(倭亂)을 만나서 판각(板刻)과 인쇄해서 배포한 책자들을 모두 잃어버렸다. 숭정(崇禎) 병자년(丙子年, 인조 14, 1636)의 난리 때 공의 5대손 교리(校理) 언벽(彥璧)이 영남 땅으로 피난갔다가 마침 한 사인(士人)의 집에서 한 본(本)을 얻게 되어, 후손들이 비로소 등사(謄寫)하여 전하게 되었으나, 7언 절구 14수가 누락되어 있었으므로 이를 늘 한(恨)으로 삼았다. 이로부터 50여 년 뒤 병사(兵使) 이익정(李益亨)이란 자가 단천(端川)에 귀양을 가게 되었는데, 우연히 그곳 한 인가에서 한 책자를 얻었으니, 즉 월헌집(月軒集) 수권(首卷)을 필사한 것이었다. 여러 경로를 통해 자손이 입수하여 마침내 그 망실 부분을 보완하였다.

숙종(肅宗) 임오년(壬午年, 1702)에 6대손 참의(參議)이 시윤(時潤)이 순천부사(順天府使)가 되었는데, 참의(參議) 시윤(時潤)은 교리(校理) 언벽(彥璧)의 아들이다. 선고(先考)의 뜻을 받들어 활자(活字)를 사용하여 중간하였는데, 이때에 공안공(恭安公)의 차운(次韻) 몇 편을 처음으로 원운(元韻) 아래에다 붙였고, 또 공의 손자인 충정공(忠靖公)의 시 약간 편을 편말에다 추가로 부록하여, 이에 4대 다섯 분의 글이 한 문집에 함께 실리게 되어 세고(世稿) 같이 되었다.

금상(今上) 49년 계사년(癸巳年, 영조 49, 1773)에 10대손 범조(範祖)가 호당(湖堂)에서 사가독서(賜暇讀書)하다가 은혜를 입어서 승선(承宣)으로 발탁되었고, 드디어 이 문집을 금상에게 올렸더니, 이에 어제어필(御製御筆) 열 자(字) "昔見湖洲集 今何聞此編(예전에 호주집(湖洲集)을 보았었는데, 어째서 지금에사 이 문집을 보게 되는고?)"를 내리시고, 이어서 호남(湖南) 도백(道伯)에게 영(令)을 내려서 다시 간행해서 올리게 하였는데, 이에 대한 것은 범조(範祖)의 뒷 발문(跋文)에 상세하다.

충정공(忠靖公) 유고(遺稿)는 거의 다 흩어져서 앞의 임오년(任午年) 중간 때 많이 실을 수 없었다. 오언 절구 1수, 칠언 절구 3수, 오언 율시 2수, 칠언 율시 3수를 혹은 제영(題詠)에서 찾아내고, 혹은 패설(稗說)에서 찾아내고, 혹은 남의 간찰(簡札) 속에서 찾아내어 그 중에서 의심의 여지가 없는 것만을 취하여 보완하였다.

이 문집은 합쳐 세 번 간행되는데, 실전(失傳)되었다가 다시 찾아내고, 끝내는 임금에게 올리게 되었으니, 평범함과는 다르다고 아니할 수 없겠다. 이에 드디어 그 전말을 기록하여 후인들이 참조할 수 있도록 한다.

月軒集重刊始末

月軒公遺集凡三卷 公之胤恭安公所嘗編次也. 以公之考贈判書公詩載之卷首 以伯氏校理公詩與文附其下. 昔在嘉靖壬寅 入梓于星州府 萬曆壬辰 値倭亂 板與印布者俱爲蕩失. 崇禎丙子之亂 公之五世孫校理彦璧 避兵于嶺南 適於一士人家得一本. 諸孫始相謄傳 而但七言絶句十四首缺亡 常以爲恨. 後五十餘年 有李兵使益亨者謫于端川 偶得一册子於郡人家 卽月軒集首卷傳寫者也. 轉歸于子孫 遂補其亡而就完焉. 肅廟壬午 六世孫參議時潤 爲順天府使 參議卽校理之胤也. 體先志 始以活字重印 恭安公次韻數篇 初旣附元韻之下 又以公之孫忠靖公詩若干篇追附編末 於是四世五公之文 咸載一集 有若世稿焉. 今上四十九年癸巳 十世孫範祖以湖堂蒙恩 擢爲承宣 遂以是集 登徹睿覽 仍下御製御筆十字 曰昔見湖洲集 今何聞此編 繼有令湖南道臣改刊以進之命 其詳在範祖後跋. 忠靖公遺稿 散佚殆盡 壬午重刊時 不得多載矣. 五言絶句一首 七言絶句三首 五言律詩二首 七言律詩三首 或得於題詠 或得於稗說 或得於人家簡牘中 取其眞的無疑者 次第補入. 是集凡三刊 而旣失而復得 終爲進御之文字 吁亦異哉. 遂記顚末 以備後觀云.

《月軒集》

卷之一

부(賦)[1)]

맑은 가을을 슬퍼하는 사 悲淸秋辭[2)]

맑은 가을의 소슬함을 슬퍼하며	悲淸秋之蕭瑟兮
높은 곳에 올라서 멀리 바라보았네	試登高以望遠
그 막힘 없는 사방을 내려다보노라니	瞰四際其無碍兮
오랜 흙비로 혼돈스럽던 세상이 시원스레 개었네	開積霾之混沌[3)]
하늘은 넓고 밝아 더욱 높은데	天曠朗以彌高兮
들 빛은 창망하여 저물려 하네	野蒼茫而欲晩
먼 갯벌에는 기러기 슬픈 울음 흘러 보내고	鴈流哀於遙浦兮
첩첩 산봉우리에는 산기운 푸른 빛을 말아 올리네	嵐捲翠於疊巘
우거진 숲 속에 선들바람 일어나니	起叢薄之颼飀兮
오열하는 낙엽 뿌리로 돌아가네	葉於邑而歸根[4)]

1) 부(賦): 시체(詩體)의 한 종류로서 초사(楚辭)에서 발전되어 내려온 것. 부라고 이름한 최초의 작품은 전국시대 순경(荀卿 즉 순자)의 〈예부(禮賦)〉 등 5편이다. 한대(漢代)에 형성되고 매우 성행한 고시(古詩)의 한 흐름이라 할 수 있으며, 문장의 수식과 운율을 중시하고 시가와 산문의 성질을 아울러 갖추고 있다. 그래서 이후 변문(騈文)으로 발전하거나 또는 산문화하였다. 산문에 접근한 것은 문부(文賦)라고 하고, 변문에 접근한 것은 변부(騈賦 또는 四六騈儷文) · 율부(律賦)라고 한다.

2) 사(辭): 전국시대 초나라에서 발생한 시체(詩體)의 하나로서, 일반적으로 초사(楚辭)라고 하며 굴원(屈原)의 〈이소(離騷)〉가 대표적인 작품이다. 그래서 초사체를 소체(騷體)라고도 한다. 이 초사를 이어 한나라 때 부(賦)가 성행했으므로 이 둘을 묶어 사부(辭賦)라고 한다. 이 사의 작품들은 서정적이고 낭만적인 분위기가 풍부하고 자구(字句)가 길며 형식도 비교적 자유롭고, 어조사 '혜(兮)' 자를 많이 사용하면서 어구의 기세를 돕는다.

3) 적매(積霾)의 혼돈(混沌): 매(霾)는 흙비이며 적매는 오랫동안 계속된 흙비를 말한다. 적우(積雨)가 오랫동안 계속 내린 비를 뜻하는 것과 같다. 흙비가 오랫동안 내렸으니 마치 세상이 혼돈에 빠진 것처럼 사물(事物)의 구별이 분명하지 않고 모호한 상태를 말한다.

4) 오읍(於邑): '於'의 음은 오(烏)이다. ① 번민과 수심에 잠김. 슬퍼하여 우울해짐. 오읍(於悒)과 같다. 초사(楚辭)의 〈구장(九章) · 비회풍(悲回風)〉에 '마음 아파 한숨이 나오고 슬퍼서, 기가 막혀 풀 길 없어라(傷太息之愍憐兮, 氣於邑而不可止)' 라고 했다 ② 오열(嗚咽). 여기서는 ②를 취했다.

멀고도 멀도다 나의 회포여　　渺渺兮余懷
이별에 임하여 멍하게 넋을 잃네　　怳臨別而銷魂
이에 빈 누각을 나와 깊숙한 집을 찾아가서　　於是辭空閣卽幽軒
차가운 적삼 벗어 버리고 따뜻한 겹옷 입었네　　去衫寒取裌溫
세월이 쉬이 흘러감에 놀라고　　驚歲月之易流兮
온갖 변화가 결국 하나의 근원으로 귀결됨을 구명하네　　究萬化之一元[5)]
어찌 만물의 근본이 곧고 신실하지 않으리오 만은　　何一元之不貞兮
그 영화와 쇠락은 갑자기 뒤집어진다네　　伊榮悴之俄翻
옛 사람들의 애상과 흥취를 가려모아　　攬昔人之興感兮
당시의 가을 기운을 그려보네　　想當時之秋氣
상강의 거문고 그 타던 곡조가 아직 끝나지 않았는데　　湘瑟鼓兮曲未旣[6)]
초국의 영혼 불러오니 마치 분개하는 듯하네　　楚魂招兮若有憾[7)]
양자강 동쪽의 나물은 벼슬의 맛이 적고　　江東菜兮薄宦味
울 밑의 국화는 어여쁘게도 서로 위로를 하네　　籬下菊兮憐相慰
장안의 달밤에 요란한 다듬이 소리는　　砧碎月於長安兮[8)]
옥관으로 보낼 겨울옷을 재촉하네　　催玉關之寒衣[9)]

---

5) 일원(一元): 사물의 시초. 만물의 큰 근본.

6) 상슬(湘瑟. 상강의 거문고): 중국 고대(古代)의 임금 요(堯)의 딸 아황(娥皇)과 여영(女英)이 함께 순(舜)에게 시집 가서, 순이 지방 순시 중에 죽었다는 소식을 들은 뒤에 상강의 가을밤에 순을 사모하여 거문고를 타다가 물에 빠져 죽었다는 고사를 말한다.

7) 초혼(楚魂. 초나라의 영혼): 중국 전국시대 초나라의 시인 굴원(屈原)의 영혼을 말한다. 굴원이 회왕(懷王)과 경양왕(傾襄王)을 섬겨 벼슬을 하였으나 모략에 빠져 한때 방랑생활을 하다가 울분과 감정에 지쳐 멱라수(汨羅水)에 빠져 죽었다는 사건에서 비롯되었다.

초혼(招魂): 사람이 죽었을 때 발상하기 전에 죽은 사람의 혼을 부른다는 행사. 또는 죽은 사람의 혼을 불러 돌아오게 함.

8) 침쇄월(砧碎月): 다듬잇돌에 달이 부서진다. 또는 쇄월은 꽃더미 아래에 잘게 부서진 달빛으로도 볼 수 있다. 참고로 당나라 시인 왕건(王建)의 시 〈당창관옥예화(唐昌觀玉蕊花)〉를 보면, 〔女冠夜覓香來處, 唯見階前碎月明(여도사가 밤에 향기 날려오는 곳을 찾으니, 오직 섬돌 앞 달빛 잘게 부서지며 꽃더미 밝은 곳만 보이더라)〕 그래서 '부서지는 달빛(서리가 내린 것으로도 볼 수 있다) 아래에서 다듬이질을 한다' 로 보아도 좋겠다.

9) 옥관(玉關): 옥문관(玉門關). 한 무제가 설치했다. 서역에서 옥석(玉石)을 수입할 때 여기를 지나야 하기 때문에 붙인 이름. 한나라 때에는 서역 각지를 통행하는 문호가 되었다. 지금의 감숙성(甘肅省) 돈황(敦煌) 서북 소방반성(小方盤城)에 있다. 변방 국경의 관문 또는 넓은 의미의 국경지대의 일선을 가리킨다. 이 연은 이백의 〈자야오가(子夜吳歌)〉'長安一片月, 萬戶擣衣聲. 秋風吹不盡, 總是玉關情'(장안의 한 조각 달/집집마다 다듬이소리/가을바람 끝없이 부니/모두 옥문관을 향한 시름이어라)을 참고한 듯하다.

산 남쪽에선 바람 희롱하는 피리소리 들려오는데	笛弄風於山陽兮
고향으로 돌아가지 못함을 슬퍼하네	悵家園之未歸
흰 머리카락 처음 나는 것을 한탄하며	嘆二毛之初生兮[10]
온갖 꽃과 풀들 다 시드는 것을 가슴 아파하네	傷百卉之俱腓
무산 골짜기의 스산함을 원망하고	怨蕭森於巫峽兮[11]
초나라 수도의 적막함을 슬퍼하네	悲泬寥於楚甸[12]
오만가지 분분한 병든 생각들	紛萬緖之疚懷兮
한꺼번에 만났으니 떨쳐버리기도 어렵네	遭一途而難遣
하늘은 이미 사계절을 고루 나누면서	天旣平分四時兮
어찌하여 이러한 좋은 계절을 두었는지	胡爲有此素節[13]
실로 옛날로 돌아가 보아도 오늘과 같았으니	諒視古其猶今兮
어찌 사람의 정서에 차별이 있을손가	豈人情之有別
만물은 번영하는 것이 보이는데	覽萬物之敷榮兮[14]
백로가 서리 되는 것이 애석하네	惜白露之爲霜
짧은 햇빛 재촉하여 어두워지게 하고	催短晷以入暝兮
기후는 처량한 곳으로 돌아간다	轉氣候之凄凉
떨어져 뒹구는 잎은 섬돌에 모이고	落葉兮聚堦
추운 까마귀는 수풀에 깃든다	寒鴉兮棲林

10) 이모(二毛): 흰 머리털이 섞인 반백의 노인, 즉 중로(中老, 중늙은이)를 이른다. 이모란 흰 머리털과 검은 머리털을 말한다. 또는 사람은 32세가 되면 센 털이 두 개나 난다는 것이며, 32세를 '二毛의 나이' 라고도 한다. 이것은 진(晋) 반악(潘岳) 〈추흥부(秋興賦) · 서〉 '내 나이 서른하고도 둘에 처음으로 이모가 보였다(余春秋三十有二始見二毛)' 에서 비롯되었다.

11) 무협(巫峽): 중국에서 유명한 삼협의 하나. 호북성 서쪽에 있어 사천성 무산을 접하고 있다. 고대 초나라 양왕(襄王)이 낮잠을 자는데 그 꿈결에 한 선녀가 나타나 동침을 하고, 떠날 때에 '저는 무산 양지 쪽 높은 언덕에 사는데, 매일 아침이면 구름이 되고 저녁이면 비가 됩니다' 라고 하였다. 그후 과연 그 말과 같이 아침이면 구름이 끼고 저녁이면 비가 왔다. 이리하여 그곳에 그 여인을 위한 사당을 짓고 이를 조운(朝雲)이라고 하였다. 이러한 선녀의 꿈이 깉었다는 무협에도 가을이 드니 쓸쓸함을 면할 수 없다는 뜻인 것이다.

12) 혈료(泬漻 또는 泬寥): ① 맑고 넓은 하늘 또는 맑고 넓은 모양 ② 마음이 적막하고 고독한 것. 여기서는 ②의 뜻.

초전(楚甸): 초나라의 서울, 또는 왕성의 주위, 경기 지역이나 교외 및 경계 지역을 말한다.

13) 소절(素節): 가을. 특히 중추절이나 중양절 같은 가을의 좋은 절기를 말한다. 〈초학기(初學記)〉에 '가을을 백장이라 하고——절로 말하면 소절 또는 상절이라 한다(秋曰白藏——節曰素節, 商節)' 고 했다.

14) 부영(敷榮): 초목이 번성함. 무성하게 꽃이 핌.

집 옆 빈터에 도깨비불 번쩍거리고　熠燿燦於町畽兮[15]
은하수는 머리 위에 질펀하구나　星漢淡其上臨
온갖 벌레들 한꺼번에 어지럽게 울어　亂百蟲兮偕作
마치 나의 근심스런 읊조림을 돕는 듯하구나　如助余之愁吟

입춘부　立春賦

하늘의 운행이 쉬지 아니하여　感天運之不息
한 기운의 큰 조화가 전환함을 느끼나니　轉一氣之洪勻[16]
겨울의 신 현명의 차가운 위세에 작별인사 올리고　揖玄冥之寒威[17]
봄의 신 청제를 삼가 인도함으로써 배알하네　謁青帝以寅賓[18]
이에 북두성이 동북쪽에 있어 그 바람을 조풍이라 하니　爾乃斗在寅風曰條[19]
청양가를 노래하고 운교의 춤을 추며　歌青陽舞雲翹[20]
맑은 기운을 동쪽 교외에서 맞이하고　迎淑氣於東郊
차가운 날빛은 북방으로 보낸다　餞寒暉於北陸[21]

---

15) 습요(熠燿): 선명한 모양 또는 반딧불이나 도깨비불의 다른 이름.
정탄(町畽): 사슴 발자국(鹿迹) 또는 밭이나 집 옆의 빈터. 〈시경 · 빈풍(豳風) · 동산(東山)〉〔町畽鹿場, 熠燿宵行〕(집 근처 빈터는 사슴 놀이터 되어/밤에는 반딧불이 반짝인다).

16) 일기(一氣): 천지의 원기(元氣). 또는 음양이 나누어지지 아니한 기. 또는 일원(一元)이라고 한다.
홍균(洪勻): 홍(洪)은 크다는 뜻이며, 균(勻, 鈞)은 도끼를 만드는 녹로(轆轤: 발로 돌리며 모형을 잡는 물레)로서 조물자(造物者)를 뜻한다. 그래서 홍균은 우주의 만물을 창조하는 신 또는 거대한 조화의 뜻이다.

17) 현명(玄冥): 북방의 수기(水氣)를 관장한다는 태음신(太陰神)으로서 물의 신, 비의 신, 그리고 겨울에 만물을 거두어 간직한다는 신을 의미한다. 깊숙하고 고요함, 또는 어두움의 의미도 있다.

18) 청제(青帝): 봄을 맡은 동쪽의 신. 오행설에 청색은 봄과 동방을 말한다.
인빈(寅賓): 공경하게 인도함을 말한다. 〈상서 · 요전(堯典)〉에 나오며 공영달의 전(傳)에 '寅은 敬이요, 賓은 導'라 했다.

19) 조풍(條風): 동북방에서 솔솔 불어오는 바람. 즉 동북풍을 조풍이라고 한다. 또는 융풍(融風)이라고도 한다.

20) 청양(青陽): ① 봄을 말함 ② 고대 봄날의 교사가(郊祀歌)의 이름. 봄에 '청양'을 노래하고 여름에는 '주명(朱明)'을 노래했다고 한다.
운교(雲翹): 춤의 이름. 〈후한서 · 제례지(祭禮志)〉에 의하면 '입춘일에 동쪽 교외에서 봄맞이를 할 때에 운교의 춤을 춘다'고 하였다. 교(翹)는 꼬리의 긴 깃털이니, 이 춤은 머리에 꽂거나 손에 들고 추는 춤일 것이다.

21) 북륙(北陸): 북방.

흙으로 만든 소는 나라의 도성에 세우고	立土牛於國都[22]
채색으로 만든 제비는 화려한 집에 붙인다	帖綵燕於華屋[23]
가관의 재가 겨우 날고	葭管之灰纔飛[24]
목탁의 명령이 이미 돌았으며	木鐸之令已徇[25]
당나라 궁전의 머리 장식은 갑자기 퍼졌고	唐宮之花勝俄頒[26]
제나라 사람의 여린 나물을 처음으로 올린다	齊人之細菜初進[27]
진나라 도성의 누각에는 안개와 노을이며	秦城樓閣之烟霞[28]
한나라가 주인인 산하는 금수강산이라	漢主山河之錦綉[29]
금강의 물빛은 사람 맞으며 흘러오고	錦江色兮迎人來
동정호의 바람은 산 것들을 넓히며 흐르네	洞庭風兮濶生溜
북쪽 물가의 부용화를 캐고	挑北渚之芙蓉[30]
남쪽 시내의 개구리밥과 쑥을 뽑는다	抽南澗之蘋蘩[31]
정월 초하루의 첫 태양을 감상하고	賞獻歲之初陽[32]

22) 토우(土牛): 진흙으로 만든 소로서 봄맞이 놀이에 토우를 앞세워 찬 기운과 재앙을 쫓는다고 한다. 또 〈후한서 · 예의지(禮儀志)〉에는 '입춘일에 서울의 모든 관리들이 푸른 옷을 입고 푸른 머리띠를 하고 푸른 깃발을 세우고서 토우를 만들어 성문 밖에 세우고 백성들에게 농사짓기를 보인다' 라고 하였다. 이것은 봄농사의 시작을 상징한다.

23) 채연(綵燕): 채색의 비단으로 만든 제비로 입춘 맞이 장식물. 〈형초세시기(荊楚歲時記)〉에 '입춘일에 모두들 채색의 비단을 잘라 제비를 만들어 머리에 쓰는데 '의춘(宜春)' 두 글자를 써서 붙인다' 라고 하였다.

화옥(華屋): 화려한 궁전 또는 집.

24) 가관(葭管)의 재: 갈대청의 재. 갈대의 막을 태워 재로 만들어서 율관(律管) 속에 넣어 밀폐된 실내에 놓아두고 절후를 점친다. 하나의 절기가 오면 율관 속의 갈대재가 날아서 나온다고 한다.

25) 목탁(木鐸): 교령(敎令)을 선포할 때에 순행하며 흔들어 울리는 방울로서 목탁과 금탁의 두 종류가 있는데 목탁은 나무추가 달린 것으로서 문사(文事)에 쓰고, 금탁은 쇠추가 달린 것으로서 무사(武事)에 썼다.

26) 당궁(唐宮)의 화승(花勝): 당궁은 당나라 궁전. 화승은 고대 여인들의 머리장식으로, 자르고 채색하여 만든다.

27) 제인(齊人)의 나물: 청렴결백한 성인으로 후세에 이름이 전해오는 백이(伯夷)와 숙제(叔齊)가 수양산에서 먹었다는 고사리 나물을 입춘을 기하여 진상하고, 성군이 되시라는 뜻으로 인용한 말이다.

28) 진성누각(秦城樓閣): 진나라 때의 그 많은 누각과 같이 이 한양성에 즐비한 누각에도 상서로운 기운이 이 날을 기하여 서리는 것을 의미한다.

29) 한주산하(漢主山河): 한나라 태평성대의 화려한 산하. 즉 우리나라의 산천도 그에 못지않게 이날을 기하여 비단 같은 강산이 되어 수려할 것을 기대하는 말이다.

30) 부용(芙蓉): 연(蓮). 여기서는 부용화 즉 연꽃.

31) 빈번(蘋蘩): 부평 즉 개구리밥과 다북쑥. 변변치 못한 제물을 뜻하기도 한다.

32) 헌세(獻歲): 정월 초하룻날. 세수(歲首).

기름 먹인 장막 안의 작은 시끄러움을 나가 맞이한다 迓油幕之微喧[33]
산초화가 만년이나 피어있기를 송축하고 頌椒花之萬年[34]
술 단지 가득히 도소주를 따른다 酌屠蘇之盈樽[35]
천자는 지초 밭의 기러기를 읊는데 天子詠芝田之鴈[36]
시인은 뜰의 버드나무에 이는 바람을 읊는다 騷人吟庭柳之風
푸른 강물 위로 떠돌아다니며 流落蒼江之上
꿈속에서 궁궐을 생각하고 想觚稜於夢中[37]
처량한 검문 밖에서 凄凉劒門之外
동경과 서경 두 서울에 핀 매화를 떠올린다 憶兩京之梅發[38]
희화와 항아가 나이를 더하게 하는 것이 원망스럽고 怨羲娥之增年[39]
풍광을 노래하는 시 짓느라 머리 희어진 것이 우스우며 笑風花之催髮[40]
양대의 운우가 괴롭고 惱陽臺之雲雨[41]
낙포의 안개와 햇살이 아득하도다 迷洛浦之烟暉[42]

---

33) 유막(油幕): 기름을 먹인 장막으로 비를 막기도 하고 장군의 막부를 지칭하기도 한다.

34) 초화(椒花): 산초나무의 꽃. 산초나무는 열매가 많이 연다 하여 이 산초로써 왕후가 거처하는 방의 안벽을 장식하고 이를 초방(椒房)이라고도 한다. 그러므로 왕실의 자손이 흥성하기를 비는 뜻으로 이런 말을 쓴다.

35) 도소(屠蘇): 연초에 술에 넣어서 마신다는 약의 이름이다. 후한의 명의 화타(華佗) 또는 당나라의 손우일(孫愚逸)이 처방을 하였다는 것으로서 산초·방풍·백출·밀감피·육계피 등을 조합하여 만들며, 이것을 마시면 그 해의 사악한 기운을 물리치고 또 장수한다고 한다.

36) 지전(芝田): 芝는 지초(芝草), 영지(靈芝). 이 지초는 전설에 신선들이 재배하였다는 것으로서 이를 영초(靈草) 또는 서초(瑞草)라고도 한다. 이 지초를 재배하는 밭을 지전이라고 한다. 〈습유기(拾遺記)〉에 의하면 '곤륜산 제9층은 산의 형태가 약간 협소하나 그 밑에 지전(芝田)과 혜포(蕙圃)를 두고 선인(仙人)들이 와서 재배한다'라고 되어 있다.

37) 고릉(觚稜): 전각이나 궁궐 등의 가장 높고 뾰족하게 내민 모서리. 전각이나 궁궐의 대칭(代稱).

38) 양경(兩京): 동경과 서경. 이상의 구절은 신하로서는 창강(蒼江)의 먼 곳에 있으면서도 임금이 거처하는 궁전을 꿈속에서도 잊지 아니하고 검문(劒門) 밖에서도 서울의 봄의 풍광을 생각하고 있음을 의미한다.

39) 희화(羲和)와 항아(嫦娥): 즉 해와 달. 해를 운행하는 희화와 달의 신 항아를 병칭한 것. 그래서 세월의 흐름을 관장하는 신의 뜻으로 사용된다.

40) 풍화(風花): ① 바람 속의 꽃 ② 허공에 여러 가지 색깔이 뒤섞여 알록달록하고 산란한 구름 기운 또는 바람이 일어나기 전의 큰 안개 ③ 화려한 수사로 경물을 노래한 시문. 여기에서는 ③으로 본다. 당장 중요한 일이 아닌 경물 읊는 좋은 시를 짓기 위해 고뇌하다보니 머리카락도 희게 변하여 빨리 늙어가는 것을 보고 가볍게 자조(自嘲)하는 것.

41) 양대(陽臺)의 운우(雲雨): 고대 초나라 양왕(襄王)의 꿈에 나타난 무산(巫山) 양지쪽에 있는 신녀(神女)가 아침이면 구름이 되고 저녁이면 비가 된다고 하였다. 그러므로 양대는 남녀가 만나 환락하는 장소를 지칭하며, 남녀의 은밀한 일을 가리켜 양대의 운우라고 한다. 송옥(宋玉)의 〈고당부(高唐賦)〉 참고.

부서진 벽돌과 무너진 담장의 향기로운 풀은	缺甃傾垣之芳草[43]
왕손이 돌아오지 아니함을 한하고	恨王孫之不歸[44]
농두와 강남의 가지 하나에	隴頭江南之一枝
천리 밖의 소식을 부쳐오네	寄千里之音塵[45]
이로써 뜻이 괴로운 자는	是由志苦者
시절의 변천을 느끼고	感時序之變[46]
마음이 평온한 자는 봄빛의 새로움을 즐기네	心平者樂韶光之新[47]
봄이 어찌 사람을 움직이려고 마음먹었겠는가	春豈心於動人
사람이 봄을 만나 스스로 움직인 것이리니	人自動於逢春
분분한 일만 가지 슬픔과 즐거움을	紛萬緖之悲歡
이 꽃다운 시절에 한번 부치노라	玆一付於芳辰
또 다시 임금된 자는 하늘을 본받아	亦復王者法天
정사를 펴고 인을 행한다	布政行仁
교화는 만물의 근원인 한 기운과 나란히	化齊一元
만 백성을 은혜롭게 기른다	恩養萬民
후패에 의해 관대한 법령을 제정하고	設寬書於侯霸[48]
한 문제에 의해 빈민 구휼이 의논되었다	議振貸於漢文[49]
지금 성상께서 위에 계시어	今聖主之在上

42) 낙포(洛浦): ① 낙수(洛水)의 물가 ② 낙신(洛神), 즉 낙수의 여신을 지칭함. 복비(宓妃). 미녀를 대신 칭하는 말.

43) 결추 · 경원(缺甃 · 傾垣): 지면에 까는 정방형의 벽돌을 추(甃)라고 한다. 파손된 벽돌 사이와 무너진 담장(垣)에도 봄이 되니 꽃다운 풀이 돋아나는데 우리 인생은 한 번 가면 다시 오지 못한다고 한탄한다는 것이다.

44) 왕손(王孫): 왕의 자손. 귀족의 자제. 왕부지(王夫之)의 설에 의하면 은사(隱士)라고도 한다. 〈초사 · 회남소산(淮南小山) · 초은사(招隱士)〉 '王孫遊兮不歸, 春草生兮萋萋(왕손은 노니느라 돌아오지 않고, 봄풀은 무성하게 생겨나네).'

45) 음진(音塵): ① 음신(音信)과 같으며 소식이란 뜻 ② 종적(蹤迹). 여기서는 소식이란 뜻.

46) 시서(時序): 시절이나 계절의 돌아가는 순서.

47) 소광(韶光): 봄빛을 말한다.

48) 후패(侯霸): 후한 밀(密)지방의 사람으로 광무제(光武帝) 때 상서령(尙書令)이란 고관으로 있으면서 임금을 도와 선정을 베풀게 하되, 관서(寬書) 즉 죄인을 관대히 처분하는 법령을 제정하여 태평성대를 이룩하게 한 신하로 유명하다.

49) 한문(漢文): 한나라 문제(文帝)를 말한다. 검소한 생활을 시범하고 덕으로써 백성을 교화시키므로 나라가 부하고 예의가 흥하며 진대(振貸) 즉 재난에 허덕이는 백성의 구제에 철저하여 형벌을 받는 자가 거의 없어 하 · 은 · 주 삼대(三代) 이후의 어진 제왕으로 칭송되었다.

천지의 기운을 합하여 삼양을 순하게 하시는데 順三陽以氤氳[50]
한나라 궁궐에는 장락의 즐거움을 받들고 漢宮奉長樂之懽[51]
순임금 궁전에는 노여움 풀어주는 거문고를 타네 舜殿彈解慍之琴[52]
굽고 곧은 새싹이 자라나고 터지는 함괘이며 句芽萌拆之咸[53]
태평세상 만들고 경하하기를 부촉함이네 育慶太平之屬[54]
지금 이 좋은 시절에 짧은 문장을 지어 읊는 것은 今賦短章於令節
금할 수 없는 나의 회포에 맡김이라네 任余懷之弗禁

낙행우위의 부 樂行憂違賦[55]

대저 군자의 출처를 생각하건대 夫惟君子之出處[56]
시운의 통하고 막힘에 관계 있나니 關時運之通塞[57]

---

50) 삼양(三陽): ① 팔괘 중의 건괘(乾卦). 3개의 양효(陽爻)로 구성되어 있기 때문 ② 옛 사람들은 음력 11월 동지에 양(陽)이 하나 생기고 12월에 두번째 양이, 정월에 세번째 양이 생기면서 삼양개태(三陽開泰: 세번째 양이 크게 길하고 태평한 시절을 연다)한다고 생각하여 이를 합해서 삼양이라고 했다. 그리고 세번째 양이 생기는 정월을 삼양이라고도 한다. 위의 내용을 좀더 자세히 풀어보면, 음력 10월은 곤괘(坤卦)로 순음지상(純陰之象)이며, 11월은 6효의 첫번째 즉 초육(初六)이 양으로 바뀌면서 복괘(復卦)가 되고, 12월은 육이(六二)가 양으로 바뀌면서 임괘(臨卦)로 되고, 정월은 육삼(六三)이 양으로 바뀌면서 태괘(泰卦)가 된다. 그래서 삼양개태 또는 삼양교태(三陽交泰)는 '세번째 양이 태괘를 연다'는 뜻이며, 이 말을 정초의 칭송의 말로 많이 뽑는다 ③ 봄을 양춘(陽春)이라 하는데 봄날은 대개 3개월로 구성되어 있고 초춘(初春)·중춘(仲春)·먼춘(晩春)의 세 단계로 나누기 때문에 삼양이라 한다 ④ 한의학에서는 태양(太陽)·소양(少陽)·음양(陰陽)의 세 경맥을 말한다.

인온(氤氳): 음양의 두 기운이 섞이고 화합하는 모양 또는 천지의 기운이 서로 합하여 어린 모양을 말한다.

51) 장락(長樂): 한나라의 궁전의 하나인 장락궁. 한 고조가 진나라의 흥락궁(興樂宮)을 개조하여 만든 것으로, 초기에는 황제가 여기서 정무를 보았으나 혜제(惠帝) 이후 태후가 여기에 거처했다. 황제의 모친을 대신 칭하는 말.

52) 해온(解慍): 노여움을 풀어준다. 옛날 순(舜)이 오현(五絃)의 거문고를 타면서 〈남풍(南風)〉시를 지었다. '남쪽 바람의 훈훈함이여! 우리 백성의 노여움을 풀어 주도다. 남쪽 바람의 제때 맞음이여! 우리 백성들의 재산을 풍부하게 하도다'(南風之薰兮, 可以解吾民之慍兮. 南風之時兮, 可以阜吾民之財兮)라고 한데서 인용한 말이다.

53) 함(咸): 주역(周易)의 육십사괘의 하나이다. 이는 간하태상(艮下兌上)의 괘로서 음양이 交感하는 象을 말한다. 구맹(句萌)은 초목이 처음으로 생겨날 때의 어린 싹을 말하며, 句는 주먹처럼 굽은 것이며 萌은 까끄라기가 있으며 곧은 것이다. 아(芽)는 싹튼다, 탁(拆)은 터진다 갈라진다는 뜻이다.

54) 촉(屬): 붙임. 부탁, 부촉한다는 뜻이다.

문명한 세상을 만나도 숨어서 지낸다는 것은	遇文明而隱晦
나라를 경영하고 세상을 구제하는 큰 덕이 아니요	非經濟之大德
어지러운 세상을 당하여도 굳이 진출한다면	當亂世而干進
어찌 몸을 보존하는 좋은 계책이라 하겠는가	豈保身之良策
혹 나가기도 하고 혹 숨기도 하는 것은	或行而或違兮
세상 도리의 근심됨과 즐거움에 따름이라네	隨世道之憂樂
저 아침의 태양이 이미 솟아오르고	若夫朝陽旣昇
맑은 기운이 바야흐로 길며	淑氣方長
영웅 호걸이 다 모이고	風雲畢會[58]
물고기와 물처럼 임금과 신하가 한 집에서 화목하며	魚水一堂[59]
요순과 같은 성군을 보위에 모시고	拱堯舜於紫極[60]
고요와 기와 같은 현신을 조정에 앉히고	坐皐夔於巖廊[61]
큰 기러기 털과 같은 순풍을 즐거워하고	喜鴻毛之順風[62]

55) 낙행우위(樂行憂違): 군자의 처세방법을 의미한다. 주역 건괘(乾卦)의 최하위의 양효(陽爻)인 초구(初九)에 대한 설명에서 〈문언(文言)〉에 말하기를 '초구에 잠룡(潛龍)을 쓰지 말라는 것은 무엇을 이름인가' 공자(孔子)가 답하기를 '용은 덕이 있어도 숨는 것이다. 세상을 바꾸지 않고 이름을 내지도 않으며, 세상에 숨어도 근심하지 아니하니 이것이 즐거우면 행하고 걱정스러우면 숨는다는 것이며 확실히 잠룡은 뽑아낼 수 없는 것이다'(龍德而隱者也. 不易乎世, 不成乎名. 遯世无悶, 不見是而无悶. 樂而行之, 憂則違之, 確乎其不可拔潛龍也)' 라고 했는데 여기에서 인용했다. 즉 좋은 시절를 만나면 세상에 나와서 자기의 포부와 역량을 다하여 국태민안에 당연히 힘써야 하고, 만약 혼탁한 시대를 만나면 정직한 소신을 굽히지 아니하다가 소인의 모함에 빠져 비운에 꺾이는 예가 많다. 이러한 때에는 은퇴를 하여 원하는 세대가 돌아오기를 기다리는 것이 군자의 온당한 처세술이다. 그래서 전자의 것은 樂行, 후자의 것은 憂違라고 한다. 違는 숨는다, 피한다는 뜻이다.

56) 출처(出處): 출은 세상에 나와서 활동을 하는 것이고, 처는 전원에 은거하는 것이다. 진퇴(進退)와 같은 뜻.

57) 통색(通塞): 통과 색. 통은 달통(達通), 색은 비색(否塞) 즉 통하고 막힘을 의미한다.

58) 풍운(風雲): 본뜻은 바람과 구름이지만, 용과 범이 풍운을 만나 승천한다는 뜻으로 영웅이 어진 임금이나 적절한 시대의 변화를 만나 그 재능을 발휘하여 부귀공명을 얻는 것을 말한다. 그래서 풍운아(風雲兒)나 '풍운의 뜻(風雲志)' 이란 말이 있게 되었다.

59) 어수(魚水): 물고기와 물의 관계처럼 끊을래야 끊을 수 없는 밀접한 관계를 비유한다. 군신과 부부 따위의 관계를 말한다.

60) 요순(堯舜): 중국 상고시대의 성군(聖君)으로 전해오는 요임금과 순임금.

자극(紫極): 별 이름으로 제왕이 이를 본떠서 궁전을 지었기 때문에 제왕의 궁전을 대신 칭하는 말로 사용된다. 도교에서는 천상의 신선들이 거처하는 곳으로 말한다. 그리고 당나라는 도교를 숭상했기 때문에 노자(老子)를 현원황제(玄元皇帝)로 받들었는데, 특히 현종(玄宗) 때에는 장안과 낙양에 현원황제의 사당을 현원궁이라 했고 기타 여러 주(州)에서는 자극궁(紫極宮)이라고 했다.

녹명의 아장을 노래하게 되면	歌鹿鳴之雅章[63]
이는 군자가 즐겁게 놀 때이니	是君子行樂之時兮
마땅히 화목하게 세상을 건져야 하리	宜濟世於雍穆
천지가 어두워지고	及夫天地晦暗
위 아래가 꽉 막히며	上下否隔
북풍이 싸늘하여지고	北風其凉
쉬파리가 가시에 머물며	青蠅止棘[64]
옥은 돌과 함께 타버릴까 염려하고	玉乃慮於俱焚[65]
쇠 또한 뭇 사람들의 입에 의해 녹여질까 걱정하며	金亦憂其衆鑠[66]
비와 눈이 부슬부슬 내림을 한탄하고	嘆雨雪之霏霏
십묘의 땅 안에서 여유로움을 읊게 되면	詠十畝之閑閑[67]
이는 군자가 걱정하며 피해야 할 때이니	是君子憂違之時兮
마땅히 숲 사이에 아름다운 빛을 숨겨야 하리	宜韆彩於林間[68]

61) 고기(皐夔): 고요(皐陶)와 기(夔). 요순시대에 어진 신하로서 가장 유명하였던 두 사람의 이름이다. 고요는 순임금의 신하로 벼슬은 사구(司寇)이며, 법리에 통달하여 법을 세워 형옥(刑獄)으로 사회질서를 바로잡았다. 기(夔)는 순임금 때의 악관(樂官)으로 음악을 만들고 관장했다.

암랑(巖廊): 궁전 곁에 있는 행랑. 조정(朝廷)을 이름.

62) 홍모(鴻毛)의 순풍(順風): 홍모는 큰기러기의 털을 말하며, 지극히 가볍고 미세함을 의미한다. 이 경미하게 부는 화순한 바람은 즉 천기(天氣)의 순조로움과 시대의 화창함을 뜻하는 말이다.

63) 녹명(鹿鳴)의 아장(雅章): 〈시경 · 소아 · 녹명(鹿鳴)〉편을 말한다. 총 3장인 그 시의 제1장에 '평화롭게 사슴이 울며, 들판의 개제비쑥을 뜯는다. 나에게 귀한 손님이 있으니, 거문고 타고 생황을 분다' (呦呦鹿鳴, 食野之苹. 我有嘉賓, 鼓瑟吹笙)라고 하였고, 〈공자가어(孔子家語)〉에서는 '사슴의 울음이 짐승에서 나온 것이나 군자가 이를 장하게 여긴다. 그가 먹을 것을 얻으면 서로가 부르기 때문이다' 라고 하였다. 이는 온 천하의 사람들이 후덕하고 겸양함을 비유하여 인용한 말이다.

64) 청승(青蠅): 파리의 일종(쉬파리)이며 참언을 잘하는 소인을 비유하여 청승이라고 한다. 〈시경 · 소아 · 청승(青蠅)〉편(1, 2장)에 '윙윙대는 쉬파리/울타리에 앉는다/인후하신 임/모함하는 말 믿지 마소서./윙윙대는 쉬파리/가시나무에 앉는다/모함하는 사람들 끝없이/온나라 어지럽힌다' (營營青蠅, 止于樊, 豈弟君子, 無信讒言. 營營青蠅, 止于棘, 讒人罔極, 交亂四國)라고 한 것을 인용했다.

65) 구분(俱焚): 옥석구분(玉石俱焚), 즉 옥석을 가리지 않고 태워 버리는 것. 선악을 구분하지 않고 함께 버리는 것을 말한다. 〈시경 · 윤정(胤征)〉에 '화염곤강, 옥석구분(火炎崐岡, 玉石俱焚)' 이라고 했다.

66) 중삭(衆鑠): 중구삭금(衆口鑠金)의 준말. 대중의 말은 금속(쇠)도 녹일 수 있다는 뜻으로 여론의 영향력이 큰 것을 비유했다.

67) 십묘지한한(十畝之閑閑): 〈시경 · 위풍(魏風) · 십묘지간(十畝之間)〉 제1장의 두 구인 '십묘지간혜(十畝之間兮), 상자한한혜(桑者閑閑兮)' (십묘의 땅 안에/뽕 따는 이 여유로워)를 취해서 만든 구이다. 이 시는 〈집전〉에서 '정국이 혼란하고 나라가 위태로워 현인(賢人)이 벼슬살기 싫어 그 벗과 더불어 귀은(歸隱)하고자 하는 것' 이라 하였다. 전답이 한산하다는 뜻이 아니라 전원으로 돌아가 자득하고자 함을 말한 것이니 그 속에 풍자의 뜻이 있다.

비록 활동과 은거가 같지 않다 할지라도	縱行違之不同
그 귀결을 구명하면 하나이니	究其歸則一也
세상이 잘 다스려지는데도 그 몸만 깨끗이 한다면	信知世治而潔其身兮
이는 교주고슬과 같은 것이요	等膠柱而鼓瑟[69]
세상이 어지러운데도 진출하기를 힘써 구한다면	世亂而務求進兮
이 또한 간택을 면치 못함을 진실로 알아야하리니	亦未免於干澤[70]
하물며 초구의 군자가	況初九之君子[71]
곧 사용하지 말라는 잠룡임에랴	乃勿用之潛龍[72]
진실로 갈수록 불리하게 되니	固不利於攸往
조용히 지내는 것도 거의 흉이 없을 것이다	庶用靜之無凶
마땅하도다 성인이 주역을 찬하여	宜乎聖人之贊易[73]
숨기고 드러냄의 큰 절조를 보이심이	示隱見之大節[74]
백세의 인물들이	等百世之人物
누가 이보다 더 얻음이 있겠는가	孰於斯而有得
경솔히 좇지 말라	不屑就兮
고죽군 두 아들의 청풍을	孤竹子之淸風[75]
경솔히 버리지 말라	不屑去兮

68) 산채(鏟彩): 鏟은 대패나 낫으로 깎아내는 것. 彩는 고운 빛깔로서 개인의 덕목이나 장점 등을 뜻한다. 즉 숲 속에의 은거를 의미한다. 참고로 산적(鏟迹)도 사회활동을 하지 않고 숨어사는 것이다.

69) 교주고슬(膠柱鼓瑟): 비파나 거문고의 기둥을 아교로 붙여놓으면 음조를 바꾸지 못하므로 한 가지 소리밖에 나지 아니하듯이, 고지식하고 변통성 없이 한 군데만 꼭 달라붙는 소견을 비유하여 교주고슬이라고 한다.

70) 간택(干澤): 은택을 구하는 것을 말한다. 집주(集註)에 '干은 구하는 것이요, 澤은 은택이다' 라고 하였다.

71) 초구(初九): 주역 건괘(乾卦)의 최하위의 양효(陽爻)를 초구라고 한다. 앞의 주 55) 참조. 초구의 군자란 곧 낙행우위의 도를 행하는 사람이다.

72) 잠룡(潛龍): 양기(陽氣)가 잠겨 숨겨져 있는 것. 하늘의 양기를 용(龍)에 비유하였고, 그 양기가 황천(黃泉)에서 움직이기 시작했지만 아직은 싹이 나지 않은 터라 잠복(潛伏)해 있는 것이며, 그래서 잠룡이라 했다. 그래서 성인(聖人)이 아래에 있으면서 숨어 드러나지 않거나 현명하고 재주 있는 사람이 때를 만나지 못한 것을 비유한다.

73) 찬역(贊易): 찬은 문체의 하나로서 인물을 칭찬하거나 논평하는 인물찬 또는 역사의 기사에 첨가하는 역사논평식의 운문(韻文)을 말하는 것이며, 역은 오경(五經)의 하나인 주역을 말한다. 즉 주역을 자세히 해설하거나 그로써 논평하는 것.

74) 은현(隱見)의 대절(大節): 숨겨져 남이 모르게 하는 것과 나타나 남들에게 드러내는 것을 자유자재로 하는 큰 절조를 말한다.

유하혜의 대동을	柳下惠之大同[76]
그러나 좁음과 공손하지 않음에서 벗어나지 못하면	然未免隘與不恭兮
어찌 활동과 은거에 중도를 얻을 수 있겠는가	豈行藏之得中
저 신야의 구름 밑에서 밭을 갈고	彼其耕莘野之雲[77]
위수 물가의 달빛 아래에서 물고기를 낚으며	釣渭濱之月[78]
혹은 매우 많은 녹봉을 돌아보지 않기도 하였고	或萬鍾之不顧
혹은 포악한 주왕를 피하여 종적을 감추었다네	或避紂而晦跡[79]
탕왕과 문왕의 흥성한 시대에 이르러서는	及湯文之作興[80]
사회에 정도를 행하게 함을 자기의 책임으로 하고	任行道以爲責
위로는 황제와 하늘에 그 공로가 이르게 하고	上功格於皇天
밑으로는 백성과 만물을 윤택하게 하였네	下澤潤於民物
이것이 대개 낙행우위인 것이니	是庶乎樂行憂違兮
후인을 위하여 본받게 함이로다	爲後人之所式者也
나 또한 밝은 시대 만난 것을 즐거워하며	余亦喜身逢於昭代兮
이 날에 정도가 행하여지기를 바라노라	冀行道於當日

75) 고죽자(孤竹子)의 청풍(淸風): 고죽은 상(商)나라 때에 세워진 제후국의 이름이며 또한 그 제후의 이름이다. 백이와 숙제는 이 고죽군(孤竹君)의 아들이며, 맹자가 말하기를 '백이와 숙제는 청백한 성인이다' 라고 하였다. 이 백이 · 숙제의 청백을 가리켜 고죽자의 청풍이라고 한다.

76) 유하혜(柳下惠)의 대동(大同): 공자(孔子)와 동시대의 인물로서 맹자가 말하기를 '유하혜는 화목한 성인이다' 라고 하였다. 후인들이 이 유하혜의 화목을 가리켜 유하혜의 대동이라고 한다.

77) 신야(莘野): 신(莘)의 들판. 〈맹자 · 만장편(萬章編)〉에 '이윤(伊尹)이 유신(有莘)의 들판에서 밭갈이를 하였다' 고 하였다. 유신은 나라의 이름으로, 이윤이 처음 은거를 할 때 유신국에서 밭갈이를 하였다고 한다.

78) 위빈(渭濱): 위수의 물가. 주나라 태공망(太公望)이 문왕(文王)을 만나기 전에는 위수의 물가에서 고기를 낚고 있었다 하여 이를 가리켜 '위빈조월(渭濱釣月 : 위수의 물가에서 달을 낚다)' 이나 '위천어부(渭川漁父)' 라고 하였다.

79) 주(紂): 중국 은(殷)나라 말기의 폭군인 주왕을 말한다. 은왕조를 구하기 위해 여러 충신들이 간하였는데 주왕의 서형인 미자계(微子啓)와 충신 조이(祖伊) 등은 결국 숨어 버렸고, 왕자 비간(比干)은 처참하게 죽임을 당했으며, 기자(箕子)는 미친 척 노복이 되었다가 감옥에 갇혔다. 그리고 이후 가솔들을 이끌고 조선 땅으로 이동했다.

80) 탕문(湯文): 은나라를 창업한 성군 탕왕과 주(周)나라를 부흥시켜 통일천하의 기초를 마련한 성군 문왕을 합하여 탕문이라고 한다.

위장군 사당의 부 衛將軍廟賦[81]

큰 못 가에 무덤은 세 척이요	大澤邊兮墳三尺
형계 위에 우뚝한 사당은 천년이 되었네	荊溪上兮廟千年[82]
지전이 비에 젖으니	紙錢兮雨濕[83]
퉁소와 북 소리 깊고도 조용하네	簫鼓陳兮淵淵[84]
강의 남쪽에 사람이 있는 듯	若有客兮江之南
신주 모신 사당의 한가한 뜰을 거닐면서	步神宇之閑庭[85]
끊어진 비석의 영락함을 어루만지며	撫斷碑之零落
장군의 영령을 상상하네	想將軍之英靈
그때 진양에 용이 날고	爾其龍飛晋陽[86]
강도에 연기가 사라졌으니	烟滅江都[87]

---

81) 위장군(衛將軍): 위적(衛逖). 그에 대한 사서(史書)의 기록은 없는 것 같다. 당의 시인 허혼(許渾)이 〈제위장군묘(題衛將軍廟)〉를 쓰면서 서문에서 간단히 밝힌 내용을 정리 소개한다. 위적은 당나라 태종(太宗) 때의 장군으로 양선(陽羨) 사람. 어려서 시서(詩書)를 익히고 활쏘기와 칼쓰기를 배워 무예가 있었다. 젊어서 병주(幷州)와 분주(汾州) 사이에서 노닐었고 이연(李淵) 고조(高祖)가 즉위한 후 이세민(李世民)이 수나라 말기에 일어난 군웅들의 난을 진압할 때 위적은 용감함과 기예로 나아갔고 특히 두건덕(竇建德)을 사로잡을 때 창과 칼을 끼고 앞으로 돌진하고 뒤를 도우며 공을 세웠다. 이세민이 돌아보고 이를 기특하다 여겼다. 천하가 안정되자 그의 공을 기록하고 장군 숙위(宿衛: 황제의 호위장군)에 배수하였다. 그러나 모친이 늙고 병들었다 하여 돌아가 여생을 모실 수 있기를 간구하였는데, 그 글의 뜻이 슬프고 격동적이어서 조칙을 내려 허락하였다. 그렇게 되어 효경(孝敬)으로 집안을 화목하게 하고 믿음으로 향리에 거하다가 그가 죽자 향리 사람들이 그의 현명함을 그리워하여 형계(荊溪)의 물가에 사당(廟)을 세웠다. 평생 활과 갑옷을 동쪽과 서쪽의 처마에 걸어놓았다고 한다. 한나라의 대장군 위청(衛青)이 아니다.

82) 형계(荊溪): 강소성 의흥현(宜興縣)의 남쪽에 있으며 형산(荊山)과 가깝기 때문에 형계라고 했다. 위로는 무호(蕪湖)와 통하고 아래로는 진택(震澤)으로 흘러가 송강(松江)에 이르러 바다로 흘러 들어간다. 그 흐름이 길고 매우 맑으며 시내의 남쪽에 봉우리가 솟아있고 풍경이 그림 같아서 옛날부터 많은 사람들이 여기를 은거지로 택했다.

83) 지전(紙錢): 돈 모양으로 오려낸 종이. 장례를 치를 때에는 폐백 대신에 이 지전을 관에 넣어 매장을 하고 귀신을 제사할 때에는 이 지전을 제상에 놓았다가 제사가 끝나면 불에 태워 버린다.

84) 연연(淵淵): 깊고도 조용한 곳에 은은한 북소리가 사람의 옛 회포를 처량하게 함을 의미한다.

85) 신우(神宇): 신위 즉 신주를 모신 사당.

86) 진양(晋陽): 상고시대 당(唐)나라의 발상지로서 요임금이 여기에 도읍을 정했다. 지금의 산서성(山西省) 태원시(太原市) 태원현(太原縣)으로 주의 성왕(成王)이 그의 아우 숙우(叔虞)를 여기에 봉했고, 춘추전국시대에는 모두 진양이라고 했다. 진(秦)나라 때에는 진양현을 두고 태원군이 다스렸다. 당(唐)나라를 세운 이연(李淵)의 조상 이씨들이 북주(北周) 이후 당군공(唐郡公)과 당국공(唐國公)에 봉해졌기 때문에 당이라 국호를 정했다. 용은 당 고조 이연을 지칭하며 그가 진양에서 일어난 것을 말한다.

위적은 창을 잡고	逖也執殳
왕의 선봉이 되었고	爲王前驅[88]
이름이 역사책에 실려 길이 전해지기를 바라며	冀垂名於竹帛
용의 비늘을 끌어 잡고 보람있게 죽기를 원했네	願攀鱗以效死
처음 칼을 집고 한나라로 돌아오니	始杖劍以歸漢[89]
나라에서 둘도 없이 뛰어난 인물됨을 기뻐하였고	喜無雙之國士
군사의 진퇴를 자유로이 하여 전략을 잘 세우니	終猿臂以善射[90]
천하의 비장임을 알았다네	知天下之飛將[91]
굳세고 힘찬 모양은 만인을 당할 수 있고	桓桓萬人之敵[92]
무예가 있고 용감한 자세는 백 사내의 으뜸이라	赳赳百夫之長
화살과 바위 속으로 내달려 돌진하였고	馳突矢石之中
전쟁이 격렬한 가운데에도 종횡무진하였으며	縱橫戰陣之間
북 아래에서 건덕을 사로잡고	擒建德於鼓下[93]
무관에서 용 깃발을 보호하였네	護龍旗於武關[94]

87) 강도(江都): 진(秦)나라 때 광릉현(廣陵縣)이었던 것을 한나라 때 나누어 강도현(江都縣)을 두었고 광릉국(廣陵國)에 속했다. 진(晋)과 남조의 송(宋) · 제(齊)에는 광릉군(郡)으로, 양(梁) · 진(陳) · 수(隋)에는 폐지되었다가 당(唐)나라에 와서는 양주(揚州)가 되었다. 즉 지금의 양주를 말한다. 강소성 의징현(儀徵縣)의 동북. 수(隋)나라 양제(煬帝)가 각지에서 반란이 일어날 때 순방 여행 중에 강도에 머물렀다가 대업(大業) 12년(616년)에 우문화급(宇文化及) 등과 공모한 시위대에 의해 시해된 사건을 말한다.

88) 전구(前驅): 말을 타고 행렬의 앞에서 인도하는 사람. 이를 또 선구(先驅)라고도 한다.

89) 한(漢)나라: 시대는 당나라이지만 시문(詩文)에서는 직접 그 시대를 말하지 않고 과거 특히 한나라의 일로 쓰는 경우가 많다.

90) 원비(猿臂): 원숭이와 같은 긴 팔, 즉 활을 쏘기에 안성맞춤인 팔. 원비지세(猿臂之勢)는 군대의 진퇴나 공수를 자유자재로 하는 일을 말한다.

91) 비장(飛將): 행동이 재빠르고 무용이 뛰어난 장수를 일반적으로 칭하는 말. 또는 飛將軍. 역사적으로 비장군이라 칭해진 사람은 한나라 때의 장군 이광(李廣)이었다. 여기서는 위적을 지칭한다.

92) 만인지적(萬人之敵): 모든 사람의 적이라는 뜻이 아니라 만 명이라도 혼자 당해낼 수 있다는 뜻.

93) 건덕(建德): 수나라 말기 각 지역에서 일어난 군웅들 중 동쪽에서 최대의 실력자가 된 두건덕(竇建德)을 말한다. 그는 스스로 장락왕(長樂王)이라 칭하고 낙수(樂壽: 지금의 하북 獻縣)에 도읍을 정하였으며 국호를 하(夏)라고 했다. 뒤에 수의 장군으로서 낙양을 중심으로 자립한 왕세충(王世充)이 이세민에게 포위당하자 구원을 요청했고 이를 원조하다가 사로잡혔다.

고하(鼓下): 고대 군중(軍中)에서 사람을 참살하는 곳. 중군장(中軍將)이 가장 높아서 그 자신이 깃발과 북을 잡는다. 만약 군영을 설치할 때면 기(旗)를 세워서 군문(軍門)으로 삼고, 또 북을 설치하며 사람을 참살할 때에는 반드시 그 아래 즉 중군(中軍)의 고하 즉 북 아래에서 한다. 만당 시인 두목(杜牧)의 〈대성곡(臺城曲)〉에 '왕반의 군세가 위급하여, 고하에서 오랑캐를 처단한다' (王頒兵勢急, 鼓下坐蠻奴)라고 했다.

94) 무관(武關): 군사요새를 말한다.

지향하는 바는 전례 없이 장하였고	壯所向之無前
백번 싸워 백번 이기기를 기약하였으니	期百戰而百勝
깃대로 지휘하며 뭇 도적을 물리치고	指麾而群盜平
수레에서 내리니 중원이 안정되었네	下車而中原定
마땅히 포증의 더함이 있어야 하므로	宜褒贈之有加[95]
장군의 높은 품계가 제수되었고	授將軍之隆秩[96]
찬란한 창 끝이 옛 집에 돌아오니	爛戟枝之當戶
인끈이 얽히어 길게 늘어졌네	紆印綬兮若若[97]
그 장한 마음을 멈추지 않아	庶壯心之未已
왕실의 간성이 되었네	作干城於王室
어찌하여 우뚝 솟은 그 맑은 정신이	夫何落落之淸神
끝까지 외물에 더럽히지 않았는가	竟不累於外物
이미 평생의 뜻 바쳤으므로	旣酬平生之志
감히 백구의 맹서 저버렸고	敢負白鷗之盟[98]
부귀는 뜬구름같이 능멸하며	富貴浮雲之蔑
고관대작은 초개같이 가벼이 여겼네	軒冕草芥之輕[99]
월나라를 제패하고 오나라를 평정하여	覇越而平吳兮
오호에 조각배를 띄웠으며	泛五湖之扁舟[100]

95) 포증(褒贈): 국가에 공로가 많은 사람에게 관직의 품계를 올려 주어 표창하는 것.

96) 제수(除授): 관직에 임용할 경우에는 해당 부처에서 후보 세 사람을 추천하고, 그 중에 가합한 사람의 지정을 받아 임명함을 원칙으로 한다. 그러나 이러한 절차를 생략하고 임금이 바로 벼슬을 시키는데 이를 제수 또는 제배(除拜)라고 한다.

97) 인수(印綬): 관인(官印)의 꼭지에 단 인끈을 말한다.
약약(若若): 길게 늘어뜨린 모양.

98) 백구(白鷗)의 맹서: 강이나 바다에서 흰갈매기와 벗하며 한가롭게 지내기로 한 맹서. 이를 또 강호(江湖)의 약속이라고도 한다. 이는 즉 세속의 근심 · 걱정을 멀리하고 산수에 은거하여 자연과 벗이 되기로 한 약속을 말한다.

99) 헌면(軒冕): 헌은 양쪽에 바퀴가 달린 수레로서 대부가 타는 것이요, 면은 대부 이상의 관직에 있는 사람이 쓰는 갓이다. 헌면은 즉 고관 · 대작을 가리키는 말이다.

100) 오호(五湖): 다섯 개의 호수. 이 오호에 대해서는 시대에 따라 지칭하는 말이 서로 달라 일정치 못하다. 우선은 고대 오월(吳越) 지역의 호수나 강남의 다섯 개의 큰 호수(洞庭湖 · 靑草湖 · 鄱陽湖 · 彭蠡湖 · 太湖 등) 또는 단독으로 동정호나 태호를 지칭한다는 설이 있다. 대개는 월(越)나라의 대부 범려(范蠡)가 월왕 구천(勾踐)을 보좌하여 오나라를 쳐서 멸망시키는 큰 공을 세운 후에 몸을 물러나 오호에 일엽편주를 띄웠다는 고사를 인용하면서 오호는 은둔지를 지칭하였다.

진나라를 멸망시켜 한나라의 제왕이 되게 하고　滅秦而帝漢兮
적송자를 따라 신선놀이 하였네　從赤松以仙遊[101)]
하물며 천금같은 관직을 사직하기 위하여　況千金之乞骸[102)]
두 차례 올린 상소가 발군의 문장임에랴　有兩疏之超群
청진의 그 적막함을 돌아보고는　顧淸塵其寂寞[103)]
후세에 전할 덕행에 한번 기탁하기를 바랐네　希一托乎餘芬[104)]
무늬 있는 돌 깔린 황궁에서 성군을 하직하고　辭聖主於文石[105)]
푸른 구름의 큰기러기 되었네　作冥鴻於碧雲[106)]
뽕나무 느릅나무의 늦은 경치를 즐기고　樂桑楡之晩景[107)]
숲과 물가를 따라 늙음을 보내며　循林皐以送老
고당에서는 색동옷 입고 유희를 하고　高堂弄斑衣之戲[108)]
향당에서는 온화하고 공손한 도리를 다했네　鄕黨盡恂如之道[109)]
이것이 바로 공을 이루었으면 용퇴를 하고　盖庶幾功成勇退

---

101) 적송자(赤松子): 상고시대 신선의 이름이다. 신농씨 때의 우사(雨師)가 곤륜산에 들어가서 신선이 되었다는 것이며, 한나라의 장량(張良)이 고조(高祖)를 도와 천하를 통일시키고 이 적송자를 따라가서 신선이 되었다는 고사를 말한 것이다. 여기서는 위적이 관직을 사양하고 모친을 봉양하기 위해 경치좋은 고향으로 돌아간 것을 말한다.

102) 걸해(乞骸): 늙은 재상이 벼슬을 사퇴하기를 임금에게 청원하는 것. 걸신(乞身)이라고도 한다.

103) 청진(淸塵): ① 먼지를 떨치다 ② 맑고 가벼운 먼지 ③ 청정무위의 경지. 청고(淸高)의 유풍(遺風). 고상한 품질. 〈초사 · 원유(遠遊)〉 '聞赤松之淸塵兮, 願承風乎遺則' (적송자의 청정무위의 경지를 들었나니, 그 남겨놓은 가르침의 유풍을 잇고자 하노라), 두목(杜牧)의 시 〈서강회고(西江懷古)〉 '范蠡淸塵何寂寞, 好風唯屬往來商' (범려의 맑은 유풍은 어찌 그리 적막한가. 좋은 바람은 오직 오고 가는 상인에게만 속하네).

104) 여분(餘芬): 남아 있는 향기 또는 후세에 남겨 전하는 미덕과 훌륭한 행위.

105) 문석(文石): 무늬 있는 돌. 마노(瑪瑙)의 이명(異名). 문석지폐(文石之陛)라고 해서 무늬 있는 돌이 깔린 황궁의 층계를 의미한다.

106) 명홍(冥鴻): 눈에 띄지 않게 하늘 높이 나는 기러기. 속세를 떠나 고상한 뜻을 가진 사람을 비유.

107) 상유(桑楡): ① 뽕나무와 느릅나무 ② 저녁 무렵의 해 그림자가 상유에 비치는 것으로 일모(日暮) 또는 저녁의 해 지는 곳 ③ 노년, 만년의 비유. 그래서 상유난(桑楡暖: 상유의 따스함)은 만년의 행복을 말한다 ④ 전원에 은거하다.

108) 반의(斑衣): 색상이 알록달록하고 화려한 옷. 우리 식으로는 색동옷. 노래자(老萊子)는 나이가 육십이면서 그 어머니 앞에서 반의를 입고 아이처럼 행동하며 그 어머니의 마음을 즐겁게 하였다는 고사에 의하여 '반의의 희(戲)' 는 즉 부모에게 효도함을 뜻하는 말이다.

109) 순여(恂如)의 도: 향당(鄕黨 즉 마을 또는 향리)에서는 순여의 도를 다한다 함은 향리에 있는 사람들에게 온화하고 공손하며 진실하게 대한다는 것이다. 〈논어 · 향당편(鄕黨篇)〉에 '공자는 향당에서 온공(溫恭)하여 마치 말도 제대로 못하는 것 같다' (孔子於鄕黨, 恂恂如也, 似不能言者)라고 하였으며, 그 집해(集解)에 순순(恂恂)은 온공한 모양, 또 진실한 태도라고 하였다.

만족한 줄을 알면 욕되지 않는다는 것이라	知足不辱
큰 아량을 가진 군자는	大雅君子
지혜가 이미 밝고 또 현철하다네	旣明且哲
그것이 밀착한 총애에 함부로 나아갔다가	其與膠寵冒進
미혹되어 돌아오지 못하고	迷而不返
몸을 잊고 이익만을 추종하는 자와는	忘身殉利者
그 거리가 어찌 이리도 멀던가	一何相遠也
마땅하도다 고을 사람들은 그 생애를 사모하고	宜乎鄕人思其沒世
선비들은 그 남긴 사랑에 감읍하여	士林泣其遺愛
공손히 사당을 세우고 제향을 받들어	欽立祠以禋享[110)]
정신과 영혼이 어둡지 않기를 의탁하였다네	托精魂之不昧
지금도 형주의 나무는 슬퍼하는 소리를 내고	至今荊樹悲聲[111)]
초나라 구름은 근심하는 모습인데	楚雲愁態[112)]
사당의 형태도 옛날과 같고	廟貌如古
병기도 오히려 보존되어 있다네	兵器猶在
오른쪽에는 하복의 굳센 화살이요	右夏服之勁箭[113)]
왼쪽에는 오호의 좋은 활인데	左烏號之雕弓[114)]

110) 인향(禋享): 몸을 정결히하여 제사지내는 것. 제향(祭享)과 같다.

111) 형수(荊樹): 정원에 심은 관상수를 말한다. 원진(元稹)의 시 〈홍형(紅荊)〉에 '뜰 가운데에 붉은 荊樹를 심었는데, 10월에 꽃이 피니 봄을 기다릴 것이 없다'(庭中栽得紅荊樹, 十月花開不待春)라고 하였다. 또는 뒷 구의 초운과 대구를 이룬다고 보면 형주(荊州)의 나무로도 해석할 수 있다.

112) 초운(楚雲): 초나라에 이는 구름. 〈진서(晋書)·천문지〉에 '한(韓)나라의 구름은 베〔布〕와 같고, 조(趙)나라의 구름은 소〔牛〕와 같으며, 초나라의 구름은 해〔日〕와 같고, 송(宋)나라의 구름은 수레〔車〕와 같다'며 각 지역의 구름 형태가 다르다고 했다. 지리환경의 차이 때문일 것이다. 자연히 생겼다가 사라지는 구름을 보고 근심스럽다고 하는 것은 뭔가 편치않는 조짐을 나타내거나 시인의 우울한 심정을 반영한다.

113) 하복(夏服): 좋은 화살의 이름. 하후씨(夏后氏)가 가졌던 양궁 즉 좋은 활을 번약(繁弱)이라 했고 이 번약의 화살을 담는 기구, 즉 화살통을 하복이라고 하였다. 복(服)은 화살을 담는 기구이다. 사마상여 〈자허부(子虛賦)〉에서 '왼쪽에는 옥을 새겨 넣은 오호의 좋은 활이요, 오른쪽에는 하복의 힘 있고 날카로운 화살이다'(左烏號之雕弓, 右夏服之勁箭)라고 했다. 즉 하후씨의 화살통을 말한다.

114) 오호(烏號): 황제(黃帝)가 형산(荊山)의 정호(鼎湖)에서 鼎(솥)을 주조하다가 도를 얻어 신선이 되어서 용을 타고 하늘로 올라가려고 했다. 그의 신하들이 황제를 내려오게 하려고 용을 향해 활을 쏘았는데 결국 그리 할 수 없었다. 그래서 활을 안고서 부르며 호곡(號哭)했고, 그 활의 이름을 '오호'라고 했다고 한다. 烏는 於와 같고, 號는 呼와 같다. 또는 〈회남자·원도훈(原道訓)〉의 고유(高誘)의 주에 의하면, 오호는 뽕나무라고 한다. 뽕나무 이름을 오호라 하고 또 그 뽕나무로 만든 활을 오호라고 칭한 연유가 있다.

조궁(雕弓): 활 등에 금이나 옥 등을 아로새겨 넣은 좋은 활을 말한다.

금으로 만든 자물쇠는 새벽 서리보다 싸늘하고	金鎖冷於曉霜[115]
녹침은 가을 무지개에 떨치네	綠沉拂乎秋虹[116]
길한 날 좋은 때에	吉日兮良辰
초장을 바치고 충혼에게 술 따뤄 제사하니	奠椒漿兮酹忠魂[117]
늠름한 영기가 완연하여	凜英氣之宛宛
제물을 흠향하는 듯하다	如有饗乎蘋蘩
나그네 여기서 옛 덕을 사색하며 배회하고	客於是徘徊舊德
이전에 들었던 것을 슬퍼한다	惆悵前聞
허혼이 지은 금검의 시를 읊고	詠許渾金劍之詩[118]
왕교로 내린 황금색 비단의 글을 읽는다	讀王敎黃絹之文[119]

115) 금쇄(金鎖): 금으로 만든 자물쇠. 이 금쇄는 왕이 하사한 것이 아니면 사용하지 못한다.

116) 녹침(綠沉): 본래 짙은 녹색인 기물 및 짙은 녹색을 칠하거나 물들인 물건 또는 짙푸르게 녹이 슨 물건 등을 두루 칭한 것. 녹침갑(甲), 녹침창(槍), 녹침궁(弓) 등은 녹침으로 장식을 하거나 녹이 슨 물건을 말한다.

117) 초장(椒漿): 산초를 담궈 만든 술. 옛날 신에게 제사할 때 많이 사용했다. 〈초사 · 구가(九歌) · 동황태일(東皇太一)〉에 '계화주와 초장 차려 바치노라(奠桂酒兮椒漿)' 라고 했다

118) 허혼(許渾, 788?-858년): 당나라 시인으로 자는 중회(仲晦) 또는 용회(用晦)이며 윤주(潤州) 단양(丹陽: 지금의 강소성에 속함) 사람임. 감찰어사, 원외랑, 목주(睦州)와 영주(郢州)의 자사를 역임하였다. 어려서 힘들게 학문하며 병이 많아 임천(林泉)을 좋아하였다. 율시에 뛰어나고 회고의 시가 많다. 그가 남긴 유명한 구절은 〈함양성동루(咸陽城東樓)〉의 '山雨欲來風滿樓' (산 비 오려하니 바람이 누각에 가득하다)이며, 〈정묘집(丁卯集)〉이 있다.

금검(金劍): 금으로 만든 칼. '금검의 시' 는 아마도 허혼이 쓴 시 〈제위장군묘(題衛將軍廟)〉를 지칭할 것이다. '무뢰관 아래에서 용 깃발 보호하고, 창을 끼고 활을 당기며 말 위에서 날았네. 한나라 왕업 아직 일어나지 않아 왕도와 패도가 함께 있고 진나라 군대가 비로소 흩어지자 노나라 연이어 돌아갔네. 분묘는 큰 늪을 뚫어 금검을 묻었고, 묘당은 긴 형계를 베개하여 쇠옷을 걸어놓았네. 충혼에 제사하려 하나 어디에 물을꼬. 갈대꽃 단풍잎에 비만 부슬부슬 내리네(武牢關下護龍旗, 挾槊(一作戟) 彎弧(一作弓) 馬上飛. 漢業未興王霸在, 秦軍纔散魯連歸. 墳穿大澤埋金劍, 廟枕長溪挂鐵衣. 欲奠(一作弔) 忠魂何處問, 葦花楓葉雨霏霏).'

119) 왕교(王敎): 임금의 가르침. 또는 임금의 명령. 〈위지(魏志) · 명제기(明帝紀)〉에 '선비를 존중하고 학문을 귀히 여김은 왕교의 근본이라' 하였고, 진(晉) 황보밀(皇甫謐)의 〈삼도부(三都賦)〉 序에 '장차 왕교로써 백성을 결속하였고 권계(勸誡)를 근본으로 하였다' (將以紐之王敎, 本乎勸戒也) 하였다.

황견(黃絹): 절묘(絶妙)한 문장을 칭찬하여 쓰는 말이다. 이 원문은 '황견유부, 외손제구(黃絹幼婦, 外孫齊臼)' 이다. 위 무제(魏武帝)가 조아비(曹娥碑)를 지나다가 그 비석에 씌어 있는 글자를 시종하던 양수(楊脩)와 함께 판독한 얘기이다. 黃絹은 '색깔이 있는 실' 이라 '색사(色絲)' 이니 즉 '絶' 字가 되는 것이요, 幼婦는 '젊은 여인' 이라 '소녀(少女)' 이니 즉 '妙' 字가 되고, 外孫은 '딸의 아들' 이라 '女의 子' 이니 즉 '好' 字가 되고, 齊臼는 '요리하거나 약제를 조합하는 절구' 라 신맛(辛味)을 받아들이는(受) 용기이니 즉 '辭' 字가 되므로 이를 묶으면 '絶妙好辭' (절묘하고 좋은 문장)로 풀이를 한 데서 나온 말이다(《世說新語》). 그러나 여기에서는 당시의 제왕인 당 고조(高祖)가 위적에게 내린 황금색 비단의 교지(敎旨)일 것이다.

하릴없이 거닐며 읊조리기도 오래되어 聊行吟以(缺)久兮
산초를 돌아보니 저녁 햇빛이 어스레하구나 顧山椒兮日曛

나라를 다스림이 병을 다스림과 같다는 부 治國如治病賦

정형산의 험한 곳을 지나온 자는 歷井陘之險者[120)]
평평한 길에 나와도 미끄러지게 되고 出平道以方蹶
염예퇴를 거쳐 온 자는 過灩澦之堆者[121)]
순하게 흐르는 물에 이르러서도 건너지 못한다 至安流而不濟[122)]
진실로 소홀한 곳에서 마음을 놓아 버린다면 苟縱心於所忽
실패하지 않는 것이 드무리라 鮮不爲乎見敗
나는 병을 다스리는 도리에서 吾於治病之道
나라를 다스리는 큰 훈계를 얻었다네 得治國之大誡
바야흐로 용이 날아 혁명을 할 즈음 方其龍飛革命之際
햇빛이 계속 비치는 초기에 离明繼照之初[123)]
대업 이루기 쉽지 않았음을 생각하고 思大業之不易[124)]
천위를 유지하기 어려움을 염려하여 念天位之難居[125)]
임금이라는 배를 백성이라는 물에 띄우고 泛君舟於民水
여섯 필의 말을 썩은 새끼로 몰듯이 하네 御六馬於朽索[126)]
임금의 어진 은혜는 혈맥을 따라 두루 흐르고 仁恩血脈之周流

120) 정형(井陘): 산 이름. 태행산(太行山)의 지맥이다. 좁고 험한 요처가 있는데 그 이름을 정형구(井陘口) 또는 토문관(土門關)이라 하며, 진한(秦漢) 시기의 군사요충지였다. 사면이 높고 중앙이 낮아 마치 우물 같다고 해서 붙인 이름. 지금의 하북성 정형현 북쪽에 있다. 전국시대에는 조(趙)나라에 속했으며 진시황이 왕전(王翦)으로 하여금 조나라를 공격할 때 이곳으로 내려갔다.

121) 염예퇴(灩澦堆): 바위 이름. 사천성(四川省) 봉절현(奉節縣)의 서남쪽 양자강의 구당협(瞿唐峽) 어귀에 우뚝 서 있는 큰 바위.

122) 이 구절은 후당(後唐)의 풍도(馮道)가 명종(明宗)에게 한 말로 기록되어 있다(《당송팔대가문초(唐宋八大家文鈔)》(모곤(茅坤)撰) 중 여릉사초(廬陵史鈔)의 잡전(雜傳)의 〈풍도전(馮道傳)〉).

123) 이명(离明): 해 또는 햇빛. 팔괘의 하나로 불(火), 중녀(中女), 남방 등에 해당된다. 나아가 군주의 명찰(明察)함을 비유한다.

124) 대업(大業): 국가창립의 큰 사업.

125) 천위(天位): 하늘의 위치, 임금의 보위를 의미한다.

국가의 정령과 교화는 목과 혀에 의하여 출납된다	政教喉舌之出納[127]
신하들은 팔 다리가 되어 좌우에서 보필하고	臣股肱以左右
백성들은 온 몸이 되어 명령을 따르며	民百體以從令
원기는 지극한 화합에서 조절하고	調元氣於至和
나라의 동맥은 크게 경쟁함에서 신장시킨다	引國脈於大競
이것은 곱사라는 질환에	是猶籧篨之疾
악성의 종기의 독을 다하지 않는 것과 같고	不鮮癰疽之毒
천 가지 약방문에 만 가지 약의	內食千方萬藥之
남는 힘이 없는 것을 복용시켜	靡有餘力
일신의 편안함과 길함을 기약함과 같다	期一身之康吉
자못 정치가 안정되고 공을 이룬 후	及夫治定功成之後
임금이 정사에 귀찮고 나태해질 때가 오면	君臨倦勤之餘[128]
백년의 승평을 믿고 앉아	席百年之昇平
만국의 수레의 궤도와 글자가 혼란해지며	混萬國之車書[129]
놀고 즐기는 것이 짐독임을 잊어버리고	忘宴安之鴆毒[130]
약이 되는 충언을 멀리하여	遠忠言之藥石[131]

126) 여섯 필의 말: 제왕이 거동을 할 때에 타는 수레는 여섯 필의 말이 끌게 한다. 후색(朽索)은 썩은 고삐이지만 그걸로 말을 모는 것이 아니라 마치 그렇게 조심하고 두려워함을 말한다. 〈서경 · 오자지가(五子之歌)〉 '내 억조창생을 대함에 있어 두려워하기를 썩은 고삐로 여섯 필의 말을 몰 듯이 하였다(予臨兆民, 懍乎若朽索之馭六馬).'

127) 후설(喉舌): 승정원 승지들에 대한 별칭이다. 승지는 왕명의 출납과 정부의 중요한 언론을 관장함으로써 이러한 별칭이 붙게 된 것이다.

128) 권근(倦勤): 제왕이 정사의 어렵고 힘듦에 귀찮아하고 나태해지는 것. 〈서경 · 대우모(大禹謨)〉 '짐이 제위에 오른 지도 어언 33년이 되었고 나이는 아흔을 넘게 되니 나라 일에도 게으르게 되었다(朕宅帝位, 三十有三載, 耄期倦于勤).'

129) 차서(車書): 수레와 서적 또는 수레와 문자. 통일된 세상에는 같은 궤폭(軌幅)의 수레와 같은 문자를 사용한다. 〈중용〉에 '지금 천하의 수레는 그 궤폭이 같고 서적은 그 문자가 같다' 라고 하였다. 이것이 바로 천하의 통일을 뜻한 것이다. 국가의 문물제도를 총체적으로 지칭한다. 이것은 진시황이 처음으로 이룩했다. 그러나 이것을 혼란하게 한다는 것은 결국 나라의 분열을 초래하는 것이다.

130) 연안(宴安)의 짐독(鴆毒): 연안은 일하지 않고 놀고 즐기는 것이며, 짐(鴆)은 독조(毒鳥)의 이름이다. 그 날개에 독이 있어 술에 잠겼다가 마시면 즉사한다. 옛날 관경중이 제후에게 이르기를 '연안은 짐독과 같으니 이를 생각해서는 아니 된다' 하였다. 즉 일하지 않고 놀고 즐기는 것은 짐새의 독과 마찬가지로 사람을 해친다는 것.

131) 충언(忠言)의 약석(藥石): 충성스런 말은 약과 같다는 것이다. 약석은 약과 돌침을 말하며, 바뀌어 약재의 총칭 또는 치료의 뜻이다. 그래서 교훈이 되는 일로 비유된다. 약석지언(藥石之言)은 나쁜 점을 고치도록 충고하는 말이다.

조정의 심복들은 벼슬을 내놓고	朝廷腹心之解綬[132)]
사방의 어깨와 등골이 적의 침략을 받게 되면	四方肩膂之受敵[133)]
세상은 만신창이가 되어 문드러지고	爛千瘡與百孔[134)]
사방이 무너져 흩어짐을 막을 수 없다	渙四潰以莫遏
인심은 심한 두통을 앓는 것과 같고	人心同於疾首
나라의 형세는 거의 위태하게 되리니	國勢殆乎岌岌
이것은 고질적인 병이 겨우 낫게 되면	是猶沉痾之病纔瘳
장차 보호해야 할 마음이 이미 태만해지고	將護之心已怠
사지와 오장이 다시 그 해를 입어	四肢五臟之復受其害
사망하기를 서서 기다림과 같은 것이라	祇死亡之立待
참으로 위험은 편안한 곳에서 생기고	信乎危生於所安
병은 조금 낫는 데서 더하여진다	病加於少愈
누가 능히 이러한 뜻을 밝혀서	孰能明夫此義
만신창이가 된 이 세상에 의원 노릇을 하겠는가	醫瘡痍之寰宇
이것이 진양의 구름이 일어남이요	爾乃晋陽雲興[135)]
강도의 기장이 무성하게 이삭 드리움이며	江都黍離[136)]
하늘과 태양의 표현이고	天日之表
용과 봉황의 자세이니	龍鳳之姿
위나라 태조의 신무와 같고	同魏祖之神武[137)]
한 고조의 활달함과 유사하다	類漢高之豁達[138)]

132) 해수(解綬): 또는 해조(解組)라고도 하며, 인수(引綬)를 푼다 즉 벼슬을 내놓고 사직한다는 뜻이다. 치사(致仕)와 같다.

133) 견려(肩膂): 어깨와 등골뼈. 신체와 나라를 같은 다스림으로 보고 있기 때문에 신체의 부분을 통해 나라를 해당 부분을 비교하고 있다. 이것은 나라의 변방에 있는 중추적인 요새를 말한다.

134) 천창(千瘡)과 백공(百孔): 만신창이 또는 여러 가지 폐단으로 엉망진창이 되었다는 말이다.

135) 진양운흥(晋陽雲興): 진양(지금의 산서성 태원시)은 당나라가 창건된 발상지로 뒷날 고조(高祖)가 된 당국공(唐國公) 이연(李淵)이 여기에서 최초로 거병하였다. 운흥 즉 구름이 일어난 것은 당 고조가 수나라를 멸하고 제왕의 위에 올랐음을 의미한다.

136) 강도서리(江都黍離): 강도는 수나라가 운하를 건설하며 반짝 발전하고 멸망하던 시절의 중요한 물자의 집산지로 지금의 양주이며, 서리는 나라가 망하고 종묘와 궁전이 없어져 그 터가 기장밭으로 되었다는 것이다. 망국의 탄식을 서리의 탄식이라고 한다. 양제(煬帝)가 시해당한 것을 말한다.

137) 위조(魏祖)의 신무(神武): 위조는 삼국시대 위나라의 태조 조조(太祖曹操), 세조 조비(世祖曹丕), 열조 조예(烈祖曹叡)의 삼조(三祖)의 하나인 무제(武帝) 조조(曹操)를 말한다. 신무는 신령과 같이 빼어난 무덕(武德)을 의미한다. 〈위지(魏志)·문제기(文帝紀)〉에 '문제는 무왕의 신무에 힘입었다' 라고 했다.

쇠잔한 수나라를 쓸어버린 비바람이요	掃殘隋之風雨
새로운 대 당나라의 해와 달이다	新大唐之日月
북방의 호와 남방의 월을 한 집으로 만들고	擧胡越以一家[139)]
팔방에 문자와 수레를 통일한 것은	同文軌於八表[140)]
한 마음으로 전전긍긍하여	猶一心之戰兢
재앙의 기틀을 사전에 방지하게 함과 같다	圖禍機於未兆
나라 다스림이 병 다스리는 것과 하나같음이니	治國之一如治病兮
재삼 경계하고 타이르노라	申告誡之再三
어찌 뒤를 이을 사람들을 생각하지 아니하고	夫何後嗣之莫念
전대는 밝았고 후대는 어둡다고 기만하는가	謾先明而後闇
저 개원 연간에 구슬 태운 정치도	彼開元焚珠之治[141)]
마침내 여인의 미색에 무너졌고	竟壞於蛾眉之色[142)]
대중금경의 정치도	而大中金鏡之政[143)]
마침내 도사의 술수에 의해 변질되었다	終變於道士之術[144)]
드디어 어양의 북소리가 땅을 흔들고	遂使漁陽之鼓動地[145)]

---

138) 한고조(漢高祖)의 활달(豁達): 유방(劉邦)이 진(秦)을 멸망시켜 한왕이 되고, 그 후 항우(項羽)를 파하고 황제가 되었다. 이를 한 태조 또는 한 고조라고 하였으며 천하를 통일한 한 고조의 넓은 도량을 표현한 말이다. 당 고조 이연의 둘째아들 이세민(李世民)을 두고 유문정(劉文靜)은 그를 칭찬하기를 '도량이 넓고 크기는 한 고조와 같고, 뛰어난 무용은 조조와 같다'(豁達類漢高祖, 神武同魏祖)라고 했다.

139) 호월(胡越): 이민족으로서 북방에 있는 호와 남방에 있는 월이 멀리 떨어져 있음을 말한 것이다.

140) 동문궤(同文軌): 동문동궤(同文同軌)의 약칭이다. 문자 형태와 수레의 규격을 같도록 한다는 것이며, 이는 한 제왕이 천하를 통일한다는 뜻으로서 앞의 주 129) 차서(車書)와 같은 의미의 말이다.

팔표(八表): 팔방(八方).

141) 개원분주(開元焚珠): 당 현종이 다스리던 초기의 정치를 '개원(開元)의 치'라고 하며 역사서에서는 극찬을 하는데 이 당시 현종은 절약과 검소를 숭상하여 전국에 명령을 내려 주옥의 채굴과 비단의 직조를 금지시켰다. 분주(焚珠)는 주옥을 불태워 버린다는 것으로서, 황실을 중심으로 한 혼란과 사치성 풍조를 과감히 일소하고, 건전한 사회건설에 매진하였음을 말한다.

142) 아미(娥眉): 여자의 미색으로 여기에서는 양귀비를 지칭한다. 이는 여자의 한 요색으로 나라가 망하였음을 의미한다.

143) 대중금경(大中金鏡): 과불급이 없이 가장 정직함을 대중(大中)이라 한다. 금경은 황금으로 장식을 한 거울로서 밝은 도덕을 상징하는 것. 영호도(令狐綯)가 한림학사가 되자 당 태종이 밤에 불러 함께 민간의 질고를 토론했고 이 내용이 태종이 지었다는 〈금경서(金鏡書)〉에 기록되어 있다. 그리고 당 현종의 천장절(天長節: 당 현종의 생일. 신하들이 음력 8월 5일 현종의 생일을 천추절로 하자고 주청해서 시행했다가 뒤에 이를 천장절로 개칭했다)에 많은 신하들이 진기한 보물들을 바쳤지만 당시 중서령(中書令)이었던 장구령(張九齡)은 《금경록》 5권을 올렸다. 이 책은 과거 역사에서의 흥망의 도리를 말한 것이다. 가장 불편부당(不偏不黨)하고 정직하며 또 밝은 도의정치를 대중금경의 정치라고 할 수 있다.

봉상의 수레는 가다가 채여 멈추었으며 鳳翔之駕載疐[146]
단사의 독이 고질을 이루었고 丹砂之毒成疾[147]
용루의 침실이 영원히 닫혔다네 龍樓之寢永閟[148]
시작이야 없지 않았지만 靡不有初
진실로 좋은 마침 있기란 드물다 鮮克有終
혼자 생각해 보니 병을 다스리는 이 좋은 말이 아름답지만 竊美夫治病之嘉言兮
오히려 요를 정벌함에 공이 없었음이 유감이구나 猶有憾於征遼之無功

능효대부 凌歊臺賦[149]

진나라가 굳세지 아니한 이후로 曰自金行不競[150]
온 나라가 어지러워졌다고 하였다 神州陸沉[151]
강을 건너는 말은 병들고 지쳤고 渡江之馬玄黃[152]
오호의 난리는 점차 짙어만 갔다 五胡之亂浸淫
구리 낙타는 가시덤불 속에서 울고 泣銅駝於荊棘[153]

---

144) 도사지술(道士之術): 현종은 처음에는 신선을 믿지 않았다가 장기적인 태평이 계속되자 점차 향락생활에 빠지게 되었는데, 이는 방사(方士)인 장과(張果)를 신임하여 신선을 좋아하게 되고 도교를 받들며 장생을 바라게 된 것에 연유한다. 그러자 조야가 이러한 풍조에 젖게 되었고 소인과 간신이 출현하면서 이임보(李林甫)와 뒤이어 양국충(楊國忠)이 집정하게 되었다. 이것이 곧 안사의 난이 일어나게 된 계기가 되었다.

145) 어양(漁陽)의 북소리: 안록산이 세 곳(平盧, 河東, 范陽)의 절도사로 있으면서 범양(지금의 하북 大興縣)에서 천보 14년(755년)에 난을 일으켰다. 어양은 범양의 바로 동쪽에 위치하고 있다. 일반적으로 인용된 것은 아마도 백거이 〈장한가〉의 한 구절〔漁陽 鞞鼓動地來〕일 것이다.

146) 봉상(鳳翔): 안사의 난이 발발하자 현종이 친정(親征)을 명분으로 촉으로 피난하는데 장안에서 서쪽인 마외판에 이르러 울분을 참지 못한 병사들에 의해 양국충과 양귀비를 잃고, 태자(뒷날의 숙종)에게 삭방군(朔方軍)의 총본부가 있는 영무(靈武: 지금의 영하 영무현)로 가게하고 자신은 봉상을 거쳐 검각(劍閣)으로 갔다.

147) 단사(丹砂): 수은과 유황의 화합물로서 짙은 홍색 또는 적갈색의 염료로도 사용하고 또 수은을 획득하는 원료로도 사용한다. 일명 주사라고도 한다. 이른바 장생불로의 단약(丹藥)을 만드는 재료. 중국 역대 제왕으로 신선술을 좋아하여 단약을 만들게 한 사람들의 사망 원인이 대개는 수은 또는 납 중독이었다고 한다.

148) 용루(龍樓): 임금이 거처하는 곳으로, 누상에 구리쇠로 용을 만들어 장식을 하였으므로 이를 용루라고 한다. 용루의 침실이 영원히 닫혔다는 것은 이미 태상황(太上皇)이 된 현종이 아들 숙종이 다시 장안에 돌아왔지만 이미 황제로서의 생활이 끝났음을 뜻하거나 머지않아 세상을 떠난 것을 말한다.

구묘는 낙양에서 영락하였다 淪九廟於洛陽[154]
팽성에 한 인걸이 있었는데 有彭城之人傑[155]
뛰어난 풍골은 범상치 않았다 挺風骨之不常
신발을 팔다가 문득 우뚝 일어나서 奄屈起於賣履[156]
잠깐 동안에 위명을 떨쳤다 振薄天之威名
바야흐로 큰 뱀을 참하며 方其斬大蛇[157]
호시탐탐하였고 耽耽乎虎視[158]
요정을 꾸짖음에 叱妖精[159]
용이 나아가듯 장중했다 赳赳乎龍行[160]

---

149) 능효대(淩歊臺): 대의 이름이다. 태평주(太平州) 북쪽 황산(黃山) 꼭대기(지금의 안휘성 황산)에 있으며, 남조 송 무제 유유(劉裕)가 남유(南遊)할 때에 이 대에 올랐고 여기에 이궁(離宮)을 건축하였다. 동진 말 혼란한 시기에 일개 부장이었던 유유가 공을 세워 힘을 얻기 시작하면서 노순(盧循)의 반란도 평정하고 결국 동진 내부의 정적들을 숙청한 후 두 차례의 북벌을 감행하여 남연(南燕)과 후진(後秦)을 차례로 멸망시켰다(410년, 417년). 당시의 동진의 황제인 안제(安帝)를 죽이고 그의 아우 덕문(德文)을 즉위시켜 공제(恭帝)가 되게 한 후 이를 찬탈하여(420년) 국호를 송이라 하고 무제가 되었으며 영초(永初)라고 개원하였다. 歊란 것은 열기를 말한다. 이 대에 오르면 세상의 모든 열기를 뛰어넘고 씻어 버릴 수 있다는 뜻으로 '능효대'라고 한 것이며 이 대는 묵묵하고 우뚝하여 이 세상을 굽어 보고 역대의 치란과 흥망에 대한 감흥을 많은 시인이 한번씩 읊어보는 유명한 곳이다(〈廣輿記〉).

150) 금행(金行): 오행의 하나인 서방 금(金) 즉 추색(秋色)을 의미한다. 그리고 진(晋)나라는 금덕(金德)으로 임금이 되었다 하여 진의 복색은 적색을 숭상하였다고 하며, 이 진을 가리켜 금행이라고 한다. 유준(劉峻)의 〈변명론(辯命論)〉에 '自金行不競, 天地板蕩'(晋나라가 굳세지 않은 이후로 천하가 혼란스러워졌다)라고 했다.

151) 신주(神州) 육침(陸沉): 중국을 신주, 세상이 몹시 어지러워짐을 육침이라고 한다.

152) 현황(玄黃): 검은 말이 병나면 누렇게 된다고 한다(毛傳, 詩集傳). 일반적으로 말이 병든 모습이라 한다. 〈시경 · 주남 · 권이(卷耳)〉 '척피고강(陟彼高岡), 아마현황(我馬玄黃)' 참고.

153) 동타(銅駝), 형극(荊棘): 동타는 구리쇠로 만든 낙타. 궁문 밖에 세워둔 동타가 가시에 뒹굴어 비참하게 된 형상으로서, 나라가 망할 때의 그 참상을 표현하는 말이다.

154) 구묘(九廟), 낙양(洛陽): 낙수(洛水)의 북쪽에 위치한 동주(東周)의 도읍지로서, 낙양은 천하의 중앙이라 하여 통일국가의 수도를 의미하기도 한다. 구묘는 제왕의 종묘를 가리킨다. 옛날 제왕이 종묘를 세우고 조상에게 제사할 때 태조묘(太祖廟)와 삼소묘(三昭廟), 삼목묘(三穆廟) 모두 7묘였다. 뒤에 왕망(王莽)이 조묘(祖廟) 5개, 친묘(親廟) 4개 모두 9개로 늘였다. 뒤의 역대 왕조는 이를 따랐다. 난리가 나니 국가에서 가장 숭배하는 국조의 종묘가 영락함을 슬퍼하는 말이다.

155) 팽성(彭城)의 인걸(人傑): 팽성은 지금의 강소성 동산현(銅山縣)이다. 즉 송 무제 유유의 선대가 살았고 유유가 태어난 곳이다. 모친이 그를 낳고 죽자 부친에 의해 경구(京口: 지금의 강소성 진강)로 이주했다.

156) 매리(賣履): 유유의 부친이 몹시 빈한하여 그를 버리려 했다가 이모(또는 계모)가 젖을 먹여 키웠다. 나이가 들자 건장하고 용감하며 큰 뜻을 가졌으나 글을 읽을 수 있을 뿐이라 신을 만들어 파는 일을 업으로 삼았다.

한 자의 땅에 기대지 않고	不階尺土[161]
맨 손으로 분발하였고	白手奮發
천지에 용감히 나아가	凌厲乾坤[162]
산하를 움직였다	動蕩河岳
광고 지역은 그 바람만 바라보고도 먼지처럼 흩어졌고	廣固望風而塵散[163]
관중 지방은 그 소리만 듣고도 향응하였다	關中聞聲而響應[164]
지휘를 하여 모든 도적을 탕평하고	指揮而群盜盪平
수레를 내리니 강남이 크게 안정되었다	下車而江南大定
동으로는 백월의 땅을 포함하였고	東包百越之地[165]

157) 대사(大蛇): 《사기 · 고조기》에 "앞서가던 자가 보고하기를 앞에 큰 뱀이 가로막고 있으니 돌아가기를 바란다고 하니, 고조가 취하여 이르기를 '장사의 행차에 무엇을 두려워하리요' 하면서 칼을 뽑아 그 뱀을 참하였다"라고 기록되어 있다. 이것은 진(秦)나라를 멸하고 항우(項羽)를 죽이는 것과 같은 상징이다(《논형(論衡)》 권3 〈初稟篇〉). 宋 武帝가 아직 미약할 때 신주(薪州 또는 新州)를 정벌하였다. 큰 뱀을 만났는데 활을 쏘아 상처를 입혔다. 다음날 아이들이 약을 빻고 있는 것을 보고 물으니 자신들의 왕이 유기노(劉寄奴)가 쏜 화살에 맞아 약을 발라 주려고 한다 하였다. "너희들 왕은 神일 텐데 왜 그를 죽이지 않았느냐?" "유기노는 왕이라 죽지 않는다. 그래서 그를 죽일 수 없다." 그들을 쫓아 버리고 그 약을 가져와 금창(金瘡)약으로 썼다. 그래서 금창약을 유기노라고도 부른다. 유기노는 무제 유유의 어릴 적 이름이다(《통지(通志)》 《사물기원(事物起原)》). 송 무제가 큰 뱀을 참했다는 내용은 없는 것 같고, '참대사'는 한 고조의 고사를 빌려 쓴 것으로 보인다.

158) 호시탐탐(虎視耽耽): 범이 노려보는 것은 탐(眈眈)인데, 원문에서도 '耽耽'으로 적고 있기 때문에 그대로 쓴다.

159) 요정(妖精): 요사스러운 것. 요령(妖靈) · 요괴.

160) 규규(赳赳): 장중하고 무용(武勇)이 있는 모습.

161) 불계(不階): 불빙차(不憑借), 즉 기대지 않다. 의지하지 않다. 반고(班固)의 〈동도부(東都賦)〉에 '不階尺土一人之柄, 同符乎高祖'라 했다.

162) 능려(凌厲): 분발하여 나아감을 뜻한다. 세찬 기세를 당해내기 어려운 모양. 용감히 분기하는 모양.

163) 광고(廣固): 성의 이름으로, 지금의 산동성 익도현(益都縣) 서북쪽에 있었다. 유유가 동진(東晋)을 찬탈하기 전에 두 차례 북벌을 감행했는데, 처음은 410년 남연(南燕)을 멸망시켰다. 그 남연의 수도가 광고이며 산악지역에 있어서 지세가 매우 험한 곳이다.

164) 관중(關中): 지명. 유유가 417년 두번째의 북벌에 후진(後秦)을 멸망시켰는데 그 지역이 관중이다. 관중은 지적하는 범위가 한결같지는 않다. 대개 함곡관 서쪽 예전 전국시대 말기 진나라의 옛 땅을 두루 말하며, 때로는 진령(秦嶺) 이남의 한중(漢中)과 파촉을 포함하며 때로는 섬서성 북부와 농서(隴西) 지역을 겸하기도 한다. 지금으로 보면 섬서성 위하(渭河) 유역 일대. 관중 지역은 사방이 산과 강으로 둘러싸여 있고 땅이 비옥하여 도읍을 하면 패자가 될 수 있는 곳이라 했다. 이에 대해 혹자는 동쪽은 함곡관(函谷關), 남쪽은 무관(武關), 서쪽은 산관(散關), 북쪽은 소관(蕭關)으로 이 네 관문의 중앙에 위치한 요새라고 했다. 당시 후진은 여러 차례 하(夏)에 패하여 국력이 크게 쇠약하였으며, 주군(主君)인 요흥(姚興)이 죽고 그 아들 요홍(姚泓)이 재위였으나 나약하고 병이 많았다.

165) 백월(百越): 강절민월(江浙閩粵)의 지방. 즉 절강성 · 복건성 · 강서성 · 광동성 · 안남 지방까지 이르는 지역을 말한다. 지금의 사천성(四川省) 가릉강(嘉陵江)과 기강(綦江) 유역 동쪽 지역에 해당된다.

서로는 삼파 시골에 미쳤으며	西暨三巴之鄙[166]
남으로는 뭇 남만의 경계까지 포괄하였고	南括群蠻之表[167]
북으로는 회수와 한수의 물가를 경계로 하였다	北界淮漢之涘[168]
(1구가 빠졌다)	(一句缺)
금릉의 천부를 점거하여	據金陵之天府[169]
천하를 삼키고 뱉으려 하였다	擬呑吐乎宇宙
돌아보건대 웅대한 마음 아직 그치지 아니하여	顧雄心之未已
남으로 산천을 유람한 것이 장하기도 하였네	壯南遊之山川
하늘을 오르려 생각하고 바로 올라서	思凌虛以直上[170]
가슴에 사무친 회포를 팔방으로 씻어 버렸네	蕩胸懷於八埏
여기가 태평스러운 좋은 지역이요	乃於太平勝區
당도현의 이름난 고을이라	當途名邑[171]
황산의 취미를 열어젖히고	闢黃山之翠微[172]
꼿꼿하게 높은 대를 쌓았다	築高臺兮立立
형세는 아득히 넓은 하늘에 우뚝 온 세상에 돌출하고	勢將凌汗漫出九垓[173]
공동을 초월하여 봉래를 굽어본다	超崆峒俯蓬萊[174]
북두성을 손으로 딸 만하고	堪斗柄兮手摘
은하수도 손으로 움켜쥘 수 있으며	可銀河兮掬挹

166) 삼파(三巴): 후한 때에 정한 파군(巴郡)·파동(巴東)·파서(巴西)의 세 군(郡)을 삼파라고 한다.

167) 군만(群蠻): 중국 중원인이 아닌 남부 지방의 사람들을 남만(南蠻)이라 하며, 그 종족들이 많았기 때문에 군만이라고 했다.

168) 회한(淮漢): 회수와 한수. 회수는 하남성 남부 동백산(桐栢山)에 근원을 두고 동으로 하남(河南)·안휘(安徽) 등 성을 흘러 강소성에 나와 대운하에 합하고, 한수는 섬서성 북부 반총산(潘塚山)에 근원을 두어 호북성(湖北省)을 거쳐 무한(武漢)에서 장강으로 들어간다.

169) 금릉(金陵)의 천부(天府): 지금의 남경(南京)을 역대로 금릉이라 했다. 사조(謝朓)의 고취곡(吹鼓曲)에 '강남 아름다운 땅에, 금릉은 제왕의 고을이다'(江南佳麗地, 金陵帝王州)라 하였고 자연적인 부고(府庫), 천연의 요새, 토지의 비옥, 물산의 풍요 등을 감안하여 천부라고 하였다.

170) 능허(凌虛): 공중으로 오르다.

171) 당도(當途): 현 이름. 지금의 안휘성(安徽省) 당도현.

172) 황산(黃山)과 취미(翠微): 황산(黃山)은 안휘성 황산시에 있는 산을 말한다. 옛 이름은 이산(黟山)이며 당(唐)나라 때 개명했다. 전설에 황제(黃帝)가 용성자(容成子) 등과 여기서 단약을 만들었다고 한다. 취미는 ① 산정에 조금 못 미치는 곳 ② 산에 어렴풋이 끼어 보이는 이내, 또는 산. ③ 엷은 남색 등을 뜻한다. 이 황산 꼭대기에서 조금 내려온 곳을 황산의 취미라고 한다.

173) 한만(汗漫): 아득히 넓은 모양. 물이 질펀하게 대단히 넓은 모양.

구해(九垓): 하늘의 가장자리, 땅의 가장자리, 그리고 또 구주(九州)를 의미하기도 한다.

날던 새들 층계에 의지하고	飛鳥依於層階
가던 구름 첩첩 쌓인 바위에서 잠잔다	行雲宿於疊石
구의산 검은 빛은 창문에 닿아 있고	九疑之黛色當牕[175]
삼상의 맑은 기운 주렴 속으로 들어온다	三湘之灝氣入簾[176]
먼 눈으로 천지의 끝까지 바라보며	窮天地之遠目
놀란 마음으로 빼어난 경치를 살핀다	撩景物之駭瞻
그 흰 분벽에는 구름이 어리고	爾其粉壁凝雲
난초 향기 그윽한 방에는 햇빛이 떨치는데	蘭房拂日
큰 새우 수염으로 만든 주렴을 걷고	簾捲鰕鬚
공작 그려진 병풍을 펼치네	屛開孔雀
대모를 까니 자리의 무늬가 매끄럽고	鋪玳瑁兮筵紋滑[177]
난향 사향을 태우니 향기로운 연기가 푸르다	爇蘭麝兮香煙碧[178]
여기에 초나라 여자가 있어 그 허리가 연약하고	乃有楚女纖腰
오나라의 아가씨가 있으니 그 바탕이 곱구나	吳姬艶質
옥비녀로 쪽을 짜고	燕帖玉釵
비단 버선에 티끌이 일어나며	塵生羅襪
허리에 찬 옥 패물을 떨치니 소리가 맑고	振瑤佩之淸響[179]

174) 공동(崆峒): 산 이름으로 문헌에 따라 그 위치도 다르다. ① 지금의 감숙성(甘肅省) 평량시(平凉市)의 서쪽에 있다. 옛날 황제(黃帝)가 신선 광성자(廣成子)에게 도를 물었다는 곳(《장자 · 재유(在宥)》). 대개 신선이 사는 산을 지칭한다 ② 일설에는 광성자에게 도를 물었다는 산을 지금의 하남성 임여현(臨汝縣) 서남이라고도 한다 ③《산해경 · 해내동경(海內東經)》에서는 산서(山西) 임분시(臨汾市) 남쪽이라 하였고 ④ 강서(江西) 공현(贛縣)의 남쪽에 있다고도 한다. 그 외에 ⑤ 산이 높고 험준한 모습 ⑥ 동굴 ⑦ 공간이 텅 비고 매우 넓은 것을 뜻한다.

봉래(蓬萊): 신선이 산다는 삼신산의 하나인 봉래산을 말한다.

175) 구의산(九疑山): 호남성 영원현(寧遠縣) 남쪽에 있는 산으로서 주명 · 석성 · 석루 · 아황 · 순원 · 영영 · 소소 · 계림 · 재림 등 아홉 봉우리가 있는데, 그 형태가 꼭 같아서 보는 자가 의혹한다 하여 이를 구의산이라고 한 것이다.

176) 삼상(三湘): ① 호남의 상향(湘鄕) · 상담(湘潭) · 상음(湘陰)을 합해서 하는 말. 옛날 시문 속에 나오는 삼상은 대개 상강 유역과 동정호 지역을 넓게 말한 것이다 ② 또는 원상(沅湘) · 소상(瀟湘) · 자상(資湘)을 지칭한다. 상수(湘水)가 발원하여 소수(瀟水)를 만나는데 이것을 소상(瀟湘)이라 하고, 동정호의 능자구(陵子口)에 이르러 자강(資江)과 만나서 자상(資湘)이라 하고, 북쪽의 원수(沅水)와 호수에서 만나는데 이를 원상(沅湘)이라 한다. 일반적으로 소상반죽(瀟湘斑竹)이라 하므로 소상강으로 번역한다.

177) 대모(玳瑁): 거북과에 속하는 열대지방의 바다거북의 등껍데기를 별갑대(鼈甲玳)라고 하여 각종 장식용품의 원료로 사용한다.

178) 난사(蘭麝): 향기를 발산시키는 향료. 난향과 사향을 합칭하는 말이다.

비단 치마를 끄니 주름이 가볍구나　曳錦裳之輕縠
웃는 얼굴은 두 자루 칼보다 예리하고　笑臉利於雙刀
별 같은 눈동자는 검과 창보다 밝으며　星眸明於劒戟
하얀 치아는 자개를 박은 듯 반짝이고　皓齒編貝之爛
붉은 입술은 화려하게 핀 꽃처럼 찬란한데　絳唇穠華之燦
즐거운 소리는 층층 높은 하늘에 떨어지고　落歡聲於層霄
부드러운 웃음은 하늘 가운데에 머무른다　留軟笑於天半
음식으로는 백 가지 맛의 청어를 겸하였고　羞兼百味之鯖
술잔에는 포도 액이 가득하며　觴滿葡萄之液
하늘에 맞닿는 풍악은 구소를 연주하고　匀天之樂奏九韶[180]
구름을 흩날리는 춤으로 팔일무를 올린다　回雲之舞呈八佾[181]
상서로운 안개는 자리 위에서 생겨나고　瑞霧生於席上
향기로운 바람은 소매 끝에서 일어난다　香風起於袖末
아득한 풍정을 사랑함은　邈風情之可愛
붉은 낯에 반쯤 취했기 때문이라　倚朱顏之半酡
달 속의 망루에서 잠자고　眠月中之臺榭[182]
구름 밖 피리 곡조에 취했나니　醉雲外之笙歌
이러한 즐거움을 영원히 보존하여　意此歡之永保
백년이 되도록 잃지 말았으면 하노라　指百年以勿失
헌함에 의지하여 올려 보고 굽어보노라니　憑軒檻以俯仰
빠른 세월에 인생의 덧없음을 느끼며　感人生之駒隙[183]
염교 위의 이슬처럼 쉽게 말라서　恐薤露之易晞[184]

---

179) 요패(瑤佩): 허리에 차는 구슬로 만든 장식품.

180) 구소(九韶): 옛날 순임금이 국태 · 민안을 상징하여 만든 음악의 하나. 주목왕(周穆王)이 '승운(承雲) · 육영(六塋) · 구소(九韶) · 신로(晨露)를 연주하여 즐겼다' 라고 하였다.

181) 팔일(八佾): 천자의 무악(舞樂)이다. 여덟 명이 여덟 줄로 서서 추는 춤으로서 천자는 팔일무로 하고 제후왕은 육일무, 대부(大夫)는 사일무로 한다.

182) 대사(臺榭): 臺와 榭. 누대 등의 건축물을 두루 칭한다. 대개 대는 멀리 관망(觀望)하기 위하여 흙을 쌓아 만들고, 그 대 위에 만든 정자나 누각을 사라고 한다. 일명 망루라고도 한다.

183) 구극(駒隙): 광음(光陰), 곧 세월의 빠름을 비유하여 이르는 말. 구광과옥(駒光過隙) 또는 백구과극(白駒過隙)이라고도 한다.

184) 해로(薤露): 사람의 목숨이 염교잎 위에 맺힌 이슬과 같이 쉽사리 없어진다는 뜻으로 사람이 죽어 상여가 나갈 때에 부르는 만가(輓歌)의 하나이다.

다른 사람의 즐기는 바 될까 두려워하네	爲他人之所樂
진실로 황음함에는 그 한도가 없는 것인데	誠荒淫以無度[185]
해서는 안 된다는 것을 알지 못했더라	曾不知其不可
높은 곳에 의지하여 울적한 심정을 넓히고	庶憑高以蕩情
먼지 세상일이 나를 괴롭게 함을 씻으려 하노라	滌塵機之惱我
이때 금으로 장식한 수레가 멈추어 서니	于時金輿駐駕[186]
무지개 같은 오색 깃발이 아름답구나	霓旋婀娜[187]
많은 벼슬아치는 비탈길에 늘어서고	千官列於陂陁
수많은 말들은 계곡에서 울부짖으며	萬馬嘶於谿隧
구름 그림자는 나를 위하여 배회하고	雲影爲我徘徊
하늘 모습은 나를 위하여 아름답네	天容爲我嫵媚
초목에는 찬란한 빛이 더하고	增草木之輝光
강산에는 즐거운 기운이 넘치는데	溢江山之喜氣
반짝이는 이중의 눈동자로 돌아보시니	爛重瞳之顧眄[188]
황제의 귀하심을 알겠네	知皇帝之爲貴
참으로 승평의 즐거운 일이요	信昇平之樂事
또한 빼어난 경관이 드물게 어울림이다	抑奇觀之罕匹
아, 슬프도다! 저 중원의 땅은	竊悲夫中原之地
정히 조금도 흠집없는 황금단지와 같으니	正如金甌無缺[189]
침상 밑에	臥榻之下
어찌 타인이 코를 골며 자는 것을 용납하겠는가	豈容他人鼾睡[190]
이때에는	當此之時
초창기라 완비하지 못했고	初創未備

185) 황음(荒淫): 주색에 빠져 방탕하다.

186) 금여(金輿): 금으로 장식을 한 수레.

187) 예정(霓旋): 의장(儀仗)의 일종으로서 우모(羽毛: 새의 깃털)를 오색으로 염색을 하여 무지개와 같이 아름다운 기.

188) 중동(重瞳): 이중의 눈동자. 그래서 역대로 눈동자가 두 개였던 사람을 칭하는데 대표적으로 순(舜)임금과 항우(項羽)가 있다. 대개 제왕 그것도 성명(聖明)한 천자의 눈동자를 말한다.

189) 금구무결(金甌無缺): 황금단지에 결함이 없는 것. 나라가 한 번도 외적의 침략 또는 수모를 받지 아니한 경우를 말한다.

190) 한수(鼾睡): 코를 골며 자는 잠.

나라는 강 왼쪽에 위치하여	國於江左
강토가 협소하니	壤地褊小
망망하게 큰 구주 대륙에	茫茫九州之大
구구한 한 구석의 땅이라네	區區一隅之渺
서쪽에는 걸복이 국호를 서진이라 하였고	西乞伏之號秦[191]
북쪽에는 저거가 양나라라고 칭했다	北沮渠之稱凉[192]
척발은 평성에서 범처럼 웅크리고 있고	拓跋虎踞於平城[193]
혁련은 삭방을 용의 눈으로 노리고 있었다	赫連龍睇於朔方[194]
분분한 황제의 궁실에	紛紛黃屋[195]
황제는 몇이며 임금은 또 몇이던가	幾帝幾王
돌아보면 천하는 사분오열인데	顧天下四分五裂

---

191) 걸복(乞伏): 전진(前秦)의 부견(苻堅)이 죽자 용사천(勇士川: 지금의 감숙 楡中縣 동북)에서 지키고 있던 전진의 장수 걸복국인(乞伏國仁)도 후에 독립하여 스스로 대선우(大單于: 선우는 흉노족의 말로서 그 의미는 군주라는 뜻이다)라 칭하고 진(秦)과 하(河)의 2주목(州牧)을 거느렸다. 걸복국인은 본래 농서 선비족으로 그의 부친 사번(司繁)이 전진으로부터 장군이란 작위를 받고 있었다. 역사서에서는 걸복국인이 세운 나라를 '서진(西秦)'이라 한다. 걸복건귀(乞伏乾歸)-걸복치경(乞伏熾磐)-모말(暮末) 등으로 이어졌다. 모말이 북량(北凉)의 압박을 받아 북위(北魏)로 도망했다가 부하들이 반란을 일으키고 431년 하주(夏主)인 혁련정(赫連定: 赫連勃勃의 아들)에게 멸망되었다.

호진(號秦): 국호를 진이라고 이름하다. 즉 옛날 진나라 땅의 서부에서 일어났기 때문에 서진이라고 한 것.

192) 저거(沮渠): 흉노족인 저거몽순(沮渠蒙遜)이 감숙성에 나라를 세웠는데 역사가들은 이를 '북량(北凉)'이라고 했다. 그의 아들 목건(牧犍)에 와서 16국 중에 최후로 북위에게 멸망되었다.

칭량(稱凉): 양이라고 칭하다. 신강성으로 들어가는 요로에 수도를 정한 전량(前凉)·후량(後凉)을 말한다.

193) 척발(拓跋): 선비족(鮮卑族)의 척발규(拓跋珪)가 성락(盛樂: 지금의 綏遠 和林格爾縣)에서 대왕(代王)이라고 칭하다가 국호를 위(魏)라고 고쳤는데, 역사가들은 이를 '북위(北魏)' 또는 '후위(後魏)'라고 했다. 후연(後燕)을 물리치는 등 판도를 크게 확대하여 동진의 안제(安帝) 융안(隆安) 2년(398년)에 칭제하여 평성(平城: 지금의 산서성 대동현 동쪽)으로 천도했다. 439년에 북위는 북방을 통일했다.

호거(虎踞): 범이 무릎을 세우고 앉은 자세. 즉 인걸의 위세 또는 지리의 웅대함을 의미한다.

194) 혁련(赫連): 흉노(匈奴)의 일족인 하(夏)나라 군주의 성씨. 유유(劉裕)가 1, 2차 북벌을 성공시켜 북방의 동쪽에 있던 남연(南燕)과 관중(關中)의 후진(後秦)을 멸망시키고 그의 아들과 장군들로 하여금 관중을 지키게 했는데, 내분이 심했으므로 이때를 틈타 하의 군주 혁련발발(赫連勃勃)이 남쪽으로 공격했고 유유는 다시 관중을 잃게 되었다. 그의 아들 혁련정(赫連定) 때 토곡혼왕(吐谷渾王) 모귀에게 사로잡혀 멸망했다.

용제(龍睇): 용과 같이 본다는 것.

195) 황옥(黃屋): ① 황금색 비단으로 만든 천자 전용 수레의 덮개 ② 제왕이 거처하는 궁실 ③ 제왕의 권위 ④ 제왕을 대신 칭하는 말.

삼분의 일도 얻지 못하였다네	靡三半之一得
이에 마땅히 군사를 다스려 대중에게 서약하고	是宜治兵誓衆
사방을 경영해야 할 것이라	經營四域
새벽에 일어나 옷을 입고 해 진 후에 저녁을 먹어도	宵衣旰食[196)
하루가 시간이 부족한데	日不暇給[197)
어찌 자그마한 성공에 안심하여	夫何安於小成
마침내 통일에 뜻이 없었는가	竟無志於混一
큰 공을 이루기 전에	大功未就
사치한 마음이 이미 방탕하였으니	侈心已放
대 위에서의 그대의 호탕함이여	子之蕩兮臺之上
진실로 정은 있어도 희망이 없구나	洵有情兮而無望
돌아보건대 자손에게 남긴 규범이 이와 같다면	顧貽謨之如此[198)
장차 어떻게 만들어진 법으로 감시하겠는가	將何監于成憲[199)
후손들의 교만과 사치가	宜後嗣之驕奢
효성을 빙자한 토목공사에 의해 궁해짐이 당연하도다	窮土木於孝建
또 어느 사이에 일으켜 만들어 두고	亦於焉而興作
날마다 이에 올라 놀며 즐거움을 탐한다	日登遊以耽歡
재앙의 단계를 누가 만들었는지를 궁구하면	究厲階之誰生
대저 자신이 실마리를 만든 것일지니	自夫子之造端
과연 사람들의 말과 같다면	果若人言
욕심대로 하다가 재앙이 되었고	縱欲成災
궁중의 섬돌 안에서 뽑은 칼에	階闥之內推刃[200)
사방의 국경 밖까지 먼지가 넘친다	四境之外漲埃
회북의 장수는 밤에 도망을 하고	淮北之將夜遁
하남의 군사들은 돌아오지 않는다	河南之師不還

196) 소의간식(宵衣旰食): 날이 새기 전에 일어나서 옷을 입고, 해가 진 후에 늦게 저녁을 먹는다는 것으로서, 제왕이 정무에 이렇게 근심함을 의미한다.

197) 일불가급(日不暇給): 일이 폭주하여 온 종일 쉬지 아니하고 처리하여도 시간이 모자람을 뜻함.

198) 이모(貽謨): 조상이 후손에게 끼쳐 주는 규범.

199) 성헌(成憲): 성문법 또는 성문헌법.

200) 계달(階闥): 궁궐의 계단과 궁문. 궁궐의 문을 뜻한다.

황월은 제나라 왕에게 빌려주니	黃鉞假於齊王[201)]
군마는 강 물굽이에서 물을 마신다	戎馬飮於江灣[202)]
드디어 양자강의 남쪽	遂使大江之南
천리나 되는 땅을	千里之地
힘들게 얻었다가	得之艱難
잠깐 동안에 잃었구나	失之造次
지금 떨어진 꽃과 우짖는 새	至今落花啼鳥
소나무의 바람과 계곡의 물은	松風澗水
눈에 가득 조용하니	滿目蕭然
사람에는 잘못이 있어도 만물에는 잘못이 없다네	人非物是
황제의 능묘의 거친 냉이와 야생 해당화는	寢園之荒薺野棠[203)]
슬프게 허혼의 시구로 들어가고	悲入許令之詩[204)]
비석 위의 푸른 이끼와 끊어진 문장은	碑上之青苔斷文[205)]
적선 이백의 생각에 서러움을 더했다네	哀增謫仙之思[206)]
진실로 창랑의 물에 발을 씻었으니	信滄浪之濯足[207)]
또 후회한들 무슨 소용 있으리	又何悔於噬臍[208)]

---

201) 황월(黃鉞): 황금으로 장식을 한 도끼로서 제왕이 정벌할 때에 사용하는 무기의 일종이다.

202) 융마(戎馬): 전쟁에 쓰는 말 즉 군마. 또는 무기와 군마. 또 군대나 전쟁을 뜻하기도 한다.

203) 침원(寢園): 제왕의 능묘.
황제야당(荒薺野棠): 거친 냉이와 야생의 해당화.

204) 허랑(許郞): 당의 시인 허혼(許渾)을 말한다. 그의 작품 중에 〈능효대(凌歊臺)〉시가 있다. '宋祖凌功高歊樂未回, 三千歌舞宿層臺. 湘潭雲盡暮山出, 巴蜀雪消春水來. 行殿有基荒薺合, 寢園無主野棠開. 百年便(一作應) 作萬年計, 岩畔(一作上) 古(一作石) 碑空綠苔.'

205) 청태단문(靑笞斷文): 오래된 비석에 푸른 이끼가 끼고, 글자가 문드러져 간혹 보이지 아니한 경우를 말한다.

206) 적선(謫仙): 당나라 시인 이백(李白)의 별칭. 이백의 시에도 〈능효대〉가 있다. '넓게 바라보며 옛 능효대에 오르니, 대는 높아 눈 끝 가는 데 있네. 첩첩 봉우리들은 먼 하늘에 줄지어 솟아 있고, 들꽃들은 평평한 땅 사이사이에 피었네. 한가로운 구름은 창문으로 들어오고, 들판의 비취색은 소나무와 대나무에 생기네. 비석 위의 문장 읽으려 하나, 이끼 깊게 끼어 차마 어이 읽을꼬(曠望登古臺, 臺高極人目. 疊嶂列遠空, 雜花間平陸. 閑雲入窗牖. 野翠生松竹. 欲覽碑上文, 苔侵豈堪讀).' 앞의 내용과 관련되는 것은 마지막 두 구절이다.

207) 창랑(滄浪): '창랑의 물이 맑으면 나의 갓끈을 씻고, 창랑의 물이 탁하면 나의 발을 씻는다' 라고 한 굴원(屈原)의 작이라 하는 〈어부가(漁父歌)〉에서 나온 말이며, 이를 또 창랑가라고도 한다. 세상의 흐름에 맞추어 유연하게 살아간다는 뜻으로, 발을 씻었으니 물이 탁하고 세상의 어지러움에 이미 동참했다는 뜻이다.

그렇다면 이 대는 다름이 없는가　　然則是臺也無異乎
진나라의 구층대나　　晉之九層[209)]
초나라의 건계대나　　楚之乾谿[210)]
진나라의 망해대와　　秦之望海[211)]
한나라의 백량대는　　漢之栢梁[212)]
만백성에게 부역을 시켜 원한을 돋우었기에　　役萬姓以挑怨
아득히 멸망의 구렁텅이에 빠지고 말았었다　　迷自底於滅亡
비록 능효대가 자랑스럽다 할지라도　　縱凌歊之可誇
외로운 뿌리가 의지할 바 없음을 어찌하랴　　奈孤根之無依
천일의 즐거움도 흡족할 수 없고　　千日之樂未洽
만년의 대계가 이미 그르쳐졌나니　　萬年之計已非
60년의 대업이 박절하게 되고　　五紀之業斯迫[213)]
일곱 황제의 영혼이 돌아갈 데 없다　　七廟之魂無歸[214)]
산하의 부귀가 어디 있으며　　山河富貴之何處

---

208) 서제(噬臍): 배꼽을 물다. 사향노루가 자신의 배꼽에서 나는 향기 때문에 잡히게 된 것을 알고 배꼽을 물어뜯었다. 즉 일이 그릇된 후에 후회해도 소용없다는 것. 서제막급은 후회막급과 같다.

209) 구층(九層): 일반적으로 말하면 구층의 높은 대. 구층의 높은 대도 그 처음에는 얼마 안 되는 흙을 쌓기 시작하여 이룬 것이다. 이는 작은 나라가 선정을 베풀어 차차 커짐을 뜻하는 말이며, 적소성대(積小成大)한 것을 구층대(九層臺)라고 한다. 여기서는 춘추시대 진(晉) 영공(靈公)이 구층대를 짓기 시작한 지 3년에 무수한 인력이 동원되고 수천수백의 금전이 낭비되어 국고가 바닥이 났다. 당시 순식(荀息)의 절묘한 간언으로 잘못을 뉘우치고 공사를 중단했다(《설원(說苑)》).

210) 건계(乾谿): 안휘성에 있는 지명으로서 초나라 영왕(靈王)이 나라가 망한 후에 이곳으로 망명을 하여 살다가 죽은 자리에 대를 쌓고 이를 건계대라고 하였다.

211) 망해(望海): 대의 이름이다. 이를 또 망해시대(望海市臺)라고도 한다. 주목왕(周穆王)이 팔준마(八駿馬)를 타고 동해를 유람할 때에 이를 쌓았다고 하며 그 후 진(秦)나라가 이 대를 개축함에 있어 백성을 괴롭혔다.

212) 백량(栢梁): 섬서성(陝西省) 장안의 서북쪽 옛 성 안에 위치한 대의 이름이다. 한무제 원승(元昇) 2년에 이 대를 쌓고, 그 위에서 주연을 베풀어 여러 신하들에게 시를 짓게 하였는데 대를 축조할 때에 백성들의 부담이 많았으므로 민원이 적지 않았다고 한다.

213) 오기(五紀): 1기(紀)는 12년. 그래서 5기는 60년이다. 남조 유송(劉宋)은 420년에서 479년까지 거의 60년이었다.

214) 칠묘(七廟): 유송(劉宋)의 제왕의 계보는 무제 유유(武帝 劉裕), 소제 유의부(少帝 劉義符), 문제 유의륭(文帝 劉義隆), 효무제 유준(孝武帝 劉駿), 전폐제 유자업(前廢帝 劉子業), 명제 유욱(明帝 劉彧), 후폐제 유욱(後廢帝 劉昱), 순제 유준(順帝 劉準)으로 이어졌으며 모두 8명이다. 그러나 마지막 순제는 전권을 쥐고 있던 소도성(蕭道成. 뒷날의 제나라 高帝)에 의해 왕위에 앉았다가 찬탈되었기 때문에 제외했는지 모르겠다.

문물의 번화가 누구에게 속하는가	文物繁華之誰屬
이미 끝났도다	已矣哉
봄이 가니 가을 오고	靑陽謝兮白帝至[215]
옥토가 뜨니 금오가 숨는다	玉兎昇兮金烏匿[216]
풍류도 남아 있지 아니하고	風流兮不存
영화도 자취가 없구나	榮華兮無迹
장락의 누대에는 티끌만 엉겨 있고	塵凝長樂之榭
악기 연주하며 노래하던 누각에는 향기도 사라졌다	香滅按歌之閣
산새가 관현의 풍악소리를 희롱하고	山鳥弄絃管之聲
들꽃이 비단의 고운 빛깔은 남기고 있으며	野花留綺羅之色
사슴은 고소산의 풀에서 놀고	鹿遊姑蘇之草[217]
바람은 동작대의 달을 슬퍼한다	風悲銅雀之月[218]
하늘과 통하던 승로반도 황량하고	通天之露盤荒凉[219]
칠보로 만든 피풍대도 적막하다	避風之七寶寂寞[220]
천년의 지난 일을 누구에게 물을 것이며	千年往事之誰問
한 조각 높은 대는 어디에 있는가	一片高臺之安在
오랜 세월 지나 모두가 없어졌으니	經終古以共盡
또 어찌하여 길이 한탄만 하겠는가	又何爲乎永慨

215) 청양(靑陽): 오행설에 의해 청색은 동방, 봄, 나무, 사신도에서는 청룡 등을 상징한다.
백제(白帝): 가을의 신으로 흰색은 서방, 가을, 흰색, 백호 등을 상징한다.

216) 옥토(玉兎): 옥토끼. 달.
금오(金烏): 까마귀로 해를 뜻한다.

217) 고소(姑蘇): 강소성 오현(吳縣) 서남쪽에 고소산이 있고, 그 위에 고소대가 있다. 이는 오왕(吳王) 부차(夫差)가 월나라와의 전쟁에서 승리하고 얻은 미인 서시(西施)의 거처를 위하여 쌓았다는 것이다.

218) 동작(銅雀): 삼국시대 위(魏)의 조조(曹操)가 만든 전망대. 구리로 만든 큰 공작을 누대 꼭대기에 장식했기 때문에 동작대라고 했다. 하남성 임장현(臨漳縣)에 있다. 주위에 전각들 120칸이 서로 이어졌고 높이는 하늘의 구름까지 솟았다고 할 정도로 장엄했다.

219) 노반(露盤): 승로반(承露盤) 즉 이슬을 받는 받침 또는 대(臺)를 말한다. 한나라 무제가 방사들의 말을 듣고 만들었다는 높이가 20장(대충 55미터 정도), 둘레가 7아름 되는 선인(仙人)의 거대한 동상은 커다란 쟁반을 받쳐든 손을 공중에 뻗치고 있는데, 쟁반에 고인 이슬에 옥의 가루를 타서 무제가 마셨다. 이 손과 쟁반을 선인장(仙人掌) 또는 승로반이라고 한다. 신선이 되고 불로장생하기 위한 것이었다.

220) 칠보로 만든 피풍대〔避風之七寶〕: 전하는 말에 의하면 한나라 조비연(趙飛燕)의 몸이 너무 가벼워 바람을 이기지 못했으므로 성제(成帝)가 그녀를 위해 칠보로 된 피풍대(避風臺: 바람 피하는 대)를 축조했다고 한다.

믿는 바는 어진 황후는 이룬 업적 잘 유지하고	所賴哲后持盈[221]
밝은 임금은 덕을 삼가하여	明王愼德
하루에 생기는 만 가지 일을	一日萬機
조심조심 근신하는 것	兢兢業業
문제는 백금의 소비를 아끼었고	文帝惜百金之費[222]
소왕은 천리마의 해골을 팔았으며	昭王市千里之骨[223]
서경에서는 사해의 큰 바람을 구가하고	西京歌四海之大風[224]
동도에서는 일대의 원훈들을 그렸으니	東都繪一代之元勳[225]
이로써 모두 백세에 좋은 명성을 전하고	皆足以流芳百世
영예가 끝이 없게 하였도다	令譽無垠
어찌 노는 데 팔려 돌아가기를 잊고 있는 군주나	豈如流連之主
주색에 빠져 나라를 망쳐 버린 임금이	荒亡之君
그 즐거움을 끝나기도 전에 슬픔이 벌써 이르게 되고	樂未畢而哀已至
대가 기울기도 전에 나라가 이미 분열된 것과 같겠는가	臺未傾而國已分也哉
능효대의 남은 유적을 상상하나니	想凌歊之遺址
다만 산초에 석양만이 비치리라	但山椒之夕曛

221) 지영(持盈): 이미 가득 찬 것을 유지한다는 것으로, 이미 이루어진 업적을 보호하고 유지하다.

222) 문제(文帝): 남조 유송의 문제(文帝) 유의륭(劉義隆)을 말한다. 그는 검소하여 사치를 경계했으며 백성들의 요역을 가볍게 하고 부세를 줄였으며 관리 임용을 깨끗이 하여 이른바 '원가(元嘉)의 치(治)'를 펼쳤다. 유송 60년간 8명의 황제의 재위 기간 동안 그가 재위한 기간은 30년이었다.

223) 소왕(昭王): 전국시대 연(燕)나라 소왕을 말한다. 천금으로 천리마의 뼈를 사는 것으로 해서 천하의 현자들을 구하고자 했다. 천리마의 뼈를 천금으로 살 정도이면 천리마는 저절로 찾아올 것이라는 말이다. 소왕은 결국 악의(樂毅)를 맞아들였다. 이의 일환으로 지금의 하북성 역수(易水) 동남쪽에 황금대를 쌓아서 대 위에 천금을 놓고 천하의 어진 선비를 초빙하였다고 한다. 이를 현사대(賢士臺) 또는 초현대(招賢臺)라고 부르기도 하고, 줄여서 금대(金臺) 또는 연대(燕臺)라고도 한다.

224) 서경(西京): 장안을 말한다. 한 고조 유방이 초를 평정하고 천하를 통일한 뒤 고향으로 돌아와 사람들을 초청하여 주연을 베푼 자리에서 불렀다는 노래 〈대풍가(大風歌)〉를 말한다. '큰 바람 일고 구름 높이 나는구나. 해내에 위세 떨치고 고향에 돌아왔도다. 어이하면 뛰어난 장수를 얻어 사방을 지키리'(大風起兮雲飛揚, 威加海內兮歸故鄕, 安得猛士兮守四方) 이 노래는 당연히 서경인 장안에서 불렀다.

225) 동도(東都): 동도는 낙양(洛陽)이다. 후한의 명제(明帝. 이름은 莊, 광무제의 넷째아들) 때 이전의 공신들을 추념하기 위하여 낙양 남궁(南宮)에 있는 운대(雲臺) 광덕전(廣德殿)에 스무여덟 명의 초상을 봉안하였다.

장평에서 갱살당한 군사들을 조상하는 부 弔長平坑卒賦[226]

장평의 들판을 바라보노라니	試望平原
널리 퍼진 모양은 황량한 변방과 같이	敻如荒塞
들에는 풀빛이 적고	野草少色
바람에 날리는 모래에 낮조차 어두운데	風沙晝晦
우는 듯 호소하는 듯	如泣如訴
귀신의 혼백이 있는 것 같아라	鬼魂猶在
아득하게 멀고 먼 지난 일을	悠悠往事
장차 무엇으로 대신할까	此將何代
대개 듣건대 화덕이 힘쓰지 않으니	盖聞夫火德不競[227]
창록은 번성하고자 한다 하였다	蒼籙欲艾[228]
강한 양나라와 서쪽의 진나라가	强梁西雍[229]
동쪽 태산에 어지럽고 시끄러웠다	紛紜東岱[230]
육국의 합종 약속은 이미 해체되었고	六國之從約已解[231]
진나라 백이의 형세는 종전과 같았다	百二之形勝自若[232]
세력은 물항아리 뒤집은 것보다 더 세고	勢有甚於建瓴[233]

226) 갱살(坑殺): 여러 사람을 한 구덩이에 파묻어 죽이는 것을 갱살이라 한다. 이는 진(秦)나라가 항복을 한 조(趙)나라의 군사 사십만 명을 장평(長平: 지금의 산서성 高平縣 서북쪽)에서 갱살하였기에 그 과정을 설명하면서 원혼을 조상하는 글이다. 전국시대 진나라의 소양왕(昭襄王: 또는 秦昭王이라고도 한다) 시절 장평에서 장군 백기(白起)와 조나라 군대와의 전쟁(BC 260년)에서 있었던 일이다. 《전국책》에 이 내용이 기록되어 있으며, 《문선(文選)》에 있는 유효표(劉孝標, 이름은 峻)의 〈변명론(辯命論)〉에도 참고할 것이 있다. 뒷날 소양왕이 죽은 후 효문왕(孝文王)과 장양왕(莊襄王)이 차례로 즉위했으나 각각 3일과 4년만에 죽고, 장양왕의 아들 정(政: 성은 嬴)이 13세로 즉위했다. 뒷날의 진시황이다.

227) 화덕(火德): 오행설에 의한 화의 덕. 왕이 된 사람이 천명을 받은 기운으로 오덕의 하나. 화덕은 태양의 따뜻한 열기이므로 만물을 번성하게 한다는 것이다. 진(秦)나라는 주(周)를 화덕으로 보고 이를 이기는 것은 수덕(水德)이라 하여 검은 옷을 입는 등 검은 색을 중시했다. 그리고 한나라는 화덕이며, 그래서 기치나 복장에 모두 붉은색을 사용했다. 여기서는 주왕조를 말한다.

불경(不競): 매우 미약하다, 힘쓰지 않는다는 뜻.

228) 창록(蒼籙): 미래사를 예언한 비결을 창록이라 한다. 그러나 여기서 말한 창록은 하나의 부신(符信)으로 천자가 천명을 받을 즈음에 이를 잡고 천하를 제어한다는 것이다.

애(艾): 오래되다, 다하다, 끊어지다, 징계하다, 편안하다 등의 뜻이 있다. 주 227)과 연결하여 설명하면 주나라의 화덕이 쇠미해질 대로 쇠미해진 전국시대에 미래를 예견할만한 창록도 끊어지고 오로지 힘으로 세력확장 전쟁을 일삼는 배경을 설명한 것으로 보인다.

계책은 또 누에가 뽕잎을 갉아먹는 것보다 더 세밀했다	計又密於蠶食
함곡관의 자물쇠를 한 번 빼니	函關之鑰一抽[234]
백만의 군사가 동쪽으로 나오는데	百萬之師東出
원교근공책을 처음으로 시험하더니	近攻之策初試[235]
상당의 지역이 제대로 함락되었고	上黨之地自拔[236]
미약한 조나라의 남은 군사들이	趙侵弱之餘燼[237]
장평에서 싸우며 진나라에 대항하였다	軍長平以抗秦
이간하는 말을 믿고 장수를 바꾸었으니	信間說以易將[238]
장수로 임명을 받을 자는 그 사람도 아니었다	受推轂者匪人[239]
앞에는 견고한 벽이 막고 있고	前堅壁之阻拒[240]
뒤에는 기습병이 차단하였는데	後奇兵之壅絶[241]

---

229) 양(梁): 위(魏)나라를 말한다. 기원전 361년 위 혜왕(惠王)이 대량(大梁: 지금의 하남성 개봉현)으로 천도한 후부터 위를 양(梁)으로 칭하게 되었다. 위나라는 진나라와 바로 붙어 있었으며 당시의 강국이었다.

옹(雍): 현 이름으로 우부풍(右扶風)에 속하며 그 옛성은 지금의 기주(岐州) 옹현(雍縣) 남쪽에 있다. 한나라 때 장안의 서쪽 옹현에는 오치(五畤)라고 하여 다섯 방위의 천제(天帝)에게 제사하는 제단이 있었다. 그 제단을 옹치(雍畤)라고 했다. 춘추시대부터 옹현이 중심인 이 곳을 차지하여 다스렸던 나라가 진(秦)이므로 '옹'은 진나라를 지칭하기도 한다.

230) 동대(東岱): 오악(五岳) 중에 동쪽에 위치한 태산(泰山)을 동악(東岳)·대산(岱山)·대종(岱宗)이라고도 한다.

231) 육국(六國): 전국시대의 연·조·한·위·제·초를 육국이라 한다. 이때 낙양 사람 소진(蘇秦)이 육국을 돌아다니면서 합종설(合縱說)을 주장하여 육국이 연합을 하여 강한 진나라를 공격하거나 방어하게 하고 이러한 공수동맹을 종약(縱約)이라 하였다. 이에 대해 장의(張儀)는 진나라를 위해 연횡책(連横策)을 주장하고 각국을 유세했다.

232) 백이(百二): ① 두 명으로 백 명을 상대한다는 뜻. 지세가 험준하여 2명으로 100명을 당해낼 수 있다는 것 ② 백의 두 배. 적이 백이면 아군은 지형에 의해 그 두 배를 가진 셈이 된다는 것. ③ 그래서 산하가 험하고 견고한 곳을 비유한다 그래서 '百二山河'라고 하면 매우 험준한 산하이다. ④ 100분의 2. 수량의 적음을 말하는 것. 여기서는 진나라 군대의 형세를 말한다.

233) 건령(建瓴): 물동이의 물을 뒤집어 쏟는다는 말이며 이는 즉 세력이 강하다는 것을 의미한다. 建은 복(覆), 瓴은 병(甁)과 같다.

234) 함곡관(函谷關): 하남성 서북에 있으며 위수분지(渭水盆地)로부터 중원평야를 통하는 요지에 있는 관문.

235) 근공(近攻): 소양왕(昭襄王)은 명장 백기(白起)를 등용하여 한·위·조·초 등을 공격하고 위나라 사람 범수(范雎)를 등용하여 원교근공책을 취했다. 우선 힘으로 한·위를 공격하여 그 영토를 점령하는 것을 제일의 목표로 삼고, 또 조·초 등과 연합하여 한·위를 고립시켰다. 즉 먼 나라와 연합하고 가까운 나라를 치는 것.

236) 상당(上黨): 지금의 산서성 동남 끝 지역. 당시에는 한(韓)나라에 포함되었었다.

237) 여신(餘燼): 타다 남은 불. 살아남은 나머지 즉 유민(遺民)이나 패잔병 등의 비유.

돌아보니 진퇴가 낭패이고 顧進退之狼狽
또 식량도 다 떨어졌다고 알려왔다 抑糧餉之告乏
응원병도 끊겼으니 무엇을 기대할까 援兵絶兮何竢
적군은 구름같이 사방에서 합세를 하는데 敵若雲兮四合
장군은 한 개의 화살에 쓰러지고 將軍斃於一矢[242)]
군사들은 모두 두 손을 뒤로 돌려 묶였다 士卒同於面縛[243)]
이미 범 입에 몸을 맡기었으니 旣委身於虎口
감히 재생하기를 바랄 수 있겠는가 敢求活於再生
사십만이 소란을 부리다가 四十萬之擾擾
문득 한 구덩이에 섬멸을 당하였다 奄見殲之一坑
창공을 외치면서 원통함을 호소하니 叫蒼空兮訴冤枉
하늘이 어찌 원망하며 빛나는 위세를 떨치겠는가 天何憖兮振威靈
그 구덩이에 임하여 근심하고 두려워함은 臨其穴惴惴其慄兮
지하에서도 오히려 눈을 감지 못하리라 目地下猶未瞑
참혹하고도 슬퍼구나 慘然爲爾悲兮
불행이 어찌하여 이렇게 극단에 이르렀는가 禍何至於此極
살아서도 편안한 거처를 이루지 못하였고 生不遂乎安居
죽어서도 또한 무덤이 없으니 死亦失其窀穸[244)]

---

238) 신간설(信間說): 이간질하는 말을 믿다. 진나라의 왕흘(王齕)이 조나라를 공격하자 조나라의 명장 염파(廉頗)가 보루를 쌓고 지키고만 있어 진은 곤혹스러웠다. 진나라의 승상인 응후(應侯 즉 范雎)가 첩자에게 천금을 가지고 조나라에 가서 '진나라가 두려워하는 사람은 마복군(馬服君 즉 명장 趙奢)의 아들 조괄(趙括)뿐' 이라는 말을 퍼뜨리고 이간질시켜 결국 염파 대신 조괄을 보내어 진나라를 공격하게 했다. 조괄은 군사이론에만 밝고 임기응변과 실전경험이 없었다. 그러자 진나라는 비밀리 무안군(武安君) 백기를 상장군으로 삼고 왕흘을 부장으로 하여 거짓으로 도주하며 복병을 배치한 후 습격하고 식량 보급로를 차단했다.

239) 추곡(推轂): 수레를 밀고 가다. 임금이 장수를 임명할 때의 장수에 대한 융숭한 예절의 일종. 협조나 천거나 원조를 뜻하기도 한다. 이런 예를 받을 사람은 그 사람(즉 조괄)이 아니라는 의미이다.

240) 견벽(堅壁): 견고한 장벽.

241) 기병(奇兵): 기습하는 군사.

242) 장군(將軍): 장군 조괄을 말한다. 조괄이 포위된 지 46일 만에 식량이 다하자 포위망을 뚫으려고 하였으나 실패하고 마침내 자신이 정예부대를 이끌고 출전했다가 화살에 맞아 죽고 말았다.

243) 면박(面縛): 두 손을 뒤로 돌려 묶고 얼굴은 앞으로 향하게 하는 것으로, 옛날엔 이를 투항의 표시로 했다.

244) 둔석(窀穸): 광중(壙中) 곧 구덩이 또는 무덤 속.

슬프기만 하여라	悲乎哉
누구인들 부모가 없으리오	誰無父母
내 자식이 행역을 나가	嗟余子行役
부디 몸조심하여	尙愼旃哉[245)]
멀리 머물러 있지 말고 어서 돌아오라	猶來無息[246)]
누구인들 부부가 없으리오	誰無夫婦
어찌하여 생각하지 않을 수 있으리	如之何勿思
남편이 군대에 갔는데	君子于役
그 돌아올 날 알 수 없어라	不知其期
이것은 모두 애써 기른 슬하의 자식을	是皆劬愉膝下
죽고 삶과 만남과 헤어짐	死生契濶[247)]
이미 그 모습을 보았다면	亦旣見止
나의 마음 즐거울 텐데	我心則悅
어찌 저 하늘은 망망하게 높고	夫何天高茫茫
땅은 막막하게 두터운가	地厚漠漠
오지도 가지도 못하게 되니	莫往莫來
마음 속으로 눈물이 줄줄 흐른다	娟娟心目[248)]
산은 첩첩이며 물은 막혔으니	山重水隔
꿈에라도 네가 왔으면	夢汝來斯
바다가 마르고 돌이 문드러지도록	海枯石爛
어느 때에 너를 보겠는가	見汝何時
길고 긴 겨울 밤 여름 낮에	冬之夜兮夏之日
길고 길게 백년이나 막혔으니	永遠隔於百歲

245) 상신전재(尙愼旃哉): 《시경》의 〈위풍(魏風) · 척호(陟岵)〉 제1장에 '상신전재, 유래무지(尙愼旃哉, 猶來無止)' (부디 몸조심하여/어서 돌아와 멀리 머물러 있지 마라) . 상(上)과 상(尙)은 통하여 '부디' 의 뜻으로 희망을 표현한다. 신(愼)은 조심하는 것. 전(旃)은 지언(之焉)의 소리가 합친 것으로, 지(之)와 같은 조사이다. 이렇게 한 것은 아마도 어기(語氣)에 있어서 더욱 깊고 간절하기 때문일 것이다.

246) 유래무식(猶來無息): 앞의 주 〈척호〉시의 '유래무지(猶來無止)' 와 같은 뜻이다. 유(猶)는 마땅히, 의당의 뜻이며 래(來)는 돌아오다, 식(息)은 지(止)와 같이 멈춘다, 머문다는 뜻으로 푼다. 소식의 뜻으로 풀어서는 안 된다.

247) 계활(契濶): ① 오랫동안 떨어짐 ② 부지런히 노력하다 ③ 그리워하다 ④ 굳은 약속을 하다.

248) 연연(涓涓): 물이 졸졸 흐르는 모양으로서 비통하여 흐르는 눈물을 비유한다.

살아도 무슨 은혜이며 죽는다 하여 무슨 허물이랴　　生何恩兮死何辜
때가 맑지 아니하여 명을 건질 수 없었구나　　時不淑兮命不濟
이제 묘지터에는 바람이 울부짖고　　至今風號九原[249]
원수에는 달빛도 괴로워하노라　　月苦洹水[250]
바람에 날리는 나그네 혼을　　旅魂飄飄
어느 곳에 기탁할꼬　　何所託止
영혼이여 아는 바 있으면　　魂兮有知
영혼이여 원통하게 여기지 말라　　魂勿爲寃
임금의 일로 죽었으니　　死於王事
그 죽음 또한 무엇을 한탄하겠는가　　死亦何恨
그대들은 한이 없으니　　汝則無恨
그대들에게 실로 무슨 죄가 있겠는가　　汝實何罪
쓸쓸한 옛 싸움터에　　蕭蕭古壘
산과 강은 변하지 않았다　　山河不改
몇 사람이 지나갔으며　　幾人經過
몇 사람이 말고삐를 멈추었던가　　幾人停轡
백년이 흘러간 지금에도 마음이 상하고　　傷心百年之際
무정한 이 땅에 슬픔이 일어난다　　興哀無情之地
술 한 잔 올려 많은 영혼들을 제사하나니　　奠一觴兮酹群靈
넓고 큰 들판에 영혼들은 어디에 있는가　　野泱漭兮魂何處
햇빛은 어둡고 침침하게 서쪽으로 떨어지고　　日黯淡兮西墮
강물은 오열하며 동으로 흐르는데　　川嗚咽兮東去
새의 외로운 소리는 그 무리를 잃은 것이요　　鳥孤聲兮失群
원숭이의 슬픈 울음은 그 짝이 없구나　　猿哀鳴兮無儷
원망하노라 진나라 사람의 기만과 간사함이　　怨秦人之挾詐
사십만의 목숨을 한꺼번에 파묻었음을　　坑萬命於一擧

249) 구원(九原): 전국시대 진(晋)나라 경대부(卿大夫)의 묘지 이름. 그래서 묘지터, 구천(九泉), 황천(黃泉), 명토(冥土)의 의미로 쓰인다. 그리고 구주(九州)의 땅을 의미하기도 했으며, 그 외에 구체적인 지명으로도 사용되었다.

250) 원수(洹水): 산서성 여성현(黎城縣)에서 근원이 발달하여 하남성을 통과하는 강으로서 전국시대에 소진(蘇秦)과 육국이 이 강가에서 동맹의 약속을 맺은 것으로 유명하다.

하물며 항복한 사람을 죽이는 것은 상서롭지 못하리니 矧殺降者不祥
어찌 보복 펼쳐짐이 감히 어긋나리요 寧施報之敢忒
마땅히 영씨의 후예는 장양왕 때에 끊어졌고 宜乎嬴絶莊襄之時[251]
칼은 두우의 피에 더럽혀졌다네 劒汚杜郵之血[252]
산동의 수졸이 한꺼번에 부르짖으니 山東戎卒之一叫[253]
함곡관의 제왕의 업이 삽시에 멸망하였네 函關帝業之俄滅[254]
진나라가 수졸들을 갱살함인가 秦抗卒歟
수졸들이 진나라를 갱살함인가 卒抗秦歟
너로부터 나온 것은 너에게로 돌아간다 하였네 出乎爾者返乎爾
장평을 지나며 한번 조상하지만 過長平而一弔
길이 나의 회포 끝나지 아니하리라 永余懷之未已

무릉을 슬퍼하는 부 哀茂陵賦[255]

나그네가 부풍에서 장안으로 가는 길에 客有道扶風歷長安[256]

---

251) 영절장양지시(嬴絶莊襄之時): 영이 장양의 시기에 끊어졌다는 뜻. 영(嬴)은 제소호(帝少皞)의 성으로, 청대의 유명한 문자학자 단옥재(段玉裁)에 의하면 진(秦)·서(徐)·강(江)·황(黃)·담(郯)·거(莒) 모두가 성이 영이라고 했다. 이 영은 뒷날 진(秦)나라 또는 진왕조를 대신하는 말로 사용되었다. 주왕조가 동천한 이후 진양공(秦襄公)이 제후로 승격되면서 풍(豊)과 기(岐) 일대를 위임받아 평정하고 통치하며 확장했는데 최소한 이후 영씨 성을 가진 자가 오랫동안 이 지역을 지배했다. 앞의 주 226)에서와 같이 진시황이 된 정(政)도 역시 성이 영이지만 여기엔 비사(秘史)가 있으며 대개 진시황의 생부를 여불위(呂不韋)로 본다. 그래서 영씨의 대가 그의 양부(養父) 장양왕 대에 와서 끊어졌다고 하는 것이다.

252) 두우(杜郵): 정(亭)의 이름. 지금의 섬서성 함양시 동북쪽. 갱살의 사건을 일으킨 진나라 장군 백기가 뒷날 출정 명령에 불복하고 병을 핑계되며 자리에 눕자 진소왕(秦昭王)에 의해 면직되어 사졸로 강등되었다. 병든 몸으로 억지로 쫓겨가다가 여기에서 진소왕이 자결을 명하며 내린 칼로 자결했다. 이는 대개 당시 승상이었던 범수(范睢)와의 갈등에서 빚어진 것이었다.

253) 수졸(戍卒): 국경의 수비를 속칭 수자리라 하고 이 수자리의 임무를 수행하는 군사를 수졸이라고 한다.

254) 함관(函關): 함곡관의 준말.
제업(帝業): 제왕의 사업. 즉 제왕이 천하 만민을 통치하는 일. 이 구는 진나라의 멸망을 말한다.

255) 무릉(茂陵): 섬서성 흥평현(興平縣)에 있는 한무제(漢武帝)의 능묘이다. 무제는 웅재대략(雄才大略)으로 태평천하를 누렸고 신선이 되기 위하여 승로반을 만들기까지 하였던 호걸풍의 제왕이다. 이러한 제왕도 갈 때에는 가고야 말고 간 후에는 적막한 산릉만이 남으며 그것도 오래되면 황폐함을 면할 수 없다. 이러한 감상으로 읊은 부의 제목을 '무릉을 슬퍼하는 부'라고 한 것이다.

종남산 아래에 여장을 멈추고	弭節終南之下[257]
맑은 위수의 물가에서 느긋하게 지내다가	容與淸渭之干
경사진 긴 비탈길을 올라가서	登陂陁之長坂
쓸쓸한 언덕의 묵은 풀숲을 지나고	涉荒壟之宿莽
오릉의 소재를 찾아	尋五陵之所在[258]
쓰러진 비석을 닦고 눈길을 멈춘다	拂頹碑以留睹
옥 같은 뼈를 매장했던 그 해부터	埋玉骨於當年
몇 년의 비바람을 겪었던가	閱幾秋之風雨
웅재와 큰 책략을 생각하니	念雄材與大略
무릉에 대한 느낌이 더욱 크다	尤有感於茂陵
돌로 만든 말에 의지하여 이리저리 돌아보노라니	倚石馬以徘徊[259]
그 슬픔을 스스로 견딜 수 없다	悲不能以自勝
바야흐로 빛나고 성대하게 남면할 때에	方其赫然南面[260]
뜻과 기세를 분발하여	志氣淩厲
바람과 천둥을 일어나게 하고	動盪風霆[261]
한 세상을 고무하면서	鼓舞一世
장차 큰 바다와 용황을 뛰어넘었다	盖將超鯨海越龍荒[262]
장검은 공동에 기대어 놓고	倚長劒於崆峒[263]
굽은 활은 해 뜨는 부상나무에 걸었으며	掛彎弓於扶桑[264]
궁궐을 지어 높이 임해서 다스리고	軼天門以高御
천지와 사방을 방 안에서 운용하였다	運六合於戶牖[265]

---

256) 부풍(扶風): ① 몹시 세찬 바람 ② 옛날의 군(郡)의 이름. 시대에 따라 이름이 바뀌었는데, 우(禹) 임금 시대의 옹주(雍州), 주나라 때에는 기주(岐州), 춘추시대에는 진(秦)나라 땅이었다가 한나라 초기에는 옹국(雍國), 무제 때에 우부풍(右扶風)이라 하였고, 부풍군, 봉상군(鳳翔郡) 등으로 불렀으며 당나라 후반에는 봉상부(鳳翔府)로 승격되었다. 한 무제 당시에는 위성(渭城)의 서쪽 경기 지역을 우부풍이라 했다.

257) 미절(弭節): 미는 쉬다, 멈추다. 절은 걸음걸이 또는 수레의 속도. 그래서 잠시 멈추다는 뜻.
종남산(終南山): 장안 남쪽에 이어진 진령산맥(秦嶺山脈)의 중심 봉우리. 남산이라고도 한다.

258) 오릉(五陵): 한나라 초기 다섯 황제의 능묘(陵墓). 고조(高祖)의 장릉(長陵), 혜제(惠帝)의 안릉(安陵), 경제(景帝)의 양릉(陽陵), 무제의 무릉(茂陵), 소제(昭帝)의 평릉(平陵)을 묶어서 말한 것. 모두 위수의 북쪽 언덕, 지금의 섬서성 함양시 부근에 있다. 이후의 황제들은 그 남쪽에 능을 썼다.

259) 석마(石馬): 귀인의 능묘 앞에 세우는 돌로 만든 말.

260) 남면(南面): 제왕은 언제나 대궐의 북쪽에 앉아 정남쪽을 향한다. 즉 제왕의 지위를 말한다.

261) 풍정(風霆): 바람이 불고 천둥이 이는 것과 같이 제왕의 위엄과 세도를 비유하여 하는 말이다.

그러므로 이에 현명한 신하와 용맹한 장수들이	故乃謀臣猛將
용과 범처럼 날뛰었다	奔騰龍虎
위청은 노예에서 분발하였고	衛靑奮於僕隷[266]
김일제는 흉노에서 발탁되었으며	日磾拔於胡虜[267]
왕회는 평성의 원한을 설명하였고	王恢說平城之怨[268]
이광은 비장군이라는 이름을 얻었다	李廣得飛將之名[269]
만리를 횡행하는 표기장군의 진영이며	萬里票騎之營[270]

---

262) 경해(鯨海): 고래가 노는 큰 바다 즉 무변대해를 말한다. 제왕의 위세로서는 이 무변대해를 뛰어 넘을 수도 있다는 뜻으로 하는 말이다.

용황(龍荒): 사막의 북쪽. 용은 북방 민족인 흉노족이 하늘에 제사를 지내던 곳인 용성(龍城)을 말하고, 황은 황복(荒服)을 말한다. 고대 중국에서 왕기(王畿 즉 경기 지역) 밖 500리마다 구역을 정하고 일컫던 지역의 명칭으로 오복(五服: 甸服, 侯服, 綏服, 要服, 荒服)이 있는데, 황복은 그 중 가장 변두리에 있는 구역으로 경기 지역으로부터 2천 리에서 2,500리 사이를 이른다. 즉 제왕의 감화가 미치지 못하는 먼 나라의 이민족. 여기서는 제왕의 세력이 그 멀리 있는 이민족의 지역을 넘어서 뻗쳐나갔음을 의미한다.

263) 공동(崆峒): 감숙성에 있는 산으로 산세가 험준하여 북방의 외적을 방어하는 데에 천연의 요새로 되어 있다. 또는 산서성 임분현(臨汾縣) 남쪽이라고도 하고, 전설 속의 산이라고도 하며 황제(黃帝)가 신선 광성자(廣成子)에게 도를 물은 곳이라고 한다.

264) 부상(扶桑): 동쪽 바다의 해가 돋는 곳에 있다고 하는 신목(神木).

265) 육합(六合): 천지와 사방.

호유(戶牖): 지게문과 창문 즉 집이나 방 안.

266) 위청(衛靑): 전한 무제 때의 맹장으로 위장군(衛將軍)으로 불린다. 평양(平陽) 사람으로 자는 중경(仲卿), 시호는 열(烈). 본성은 정(鄭)인데 모친의 성을 따라 위씨이다. 무제의 친누이인 평양공주(平陽公主)의 비녀(婢女)이자 가희(歌姬)였던 그의 누이 위자부(衛子夫)가 한 무제의 눈에 들어 입궁하여 딸 둘과 태자를 생산한 후 황후로 봉해지고, 위청은 무제의 최대의 화두였던 흉노 정벌을 일곱 차례나 수행하며 큰 공을 세워 장평후(長平侯)에 봉해지고 대장군 대사마(大司馬)가 되었다.

복예(僕隷): 노복 또는 노예. 위청이 가문을 알 수 없는 노예의 사생아로 태어나 구박을 받으며 양치기 목동생활을 하다가 그의 모친 위씨를 따라 누이와 함께 노복이자 호위병 노릇을 했기 때문이다.

267) 일제(日磾): 전한 무제 때의 용장으로 흉노의 왕자였었는데 발탁되었다. 성은 김씨이고 무제가 병이 깊어지자 타계하기 전에 어린 태자 비릉(費陵)을 부탁하며 그를 비롯한 곽광(霍光)과 상관걸(上官桀) 등에게 유지를 내렸다.

호로(胡虜): 김일제가 흉노족 출신이었음을 말한 것.

268) 왕회(王恢): 하북성 출신의 흉노통으로 주전파에 속했다. 어전회의에서 자중파(自重派)의 대변인 한안국(韓安國)과 설전을 벌이며 수차례 즉시 개전할 것을 주장했다.

평성(平城)의 원한: 무제의 증조부인 고조(高祖)가 내전을 평정하고 거의 제국의 통일을 완수할 즈음 흉노의 선우(單于)가 장성 이북을 회복하고 산서 북부로부터 지금의 태원시(太原市) 부근까지 이르자 고조는 보병 32만을 이끌고 태원으로 향했다. 선우는 장성 쪽으로 후퇴하는 척하다가 유인하여 평성 즉 지금의 대동(大同) 부근에서 고조와 그의 군대를 포위했다. 포위는 대설 속에서 7일이나 계속되었고, 고조는 첩자를 보내어 선우의 부인에게 뇌물을 주고 가까스로 탈출했다. 이것이 이른바 '평성의 치욕(平城之恥)' 이다.

이사장군의 군사로다 貳師將軍之兵[271]
막남의 왕궁을 소탕하고 掃幕南之王庭[272]
대우의 용성을 불태웠다 燔代右之龍城[273]
옥문관에 정장을 세우고 列亭障於玉門[274]
동이족의 예주를 현으로 삼았다 夷薉州以爲縣[275]
서남쪽에 명령이 막힘을 화내어 慍西南之壅命
곤명지에서 수전을 연습하고 習昆明之水戰[276]
동북쪽에 공물이 두절됨에 분노하여 憤東北之阻貢[277]
아득한 발해에 망루 있는 배를 내려보냈다 下溟渤之樓船[278]

---

269) 이광(李廣): 농서군(隴西郡) 성기현(成紀縣) 사람으로 집안 대대로 궁술을 익혔는데 그는 특히 기마술과 궁술에 뛰어났다. 흉노 정벌에 공이 많아 농서군의 도위, 기랑장(騎郎將), 효기도위(驍騎都尉) 및 여러 곳의 태수를 지냈으며 어느 곳에서나 용감히 전투에 임하여 명성이 높았다. 성실하고 청렴하여 상을 받으면 부하들에게 나누어주었고 음식은 사졸들과 같은 것을 먹었다. 만년에 흉노를 공격할 때 대장군 위청의 배척을 받아 분한 마음으로 칼을 빼어 목을 찔러 자결했다.

비장(飛將): 날쌔고 용감한 장수라는 뜻. 이광이 부하들을 잃고 생포되었다가 탈출한 이후 책임을 물어 몇 년 동안 은거하다가 다시 부임하자 흉노가 이 소식을 듣고 '한나라의 비장군'이라고 부르며 수년 동안 그를 피했다고 한다.

270) 만리표기(萬里票騎): 만리를 내닫는 표기장군(驃騎將軍) 곽거병(霍去病)의 진영을 말한다. 그는 위청의 외조카로서 위청과는 달리 발랄하고 과감했다. 감숙의 원정에 공을 세워서 20세에 이미 표기장군이 되었고 흉노를 고비사막 이북 즉 막북(漠北)으로 몰아내면서 그의 외숙 위청과 더불어 새로 만든 최고 관직인 대사마(大司馬)에 임명되었다. 24세에 타계했다. 그는 위청과 더불어 무제 시대에 가장 눈부시게 활약한 장군이었으며 무제의 신임이 가장 두터웠던 장군이었다.

271) 이사장군(貳師將軍): 이광리(李廣利)를 말한다. 그는 무제 이부인의 오빠로, 흉노의 이사성(貳師城)을 정복한데서 생긴 이름이다. 이사성은 한나라 때 서역 대완(大宛)에 있었으며 명마가 많이 나는 것으로 유명했다. 무제 후기에 흉노와 특히 서역 정벌에 많이 투입되었으며 그의 군대가 흉노에게 전멸당하고 그가 투항한 뒤 흉노정벌은 거의 종지부를 찍게 되었다.

272) 막남(幕南)의 왕정(王庭): 내몽고의 고비사막 남쪽지방을 막남이라 하였고 이 막남에 있던 왕국을 막남 왕정이라 하였다. 幕은 막(漠) 즉 사막이다. 〈사기·흉노열전〉에 '是後匈奴遠遁, 而幕南無王庭(이 이후로 흉노는 멀리 숨었고, 막남에는 왕의 조정이 없어졌다)'라고 했다.

273) 대우(代右)의 용성(龍城): 대(代)는 한 고조가 성이 다른 제후들을 소멸시키고 유씨의 자제들을 분봉했던 9개 왕국의 하나. 이 대 왕국의 오른 쪽에 있던 용성은 흉노가 하늘에 제사하던 흉노의 본거지라 할 수 있다.

274) 정장(亭障): 변방의 요새에 설치하여 사람의 출입을 검사하여 통제를 가하는 관문.

옥문관(玉門關): 감소성 돈황 근처에 있는 서천서역으로 통하는 관문.

275) 이예주(夷薉州): 동북 지역 요동의 동쪽에 있었던 이민족들을 말한다. 〈한서·하후승전(夏侯勝傳)〉 '동쪽으로 예맥과 조선을 평정했다(東定薉·貉·朝鮮)'라 했고, 안사고(顔師古)의 주에는 '예나 맥은 요동의 동쪽에 있다(薉也, 貉也, 在遼東之東)'라고 했다. 낙랑·진번·임둔·현도 등의 한사군(漢四郡) 설치를 가리킨다.

온 천하를 멀리 산을 넘고 항해를 하니	混普率以梯航[279]
투항하여 복속됨을 먼저하지 못할까 두려워하였다	恐投附之不先[280]
죽장이 대하에도 있었고	竹杖兮大夏[281]
구기자 장을 장가국의 강가에서도 맛보았다	蒟醬兮牂柯[282]
붉은 기러기는 바다에서 나오고	赤鴈兮來海[283]

---

276) 곤명(昆明): 무제 원수(元狩) 3년 장안 서남쪽 교외에 수전 연습을 위해 판 둘레 40여 리의 못으로 곤명지라고 한다. 서남방에 곤명국이 있었고 거기에 전지(滇池)가 있어 둘레가 300여 리가 된다고 한다. 한나라 사신이 신독국(身毒國: 힌두 즉 인도)에 가려고 했으나 곤명국에 의해 막혔다. 그래서 이를 정벌하기 위해 곤명지를 팠다. 곤명국은 지금의 운남성 곤명이다.

277) 동북(東北)의 조공(阻貢): 고조 말년 연(燕)나라가 크게 혼란해지자 연의 위만(衛滿)이 1천여 명을 이끌고 패수(浿水)를 건너 조선을 공격하여 그 지역의 왕이 되었다. 위만의 손자 우거(右渠)는 한나라에 대해 강경했으며 한에서 도망한 사람들을 모으고 반도 남부의 여러 나라들이 한에 조공하는 것을 방해했다. 이에 무제는 섭하(涉河)를 사자로 보내어 그를 회유하여 요동동부도위(遼東東部都尉)로 삼아 조선을 막으려 했으나 실패하고 살해되었다. 그러자 무제는 양복(楊僕)과 순체(荀彘)를 보내 수륙의 두 길로 토벌케 했는데 양복이 수군을 이끌고 산동반도로 출발하고 순체는 요동군을 출발했다. 이 전쟁은 4년을 끌다가 우거가 살해되고 항복을 받고서 한사군을 설치했다.

278) 명발(溟渤)의 누선(樓船): 명발은 큰 바다, 창해를 뜻하는데 그곳이 발해이기 때문에 발해라고 했다. 누선은 망루가 있는 크고 좋은 배.

279) 보솔(普率): 보천솔토(普天率土)의 준말로, 모든 천하, 사해의 안쪽, 전국을 뜻한다. 〈시경 · 소아 · 북산(北山)〉과 〈맹자 · 만장상(萬章上)〉 '온 하늘 밑은 왕의 땅 아닌 데가 없고, 땅 닿는 곳에 사는 이치고 왕의 신하 아닌 사람은 없다(普天之下, 莫非王土. 率土之濱, 莫非王臣)' 에서 나왔다.

제항(梯航): 제산항해(梯山航海)의 준말이다. 험한 산에는 사닥다리를 놓아 올라가고 또 강이나 바다에는 배를 타고 건넌다는 뜻으로 아주 먼 곳으로 가거나 또는 아주 먼 곳에서 오는 것을 말한다.

280) 투부(投附): 몸과 마음을 의탁하여 부속됨을 말한다.

281) 죽장(竹杖): 장건(張騫)이 흉노를 치기 위해 대월지국(大月氏國)과 협의하러 먼 길을 떠난 뒤 13년 만에 돌아와서 무제에게 보고하는 것 중에 대하(大夏)와 대완(大宛)과 안식(安息)에 관한 소식. 그가 대하에 있을 때 사천의 물건을 가끔 보았는데, 공산(邛山)의 죽장과 촉포(蜀布 즉 촉지방의 베)였다. 어디에서 살 수 있느냐고 물었더니 신독(身毒)이라는 나라에서 사온다고 했다. 즉 대하 가는 길이 흉노를 거치지 않고 사천에서 바로 인도로 갈 수 있는 길이 있다는 것을 말해 주는 사건이다.

대하(大夏): 나라 이름. 박트리아(Bactria)의 음역. 대완(大宛)의 서남쪽 2천여 리 위수(潙水)의 남쪽에 있다고 했다. 대개 지금의 아프칸 북부 일대라고 한다.

282) 구장(蒟漿, 枸漿): 구기자로 만든 장. 광동의 남월(南越)왕에게 천자의 명을 전하러 갔던 칙사 엄조(嚴助) 외에 당몽(唐蒙)이 있었는데, 그가 장안으로 돌아와서 남월을 토벌해야 함을 상주하면서 그 진공(進攻)의 길이 호남과 강서 외에 사천 쪽에도 있음을 보고했다. 그 단서가 된 것이 그가 광동에서 구장을 먹었다는 사실이었다. 구장은 광동의 산물이 아니라 사천의 산물인데, 그것을 장가강(牂柯江) 상류에서 실어온다고 했다. 남쪽에 있는 야랑국(夜郎國)에서 밀수출된 것이었다. 즉 남월을 친다면 사천에서 물길로 야랑국을 거쳐서 내려가면 된다는 것이다.

장가(牂柯): 강기슭에 배를 매는 말뚝. 〈화양국지(華陽國志) · 남중지(南中志)〉에 따르면, 주나라 말에 초위왕(楚威王)이 장군 장교(張蹻)를 보내어 원수(沅水)를 거슬러 올라 차란(且蘭)을 나서서 야랑을 정벌하는데 말뚝을 심어 배를 매었다고 했다. 그래서 차란을 장가국이라고 했고 그 강을 장가강이라고 했다.

신마가 노래를 바쳤다네	神馬兮獻歌[284)]
상서를 알리는 물건이 사방에서 모여들고	罄瑞物之四集
빛나고 영험한 감응이 허다하였다	昭靈應之孔多
태산에 올라 그 공덕을 칭송했으며	頌功德於泰山
그 미덕은 모두 청사에 길이 남았다네	並垂美於青史
이슬의 기운이 서린 영액을 마시니	吸沆瀣之靈液[285)]
그 맑고 담백함이 몸을 보호하는 줄 알았으며	悟沖澹之保已
해와 달과 별이 시들어져도 늙지 아니하여	凋三光而不老
만년의 천자가 되었다	爲萬年之天子
또 어찌하여 염교 잎 위의 이슬은 쉽게 마르고	夫何薤露易晞[286)]
나비의 꿈이 갑작스레 닥치는가	蝶夢俄迫[287)]
하늘이 무너지고 땅이 터지니	天崩地坼
옥체가 자리에서 내려왔다	玉體下席
하늘 가득한 장한 기운을 거느리고	率彌天之壯氣
육체만을 한 촌의 관에 수습되었구나	奄收入於寸棺
흰 구름 아득한 제왕의 고향이라	渺白雲兮帝鄕[288)]
용의 수염 잡을 수 없음을 슬퍼하노라	悵龍髯之莫攀[289)]
75년의 신세가	七十五年之身世[290)]
번갯불이 허공에 번뜩함과 같으며	若電火之閃空

283) 적안(赤鴈): 붉은 빛의 기러기. 한무제가 동해에 나갔다가 적안을 얻어 주안가(朱鴈歌)를 지었다고 한다.

284) 신마(神馬): 이상한 말. 또는 신기한 준마를 말한다.

285) 항해(沆瀣): 이슬의 기운. 일설에는 바다의 기운이라 하였고 또 일설에는 밤중의 기운이라 하였다. 여기서는 선인장(仙人掌)과 승로반(承露盤)에 받은 이슬을 말한다.

286) 해로(薤露): 염교 잎에 맺힌 이슬. 사람의 목숨이 그 연약한 염교 잎 위에 맺힌 이슬과 같이 쉽사리 없어진다는 뜻으로 상여가 나갈 때에 부르는 만가(輓歌, 挽歌)의 하나이다.

287) 접몽(蝶夢): 호접몽(蝴蝶夢)이며 나비의 꿈이다. 여기에서는 일장춘몽(一場春夢)의 의미에 가깝다. 〈장자〉의 호접몽 고사 참조.

288) 제향(帝鄕): ① 천제(天帝)의 서울. 신선이 사는 곳. 천상 ② 제왕의 고향. 제왕의 출신지 ③ 제왕의 거처. 서울.

289) 용염(龍髯): 용의 수염. 〈위장군묘부(衛將軍廟賦)〉 주 114) 오호(烏號) 참고. 또 다른 고사가 더 생동감이 있다. 옛날 황제(黃帝)가 승천할 때 하늘에서 용이 맞으러 내려왔다. 황제는 대신들 일흔 명 남짓과 함께 용에 올랐으며 나머지 낮은 관리들은 용의 수염에 매달렸다. 그러자 용의 수염이 빠져 버렸다. 백성들은 용의 수염과 그때 함께 떨어진 황제의 활을 부둥켜안고 울었다고 한다.

천추만세의 혼백이	千秋萬歲之魂魄
구천의 현궁에 의지하누나	依九泉之玄宮[291]
산하의 부귀가 어디에 있으며	山河富貴之安在?
대전의 가무를 누구와 함께할꼬	臺殿歌舞之誰同
지금 겨울의 까마귀는 저녁 햇살 속에 있고	至今寒鴉夕暉
떨어진 잎은 황량한 향리에 흩날린다	落葉荒梓
눈에 가득 쓸쓸한 풍경은	滿目蕭然
사람에게 잘못 있어도 만물에는 잘못 없는 것	人非物是
마음을 아득한 세월 위로 달려보니	心馳百世之上
무정한 땅에서 슬픔이 생겨난다	哀生無情之地
돌아보니 당당한 대 한나라 황제가	顧堂堂大漢之皇帝
어찌하여 적막하게 산의 굴에 있는가	何爲寂寞兮山之隧
그 뿐이로다	已焉哉
해와 달은 구슬이 튀는 듯 빠르고	烏兎兮跳丸
세대가 그 바퀴를 하염없이 굴린다	世代兮轉輪
높은 언덕과 깊은 골짜기	高岸兮深谷
맑은 물과 누런 먼지	淸水兮黃塵
아홉 봉우리 서로 같은지 바라보며 의심하고	望疑九峯之相似[292]
외로운 무덤이 어디에 있는가를 생각하는데	想孤墳兮何處
아아 금속산의 솔바람은	嗚呼金粟之松風[293]

---

290) 칠십오년(七十五年): 무제는 재위 54년에 향년 70세로 타계했기 때문에 무제를 대상으로 한 것은 아니다. 이 부를 지을 당시 월헌공 자신의 나이(1454-1527. 74세로 타계)를 제시한 것으로 보이며, 여기서부터 작자의 정서와 감상이 표출된다.

291) 구천(九泉): 아홉 겹의 땅 밑이라는 뜻으로 사람이 죽으면 그 넋이 돌아간다는 곳이다. 이를 속칭 저승이라고도 한다.

현궁(玄宮): ① 임금의 재궁(梓宮)을 묻은 광(壙, 구덩이) 또는 무덤. 재궁은 임금의 관 또는 임금의 능을 말한다. 임금의 관은 가래나무로 만들었기 때문이다 ② 북쪽의 궁전 ③ 깊숙한 궁전.

292) 구봉(九峰): 복건성에 있는 산으로서 봉우리가 아홉인데 그 형상이 너무나 꼭 같으므로 이를 또 구의산(九疑山)이라고도 한다.

293) 금속(金粟): 섬서성 포성현(蒲城縣)의 동북에 있는 산의 이름. 산에 있는 부서진 돌이 황금색 좁쌀과 같다고 하여 금속(황금좁쌀)이란 이름이 붙게 되었다고 한다. 당 현종의 태릉(泰陵)이 여기에 있다. 그래서 넓게 제왕의 능묘를 칭하기도 한다. 그 외 다음과 같은 뜻도 있다. ① 돈과 양곡 ② 계화(계수나무꽃)의 별명 ③ 노란색의 꽃술 ④ 등화(燈花)나 촛불의 비유 ⑤ 머리장식의 이름.

용매가 이미 가버렸음을 한탄하네	恨龍媒之已去[294]
여산의 은제 오리향로는 날지 않고	驪山之銀鴨不飛[295]
서릉의 보름달은 공연히 밝기만 하네	西陵之望月空明[296]
성인과 미친 사람 지혜로움과 우매함은 없는 것이며	無聖狂與智愚
한번 토갱에 돌아가기는 마찬가지라	同一歸於土坑
고금을 통하여 모두 그러하나니	歷古今而皆然
마땅히 이로써 정을 너그럽게 해야 하리라	宜以此而寬情
생각해 보니 정말로 괴이하도다	竊怪夫
위무를 더럽히면서 공로와 미덕을 선망하고	黷威武兮慕功美
궁실을 사치하게 하며 방사들에게 미혹된 것은	侈宮室兮惑方士
가을 바람에 느껴 탄식하는 나그네로 하여금	使秋風感慨之客
망한 진나라 전철을 이었다는 핑계가 있도록 했다	亦有諉於踵亡秦之軌
믿는 바는 그 마침을 후회하여	所賴噬臍厥終[297]
잘못을 고치기를 인색하지 않았고	改過不吝
조서를 내려 자기를 책하였으며	下詔責己
애통해하기를 열병과 같이 하였다는 것	哀痛若疢
이는 일식에서 햇빛이 다시 밝아짐과 같으니	如蝕日之更明

---

294) 용매(龍媒): 제왕이 타는 준마의 별칭이다. 한무제의 〈천마가(天馬歌)〉에 '천마가 오게 된 것은 용이 중매를 한 것이다' 라고 한데서 용매라고 했다.

295) 여산(驪山)의 은압(銀鴨): 여산은 섬서성 임동현(臨潼縣)의 동남에 있는 산으로 진시황의 묘소가 여기에 있고 또 당 현종의 화청궁(華淸宮)이 있는 유명한 산이다. 은압은 은으로 만든 오리 모양의 향로를 말한다.

296) 서릉(西陵): 몇 가지 설이 있다. ① 나라 이름으로, 황제(黃帝)의 부인인 누조(嫘祖)가 서릉국 사람이라고 했다 ② 삼국의 위나라 무제 조조(曹操)의 무덤으로 하남성 임장현(臨漳縣)의 서쪽에 있다 ③ 남조 제나라 전당(錢塘)의 유명한 기생인 소소소(蘇小小)의 묘. 당나라 시인인 이하(李賀)의 시에 나온다. ④ 장강 삼협(三峽)의 하나인 서릉협. 여기서는 자신이 죽고 난 뒤 궁인들로 하여금 동작대의 휘장 속에서 노래하고 연주하며 자신의 무덤을 보게 하라고 했던 조조의 무덤일 개연성이 가장 크다.

297) 서제궐종(噬臍厥終): 서제는 사람에게 붙잡히게 된 사향노루가 배꼽향기 때문에 잡혔다고 해서 배꼽을 물어뜯었다는 데서 일이 그릇된 뒤에 후회해도 어쩔 수 없음을 비유한 것. 궐종은 '그 마침' 이나 임종, 죽음의 뜻. 마지막에 후회를 하는 것을 말한다. 대외전쟁의 실패와 국내의 불안 및 가정의 참변 등을 겪으면서 무제는 후회하고 정신을 차렸다. 그는 죽기 약 2년 전에 모든 방사들을 해산하고 다시는 신선술을 믿지 않았으며 변방에서 무공을 세우지 않을 것을 조서(詔書: 이것을 '輪臺의 詔' 라고 한다)로 밝혔고 백성들을 쉬게 하면서 농사에 힘쓰도록 하였다. 그리고 죽기 전에 어린 아들 비릉(費陵)을 태자로 삼고, 곽광 · 김일제 · 상관걸 등에게 정치를 보필하게 하고, 태자의 어미인 구과부인(鉤戈夫人)에게 죽음을 내려 정치에 간여할 가능성도 없앴다.

만인의 눈이 우러러 봄이 기쁘도다	欣萬目之瞻仰
비유하건대 마침내 다시 돌아옴에 혼미하지 아니함은	譬遂非以迷復[298)]
진실로 하늘과 땅의 차이와는 같지 않았다	固不侔乎霄壤[299)]
어찌 폐허의 무덤에 큰 탄식을 발하며	安得不發浩歎於墟墓
천년의 길고 긴 먼 생각을 일으키지 않겠는가	起千載悠悠之遐想也

침류당부 枕流堂賦[300)]

남산의 한 갈래가 길게 뻗어	南山一條之迤走
한강의 서쪽 물가에 닿았네	控漢水之西涯
농서자가	隴西子[301)]
그 사이에 점을 쳐서 택지를 고르니	卜築於其間
백척의 푸른 벼랑이 우뚝하네	屹百尺之蒼崖
위에는 노송의 그늘로 덮혀있고	上松檜之蔭盖
아래에는 물고기와 용이 소용돌이 치는데	下魚龍之盤渦
비어있는 곳을 점유하여 집을 세우고	跨空虛以立堂
출렁이며 길이 흘러가는 강물을 베고 누웠네	枕長流之湝湝
넓은 들은 아득하여 흐릿하게 보이고	大野漫漫其迷望
먼 산은 구름 사이로 숨은 듯 아련하며	遙山隱隱於雲間
언덕 너머로 나무꾼의 피리소리가 서로 울리고	隔岸樵笛之互動
물결 따라 고깃배는 왔다 갔다 하네	隨潮漁艇之往還
맑을 땐 햇살에 반짝이다가 비 오면 빈 듯이 흐릿하니	晴瀲灩而雨空濛
갑작스런 기상이 고르지 못함이네	俄氣象之不齊

298) 미복(迷復): 다시 돌아옴에 혼미함. 《주역 · 복괘(復卦)》에 나온다. '맨 위의 음효는 돌아오는 것을 방황함이니 흉하다. 재앙이 있을 것이다(上六迷復, 凶. 有災眚)' 고 했고, 또 '상에 이르기를, 돌아오는 것에 혼미한 것의 흉함은 임금의 도에 반대된다(象曰, 迷復之凶, 反君道也)' 고 했다. 그 구체적인 내용은 앞의 주를 참조.

299) 소양(霄壤): 하늘과 땅. 이것이 변하여 하늘과 땅 차이, 즉 천양지차(天壤之差)와 같은 뜻이다.

300) 침류당은 즉 이공 사준의 당호이다. 일찍이 관직을 사양하고 강가에 당을 지어 노년을 마쳤다〔枕流堂卽李公師準堂號, 早謝官搆堂于江上以終老焉〕.

301) 농서자(隴西子): 침류당 이공 사준에게 별칭으로 붙인 말이다.

만 가지 경치를 두 눈에 모으니	會萬景於雙眼
가슴에 쌓였던 회포를 편하게 하는 밭이랑에서	坦胸懷之町畦
호탕하게 휘파람을 불며 올려보고 내려보면서	發浩嘯以俯仰[302)]
천지의 처음과 끝을 다 뛰어넘는 듯하여라	凌天地之端倪[303)]
간혹 물안개 낀 강물에 흥을 붙이고	或寄興於烟波[304)]
목란으로 만든 아름다운 배는 제 가는 대로 놓아두네	縱蘭舟之所至[305)]
몸이 피로해지면 돌아와서	仍體倦以歸來
높은 난간에 기대어 잠을 이루네	憑危欄以就睡
문득 물에 떠서 노닐다 멀리 가서는	奄浮游以遠逝[306)]
삼도와 십주를 황홀한 듯 놀라 바라보고	恍三島與十洲[307)]
뭇 신선들의 즐거운 환대를 받고	遇群仙之欣迓
하상을 들어 차례로 술을 권했다네	酌霞觴以迭酬[308)]
장생의 비결을 전해 주었는데	授長生之秘訣
단구에서 의기투합하려는 것이었네	擬托契於丹丘[309)]
홀연히 놀라 잠을 깨어 돌아보니	忽驚寤以顧視
풍랑이 일어 하늘에 닿는데	風浪起兮連天
이 혼이 멀리 간 것은	知此魂之遐擧
흐르는 강물을 베고 잔 것이 그렇게 했음을 알겠네	乃枕流之使然
이십년 맑은 꿈이	二十年之淸夢
한번도 괴안에 이르지 않았고	一不到於槐安[310)]
백구가 날아올라	白鷗兮飛來

302) 부앙(俯仰): 부는 아래를 내려다보는 것이고, 앙은 위를 쳐다보는 것.

303) 단예(端倪): 처음과 끝. 본말(本末), 시종(始終).

304) 연파(烟波): 연하(煙霞: 연기와 놀 또는 산수의 경치)가 낀 수면, 또는 먼 수면이 안개가 낀 것처럼 희미한 모양. 물안개.

305) 난주(蘭舟): 목란으로 만든 아름다운 배.

306) 이후 여섯 구는 꿈속에서의 일이다.

307) 삼도십주(三島十洲): 삼도는 봉래(蓬萊)·방장(方丈)·영주(瀛洲) 등 세 섬을 말하는 바, 이를 또 삼신산이라고도 한다. 십주는 조주·영주·현주·염주·장주·원주·유주·생주·봉린주·취굴주 등 열 섬을 말하는바 모두 신선이 산다는 곳으로 이름이 있는 섬들이다.

308) 하상(霞觴): 신선들이 쓰는 술잔.

309) 탁계(托契): 서로 신뢰하여 의기투합하는 것.
단구(丹丘): 신선이 산다는 곳으로서, 주야로 늘 밝고 환한 세계라고 한다.

귀찮은 세상사 잊어버리고 함께 즐기네	共忘機以盤桓[311)]
봄바람 가을 달은	春風兮秋月
오래도록 끊어짐 없이 해마다 돌아오며	長無絶兮年年
홍진과 십리나 떨어져 있고	隔紅塵於十里[312)]
약수 3천 리는 아득하니	渺弱水之三千[313)]
이는 그 맑고 빈 마음 가진 이를 위함이요	此其爲淸虛紫府[314)]
속류들이 어깨를 나란히 하며 왕래할 곳이 아니라네	匪俗流之側肩[315)]
지난 번 내 한 번 그 위에 올라서	曩予一登乎其上
신선 짝을 모시고 빙 돌았나니	侍仙儔以蹁躚[316)]
운화의 절묘한 곡조도 듣고	聽雲和之妙曲[317)]
백운의 고운 노래도 들었으며	聞白雲之纖歌[318)]
십년 동안의 티끌 묻은 갓끈을	將十載之塵纓
만 길의 맑은 물결에 씻었더라	洗萬丈之淸波
아 범인의 허물을 벗지 못했으니	嗟凡骨之未蛻[319)]
어찌 신령의 경계에 감히 머물 수 있으랴	何靈境之敢留
말을 돌려 내려오니	回余馬以下來
옥으로 만든 천상의 누각이 아득하네	邈天上之玉樓[320)]

---

310) 괴안(槐安): 괴안몽을 줄인 말로 일종의 꿈나라를 말한다. 당나라 때, 순우분(淳于棼)이 자기 집 남쪽에 있는 늙은 홰나무 밑에서 술에 취하여 자고 있는데 꿈에 대괴안국의 부마가 되고, 또한 남가군(南柯郡)의 태수가 되어 20년간이나 부귀를 누리다가 깨어났다는 우화. 깨어나서 보았더니 홰나무의 남쪽 가지 밑에 개미굴이 있었고 파 보니 그 구조가 남가군과 같았다는 것에서 괴안국은 개미굴이다. 남가일몽(南柯一夢)의 이야기.

311) 망기(忘機): 세속의 일을 잊음. 욕심을 잊음.
반환(盤桓): 나아가기 힘든 모양. 망설이는 모양. 즐기는 모양.

312) 홍진(紅塵): 햇빛에 비치어 붉게 된 티끌로서 속세의 티끌 또는 번거롭고 속된 세상을 의미한다.

313) 약수(弱水): 신선이 살았다는 중국 서쪽의 전설적인 강으로서 그 길이는 3천 리나 되고 부력이 매우 약하여 기러기 털도 가라앉는다고 하며 인간으로서는 이 물을 도저히 건널 수 없다고 한다.

314) 청허자부(淸虛紫府): 청허는 맑고 비어있는 마음. 자부는 자부궁(紫府宮)이라고도 하며 신선의 거처 즉 선궁(仙宮)을 말한다.

315) 속류(俗流): 세속의 속된 무리를 말한다.
측견(側肩): 어깨를 나란히 하여 왕래가 빈번함을 의미한다.

316) 선주(仙儔): 신선의 짝. 마치 신선과 같은 풍도(風度)와 아취(雅趣)를 지닌 벗. 이사준을 지칭한다.
편선(蹁躚): 빙 돌아서 가는 모양. 너울너울 춤추는 모양. 또는 비틀거리는 모양.

317) 운화(雲和): ① 산의 이름. 옛날 거문고를 만드는 재료가 생산되었다 ② 금슬비파(琴瑟琵琶) 등 현악기의 총칭. 대개는 슬(瑟)을 지칭하며 우리에게는 거문고라고 하면 될 것.

천 가지 근심과 백 가지 걱정이　　千愁兮百慮
구름같이 모여 서로 분분히 원인이 되니　　集如雲兮紛相因
인간세상에 의탁할 수 없음을 슬퍼하며　　哀人間不可以托些
어찌하면 그대 따라 이 당에서 내 몸 마치겠는지　　安得從子于堂兮終吾身

침류당부를 짓고 경력 군도 이사준의 시에 차운하다
枕流堂賦次李經歷君道師準韻

월헌자가　　月軒子
주헌과 침류 두 분과 더불어　　與酒軒枕流二子[321)]
삼로계를 맺으니　　結爲三老
그 즐거움이 넘치네　　其喜洋洋
다같이 물외에 뜻을 의탁했지만　　共托意於物外[322)]
세상일들로 미처 겨를이 없었네　　于世事乎未遑
이에 머리를 맞대고 서로 고하여 이르기를　　乃聚首相告曰

---

318) 백운(白雲): 흰 구름. 일반적으로 사친(思親. 그리움)과 은거(隱居)를 비유하는 경우가 많은데 그 외에 노래가사의 한 구절이다. 백운을 노래한 시편이면 다 해당될 수 있겠지만 인구에 회자되는 유명한 작품은 다음과 같다. ① 〈백운요(白雲謠)〉는 서왕모가 목천자를 위해 부른 노래 '흰 구름 하늘에 있고 산릉으로 나오네. 길은 아득히 먼데 산과 강이 사이에 있네. 그대 죽지 않았다면 다시 오시겠지(白雲在天, 山陵自出. 道里悠遠, 山川間之. 將子無死, 尙能復來)' ② 한 무제가 읊은 〈추풍사〉 중에 '秋風起兮白雲飛' 는 제왕의 시작품을 칭한다 ③ 도연명의 〈화곽주부(和郭主簿)〉의 '멀리 흰 구름을 바라본다(遙遙望白雲)' 는 은사의 시 ④ 돌아가서 은거함에 관한 시. 좌사(左思)의 〈초은시(招隱詩)〉 1 '흰 구름은 흐린 언덕에 멈추어있고, 붉은 꽃은 햇살 비추는 숲에 빛을 발하네(白雲停陰岡, 丹葩曜陽林),' 도홍경(陶弘景) 〈산 속에 무엇이 있던가' 라는 하문에 시를 지어 답하다(詔問山中何所有賦詩以答)〉 '산 속에는 무엇이 있던가. 재 위엔 흰 구름 많습니다. 허나 스스로 즐길 수 있을 뿐 가져다 드리지는 못한답니다(山中何所有, 嶺上多白雲. 只可自怡悅, 不堪持寄君).'

이 부에서 의도했던 작품이 어떤 유형 어느 작품인지는 단정할 수 없다.

319) 범골(凡骨): 평범한 사람. 범인(凡人). 그 반대는 선골(仙骨)이다.

320) 옥루(玉樓): 백옥으로 화려하게 장식을 한 천상의 옥황상제의 누각.

321) 월헌자(月軒子), 이자(二子): '자(子)' 는 대인관계에 있어서 존칭 · 미칭 · 자칭 등 여러 가지의 뜻을 가지고 있다. 그 예로서 공자 · 맹자의 자는 존칭으로 쓰는 것이고 공자의 문인칠십자(門人七十子)라던가 혹은 자작(子爵)이라는 자는 미칭으로 쓰고 '소자여객(蘇子與客)' 이라고 한 자는 자칭으로 쓰였다. 같은 '자' 이지만 월헌자의 자는 자칭에 속하고, 이자의 자는 미칭에 속한다.

322) 물외(物外): 물질에 얽매이지 않는 세계. 속세를 벗어난 곳.

어찌하여 헌으로 이름한 뜻을 각자 말하지 않으시는가	盍各言名軒之意乎
주헌이 말하기를	酒軒曰
'다만 집이 성의 서쪽에 있어	唯家在城西
자못 산과 물에 가까워서	頗近山澤
유유하게 노닐며 자유로이 누워 쉴 수 있고	棲遲偃仰[323]
온갖 경치와 물상을 주워 가질 수 있다네	景象可拾
술이 익어 항아리 속의 구름 되면	酒成甕雲
지어미와 상의할 것이 없이	不與婦謀
술 한 말에 자연에 합하니	合自然於一斗兮
태산을 자그마한 언덕과 같이 미미하게 보며	渺太山如小丘
아무런 생각이 없고 걱정도 없으니	兀無思而無慮兮
가슴에 깊이 잠긴 회포를 쓸어 없앤다네	蕩胸懷之沉幽
천진의 고담함을 즐기고	樂天眞之枯淡兮[324]
건몰을 따르고 짝으로 한 것을 부끄러워하네	恥乾沒乎與儔[325]
이것이 헌으로 이름하여 스스로 즐겨함이니	是用名軒而自娛兮
어찌 30년에 한 벌 갖옷입음을 싫어하랴' 고 하였다	何厭夫三十年之一裘[326]
월헌이 말하기를	月軒曰
'아, 나는 산중턱에 살고 있으니	吁我住山腰
남기가 한 무릎까지 깊다오	嵐深一膝
궁궐을 바라보기에 가깝고	望近玉闕
상서로운 기운이 짙푸르게 무성하오	瑞氣葱鬱
문을 열어 달을 맞이하면	開軒邀月
형상과 그림자가 나란히 정렬하지요	形與影列
맑은 빛을 우러러 옷자락을 풀어헤치면	仰澄輝以披襟兮
구름같이 모여 든 만 가지 걱정 사라지고	消萬慮之雲集

323) 서지(棲遲): ① 유유한 심경으로 놀며 지내다 ② 벼슬 버리고 민간에서 놀며 쉬다.
언앙(偃仰): ① 누웠다 일어났다 하다 ② 뜨고 가라앉다 ③ 누워서 한가하게 쉬다.

324) 천진(天眞)의 고담(枯淡): 자연스럽고 꾸밈없는 담백함을 뜻한다.

325) 건몰(乾沒): 이익을 도모하여 매점매석 등을 자행하다가 득을 보기도 해를 보기도 한다는 뜻으로 사용하고 또 관권을 악용하여 남의 재물을 마구 빼앗는 경우에도 건몰이라 한다.

326) 30년의 갖옷: 이는 즉 30년 동안 하나의 옷을 입고 있는 검소한 생활을 하여 왔음을 의미한다.

적선 이태백의 풍모와 시가	憶謫仙之風韻兮
그림자를 한 자리에서 대하려 했음을 생각하고	欲對影乎一席
뜬 인생의 촉박함이	歎浮生之迫促兮
장기와 바둑의 판국이 뒤바뀌는 것 같음을 탄식하네	等変棋之換局
이에 호를 붙여 맑게 노닐고 있으니	玆乃寓號而淸翫兮
어찌 바다의 갈매기와 더불어 서로 친압하는 것을 부러워하랴' 하였다	何慕乎與海鷗以相押
침류자가 이를 듣고	枕流子聞之
빙그레 웃으며 말하기를	莞爾而笑曰
'나의 집을 강 위에 둔 것은	吾堂之在乎江上者
다만 술과 달을 위해서 뿐만은 아니라오	非獨爲酒與月也
좌우로 돌아보면	左顧右眄
만 가지 경치가 다 갖추어져 있어	萬景俱足
마음으로 완상하며 일을 즐기니	賞心樂事[327]
기약이 있는 듯 법도가 있는 듯하지요	如期如式
이에 먼 하늘가에 뜬 구름은	爾乃天際浮雲
뒤섞여 산봉우리를 만들고	混作岡巒
문 밖에 긴 강물은	檻外長江
천 년 세월에도 한 가지 얼굴이라	千古一顔
천기의 조화가 멈추지 아니하니	天機造化之不息兮
춥고 더움과 따뜻하고 서늘함을 임의로 하고	任寒暑與溫凉
날고 잠수하는 것과 동물 식물이 같지 아니하니	飛潛動植之不齊兮[328]
각각 때를 타서 왕성하네	各乘時以張皇[329]
남기는 물방울로 떨어져 가야금과 서책을 푸르게 하고	嵐滴翠乎琴書
흰 구름은 처마를 둘러싸며 낮게 나는데	白雲繞簷而低飛
긴 강물 베개하여 높이 누웠으니	枕長流以高臥兮
가벼운 물결 출렁거려 옷을 적시네	輕浪灑濺兮濕衣
마치 영은사 위에 오른 것 같이	如登靈隱寺之上兮

327) 상심(賞心): 경치를 완상하는 마음. 또는 마음이 즐거운 일.
328) 비잠동식(飛潛動植): 飛는 날짐승, 潛은 물 가운데 서식하는 어조류, 動은 동물, 植은 식물.
329) 장황(張皇): 장대함. 발양광대하다. 세력이 성대한 모양. 확대하다. 과장 · 포장하다.

문이 절강을 마주 대하고	門對浙江[330]
혹 귀거래사를 읊으니	或詠歸去來之辭兮[331]
술이 항아리에 가득하네	有酒盈缸
이미 끝났어라	已焉哉
차고 비는 것은 그 정해진 운수가 있고	盈虛有數
사물이나 나 자신이나 다 같은지라	物我皆同
어찌하여 크게 늙었다고 한탄하며	胡爲乎大耋之歎[332]
장강의 무궁함을 부러워하겠는가	而羨夫長江之無窮也
요와 순이 백성의 임금으로 있을 때	堯舜其君民兮
그 명망은 이미 이윤과 부열에서 끊어졌다네	望已絶於伊傅[333]
하늘을 즐기고 천명을 알아도	樂天而知命兮
옛 훈계를 자리 오른 편에 걸어놓고 잃지 않기를 맹서하네	揭古訓於座右誓不失
성군 시대의 숨어사는 사람이	聖代之逸民[334]
밝고 환한 세상에 생애를 맡겼네	付生涯於熙皞[335]
허나 간혹 고요한 밤 난간에 의지하니	或乃倚欄夜靜
마음이 태연자약하지 않아	心不自若
술잔 들고 달에게 물어도	擧酒問月
그 누가 나홀로 하는 탄식을 함께할까	誰與獨息
오직 금함이 없는 온갖 경물을	惟萬般無禁之景物
두 벗과 더불어 함께 얻지 못함을 한한다네' 하였다	恨不與二子而同得
두 사람은 이에	二子於是

330) 절강(浙江): 옛 점수(漸水)로서 강의 흐름에 곡절이 많다 하여 이를 절강이라 하였고 또 강류의 형태가 지(之)자와 같다 하여 이를 지강(之江)이라고도 하였다. 이 절강의 하류가 해수에 부딪쳐 일어나는 현상은 천하의 장관이라 하여 이를 절강조(浙江潮)라 하였고 이 조수를 보기 위하여 많은 사람이 모인다고 하였다.

331) 귀거래사(歸去來辭): 晋나라 도연명이 팽택현(彭澤縣)의 令이 되었으나 작은 박봉 때문에 허리를 굽히는 관리라는 직업이 생리에 맞지 아니하여 사직을 하고 전원으로 돌아오면서 지은 글의 제목이다.

332) 대질(大耋): 나이가 칠십 이상 팔십 세에 가까운 늙은이.

333) 이부(伊傅): 은나라 탕임금의 정승인 이윤(伊尹)과 은나라 고종의 정승인 부열(傅說)을 합해서 칭한 말이며 이들은 천고에 유명한 정승이다.

334) 일민(逸民): 세상을 피하여 숨어사는 사람. 또는 문학과 덕행이 있으면서도 세상에 나서지 아니하고 숨어서 지내는 사람. 이를 또 은일(隱逸)이라고도 한다.

335) 희호(熙皞): 밝고 희다. 기뻐하며 너그럽고 느긋하다.

말을 듣고 마음이 취하여	聞言心醉
모두 미치지 못하노라 사양하고	皆謝不及
서로가 손을 잡고 함께 걸으며	相與攜手而同行
갈매기 백로와 물고기 자라와 짝하였네	伴鷗鷺而儷魚龜
세속을 떠난 풍류로운 흥취가 마음을 좀 먹으니	逸興蠱心
미친 것도 같고 바보 같기도 하여라	如狂如癡
정신은 맑고 골절은 싸늘하니	神清骨冷
추워서 잠을 이룰 수 없었네	凜不成眠
홀연히 바람이 발 밑에서 일어남에 놀라니	忽焉驚風起於足下
자연 속으로 떨어지는 것 같더라	若墜天然[336]

(公與酒軒金公俊孫子彥枕流堂李公師準君度, 結爲三老之禊. 集中多有酬唱詩律)

(공이 주헌 자언 김준손 공과 침류당 군도 이사준 공과 더불어 삼로계를 만드셨다. 이 문집 속에 수창한 부와 시가 많이 있다.)

---

336) 천연(天然): 자연히 생성된 만물의 있는 그대로의 세계. 세 사람이 함께 손을 잡고 동행하며 조류 및 어류와 짝이 되었고 미친 듯 바보 같은 듯한 묘한 느낌에다 정신은 맑고 몸은 서늘한데 차가운 바람이 발 아래에서 일어나는 것은 결국 자연과 합일된 이른바 물아일체(物我一體)의 경지를 표현한 것이다. 그래서 간단히 '자연'으로 번역했다.

시(詩)

【오언절구(五言絶句)】

새벽 안개 / 曉霧

(이하 두 작품은 과거에 급제하기 전에 지은 것이다) (此以下二首未第時作)

막막하여라 새벽이 열린 뒤는	漠漠晨開後[1]
망망하도다 비가 개인 처음이여	茫茫雨霽初[2]
하늘과 땅이 아직 나누어지지 않은 이 곳이	玄黃未分處[3]
보아하니 대략 선천도와 같을까 하노라	看向先天圖[4]

봄의 낮잠 / 春睡

곳곳에 푸른 연기 일고	處處靑煙起
집집마다 하얀 낮이 길다	家家白日長

---

1) 막막(漠漠): 넓고 아득한 모양. 어두침침하거나 고요한 모양. 새벽이 열린 후의 미명(未明) 상태, 즉 어두움의 잔존 상태를 강조한 것.

2) 망망(茫茫): 넓거나 아득히 먼 모양. 밝지 않고 흐릿한 모양. 비 개인 후 안개가 자욱하여 원근과 사물들의 모습이 뚜렷하지 않은 아득한 상태를 강조했다. 이 두 구는 새벽이 처음 열리 고 밤 사이 내리던 비가 개인 그 새벽에 안개가 자욱히 낀 시각의 모습을 표현했다.

3) 현황(玄黃): 색깔을 통해 하늘과 땅을 의미한다. 〈천자문〉의 '천지현황(天地玄黃).' 비 그친 후의 새벽에 안개가 너무나 짙어 천지의 한계를 잘 분간할 수 없을 정도임을 말하고 이런 상태가 마치 천지가 나누어지기 전 태초의 상태(우주의 본체, 만물의 본원)와 같을 것이라고 했다. 천지가 미분된 상태에서는 후천도(後天圖)가 아니라 선천도가 해당된다. 복희씨의 선천팔괘를 말한다. 신농씨는 중천(中天), 황제(黃帝)는 후천으로 바꾸었다고 하며 송(宋)대의 소강절(邵康節)도 선천과 후천으로 나누어 설명했다.

4) 간향(看向): '간' 에는 추측 짐작의 뜻이 있고, '향' 에는 대략의 뜻이 있다.

사람이 한가하여 베개를 의지하기 좋으니 人閑好憑枕
지당의 봄풀 꿈을 꾸노라 春草夢池塘[5)]

절도사가 장난삼아 보인 시에 차운하다 次使戲示

(계묘년간 내가 북도평사로 있을 때 절도사는 이계동,[6)] 우후[7)]는 신석강이었다) (癸卯年間余爲北道評事時節度使李季同虞侯辛錫康也)

변방이라 이별의 수심이 일어나는데 邊地起離愁[8)]
그 누가 금루곡을 부르나 阿誰唱金縷[9)]
화류계에서 박정하다는 명성도 靑樓薄倖名[10)]
반드시 풍도를 손상시키지는 않을 것이로다 未必損風度[11)]

---

5) 지당의 춘초몽은 낮잠에서 잠깐 얻는 춘몽을 의미한다. 사령운(謝靈運)의 시구 '池塘生春草' 와 주희(朱熹)의 시구 '未覺池塘春草夢' 을 인용한 말이다.

6) 이계동(李季同): 조선 중기 무신. 자는 자준(子俊), 호는 동호(東湖). 본관은 평창(平昌). 1470년(성종 1) 무과에 급제하여 훈련원판관이 되었다. 76년 무과중시에 급제하여 종친부전첨 · 참성부사를 지낸 뒤 동부승지 · 선전관을 거쳐 80년 주문부사로 중국으로 떠나기 전 사연(賜宴)에서의 불경스런 행동으로 탄핵받고 유배되었다. 81년 풀려나와 동지중추부사가 되고, 82년 여진어에 능통하여 함경도절도사로 임명되었다. 86년 좌윤 · 형조참판 · 전라도 병마절도사를 거쳐 89년 금제사로 황해도에 파견되어 도적을 소탕하는 공을 세우기도 했다. 90년 대사헌에 임명되고 이어 형조판서 · 경기도 관찰사 · 지중추부사 등을 지냈다. 98년(연산군 4) 병조판서에 올라 이듬해 왕명에 따라 《서북제번기(西北諸藩記)》《서북지도》를 찬진하였다. 그 뒤 우찬성 · 좌찬성 · 영중추부사에 이르렀다. 시호는 헌무(憲武).

7) 우후(虞侯): 조선시대 각도에 배치된 병마절도사 및 수군절도사 다음의 무관직. 《경국대전》에 의하면, 병마우후는 종3품, 수군우후는 정4품으로 임기는 2년이었다. 우후는 군령을 전달하며 군사를 지휘하는 임무 외에 절도사를 도와 군기에 참여하고, 절도사를 대신하여 군사훈련이나 무기 · 군장 점검을 위한 도내 순행을 하며, 군자를 관리하고 절도사 유고시 그 임무를 대행하였다.

8) 변지(邊地): 변방 즉 국경지대.

9) 금루(金縷): 〈금루곡(金縷曲)〉 또는 〈금루의(金縷衣)〉을 말하며 그 곡조, 즉 사패(詞牌)의 약칭이 다. 〈하신랑(賀新郞)〉 〈유연비(乳燕飛)〉라고도 한다. 참고로 사(詞)는 그 곡조에 따라 가사를 채워 넣는 방식이므로 그 각각의 내용은 달라도 곡조는 거의 동일하다.

10) 청루(靑樓): 화류계.

박행(薄倖): 박정(薄情)과 같다. 두목(杜牧)의 시 〈견회(遣懷)〉〔落魄江湖載酒行, 楚腰纖細掌中輕. 十年一覺揚州夢, 贏得靑樓薄幸名〕(불우해서 강호로 술을 싣고 떠도는데/손바닥엔 춤추는 허리 가는 초 지방 아가씨/10년 만에 양주꿈 깨어났더니/박정하다는 명성만 화류계에 남았네)에서 인용한 것으로 보인다.

11) 객지에서 화류계의 여인에게 위안을 받는다 하여도 절도사의 체면이나 풍채에 손해가 될 것이 없 다는 것이다. 또 화류계 여인을 거절하여 박정하다고 소문이 나더라도 그게 풍도를 손상시키지는 않을 것이라는 해석도 가능하다.

경원의 문루에서 밤에 술을 마시며 절도사의 시에 차운하다 慶源門樓夜飮次使韻

변방에 가을 바람 부니　塞上秋風起
황혼의 저무는 구름 쓸쓸하네　蕭蕭薄暮雲
성루에서 밤 잔치를 파하고 나니　城樓宵宴罷
서늘한 달빛이 정히 어지럽네　凉月正紛紛

절도사의 시 〈우중에 고향을 생각하다〉에 차운하다 次使相雨中思鄕韻

변방에서 이슬비를 만나니　塞上逢微雨
멀리 떨어진 나그네의 심정에 근심을 더하네　愁添遠客腸[12)]
생각건대 응당 오늘밤엔　想應今夜裏
꽃과 버들이 고향에 가득하리라　花柳滿桑鄕[13)]

절도사가 보인 시에 차운하다 次使示韻

도는 석 잔을 마신 후에 통달하고　道達三盃後[14)]
시는 일곱 걸음 걷는 동안에 이루셨네　詩成七步間[15)]
취한 여흥으로 절구 한 편을 보내주셨는데　醉餘垂一絶
개봉하여 음미하니 얼굴을 대하는 듯하네　披玩擬承顔

---

12) 원객(遠客): 고향에서 멀리 떨어져 있는 사람이다.
13) 화류(花柳): 꽃과 버들, 또는 그것으로써 놀이하는 여자를 가리킨다.
상향(桑鄕): 뽕나무 자라는 대대로 이어서 살던 고향을 말한다.
14) 삼배후(三盃後): 이백(李白)의 〈월하독작(月下獨酌)〉 (2) 석 잔이면 큰 도에 통하고, 한 말이면 자연에 합한다(三杯通大道, 一斗合自然)고 했다.
15) 칠보간(七步間): 조식(曹植)의 〈칠보시(七步詩)〉와 같이 속작(速作)의 시재(詩才)를 칭찬한 말이다.

왕소군 王昭君[16]

오랑캐의 술로는 그 근심 대신할 수 없고	胡酒不替愁
오랑캐의 먼지는 그 뺨을 더럽히기 쉽다네	胡塵易汚頰
길이 대가의 수치로 된 것은	長爲大家羞[17]
능히 한 명의 첩을 비호하지 못한 때문이라네	未能庇一妾

길에서 중양절을 보내며 途中九日

(계해년에 증고사의 종사관이 되어 종사관이 되어 여주로 향하였다)
(癸亥年余爲證考使從事官向驪州)

나그네 길에서 중양절을 만나니	客中逢九日[18]
어느 곳에서 국화를 띄울꼬	何處泛黃花
서늘한 바람 불어 행인의 모자를 기울게 하는데	凉吹欹行帽
취한 맹가 때문이 아니로다	非緣醉孟嘉[19]

---

16) 왕소군(王昭君): 전한 원제(前漢 元帝)의 궁녀로서 이름은 장(嬙)이요, 소군은 그의 자이며 절세미인 이다. 흉노(匈奴)와의 강화를 할 때에 선우(單于)에게 시집을 보내었으나 실은 빼앗긴 것이다. 그녀는 네 아들을 낳고 고국을 그리워하다가 자살하였다.

17) 대가(大家): ① 명망 있는 집안, 공경대부의 집, 귀족 ② 궁중의 가까운 신하나 후비가 황제에게 하는 칭호. ③ 대작가. ④ 중인, 모든 사람 등의 뜻이 있다. 여기서는 황제인 원제나 한족인 모든 백성을 지칭한다고 보아도 좋다. 제왕으로서 한 명의 첩을 보존하지 못하고 오랑캐와의 강화에 제물이 되게 한 것이 천추에 수치스러운 일이라는 뜻이다. 또 그것이 민족적인 수치로 되었다는 것이다.

18) 구일(九日): 음력으로 9월 9일을 중양절(重陽節)이라고 한다. 옛 민속에 중양절을 만나면 황화, 즉 국화를 술 위에 띄워 마시는 잔치를 베풀고 이를 범국회(泛菊會)라 하며, 또 높은 산에 올라가서 마신다 하여 이를 등고회(登高會)라고도 한다. 왕명을 띠고 여행하는 도중이라 중양을 만나도 범국회를 베풀 수 없음을 말한다.

19) 맹가(孟嘉): 중국 진(晋)나라 강하(江夏) 사람으로서 자는 만년(萬年)이다. 중양절에 환온(桓溫)을 따라 용산(龍山)에 올라가 술을 마시고 노닐 적에 바람이 불어 맹가의 모자가 떨어지자 환온은 사람들에게 글을 지어 이를 조롱하게 하였더니, 맹가가 이때에 대답으로 지은 시가 매우 훌륭했다는 것이다. 이러한 고사(故事)에 의하여 맹가낙모(孟嘉落帽)라는 문자를 범국회 또 등고회에 인용한다.

첨지 희여 김우증의 시 〈추석달밤〉에 차운하다
次金僉知希輿友曾秋夕月夜韻

중추절 보름밤은	仲秋三五夜
예와 같이 달 밝은 하늘인데	依舊月明天
앉아 서쪽 누각의 그림자를 기다리는 것이	坐待西樓影
어찌 오로지 잠들지 않으려 함뿐이랴[20]	何須擁被眠

학유[21] 남주[22]가 고향으로 돌아가는 것을 전송하며 送南學諭趎還鄕

한잔 술로 그대를 전송하니	送君一盃酒
그대는 천리 밖 호남으로 향하네	千里向湖南
두 곳에서 서로 달을 생각한다면	兩地相思月
응당 보름달이 밝으리라	應明夜五三

느낌이 일어 有感

서리와 이슬에도 정이 있는 것인가	霜露有情否
어찌 이렇게도 나의 정신을 상하게 하느냐	乃何傷我神
백년 세월에 오래도록 외로움을 느끼게 됨은	百年長孑孑
두 어버이를 생각하기 때문이로다	緣是念雙親

---

20) 서루에 달빛이 비치는 때이면 밤이 이미 늦었음을 의미한다. 다시 말하면, 서루에 달빛이 비칠 때까지 기다리고 있음은 잠들지 않으려고 노력함만이 아니요, 무엇인가 사색에 잠겨 있음을 의미한다. 기실은 추석날 밤에 보름달을 보며 고향과 부모를 생각하고 있을 것이다.

21) 학유(學諭): 중앙이나 지방에 설치한 학관(學官)의 이름.

22) 남주(南趎): 중종(中宗) 9년. 갑술년(1514) 진사 합격. 본관은 고성(固城). 자는 계응(季應). 호는 서계(西溪) 또는 선은(仙隱). 홍문관 정자(正字), 호당(湖堂)을 지냄. 부는 남계신(南繼身).

꿈에 느끼고 / 感夢

6년 전 고향에 돌아가 　六載曾歸覲
낭천의 부모님을 뵈었었는데 　狼川父母鄕
지금 화악의 길에서 　至今花岳路[23]
꿈속의 혼이 양의 창자 같은 산길을 지나고 있네 　魂夢過羊腸[24]

즉석에서 지은 시 / 卽事[25]

후두둑 후두둑 추위를 재촉하는 비요 　滴滴催寒雨
쏴아 쏴아 나뭇잎을 떨어지게 하는 바람이다 　蕭蕭落葉風
천기는 펼쳐졌다가 다시 참담해지고 　天氣舒復慘
만물은 궁극으로 돌아가네[26] 　萬物返於窮

중동의 밤에 빗소리를 듣는다 / 仲冬夜聞雨聲[27]

잠 못 이루고 삼경을 지나니 　不寐過三夜
근심이 서늘한 비를 따라 일어난다 　愁從冷雨生
내일 아침 귀밑머리를 보면 　明朝看我鬢
백설이 몇 줄기나 더했을지[28] 　白雪幾添莖

---

23) 화악(花岳): 경기도 가평군과 강원도 춘성군 사이에 있는 산. 화악의 산길이 구절양장과 같이 꼬불꼬불한데 그 길을 지나고 있는 꿈을 꾸고 깨어서 쓴 시이다. 부모님에 대한 그리움이 간결하지만 짙게 표현되었다.

24) 양장(羊腸): 양의 창자. 구절양장(九折羊腸). 매우 꼬불꼬불한 길을 말한다.

25) 즉사(卽事): 즉석에서 시를 지음. 그 자리에서 일어난 일을 읊은 시의 제목으로 많이 사용된다.

26) 기후가 가을을 거쳐 겨울이 다가오게 되니 만물의 약동이 정지되고 원형 내지 무형의 궁극 또는 남은 것이 거의 없는 궁핍함으로 돌아간다는 것이다.

27) 중동(仲冬): 음력 동짓달을 말한다.

첨지 자야 유경[29]이 보인 시에 차운하다 次柳僉知子野坰示韻

(위장소[30]에서 같이 숙직할 때이다) (伴直衛將所時)

상서성에 날씨가 새로 개이더니 新晴南省裏[31]
푸릇푸릇한 버들이 성 머리에 가득하다 碧柳滿城頭
앉아서 맑은 바람의 실마리를 이끄니 坐引淸風緖
성긴 발에 초생달도 떠오르네 疎簾亦上鉤[32]

단풍나무를 읊는다 詠楓樹

담 밑의 두 그루 단풍나무 墻底雙楓樹
2월 꽃보다 붉네 紅於二月花[33]
깊은 가을이라 모두 삭막한데 深秋俱索莫
너만이 봄꽃을 대적하는구나 爾可敵春花

---

28) 중동이면 연말이 가까워지는데, 객지 특히 쓸쓸한 변방에서 처량한 빗소리에 삼경이 되도록 잠을 이루지 못하고 향수에 젖을 뿐만 아니라, 머지않아 또 한 해가 가게 되니 귀밑머리에 눈과 같은 흰 털이 몇이나 더할 것인가 하는 등, 향수와 늙어가는 회포를 서술하였다.

29) 유경(柳坰): 성종(成宗) 14년(계묘년, 1483) 춘당대시(春堂臺試) 병과(丙科) 합격. 본관은 문화(文化). 자는 자야(子野). 관직은 병절교위(秉節校尉), 첨지사(僉知事)를 지냈다.

30) 위장소(衛將所): 각 지방에 설치한 군영으로서 진위(鎭衛)가 있고 이 진위의 장(將)을 위장이라 하며, 위장의 숙직소를 위장소라 한다.

31) 남성(南省): ① 상서성의 별칭이다. 당나라 때 중서 · 문하 · 상서의 3성(省)이 모두 대궐의 남쪽에 있었는데 상서성은 두 성보다 남쪽에 있었으므로 남성이라 한 것 ② 특히 상서성에 속한 예부(禮部)를 지칭하기도 한다. 예부를 칭하는 말로는 이 남성 외에 예위(禮闈) · 용대(容臺) · 춘대(春臺) 등이 있다 ③ 남방을 가리킨다.

32) 상구(上鉤): 상은 오른다는 동사이며, 구(鉤)는 갈고리 또는 낚시바늘 모양의 초생달을 뜻한다. 그래서 월여구(月如鉤: 달이 갈고리같다)라고 했다.

33) 이월화(二月花): 2월은 기실은 지금의 4월에 해당된다. 두목(杜牧)의 시 〈산행(山行)〉에 '停車坐愛楓林晩, 霜葉紅於二月花'(수레를 멈춘 건 단풍 든 숲의 저녁을 사랑하기 때문이니, 서리맞은 잎이 2월의 꽃보다도 붉다)라고 했다.

저무는 봄 暮春

비는 가늘어도 능히 풀을 자라게 하고 雨細能生草
바람은 약해도 또한 꽃은 떨어진다 風微亦落花
가련하다 시절이 저물었으니 可憐時節暮
알고 좋아하던 것을 뉘 집에 부칠까 知賞屬誰家[34)]

백원 심극효의 시 〈답청〉에 차운하다 次沈百源克孝踏青韻

한식이 삼짓날을 겸하니 寒食兼三日[35)]
바람과 연기가 곳곳에 새롭다 風烟處處新
나는 노쇠한 병마에 걸려서 我罹衰病祟
한 해의 봄을 저버리게 되었음이 허물되었구나[36)] 辜負一年春

해평군 사신 윤희평[37)]의 시 〈음화산제〉[38)]에 차운하다 次海平君尹思愼熙平飮花山第韻

왕손이 밤 잔치를 여니 王孫開夜宴[39)]
은촛불이 금 술잔에 비친다 銀燭映金盃
늙은이가 젊은이의 흥취를 발하니 老發少年興
새파란 계집아이가 웃으며 이를 꺾으려 하는구나 青娥笑欲摧

---

34) 지상(知賞): 상식(賞識)과 같은 뜻으로, 타인의 재능이나 작품의 가치를 인식하여 그것을 중시하고 찬양하는 것을 말한다. 가는 봄을 아쉬워하여 읊은 것이다.

35) 삼일(三日): 상사(上巳), 즉 삼짓날. 한식이 삼짓날에 겹치게 되니 바람과 연기 즉 산천의 경치가 도처에 새롭다는 것이다.

36) 노쇠한 병세로 인하여 그 아름다운 춘경을 음미하지 못한 것을 한이라고 말하는 대신 마치 함께 하지 못한 것이 허물인 양 죄스럽게 여긴다고 표현하였다.

강에 내린 눈 江雪

고집스런 구름이 연하여 끊어지지 아니하고 頑雲連不絶
고기잡이의 불이 은은히 커졌다 꺼졌다 하네[40] 漁火隱明滅
초가집은 안화로 희미한데 蓬戶眼花迷[41]
강가에는 눈이 세 척이나 쌓였다 江邊三尺雪

꿈을 기록하다 志夢

(임오년 6월 보름날 새벽에 두 번이나 미수(眉叟)를 꿈꾸었다. 이는 즉 고 영상 김수동[42]이다)

(壬午六月望曉再夢眉叟卽故領相金公壽童)

오늘 새벽에 미수를 꿈꾸었더니 今曉夢眉叟

---

37) 윤희평(尹熙平): 1469(예종 1)-1545(인종 1). 조선 중기의 무신. 본관은 해주(海州). 자는 사신(士愼), 호는 수양세가(首陽世家) · 황락거사(黃落居士) 등. 중추원부사 길생(吉生)의 아들이다. 1491년(성종 22) 원수 허종(許琮) 막하의 비장(裨將)이 되어 여진족의 토벌에 종군하였으며, 1495년(연산군 1) 무과에 제2등으로 급제, 선전관을 거쳐 회령판관을 역임하였다. 1506년의 중종반정에 참여, 정국공신(靖國功臣) 4등에 녹훈되고 경흥부사로 부임하였으며 1510년(중종 5)의 삼포왜란 때 원수 유순정(柳順汀)의 종사관으로 왜적을 토벌하였고, 그 공으로 병조참의에 승진, 해양군(海陽君)에 책봉되었다. 이후 동부승지 · 북병사 · 경상우도병사 · 한성부좌윤 · 공조참판을 거쳐, 평안병사 · 경상좌병사 · 함경남도병사 등 변경의 장수직을 차례로 역임하였다. 1536년 다시 한성부좌윤에 임명되었다가 나이가 많아지자 동지중추부사로 물러나 앉아 명나라 사신이 보내온 천하지도(天下地圖)를 왕명에 의하여 좌의정 홍언필(洪彦弼)과 함께 수정하고 보충하였다. 1538년 공조판서가 되고, 2년 뒤 지중추부사가 되자. 왕에게 〈구군팔진육화육변십이장진도(九軍八陣六花六變十二將陣圖)〉를 올려 무략(武略)을 논하였다. 풍채가 당당하고 궁마(弓馬)에 익숙하며, 군략에 뛰어난 무장으로서 평생 남북의 변경지대 장수로 있으면서 여진과 왜의 침입에 대비하여 군사의 조련과 군비의 정비에 노력하였다. 또한 무신으로서는 드물게 시작을 즐기고 독서를 좋아하여 군서(群書)를 널리 섭렵하였다. 특히, 역대의 산천형세와 여러 나라의 연혁, 이적(夷狄)의 촌락형태와 풍토 · 습속 등에 통달함으로써 당대에 숙장(宿將)으로서 이름이 높았다. 시호는 양간(襄簡)이다.

38) 음화산제(飮花山第): 꽃이 만발한 산 언덕의 집에서 함께 술을 마시고 지은 시일 것.

39) 왕손(王孫): 왕의 자손. 일반적으로 귀족자제를 지칭. 은사(隱士)와 사람에 대한 존칭으로도 사용된다.

40) 눈이 내릴 때에 짙은 구름이 끼고 강변에 고기잡이 불은 켜졌다 꺼졌다 하는 측경을 말한다.

41) 봉호(蓬戶): 초가집.

안화(眼花): 눈앞에 불똥 같은 것이 어른거리는 것. 여기서는 눈 앞으로 내리는 눈꽃으로 인해 시야가 분명하지 않은 것을 말한다.

즉시 두 번이나 보았네 卽時再見之
얼싸안았다가 함께 누워서 이야기를 하니 抱持同臥話
하나같이 소년시절과 같았는데 一如少年時

그 두번째 其二

젊었을 때에 서로 사랑하던 마음이 少時相愛心
늙어서도 오히려 삼삼하였다 到老尙森森[43)]
지금은 유명을 달리하였는데 今則幽明隔
어찌하여 또 꿈에서 찾는가 如何又夢尋

수도자를 방문했으나 만나지 못하다 訪道者不遇[44)]

다만 암경이 닫혀 있음을 보았을 뿐 空見巖扃閉[45)]
그 사람 간 곳을 알 수 없구나 不知人所去

---

42) 김수동(金壽童): 1457(세조 3)-1512(중종 7). 조선 초기의 문신. 본관은 안동. 자는 미수(眉叟), 호는 만보당(晩保堂). 상락부원군(上洛府院君) 사형(士衡)의 후손이며, 첨지중추부사 적(磧)의 아들이다.

1474년(성종 5) 생원시에 합격하였고, 1477년에 식년문과에 병과로 급제하여 예문관주서 · 홍문관정자 · 의정부사인을 거쳐 사헌부장령에 올랐고, 연산군이 즉위하자 홍문관으로 다시 자리를 옮겨 전한(典翰) · 직제학 · 부제학을 역임하였다. 1497년(연산군 3)에는 승정원동부승지를 제수받고, 이듬해 좌승지를 거쳐, 그해 여름에 외직으로 전라도관찰사를 거쳐 예조참판이 되었다. 다시 이듬해에 성절사로 명나라에 가서《성학심법(聖學心法)》4권을 구해 왔다. 그 뒤 경상도관찰사 · 이조참판 · 경기관찰사 · 형조판서 겸지춘추관사 · 홍문관제학 등의 요직을 두루 거쳐, 1504년 47세 때에 이조판서에 이르렀다. 이해 갑자사화 때 그는 폐비 윤씨의 회릉추숭(懷陵追崇)을 주장, 시행함으로써 연산군의 신임을 받아 정헌대부(正憲大夫)에 가자(加資)되었다. 1506년 어머니상을 당하여 사직하고 물러났으나, 왕명으로 단상(短喪)으로 마치고 3개월 만에 우의정에 부임하였다. 이때 중종반정에 참여하여 좌의정에 오르고 정국공신 2등에 책록되었으며, 영가부원군(永嘉府院君)에 봉해졌다. 연산군에게 충실하였다고 사림으로부터 비난을 받았으나, 1510년 영의정에 올라 그때 일어난 왜변의 진압을 총지휘하였다. 연산군 때에는 많은 문신들의 화를 면하게 하였다. 품성이 단정하였으며, 청탁을 모두 거절하고 검약한 생활을 즐겼다. 시호는 문경(文敬).

43) 삼삼(森森): 나무가 높이 솟아 있는 모양. 수목에 배게 들어서 무성한 모양. 생각하고 그리워하는 마음이 빽빽한 것을 말한다.

44) 도자(道者): 수도하는 사람.

45) 암경(巖扃): 바위가 자연적으로 된 문으로서 은사(隱士)가 사는 곳을 의미한다.

안개 낀 수풀이 걸음 따라 흐려지니 烟林隨步迷
돌아갈 길을 어느 곳으로 향할꼬 歸路向何處

군도에게 부친다 寄君度

근래에 소식이 막혔는데 邇來音問阻[46]
군자의 기력이 어떠하신지 君子氣何如
난 지금 탄식하네 노쇠가 심해져서 嘆息吾衰甚
금년에 서신을 부치는 것이 게을러졌음을 今年懶寄書

춘첩자 春帖子[47]

붉은 빛은 궁정의 매화에로 들어가 봉오리가 터졌고 紅入宮梅綻[48]
푸른 빛은 궐내의 버들에게로 돌아가 새롭네 青歸御柳新[49]
공손히 장락의 경사를 글 지어 하례드리니 恭陳長樂慶[50]
수주의 맛이 바야흐로 참되네 壽酒味方眞[51]

그 두번째 其二

햇빛이 황금전에 비치니 日照黃金殿[52]
술 항아리가 백옥연에서 열리네 樽開白玉筵[53]

---

46) 음문(音問): 소식.
47) 춘첩자(春帖子): 입춘일에 하례하는 시를 지어 대궐안 기둥에 붙이는 주련(柱聯).
48) 궁매(宮梅): 궁정에 심은 매화.
49) 어류(御柳): 궐내에 있는 버들.
50) 장락(長樂): 궁전의 명칭. 당나라 장안의 궁전을 장락궁이라고 했다. 아울러 장수하며 복락을 누리는 것을 의미한다. 진(陳)은 시문(詩文)으로 경사를 하례(賀禮)하는 것.
51) 수주(壽酒): 축수하는 술을 말한다.
52) 황금전(黃金殿): 황금으로 만든 궁전. 화려한 궁전을 미화한 것.

만세소리 우뢰처럼 일어나는 곳에서 山呼雷動處[54]
복숭아를 금선에게 드리네 桃實獻金仙[55]

누에치는 아낙네 蠶婦

해마다 뽕따는 괴로움에 年年採桑苦
머리 위엔 다만 쑥색 수건뿐이다 頭上只綦巾
알 수 없구나 화려한 비단 옷 입은 사람이 不知紈綺者[56]
그 누에치는 사람을 생각하고 있을 줄 其肯念蠶人

춘첩자 春帖子

북방의 차가운 날빛이 다하니 北陸寒暉盡[57]
동쪽 교외에 맑은 기운이 온화하네 東郊淑氣和[58]
새해에 남은 경사가 있어서 新年有餘慶
먼저 구중궁궐을 향하여 아름답다네 先向九重多[59]

---

53) 백옥연(白玉筵): 백옥당(白玉堂: 신선의 거처를 가리키기도 하지만 여기에서는 한림원을 지칭한다)에서 열린 잔치 자리.

54) 산호(山呼): 백성이나 신하가 '만세'라고 불러 임금을 축복하는 것. 한나라 무제(武帝)가 숭산에서 제사를 지낼 때 백성들이 만세를 부른 데서 나왔다.

55) 금선(金仙): 일반적으로는 부처(佛)를 지칭하지만 여기서는 황금색 옷을 입은 신선으로 임금에 대한 표현이다. 천도(天桃)를 올리며 장수를 기원하는 것이다.

56) 환기(紈綺): 흰 비단과 무늬가 있는 비단, 즉 화려한 의복을 말한다.

이 시는 화려한 옷을 입고 편안히 맛난 음식을 먹는 사람이 그것을 생산해 낸 노동자의 수고로움을 알고나 있는지 묻고 있다.

57) 북륙(北陸): 북방, 즉 북쪽의 음기를 말한다.

58) 동교(東郊): 동방, 즉 동쪽의 양기를 의미한다.

59) 구중(九重): 구중궁궐(九重宮闕), 제왕이 거처하는 대궐.

단오첩　　端午帖[60]

금빛 궁전에는 향기로운 연기가 나부끼고　　金殿香烟裊[61]
옥으로 장식한 뜰에는 하얀 태양이 밝다　　瑤墀白日昭[62]
창포주로 공손히 헌수를 하니　　菖醪恭獻壽[63]
신선의 음악으로 소소 음악을 연주하네　　仙樂奏簫韶[64]

김생원의 만사　　挽金生員

백년에 겨우 반을 지났는데　　百年纔過半
어찌하여 옥인을 이렇게도 바쁘게 빼앗는가　　何奪玉人忙[65]
총란의 무성함에 힘입어　　賴有叢蘭茂[66]
응당 영원히 그 꽃다운 이름이 전하여지리라　　應傳永世芳

꽃을 아쉬워함　　惜花

장안의 백만이 되는 수많은 집에　　長安百萬家
복숭아꽃 오얏꽃이 끓는 노을처럼 찬란하다　　桃李爛蒸霞[67]
호탕한 봄은 한이 없는데　　浩蕩春無限

---

60) 단오첩(端午帖): 명절의 하나인 음력 5월 5일을 단오라고 하며, 이날 명절을 축하하는 시를 지어 대궐기둥에 써 붙이는 주련(柱聯)을 단오첩이라고 한다. 쾌청한 날씨와 온화한 기상이 대궐에 감돌고 있음을 의미한다.

61) 금전(金殿): 금빛 화려한 궁전.

62) 요지(瑤墀): 옥으로 장식한, 섬돌 위의 뜰. 즉 궁궐 안의 아름다운 뜰을 말한다.

63) 창료(菖醪): 즉 창포주. 창포를 넣어 빚은 술.
헌수(獻壽): 장수하기를 비는 뜻으로 술잔을 바치는 것.

64) 소소(簫韶): 상고시대 순임금이 국태민안을 상징하여 만든 음악의 이름.

65) 옥인(玉人): 그 외모와 내심이 옥과 같이 희고 맑은 사람.

66) 총란무(叢蘭茂): 여러 줄기의 난초가 무성하다는 것으로서 즉 자손이 홍성하다는 것을 의미한다.

67) 증하(蒸霞): 마치 끓는 듯이 아름다운 노을.

누구에 기대어 이 경물의 화려함을 감상할꼬 憑誰賞物華

입춘 立春

한파의 위세가 처음으로 북쪽에서 거두어들이니 寒威初斂北[68]
북두성의 손잡이가 이미 동쪽으로 돌아왔다 斗柄已回東[69]
성상의 덕화가 하늘의 조화와 같아서 聖化同天造[70]
봄빛이 만리의 바람을 온화하게 하는구나 陽和萬里風

단오첩자 端午帖子

단오의 햇살이 좋은 시절을 여니 端陽開令節[71]
무한한 감화가 공중에서 흐른다 坱圠化流空[72]
혜택이 백성들에게 흡족하게 적시고 惠洽霑民澤
어진 바람이 불어 그 원망들을 푸는구나 仁吹解慍風

그 두번째 其二

옥계에는 흰 해가 머물고 玉階留白日[73]
금빛 궁전에는 푸른 홰나무가 그늘을 이루었다 金殿蔭青槐[74]
구절초와 창포로 빚은 술을 九節菖蒲酒[75]

---

68) 한위(寒威): 겨울의 차가운 기운.
69) 두병(斗柄): 북두칠성의 다섯번째에서 일곱번째까지의 세 별로 국자 모양의 자루에 해당되는 부분. 첫번째에서 네번째 별까지는 국자 모양(斗)을 닮았다. 겨울이 가고 새봄이 돌아왔다는 말이다.
70) 성화(聖化): 임금의 교화 또는 덕화(德化).
71) 단양(端陽): 단오와 같은 말임. 여기서는 단오의 햇살로 풀었다.
72) 앙알(坱圠): 평평하지 않은 모양. 끝이 없는 모양. 한없이 넓고 아득한 모양.
73) 옥계(玉階): 대궐 안의 섬돌.
74) 금전(金殿): 황금빛으로 장식을 한 전각이다.

공손히 만수배 술잔에 바치도다　　　　恭擎萬壽杯

---

75) 구절(九節): 엉경퀴과에 속하는 다년생 약용의 구절초. 단오의 진상용 술을 구절초와 창포를 넣어서 빚는다.

【칠언절구(七言絶句)】

함께 급제했던 숭보 이점[1]의 부음을 듣다(임오년)
聞同年李崇甫坫訃音(壬午)

관제는 2품에 오르고 연세는 팔순이신데	官躋二品壽八旬[2]
아들은 영특하고 현명하여 이미 입신을 하였네	有子英賢已立身[3]
인간사에 그대는 한이 없으실 줄 알겠나니	人事知君無所恨
구천에서도 응당 신령들과 잘 어울려 편안하시리	九泉應亦妥靈神[4]

그 두번째 其二

조정에서 46년의 세월을 같이하였고	同朝四十六寒喧[5]

1) 이점(李坫): 1446(세종 28)-1522(중종 17). 조선 초기의 문신. 본관은 광주(廣州). 자는 숭보(崇甫). 찰방 관의(寬義)의 아들이다. 1477년(성종 8) 식년문과에 병과로 급제하여 성균관사예 · 사간원사간 · 성균관사성을 거쳐, 1499년(연산군 5) 사헌집의 · 사도시정(司䆃寺正)을 역임하였다. 1500년 초무부사(招撫副使)로 해랑도(海浪島)의 유민을 수색한 공으로 봉상시정(奉常寺正)이 되고, 이듬해 홍문관부제학 · 동부승지 · 좌승지 · 도승지 등에 이르렀다. 1503년 형조참판 · 경상도관찰사를 거쳐, 이듬해 한성부우윤(漢城府右尹)으로 재직중 갑자사화에 연루, 부안에 유배되었다가 1506년 중종반정으로 풀려나 성균관대사성이 되었다. 1508년 형조판서로 사은부사(謝恩副使)가 되어 명나라에 다녀와서 한성부판윤을 거쳐 이듬해 겸 동지성균관사(兼同知成均館事)를 지내고, 1512년 경기도관찰사로 나갔다. 1515년 동지성균관사 · 특진관(特進官)을 역임하고, 1517년 지중추부사가 되었다. 몸가짐이 염간(廉簡)하여 가는 곳마다 청백(淸白)으로 일컬어졌으며, 성명(性命)의 오묘한 이치를 통달하고 천지 · 일월 · 성신의 도수에 환하였다. 시호는 문호(文胡)이다.

2) 관제(官躋): 관직에 따르는 품계로서 정1품에서 종9품에 이르기까지 18등계가 있고, 정3품 통정대부(通政大夫) 이상은 당상관(堂上官), 같은 정3품으로서 통훈대부(通訓大夫) 이하는 당하관(堂下官)이라고 한다.

3) 입신(立身): 조정에서 자기의 지위를 세워 출세함을 말한다.

4) 구천(九泉): 속칭 저승, 저 세상.

5) 한훤(寒喧): 일기의 춥고 더움을 말하며 또 인사말을 나누는 것을 말한다. 한온(寒溫), 훤량(喧凉)이라고도 한다.

다같이 높은 반열에 올라 성은을 입었네 共得崇班荷聖恩[6]
오늘날 그대 먼저 이 세상 버리고 가시니 今日君先辭世去
한편에 나 홀로 살아있는 것이 상심되네 傷心一榜獨吾存

임진 도솔원 臨津兜率院[7]

고려의 임금이 그 당시 홍건적을 피하여 麗王當日避紅巾[8]
옥연이 황급하게 나루를 건넜다 玉輦蒼皇急渡津[9]
초라해진 지금 옛 사찰을 보노라니 潦倒如今看古院[10]
빈 뜰 거친 풀에 다람쥐와 노루만 달리는구나 空庭荒草走鼯麞

운각의 벽 위에 쓴다 題芸閣壁上[11]

비각이 어전의 서쪽에 우뚝 솟아있는데 秘閣穹窿御殿西[12]
일찍이 5년 동안 여기서 꾀꼬리의 울음소리 들었었네 五年曾此聽鶯啼
인간 세상에는 이미 묘금자가 가버렸으니 人間已逝卯金子[13]
태을은 누굴 위해 다시 지팡이 들꼬 太乙憑誰更杖藜[14]

---

6) 숭반(崇班): 높은 반열. 반렬(班列)은 품계의 서열. 이때 문관은 문반 또는 동반(東班). 무관은 무반 또는 서반(西班)이라 하였으므로 관직·관품의 서열을 반차(班次) 또는 반열이라 한다.

7) 도솔원(兜率院): 도솔천을 상징하여 세운 원(院) 즉 사찰. 도솔촌은 불교 욕계육천(慾界六天)의 제4천으로서 미륵보살이 산다는 곳.

8) 홍건적(紅巾賊): 중국 원(元)나라 말기에 하북(河北)의 한산동(韓山童)을 두목으로 하여 일어난 도적의 무리로서, 고려말기 2차에 걸쳐 침범하였으므로 고려왕이 창황하게 피난한 바 있다. 홍건적은 그들이 표지로 붉은 수건을 썼기 때문이다.

9) 옥연(玉輦): 임금의 가마를 지칭한다.
창황(蒼皇): 蒼惶으로도 쓰며, 황급하다는 뜻.

10) 요도(潦倒): 초라하게 되다, 영락하다의 뜻.

11) 운각(芸閣), 비각(秘閣): 모두 교서관(校書館)의 별칭이다.

12) 궁륭(穹窿): 활 모양으로 되어 가운데가 높은 것. 교서관에 근무한 지 5년이 되었음을 의미한다.

13) 묘금자(卯金子): 묘금은 묘금도(卯金刀)와 같고 유(劉)씨 성을 말하며, 자(子)는 상대를 높히는 의미가 있다. 벗이거나 나이가 좀 적었던 후배를 지칭하는 듯.

벗 서지원을 전송하다 送友徐智元

노란 국화 피는 시절 집집마다 달빛이요　黃花時節家家月
나뭇잎 떨어지는 시내와 산 곳곳이 바람이네　落葉溪山處處風
달빛과 바람 넉넉하여 가을 경치 좋으니　風月有餘秋景好
이별하는 마음 군이 슬퍼할 것이 아니라네　不須惆悵別離中

만월대에서 종도 강삼[15]을 기다리다가 오지 아니하므로 시로써 이를 재촉하다 滿月臺待姜宗道參不至詩以促之

내가 개성부 경력(經歷)[16]으로 있을 때에 강삼은 축성종사관(築城從事官)으로 있었다　余爲開城府經歷時姜參爲築城從事官

봄빛이 먼저 옛 궁궐을 따라 돌아오니　春光先傚故宮回
경물은 만월대에 몰려 더욱 어울리네　景物偏宜滿月臺[17]
아리따운 산꽃은 옛 자태 그대로　嫵媚山花依舊態
생긋이 웃으며 빨리 옥인이 오기를 기다리네　嫣然忙待玉人來

---

14) 태을(太乙): 태일(太一)과 같다. 천신의 이름. 또는 천제(天帝). 별 이름.
장려(杖藜): 여장(藜杖)과 같고 아주까리로 만든 가볍고도 튼튼한 지팡이.
여기에는 아주 재미있는 발상이 있다. 진(晋)나라 왕가(王嘉)의 《습유기(拾遺記)》에 실려 있는 고사. 대학자 유향(劉向)이 교서랑(校書郎)으로 천록각(天祿閣)에서 밤에 조용히 책을 암송하고 있는데 한 노인이 아주까리 지팡이를 집고 들어와서는 지팡이 끝을 향해 불었더니 등불이 켜졌다. 불을 비춰 주어 어둠 속에서 글을 볼 수 있게 한 것이다. 《홍범오행(洪範五行)》을 가져가며 천문과 지리에 관한 책을 주었고, 유향이 그의 성명을 묻자 대답하기를 '태을지정(太乙之精)' (태을의 정령)이라고 했다. 이후로 '여화(藜火: 지팡이 불 또는 지팡이와 불)' 는 밤에 공부하거나 분투노력함의 전고로 사용되었다. 이미 타계한 벗 또는 후배의 성씨가 유향과 같은 유씨이고 마침 예전에 함께 교서관에서 지냈던 일도 있었으며 아마도 학문과 근무에 매우 근면성실했고 또 뛰어났을 것이다. 그래서 그가 죽고난 후 '태을의 정령' 이 지팡이를 집고 이제 다시 누구를 찾겠는가라고 탄식했다. 월헌공 자신을 의도적으로 그 '태을의 정령' 에 빗대었는지는 알 수 없지만, 유향을 찾아왔던 그 노인이 '태을의 정령' 이라고 했고 월헌공 자신은 성이 '丁' 이다. 太乙은 太一과 같으며 '一' 자 밑에 지팡이를 놓으면 '丁' 字가 된다. 그리고 지팡이를 짚고 찾아왔다. 물론 '丁' 字 자체도 지팡이의 모습을 하고 있다. 절묘한 일치이다. 타계한 묘금자와는 함께 토론하면서도 학문적으로 도움을 준 사이일 것이다.

중양절(신유년) 重九(辛酉)[18]

산 위에는 모자를 떨어뜨리고 돌아오는 사람이 없는데 山上無人落帽迴[19]
울타리 동쪽에서 괜스레 흰옷 입은 사람오기를 기다리네 籬東空待白衣來[20]
노란 국화는 중양의 뜻을 저버리지 아니하고 黃花不負重陽意
옛날처럼 서리를 이겨내고 속속 피어나네 依舊凌霜續續開

도사 윤희남의 시에 차운하다 次尹都事喜男韻[21]

10년 동안 서생이라 돌아가지 못했더니 十載青衫未歸去[22]

---

15) 강삼(姜參): 생몰년 미상. 조선 전기의 문신. 본관은 진주. 자는 종도(宗道). 부친은 응(應)이다. 사마시에 합격, 진사가 되어 성균관에 들어가 수업 중 1479년(성종 10) 윤비가 폐비되자 동료 62인과 함께 이의 부당함을 주청하다 하옥되었으나 곧 석방되었다. 이듬해 식년문과에 갑과로 급제하였으며, 설서(說書)·사서 등을 거쳐 1488년 세자가례도감낭관(世子嘉禮都監郎官), 1491년에 헌납이 되었다. 이때 경연에서 가뭄에 대비하여 각 도의 제방수축을 의논하는데 농번기임을 들어 반대하며 추수 뒤 농한기에 실시할 것을 주장하였다. 또 권력과 재물을 탐내며 세인의 지탄을 받고 있는 관리들을 거명하며 이들의 파직을 상소하였다. 1494년에는 영암군수가 되었는데, 재직 중 청렴하고 읍민을 위하여 심혈을 기울여 염근리(廉謹吏)로 뽑혀 포상받았다. 1502년(연산군 8) 동부승지에 이어 우부승지를 거쳐 이듬해에는 우승지를 역임하였다.

16) 경력(經歷): 조선시대의 관직. 종4품으로 충훈부(忠勳府)·의빈부(儀賓府)·의금부(義禁府)·개성부(開城府)·도총부(都摠府)·중추부(中樞府) 등에서 사무를 담당하였다. 조선초에는 한때 관찰사의 지방행정 보좌관으로 중앙에서 경력을 파견하였으나 1465년(세조 11) 유수부(留守府)를 제외하고는 폐지하였다.

17) 만월대(滿月臺): 개성 북쪽 송악산의 남쪽 기슭에 있는 고려왕궁의 기지.

18) 중구(重九): 구월구일 중양절을 말한다.

19) 낙모(落帽): 중양의 등고회(登高會)에 참석한 맹가(孟嘉)가 술에 취하여 가을바람에 모자가 떨어지는 줄 모르고 있었다는 고사를 인용하여 지금 이날에는 그러한 풍류가 없음을 말한다.

20) 백의(白衣): 도연명(陶淵明)이 '동쪽 울타리 밑에서 국화를 땄다(采菊東籬下)'는 고사를 인용했다. 흰 옷 입은 사람은 일반적으로 평민, 또는 공명(功名)이 없거나 관직이 없는 선비를 지칭하지만 여기서는 술을 보내주는 사람 또는 그 술을 가지고 오는 심부름꾼을 말한다. 도연명이 9월 9일 중양절에 술이 없어 국화를 따다가 앉아 있을 때 흰 옷 입은 사람이 오는 것을 보았는데 그 사람은 강주자사(江州刺史) 왕굉(王宏)이 술을 전달하러 보낸 사자였다. 이후 벗이 되어 술을 보내거나 술을 마시는 것, 또는 국화를 읊는 등의 전고로 사용된다.

21) 도사(都事): 충훈부·의빈부·의금부·개성부·중추부·오위도총부 등에 딸린 종오품 벼슬.

22) 청삼(靑衫): 푸른 빛깔의 홑옷. 신분이 낮은 사람이 입던 옷. 그래서 서생이나 젊은 사람을 이름.

집은 가난하고 어버이 늙어 억지로 머물게 하네　家貧親老強淹留
쉼없이 노력하는 행색 저물어간다고 싫어하지 말라　莫嫌役役行將暮[23]
관 뚜껑 덮어야 만사가 끝임을 안다 했느니　蓋棺方知事乃休[24]

감사 가중 송질[25]이 보인 시에 차운하다　次宋監司可中軼示韻

뭉게뭉게 정운 바라보며 게으르게 다락에 기대어 있노라니　靄靄停雲謾倚樓[26]
한 줄기 강물이 휑하니 해서의 가을과 사이가 떠있네　一江空隔海西秋[27]
봉함을 여니 갑자기 두통이 나아짐을 느끼겠고　開緘頓覺頭風愈[28]
좋은 시를 다 읽으니 뜻이 더욱 유장하네　讀罷瓊聯意轉悠[29]

한찰방을 전송하다　送韓察訪

가을 오니 이 마음 갑자기 의지할 곳 없는데　秋來情境忽無憑[30]
더구나 또 관하에서 옛 벗을 이별함이랴　況復關河別故朋[31]

---

23) 역역(役役): 힘들게 일하며 쉬지 않는 모습. 심력을 기울이는 모양. 또는 경박하고 간사한 모양.

24) 개관(蓋棺): 관은 사람이 죽으면 그 시체를 수습하는 널을 말한다. 두보의 시 〈君不見簡蘇徯〉에 '개관사정(蓋棺事定)'이라고 했다. 본뜻은 모든 것은 관 뚜껑을 덮어야 일이 결정된다는 것으로 아직 젊어 기회가 있으니 은둔하지 말고 나오라고 권유한 것이다.

25) 송질(宋軼): 1454(단종 2)-1520(중종 15). 조선의 문신. 본관은 여산(礪山). 자는 가중(可仲), 도정(都正) 공손(恭孫)의 아들. 호는 취춘헌(醉春軒). 1477년(성종 7) 생원시(生員試)·진사시(進士試)에 합격, 이듬해 알성문과(謁聖文科)에, 1482년 진현시(進賢試)에 을과(乙科)로 각각 급제. 형조 참판(刑曹參判)·경기도 관찰사·우찬성(右贊成)·이조 판서 등을 역임하고, 1513년(중종 8) 우의정, 뒤에 영의정에 이르렀다. 앞서 중종반정(中宗反正: 1506) 때는 정국공신(靖國功臣) 3등이 되고 여원부원군에 봉해졌으며, 그 후 영의정이 된 이듬해에 양사(兩司)로부터 탐욕 무능하다는 탄핵을 받았다. 시호는 숙정(肅靖). 본문의 가중의 중(中)은 중(仲)의 잘못인 듯하다.

26) 애애(靄靄): 구름이 뭉쳐있거나 모락모락 피어오르는 모양.
정운(停雲): 벗을 생각하는 우정이 가는 구름도 정지시킨다는 도연명의 시 〈정운〉에서 말한 것.

27) 해서(海西): 황해도의 별칭.

28) 두풍(頭風): 두통.

29) 경련(瓊聯): 주옥의 연결, 즉 훌륭한 시구임을 의미한다.

30) 정경(情境): 情景이나 처지, 상황 등을 말하는 것으로 포괄적으로 마음이라 번역했다.

31) 관하(關河): 변방 지역을 흐르는 강물을 말한다.

뒷날 역루에 달빛 차가운 밤 後夜驛樓寒月色
보고파 하더라도 가장 높은 층에는 오르지 말지라 相思莫上最高層

성거산 聖居山[32)]

구룡산 빛은 푸른 기운이 하늘에 닿았는데 九龍山色翠連天[33)]
비밀스런 신의 종적이 가만히 연기에 감싸인 듯하네 似秘神蹤暗鎖烟
성골장군은 지금 보이지 아니하는데 聖骨將軍今不見[34)]
공연히 사당만이 남아서 천 년을 지났네 空餘祠宇歷千年

송악산 松岳山[35)]

기이한 형태 여덟 줄기가 있음을 알아보겠는데 識得奇形有八元
동으로 이어지고 서로 뻗으며 울창함이 하늘에 닿았네 東連西走鬱齊天
지금은 그 흥성하던 왕의 기운 사라져 다되었고 如今消盡興王氣
화산으로 옮겨 억만년을 누리리라 移向華山億萬年[36)]

---

32) 성거산(聖居山, 579m): 천안 시가지 동북쪽에 있는 산이며, 시가지 남쪽에는 광덕산(699m)이 있다. 고려 태조 왕건이 삼국통일을 이룩하기 위하여 분주할 때 직산면 산헐원을 지나다 동쪽의 산을 보고 신령이 있다 하여 제사를 지내게 하고 "성거산"이라 부르게 하였다.

33) 구룡산(九龍山): 충북 청원군(淸原郡) 현도면(賢都面) 하석리(下石里)에 있는 산.

34) 성골장군(聖骨將軍): 성골은 신라시대 골품(骨品)의 하나로서, 그 부모가 다 함께 왕족이며 장군의 위호를 받은 사람. 정확하게 누군지는 알 수 없다.

35) 송악산(松岳山): 경기도 개성시 북쪽에 있는 산이며 그 산 아래에 고려의 옛 궁터인 망월대가 있다.

36) 화산(華山): 경기도 화성(華城)에 있는 산이며, 화산(花山)이라고도 한다. 즉 송악산의 왕기가 화산으로 옮겨졌음을 의미한다.

능하도 길에서 김예옹의 구점[37]에 차운하다 凌河道上次金禮翁口占

(성종 신축년 가을에, 임인년 정조사[38]의 서장관[39]으로 중국 북경으로 갔다) (成化辛丑秋余以壬寅正朝使書狀赴京)

서쪽으로 황도를 가리키는데 아득하기가 하늘같고 西指皇都渺似天[40]
무려를 다 지나니 또 연연산이네 巫閭過盡又燕然[41]
앞길은 아직도 천 여리가 남았으니 前途尙有千餘里
몇 번이나 너른 들판의 연기를 재면서 가야하는지 幾度衝行大野煙

그 두번째 其二

나그네 길 삼천리 곧았다가 다시 비스듬한데 客路三千直復斜
오색구름 어느 곳이 황제의 집이던가 五雲何處是皇家
옥관에서 햇살 바라보던 날 似聞玉關觀光日[42]
봄바람에 상원의 꽃들이 두루 피었다고 들은 것 같은데 開遍春風上苑花[43]

---

37) 구점(口占): 입 속으로 읊음. 즉석에서 시를 지음. 또는 그 작품.

38) 정조사(正朝使): 중국황제에게 신정을 축하하기 위하여 가는 사신.

39) 서장관(書狀官): 정사(正使)·부사(副使)와 아울러 삼사의 하나이며, 국교 문서와 일행의 불법을 단속하는 책임을 진다.

40) 황도(皇都): 황제가 있는 북경을 말한다.

41) 무려(巫閭): 요 임금의 선위(禪位)를 받은 순(舜) 임금이 동서남북에 순수(巡狩)를 끝낸 다음, 전국을 12주로 나누고 12주의 진산(鎭山)을 봉했는데(《書經·虞書·舜典》), 12주(州) 명산의 하나이다. 《주례(周禮)》에서 말한 의무려산(醫巫閭山)이다. 동북 지역을 유주(幽州)라 하는데, 그 진산(鎭山)으로서 의려(醫閭)·의무려(醫巫閭)·의무려산(醫巫閭山) 등으로도 불린다. 의(醫)는 의(毉)로도 쓴다. 현재 만주 요령성 북진현(滿洲遼寧省北鎭縣) 서쪽에 있는 산이다.

《한서》지리지에는 '요동군(遼東郡)의 속현에 무려(無慮)가 있다' 하였는데, 한자는 달라도 음이 같아서 같은 것으로 본다. 이전 요(遼)가 그 아래에 의주(醫州)를 설치하였다. 한나라 때에는 현도군에 속했으며, 백두산에서 북으로 내려와 가로로 천리에 뻗쳤다고 한다.

연연(燕然): 옛날의 산 이름으로 연연산(燕然山). 지금의 몽고인민공화국에 있는 항애산(杭愛山). 동한(東漢) 때 두헌(竇憲)이 군사를 이끌고 변방을 나서서 북흉노를 크게 패퇴시키고 연연산에 올라 돌에다 그 공을 새겼다. 그것을 연연석(燕然石)이라 한다. 나중에는 변새 지방을 지칭했으며 변방에서 공을 세웠을 때 자주 인용했다.

42) 옥관(玉關): 옥문관의 약칭이며, 중국 감숙성(甘肅省)에 있는 서역(西域)으로 통하는 관문.

부령동헌의 시에 차운하다 次富寧東軒韻

완옥을 찬 아들 기다리는 홀어머니 期得宛玉母寡頭[44)]
한나라 왕가의 정벌은 언제 멈출까 漢家征戰幾時休[45)]
오늘과 같은 영산 아래에서라면 爭如此日寧山下[46)]
녹발장군은 허리띠 느슨히 한 채 노닐 수 있으련만 綠髮將軍緩帶遊[47)]

종성 현판 위의 시에 차운하다 次鍾城板上韻

인민들을 편안히 지내게 한 지 이미 백 년이 되어 按堵人民已百年[48)]
만리의 옛 산천 그 영토를 정했다 提封萬里舊山川[49)]
반초의 평화의 계책을 알아야겠지만 從知定遠平平策[50)]
변방 개척에 위청과 곽거병의 전기보다는 못하리라 不與開邊衛霍傳[51)]

---

43) 상원(上苑): 천자의 정원 또는 대궐 안의 동산을 말한다.

44) 완옥(宛玉): 곡옥(曲玉. 굽은 옥)으로서 출정한 장군의 군복에 갖추어 차는 패옥이나 목에 차는 옥으로, 아들을 상징한다.

과두(寡頭): 홀로 남아 있는 모친을 뜻한다.

45) 한가(漢家): 한나라 왕가. 수시로 침범하는 흉노를 정벌한 고사가, 이 시대 관북의 국경을 침범하는 만주야인을 정벌함과 같다는 뜻.

46) 영산(寧山): 함경북도 부령군의 옛 별호.

47) 녹발(綠髮): 윤이 흐르는 검은 머리. 녹발장군은 나이도 젊고 패기가 넘치는 장군. 변경의 분요가 없는 이같이 조용한 날이라면 군복을 벗고 집에 돌아와 모친도 만나고 잠시 쉴 수도 있 을 것이라는 모친의 희망을 강조했다.

48) 안도(按堵): 사는 곳에서 편안히 지내는 것. 安堵와 같다.

49) 제봉(提封): 영토를 정하는 것.

50) 정원(定遠): 동한(東漢)의 반초(班超)가 서역에서 공을 세우고 정원후(定遠侯)에 봉해졌으며 후인들은 그를 반정원(班定遠)이라고 불렀다. 정원은 그 성(省)의 이름이다. 뒷날에는 서북변방 지역을 지키거나 사신으로 가는 사람을 칭하기도 했다.

51) 위곽전(衛霍傳): 위청(衛青)과 곽거병(霍去病) 두 용장의 전기. 위청은 곽거병의 외숙. 이들은 한무제 때 흉노를 정벌하여 국경을 안정시킨 공로가 가장 컸던 사람들이다.

재상 윤필상의 시에 차운하다 次尹相弼商韻

의춘첩에도 오히려 진병의 웅장함을 기록하니 宜春猶記壯陣兵[52]
천하의 기재라 진 칠 줄도 아시네 天下奇才識壘營
대대로 파평 가문이 골상에 전하니 世世坡平傳骨相[53]
태성이 오늘날 왕성을 빛나게 하시네 台星今日耀王城[54]

회령 會寧

장백산은 멀리 사막 변방 밖으로 이어져 있고 長白遠連沙塞外[55]
흑룡강은 아득히 해서의 머리에 접하였네 黑龍遙接海西頭[56]
이 땅의 산과 강의 좋은 형세가 山河此地眞形勢
관방으로서 이곳이 상류라고 모두들 말하네 合說關防是上流[57]

부령 현판의 시에 차운하다 次富寧板上韻

영산의 옛 진으로 두만강가에 있으나 寧山古鎭黑江邊[58]

---

52) 의춘첩(宜春帖): 입춘일에 글 또는 그림을 그려서 봄을 즐긴다는 뜻으로 문 위에 붙이는 것.
진병(陣兵): 군대의 진을 치는 방법.

53) 파평(坡平): 윤필상의 본관.
골상(骨相): 골격에서 외부로 나타나는 상으로서 이는 파평윤씨의 가문을 칭찬한 말이다.

54) 태성(台星): 삼태성으로서 영의정과 좌 · 우의정의 지위를 비유하여 하는 말이며, 윤필상이 삼공의 지위에 있으므로 이런 말을 했다.

55) 사새(沙塞): 사막으로 된 변방.

56) 흑룡(黑龍): 중국 측에서는 일반적으로 흑룡강으로 보지만, 방향과 거리가 적절하지 않고 흑수(黑水) 또는 흑강(黑江)과 같이 두만강으로 본다. 그러나 해서(海西)가 황해도를 뜻하거나 평북의 서해로 볼 수 있으므로 이 강은 두만강이 아니라 압록강이 옳을 것이다. 제1,2구는 우리나라와 만주와의 국경은 백두산을 경계로 하여, 그 한 줄기는 동북으로 뻗어 나진(羅津)에까지 이어져 있고, 한 줄기는 서남으로 뻗어 서해에 접하였음을 말한다.

57) 관방(關防): 국경이나 중요한 곳에 설치하여 출입하는 사람을 조사하거나 방어를 겸한 관문. 제3, 4구는 우리나라 산하의 형세로 보아, 국경방비의 요새로서 회령이 강의 상류에 해당된다는 것을 의미한다.

사람과 물산의 승평함이 백년에 가깝다 人物昇平近百年[59)]
오랑캐들은 이미 비장군이 도착한다고 함에 놀랐는데 胡虜已驚飛將至[60)]
더구나 지금 임금의 성덕(聖德)이 신속하게 전해짐에랴 況今聲敎速郵傳[61)]

영흥판관 조달생[62)]에게 부친다 寄永興趙判官達生

쌍성은 철관 앞에 아득하고 雙城縹緲鐵關前[63)]
녹야는 흑수 가에 어슴푸레하다 鹿野微茫黑水邊[64)]
천리 먼 길 꿈 속의 혼은 갈 바를 잃고 千里夢魂迷所適
공연히 이별 생각으로 둘 다 마음에 걸리는구나 空將別思兩懸懸[65)]

절도사의 시에 차운하다 次使相韻[66)]

날마다 영헌에서 모시는데 부드러운 말로 하시고 日侍鈴軒軟話成[67)]

---

58) 고진(古鎭): 조선왕조는 세종 때에 압록강과 두만강을 경계로 하여 국경을 정하고 이 국경연변을 개척하여 육진(六鎭)을 설치하였다. 이 육진은 경원(慶源) · 경흥(慶興) · 부령(富寧) · 은성(隱城) · 종성(鍾城) · 회령(會寧) 등이다.

흑강(黑江): 두만강을 말한다. 북만주를 흑역(黑域)이라 불렀기 때문에 북만주에 접한 강을 흑강 또는 흑수(黑水)라고 칭했다.

59) 승평(昇平): 태평과 같은 뜻.

60) 호로(胡虜): 만주 또는 그 주변의 야인을 말하는데 그냥 오랑캐로 쓰기로 한다.

비장(飛將): 또는 비장군(飛將軍)이라 하며 용맹스럽고 매우 날랜 장수. 본래는 한나라 때 흉노가 한나라 장군 이광(李廣)을 칭한 말이다.

61) 성교(聲敎): 제왕이 백성들을 감화시키는 교육을 의미한다.

62) 조달생(趙達生): 세조(世祖) 14년. 무자년(1468) 합격. 자는 가행(可行). 생원(生員) 합격자. 전적(典籍)을 지냄. 부(父)는 조유(趙瑜).

63) 쌍성(雙城): 영흥의 주변에 있는 성.

표묘(縹緲): 아득하고 어렴풋한 것.

철관(鐵關): 철령(鐵嶺)에 있는 관방(關防).

64) 녹야(鹿野): 들의 명칭.

미망(微茫): 희미하고 어슴푸레한 것.

흑수(黑水): 두만강. 앞 시의 주를 참조할 것.

이 모두가 친한 사람을 생각하면서 바라볼 때 눈앞에 보이고 느껴지는 광경을 표현했다.

65) 현현(懸懸): 마음에 걸린다는 뜻.

즐거운 마음은 관현에 부치어 깨끗하시다　歡情聊寄管絃清[68]
구름을 바라보다가 다시 어버이 그리는 생각이 일어나니　望雲更作思親意
가을 기러기 변방을 넘는 소리가 듣기 싫구나　厭聽秋鴻度塞聲

그 두번째　其二

공명과는 멀고 희끗희끗 귀밑머리에 바람 일어도　緬邈功名斑鬢颯[69]
때때로 좋은 술에 의지하여 빛나는 얼굴 지으시네　時憑綠酒作韶顏[70]
종군하여 또 유관 밖에 이르니　從軍又到榆關外[71]
몸이 바람에 날리는 쑥대와 같이 잠시도 한가하지 않으시네　身與飄蓬不蹔閑[72]

절도사의 시 〈나그네길의 생각〉에 차운하다　次使相韻旅中有思

가파른 언덕에 걷기조차 힘든데 또 바람불고 비가 오네　間關峻坂又風雨[73]
하나의 외로운 성에 만첩의 산이로다　一局孤城萬疊山
말 위에서 보낸 세월 임기가 이미 두 번이나 되었으니　馬上光陰期己再[74]
벼슬살이와 고향생각이 서로 얽혀 있구나　宦情鄕思兩相關[75]

---

66) 사상(使相): 송대의 벼슬 이름. 절도사로서 중서령 혹은 시중, 중서문하평장사 벼슬을 겸임한 사람.

67) 영헌(鈴軒): 절도사가 집무하는 청사.
연화(軟話): 잘못을 책하지 않고 인정에 호소하는 부드러운 말 또는 다른 각도에서 칭찬을 하는 말.

68) 관현(管絃): 관악기와 현악기 즉 음악을 말한다.

69) 면막(緬邈): 매우 멀다는 뜻.

70) 녹주(綠酒): 녹색의 술, 즉 새로 담은 술 또는 좋은 술.
소안(韶顏): 빛을 발하듯 젊게 보이는 얼굴.

71) 유관(榆關): ① 산해관(山海關)을 말하기도 한다. 옛날 그 지역에 유수(渝水)가 흘렀기 때문에 유관(渝關)이라 했고 다시 유관(榆關)으로 썼다. 지금의 하북성 진황도(秦皇島)에 있다 ② 일반적으로 북방의 변경이란 뜻. 여기에서는 이 뜻이며, 함경도의 병영이 국경 가까이 있었기 때문이다.

72) 표봉(飄蓬): 바람에 나부끼는 쑥대로서, 그와 같이 복잡한 군무에 분주함을 의미한다.

73) 간관준판(間關峻坂): 길이 험하여 걷기 어려운 상태를 간관, 아주 가파른 언덕을 준판이라고 한다.

74) 마상광음(馬上光陰): 군무를 수행하기 위하여 말을 타고 다니므로 마상에서 보내는 세월을 말한다.

75) 관직에 관한 임기를 두 번이나 지났으되, 돌아오지 못하고 있으니 관의 사정으로서는 어찌할 수 없으나 고향 생각은 간절하다는 것이다.

그 두번째 其二

약골이라 산 넘고 물 건너는 일 감당하기가 어렵거든 弱骨難堪勤跋涉[76)]
하물며 오랜 장마 뒤의 진흙탕을 만남이겠는가 況逢泥淖久霪霖[77)]
인간세상의 세월이 튀는 공처럼 빨라서 人間歲月跳丸事[78)]
훈훈한 바람에 푸른 빛이 수풀에 가득함을 또 보네 又見薰風綠滿林

온성 현판 위의 시에 차운하다 次穩城板上韻

남과 북을 지금 보니 하나의 내를 한계로 하고 있고 南北今看限一川
누런 모래와 흰 풀이 오랑캐의 하늘에 접하였네 黃沙白草接胡天[79)]
봉후는 원래 유가의 사업이 아니지만 封侯不是儒家事[80)]
감히 이 도형이 만세에 전해지기를 생각해 보네 敢擬圖形萬世傳[81)]

그 두번째 其二

나그네길의 광경은 냇물처럼 가버리고 客中光景逝如川
또 바람과 서리를 만나니 저무는 저녁하늘이다 又值風霜欲暮天
전성의 마지막 끊어진 곳까지 이르니 行到氈城窮絶處[82)]

---

76) 발섭(跋涉): 산을 넘고 물을 건너서 길을 가는 것.
77) 니뇨(泥淖): 진흙탕, 진창.
음림(霪霖): 음우와 같으며 장마.
78) 도환(跳丸): 중국 고대의 놀이(百戲)의 하나로, 공같이 둥근 작은 구슬을 두 손으로 빨리 연속적으 로 던졌다가 받는 것. 우리말로는 '공기받기.' 그래서 해와 달의 운행을 비유했으며, 나아가 시간이 빨리 흘러가는 것을 말한다. 어려운 변경생활 속에서도 세월은 빠르고, 그래서 자연의 광경은 제대로 돌아온다는 것을 의미한다.
79) 백초(白草): 가위톱으로, 포도과에 딸린 여러해살이 갈잎덩굴나무. 호천(胡天)은 오랑캐의 하늘.
80) 봉후(封侯): 봉건시대에 일정한 영토를 주어 그 영내를 지배하게 함을 말한다. 그러나 왕조시대에는 봉작(封爵)을 의미한다.
81) 도형(圖形): 변경의 형세나 구도를 말하는 듯하다.

고향소식이 묘연하여 전해옴이 없구나 鄕關消息杳無傳

절도사가 보인 시에 차운하다 次使相示韻

변방의 성에서 날마다 이주와 양주의 곡조를 연주하고 邊城日日奏伊凉[83]
춤을 마친 젊은 여인이 반단장을 하네 舞罷靑娥倚半粧[84]
남쪽을 바라보니 흰 구름은 하늘과 함께 먼데 南望白雲天共遠
즐겁던 정이 갑자기 근심하는 마음속으로 들어오네 歡情忽轉入愁腸

연상인에게 부치다 寄連上人[85]

봄이 시들어 원추리는 떨어지고 비는 소소한데 春凋萱謝雨蕭蕭
띠집에 사람이 없어 홀로 아침을 보내시네 茅屋無人獨送朝[86]
매실 익는 계절에 가는 비 많을까봐 겁내고 生怕梅天多細雨[87]
꽃다운 풀 따라 날로 풍부해지는 걸 한스러워 하신다 恨隨芳草日添饒

임술년 제야에 壬戌除夜[88]

(여경 조빈[89]과 더불어 마시며 읊은 것을 올린다) (與趙礪卿鑌飮吟呈)

가득히 부은 술잔 주고 받으며 적료함 달래니 滿酌酬君慰寂寥

82) 전성(氈城): 온성에 소속된 한 작은 성의 이름.
83) 변성(邊城): 국경의 변방에 있는 성.
이량(伊凉): 이주(伊州)와 양주(凉州)의 두 곡조. 당나라의 악곡은 이주, 양주, 감주(甘州) 등과 같이 모두 변방 지명으로 그 곡명을 삼았다. 이주는 상조곡(商調曲)으로 옛 성은 지금의 신강(新疆) 합밀현(哈密縣)에 있고, 양주는 궁조곡(宮調曲)으로 서북 지역 변방이다.
84) 청아(靑娥): 젊고 예쁜 여자.
85) 상인(上人): 승려, 스님을 높힌 말이다.
86) 모옥(茅屋): 띠집 즉 초가를 말한다.
87) 매천(梅天): 매실(梅實)이 성숙하는 계절이며, 이때에는 비가 많이 오게 됨으로 그 비를 매우(梅雨)라고 한다.

일년 세월도 다만 오늘 밤 뿐이네	一年光景只今宵
내일 아침 비록 따뜻한 봄바람을 만난다 하더라도	明朝縱得春風暖
귀밑머리에 더하는 서리꽃은 사라지지 않겠지	添鬢霜華定不消

등명사에서 노닐며　遊燈明寺

승방에서 깊이 잠들어 해가 서쪽으로 기울었는데	禪窓熟睡日西斜[90]
꿈에 구름산에 들었지만 집에는 이르지 않았다	夢入雲山不到家
괴이하게도 향기로운 바람이 불어 소매에 가득하기에	怪諸香風吹滿袖
일어나서 보니 뜰에 송화가 떨어졌더라	起看庭際落松花

주부 신자계의 별세를 곡한다　哭申主薄自繼

80년 세월을 별안간에 재촉하니	八十光陰瞥眼催
신선 나들이 어느 곳이 요대인가	仙遊何處是瑤臺[91]
포도 울타리 아래 띠로 만든 정자 두둑에서	葡萄架下茅亭畔[92]
술 한 잔 들 사람이 없어 적막하구나	寂寞無人擧一盃

그 두번째　其二

일찍이 전원으로 돌아가 일민이 되어	早賦歸田作逸民[93]
조용히 75년의 봄을 지내셨네	從容七十五年春

---

88) 제야(除夜): 섣달 그믐날의 밤, 이를 또 제석(除夕)이라고도 한다. 임술년은 1502년(연산군 8년), 공의 나이 49세.

89) 조빈(趙鑌): 성종(成宗) 2년, 신묘년(1471) 진사 합격. 본관은 백천(白川). 자는 여경(礪卿). 사예(司藝)를 지냈다.

90) 선창(禪窓): 즉 승방(僧房) 또는 선방(禪房)을 의미한다.

91) 요대(瑤臺): 신선이 산다는 곳.

92) 모정(茅亭): 짚이나 새(띠나 억새) 같은 것으로 이은 정자를 말한다.

웃으며 보셨으리 속인들 헛되게 분주히 치달리다가　　笑看俗子虛馳走
천척의 인간세상에서 말 먼지에 몰락함을　　千尺人間沒馬塵[94]

곡령의 맑게 갠 봄날 옛 시에 차운하다　　鵠嶺春晴次古韻[95]

반쪽 하늘에 구름과 비가 층층 봉우리를 감싸더니　　半天雲雨鎖層峯[96]
맑게 갠 후 질펀하게 퍼진 푸른빛은 몇 겹이나 되는가　　晴後溶溶翠幾重
봄 뜻은 망국의 한을 알지 못하고　　春意不知亡國恨
해마다 푸른 부용 꾸며 내는구나　　年年粧出碧芙蓉[97]

이상장군의 만사　　挽李上將

평생에 명리 탐하는 사람 되지 아니하고　　平生不作利名貪
70의 희년에다 3년을 더 누리셨네　　七十稀年又享三[98]
모두가 그대의 집은 여경이 멀리까지 미치리라 하였으니　　共說君家餘慶遠[99]
백년 후에 향기로운 이름 전할 두 아들이 있음이라　　傳芳百世有雙男[100]

---

93) 조부귀전(早賦歸田): 귀전(歸田)은 벼슬을 그만두고 고향으로 돌아가 농사를 짓는다는 것이고, 한나라 장형(張衡)이 지은 〈귀전부(歸田賦)〉의 약칭이기도 하다. 그래서 〈귀전부〉를 짓고 또는 읊으며 전원으로 돌아갔다는 것이 좀더 정확한 번역일 것.

일민(逸民): 학문과 덕행이 있으면서도 세상에 나서지 아니하고 숨어서 지내는 사람. 자기의 이상과 절의(節義)를 관철하기 위하여 군주의 곁을 떠나거나 처음부터 벼슬을 아니하고 인적이 드문 산속이나 외딴 바닷가에 숨어 사는 사람을 가리킨다. 일사(逸士)·은사(隱士)·은일(隱逸)이라고도 한다.

94) 천척(千尺): 깊이나 높이, 길이가 대단한 것을 말한다.

마진(馬塵): 말발굽에서 이는 티끌로서 사회의 분주한 풍진을 의미한다.

95) 곡령(鵠嶺): 송악(松岳) 즉 개성을 말한다.

96) 층봉(層峰): 여러 층이 진 봉우리.

97) 부용(芙蓉): 연꽃. 해마다 봄이 되니 봉우리가 푸른 부용처럼 아름다워진다는 것을 의미한다.

98) 희년(稀年): 사람이 한 번 나서 70세까지 장수하는 것이 드물다는 뜻으로 70세를 희년이라 한다.

99) 여경(餘慶): 좋은 일을 많이 하므로 경사가 남아돈다는 것이다. 적선지가(積善之家)는 필유여경(必有餘慶)이라 했다.

100) 전방(傳芳): 향기를 전한다는 뜻으로 훌륭한 이름을 남긴다는 것.

조여경에게 부치다 寄趙礪卿

금단을 얻으려 하여도 신선을 만나지 못했고 欲得金丹未遇仙[101]
임지에서의 세월은 냇물보다 빠르다 任地時序疾於川
천공도 오히려 나이가 많아져 감을 싫어하여 天公猶自嫌遲暮[102]
새 봄을 불러내어 구년에 넣었구나 喚取新春入舊年[103]

언박 유보[104]에게 장난삼아 올리다 戲呈柳彦博溥

몸이 천상의 다섯 성 열두 누각에 오르려다 身登十二五城樓[105]
나의 두 어깨에 날개가 없음을 웃었노라 笑我兩肩無翰羽
무협선인을 불러도 오지 아니하니 巫峽仙人招不來[106]
만고의 양대에 구름과 비가 헛되었구나 陽臺萬古空雲雨

余以觀察使巡到襄陽, 彦博亦以都事同行. 余之傍妓巫峽仙以余老病, 無共衾之歡,

101) 금단(金丹): 신선이 만든 장생불사의 환약.
102) 천공(天公): 하늘 또는 하느님.
지모(遲暮): 차츰차츰 나이가 많아져감. 또는 느리고 더딤.
103) 구년(舊年): 그 전년. 신년에 입춘이 드는 것이지만 절후가 당겨지면 전년에 들게 된다.
104) 유보(柳溥): 조선 중기 문신. 자는 언박(彦博). 초명은 장(蔣). 본관은 진주(晉州). 1492년(성종 23) 진사시에 합격하였고, 1501년(연산군 7) 문과에 급제하여 홍문관정자가 되었다. 1504년 홍문관박사로 있다가 갑자사화에 연루되어 파직, 중종반정으로 복직되어 강원도도사를 지냈고 1514년 사유(師儒)로 선발되었다. 그 뒤 경상도추고경차관(推考敬差官)·홍문관응교 등을 거쳐 1521년 서장관으로 명(明)나라에 다녀와서 집의·대사간·우승지 등을 지냈다. 1529년 첨지중추부사로 있을 때 성절사(聖節使)로 명나라에 가서《대명회전(大明會典)》개찬 때 잘못된 조문들의 개정을 요구하였다. 귀국하여 홍문관부제학·지중추부사 등을 거쳐 호조판서·공조판서·성균관동지사·우찬성 등을 지냈으며, 37년 우의정으로 있다가 김안로(金安老) 등이 축출될 때 연루되어 탄핵을 받았다. 1539년(중종 34) 70세로 궤장을 하사받았으며, 판의금부사·영중추부사를 지냈다. 시호는 문성(文成).
105) 십이오성루(十二五城樓): 곧 오성십이루(五城十二樓), 즉 천상 백옥경(白玉京)에 있다는 성루로서 신선들이 거처하는 곳이라 한다.
106) 무협선인(巫峽仙人): 무산에 있는 선녀를 말하는 바, 이 자리에 있는 기생의 이름이 마침 무협선이기 때문에 무산 양대(陽臺)의 선녀에 대한 고사를 인용하여 희롱한 말이다. 운우(雲雨)는 운우지정(雲雨之情)을 말한다.

彼亦漠然無顧念之意, 吟呈彦博溥笑(내가 관찰사로서 순찰차 양양에 도착했을 때 언박도 또한 도사(都事)로서 동행을 하였다. 나의 곁에 있던 기생 무협선(巫峽仙)이, 늙고 병든 내가 동침할 기미가 없음으로써, 저 또한 막연하여 돌아볼 뜻이 없었다. 이 시를 지어 언박에게 보이니, 언박이 웃었다).

동산역에 유숙하면서 언박에게 장난삼아 올리다　宿凍山驛戲呈彦博

구름이 무산의 열 두 봉우리를 감싸고 있는데　雲鎖巫山十二峯[107]
누가 선녀에게 꽃같은 자태를 노출하게 하였는가　誰教仙女露花容
하루 밤 우정객사의 한을 말하지 말라　莫言一夜郵亭恨[108]
오히려 고당의 꿈 속에서 만난 것보다 낫도다　猶勝高唐夢裡逢[109]

양양 객사에 머물면서 장난삼아 읊다　襄陽留客戲吟

악기 소리가 나를 재촉하여 화연에 오르게 하니　管絃催我上華筵[110]
세 줄의 분단장한 여인들이 자리 앞에 가득하구나　紅粉三行滿座前[111]
늙고 병든 몸에 스스로 운우의 흥이 없기도 하고　衰病自無雲雨興[112]
서로 만나 봐야 꿈속의 신선이 아닌 것을　相逢不是夢中仙

---

107) 무산십이봉(巫山十二峯): 무산의 열두 봉우리는 사천성(四川省) 무산현 동쪽에 있는 명산이며, 무산 신녀(神女, 또는 선녀)가 산다는 곳이다.

108) 우정(郵亭): 각 지방에 교통의 편의를 도모하여 역마을에 설치한 객사(客舍).

109) 고당(高唐): 지명. 중국 초(楚)나라 양왕(襄王)이 일찍이 고당에서 낮잠을 자는데, 꿈에 한 부인이 나타나서 '나는 무산의 여자로서 고당의 나그네가 되었는바 임금께서 여기에 계신다는 말을 듣고 왔다' 하여 하루 밤 침식을 같이하였다. 이 여자가 무산의 신녀였다고 한다.

110) 관현(管絃): 관악기과 현악기의 합주.
　화연(華筵): 화려한 연회석.

111) 홍분(紅粉): 연지와 분, 나아가 연지와 분으로 단장을 한 여인을 말한다.

112) 운우흥(雲雨興): 무산선녀가 '아침에는 구름이 되고 저녁에는 비가 된다' 하였으므로 꿈에 선녀를 만나 즐거웠던 흥을 운우의 흥이라고 한다.

청학동 시에 화답하여 정승 홍귀달[113]에 올리다 和靑鶴洞詩呈洪相貴達

동리에서 항상 복령을 캐시는지 洞裏尋常採茯苓[114]
일찍이 학이 이 산마루에 있다는 말을 들었네 曾聞鶴在此山庭
가을 가득 누른 잎이 안개 낀 숲과 어울려 있나니 滿秋黃葉煙林合
어느 곳 깊은 보금자리에서 꿈을 아직 깨지 아니했는가 何處巢深夢未醒

그 두번째 其二

선생의 집이 들 사람의 거처와 같은데 先生家似野人居
오래된 잣나무와 큰 소나무에 해와 달이 넓게 비추네 古栢長松日月舒
만길 붉은 티끌이 성 안에 넘쳐도 萬丈紅塵城裏漲[115]
오직 이 산의 집터에는 이르지 아니하리라 唯應不到此山墟

---

113) 홍귀달(洪貴達): 1438(세종 20)-1504(연산군 10). 본관은 부계(缶溪). 자는 겸선(兼善), 호는 허백당(虛白堂)·함허정(涵虛亭). 아버지는 증판서 효손(孝孫)이며, 어머니는 노집(盧緝)의 딸이다. 1460년(세조 6) 강릉별시문과에 을과로 급제하고, 이후 예문관봉교를 거쳐 교리가 되었다가 장령이 되니 조정의 글이 모두 그의 손으로 만들어졌다. 이어 춘추관편수관이 되어 《세조실록》 편찬에 참여하였다. 그 뒤 직제학·동부승지를 거쳐 충청감사로 임명되었으나, 병으로 사직하고 부임하지 않았다. 이어 도승지로 복직하였으나 연산군의 생모 윤비(尹妃)의 폐출(廢黜)에 반대하다가 한때 투옥되었다. 1481년(성종 12) 천추사(千秋使)가 되어 명나라에 다녀왔고, 충청도관찰사로 나갔다. 그 뒤 형조와 이조의 참판을 거쳐, 경주부윤·대사성·지중추부사·대제학·대사헌·우참찬·이조판서·호조판서 겸 동지경 연춘추관사를 역임한 뒤 좌참찬이 되었다. 1498년(연산군 4) 무오사화 직전에 열 가지 폐단을 지적한 글을 올려 왕에게 간하다가 사화가 일어나자 좌천되었다. 1500년 왕명에 의하여 《속국조보감(續國朝寶鑑)》《역대명감(歷代名鑑)》을 편찬하고, 경기도관찰사가 되었다. 1504년 손녀(彦國의 딸)를 궁중에 들이라는 왕명을 거역하여 장형(杖刑)을 받고 경원으로 유배 도중 교살(絞殺)되었다. 문장이 뛰어나고 글씨에도 능하였으며, 성격이 강직하여 부정한 권력에 굴하지 않았다. 모두들 몸을 조심하라 하였으나 태연히 말하기를 "내가 국은을 두터이 입고 이제 늙었으니 죽어도 원통할 것이 없다"고 하였다. 중종반정 후 신원되었다. 함창의 임호서원(臨湖書院)에 제향되고, 저서로는 《허백정문집(虛白亭文集)》이 있다. 시호는 문광(文匡)이다.

114) 복령(茯苓): 약명이며 담자균류(擔子菌類)에 속하는 버섯의 일종으로서, 소나무의 땅 속 뿌리에 기생하며, 적복령·백복령 두 가지로 구분한다. 옛부터 천 년 된 소나무 아래에 있다고 한다. 이뇨(利尿)와 진정 효과가 있으며, 오래 복용하면 안색이 밝고 윤택이 나며, 흉터나 주근깨 자국을 없앤다고 한다.

115) 홍진(紅塵): 붉은 티끌로 번거롭고 속된 세상의 추잡한 먼지를 말한다.

그 세번째 其三

세상 맛은 도리어 싱겁고 맛없는 노주와 같고	世味還同魯酒醨[116]
임천의 빼어난 흥취 아는 사람 적구나	林泉逸興少人知[117]
손톱이 잠기도록 넘치는 술을 마시고	不妨蘸甲淋漓飮
산공의 흰 두건을 거꾸로 쓰는 것도 무방하리라	倒着山公白接䍦[118]

동짓날 매화를 보다(갑자년) 冬至看梅(甲子)

양기가 오늘 자정부터 오는 걸 즐거이 맞으니	喜得陽從子夜來
곤음이 다한 곳에 따뜻한 기운이 처음으로 돌아오네	坤陰盡處暖初回[119]
누가 능히 봄소식을 알려주느냐	誰能報道春消息
오직 창 앞에 한 그루 매화라네	只是窓前一樹梅

을축년 제야 乙丑除夜

잠을 물리치느라 억지로 이야기하며 적막을 깨나니	排眠强話破岑寥[120]
한 해가 아쉬워 촛농 소진되어 가는 게 싫구나	惜歲嫌他燭淚消
천 배를 마구 마신다 하여 그대는 의아해하지 말라	轟飮千盃君莫訝
일생에 오늘 같은 밤 몇 번이나 맞겠는가	一生能得幾今宵

---

116) 노주(魯酒): 전국시대 노나라의 술맛이 싱거워 맛이 없었다고 하여 맛이 좋지 못한 술을 뜻한다.
리(醨): 묽은 술. 삼삼한 술.

117) 임천(林泉): 숲과 샘이 있는 은사의 정원을 의미한다.

118) 산공(山公): 진(晋)의 산간(山簡)을 말한다. 자는 계륜(季倫)이며 산도(山濤)의 아들로서 술을 매우 좋아했다. 그가 양양(襄陽)을 지키는 직책을 맡고 있을 때 술에 탐닉하여 취한 상태로 어디로 갈지도 모르고 수레를 거꾸로 타며 흰 두건(白接䍦)을 거꾸로 쓴 고사를 인 용했다. 〈세설신어(世說新語)/임탄(任誕)〉에 나온다. '산공취(山公醉)' 는 뒷날 취한 후의 소쇄한 자태나 명사의 풍류를 말할 때 사용했다.

119) 곤음(坤陰): 땅의 음기. 순수한 음기.

120) 잠료(岑寥): 잠(岑)은 높다는 뜻인데, 잠적(岑寂)이나 잠료(岑寥)는 적정(寂靜), 적막(寂寞)의 뜻이다.

낮에 조여경을 꿈꾸었다 午夢趙礪卿

(조여경은 성균관 사예로 있다가 개성부 교수로 전임되어 갔다) (自司藝求爲開城敎授去)

백리의 신교로 홀연히 꿈 속에서 만나 百里神交忽見君[121]
평시의 회포를 은근히 말하였네 平時懷抱說慇懃
요란스레 짖어대는 무정한 까치가 꿈을 놀라게 하여 無情亂鵲來驚夢[122]
도로 인간세상 두 지역으로 나뉘어 버렸네 還作人間兩地分

중추 열나흘날 달밤에 심백원에게 부친다 中秋十四夜月寄沈百源

다들 말하기로 중추 십오일 밤은 共說中秋三五夜
둥글고 둥근 달이 연마된 거울과 같은 때라고 하는데 十分圓月鏡磨時
그대와 더불어 오늘밤에 지레 구경코자함은 與君徑欲今宵翫
내일 날씨가 맑을지 흐릴지 모르기 때문일세 明日陰晴未可知

봄눈(병인년) 春雪(丙寅)

봄빛 왕성하니 북쪽 바람이 쇠잔하네 春光張王北風殘
소호의 공을 만물의 위에서 보겠노라 少皥功於物上看[123]
무슨 일로 가는 음기가 아직 다하지 아니하고 何事微陰猶未盡
때때로 날리는 눈이 남은 추위를 희롱하는가 有時飛雪弄餘寒[124]

---

121) 신교(神交): 의지가 서로 통하여 예의에 구애되지 아니하고 깊이 사귀었음을 말한다. 여기에서는 백 리나 멀리 떨어진 벗을 꿈 속에서까지 만난 사귐을 말한다.

122) 난작(亂鵲): 요란스럽게 우짖는 까치. 양지(兩地)는 두 사람이 각각 떨어져 있는 곳을 의미한다.

123) 소호(少皥): 소호(少昊)라고도 쓴다. 태고시대 동이족의 수령인 금천씨(金天氏)를 말한다. 금덕(金德)으로 천하를 다스렸고 사후에는 서방에 배향되었기 때문에 절후를 말할 때에 가을을 상징하기도 한다.

124) 여한(餘寒): 겨울이 간 후에도 오히려 남은 추위를 말한다.

양양부사 이준성의 만사 挽襄陽府使李遵聖

(자는 중현. 마음이 너그럽고 넓어 백성을 어루만져 사랑하는 아량이 있었다)
(仲賢有寬弘字民之量)

영각만 공연히 남고 돌아가신 날 더디니 鈴閣空留化日遲[125]
처량한 바람이 불어 만인의 슬픔을 일으키네 凄風吹作萬人悲
양양에 끼친 사랑 고금에 없거니와 襄陽遺愛無今古
새로이 만든 타루비를 모두 함께 보네 會見重刊墮淚碑[126]

마비증세로 축하행사에 참석하지 못하고 슬퍼하며 시를 읊다(경진년 4월 22일) 病痺未參賀班悵然有作[127](庚辰四月二十二日)

세자의 책봉이 오늘 있으니 册封儲副在今辰[128]
천세의 산호가 대궐을 진동하겠네 千歲山呼動紫宸[129]
병든 소신이 나아가서 하례하지 못하고 抱病小臣趨不得
멀리 하늘 바라보며 요임금 같은 어진 덕을 송축하네 遙瞻天上頌堯仁[130]

---

125) 영각(鈴閣): 장수가 거처하는 곳.
화일(化日): 사람이 죽어 신선으로 화한다 하여 죽은 날을 화일이라고 한다.

126) 타루비(墮淚碑): 중국 진(晋)나라 때 양양태수(襄陽太守)를 지낸 양호(羊祜)가 선정을 베푼 덕을 사 모하여 그 지방민이 세운 비인데, 이 비를 바라보는 사람은 모두 눈물을 떨어뜨렸다고 하여 이러한 이름이 붙게 된 고사를 인용한 것이다.

127) 병비(病痺): 신체의 감각과 작용이 자유롭지 못하는 병으로 마비증세가 있는 것.
하반(賀班): 국가에 경사가 있을 때 백관이 하례하는 반렬.
창연(悵然): 서운하고 섭섭한 모양.

128) 책봉저부(册封儲副): 장차 임금이 될 세자(世子)의 책봉. 저(儲)는 저군(儲君), 곧 태자(太子)로 나라의 부군(副君)인 셈이다. 왕위를 계승하기 위해 준비되고 확정된 사람을 말한다.

129) 산호(山呼): 의식에서 신하들이 임금의 만수무강을 비는 뜻으로 부르는 만세 또는 천세. 그래서 만세산호(萬歲山呼), 산호만세(山呼萬歲) 및 천세산호(千歲山呼), 산호천세(山呼千歲)라고 한다. 대개 천자는 만세를, 태자와 세자 및 태후 등은 천세를 외친다. 한무제(漢武帝)가 친히 숭산(崇山)에서 제사할 때 신하와 백성들이 만세를 불렀다는 데서 유래했다고 한다.
자신(紫宸): 자주빛 궁궐이라는 뜻으로 임금이 거처하는 대궐을 말한다.

130) 요인(堯仁): 요(堯)임금의 어진 덕.

비가 개어 침류당 군도에게 부친다 雨晴寄枕流堂君度

남강의 새 물에 얼마나 많이 삿대질 더할까 南江新水幾添篙
비 갠 뒤 벽옥 같은 물결이 질펀하게 흐르겠지 晴後溶溶碧玉濤
달 희고 하늘 밝은 이 좋은 밤에 月白空明淸夜裏[131]
옥 같은 사람은 어느 곳에서 가벼운 거룻배를 희롱하는지 玉人何處弄輕舠

임오년 오월에 주헌과 함께 침류당에 모였다 壬午五月與酒軒會枕流堂

다시 한 잔을 권하고 또 한 잔 更勸一鍾又一鍾
서로가 바라보니 백발이 헝클어져 쑥대와 같구나 相看白髮亂如蓬
소년 시절의 행락은 항상 있는 일이지만 少年行樂尋常事
이 모임 우리 인생에서 어찌 쉬이 만나랴 此會人生豈易逢

주헌에게 화답하여 올리다 次呈酒軒

병중이라 근심스런 얼굴 풀 계책 없어 病中無計解愁顔
도성과 떨어진 강변 정자를 오랫동안 생각한다 長憶江亭隔世寰[132]
그 어느 날에 다시 삼로회를 이루어 何日更成三老會[133]
푸른 파도 백조들과 그 맑고 한가함을 함께 할거나 蒼波白鳥共淸閒

---

131) 공명(空明): ① 하늘이 넓고 밝은 것 ② 특히 맑은 물에 비친 달 그림자나 달빛 아래의 맑은 파도를 지칭한다 ③ 심성이 넓고 맑은 것.

132) 강정(江亭): 강변에 있는 정자로, 주헌의 거처를 가리키는 말.
세환(世寰): 수도 및 수도의 부근 즉 경기지역. 환(寰)은 도성의 주위 천 리 이내의 땅을 말한다.

133) 삼로회(三老會): 월헌 · 주헌 · 침류당의 삼인계(三人契)의 명칭.

그 두번째 其二

국록받는 햇수 많아 오히려 낯부끄러운데 竊祿年多尙靦顔[134]
집이 가난하여 도성과 그 주변 피할 방법 없었네 家貧無計避塵寰[135]
남녀 자식들 혼사 내 일찍이 마쳤으니 男婚女嫁吾曾畢[136]
한가한 때 얻을 듯하련만 아직도 한가함 얻지 못하네 可得閒時未得閒

어사인이 관직에 떨어져 고향으로 돌아감을 전송한다 送魚舍人落職歸鄕

영남 천리길에 그대 떠나 보내니 嶺南千里送君遊
늙어가는 처지에 먼 이별의 근심 감당하기 어렵다 老去難堪遠別愁
다시 한 잔 올리나니 모두 함께 취해야 하리 更進一盃須盡醉
내일 아침에 서로 생각하면 길만 아득하리라 明朝相憶路悠悠

그 두번째 其二

금관의 옛 나라가 그대의 고향이니 金官古國是君鄕[137]
가을 바람에 부추 맛이 정히 향기롭겠구료 菰菜秋風味正香[138]
잠시 궁궐 하직하고 감을 한탄하지 마시오 莫恨暫辭京闕去[139]
응당 그대 부르는 조서가 바쁘게 내려짐을 보게 되리니 應看徵詔下天忙

---

134) 전안(靦顔): 부끄러워하는 모양. 또 뻔뻔한 낯 즉 후안무치(厚顔無恥)의 뜻으로 부끄러워하지 않는 모양을 나타내는 것으로도 쓰인다.

135) 진환(塵寰): 복잡한 수도 및 그 부근 지역. 또는 인간세상.

136) 남혼(男婚)·여가(女嫁): 아들은 장가가고 딸은 시집가는 것으로, 자녀의 혼사를 말한다.

137) 금관(金官): 금관가야 즉 가락국을 지칭하는 듯. 수로왕이 경남 김해 지방에 세운 나라. 수로로부터 구해까지 10대 491년(42-531)을 존속하다가 신라에 병합되었다.

138) 고채(菰菜): 포아풀과에 속하는 다년생 수초, 어린 싹과 열매를 식용으로 한다. 또는 부추.

139) 경궐(京闕): 서울의 궁궐을 말한다.

을유년 중양절에 원령 박대무를 청하여 집 동산에 올라 마시다
乙酉重九請朴大茂元稌登家園飮

억지로 영수목 지팡이 짚고 동산에 오르니	强扶靈壽上園丘[140]
용산에 견주어 보아도 놀기 좋은 곳이라네	準擬龍山作勝遊[141]
노쇠해진 정신이라 피로하지 않는 것이 아니나	衰耗精神非不倦
좋은 손님이시라 좀 더 머물었으면 하네	爲緣佳客更遲留

그 두번째 其二

인생의 즐거운 만남이란 참으로 이루어지기 어려우니	人生歡會苦難成
몇 번이나 친한 벗 만나 옛 정을 얘기하리요	幾遇親朋話舊情
이같이 좋은 날은 더욱 아까워	如此良辰尤可惜
한 잔 술을 오직 그대 위해 다시 기울인다네	一盃聊復爲君傾

국간 이세경의 급제를 축하하여 드림(경자년) 贈李國幹世卿登第(庚子)

네 마리 말이 끄는 높은 수레에 길거리 먼지 가득하니	駟馬高車滿巷塵[142]
한 집안에 어찌 열 개의 주륜 뿐이겠는가	一門奚啻十朱輪[143]
연산의 단계는 그대 집의 일이니	燕山丹桂君家事[144]

140) 영수(靈壽): 영수목(靈壽木), 거(椐) 또는 궤(樻)라고도 하며, 그 형태가 대나무와 같고 가지와 마디가 있으며, 길이는 7,8척에 불과하고 둘레는 3,4촌으로서 노인의 지팡이에 알맞은 나무라고 한다. 그래서 영수목으로 만든 지팡이를 말하기도 한다.

141) 준의(準擬): 견주다, 비교해 보다는 뜻.

142) 사마고거(駟馬高車): 말 네 필이 끄는 높은 수레. 빨리 달리므로 먼지가 나게 되며 이것은 바로 남아의 득의를 의미한다.

143) 주륜(朱輪): 귀인이 타는 수레로서 바퀴를 붉게 치장하기 때문. 주륜화곡(朱輪華轂)이라고도 한다.

144) 연산단계(燕山丹桂): 연산은 중국 화북성 동남에 있는 산. 단계는 계수나무의 일종으로 껍질이 붉으며, 희귀한 나무로서 연산에서 생산된다고 한다. 급제한 사람에게 임금이 어사화(御賜花)를 내려주는데 그 꽃을 구중단계(九重丹桂)라고 한다.

가지 가지 차례로 봄날 옴을 보게되리라　　會見枝枝次第春

경릉 전사청 벽에 써서 붙이다　　書敬陵典祀廳壁

(참봉 김봉이 마침 없으므로 그를 생각하여 뜻을 말한다)　(叅奉金對適不在故思而言志)

해가 지나도록 대화가 막혔으니 생각이 간절하거든　　隔年阻話思依依
하물며 이 뇌 · 진의 친교가 세상에 또 드문 일임에랴　　況是雷陳世又稀[145)]
오늘 그대를 찾았으나 그대가 있지 아니하니　　今日訪君君不在
가을 기러기와 봄제비가 공교롭게 서로 어긋났구료　　秋鴻社燕巧相違[146)]

봉선사 승려의 시축에 쓰며 최차옥의 시에 차운하다
書奉先寺僧詩軸次崔次玉韻

봄꽃이 다섯 가지에 피어 있음을 임의로 보고　　任見春花着五枝
마음을 비우니 옳은 것도 없고 또 그른 것도 없어라　　心空無是又無非
한가한 구름이 산봉우리에서 나와 천연스레 흘러가고　　閑雲出岫天然去
그윽한 새들은 숲을 찾아 자유자재로 날아다닌다　　幽鳥尋林自在飛

그 두번째　　其二

유마의 방장실은 고요함이 자랑이며　　維摩丈室靜堪誇[147)]
항상 시냇가의 크고 좋은 꽃을 복용하네　　常服溪邊巨勝花

145) 뇌진(雷陳): 후한(後漢)시대 뇌의(雷義)와 진중(陳重). 이 두 사람의 친교가 지극하므로 후인이 이를 뇌진교첨(雷陳膠添)이라고 일컬었다.

146) 사연(社燕): 제비의 미칭이다. 제비는 봄에 와서 가을에 가고, 기러기는 가을에 와서 봄에 간다. 만나러 가자 마침 떠나 버린 경우에 이를 연홍지위(燕鴻之違: 제비와 기러기의 어그러짐)라고 한다.

147) 유마장실(維摩丈室): 유마힐(維摩詰) 즉 유마거사(維摩居士)가 거처하는 방. 여기서는 봉선사 승려이자 방장(方丈)을 유마힐에 비유하고, 그의 처소를 장실이라고 했다.

세상의 만 가지 인연을 모두 관계치 아니하니 世上萬緣都不管
동화의 연토가 연하를 격하였네 東華軟土隔烟霞[148]

그 세번째 其三

짧은 모자 긴 적삼으로 길 위에서 분주했으나 短帽長衫陌上奔[149]
다행히 관의 일로 인해 선문을 가까이 하였네 幸因官事傍禪門[150]
한적하게 앉았노니 내리 사흘로 이어지고 坐來閑寂連三日[151]
또 저녁을 알리는 종소리 한가하게 듣는다 閑聽鐘聲又報昏

그 네번째 其四

비는 이별의 한을 더하며 푸른 이끼 적시는데 雨添離恨浥蒼苔
화표에는 어느 해에 학이 다시 돌아올꼬 華表何年鶴更回[152]
내 따라가서 요초를 캐고자 하나 我欲相從採瑤草[153]
신선산의 길이 높고 험난함을 어찌하랴 仙山其奈路崔嵬

148) 동화(東華): 전설상의 선인(仙人) 동왕공(東王公) 또는 동화제군(東華帝君)을 지칭하며, 서왕모(西王母)와 대칭된다. 그곳의 연토 즉 부드러운 흙이라 한 것은 신선의 거처 및 그 세계를 의미한다.

연하(煙霞): 많은 경우 운무(雲霧)와 산수나 산림을 뜻하며, 가끔은 홍진속세(紅塵俗世)를 뜻하기도 하는데 여기서는 속세를 지칭한다.

149) 맥(陌): 밭두둑, 길, 거리의 뜻. 길 위를 오가며 세상일에 분주했음을 말한다.

150) 선문(禪門): 참선하는 불당, 또는 선가(禪家)의 종문(宗門).

151) 좌래(坐來): '앉은 이래'의 뜻 외에 '잠시' 또는 '잠깐 동안'의 뜻 등도 있다.

152) 화표(華表): 고대에 교량이나 궁전이나 성담이나 무덤 등의 앞에 장식용으로 세운 큰 기둥. 여기에 학이 관련되는 고사는 《수신후기(搜神後記)》에 있다. 정령위(丁令威)는 본래 요동 사람으로 영허산(靈虛山)에서 도를 배웠는데 뒷날 학이 되어 요동으로 돌아가서 성문의 화표 기둥에 앉았다. 어느 소년이 활을 들고 쏘려고 하자 학은 날아 공중을 돌면서 말하기를 "새가 있는데 정령위라고 하네. 집을 떠나 천 년에 이제 비로소 돌아왔네. 성곽은 옛날과 같은데 사람들은 아니로다. 어찌 신선을 배우지 않아 무덤이 다닥다닥 겹쳐있느냐"라고 하고는 하늘 높이 날아갔다. 그래서 화표학은 오랫동안 헤어진 사람을 뜻하기도 한다.

153) 요초(瑤草): 선경에 있다는 요지(瑤池)에서 나는 고운 풀을 말한다.

그 다섯번째 　其五

한강 북쪽에서 만났을 때 그 정이 진실함을 보았는데 　相逢漢北見情眞
또 오대산으로 감에 송별하니 나의 정신이 괴롭구나 　又送臺山惱我神[154)]
이번에 가면 인간세상의 변화 몇 번이나 겪을는지 　此去幾經人世變
가면서 동해에 또다시 날리는 티끌을 보리라 　行看東海復揚塵

그 여섯번째 　其六

장송은 곳곳에서 요란스럽게 숲을 이루었는데 　長松處處亂成林
얘깃거리 끌어내며 도를 말씀하심이 깊다 　談柄攀來講道深[155)]
듣건대 본래 남과 북의 경계가 없다고 하였으니 　聞說本無南北界
뜬 구름 어느 곳에서 다시 서로 찾을꼬 　浮雲何處更相尋

유구국 사신 승려의 시 여덟 편에 차운하다 　琉球國使臣僧八詠次韻

(이 가운데 두 편은 기록되지 않았다) 　(中二首不錄)

그 첫번째, 만송산 　其一, 萬松山

푸른 산의 한 줄기 오솔길에 만 가지 인연 비었고 　青山一徑萬緣空
낙락장송은 울창하고 높구나 　落落長松鬱翠崇
한가하게 낮은 가지를 잡고 이를 화제로 삼으니 　閑把低枝作談柄
불어오는 것은 이 세상의 바람이 아니로다 　吹來不是世間風

---

154) 대산(臺山): 산의 이름. 강원도 평창군에 있는 오대산의 약칭인 듯하다.
155) 담병(談柄): 이야기할 때에 손에 쥐는 불자(拂子). 이 불자는 선종(禪宗)이 번뇌와 장애를 물리치는 데 쓰는 먼지털이 같은 물건이다. 또 이야깃거리라고도 한다. 불교식으로 말하면 화두(話頭)에 해당할 것.

그 두번째, 녹강의 길　　其二, 綠江路

맑은 강 푸른 풀에 들사람은 드물고　　清江綠草野人稀
작은 길 하나 멀리 바위 위의 사립문에 이어졌다　　一逕遠連岩上扉
나는 듯 석장 짚으며 천지의 저물어 감을 보고　　飛錫且看天地暮[156)]
노젓는 뱃머리에서 밝은 달빛 한가롭게 밟으며 돌아온다　　棹頭閑踏月明歸

그 세번째, 나무꾼의 노래 들리는 골짜기　　其三, 樵歌谷

계곡 입구에 봄이 깊고 대낮은 한가한데　　谷口春深白日閑
나무꾼의 노래 한 곡조 빈 산을 울린다　　樵歌一曲響空山
누렁이 거꾸로 타고 돌아옴이 늦는데　　倒騎黃犢歸來晩
또 부슬부슬 저녁 비를 맞으며 돌아온다　　又被蕭蕭暮雨還

그 네번째, 조월헌　　其四, 潮月軒

이같은 강산 만나기도 어려운 일이라　　如此江山得遇難
가을 바람 좋아 난간에 기대었다　　秋風好是凭欄干
파도 머리에 비치는 달빛은 금가루가 부서지는 듯　　潮頭月色金紛碎
어지럽게 두 눈에 들어오니 바로 볼 수 없구나　　眩入雙眸不定觀

그 다섯번째, 옆 절의 종소리　　其五, 隣寺鐘

깊은 밤 서풍 불어 달 밝고　　半夜西風吹月明
서늘한 종소리 바위 저쪽으로 역력히 들려오네　　寒鐘歷歷隔岩聲

156) 비석(飛錫): 석장(錫杖)을 날린다는 뜻으로, 중이 각지를 돌아다니는 일.

가사를 입고 일어나 앉아 깊은 성찰을 발하며 袈裟起坐發深省
세간의 무한한 정을 풀어 보내시네 消遣世間無限情[157)]

그 여섯번째, 기암괴석 있는 오솔길 其六, 奇石徑

기암괴석에 이끼무늬 얼룩져 있고 奇嵒怪石蘚紋斑
한 줄기 길이 저 높고 우뚝한 사이로 굽이굽이 돌아간다 一路縈回卓犖間[158)]
험한 곳 다 지나면 약간 넓게 열리는데 歷盡崎嶇稍開曠
흰 구름 가로 낀 곳에 선방의 문이 있다 白雲橫處有禪關

전묘 展墓[159)]

하늘이 끝날 때까지 한을 안고 혈혈단신 의지할 데 없이 終天抱恨孑無依[160)]
봉양하던 그 당시에 일은 이미 잘못되었었다 奉養當年事已非
술 세 잔 올리고 맑은 눈물 뿌리니 奠罷三觴灑淸淚
그 누가 내 마음에 가책 있음을 알겠는가 何人知我寸心違

참의 백영 양지손이 보인 시에 차운하다 次梁叅議伯英芝孫示韻

벼슬살이로 인해 두 곳으로 나뉘어 외롭게 되었고 因宦分成兩地孤
10년을 남과 북에서 실없이 마음만 힘들었네 十年南北謾心勞
이 날에야 서로 만나니 모두가 노쇠한 얼굴이라 相逢此日皆衰鬢

157) 소견(消遣): 울적한 마음을 푸는 것. 한 곳에 마음을 붙여 근심을 잊고 지내다. 심심풀이 소일을 하다.

158) 탁락(卓犖): 월등하게 뛰어남. 높고 우뚝하게 드러나는 것.

159) 전묘(展墓): 조상의 산소를 찾아가서 살피어 돌보는 성묘의 미칭.

160) 종천(終天): 이 세상의 끝. 영원 또는 영구의 뜻. 또는 비통함이 무한히 오래 간다는 말로, 친상(親喪)을 이름.

함께 청동거울을 잡고 흰 터럭 세어보네　　共把青銅數白毛[161)]

풍기의 김석경을 생각하다　憶豊基金碩瓊

(점을 잘 치고 시에 능하다)　(善卜能詩)

관동에서 지난 날 번화함을 같이 하며　　關東昔日共繁華[162)]
비단 비파 앞에서 붉은 아지랑이에 취했었다　　錦瑟前頭醉絳霞[163)]
흩어진 지금에 공연히 한탄하며 바라보노라니　　分散如今空悵望
영남 어느 곳이 그대의 집이던가　　嶺南何處是君家[164)]

종생역에서 귀양살이하는 덕수 정인인[165)]에게 부치다 寄鍾生驛謫居鄭德秀潾仁

그대를 생각하여도 보이지 아니하여 파주로 향하나　　思君不見向坡州
외려 장수의 몸이 자유롭지 못한 것이 한이라네　　却恨將身未自由
종생이 어떤 곳인지 그 소식 듣고자 하나　　欲聞鍾生何處是
강 너머 멀리 장기 서린 고장의 가을을 생각하네　　隔江遙想瘴鄕秋[166)]

---

161) 청동(青銅): 구리와 주석의 합금. 대개는 청동 제품 중 동전이나 거울을 지칭하는 예가 많다.

162) 관동(關東): 강원도의 별칭.

163) 강하(絳霞): 붉은 아지랑이 또는 붉은 저녁 노을, 즉 맑고 고요한 기상을 의미한다.

164) 영남(嶺南): 경상도의 별칭.

165) 정인인(鄭麟仁): ?-1504(연산군10). 인(潾)은 인(麟)자의 잘못일 것. 본관은 광주(光州). 자는 덕수(德秀). 군수 찬우(纘禹)의 아들이다. 1498년(연산군 4) 종부시주부로서 문과에 장원으로 급제하고 지평에 승진, 홍문관전한이 되었다. 1500년 장령을 거쳐 1502년 집의가 되고 다음해 당상관에 승진되면서 제주 목사에 제수되었으나 병을 칭탁하고 사직하였다. 이 때문에 연산군의 노여움을 사 장류(杖流)하도록 논죄되었으나, 대신들의 "더운 날씨에 결장(決杖)함은 생명에 위험하니 감형하라"는 구호로 이를 면했다. 1504년 갑자사화가 일어나면서 전일에 홍문관 · 사헌부에 재직하면서 왕의 실정을 비판한 것을 비롯하여 제주 목사의 부임을 기피한 것을 못마땅하게 생각한 연산군의 혐오로 이에 연루되어 참수되었다. 1506년(중종 1) 중종의 즉위와 함께 신원되면서 관작이 복구되었다.

166) 장향(瘴鄕): 대개 장기(瘴氣)가 있는 남방 지역. 장기는 열병을 앓게 하는 산천의 나쁜 기운.

임진정에서 이의의 시에 차운하다　　臨津亭次而毅韻[167]

외로운 정자가 옛 나루에 우뚝한데　　兀兀孤亭古渡頭
올라보니 눈이 통하지 않는 곳이 없구나　　登臨無處不通眸
삼 년에 네 번이나 지나간 나그네　　三年四度經行客
갈매기가 푸른 물결에 점 찍는 것을 부끄러워하노라　　愧爾沙鷗點碧流[168]

양근군청 벽 위의 시에 차운하다　　次楊根壁上韻[169]

산수의 형세가 땅의 뿌리를 묶으니　　水勢山形紐地根

---

167) 이의(而毅): 임사홍(任士洪. ?-1506 연산군 12년)의 자(字). 본관은 풍천(豊川). 초명은 사의(士毅). 좌찬성 원준(元濬)의 아들이며, 효령대군(孝寧大君)의 아들 보성군(寶城君)의 사위이다. 그 자신뿐만 아니라, 세 아들 중 두 명이 왕실의 사위가 되었다. 광재(光載)는 예종의 딸 현숙공주(顯肅公主)의 남편으로 풍천위(豊川尉)가 되고, 숭재(崇載)는 성종의 딸 휘숙옹주(徽淑翁主)에게 장가 들어 풍원위(豊原尉)가 되었다. 1466년(세조 12)에 사재감사정(司宰監司正)으로서 춘시문과에 3등으로 급제하였다. 그뒤 여러 관직을 거쳐 홍문관교리 · 승지 · 도승지 · 이조판서 등을 역임하였다. 중국말에 능통하여 관압사(管押使) · 선위사(宣慰使) 등으로 명나라에 다녀왔으며, 승문원에서 중국말을 가르치기도 하였다.

1477년(성종 8)에 서얼 출신인 유자광(柳子光)과 손을 잡고 지평 김언신(金彦辛)을 사주하여 효령대군의 손자 서원군(瑞原君)의 사위인 도승지 현석규(玄錫圭)를 왕안석(王安石)과 같은 소인이라고 탄핵하도록 하였다. 김언신에 이어 유자광이 다시 현석규를 배척하는 상소를 올렸는데, 성종은 이를 붕비(朋比)로 보고 김언신을 하옥하였다. 그러나 사헌부와 사간원의 상소가 계속되었으며, 그 이듬해 4월 잇따른 상소에서 임사홍이 사주한 것으로 밝혀져 그는 의주로, 유자광은 동래로 각각 유배되었다. 그는 후에 유배에서 풀려났으나 성종조에는 정권에서 소외되어 큰 활약을 하지 못하였다. 그러나 연산군 때 재기하여 사화를 주도하였다. 유자광은 1498년(연산군 4)에 무오사화를 일으켜 김종직(金宗直) · 김일손(金馹孫) 등 사림계열에 보복을 가하였으며, 그는 1504년에 갑자사화를 주도하여 훈신계열을 축출하는 데 앞장을 섰다. 즉 그는 연산군의 처남인 신수근(愼守勤)과 제휴하여 연산군의 생모가 죽은 내막을 밀고함으로써 폐비사사(廢妃賜死) 당시의 중신들을 타도하고, 사림계 인사들에게도 다시 화를 입혔다. 그의 아들 희재(熙載)는 김종직의 문하가 되어 무오사화 때 화를 입었으며, 자신은 1506년 중종반정 때 아버지와 함께 처형되었다.

168) 사구(沙鷗): 강변에 서식하는 갈매기.

점벽류(點碧流): 푸른 강물 위에 마치 점을 찍은 것처럼 갈매기들이 여기저기 떠 있는 것을 말한다. 아마도 자신은 바쁘게 먼 길을 갔다 왔다 관직에 매어 있었는데, 갈매기들은 한가한 것을 보고 부침이 많은 관직에 벗어나지 못함을 스스로 부끄러워했는지 모를 일이다.

169) 양근벽상(楊根壁上): 양근은 지금의 양평에 속하며, 고구려에서 고려 말기까지 양근현으로, 그 이후에는 양근군으로 불려졌다가 1908년 양근군과 지평(砥平)군을 합쳐 양평군이라 했다. 양근군청의 벽 위에 붙여져 있는 현판의 시를 원운으로 하여 차운한 것.

용나루의 가을빛이 용문산에 이어졌다 龍津秋色接龍門[170]
나는 공관으로 와서 유벽함을 탐하나니 我來公館貪幽僻[171]
뽕나무 밭 사이 밥짓는 연기가 먼 마을인 듯하구나 桑柘炊煙似遠村[172]

동짓날 매화를 보다 冬至看梅

하늘이 궁음을 민망히 여겨 양기 하나를 회복시켜 天悶窮陰復一陽[173]
따뜻한 날을 따라 잠깐 연장하였구나 從敎暖日暫舒長
봄소식이 전해오는 곳을 알고자 한다면 欲知春信傳來處
모름지기 겨울 매화가 가만히 토하는 향기를 살펴보라 須檢寒梅暗吐香

조카 팽이 가는 편에 진사 박윤경[174]에게 부친다 姪彭之行寄朴進士閏卿

진중한 성산의 박수재는 珍重星山朴秀才[175]
친절하게 옥음을 부쳐 왔구나 慇懃寄我玉音來[176]
서로 만났다가 바로 이별한 그 무궁한 뜻을 相逢卽別無窮意
오늘 아이 가는 편에 회답하노라 今日憑傳少子回

170) 용문(龍門): 양평 가까이 용문산이 있다.
171) 유벽(幽僻): 깊숙하고 궁벽한 것.
172) 상자(桑柘): 뽕나무와 산뽕나무. 또는 농잠(農蠶)하는 일.
173) 궁음(窮陰): 북쪽에서 발달하는 음기, 즉 겨울의 한랭한 기압을 가리켜 궁음 또는 북륙궁음(北陸窮陰)이라고 한다.
174) 박윤경(朴閏卿): 기해(己亥) 1479년 출생. 본관은 문의(文義). 자는 군택(君澤). 중종(中宗) 8년 계유년(1513) 진사 급제. 부제학(副提學)을 지냈다.
175) 진중(珍重): 상대를 존중하여 찬미하는 말.
176) 은근(慇懃): 친절함.
옥음(玉音): 남의 음성 또는 서신에 대한 미칭.

쾌청한 날씨가 좋아서 옥경의 시에 차운하다 喜晴次玉卿韻

하늘가에 무지개가 사라지고 젖은 구름이 걷히니 虹銷天際濕雲收
담백하고 넓게 맑은 빛이 만리에 떠있네 淡蕩晴光萬里浮
홀을 잡고 응시함은 무슨 일 때문인가 拄笏凝看緣底事[177]
서산의 상쾌한 기운이 높은 누각에 가득함이네 西山爽氣滿岑樓[178]

김희여가 북도로 전임되어 감을 전송한다 送金希輿之任北道

좋은 시절 선발되어 황막한 변방을 진압하게 되었으니 明時應選鎭荒邊[179]
문무에 있어 오늘날 제일의 현자라네 書劒當今第一賢
오랑캐들이 다투어 탄복함을 괴이히 여기지 말라 莫怪胡兒爭歎服[180]
이것이 그대의 집에 대대로 전해오는 보물임을 알겠네 知君家物是靑氈[181]

그 두번째 其二

산하 일만리가 강역 안으로 들어왔고 山河萬里入提封[182]
북쪽 변방의 봉화불도 이미 그 종적을 감추었네 北塞狼煙已息紅[183]

---

177) 홀(笏): 사대부가 정복정장을 하였을 때에 띠에 끼우거나 손에 드는 대 · 옥 · 상아 · 나무 등으로 만든 것.

178) 잠루(岑樓): 높은 누각, 혹은 산정(山頂)을 말하기도 한다.

179) 황변(荒邊): 황막한 변경 즉 함경북도의 국경을 의미한다.

180) 호아(胡兒): 만주야인을 지칭하는 말이다.

181) 청전(靑氈): 대대로 전해오는 물건. 다시 말하면 문학과 덕업을 숭상하는 선비의 집에는 청빈하여 대대로 전하는 물건이라고는 푸른 담요 하나뿐이란 말이다.

182) 제봉(提封): ① 도범(都凡), 대범(大凡) 등과 같은 뜻. 즉 '크게 말해서 대체로' 의 뜻. 도범과 제봉은 '같은 소리의 발음으로 전이된 것' 으로 모두 큰 수의 이름이다. 제봉만정(提封萬井)은 '대충 말해서 우물이 만 개' 라는 뜻이다 ② 강역(疆域) 또는 판도(版圖)의 뜻.

183) 낭연(狼煙): 옛날 전쟁 때 신호로 쓰던 불. 이리의 똥을 나무 속에 섞어서 불을 피우면 바람이 불어도 연기가 똑바로 위로 올라간다고 한다. 봉화(烽火), 낭화(狼火)와 같은 뜻이다.

그대가 군문으로 가서는 하나의 일도 없으니 君去轅門無一事
남쪽 누각의 맑은 흥취가 달 밝은 속에 있네 南樓淸興月明中

그 세번째 其三

누른 구름이 시야를 흐리게 하고 변방의 하늘은 긴데 黃雲迷眼塞天長
두만강 흐르는 물이 오랑캐 지방과 경계 지었다 豆滿江流界虜方
천 리 밖 집 떠난 한을 일으키지 말라 莫起離家千里恨
곳곳마다 오랑캐 노래소리에 창자 끊어지는 듯하리라 胡歌處處斷人腸

그 네번째 其四

천리 변방 멀고 먼 길에 千里楡關路渺茫[184]
그대 보내는 오늘 구곡간장 비틀리네 送君今日九回腸
소년시절엔 만남과 헤어짐을 가벼이 여겼으나 少年時節輕離合
늙어가니 바야흐로 이별의 뜻이 긴 줄 알겠네 老去方知別意長

그 다섯번째 其五

두만강 위 백두산 머리에서 黑龍江上白山頭[185]
내 또한 종군하여 두 해를 지냈다네 我亦從軍過二秋
늙고 병든 지금은 자라처럼 오그라졌으나 衰病如今空鼈縮
그대 보내노라니 예전에 놀던 일 다시 생각나네 送君聊復記前遊

184) 유관(楡關): 옛날 북쪽 변방의 요새에 느릅나무를 심었기 때문에 유관 또는 유새(楡塞)라고 했다.
185) 흑룡강(黑龍江): 두만강. 백산(白山)은 백두산을 가리키는 말이다.

비 개어 희여에게 부치다 　雨晴寄希輿

나는 북악의 안개 낀 숲 굽이에 머물러 있고 　我留北岳烟林曲
그대는 동쪽 성 버드나무 둑에 살고 있네 　君住東城楊柳堤
같은 서울이지만 동쪽과 북쪽이 다르니 　同是長安東北異
봄빛 가지고도 아직 함께 시를 읊지 못했네 　未將春色共吟題

중양절에 　重九

올해 구월 구일에는 국화 아직 피지 않았으나 　九日今年菊未黃
이 푸른 줄기 대해도 뜻이 먼저 향기롭네 　對玆青蕊意先香
이런들 어떠리 꽃 피기를 기다린 뒤에 　何妨待得花開後
다시 중양이라 하고 술잔에 띄우는 것은 　更作重陽泛酒觴

환갑의 탄식 　換甲歎[186]

60년 세월이 냇물보다 빨라서 　六旬光景疾於川
갑술생에 갑술년이 돌아왔구나 　甲戌生還甲戌年
비록 또다시 환갑의 회한을 만난다고 할지라도 　縱使又逢還甲恨
별안간에 지나가 버릴 것은 또한 여전하리라 　瞥然經過亦如前

관찰사 자진 최숙생[187]에게 받들어 올린다 　奉呈崔觀察使子眞淑生

그대의 집이 멀리 도성 남쪽에 있어 　君家遠住國城南[188]
수레 명하여 따르려고 해도 병들어 감당하지 못하네 　命駕相從病不堪

---

186) 환갑(換甲): 내용으로 보아도 본래는 환갑(還甲)이어야 하는데, 원문을 그대로 따른다.

지금처럼 어두운 때라도 하늘의 해가 비추나니 蒙昧如今天日照
시장에 범이 나타났다고 헛되게 전하는 것을 어찌 싫어하리 何嫌市虎謾傳三[189]

그 두번째 其二

그대 지금 고삐를 잡고 호남으로 내려가니 君今攬轡下湖南
강개징청한 뜻을 감히 기록할 수 없다 慷慨澄淸志不堪[190]
그댈 보배처럼 아끼는 군주의 마음 편벽되게 은총 베푸시니 玉汝宸衷偏眷注[191]
돌아오면 하루 동안 세 번 접견하게 되리라 歸來晝日接應三[192]

그 세번째 其三

사람들의 평론에 그대를 이남의 으뜸으로 꼽으니 物議推君斗以南[193]
문장과 정사 모두가 훌륭하다 文章政事摠能堪

---

187) 최숙생(崔淑生): 1457(세조 3)-1520(중종 15). 본관은 경주(慶州). 자는 자진(子眞), 호는 충재(盅齋). 1492년(성종 23) 진사로서 식년문과에 을과로 급제, 1496년(연산군 2) 사가독서(賜暇讀書)하고 수찬·지평·헌납 등을 지냈다. 1504년 응교로 있을 때 연산군이 생모에 대하여 상복을 다시 입으려 하자, 이행(李荇)과 함께 이를 반대하는 소를 올렸다가 그 소의 글귀가 문제되어 신계(新溪)로 유배되었다. 1506년 중종반정으로 풀려나와 그해 9월에 응교로 다시 임명되었으며, 그 뒤 대사간·대사헌을 지내고, 1518년 우찬성에 올랐다. 이듬해 사은사(謝恩使)를 거절하자 파직되었고, 곧 판중추부사로 복직되었으나 이해 기묘사화로 다시 파직되었다. 저서로는《충재집》이 있다. 영의정에 추증되었으며, 시호는 문정(文貞)이다.

188) 국성(國城): 도성과 같다.

189) 시호(市虎)·전삼(傳三): 삼인전시호(三人傳市虎) 또는 삼인성호(三人成虎)라는 말과 같은 것으로서, 한두 사람이 시중에 범이 나왔다고 하면 아무도 믿으려 하지 않으나, 세 사람이 말하게 되면 곧이듣게 된다는 뜻으로 사실무근한 풍설도 이를 퍼뜨리는 사람이 많으면 끝내 믿게 됨을 비유하는 말.

190) 강개징칭(慷慨澄淸): 뜻이 의롭지 못한 것을 보고, 정의심이 복받쳐 슬퍼하고 한탄하며 자신을 깨끗이하는 것.

191) 옥여(玉汝): 너를 옥으로 여긴다는 뜻. 〈시경〉의 〈대아·민로(民勞)〉에 '王欲玉女, 是用大諫(임금이 그대를 보배처럼 중히 여겨 그래서 크게 간하는 것)' 이라고 했다. 女(여)와 汝는 같다.
신충(宸衷): 제왕의 심중(心中).

192) 주일접삼(晝日接三): 주일은 낮 또는 하루 및 하루 동안의 뜻. 하루 동안에 3차례 접견한다는 것으로 총애와 예우를 깊이 받는 것을 말한다. 줄여서 주접(晝接)이라고도 한다.

193) 두이남(斗以南): 이남에서의 태두(泰斗), 즉 으뜸이란 말.

덕화를 펴고 남은 많은 여가에 相應宣化多餘暇
호남 53주를 두루 시로 쓰시리라 題遍南州五十三

보성 김희여가 임지로 떠남을 받들어 전별하다 奉別金寶城希輿之任

그대는 지금 다섯 필의 말로 멀리 남쪽을 향하니 五馬君今遠向南[194]
어양에 홀로 장감만이 있었음은 아니네 漁陽不獨有張堪[195]
다른 해 〈맥수가〉 노래하는 곳에 他年麥穗賡歌處[196]
응당 임기가 다만 석달이 남았음을 한탄하리 應恨瓜期只在三[197]

그 두번째 其二

망망한 한북과 호남에 茫茫漢北與湖南
가고 머무는 정과 회포를 다 감당하지 못하겠네 去住情懷兩不堪
가을이 드는 산 남쪽 벗을 생각하는 곳에 秋入山陽思友處[198]
누가 긴 피리로 세 번씩이나 불어대는가 何人長笛弄成三

육십의 한탄 六十歎

육순의 광음은 베틀의 북을 던지는 것 같으니 六旬光景擲如梭

194) 오마(五馬): 태수(太守)의 수레는 다섯 필의 말이 끌었다 하여 태수 즉 수령을 가리키는 말.

195) 어양(漁陽): 당나라 안록산(安祿山)이 반란을 일으킨 하북성의 한 지역.
장감(張堪): 안록산의 반란을 평정한 장수.

196) 맥수갱가처(麥穗賡歌處): 기자(箕子)가 폐허된 은(殷)나라의 도읍터를 지나다가 보리가 팬 이삭을 보고 지은 노래 맥수가를 후인들이 이어 부른다는 것.

197) 과기(瓜期): 관원의 임기.

198) 산양(山陽): 일반적으로 산의 남쪽을 말하지만, 여기서는 전고(典故) 속의 지명도 함께 말한다. 진(晋)의 상수(尙秀)가 자신의 옛집이 있는 산양을 지나다가 이웃이 부는 피리 소리를 듣고 이미 죽은 친구 혜강(嵇康)과 여안(呂安)을 추념하여 〈사구부(思舊賦)〉를 지었다. 그래서 산양적(山陽笛)은 옛 친구를 그리워하는 전고로 사용된다.

그 쓸쓸한 백발을 어찌하랴 其奈蕭蕭白髮何
설령 백 년을 반드시 산다고 할지라도 設使百年爲可必
앞으로 갈 길 40년도 또한 많은 것이 아니로다 前程四十亦無多

종효 유숭조를 곡한다 哭柳宗孝崇祖

이를 갈던 어린 시절 서로 따르며 지금에 이르기까지 齠齔相從到至今[199]
벼슬길의 험한 바람과 티끌 속에서 부침을 같이 하였네 風塵宦海共浮沉[200]
어찌하여 나보다 먼저 중천으로 갔느냐 如何先我重泉去[201]
영원히 백아의 거문고 소리가 끊어졌구나 永絶伯牙絃上音[202]

해바라기꽃 葵花

정원의 세 갈래 길 울타리 밑에는 국화 여럿이요 三徑數枝籬下菊[203]
외로운 산 물가에는 천 그루의 매화로다 孤山千樹水邊梅
사람들 모두 맑은 품격을 숭상하지만 人皆雅尙淸標格
나는 홀로 해바라기가 해를 향해 피는 것을 사랑하노라 我獨憐葵向日開

---

199) 초츤(齠齔): 이를 갈던 칠팔세의 시절을 말한다.

200) 풍진환해(風塵宦海): 벼슬길에서 부닥치는 바람과 티끌.
부침(浮沉): 떴다가 잠겼다가 하는 것.

201) 중천(重泉): 구천(九泉) 속칭 저승.

202) 백아(伯牙): 거문고의 명인. 그의 벗 종자기(鍾子期)는 거문고 소리를 잘 들었는데 종자기가 죽으니 백아는 절망한 나머지, 자기의 거문고 소리를 알아 줄 만한 사람, 즉 지음(知音)이 없다 하여 거문고 줄을 끊어 버렸다는 고사에 의하여 자기를 알아 주는 참다운 친구의 죽음을 슬퍼하는 것을 백아절현(伯牙絶絃)이라고 한다.

203) 삼경(三徑): 은사(隱士)의 정원. 한나라 은사 장후(蔣詡)의 정원에 좁은 길 셋이 있었다는 고사에서 나온 말이다.

양백영[204]에게 부치다　　寄梁伯英

남쪽 고을 어느 곳이 김제인가　　南州何處是金堤
첩첩 구름산이 눈에 들어와 아득하구나　　萬疊雲山入眼迷
어찌하면 그대 따라 강해로 가서　　安得從君江海去
큰 게발과 술잔 잡고 날마다 함께 노닐 수 있을까　　手持螯酒日相携[205]

그 두번째　　其二

우리 집의 옛 물건이란 푸른 담요뿐이요　　吾家舊物只青氈[206]
세업은 일찍이 근교의 좋은 밭도 없다네　　世業曾無負郭田[207]
노년을 보낼 토구가 어디인가　　送老菟裘何處是[208]
가을바람에 돌아가는 배에 오르고자 하노라　　秋風意慾上歸船

그 세번째　　其三

녹은 후하고 직무는 한가하여 부끄러움이 낯에 가득한데　　祿厚官閑愧滿顔
두 귀밑머리 눈같이 희끗희끗하네　　居然雙鬢雪華斑
전원으로 돌아가자고 시를 지었지만 어디로 돌아갈꼬　　歸田賦就歸何處

---

204) 양백영(梁伯英): 본명은 양지손(梁芝孫)으로 백영은 자(字). 본관은 남원(南原)이며 성종(成宗) 14년(계묘, 1483년), 춘당대시(春塘臺試) 병과 8(丙科 8)에 급제하고 관직은 예조참의(禮曹參議)에 이르렀다.

205) 오주(螯酒): 게의 큰 발과 술. 옛글에 왼손에는 술잔을 들고 오른손에는 게의 큰 발을 지니며 호탕하게 취하며 즐긴다는 뜻이다.

206) 청전(青氈): 대대로 전해오는 물건, 다시 말하면 문학과 덕업을 숭상하는 선비의 집에는 청빈하여 대대로 전하는 물건이라고는 푸른 담요 하나뿐이란 것이다.

207) 세업(世業): 대대로 전하는 사업.

부곽전(負郭田): 부곽은 성곽에 가깝다는 뜻이며, 그래서 부곽전은 근교의 좋은 밭을 말한다. 부(負)는 등진다는 뜻이며, 성에 가까운 땅이 비옥하고 기름지다. 대체로 良田(양전)을 칭한다.

208) 토구(菟裘): 옛날 노나라 은공(魯 隱公)이 왕위를 물려주고 지금의 산동성 사수현(泗水縣) 북쪽에 저택을 짓고 은거하려 했는데, 이후 물러나 은거하는 곳을 지칭한다.

오히려 산을 살만한 돈이 없음을 한하노라 却恨無錢可買山[209)]

육십삼 세의 탄식 六十三嘆

거울 가운데 비치는 흰 머리카락 헝클어지고 鏡中頭髮白鬖鬖[210)]
태양수레의 마부는 참마를 멈추지 않는구나 羲馭駸駸不駐驂[211)]
오히려 이 몸은 하나의 변화도 없이 却愧此身無一化
나이 60에 또 3년 더함을 부끄러워하노라 行年六十又添三

기일이 가까이 옴에 느낌이 있다 忌日臨近有感

쓸쓸히 서리와 이슬 백 년 사이에 있는데 凄凄霜露百年間
느낌이 마음속에서 와서 쉽게 잘라 버릴 수 없네 感自中來未易刪
날이 새도록 두 분 생각하느라 잠들지 못하니 明發二人懷不寐[212)]
이 생의 어느 곳에서 다시 얼굴 뵈올꼬 此生何處更承顏

서장관 문관[213)]이 연경[214)]으로 감을 전송한다 送文書狀官瓘赴燕

만리길 금대에서 천왕을 뵙는다면 金臺萬里覲天王[215)]
다 함께 동한의 어사랑을 가리키리라 共指東韓御史郎[216)]
내 또한 일찍이 성화의 말기에 다녀왔는데 我亦曾朝成化末[217)]

---

209) 매산(買山): 은퇴하기 위해 산을 산다는 고사를 인용한 것이다.

210) 삼삼(鬖鬖): 머리털이 엉클어진 모양.

211) 희어(羲馭): 요임금 때에 천문(天文)과 역성(曆星)을 맡은 희씨(羲氏), 즉 태양을 실은 마차를 부린다는 어자(馭者) 즉 마부를 말한다.

참(驂): 수레를 끌 때에 말 네 필로 끌게 하는데, 그 갓 쪽에서 끄는 곁말을 참마라고 한다.

212) 명발(明發) 이하: ① 아침에 출발하다 ② 천명(闡明) ③ 해가 떠서 밝아오다 등의 뜻이 있으나 여기에서는 ③의 뜻이다. 〈小雅 · 小宛〉의 제1장 '明發不寐, 有懷二人'(날이 밝도록 잠 못 이루며/그리워라 두 분 부모님이)을 인용하며 글자 순서를 바꾸어 놓았다.

그대의 이 걸음으로 인하여 선황을 추억하노라 仍君此去憶先皇[218]

을해년 중양절 乙亥重九

좋은 시절에 응수하려 술주전자 술잔을 끌어 잡으니 欲酬佳節引壺觴
더구나 이 노란 국화가 만족스레 향기로움에랴 況是黃花滿意香
어느덧 백 년 중에 일찍이 반을 지났으니 忽忽百年曾過半
앞으로 몇 번이나 중양절 만날 수 있을런지 前頭知有幾重陽

별시에 뭇 선비가 크게 모였다는 소식을 듣고 聞別試群儒大會[219]

눈 앞에서 반짝 홰나무가 누래지고 세월은 머물지 아니하니 過眼槐黃歲不留[220]
마음으로 놀란 거자가 몇 번이나 근심하였는가 驚心擧子幾番愁[221]

---

213) 문관(文瓘): 1475(성종 6)-1519(중종 14). 본관은 감천(甘泉). 자는 백옥(伯玉) 또는 민장(民章), 호는 죽계(竹溪). 부사(府使) 걸(傑)의 아들이며, 참판 근(瑾)의 아우이다. 어려서부터 과묵 신중하였고, 의례와 법도를 잘 지켰으며 1498년 사마시에 합격하고, 1507년(중종 2) 별시문과에 을과로 급제하여 승문원에 봉직하였다. 예문관검열에 임명되고, 이후 병조좌랑이 되었으며, 이어서 외직으로 나아가 안음현감(安陰縣監)에 부임하였다. 그 뒤 호조·병조·예조·형조의 정랑을 거쳐 1515년 지평이 되어서는 박상(朴祥)·김정(金淨)을 탄핵하다가 사림의 미움을 받기도 하였다. 장악원첨정으로 명나라에 다녀와서 종부시첨정을 거쳐 사헌부장령에 임명되었으나, 갑자기 병사하였다.

214) 연경(燕京): 그 당시 중국의 수도. 지금의 북경.

215) 금대(金臺): 중국 대궐을 가리키는 말.
천왕(天王): 중국의 천자.

216) 동한(東韓): 동녘의 한국 즉 본국을 말한다.
어사랑(御使郎): 사헌부 관원의 미칭으로, 서장관은 사헌부의 직함을 겸하기 때문에 서장관을 가리키는 말이다.

217) 성화(成化): 성종(成宗).

218) 선황(先皇): 선왕(先王)으로 성종을 지칭하는 말이다.

219) 별시(別試): 과거의 하나로 나라에 경사가 있을 때 또는 병년(丙年)에 치르는 문·무의 시험.

220) 과안(過眼): 눈 앞을 지나다. 매우 신속하고 시간이 짧은 것을 비유하다. 또는 대충 보다.
괴황(槐黃): 홰나무가 누르다 함은 정기의 과거시험을 볼 때에는 그 전년 홰나무의 열매가 누렇게 익을 무렵인 가을에 초시(初試)를 보기 때문에 공부하는 선비로서는 그것이 예사로 보이지 않는 것이다. 그러므로 괴황(槐黃) 또는 괴추(槐秋)란 말을 쓰게 된다.

221) 거자(擧子): 과거에 응시하는 선비.

지금 듣건대 별시에 구름같이 모였다 하니 今聞別試如雲集
누가 이 시험장에서 장원이 될 것인가 誰是場中第一流

빗 속에 남은 국화 雨中殘菊

때 지나 노란 국화가 이미 시들었네 過時黃菊已摧頹
더구나 저 부슬부슬 찬비가 재촉함에랴 況彼蕭蕭冷雨催
집 바깥에 다시 눈 둘 곳이 없으니 軒外更無留眼處
주인은 이로부터 잔을 입에 대는 게 게을러진다 主人從此懶銜盃

백발을 탄식하다 白髮歎

어떤 조물주가 아이같이 희롱을 하는가 有何造物戲同兒
영고를 조종하고 희롱하는 것 다만 잠시 뿐이네 操弄榮枯只片時[222)]
오히려 지난해 옻칠 같은 머리카락 괴이하다 하였더니 却怪昔年如漆髮
지금에는 바람에 날리는 것이 실보다 희네 到今飄颯白於絲

꿈을 기록하다 紀夢

병들어 정신과 기운이 더욱 수척하여지니 病餘神氣更羸疲
달이 서쪽 창을 지나도 자느라 알지 못했네 月過西窓睡不知
꿈이 갑자기 흐려지고 풍비가 있으니 魂夢頓迷風痺在[223)]
포와 홀을 내리신 은혜에 감사하고 궁전에 배례하네 謝恩袍笏拜丹墀[224)]

---

222) 영고(榮枯): 흥망성쇠. 또는 한창 왕성하다가 다시 시들어짐을 말한다.
223) 풍비(風痺): 중풍으로 인하여 마비가 있어 신체의 기능이 자유롭지 못함을 말한다.
224) 포홀(袍笏): 관직에 임명될 당시 국왕으로부터 하사받은 도포와 홀.
단지(丹墀): 붉은 칠을 한 궁전 즉 대궐.

장령 문관을 애도하다 悼文掌令瓘[225]

그대는 바야흐로 강장하고 나는 노쇠한 나이인데 君方强壯我衰齡[226]
서로 만났지만 오히려 물 위의 부평과 같았네 相得還如水上萍[227]
문득 10년 동안 같이 즐기던 곳을 생각하니 却憶十年同樂處
서쪽 집 달 아래에서 취하여 자신을 잊을 정도였었네 西堂月下醉忘形[228]

한강 배 위에서 이군도가 술을 가지고 찾아옴을 사례하다 漢江舟中謝李君度携酒來訪

긴 한강에 바람이 움직이니 푸른 옥 같은 물결 쌓이는데 風動長江碧玉堆
배를 만류하여 고인 오기를 기다렸네 艤船留待故人來[229]
서로 만나니 나의 머리가 눈 같음을 애틋하게 여겨 相逢憐我頭如雪
좋은 술 일백 배를 마시도록 권하네 勸飮瓊漿一百盃[230]

군도에게 부채를 드리다 贈君度扇子

도성의 찌는 듯한 더위 감당하지 못하기에 城市炎蒸不可當[231]
망령되이 의심함이 침류당에 미쳤네 妄疑延及枕流堂[232]
오로지 두 개의 거친 부채 가지고 聊將兩箇麤麤扇

---

225) 장령(掌令): 고려와 조선 시대에 감찰 업무를 담당하던 관직.
226) 쇠령(衰齡): 늙어서 쇠한 나이.
227) 부평(浮萍): 부평초 즉 개구리밥과에 속하는 수초.
228) 망형(忘形): ① 초연물외(超然物外)로 자기의 형체를 잊는 것 ② 과도하게 기뻐서 평상적인 상태를 잃어버리다 ③ 벗과의 교유에 형태의 구속을 받지 않는 것.
229) 의선(艤船): 떠날 차비를 갖추어 언덕에 갖다대는 배.
230) 경장(瓊漿): 옥같이 맑은 미음, 즉 맑고 맛좋은 술을 의미한다.
231) 염증(炎蒸): 찌는 듯한 더위.
232) 망의(忘疑): 망령되이 의심하는 것. 침류당에서는 시원하게 보냈는데 이제 도성에 있으니 그에 비교 해서 더 덥게 느껴진다는 뜻. 일종의 유희적인 표현.

소나무 바람을 도와 저녁의 시원함 만드시길 也助松風作晩涼[233]

더위가 심하여 군도에게 올리다 熱甚吟呈君度

삼복이라 인간세상에 더위 물러감이 더디니 三伏人間暑退遲
괴로이 천상에서 화기가 흐를 때를 생각하네 苦思天上火流時[234]
부러워라 그대 맑은 강가에 높이 누워 羨君高臥淸江畔
온 세상의 찌는 더위 홀로 모르고 지내네 擧世炎蒸獨不知

군도의 내방을 사례하다 謝君度臨訪

반갑고 기쁜 눈으로 서로 만나서 옛 뜻이 많은데 靑眼相逢故意多[235]
이 몸은 단정히 송라에 기탁하려 합니다 此身端擬托松蘿[236]
그대 위해 시를 읊고자 고헌을 지났으나 爲君欲賦高軒過[237]
재주가 장길이 아님에야 그 어찌 하리요 其奈才非長吉何[238]

---

233) 만량(晩凉): 저녁의 서늘함.

234) 화류(火流): 삼복은 초복 · 중복 · 말복으로서 이때가 가장 더울 때이다. 화기(火氣)가 흐른다는 것은 즉 칠월유화(七月流火)의 준말로서 칠월(양력 9월)의 가을 기운인데 그를 생각하며 더위를 이기려고 한다는 말이다.

235) 청안(靑眼): 반갑고 기쁜 눈빛으로, 백안(白眼)과 반대의 뜻이다.

236) 송라(松蘿): 거담하는 약재로서 소나무 겨우살이에 속하는 기생지의류(寄生地衣類)의 하나이다. 여라(女蘿) 또는 토사(兎絲)라고 하는데 우리말로는 새삼이다. 그래서 산림을 비유한다.

237) 고헌(高軒): 상대방의 거처 또는 집을 존칭하여 하는 말.

238) 장길(長吉): 중국 당나라 시인 이하(李賀)의 자.

《月軒集》

卷之二

두견화

앉아서 바깥에 활짝 핀 진달래 보고서
비로소 봄이 내 집에도 왔음을 느끼네
바람아 제발 미친 듯이 불지를 말아라
병든 사람이 가는 세월 애석해 하노라

杜鵑花

坐看軒外杜鵑花
始覺春光到我家
莫使狂風容易落
病人偏惜送年華

작약

장미와 모란은 하마 시들었고
섬돌 맞은편의 작약만 붉구나
객이 마주 하고 상긋 웃나니
권배를 하필 주인하고만 하랴

詠芍藥

薔薇已謝牧丹空
唯有當階芍藥紅
客到嫣然相對笑
勸盃何必主人翁

꿈

오색 구름 속에서 궐문이 열리더니
문무의 백관들이 임금을 에워싸네
꿈속에서 몸이 아픈 줄도 모르고
나도 조정으로 달려가 절을 올리네

紀夢

五色雲中闢九門
摐摐劒佩擁鵷群
夢魂不悟身拘病
亦走明廷拜聖君

군도에게

삼청동 어구에 안개와 노을이 자욱하여
남산 동쪽 기슭의 집을 바라볼 수 없네
슬프라 그리운 미인 보이지 아니함이여

寄君度

三淸洞口掩煙霞
望斷南山東麓家
怊悵美人思不見[1)]

수심에 겨운 채 한 해를 다 보내는구나　悠悠送盡一年華

그 두번째　其二

가을 하늘은 구름 한 점 없이 푸르고　雲散天空萬里秋
강가에는 흰 마름 붉은 여뀌 가득하네　白蘋紅蓼滿江頭
부러운 그대여 속된 생각을 다 씻고서　羨君洗盡塵間念
편주에 몸 실어 물외에서 노니는구나　長泛扁舟物外遊[2)]

군도의 방문에 감사하며　謝君度見訪

어제 그대 만나 술을 몇 잔 나누었는데　昨日逢君酒數巡
변하지 않은 것은 우리의 마음 뿐이었네　依然相對舊精神
귀밑머리가 백설 같음을 불평하지 마세　莫嫌衰鬢俱如雪
남아 있는 사람은 우리 두 사람 뿐이니　儕輩惟存我二人

탄신에 동지 가구 경세창[3)]에게 올림　誕辰吟呈慶同知可久世昌

당신께서 근시로 조정에 있을 적에　君曾昵侍奉綸音[4)]
저도 우림장으로 봉직했었는데…　我亦周廬將羽林[5)]
이번 탄신엔 모두 와병 신세이거늘　今遇慶辰俱病臥[6)]

---

1) 미인(美人): 요즈음의 미색의 여인을 가리키는 말이 아니다. 자기가 아름답게 여기는 사람이다. 여기서는 이 시를 부치는 대상인 군도(君度)를 가리키고 있다.

2) 물외(物外): 물외의 세계, 즉 세상밖을 이른다.

3) 경세창(慶世昌): 생졸년 미상. 자는 가구(可久). 중종(中宗)조의 문신으로 대사간 도승지 호조참판 등을 두루 역임했다.

4) 근시(近侍): 임금을 가까이서 모시는 신하.

5) 우림장(羽林將): 우림장은 우림위(羽林衛)의 장을 말한다. 이 우림위는 임금의 시위와 궐내의 단속 을 담당하는 내삼청(內三廳)의 하나이며, 우림위 장은 종2품으로 보직하였다.

하늘 보며 대궐 그리워함은 왜인가 瞻天戀闕若爲心

철쭉 詠躑躅

담장 가에 가득히 심겨진 철쭉꽃 滿樹墻邊躑躅花
그 붉은 빛이 햇빛으로 찬란하네 紅光映日爛蒸霞
옆의 꽃들은 그만 빛을 잃어버리고 傍居朱白渾無色
병든 이의 눈도 이것으로만 향하네 病眼唯知向此斜

연성이 군도에게 희롱삼아 부친 시에 차운하여 次鷰城戲寄君度韻

욕심을 줄이면 즐거운 마음이 절로 이르나니 養心和氣自然臻
베개 높이 베고 편안하게 산 지 20년 되었네 高臥幽堂二十春
강 하늘을 뚫어지게 바라본 곳을 생각해 보니 想得江天凝望處
편한 들에 풀이 자리처럼 포근히 깔려 있었네 平郊如掌草如茵

구율정 시에 차운하여 次九栗亭韻[7]

저탄 남쪽 물가 언덕의 한 깊숙한 곳에 猪江南岸一區天
구율정이 세상과 격한 채 자리하고 있네 九栗亭深隔世緣
주인이여 돌아가는 게 늦다 말하지 말게 莫道主人歸去晩
세상 혼란하여 오래오래 머물고 싶다네 重違昭代且留連

---

6) 탄신(誕辰): 태어난 날, 여기서는 임금이 태어난 날의 뜻이다.

7) 원주(原註)에 "구율정은 파주(坡州) 저탄(猪灘)가에 있는 첨정(僉正) 김우근(金友謹) 경숙(敬叔)의 별저이다(在坡州猪灘邊僉正金友謹敬叔別墅也)" 하였다.

전주 부윤 허광[8]이 임지로 떠남에 앞서 방문한 것에 감사하며
謝全州府尹許礦將之任來辭

나를 지나치지 않고 이렇게 찾아와 주니　陌上輪蹄不我過
세상에 흔치 않는 그대 후의 정말 고맙네　感君高義世無多
내일 아침에 오마로 호남 길에 오르는데　明朝五馬湖南路[9]
나가서 배웅할 수 없는 마음 어떻겠는가[10]　未拜行塵意若何

군도의 시에 차운하여　次君度示韻

어느 곳 산호가 한 자나 되던가　何處珊瑚高一尺
뉘 웃는 얼굴에 안광 날카롭던가[11]　誰家笑臉利雙刀
나는 즐길 재물도 여색도 없어서　我無財色堪娛樂
거울 대하고 흰 머리칼 셀 뿐이네　空對青銅數白毛

그 두번째　其二

속이려는 간교한 마음이 숨어 있으면　人情隱伏虞機在
웃는 얼굴에도 그 저의를 의심케 되네　對面猶疑笑裏刀
그대와 나는 요즈음 세상의 뇌진이니　今世雷陳君與我[12]

---

8) 허광(許礦): 생졸년 미상. 자는 중질(仲質), 호는 척금(滌襟). 연산군(燕山君) 12년(1506)에 별시에 정과(丁科)로 입격하였다. 정국공신(靖國功臣)이다.

9) 오마(五馬): 수령이 타는 수레는 다섯 필의 말이 끌었으므로, 오마(五馬)는 수령이 타는 수레, 또는 그 수령을 뜻한다.

10) 나가서-: 원주에 "병으로 나가서 전별할 수 없기에 이렇게 말한 것이다(病未進別故云)" 하였다.

11) 뉘 웃는-: 당(唐) 설봉(薛逢)의 '밤 연회에서 기녀를 보다(夜宴觀妓)' 에 "수심 어린 눈썹은 '八(팔)' 자 형태이며, 웃음 도는 붉은 뺨에는 안광이 예리하네(愁傍翠蛾深八字, 笑回丹臉 利雙刀)" 하였다. 원문의 '利雙刀' 는 예리한 안광, 또는 그 예리한 안광을 가진 기녀(妓女)를 뜻한다.

12) 뇌진(雷陳): 뇌진(雷陳)은 뇌의(雷義)와 진중(陳重), 이들은 후한(後漢) 때 사람으로 친교가 마치 아교와 칠로 붙여 놓은 듯하여 뇌진교칠(雷陳膠漆)이라 하였다.

평소의 교분이 어찌 진실하지 않으랴 平生交道豈皮毛

등극을 알리는 조사[13]를 맞이하며 迎登極頒詔

천자가 봉조를 반포하여서 삼한에 내리니 天頒鳳詔下三韓[14]
곤면이 백관을 이끌고 교외에서 맞이하네 袞冕郊迎率百官[15]
올 겨울이 따뜻한 것을 의아해하지 말라 莫訝今冬多暖氣
은혜로운 바람에 찬 기운 없어져서라네[16] 恩風到處自無寒

연성군 자언 김준손의 시에 차운하여 次鷰城君金子彦俊孫示韻

시에도 능하고 술도 능한 연성군 能詩能酒鷰城君
시와 술로 혼란한 세상 건너가네 詩酒中間度世紛
나야 병들어 더불어 하진 못하나 病我未堪陪杖屨
그리는 정은 위수강운과 같다네 還如渭樹隔江雲[17]

그 두번째 其二

이슬과 서리에 마음 상한 지 하마 여러 해[18] 傷心霜露已年多
그 음성 그 용모와 영원히 떨어지게 되었네 其奈音容永隔何

---

13) 조사(詔使): 명나라 천자의 조서(詔書)를 가지고 오는 사신. 원주에 "정사(正使)는 한림원(翰林院) 수찬(修撰) 당고(唐皐)이며 부사(副使)는 병과 급사중(兵科給事中) 사도(史道)이다(正使翰林院修撰唐皐, 副使兵科給事中史道)" 하였다.

14) 봉조(鳳詔): 명나라 천자의 조서.

15) 곤면(袞冕): 곤룡포와 면류관, 조선의 왕을 가리킨다.

16) 은혜로운-: 원주에 "신사년(辛巳年, 중종16, 1521) 섣달 초이렛날은 따뜻하여 얼음이 얼지 않았다(辛巳臘月初七日, 日暖不凍)" 하였다.

17) 위수강운(渭樹江雲): 위수(渭樹)는 위수(渭水) 북쪽에 있는 봄나무, 강운(江雲)은 강수(江水) 동쪽 의 저문 구름으로, 한 사람은 위수가에 있고 한 사람은 강수가에 있으면서 서로 먼 곳에 있는 벗을 그리워한다는 뜻으로, 먼 곳에 있는 벗을 그리워하는 간절한 정을 말한다. 모운춘수(暮雲春樹)도 같은 뜻이다.

지금 할계하시던 그때의 일들을 생각해 보니 今見割鷄當日事[19]
나도 모르게 눈물이 양볼 타고 줄줄 흐르네 潸然不覺隕眶波[20]

또 차운하여 又次

주헌에 대해서 사람들에게 물어보았더니 酒軒滋味問諸君[21]
분분한 만사 마음에서 완전히 없앴다 하네 云是全除萬事紛
잠시라도 술에 깨어서 근심하게 하지 말라 莫遣暫時醒耿耿
온갖 속된 생각이 구름처럼 모이게 되니라 人間塵慮集如雲

그 두번째 其二

시만 있고 술 없으면 흥이 많기 어렵고 有詩無酒興難多
술만 있고 시 없으면 그 속됨 어이하랴 有酒無詩俗奈何
술 한잔 시 한 수 그대 둘 다 얻었으니 一詠一觴君兩得
흉중이 탁 트여서 시원하고도 맑으리라 胸中浩浩淡於波[22]

---

18) 이슬과 서리에 마음 상한 지〔傷心霜露〕: 봄 이슬과 찬서리 내리면 돌아가신 부모님이 더욱 많이 생각난다. 그러므로 부모님이 돌아가셨을 때 이런 말을 쓰는 것이다. 《소학(小學)》의 '명륜(明倫)' 편에 "《제의》에서 말하였다. '서리와 이슬이 내렸거든, 군자는 이것을 밟고 반드시 서글픈 마음이 있기 마련이니, 그 추움을 말함이 아니다. 봄에 비와 이슬이 이미 대지를 적셨거든, 군자는 이것을 밟고 반드시 놀라는 마음이 있어서 장차 부모를 뵐 듯이 한다(祭義曰, 霜露旣降, 君子履之, 必有悽愴之心. 非其寒之謂也. 春雨露旣 濡, 君子履之, 必有怵惕之心, 如將見之)'" 하였다.

19) 할계(割鷄): 공자(孔子)의 제자 자유(子遊)가 무성(武城) 읍의 수령이 되었는데, 예악(禮樂)의 대도(大道)로 조그만 무성읍을 다스리자, 공자가 말하기를 "닭을 잡는데 어찌 소잡는 칼을 쓰느냐(割鷄, 焉用牛刀)" 하였다. 이 고사(故事)를 인하여 고을 수령(守令)으로서의 재임을 '할계' 라 한다.

20) 원주에 "나의 선친이 목천 현감(木川縣監)으로 재직하실 때 자언(子彥)이 생원(生員)으로 찾아뵈었다. 그래서 보내온 시에 '할계하시던 그 때에 선친을 찾아뵈었다(割鷄當日拜先君)' 라는 말이 있었다(余先君爲木川縣監時, 子彥以生員來謁. 故來詩有"割鷄當日拜先君"之語)" 하였다.

21) 주헌(酒軒): 연성군(鷰城君) 김준손(金俊孫)의 호이다.

22) (원문의) '어(於)' 는 '여(如)' 로 된 판본도 있다(於一作如).

그 세번째 其三

70이 나이가 많다고 말하지 말라 休言七十是年多
지나간 일이 백일몽이 아니고 무엇이냐 往事其如一夢何
비록 백 년을 살아서 장수한다고 한들 縱得百年爲我壽
남은 30년도 흘러가는 물과 같으리라 餘存三十亦如波

자언에게 寄子彦

몇 사람이 무성한 봄풀을 자리로 삼았다가 幾人纖草藉萋萋
손을 서로 끌며 취한 몸 부축해서 돌아오네 扶醉歸來手共携
좋을씨고 좋을씨고 이 청명 삼월의 절기여 好是淸明三月節
답청의 아름다운 모임이 여기저기 가득하네 踏青佳會滿東西[23]

자언이 조정에서 물러났다는 소식을 병석에서 듣고 病聞子彦朝退吟呈

오색구름이 깊은 곳에 음악 울려퍼지고 五雲深處響簫韶
조정 가득한 신하들이 임금을 알현하네 環佩盈班拜聖堯
모악 새벽 남기 아직 걷히지 않았거늘 毋嶽晨嵐猶未捲[24]
선생께서 자신궁으로부터 돌아오셨네 先生回自紫宸朝[25]

군도의 시에 차운하여 올림 次呈君度

가는 세월 보내고 오는 세월 맞이하나니 光陰送去又迎來

23) 답청(踏靑): 답청은 청명을 기하여 들을 산책하며 꽃과 새 등 자연을 즐기는 놀이다.
24) 모악(毋嶽): 대궐 배후에 있는 주산인 북악산을 가리키는 말.
25) 자신궁(紫宸宮): 대궐.

올 봄도 하마 뇌성 울리는 절기가 되었네	節氣今春已發雷[26]
안색은 세월 따라서 절로 바뀌어 가나니	顏色自然隨歲改
황계와 백일이여 세월 재촉하지 말지어다	黃鷄白日莫相催[27]

그 두번째　其二[28]

침류당은 주인 오길 기다리고 있는데	枕流堂待主人來[29]
춘분 지났고 우레 소리도 벌써 발했네	節過春分已作雷
구거로 돌아가 은둔할 날 멀지 않으니	歸隱舊居應不遠[30]
꽃과 새들이여 너무 재촉하지 말지어다	野花啼鳥莫謾催

주헌이 탄신 하례에 참석하고 찾아준 것에 감사하며　謝酒軒自誕賀來訪

그대가 지금 구중천에서 왔으니	君今來自九重天[31]
산호만만년의 함성을 들었으리라	曾聽山呼萬萬年[32]
백발의 병든 신하도 그리움 못 견뎌	白髮病臥徒戀闕
마음이 오색구름 곁으로 날아가네	心神飛到五雲邊[33]

26) 뇌성(雷聲): 동면에 잠겨 있는 만물을 경동(驚動)시키기 위하여 해빙기가 되면 천둥이 일어나는데, 이 절후를 경칩(驚蟄)이라 한다. 뇌성이 울리는 절기가 되었다 함은, 바로 이 경칩이 되었다는 것이다.

27) 황계(黃鷄)와 백일(白日): 누런 황계는 새벽을 재촉하여 축시에 울고, 대낮의 백일(白日)은 한 해를 재촉하여 유시에 진다(黃鷄催曉丑時鳴, 白日催年酉時沒)라고 한데서 인용한 말이다.

28) 군도는 여름이 되면 더위를 피하기 위하여 침류당으로 갔다(君度, 夏則避暑, 出歸枕流堂).

29) 침류당(枕流堂): 침류당은 이사준(李師準)의 당호(堂號)이다.

30) 구거(舊居): 이전에 살던 곳, 여기서는 침류당을 가리킨다.

31) 구중천(九重天): 구중궁궐.

32) 산호만만년(山呼萬萬年): 임금을 위하여 만세(萬歲)를 부르는 것.

33) 오색구름〔五雲〕: 대궐에 서린 상스러운 오색의 구름이다.

그 두번째 其二

그대가 풍신으로부터 찾아와 주었는데 承君臨訪自楓宸[34]
소매에 가득한 향 연기가 엄습을 하네 滿袖香煙惹襲人
슬퍼라 3년이나 병들어 누워 있는 신세 悵我三年空病臥
꿈에서 원렬 따랐거늘 깨어 보니 아니네 夢隨鵷列覺非眞[35]

주헌이 방문했다가 집으로 돌아가서 부친 시에 차운하여
次酒軒來訪還家寄詩韻

그대가 그리워 참으로 늘상 보고 싶거늘 思君意欲見常常
하물며 봄바람에 술잔이 찰랑찰랑함에랴 況是春風酒滿觴
섬돌 옆 매화가 분명히 나를 비웃으리라 階上梅花應笑我
주인 먼저 취하여 손이 바삐 돌아갔으니 主人先醉客歸忙

주헌의 방문에 감사해하며 謝酒軒臨訪

까치가 지저 꿈에서 깨어났는데 喜鵲楂楂夢忽回
병중의 회포를 뉘에게 열어볼꼬 病中懷抱向誰開
가갈소리 골목에서 들려오는데 我聞呵喝傳門巷[36]
초헌 탄 재상이 온다고 전하네 人道乘軺宰相來[37]

---

34) 풍신(楓宸): 궁궐. 옛날에 궁중에 단풍나무를 많이 심었으므로 이러한 이름이 생겼다.
35) 원열(鵷列): 원열은 조정에 늘어선 백관의 행렬을 말한다.
36) 가갈(呵喝): 가갈은 큰 소리로 꾸짖어 못하게 하는 호령의 소리, 즉 귀인이 행차를 할 때 그 길목을 정리하기 위하여 호령하는 것을 말한다.
37) 초헌(軺軒): 초헌은 종이품 이상의 관원이 타는 수레.

그 두번째 其二

만나서 손을 부여잡고 함께 형체마저 잊고서 相逢握手共忘形[38]
연방 따르며 취하도록 마셔 깨어나질 못하네 亂酌無巡醉不醒
원래가 서로 마음을 터놓고 사귀는 사이이니 自是依然肝膽照
사귀는 정을 어찌 말로 드러낼 필요가 있으랴 交情何必語丁寧

주헌이 월헌을 읊은 시에 화운하여(병서) 和酒軒詠月軒詩(幷序)

우리 집은 좁고 누추하여 겨우 무릎을 들일 정도일 뿐이지만, 서당(西堂)을 별도로 두어 손님을 접객하는 장소로 삼고 있다. 그러나 완상하여 마음을 느긋하게 할 만한 것이 없다. 다만 하늘이 남면에 완전히 드러나 있고 동쪽면과 서쪽면도 조금 그러한데, 여름 겨울 할 것 없이 달이 늘 떠 있는지라, 이에 내가 여기서 배회하며 완상(玩賞)한 것이 지금 거의 50년이나 되었다.

그러나 나는 학식이 보잘것없는 비루한 사람이니, 어찌 감히 이 집에다 이름을 붙일 생각이나 하였겠는가. 지난 신사년(辛巳年, 1521년, 중종 16) 봄에 아들 옥경(玉卿)이 우연히 친구 집에서 월헌(月軒)이라고 크게 쓴 반폭의 종이를 얻어서 벽 위에다 붙여 놓았는데, 1년이 지나도록 아무 탈 없이 그대로 붙어 있었다. 임오년(壬午年, 1522년, 중종 17) 3월에 주헌 선생(酒軒先生)이 병문안 왔다가 벽 위의 그걸 보고 나에게 이르기를, "어찌 이 월헌을 그대의 집 이름으로 삼지 않으리오" 하였다. 내가 불감당으로 사양하니, 선생이 힘써 권하였다. 뒤에 선생이 보내 준 시에 월헌에 대해 언급한 것이 있어서 내 가만히 생각해 보니, "사람 중에서 뉘라서 달을 좋아하지 않으리오마는, 나의 달 사랑은 남보다 더함이 있다. 그리고 우연한 일이지만 월헌이라 쓴 종이가 벽에 붙어 있는 기연(奇緣)이 있는데다, 여기에다 선생의 권하는 말까지 있었으니, 이것이 어찌 미리 정해진 이름이 아니리오. 이것은 억지로 회피할 수 없는 것이다" 하고, 이 생각을 주헌에게 알리며 "만약에 선생의 시를 얻어서 판(板) 머리에다 두고, 인하여 제현들의 화답시

38) 망형(忘形). 형체마저 잊음. 친한 벗을 만나 내 몸마저 잊어버린다는 의미다. 친한 친구 사이를 망형지교(忘形之交)라 한다.

를 구하여 벽 위에다 걸어둔다면, 이는 마치 옥으로 빚은 꽃과 다를 바 없어서 밝은 달과 더불어 그 광명을 다툴 것이니, 이 어찌 이 집의 영광이 아니겠습니까. 선생께서는 제 청을 들어주시길 바랍니다" 하니, 선생이 다음의 시를 보냈다: "달이 높이 떠서 온누리를 비추는데, 자만을 꺼려하여서 인 듯 차면 이지러지네. 주인의 마음도 마땅히 이와 같은지라, 이를 빌려 집이름으로 삼고 이 생을 맡기네." 그리고 침류당 이군도가 또한 이를 듣고 화답시를 보냈다: "밝디 밝은 달이 동쪽에서 떠올랐는데, 보름날 월헌을 마주 당하여 다시 가득 찼네. 주인은 술은 있고 한가하여, 오래오래 항아(姮娥-달의 이칭)를 대하며 일생을 보내네." 나도 화답하기를 다음과 같이 했다(吾家隘陋僅容膝, 而有西堂二楹, 以爲接客之所, 無寓目寬曠之地. 但天形全露乎南面, 而稍及東西, 無冬無夏, 月色長臨, 余乃於此焉徘徊翫賞, 今幾五十年矣. 然少學識鄙人, 何敢有名軒之意. 去辛巳春子玉卿, 偶得半幅紙上, 大書月軒二字於友人家, 持以貼于壁上, 經年尙無恙. 至壬午三月日, 酒軒先生臨門問病顧見壁上, 謂余曰: "盍以此名君軒乎." 余辭不堪當, 先生勸之力而辭去. 後因惠詩有言及月軒者, 余潛念, 夫人誰不愛月, 余之愛月有甚於他, 而偶有貼壁之異, 亦有先生之敎, 此豈非前定之號. 玆不得强避. 遂以此意, 通于酒軒曰: "若得先生之詩辯諸板上, 因以索和於諸賢懸于壁上, 則瓊葩玉屑, 可與明月爭輝, 豈不爲軒中之勝事乎. 惟先生照採." 先生送詩曰. 淡月高懸照太淸. 如嫌自滿有虧盈. 主人心地應相似. 借此名軒寄此生. 枕流堂李君度聞之. 和送曰. 素魄東昇逼骨淸. 當軒三五更盈盈. 主人有酒身無事. 長對姮娥過一生. 僕亦和之曰).

하찮은 집이지만 달빛이 가득하니 小軒贏得月光淸
두려운 것은 술 부족한 것 뿐이네 惟恐樽中酒不盈
항아와 함께 예약 나누고 싶나니 欲與姮娥分羿藥[39)]
인생이 기껏 백 년이라 말하지 말라 休言百歲是人生

가랑비 속에서 주헌에게 올림 細雨呈酒軒

3월이라 꽃 재촉하는 비 보슬보슬 내리니 三月催花細雨來

39) 항아예약(姮娥羿藥): 항아(姮娥)는 예(羿)의 아내로서, 예가 비장하고 있던 불사약을 훔쳐 달로 달아났다. 그러므로 항아를 달의 이칭으로 쓰기도 한다. 예는 전해지기로는 중국 상고시대 하(夏)나라 사람으로 불사약을 서왕모(西王母)에게서 얻었다고 한다.

향기 품었던 꽃봉우리들 일시에 피어나네 含香蓓蕾一時開
비록 이와 같다 하지만 열흘을 채 못가니[40] 雖然不得經旬在
화려한 때 가기 전 다시 한잔 올려야 하리 須趁穠華更進盃

떨어지는 매화를 탄식함 落梅歎

푸른 봄이 아름다운 경치를 인도하여 와서 喜見青春領物華
갖가지 꽃들이 집에 가득한 걸 좋아했더니 朱朱白白滿人家
어찌하여 얼마 못 가서 다 떨어지고 마는가 如何不久凋零盡
향기로운 매화도 떨어지고 마니 애석하여라 可惜香梅亦落花

침류당에게 붙임 寄枕流堂

그대는 지금 벌써 강가로 돌아갔다 하니 聞君今已返江頭
강물과 강꽃이 희색이 만면하겠네 그려 江水江花喜色浮
가난과 질병으로 돌아갈 수 없는 것이지 貧病相仍歸未得
내가 물새 싫어하여서는 절대 아니라네 我心非是厭沙鷗

그 두번째 其二

집이 저 청산녹수 속에 있으니 家住青山綠水間
선생은 웃으며 물새와 한가하리 先生一笑白鷗閑
흰구름도 바람에 떠밀려 가지만 白雲亦被風吹去
가면 오지 않는 선생과는 다르리 不似先生不往還

---

40) 열흘을 못가니: 예부터 '화무십일홍(花無十日紅)' 이라 하여 꽃치고 열흘 붉은 꽃이 없다 하였다.

그 세번째 其三

밤사이 복사꽃이 다 떨어졌으니
새벽녘에 비바람이 거셌던 게다
해마다 봄소식 몹시 기다리건만
어째서 이리도 빨리 돌아가는지

落盡桃花一夜間
五更風雨不曾閒
年年苦待春消息
其奈芳時倏爾還

어머니 뵈러 홍주로 가는 민난형을 전송하며 送閔郞蘭馨之洪州覲親

흰구름 남녘 가리키고 말은 쉬임없이 달리는데
삼월 양춘이라 버들개지가 길에 가득히 날리네
이번에 정말 좋은 시절에 어머니를 뵈러 가니
북당 낯빛에 어찌 봄 따스한 빛이 돌지 않으랴

白雲南指馬騑騑
三月楊花滿路飛
此去省親時正好
北堂黃色動春暉[41]

밤비에 기쁜 마음을 적다 夜雨志喜

비가 때 맞춰 밤새 내리나니
낙숫물 소리 들릴 듯 말 듯
뜨락 안의 물색이 어떠할까
새벽에 일어나면 늙은 눈도 밝아지리라

靈雨從昏至五更
細聞簷溜滴堦聲
園中物色知何似
曉起應令老眼明

한강에 배를 띄워 주헌 · 침류당과 더불어 놀다 漢江泛舟與酒軒枕流同遊

배로 강동에서 강서로 내려가는데
어느 곳 산천이 이보다 아름다우랴

乘舟西下自東江
何處山川此與雙

41) 북당(北堂): 어머니의 별칭. 자당(慈堂) 훤당(萱堂) 등도 마찬가지이다.

기기묘묘한 절벽 위를 올려다 보니 仰見懸崖奇絶處
집집마다 강으로 풍창 열어놓았네 家家面水闢風窓[42]

그 두번째 其二

한가한 틈을 타 한나절 맑은 강물에 떠있으니 偸閒半日泛淸江
한 쌍의 물새가 괴이하게 여겨 놀래 나는구나 怪爾驚飛白鳥雙
세인을 모두 피해야 한다고 말하지 말라 莫謂世人皆可避
나는 낚시나 하면서 봉창을 짝하고자 하노라 携竿我欲伴篷窓[43]

침류당에게 寄枕流堂

종남산은 한강의 남쪽에 있어서 終南山水漢陰中
서울의 홍진과는 단절되어 있네 隔斷長安軟土紅
어느 날에나 삼노회를 결성하여 何日得成三老會
침류당에서 한 동이술로 더불어 할꺼나 枕流堂上一樽同[44]

군도에게 올림 呈君度

봉래산 최고 높은 다락에 잘못 들어갔더니 誤入蓬萊最上樓[45]
하늘이 반나절 신선 모시고 짝하게 하였네 天敎半日侍仙儔
흰구름의 노래에다 맛있는 술이 있어 白雲歌裏瓊漿酒

---

42) 풍창(風窓): 바람이 숭숭 통하는 뚫어진 창.

43) 봉창(篷窓): 배의 창문. 즉 아무 욕심 부리지 않고 소박하게 살아감을 의미한다.

44) 원주에 "전일 보내온 편지에서 이르기를 '주헌(酒軒)과 함께 와서 삼노회(三老會)를 결성하는 것도 하나의 기사(奇事)이다' 하였기에, 시에서 언급한 것이다(前日送簡云, 與酒軒偕來, 共成三老之會, 亦一奇事云云. 故詩內及之)" 하였다.

45) 봉래산(蓬萊山): 신선이 산다는 산 이름.

한잔 마시니 쇠한 얼굴에도 붉은 기운 감도네　一飮衰顔赭氣浮

그 두번째　其二

선경에는 오래 머물기 어렵다는 걸 스스로 알아서　仙境自知難久留
몸을 돌리니 부지불식 간에 속진 세상에 떨어졌네　飜身不覺落塵陬
그 당시의 기묘한 흥취는 생각하건대 얼마나 될까　當時奇興知多少
다시 세상 사람 되고 보니 오만가지가 근심일세　轉作人間百段愁

강가 정자의 모임을 회상하며 주헌에게 올림　憶江亭勝會呈酒軒

검은 티끌이 흰 얼굴 더럽힌 게 우습나니　堪笑緇塵染素顔
십년 세월의 종적이 인간세상에서 머물렀네　十年蹤跡滯人寰
다행히 선로를 인하여 이 속세 벗어나서　幸因仙老尋眞去[46]
오봉에서 반나절 동안을 한가롭게 보냈네　偸得鼇峯半日閑[47]

주헌의 '침류당 여러 경치에 대한 시' 에 차운하여　次酒軒枕流堂諸景韻

그 첫번째, 모래사장의 물새　其一, 沙鷗

맑은 물로 목욕 마치고 또 모래톱에서　淸流浴罷又沙頭
오래도록 주인과 함께 강가에서 노네　長與主人江上遊
우스워라 세간의 분주한 나그네들이여　堪笑世間奔走客

46) 선로(仙老): 여기서는 주헌을 가리킨다.

47) 오봉(鼇峯): 신선이 산다는 오산(鼇山)의 봉우리. 오산은 큰 자라의 등에 얹혀 있다는 바다 속의 산이다. 원주에 "주헌(酒軒)이 나를 불러 함께 침류당(枕流堂)에 갔기 때문에 이렇게 말한 것이다(酒軒招我偕進枕流堂, 故云)" 하였다.

뉘 있어 이 한가로운 물새와 같으리오	有誰能似此閒鷗

그 두번째, 흰구름 / 其二, 白雲

청산을 흰구름이 반쯤 둘렀으니	靑山半帶白雲回
미로를 뉘 왕래할 수 있겠나	迷路何人得往來
그댈 찾아 산중에 가려 하니	我欲尋君林下去
입구를 잠시 열어놓을지어다	須敎洞口暫時開

그 세번째, 채마밭 채소 / 其三, 園蔬

소반 위 음식은 채마밭 채소로 만든 것인데	盤中飣餖賴園蔬
주인의 밭에 대한 정성이 예사롭지 않다네	抱甕勤治計不疎
청운의 꿈 접은 지 이미 오래오래 되었나니	夢斷靑雲今已久
밥상에 고기반찬이 없다고 불평하지를 말자[48]	休歌長鋏食無魚

그 네번째, 과수원 과일 / 其四, 園果

과일이 가을 되니 하나같이 맛이 좋은데	百果秋來一樣佳
어젯밤에 서리 바람이 뜰에 가득했었네	霜風昨夜滿庭階
육아가 그 당시 이 과일들 보았더라면	陸兒當日如看此[49]
시콤달콤한 귤 품에 넣을 필요 있었으랴	何必甛酸橘入懷

48) 고기반찬: 시 원문의 "長鋏食無魚"은, 중국 전국시대 제나라 맹상군(孟嘗君)의 식객 풍난(馮煖)이 대우가 나쁨을 불만스럽게 여겨 "긴 칼을 가지고 돌아왔더니, 음식에 고기가 없네(長鋏 歸來乎, 食無魚)"라고 노래한 것에서 유래한다.

49) 육아(陸兒): 한(漢)나라 사람 육적(陸績)이다. 그가 6세 때 원술(袁術)을 찾아갔더니 귤을 내놓았는데, 부모에게 드리기 위하여 그 중 세 개를 품에 몰래 간직한 일이 있었다.

그 다섯번째, 이끼로 덮인 길 其五, 苔徑

오솔길이 세상과 격한 채 숲에 싸여 있는데 細路縈林隔世間
다니는 사람이 없어서 이끼가 아롱져 있네 無人踏破蘚紋班
고생고생 애쓰며 이 길을 따라서 가지 말라 辛勤莫向此中去
수많은 난관을 넘어도 또 만관이 기다리니 過了千關更萬關

그 여섯번째, 거문고 其六, 玄琴

오동 한 잎이 홀연히 가지를 떠나고 一葉梧桐忽謝枝
강변 거문고 소리에 흉금 탁 트이네 江邊琴響豁襟期
곡조에 그리워하는 마음 담겨 있나니 曲中應有相思意
나도 군자와의 정신적 교제 꿈꾸노라 我亦神交夢雅儀

그 일곱번째, 낚시하는 물가 바위 其七, 釣磯

앞으로는 강물이 흘러가고 뒤로는 산기슭인데 面臨江水背山根
침류당에 옥 같이 따뜻한 한가로운 사람 있네 堂有閑人似玉溫
물가에서 낚시 드리우고 여생을 보내려 하는데 終老垂竿磯上坐
서산의 해가 하마 기운 줄도 모르고 앉아 있네 不知西日已斜村

그 여덟번째, 섬돌 앞 대나무 其八, 階竹

집은 티끌 한점 없는 푸른 물가에 있고 家住無塵緣水干
뜰안 대나무 시퍼런 물결에 비치어 있네 當階竹色映波寒
이곳 주인은 이 군을 참으로 좋아하니 主人心與此君好[50]
맑고 고고한 그대에게서 눈 떼지 못하리 須把淸孤一樣看

그 아홉번째, 강 위에 뜬 달 其九, 江月

일엽편주를 띄우고자 다락에서 내려가니 欲泛扁舟夜下樓
밝은 달이 강에 가득한 맑은 가을이로다 滿江明月是淸秋
맑은 물결의 흐르는 달빛 거슬러 올라가 流光遡向空明裏
적벽에서의 신선놀음을 내 다시 해보리라 赤壁仙遊我復修

그 열번째, 울타리 곁 국화 其十, 籬菊

봄날이 가버려 꽃 시든 걸 한하지 말라 莫恨春歸謝衆芳
가을 깊어지면 국화도 향기가 맑으니라 秋深黃菊亦淸香
백의를 기다리는데 어째서 늦게 오는가 白衣望望來何晩[51]
국화를 따다가 술 잔에 띄우고자 하노라 欲取金英泛玉觴

그 열한번째, 문 앞의 버드나무 其十一, 門柳

가는 허리로 봄 되면 청파에서 춤을 추니 細腰春到舞靑坡[52]
봄 경치가 너에게 힘입음이 많음을 알겠네 知是韶光賴爾多
날리는 버들개지가 어지러이 문을 지나니 落絮紛紛過門去
갑자기 때가 여름에 가까워진 것에 놀라네 忽驚時序近南訛

---

50) 이군(此君): 대나무를 가리킨다.

51) 백의(白衣): 여기서는 백의사자(白衣使者) 즉 술 심부름하는 사람을 뜻한다. 도연명(陶淵明)이 9월 9일 중양절(重陽節)에 술이 떨어져 술 생각이 간절하였는데, 때마침 그때 강주자사(江州刺史)로 있던 왕홍(王弘)이 백의(白衣)를 입은 사환을 시켜 술을 보내왔다. 이 고사로 해서 훗날 '백의' 는 술 심부름하는 사람의 뜻으로도 쓰이게 되었다.

52) 청파(靑坡): 푸른 언덕.

그 열두번째, 압구정

저 멀리 강변의 한 허물어진 정자
그 아래로 시린 여울물 흘러가네
물새가 떠 있는 것은 여전하련만
친압하는 사람 없고 노을만 붉네

其十二, 狎鷗亭

江邊望見一頹堂
堂下灘流噴雪霜
泛泛白鷗還似舊
無人來狎但斜陽

그 열세번째, 한강

큰 강이 산을 끼고 횡으로 흘러가는데
서쪽 바다와 백리를 사이에 두고 있네
헌함에서 탁 트인 것만 보는 게 싫으면
당 뒤로 가서 졸졸 흐르는 물소리 듣네

其十三, 漢江

大江橫截兩邊山
海口西連百里間
終日憑欄厭空闊
又從堂北聽潺湲

그 열네번째, 한강 나루

나루를 다투어 건너서 서울로 가는데
행인 대부분 명리 탐하는 사람들이네
어찌 알리오 강가의 한 맑은 선비가
종일 한가로이 헌함에서 보고 있음을

其十四, 漢津

路接長安競渡流
行人半是利名求
焉知江上清修士
終日閑臨曲檻頭

열다섯번째, 제천정

강물은 만고에 걸쳐서 절로 흐르고 있고
정자에 오른 사람 거울 속에서 노니는 듯
눈앞의 승경 무슨 말로 표현할 수 있을까
시를 짓고 싶지만 앵무주에 부끄럽구나

其十五, 濟川亭

萬古長江水自流
登臨人在鏡中遊
眼前勝景難形說
欲賦還慙鸚鵡洲[53)]

그 열여섯번째, 관악산 其十六, 冠岳山

남쪽에 관악산이 바다와 호수 사이에 있는데 冠岳當南間海湖
부용을 도려내어 허공에 꽂아 놓은 듯 하여라 芙蓉削出插虛無
어디에 무엇을 하는 자 있는지 내가 알랴마는 那邊知有何爲者
틀림없이 퉁소 부는 자진의 무리들 있으리라 應是吹簫子晉徒[54)]

대동강 운에 차운하여(회문) 次大同江韻(回文)[55)]

그대를 만류하여 슬픈 이별주를 권하니 留君勸酒別情多
어찌 소리를 다투어 요란하게 노래하랴 苦奈爭聲亂唱歌
시름은 아득한 저문 강으로 들어가고 愁入晩江空渺渺
가을 새파란 하늘은 물결과 닿아 있네 秋天霽色碧連波

그 두번째 其二

단장의 노래 애원이 많나니 腸斷一聲哀怨多
강가에서 노래하는 막수일세 曲江臨唱莫愁歌[56)]
애타는 이 이별을 어이하랴 忙忙奈此人離別
물새의 한가로움이 부럽구나 羨爾閑鷗白點波

---

53) 앵무주(鸚鵡洲): 천하의 대시인인 이백조차도 도저히 모방할 수도 없다고 찬탄하며 붓을 놓고야 말았던 최호(崔顥)의 '황학루(黃鶴樓)' 에 "맑은 시내에는 한양의 나무가 또렷하고, 봄풀은 앵무주에 무성하네(晴天歷歷漢陽樹, 春草萋萋鸚鵡洲)"라는 구절이 있다. '앵무 주에 부끄럽다' 는 말은 작자 자신의 재주가 보잘것없어서 제대로 표현해 낼 수 없다는 겸사(謙辭)다.

54) 자진(子晉): 중국 주(周)나라 영왕(靈王)의 태자인 왕교(王喬)의 자(字)이다. 퉁소를 잘 불었으며, 뒤에 선인(仙人)이 되었다 한다.

55) 회문(回文): 여러 사람이 돌려보도록 쓴 시문.

56) 막수(莫愁): 옛 여인 이름이니, 노래를 잘 불렀다고 한다.

삼가 차운하여 謹次(回文)[57]

돌아오기 힘든 이 이별에 원망이 많아서 回遲此別怨懷多
이별가 몇 곡을 소리 높이 불러 전송하네 送遠飛聲數曲歌
술을 권하여 만류해서 취하게 하려거늘 盃酒勸君留欲醉
파아란 가을빛이 저문 강 물결을 적시네 晩江秋色碧涵波

주헌의 시에 차운하여 次酒軒示韻

만나서 정신 잃을 정도로 술 마셨거늘 相逢盃酒放精神
또 맑은 시를 얻어서 협진으로 삼네 又得淸詩作篋珍[58]
능히 옛사람의 문자와 음주를 이은 이로 能續古人文字飮
다른 날 틀림없이 우리 삼인을 거명하리 他時應說我三人

매미 소리 듣고 느낌이 있어서 聞蟬有感

숲 깊은 곳에서 매미가 요란스럽게 울어대니 樹陰深處亂蟬鳴
가을 바람이 낙성에 가득 차 있음을 알겠네 知是秋風滿洛城[59]
네 울음 듣던 소년 시절에도 느낌이 있었거늘 聞爾少年猶有感
흰머리 신세로서 어찌 쓸쓸한 마음이 없을까 白頭身世豈無情

57) 원주에 "아들 옥형(玉亨)은 벼슬이 찬성(贊成)이며 시호는 공안공(恭安公)이다(男玉亨, 贊成, 謚恭安公)" 하였다. 또 원주에 "이 시는 아들 옥형이 어릴 때 지은 것이다(此兒時作)" 하였다.
58) 협진(篋珍): 상자 속의 보배, 즉 상자에 넣어 고이 간직하는 시문 등을 일컫는다.
59) 낙성(洛城): 원래는 낙양성(洛陽城)을 가리키며, 전하여 서울을 뜻한다.

칠월 기망에 침류당에게 부침 七月旣望寄枕流堂

승경지는 신선놀이에 적합하니 人間勝地合仙遊
오늘은 칠월 기망 가을이라네 七月今當旣望秋[60]
한강을 적벽으로 삼아서 欲把漢江爲赤壁[61]
월하에 퉁소 불며 뱃놀이 하였으면 吹簫月下共扁舟

주헌에게 寄酒軒[62]

옛부터 자고사를 일컬어 왔지만 自古傳稱鷓鴣詞[63]
지금 영추시가 있음을 누가 알랴 誰知今有詠秋詩
백발인 나도 무익함을 알겠으니 白頭我亦知無益
송옥의 슬픔을 배우지 않으리라 不學當年宋玉悲[64]

대무의 시에 차운하여 次大茂示韻

반신의 풍비를 늙을수록 감당키 어려워 半身風痺老難堪[65]
아름다운 이웃을 얻고도 가 보질 못했네 得接芳隣未往參
막연히 생각해 보건대 술 석잔 마신 뒤에 遙想三杯軟泡後

---

60) 기망(旣望): 음력 16일.

61) 적벽(赤壁): 적벽은 중국 호북성(湖北省)에 있는 명승지로서, 소동파(蘇東坡)가 칠월 기망에 여기서 뱃놀이하면서 만고(萬古)에 전하는 적벽부(赤壁賦)를 지었다.

62) 원주에 "주헌이 보낸 영추시(詠秋詩)에 '송옥처럼 슬퍼한들 무슨 도움이 있으랴, 머리만 희어지게 할 뿐이다' 라는 구가 있었다(來詠秋詩, 有 '宋玉悲何益, 恐令白盡頭' 之句)" 하였다.

63) 자고사(鷓鴣詞): 당(唐) 교방(敎坊) 악곡(樂曲) 이름. 자고(鷓鴣)는 새 이름으로 꿩과의 일종이다. "꽃다운 궁녀들이 봄 궁전에 가득했거늘, 지금은 자고만이 날고 있네(宮女如花滿春殿, 只今惟有鷓鴣飛)" 하였다.

64) 송옥의 슬픔(宋玉悲): 가을을 슬퍼하다. 초(楚)나라 사람 송옥이 '구변(九辯)' 에서 "슬프구나, 가을 기운이여! 쓸쓸하구나, 초목의 잎이 떨어짐이여(悲哉! 秋之爲氣也. 蕭瑟兮, 草木搖落而 變衰)" 하였다.

65) 풍비(風痺): 몸이 풍(風)으로 마비되다.

창 뒤 오동에 비 내리면 잠이 달콤하겠네 背窓桐雨睡方酣

생일날에 느낌이 있어서 生日有感[66]

아아 내 생일이 오늘인데 嗟余初度在今辰
한잔 기울이니 오만 생각이 일어나네 一盞傾來百感臻
절물인 배와 대추가 지금 한창 익어가고 있는데 節物正當梨棗熟[67]
어떻게 하면 구천에 계신 어버이께 보내 드릴 수 있을까 九泉那得餉吾親

중양절에 주헌의 시에 차운하여 重九日次酒軒示韻

곳곳의 등고회에서 술잔에 국화를 띄우는데 登高處處泛黃花[68]
어떤 사람이 맹가처럼 모자를 떨어뜨리는가 落帽何人是孟嘉[69]
그러나 어찌 정자에 편안하게 앉은 손님이 那似樓中安坐客
한잔 술로 흥얼거림에 흥이 더해짐과 같으랴 淺斟低唱興還加

새벽 꿈 曉夢

닭은 울고 시각은 오경인데 鷄叫三聲漏五更[70]
서녘 달이 창을 밝게 비추네 夜闌西月射窓明
알현하고픈 마음 간절하나니 此心長切朝金闕
반열 따르다 놀라 깨어나네 彷彿隨班夢忽驚[71]

---

66) (생일은) 8월 26일이다(八月二十六日).
67) 절물(節物): 그 철에 생산되는 물건.
68) 등고회(登高會): 9월 9일 중양절(重陽節)에 산에 올라 술잔에 국화를 띄우고 즐기는 모임이다.
69) 맹가(孟嘉): 진(晉)나라 사람으로, 등고회에서 술에 취하여 바람에 모자가 떨어진 것도 모르고 놀았다 한다.
70) 오경(五更): 아침 5시에서 7시 사이의 새벽녘.
71) 반열(班列): 조정의 문반(文班) 무반(武班)들의 항렬.

새해에 군도에게 부치다　　新歲寄君度

세월이 오고 가는 것이 조수와 같으니　　來往光陰逐海潮[72]
어떤 수로 젊음을 머물게 할 수 있으랴　　世間何術駐顏韶
차라리 제 아무리 신묘한 연단보다는　　難將百鍊還丹粒[73]
푸른 옥빛 도는 술 석 잔이 낫지 않으랴　　換得三杯碧玉醪

이전을 회고하며(병서)　　追往言志(幷序)

지난 정덕(正德) 12년 정축년(丁丑年, 1517년, 중종 12) 12월에, 나는 대사성(大司成)으로서 문선왕(文宣王-공자(孔子)의 시호)에게 삭전(朔奠-초하루 제사)을 올렸다. 일찍이 술을 마시면 주기(酒氣)가 오래도록 가시지 않았으므로, 재일(齋日)과 제사 전에는 일절 술 한 잔도 마시지 않았다. 그날 삭전이 끝나자 숙직청으로 가서 조반을 먹으며 반주로 한 대접을 마셨다. 취하여 잠이 들었는데, 성전(聖殿) 안의 문선왕 자리 앞 탁자 위에 안자(顏子-공자의 제자)가 몸을 굽히고 북향하여 대좌하고 있는 꿈을 꾸었는데, 안자를 기뻐하며 특별히 대하는 뜻이 공부자(孔夫子, 부자(夫子)는 공자에 대한 존칭)에게 있는 듯하였다. 또 가정(嘉靖) 원년 임오년(壬午年, 1522년, 중종 17) 11월 30일 새벽에 집에서 꿈을 꾸었는데, 부자(夫子)께서 우리 집에 오셔서 남향하여 앉으시고 안자(顏子)가 동쪽에 앉았는데, 내가 밥상을 올리며 공손히 "집안 형편상 드실 만한 것을 올리지 못합니다" 하였다. 지금 생각해 보니, 정축년은 11월이 작고 임오년은 크니 같은 날인 듯하다. 괴이하게 여겨져 이를 기록해 둔다(去正德十二年丁丑十二月, 余以大司成, 朔奠文宣王. 嘗以飮則酒氣久不歇滅, 故齋日與祭前, 不接一杯. 其日奠罷, 遂向宿廳, 乃進早飯, 飮一大鍾. 薰然就睡, 夢見聖殿內文宣王座前卓子上, 顏子鞠躬北向對坐, 夫子若有喜悅別待之意. 又前年嘉靖元年壬午十一月三十日曉, 在家夢, 夫子若臨余家南向坐, 顏子坐東, 余進飯床且稽首以謝曰, 因家內不平, 未進可嘗之味. 爾今考之, 丁丑則十一月小, 而壬午則大, 似是同辰也, 怪而誌之).

---

72) 조수(潮水): 밀려 들어왔다 나갔다 하는 바닷물.

73) 연단(鍊丹): 도교에서 말하는 불로불사약.

평생 두 번이나 공자를 꿈에서 뵈었으니 平生再度夢宣尼
이 어찌 모든 사람에게 있는 일이겠는가 此豈人人所得爲
스스로 괴이하게 여기면서 자문해 보나니 自怪自多還自問
어째서 분수에 어그러짐이 예까지 왔는고[74] 緣何不分至於斯

침류당에게 寄枕流堂

지난 여름엔 황학루에서 노래하더니 去夏唱歌黃鶴樓
올 봄에는 백구주에서 피리를 부네 今春吹笛白鷗洲
고마워라 무한한 맑은 강의 흥치를 可憐無限淸江興
해마다 세 늙은이 노는 데 실어주니 輸與年年三老遊[75]

주헌의 서간에 답함 答酒軒簡

병이 노쇠함에 더해져서 자리보전하고 病加衰境苦留床
하물며 불볕더위를 감당할 수 없음에랴 況復炎威不可當
문득 한강의 함께 모였던 곳 생각해 보니 却憶漢江同會處
침류당엔 맑은 바람이 늘 불고 있겠군요 淸風長在枕流堂

그 두번째 其二

내가 밝은 시절 만났으나 공적이 부족하니 我遇明時乏事功
작위가 삼공에 버금감을 부끄러이 여기네 多慙齒爵亞於公[76]

---

74) 어째서- 왔는고: 자기 같은 사람이 공자를 꿈에서 두 번이나 뵌 것이 분수에 맞지 않다는 말로, 스스로 겸손해 한 말이다.

75) 세 늙은이(三老): 주헌(酒軒) 김준손(金俊孫), 침류당(枕流堂) 이사준(李師準, 자가 군도(君度)), 그리고 작자 자신 3인을 가리킨다.

76) 삼공(三公): 의정부(議政府)의 영의정 · 좌의정 · 우의정 세 정승.

스스로 평해 보건대 나의 인품은 어떠한가	自評人品何如者
시와 술이 중간쯤 예사로운 노인일 뿐이네	詩酒中間歇後翁

귀향하는 동년 권석순을 송별하며(병서)
送權同年碩淳還鄉(幷序)

나와 권후(權侯-후는 상대방에 대한 존칭) 호숙(浩叔)은 갑오년(甲午年, 1474년, 성종 5)의 연방(蓮榜-생원·진사시의 합격자 명부)을 함께 차지하여 반궁(泮宮-성균관의 별칭)에서 함께 지냈는데, 서로간에 정이 돈독했었다. 그 뒤 중외(中外)로 흩어졌는데, 그간 50년 사이에 동년(同年-같은 해에 과거에 급제한 자)들은 거의 다 저 세상 사람이 되었다. 다만 권후(權侯)가 아무 탈 없이 향리에 있다는 소식은 들었으나, 경사(京師-서울)로 발걸음을 하지 않아서 만나볼 수 없었으므로, 그리워하는 마음만 간직하고 있을 뿐이었다. 금년 계미년(癸未年, 1523년, 중종 18) 여름에 동년(同年)의 자식 판결사(判決事) 유공(柳公) 관(灌)의 선군(先君-돌아가신 아버지)에 대한 애모의 정이 선군 동년으로서 지금 생존해 있는 자에게까지 미쳐서, 우통례(右通禮-관직명) 윤공(尹公) 세림(世霖)과 의논하여 잔치를 열기로 하였는데, 이름하기를 '헌수(獻壽)'라 하고 윤4월 28일에 삼청동(三淸洞)에서 모이기로 약속하였다. 이 잔치는 인륜의 후한 풍속이요 세상에 드문 아름다운 일이므로, 약속을 어겨 성의를 저버릴 수 없었다. 나는 풍(風)을 앓고 있었지만, 병을 무릅쓰고 가마 타고 약속 장소에 가보니, 민국서(閔國瑞)·이정보(李井父)·민백원(閔百源)·홍상경(洪祥卿)·성국로(成國老)와 나 등 경사에 거주하는 6인은 빠짐없이 모두 모였다. 그리고 살아 있는 자와 죽은 자의 자식으로서 자리에 참석한 자가 18인 이었는데, 번갈아 술잔을 주고 받으며 즐겁게 놀고서 모임을 마쳤다. 동년으로서 서울 밖에 있는 자들은 겨우 6,7인에 불과하였는데, 혹은 멀리 있어서 연락이 닿지 못하고, 혹은 연락은 통했으나 일이 있어서 참석을 하지 못했다. 오직 권후(權侯)만이 거주하고 있는 신창현(新昌縣)으로부터 달려와서 모임에 참석했는데, 나는 처음에 그를 보고서 제대로 알아보질 못했고 그 역시 마찬가지 이었으니 절로 탄식이 나오지 않을 수 없었다. 그가 십일을 머무르고 귀향하려 하는데, 판결사 유공이 또 여러 사람과 약속하여 한강가의 제천정(濟川亭)에서 전별연을 열기로 했는데, 나는 병으로 참석할 수 없어서 집으로 초청하여 이별하였다. 인하여 성회(盛會)의 전말을 기록하여 후일의 추억의 자료로 삼고, 또 절구(絶句) 2수를 지어서 그에게 준다(僕與權侯浩叔, 同占甲午蓮榜, 連袂泮

宮, 情好甚篤. 其後分散中外, 五十年間, 一時同年, 零落殆盡. 而聞權侯無恙在鄕, 但迹絶城市, 未得會合, 徒費戀戀之意. 今年癸未夏, 有同年之子判決事柳公灌, 以哀慕先君之故, 延及于遺存之老, 乃與右通禮尹公世霖, 議設宴席, 名之曰獻壽, 約以閏四月二十八日, 會于三淸洞之空家. 是乃人倫之厚風, 稀世之美事, 不可違約以負盛意也. 僕方患風痺, 力疾肩輿而往, 則閔國瑞·李井父·閔百源·洪祥卿·成國老與僕, 居京六員, 無遺畢會, 而存沒者之諸子, 在座十有八員, 迭爲奉杯, 極歡而罷. 其在外者, 亦纔六七, 或遠不及通, 或通而有故. 獨權侯, 自所居新昌縣, 馳來赴會, 余初視之, 不識其爲權也, 權亦如之, 可歎也已. 留十餘日還鄕, 判決公又約諸君, 齊餞于漢之濟川亭, 僕以病未得往參, 邀別於家. 因記盛會之顚末, 以爲後日寓目存念之資, 且書二絶以贈之).

갑오년은 지금으로부터 50여 년 전인데 甲午于今五十期
가을서리 봄이슬에 몇 사람을 슬퍼했던가[77] 秋霜春露幾人悲
가련하게도 남아 있는 이 많지 아니하니 可憐遺老無多在
감흥이 있다 한들 누구에게 잔을 올릴까 興感如存爲獻巵

그 두번째 其二

강가 이별연에 병으로 참석할 수 없어서 江上離筵病未參
문전서 전송하는데 아쉬움 견딜 수 없네 門前相送思難堪
이번에 가면 재회를 기약할 수 없으므로 此行再會知難必
다시 한 잔 권하며 즐거움을 다하려 하네 更勸一杯須盡酣

삼가 차운함 謹次[78]

세간 이합에 어찌 기약 없으랴만은 世間離合豈無期
백발로 재회하니 기쁘면서 슬프리라 白首重逢喜又悲

77) 가을서리- 슬퍼했던가: 서리와 이슬에 그 사람을 슬퍼한다 함은 그 사람이 죽었음을 뜻한다.
78) 아들 옥형(玉亨)의 작품이다(男玉亨).

그 사이 50년 동안의 쌓인 회포를 五十年來多少意
천 잔의 술을 빌려 일시에 쏟아내네 一時憑道酒千巵

그 두번째 其二

전별하는 강가 정자에 참석치 못함이 한스럽나니 遠送江亭恨不參
다른 해에 그리운 마음을 어찌 견뎌낼 수 있으랴 他年雲樹思何堪
지금 곧 이별하면서 석별의 잔을 나누어야 하니 如今便作相離飮
억지로라도 더 머물게 해서 즐거움을 다해야 하리 投轄須將各盡酣

신창의 권호숙에게 부침 寄新昌權浩叔

만나자마자 헤어졌으니 한이 어떠하겠는가 相逢卽別恨如何
남으로 구름낀 산만 봐도 눈물이 글썽글썽 南望雲山冷眼波
어떻게 하면 나도 창랑으로 갈 수 있어서 安得滄浪吾亦去
그대와 더불어 탁영가를 부를 수 있을까 與君同唱濯纓歌[79)]

호숙의 향거 제영에 차운하여 次浩叔鄕居題詠

땅에 가득한 것이 청산이고 또 호수인데 滿地靑山滿地湖
어째서 백발이 되어서도 속세에 있는가 如何白首尙塵區
명장에 나아가려 않는 부러운 그대에겐 羡君不屑名場就[80)]
이 게으른 사람 일으킬 청풍이 있으리라 應有淸風起懶夫

79) 탁영가(濯纓歌): 창랑(滄浪)은 한수(漢水) 하류의 이름으로, 탁영가는 초사(楚辭)의 "창랑의 물이 맑으면 나의 갓끈을 씻고, 창랑의 물이 탁하면 나의 발을 씻는다(滄浪之水淸兮, 可以濯我纓; 滄浪之水濁兮, 可以濯我足)"라고 한 것이 그것이다.

80) 명장(名場): 옛날 과거 시험장 따위의 명예를 다투는 장소.

가는 봄을 아까워하며 교리 이희건[81]에게 올림 惜春呈李校理熙騫

지팡이 짚고 뜰 안을 거니는데 扶笻伸脚步前墀
늙은이 마음을 어찌 해야 할지 老境幽懷不自持
붉은 비에 꽃 지며 봄 가거늘 紅雨落花春正晩[82]
권주하러 오는 손 어째 더딘가 一杯來勸客何遲

그 두번째 其二

가는 세월 막을 수 없어 탄식하나니 嘆老無緣駐逝暉
지는 꽃과 비서에 가는 봄 원망하네 落花飛絮怨春歸[83]
난파학사는 오는 게 어째서 늦는가 鑾坡學士來何晩[84]
풍광 좋은 곳으로 함께 가고 싶은데… 欲把風光入錦機

주헌에게 寄酒軒

일찍이 강가에서 사이좋게 옷깃을 잇대고 憶曾江上好聯襟
셋이 앉아서 시도 읊고 술도 마셨는데… 鼎坐吟詩酒又斟
세 늙은이에서 지금 한 늙은이 죽고 없으니 三老如今亡一老
남아 있는 두 늙은이의 마음이 어떠하겠는가 遺存二老若爲心

---

81) 이희건(李熙騫): 자는 효순(孝純)이며 생졸년은 미상이다. 조선 중종 8년(1513)에 별시(別試)에 병과(丙科)로 급제하였다.

82) 붉은 비(紅雨): 꽃에 뿌리는 비.

83) 비서(飛絮): 펄펄 날라 다니는 버들개지.

84) 난파학사(鑾坡學士): 교리 이희건을 가리킨다. 난파(鑾坡)는 한림원(翰林院)의 별칭으로, 당(唐)나라 덕종(德宗) 때 금란파(金鑾坡)로 옮긴 적이 있으므로, 혹 난파라고도 하는 것이다. 한림원은 조정의 공용문서를 관장하는 곳으로, 조선의 경우 예문관(藝文館), 홍문관(弘文館), 집현전(集賢殿) 등이 여기에 해당된다.

회포를 읊어 박대무에게 올림 吟懷奉呈朴大茂

늙음과 병이 교대로 공격함을 어찌 할 길 없어서 老病交攻不可爲
자리보전하며 죽는 날만을 기다리고 있을 뿐이네 留床只待死亡期
번거롭더라도 경집을 던지는 걸 아끼지 마시게 煩君莫惜投瓊什[85]
내 두통을 낫게 하는 데는 자네 시가 의원이라네 得愈頭風是一醫

섣달 보름날 밤에 臘月望夜[86]

사문이 달 밝은 가운데 아름다운 모임을 열었는데 斯文佳會月明中[87]
술잔을 가지고 늙은이를 위로해 주니 참으로 고맙네 多謝持盃慰老翁
취하여 누우니 긴긴 겨울밤이 가는 줄 몰랐거니 醉臥不知長夜逝
머리 들어 보니 새벽녘 서광으로 창이 붉디 붉구나 擡頭曉日上窓紅

주헌이 시를 지어서 내가 벼슬을 내놓았으나 그대로 관직에 있으라는 명을 받은 것을 위로하였는데, 그 시에 차운하여 올림 酒軒作詩慰我得蒙致仕仍官之命次呈

만년에 무슨 요행으로 성군을 만나서 殘年何幸際堯仁
일편단심이 백발이 되어서도 새로운가 一片丹心白首新
한스런 것은 보필 효과가 없는 것인데 恨乏涓埃微補效
늙어서 버려질 몸 되려 조신이 되었네 耄荒猶作綴班臣[88]

---

85) 경집(瓊什): 주옥같은 시편.

86) 원주에 "조경력(趙經歷) 적(績)과 이지평(李持平) 희건(熙騫) · 안서령(安署令) 중손(中孫)이 술과 안주를 가지고 왔으므로 시로써 사례하다(趙經歷績 · 李持平熙騫 · 安署令中孫持酒殽來饋, 詩以謝之)" 하였다.

87) 사문(斯文): 유학, 유학자, 선비.

88) 조신(朝臣): 조정의 중요한 직책을 맡은 신하.

주헌에게 올림 奉呈酒軒

청년에 벼슬하여 백발에 이르렀는데 青年始仕到皤皤
어찌 하는 일 없이 국록만 먹으리오 其奈吹竽竊食何
70에도 계속 벼슬하라는 명 입으니 七十仍官蒙聖命
감사하면서도 참으로 부끄럽기만 하네 感恩深處愧還多

그 두번째 其二

이삭줍기 하며 노래함도 즐거운 일인데 拾穗行歌樂亦三
하물며 지금 반열이 대부와 나란함에랴 況今班與大夫參[89]
단 원하는 것은 영원히 귀인을 공경하여 願言百世趨風下
선생을 오래도록 두남으로 모시는 것이네 長戴先生斗以南[90]

주헌이 보낸 시에 차운하여 次酒軒示韻

청운 위를 걸었으나 길은 더욱 통했고 高步青雲路更通[91]
문장은 여사로 하였지만 절로 빼어났네 文章餘事自然工[92]
부끄럽게도 내가 진번하탑을 얻었는데 愧余得下陳蕃榻[93]
나 같은 인물이 어찌 서유자와 같으랴 人物何能孺子同[94]

---

89) 대부(大夫): 고려와 조선 시대에 벼슬 품계에 붙이던 칭호. 문관은 사품 이상, 무관은 이품 이상에 붙였다.

90) 두남(斗南): 두남일인(斗南一人)이니, 북두칠성 이남에서 제일가는 사람, 즉 천하에서 제일 훌륭한 사람.

91) 청운(青雲): 고위고관.

92) 여사(餘事): 주된 일을 하고 난 뒤 남는 힘으로 하는 일.

93) 진번하탑(陳蕃下榻): 중국 후한(後漢) 말 사람 진번(陳蕃)이 특별히 걸상 하나를 벽에 걸어두었다가 서치(徐穉)가 내방하면 이를 내려서 우대하였다 한다. 전하여 빈객을 공경함의 의미.

94) 서유자(徐孺子): 서치(徐穉).

대무가 보낸 시에 차운하여 次大茂示韻

앞으로 백로가 멀지 않았으니 前頭白露節非遙[95]
상엽 날리는 걸 차츰 보게 되리 漸見逢霜木葉飄[96]
괜히 산 오르고 물가에 가지 말라 莫謾登山更臨水
나그네의 시린 마음 어떠하겠는가[97] 客魂應向此中銷

단풍을 읊어 주헌에게 올림 詠丹楓呈酒軒

무엇이건대 담장 가에서 꽃처럼 아름다우냐 何物墻邊爛似花
가지 가득한 단풍이 서리꽃에 물들어 있구나 滿枝楓葉染霜華
가을 기운은 너무나 쓸쓸하다고 말하지 말라 莫言秋氣多蕭瑟
따스한 봄 풍광이 저처럼 우리 집에 있잖으냐 富貴春光在我家

시를 보내온 주헌에게 사례함 謝酒軒示詩

시에서 과분한 칭찬을 해주셨으니 過情褒語入詩吟
선생이 나를 무척 아끼심을 알겠네 知是先生愛我深
뒷사람 인도를 이와 같이 해주시니 誘掖後人當若此
부끄러우면서도 한편 몹시 고무되네 愧中還有作興心

---

95) 백로(白露): 24절기의 하나로 처서(處暑)와 추분(秋分) 사이의 9월 8일경이다.

96) 상엽(霜葉): 서리 맞은 나뭇잎.

97) 나그네의- : 상엽이 바람에 휘~잉 날리는 날, 산에 오르거나 물가에 임한다면, 정처없이 떠도는 나그네의 시린 마음, 이 어찌 감당할 수 있겠는가? 그러므로 산에 오르거나 물가에 가지 말라 한 것이다.

춘분

春分

훈훈해지는 날씨가 사람을 곤하게 하나니
오늘 벌써 봄의 한가운데 춘분이 되었네
난간에 기대어 낮잠 자는 걸 꺼리지 말자
분분한 세상사 잠시 잊을 수 있지 않은가

困人天氣漸薰薰
今日春光半已分
莫厭倚軒成晝睡
能忘世事亂紛紛

청명

清明

오늘은 삼월 절기 청명절인데
밝으신 임금의 탄신일이네
천인의 양덕이 함께 흐르니
천변만화가 새롭지 않겠는가

今日清明三月節[98)]
正當明主誕生辰
天人陽德同流處[99)]
自是熙熙萬化新

심상국의 방문을 기뻐하며

喜沈相國來訪

도리 향기로 가득한 봄동산
연회를 열고 술 한잔 올리네
당시를 회고하니 어제 같거늘
벌써 5년이란 세월이 흘렀네[101)]

春風桃李滿園香[100)]
歌舞筵中奉一觴
追憶當時如昨日
計年今已五星霜

---

98) 원주에 "을유년(乙酉年, 1525년, 중종 20) 3월 5일은 탄신일이다(乙酉三月初五日也, 卽誕辰)" 하였다.

99) 천인(天人): 하늘과 사람(이 작품에서는 임금).
양덕(陽德): 만물을 발육시키는 덕.

100) 도리(桃李): 복사꽃과 오얏꽃.

101) 벌써-: 원주에 "5년 전에 방문하였기에 이렇게 말한 것이다(前五年來訪, 故云)" 하였다.

그 두번째 其二

노년에 희아를 보냄도 못 견디겠거늘	衰年叵耐送羲娥[102]
하물며 지음이 세상에 많지 않음에랴	況是知音世不多[103]
한번이라도 형주 만나보길 다 원커늘	一識荊州人共願[104]
두번이나 영접하니 기쁨 어떠하겠는가	再迎冠蓋喜如何

중양절에 대무를 청하여 집동산에 올라가 마시며 重九請大茂登家園飮

올해 중구에는 국화 안피었는데	重九今年菊未花[105]
어째서 절기가 때와 맞지 않는가	如何節氣與時差
그러나 흥은 예전과 다름 없으니	雖然興味依然在
모자 떨어뜨린 맹가 비웃지 말자[106]	帽落休嫌笑孟嘉

102) 희아(羲娥): 희화(羲和)와 항아(姮娥). 희화는 해를 실은 수레를 모는 사람이며 항아는 달의 여신이다. 전하여 일월, 세월을 뜻한다.

103) 지음(知音): 자기를 알아 주는 사람.

104) 형주(荊州): 시선(詩仙) 이백(李白) 당시의 형주 자사(荊州刺史)였던 한조종(韓朝宗)을 가리킨다. 이백의 《여한형주서(與韓荊州書)》에 "천하의 담론하는 선비들이 모여 말한다. '태어나서 만호후에 봉해질 필요는 없고, 다만 한번이라도 한형주를 만나 보길 원한다.' (天下談士, 相聚而言曰: '生不用封萬戶侯, 但願一識韓荊州')"라는 말이 보인다. 여기서 '식한(識韓)' '식형(識荊)'의 말이 나오게 되었는데, 천하의 명사를 만나 보는 영광의 의미로 쓰인다. 한조종은 인재를 알아보고 발탁하는 데 뛰어났다고 한다. 그래서 그의 천거를 한번 받기만 하면 곧 천하에 이름이 나게 되었다. 그러므로 천하의 많은 무명의 인재들이 그를 한번이라도 만나보고자 하였다. 이백의 글도 바로 한조종을 한번 만나 보기 위해 보낸 편지글이다.

105) 중구(重九): 음력 9월 9일 중양절이니, 이날에는 높은 산 위에 올라가 술잔에 국화를 띄우고 마시는 풍습이 있었다.

106) 모자- : 한번 신나게 놀아보자는 말이다. 맹가(孟嘉)는 중국 진(晉)나라 사람이다. 환온(桓溫)의 참군(參軍)이었다. 중양절에 환온이 용산(龍山)에서 연회를 열었는데, 이때 바람이 불어 맹가의 모자가 떨어졌거늘, 맹가는 그것도 모르고 풍류에 취했다고 한다.

그 두번째 其二

집동산 높은 곳에서 등고회 열어 家園高處作重陽[107]
손님과 등림하여 술잔을 기울이네 與客登臨倒百觴[108]
오늘 사이 좋게 웃으며 즐기거늘 今日好相開口笑
머리에 꽂을 황화 없으니 어이할꼬 奈無頭上插花黃[109]

부평 부사 김우가 부임에 앞서 작별하러 왔기에 받들어 사례하다
奉謝富平府使金祐將之任來辭

어제 서로 만나서 술잔을 기울였는데 昨日相逢酒一巡
얼굴에 웃음이 돌아서 새롭게 보였네 笑回青眼老猶新
닭 잡는 데 소칼 쓰길 다 아까워 하나[110] 割鷄共惜牛刀用
그대의 수양하기 위함을 나는 아노라 惟我知君爲養神

침류당에게 寄枕流堂

하늘과 땅 사이에 종적을 맡긴 사람은 天地中間寄迹人
참으로 여관을 오고 가는 손님과 같네 端如傳舍往來賓
그간 일하고 일했지만 무얼 이루었는가 百年役役成何事
맑은 강에서 낚시함만 저버렸을 뿐이네 辜負淸江理釣緡

---

107) 등고회(登高會): 중양절날 높은 곳에 올라가서 함께 어울리는 모임.

108) 등림(登臨): 높은 곳에 올라가서 아래를 굽어 보다.

109) 황화(黃花): 국화(菊花).

110) 닭 잡는 데- : 《논어 · 양화편(陽貨篇)》에 "공자가 무성읍에 이르러 거문고 타며 노래하는 소리를 듣고 빙그레 웃으며 이르길, '닭 잡는 데에 어찌 소 잡는 칼을 쓰리오?' 하였다(子之武城, 聞弦歌之聲, 夫子莞爾而笑曰: '割鷄焉用牛刀')"라는 말이 있다. 여기서 뜻이 확장되어 '닭잡음(割鷄)'은 어떤 한 고을을 맡아서 다스리는 것을 의미하게 되 었고, '소칼(牛刀)'은 예악(禮樂)의 대도(大道)를 뜻하게 되었다. 김우가 부평이라는 작은 고을로 나가게 되었으므로 이런 비유를 쓴 것이다.

주헌의 시에 차운하여 次酒軒示韻

가을바람이 가볍게 베갯가를 스치는지라	秋風輕拂枕邊生
일어나 산 풍광을 보니 비단에 수 놓은 듯	起視山光錦繡明
한해 저물어 가니 젊은이도 내심 놀라거늘	歲晏少年猶瞿瞿
나 같은 백발의 늙은이는 마음이 어떠하랴	白頭如我若爲情

대무가 절구 11수를 보내준 것에 감사하며 謝大茂惠詩十一絶

앞 세상에서는 적선이었던 듯하니	無乃前身是謫仙[111]
어쩌면 그토록 시율이 닮았단 말인가	何其詩律酷同焉
지금 청평곡을 나란히 짓게 한다면	若今並製淸平曲[112]
누구의 것이 먼저 관현으로 연주될까	不識誰先被管絃[113]

주헌을 애도하며 대무에게 올림 哀酒軒呈大茂

성 서쪽에 오래된 집이 길가에 있나니	城西舊宅路傍存
과객들이 모두 이는 주헌이라고 말하네	過客皆言是酒軒[114]
그대와 함께 빈소에서 슬피 통곡 했는데	長憶與君同哭殯
지금토록 눈가엔 눈물자국 남아 있다네	至今淚眼帶餘痕

---

111) 적선(謫仙): 이백(李白)의 별칭. 하지장(賀知章)이 이백을 장안(長安)에서 만나보고 '하늘에서 지상으로 귀양 온 신선'이라 한 데서 비롯한다.

112) 청평곡(淸平曲): 청평곡은 원래 악장(樂章)의 하나이다. 여기서의 청평곡은 당(唐) 현종(玄宗)이 양귀비와 함께 침향정(沈香亭)에서 작약을 감상할 때 이백에게 명하여 짓게 한 가사(歌詞)를 말한다.

113) 관현(管絃): 피리 등의 관악기와 거문고 등의 현악기의 총칭.

114) 주헌(酒軒): 주헌은 김준손(金俊孫)의 집이름, 즉 당호(堂號)이자 한편으로는 별호이기도 하다. 이전에는 당호를 자신의 별호 즉 호로 삼는 경우가 허다했다. 이 《월헌집》에 자주 나오는 침류당(枕流堂)도 그런 경우이고, 월헌(月軒) 역시 마찬가지 경우이다. 여기서는 당호로 쓰인 경우이다.

그 두번째 其二

세월은 비탈 내려가는 수레바퀴 百歲光陰下坂輪
옥골도 그만 진토가 되고 말았네 傷心玉骨亦成塵[115]
취중에 전성의 길을 지나간다면 醉中若過全城路[116]
통곡을 아니 할 수 없을 것이다 應作西州慟哭人

자언이 찾아오다 子彦來訪

한 조각 규심 해를 향해 붉은데 一片葵心向日紅[117]
만년임에도 성은을 두터이 입네 殘年猶被聖恩濃
늘 후한 녹으로 목숨을 이어가고 長承厚祿連軀命
집안 많은 식솔들도 따르게 하네 兼使家中百口從

그 두번째 其二

만나서 아직 해도 지지 않았는데 相逢西日未沈紅
무슨 일로 바삐 가려고 하시는지 何事悤悤去意濃
술 한잔 다시 권하나니 모름지기 다 비우시오 更勸一杯須盡飮
나이들어 갈수록 이 만남 함께하기 어렵나니 老來難處是相從

---

115) 옥골(玉骨): 옥처럼 희고 깨끗한 귀인을 지칭하는 말로서 여기서는 주헌을 가리킨다.

116) 전성(全城): 전의(全義)인 듯하다. 조선 문과방목(文科榜目)을 보면, 주헌 김준손의 본관은 연기(燕岐)로 되어 있다. 전의와 연기는 역사상 합병되기도 하고 분리되기도 하였는데, 지금은 전의가 충남 연기군에 속해 있다.

117) 규심(葵心): 해바라기 마음. 여기서는 일편단심과 같은 의미다.

규보 박형문[118]의 시에 차운하여 / 次朴奎甫衡文示韻

금방에서는 그 해에 일등이었고[119]
시풍은 이두인데다 또 전신하네
변관에서 이날 반갑게 만났거늘
내일 아침의 이별의 한이 두렵네

金榜當年第一人
詩從李杜又傳神[120]
邊關此日欣相見[121]
還怕明朝別恨新

인일에 군도에게 부침 / 人日寄君度

인일은 여느 해에는 따뜻했거늘
올해는 인일이 어째 이리 추운가
그댄 늘 강남 풍취 생각하겠지만
푸른 물에 배 띄우기 어려우리라

人日常年暖氣多[122]
今年人日苦寒何
想君長憶南江趣
難待扁舟泛碧波

자언에게 올림 / 呈子彦

성 서쪽은 지척인데도 뵙지 못하고
꿈속에서 오고가느라 몹시 분분하네
풍비가 걸음걸이를 방해하여서 이지
첩첩 산중에 구름 자욱해서 아니라네

咫尺城西不見君
往來魂夢苦紛紛
只緣風痺妨行步[123]
非是萬重山一雲

---

118) 박형문(朴衡文): 생년 1421년, 졸년 미상. 자는 규보(奎甫), 성종 6년(1475) 친시(親試)에서 갑과(甲科) 1등으로 급제하였다. 벼슬은 장령(掌令)에 이르렀다.

119) 금방에서는- : 원주에 "규보가 문과 장원이었기 때문에 이렇게 말한 것이다(奎甫爲文科狀元, 故云)" 하였다. 금방(金榜)은 과거에 급제한 사람의 명단이다.

120) 이두(李杜): 이백(李白)과 두보(杜甫).
전신(傳神): 묘사 등이 핍진하고 생생함.

121) 변관(邊關): 변경의 관문.

122) 인일(人日): 음력 정월 초이레의 아칭(雅稱). 옛날에는 이날의 기후로 그 해의 길흉을 점쳤다.

123) 풍비(風痺): 풍으로 인한 마비.

그 두번째 其二

2월인데도 날씨 차가워 언 것이 많나니 二月天寒凍色多
올해는 봄기운이 어째서 더디게 오는가 今年春氣奈遲何
관청 연못 물이 처음으로 녹으면 반드시 想應初泮官池水
그대 집 미녹파로 흘러들어가게 하고저 流入君家未綠波[124)]

군도와 자언의 옛 집을 생각하며 懷君度子彥舊居

세월이 흘러 어느덧 칠순을 넘었는데 冉冉光陰過七旬
근래에 친구들 모두 가 버리고 말았네 邇來朋舊盡沈淪
강산은 지금도 여전히 그 모습이건만 東江如昔西山在
당시 대작하던 사람들은 어디로 갔는가 不見當時對酌人

북도에 있으면서 절도사가 감사에게 부친 시에 차운하여
在北道次使相遙寄監司韻

가을 바람에 홀로 중선루에 올라 秋風獨上仲宣樓
남녘을 바라보니 끝없는 운산들 南望雲山不盡頭[125)]
멀고 먼 쌍성이 있는 곳은 어딘가 渺渺雙城何處是
천리 흑강이 수심에 잠기게 하네 黑江千里使人愁[126)]

124) 미녹파(未綠波): 얼어서 아직 푸른 물결이 출렁이지 않음, 여기서는 그런 연못.
125) 운산(雲山): 구름 낀 산.
126) 흑강(黑江): 두만강.

그 두번째 其二

달 밝아 청흥이 다락에 가득했는데 月明淸興滿南樓
그때엔 검은 머리로 서로 만났었지 杖鉞相逢共黑頭
지금 남북으로 멀리 떨어져 있으니 南北如今雲樹隔
이별 슬픔에 마음 깃발이 펄럭이네 搖搖心旆動離愁

피리소리 듣고 느낌이 있어서 聞笛有感

빽빽한 나무가 땅에 그늘을 드리우고 있지만 滿地淸陰綠樹稠
집안 서늘한 기운이 새 가을 도래를 알려 주네 一軒涼氣報新秋
어떤 이가 피리 불어 잠 덜 깬 사람 놀래키나 何人弄笛驚殘夢
자유롭지 못할 정도로 만 가지 상념 교차되네 百感中來不自由

집 동산에서 봄을 읊다 家園春詠

입구가 꽉 잠긴 동산에 봄이 오니 洞門深鎖一園春
형형색색 꽃이 차례대로 피어나네 白白紅紅次第新
복사꽃 물에 흘러가게 하지 마라 莫遣桃花泛流水
어부가 보고서 찾아올까 두렵네[127] 怕敎漁父得尋眞

경원의 문루에서 서울로 돌아가는 점마 홍숙을 전송하며 慶源門樓送洪點馬淑還京

길에 오르는 것을 재촉하니 催上王程不少留

127) 어부가- : 작자는 자기 집 동산을 무릉도원(武陵桃源)에 견준 것이다.

이별의 슬픔 어떠하겠는가 歌殘金縷動離愁
이별 한은 옛부터 있었지만 人間別恨從來有
더구나 변성이 가을임에랴 何況邊城入素秋[128]

홍정승을 함창으로 이장한다는 소식을 듣고 聞洪相移葬咸昌

선생에게 망하지 아니할 것 있음을 하례하나니 還賀先生有不亡
집안의 네 아들은 한결같이 문장 중의 문장이네[129] 堂前四子摠文章
마땅히 보불로써 산과 용을 훌륭하게 채색하여 應將黼黻山龍彩[130]
우정에 참여하여 순 임금 의상에 수놓게 되리라[131] 接武虞庭繪舜裳

그 두번째 其二

멀리 함창을 향하여 미인을 곡하나니 遙向咸昌哭美人[132]
이 생애에서 다시는 뵐 수 없으리라 此生無復見風神
옥가루처럼 반짝이는 글귀만 남았는데 唯餘玉屑霏霏句
쌓여서 영주의 구곡의 티끌이 되리라[133] 積作瀛洲九斛塵

궁궐에 밤에 눈 내리다 禁內夜雪

밤사이에 눈이 소록소록 내렸는데 無風細雪夜潛垂
숙직하였으나 잠들어 알지 못했네 入直香堂睡不知

128) 변성(邊城): 변경에 있는 성.
129) 집안의- : 자식들이 모두 훌륭하여 영원히 이름을 떨칠 존재들이라는 말이다.
130) 보불(黼黻): 수(繡).
131) 우정에- : 우정(虞庭)은 순임금의 조정이다. 이 나라 조정의 훌륭한 신하가 될 것이라는 말이다.
132) 미인(美人): 아름답게 여기는 사람, 여기서는 홍정승을 가리킨다.
133) 쌓여서- : 진귀한 귀중품이 될 것이라는 말이다. 영주(瀛洲)는 신선이 산다는 곳이며, 구곡(九斛)은 많다는 뜻이다.

새벽에 상림원 숲 울창한 곳 보니 曉見上林蓊鬱處[134]
옥 같은 꽃 가지에 다투어 피었네 玉花爭發萬年枝

급제하여 영흥으로 어버이 뵈러 가는 이국간을 전송하며[135] 送李國幹登第歸覲永興

백옥이 날릴 정도로 말발굽이 경쾌한데 雙飜碧玉馬蹄輕
뜻을 이루어 가을 바람에 영북으로 가네 得意秋風嶺北行
이번에 어버이에게 가면 기뻐하실 것이니 此去親闈黃色滿
양관곡을 이별길에서 부를 필요 있으랴 陽關何用唱離程[136]

이계훈을 곡함 哭李繼勳

친상 당하여 야위어진 자로서 소련이 있는데 棘子欒欒有少連[137]
슬픔으로 수척해져 청년에 그만 세상을 버렸네 因哀毁瘠背靑年
뜰 안의 난옥에게는 남는 복이 머무를 것이며 庭前蘭玉留餘慶[138]
석류를 인하여 아편에 실릴 것임을 알겠노라 錫類方知載雅篇[139]

---

134) 상림원(上林苑): 궁원(宮苑).

135) 원주에 "이때에 이국간(李國幹)의 아버지 이극돈(李克墩)이 영안 감사(永安監司) 겸 영흥윤(永興尹)이었다(時國幹之父克墩, 爲永安監司兼永興尹)" 하였다.

136) 양관곡(陽關曲): 중국 당(唐)나라의 원이(元二)가 안서(安西) 지방의 사신이 되어 떠날 때, 왕유(王維)가 지어서 부른 노래, 위성곡(渭城曲)이라고도 한다. 전하여 송별의 노래를 뜻한다. 그 전문이 다음과 같다: 위성의 아침비가 먼지를 적시니/객사의 버드나무 푸릇푸릇 새롭구나/그대에게 다시 술 한 잔 권하노니/서쪽으로 양관을 나서면 친구가 없으리니(渭城朝雨浥輕塵, 客舍靑靑柳色新. 勸君更盡一盃酒, 西出陽關無故人).

137) 소련(少連): 옛사람의 이름으로, 거상(居喪)을 잘하였다 한다.

138) 난옥(蘭玉): 지란옥수(芝蘭玉樹)의 준말로, 여기서는 남의 자제에 대한 경칭.

139) 석류(錫類): 효자의 효행이 널리 퍼져서 남에게까지 미치는 것.
아편(雅篇): 시경(詩經)의 대아편(大雅篇).

그 두번째　　其二

공명을 이룸에 있어서 삼도의 꿈을 믿었거늘　　功名纔信三刀夢[140]
인생 백 년에 반 길도 못 갈 줄 어찌 알았으랴　　百歲那知未半程
남쪽 고을에서 인애를 널리 끼친 일로 보건대　　見說南州遺愛事
집마다 자식 낳으면 그대를 이름으로 삼으리라　　家家生子李爲名

그 세번째　　其三

사이가 좋아서 영원히 헤어짐이 없으리라 여겼으니　　擬將情好永無違
어찌 저승에서 갑자기 그대를 부르리라 생각했으랴　　豈料泉臺忽掩扉
젊은 시절 학교에서 함께 생활하며 공부했던 일들을　　少日南庠連袂事
지금 추억해 보니 마치 꿈속처럼 몽롱하기만 하여라　　如今追憶夢依依

해바라기꽃　　葵花

일편단심으로 해를 향해 피어 있으니　　一片丹心向日開
희륜이 마치 네 주위를 돌고 있는 듯　　羲輪似爲汝徘徊[141]
항상 맑은 빛이 비추어주길 원하나니　　願言長得淸光照
검은 구름이 잠시도 가리게 하지 말라　　莫使陰雲暫蔽來

한가한 가운데 우연히 읊음　　閑中偶吟

나무 그늘 짙은 곳으로 더위 피하여　　樹陰深處避炎暉

---

140) 삼도의 꿈〔三刀夢〕: 영전이나 출세 등의 길몽.
141) 희륜(羲輪): 태양.

죽부인을 끼고 나비가 된 꿈 꾸었네[142]
옳으니 그르니 하여 떠들썩하지 말라
마음 텅 비면 옳고 그른 게 없느니라

喚取靑奴化蝶飛
是是非非休聒聒
心空無是又無非

제야 除夜

떠들썩한 이 밤 억지로 잠을 몰아내는데
삼경이 하마 되었음을 깨닫지도 못하였네
어디의 닭울음이 처음으로 새벽 알리느냐
시간적으로 새해 밝았음을 분명히 알겠네

歡喧此夕强排眠
不覺三更漏已傳
何處鷄聲初報曉
判知晷刻是新年

봄잠 春睡

봄빛 따사로워 춘곤 견디기 어렵나니
한가로운 사람의 잠 맛이 달디달구나
꿈에서 나비가 되어 신나게 놀았는데
여기저기로 마음껏 꽃을 찾아 다녔네

春光融暖困難當
分與閑人睡味長
枕上神遊蝴蝶夢
東阡西陌恣尋芳

생원 최영선에게 부침 寄崔生員永善

중국으로 사신가다 파평길에서
잠시 쉬었다 다시 길을 떠나네
말 위에서 그대를 그리워하나니
멈춘 구름에서 수심이 피어나네

朝天萬里路坡平
暫憩公堂又發程
馬上思君未相見
停雲其奈別愁生

142) 나비가 된 꿈: 장주(莊周)가 꿈에 나비가 되어 노닐다가 깨어난 뒤, 자신이 꿈을 꾼 것인지 나비가 지금 꿈을 꾸고 있는 것인지 알 수 없었는데, 여기서 호접지몽(胡蝶之夢)이라는 말이 나오며, 뒤에 널리 물아(物我)의 구별을 잊음의 비유로 쓰인다.

단풍을 읊어 대무에게 올림

詠楓呈大茂

단풍 숲에 십분 붉은색 가득하니
맑은 서리와 이슬이 침범하였구나
내일 찬바람이 불어 다 쓸어버리면
난간 앞 어떤 것이 시에 도움될까

十分紅色滿楓林
知是淸霜玉露侵
明日寒風吹掃盡
檻前何物助詩吟

국화를 읊음

詠菊

형형색색의 꽃들이 차례로 피고 지었거늘
그댄 어인 일로 이렇듯 늦게 피었나 물으니
종래 성격이 굳은데다 혼자인 걸 좋아하여
봄에 백화에 알려짐을 싫어해서라고 하네

萬紫千紅次第開
問渠何事太遲遲
從來介性喜幽獨
不許春風百卉知[143]

자야가 항왕을 읊조린 시에 차운하여

次子野詠項王韻

간신히 동성에 이르러 패업이 무너졌는데
외론 통분이 지금도 강물과 함께 흘러가네
하늘이 날 망하게 하는 것이라고 말하면서
패배한 것이 용병의 잘못이 아니라 하였네

窘到東城霸業傾[144]
千年孤憤寄江聲
天亡說與吳中士
一敗非因怯用兵

'사람을 보냄' 에 차운하여

次送人韻

서쪽으로 고향을 바라보니 망연해지거늘

故園西望意茫茫

143) 백훼(百卉): 온갖 화초들.
144) 동성(東城): 항우(項羽)가 한에 패하여 마지막으로 이른 곳, 이때 휘하에 겨우 28기(騎)가 남았다.

홀연 앞마을의 벼 누렇게 익은 생각나네 忽憶前村熟稻粱
우습구나 나그네로 외롭고 적적한 곳에서 堪笑客中孤寂處
가을 맑은 풍경에 더욱 처량해지는 것이 一秋清況轉凄凉

'금류월야' 에 차운하여 次金柳月夜韻

하늘에 구름 한 점 보이지 아니하니 不見微雲滓太清
차가운 둥근 달 더더욱 밝아 보이네 一輪寒月轉分明
오늘밤엔 몇 사람이 국경의 요새에서 幾人今夜榆關外
변방 호가 소리에 애간장 끊어질까 腸斷胡笳出塞聲[145)]

복사꽃이 곳곳에 만발하다 春望處處桃花滿開

봄바람이 불어 적성을 노을로 물들여서 東風吹起赤城霞[146)]
장안의 집집으로 흩어져 들어가게 하네 散入長安百萬家
밤 사이 무수한 나무에 나뉘어 붙었는데 一夜分粘無限樹
새벽이 오니 선계가 경화로 바뀌는구나 曉來仙界換京華[147)]

서당에서 본대로 쓴다 西堂題所見

단풍나무는 한창 활활 타오르고 있으며 丹楓樹下拒霜花
햇빛 가린 당 앞에는 자하가 찬란하네 掩映堂前爛紫霞[148)]
갑자기 짙은 빛이 묽어지길래 의아하여 忽訝濃光爲淺淡
돌아보니 해가 마침 넘어가려 하고 있네 回看日脚正西斜

---

145) 호가(胡笳): 북방의 호인(胡人)이 갈대의 잎으로 말아 부는 피리.
146) 적성(赤城): 대궐, 또는 그 대궐이 있는 서울.
147) 경화(京華): 서울.
148) 자하(紫霞): 자줏빛의 운기로서 신선이 사는 곳에 떠돈다 한다.

단오(회문) 端午(回文)

누런 매실을 씻어낸 비가 막 개이니 黃梅洗色雨晴初
수각의 안개 개이고 바람 시원하네 霧捲風涼水閣虛[149]
술잔 가득한 창포 향 코를 찌르나니 觴滿碧蒲香擁鼻
좋은 때의 이 즐거움을 무엇에 대랴 良辰此樂更何如

멀리서 부친 영흥 판관 가행 조달생[150]의 시에 차운하여
次遙寄永興判官趙可行達生韻

가을 바람에 누에 홀로 기대어 一笛西風夜倚樓
밝은 달을 뚫어지게 쳐다본다 眼穿明月不回頭
님으로부터 소식이 끊어졌는데 美人千里音塵闕
길 아득하여 근심만 일어날 뿐 川路遙遙謾起愁

그 두번째 其二

의자에 앉았던 늙은이 홀로 누에 오르니 胡床老子獨登樓
맑은 밤 밝은 달이 바닷가에서 떠오르네 明月淸宵上海頭
멀고 먼 쌍성은 천리밖 아득한 데 있어서 迢遞雙城一千里
그대 그리워도 보이지 않아 수심 맺히네 思君不見結離愁

149) 수각(水閣): 물가에 있는 누각.
150) 조달생(趙達生): 생졸년 미상. 자(字)는 가행(可行)이며, 세조 14년(1468) 춘당대시(春塘臺試)에 급제하였다. 내직으로는 성균관 전적(典籍)을 거쳤다.

동짓날 대무에게 올림 冬至呈大茂

술 좋아하여 헐후인 되었지만 嗜酒難逃歇後名[151]
그러나 이 외에 또 무얼 하랴 雖然此外更何營
오늘은 동짓날 참으로 좋은 때 良辰今日是冬至
선생과 술 한 잔 나누고 싶네 請與先生較大觥

김적성 만사 挽金積城[152]

청운의 뜻을 품고 채 반길도 못 갔거늘 萬里靑雲未半程
서주의 창생들이 끼친 사랑에 통곡하네 西州遺愛哭蒼生[153]
가련토다 그간 37년간의 일들이여 可憐三十七年事
금방에 부질없이 갑제의 이름만 남았네 金榜空留甲第名[154]

비를 갈망하며 望雨

나무 사이에서 음조가 요란하게 울 적에 樹間陰鳥亂鳴初[155]
둔고가 오랜 가뭄에 인한 것임을 알았네 占解屯膏久旱餘[156]
예부터 어떻게 형초를 뽑으며 개간했던가 自昔如何抽楚棘[157]
지금부터 새밭[158]은 물어볼 필요가 없으리라 從今不必問新畬

151) 헐후인(歇後人): 대수롭지 않은 사람, 보잘것없는 사람.
152) 만사(挽詞): 죽은 사람을 애도하여 지은 글.
153) 창생(蒼生): 백성.
154) 금방(金榜): 과거 급제자의 명단.
갑제(甲第): 과거에 갑과(甲科)로 급제하다.
155) 음조(陰鳥): 그늘에 산다는 관조(鸛鳥)로서 한랭(寒冷)한 것을 좋아하며, 일명 '비새' 라고도 한다.
156) 둔고(屯膏): 은덕이 아래에까지 미치지 못하는 것.
157) 형초(荊楚): 아끼시나무를 비롯한 가시나무.
158) 새밭: 원문의 신여(新畬)이니, 개간한 지 이제 막 두세 해쯤밖에 안 되어 가뭄을 잘 타는 밭.

봄날(회문)

비단으로 마름질한 듯한 향긋한 꽃은 이슬 머금었고
쪽으로 물들인 듯한 푸른 버들은 안개 두르고 있네
푸른 술단지에 붉은 노을 가득 담고 연회를 열어서
봄의 넉넉한 풍경을 느긋이 감상하며 시에 담아보네

春日(回文)

花裁錦色香含露
柳染藍光翠帶煙
霞滿碧樽開宴會
賞春饒景入詩聯

여름날(회문)

시원한 저문 다락은 푸른 대숲에 의지해 있고
시원한 그윽한 헌함은 찬 샘물의 근처에 있네
향기로운 술을 따른 잔에는 얼음 조각을 넣고
시원한 대자리 깔고서는 둥근 부채를 물리치네

夏日(回文)

涼送晚樓依竹翠
暑消深檻近泉寒
香醪酌處添氷片
冷簟鋪時却扇團

가을날(회문)

오동잎이 떨어진 야윈 가지는 차거운 이슬에 젖어 있고
기러기 날아가는 저녁 놀은 하늘에 길게 드리워져 있네
외론 등불 곁에 있는 여인은 깊은 밤 수심에 젖어 있고
끊어진 꿈에 놀란 사람은 먼 타향에서 나그네로 떠도네

秋日(回文)

梧落瘦枝寒露浥
雁飛斜影暮天長
孤燈伴女愁深夜
斷夢驚人客遠鄉

겨울날(회문)

세모가 되니 늙은 몸에 수심이 더해지고
날씨가 차가우니 머리 짧은 게 꺼려지네
하늘 얼어 막힌 데다 눈보라가 몰아치니
마음 편안함을 술로 얻고자 가득 따르네

冬日(回文)

年催急景老添愁
氣冷多嫌短髮頭
天閉凍兼風又雪
便安借得酒盈甌[159]

쇠잔한 국화 殘菊

하늘의 공허함에서 한 해가 저물고 있음 알겠나니	泬廖知是歲將闌
땅에 가득한 것은 서리고 국화는 이미 쇠잔해 있네	滿地霜華菊已殘
남은 아름다움은 도령 취기를 더해 주려는 듯하고	餘艷欲添陶令醉[160]
떨어진 꽃잎은 굴평찬을 기다리고 있는 듯하여라	落英如待屈平餐[161]

복직 復職

오색 구름 가에서 우레가 일어나더니	五色雲頭作解雷
은혜의 물결이 높이 구천에서 오네	恩波高自九天來[162]
오늘 용상 아래서 절하며 사례했는데	今朝拜謝龍墀下
곧은 마음 설중매에 의탁하고자 하네	願把貞心托雪梅

그 두번째 其二

경칩이던 어젯밤에 우레 일성 치더니	昨宵驚蟄一聲雷[163]
봄이 따뜻한 기운을 만 리에 걸쳐 펴네	春布陽和萬里來
지금부턴 풍상에 변절이 없어야 할 터	從此風霜無改節
변치 않을 마음을 세한매에 매어두네	貞心共結歲寒梅[164]

---

159) 安: 원주에 "(원문의) '安(안)' 은 '身(신)' 으로 된 곳도 있다(安一作身)" 하였다.

160) 도령(陶令): 도연명(陶淵明)을 가리키는 말이다. 도연명이 일시 팽택령(彭澤令)으로 있었기 때문에 '도령' 으로 지칭하기도 한다.

161) 굴평찬(屈平餐): 굴평(屈平)은 즉 굴원(屈原)이니, 평(平)은 굴원의 이름이다. 굴원은 그가 지은 이소(離騷)에서 "아침에는 목란에서 떨어지는 이슬을 마시고, 저녁에는 가을 국화의 떨어진 꽃잎을 반찬으로 먹는다(朝飮木蘭之墜露兮, 夕餐秋菊之落英)" 하였다.

162) 구천(九天): 구중궁궐(九重宮闕).

163) 경칩(驚蟄): 24절기의 하나로서 음력 3월 5일경.

164) 세한매(歲寒梅): 추운 날씨에 굴하지 않고 피어 있는 매화, 즉 설중매를 이른다.

까치

喜鵲

적적한 서헌에 해가 넘어가려 하는데
벽오동 가지에서 까치가 짹짹거리네
은근히 주인에게 기쁜 소식 알려 주니
집에 즐거운 일이 있을 것인가 보다

寂寂西軒日欲斜
碧梧枝上鵲査査
殷勤爲報主人喜
知有家中樂事加

단오첩자

端午帖子

빛나는 아침해가 층층의 처마를 비추고
궁궐에는 바람이 살살 불어 주렴을 마네
난탕으로 여기를 제거하려 들지 않아도
한 사람 어진 마음이 모든 걸 구제하리[166]

暉暉旭日照層簷
宮殿風微卷玉簾
不用蘭湯除沴氣[165]
一人仁念濟洪纖

희여와 자야가 보인 '수부'에 차운하여

次希輿子野示戍婦韻[167]

하양 싸움이 아직 끝나지 않았다 하는데
먼 데 있는 사람의 생사를 알기 어렵네[168]
꿈에서 만났던 일이 도리어 의심스럽나니
죽어서 하마 싸늘한 시신이 된 건 아닌지

聞道河陽戰未闌
遠人存沒得知難
還疑夢裏相逢事
恐是遺魂骨已寒

165) 난탕(蘭湯): 난탕은 난초를 넣어서 끓인 물.
여기(沴氣): 악기(惡氣), 요기(妖氣) 등 나쁜 기운이다.
166) 한 사람: 한 사람은 '임금'을 가리킨다.
167) 수부(戍婦): 변방에 수자리 살러 간 사람의 부인.
168) 먼 데 있는 사람: 수부(戍婦)의 남편이다.

꽃을 아까워함 惜花

꽃이 아까워서 연일 술에 취하나니 惜花連日醉醺醺
3월의 봄 풍광이 절정에 달하였네 三月春光到十分
내일 꽃 시들면 눈은 심드렁해 하고 紅謝明朝無悅目
되려 꾀꼬리 소리로 수심에 잠기리 却愁鶯語耳邊聞

동파가 왕진경[169]의 그림에 쓴 시에 차운하여 次東坡書王晉卿畵韻

그 첫번째, 산음현의 옛 자취 其一, 山陰陳迹

시문과 글씨는 자연 그대로 이고 詞華筆跡奪天眞
하물며 맑은 품격이 출중했음에랴 況復淸標出世倫
난정의 성대한 연회가 없었더라면[170] 若也蘭亭無勝會
고상한 운치는 뉘 것이 되었을까 千年高致屬何人

그 두번째, 눈 내린 시내를 흥을 타고서 其二, 雪溪乘興

눈빛과 달빛이 한데 어울려서 밝게 빛나고 雪月明輝一樣哉
하물며 시냇물 소리 맑은 우레 같아짐에랴 況聞溪響轉晴雷
배타고 대규를 찾은 것은 흥 때문이었으니 乘舟訪戴緣乘興
흥이 다했으니 보지 않고 온들 무얼 꺼리랴[171] 興盡何妨不見來

---

169) 왕진경(王晉卿): 왕선(王詵)이다. 진경은 그의 자(字)이다. 시와 글씨와 그림에 뛰어났다. 소식의 친한 친구이다.

170) 난정의 성대한 연회: 난정(蘭亭)은 중국 절강성(浙江省) 회계(會稽) 산음현(山陰縣)에 있던 정자 이름. 서기 354년 음력 3월 삼짇날에 여기서 왕희지(王羲之)를 비롯하여 42인이 모여 곡수유상(曲水流觴)의 연회를 열었다. 이에 대한 자세한 기록은 왕희지의 《난정집서(蘭亭集序)》에 있다.

그 세번째, 사명광객 其三, 四明狂客[172)]

광정이 요동 쳐서 풍진 세상을 벗어났고 狂情搖蕩出風塵[173)]
난삼이 이 몸을 얽어매는 걸 싫어하였네 厭却襴衫絆此身[174)]
감호로 돌아가는 것 다행히 허락하였나니 恩許鑑湖歸臥處[175)]
반평생 벼슬살이 꿈이요 참삶이 아니었네 半生朝市夢非眞

그 네번째, 서새풍우 其四, 西塞風雨

산수에 눈멀어 연하고질 깊어졌을 때 瞽盲山水病深時[176)]
일엽편주에 몸 맡겨 늦게사 돌아오네 任却扁舟早晩歸
가랑비가 바람에 비껴짐에 더욱 좋으니 細雨斜風尤絶勝
도롱이 두르고 삿갓 쓸 필요 뭐 있으랴 不須蓑笠捍霑衣

단오첩자 端午帖子

오색 구름이 나지막한 시원한 전각에 凉生殿閣五雲低
단정히 손을 맞잡고 공경히 올라가네 端拱垂衣聖敬躋
장양의 신령한 공이 조화옹과 같나니 長養神功同造化[177)]
어진 바람이 불어 만민에 두루 미치네 仁風吹暖遍黔黎

---

171) 흥이 다했으니: 진(晋)나라 왕휘지(王徽之)가 밤눈이 개고 달이 밝으니 홀연 그 친구인 대규(戴逵)를 찾아 배를 타고 그 집 문 앞에까지 갔다가 도로 돌아왔다. 사람이 그 이유를 물으니, "본래 흥이 나서 갔는데, 흥이 다함으로 돌아왔다" 하였다.

172) 사명광객(四明狂客): 중국 당(唐)나라 하지장(賀知章)의 호이다.

173) 광정(狂情): 세속에 얽매이지 않는 자유자재한 마음.

174) 난삼(襴衫): 옛날 사인(士人)들의 복장.

175) 감호(鑑湖): 감호는 하지장(659-744)의 고향인 회계(會稽)에 있던 호수 이름. 하지장이 천보(天寶-당 현종 때의 연호) 초년에 도사(道士)가 되기 위하여 고향으로 돌아가겠다고 하니, 현종이 이를 허락하고 그의 고향에 있던 감호 일대를 하사하였다.

176) 연하고질(煙霞痼疾): 산수를 대단히 사랑하는 벽(癖).

정주로 부임하러 가는 희여를 전송하며 送希輿之任定州

일찍이 호남 땅에서 이별한 적이 있었는데 湖南曾結別離情
지금 또 서번으로 먼길 가는 그대를 보내네 今又西藩送遠行[178)]
사방을 다니며 벼슬하는 것은 남아의 일이니 遊宦四方男子事
밝은 세상에서 힘써 일하여 공명을 세우게나 勉從昭代策功名

칠십삼 세의 자서 七十三自敍

국은이 깊고 무거워 갚을 길 없나니 國恩深重報無緣
사판에 이름 올린 지 50년 되었네 仕版登名五十年[179)]
늘 처자와 함께 국록으로 편안했으니 長與妻兒安享祿
어찌 해마다의 기근 알기나 했겠는가 豈知饑饉歲相連

그 두번째 其二

내 수명이 왜 길어진 것인지 알 순 없지만 無知如我壽何延
공성의 나이 된 게 어찌 우연이기만 하랴 孔聖之年豈偶然[180)]
이치는 원래가 알기가 쉽지 않은 것이나니 理數由來難究竟
모든 일을 하늘에 맡긴 채 순응해야 하리라 宜將萬事委諸天

---

177) 장양(長養): 장양(長養)은 '만물을 기르다' 의 의미이다. 임금의 장양의 공이 조화옹의 그것에 버금 간다는 말이다.

178) 서번(西藩): 나라의 서쪽 울타리, 주로 평안도 지방이 여기에 해당된다.

179) 사판(仕版): 관원 명부(名簿).

180) 공성(孔聖)의 나이: 공성은 공자(孔子)를 가리킨다. 전해지기로 공자는 기원전 551년에 출생하여 기원전 479년에 졸하였다 하니, 향년 73세가 된다.

정해년(丁亥年)[181] 2월 7일에 동지중추부사 겸 전의감·빙고제조가 사직소를 올렸더니, 양사의 제조에 대해서는 체직하라는 명을 내렸으나, 본직은 그대로 계속하라는 명을 내렸다

同知中樞府事及典醫監·氷庫提調呈辭. 命遞兩司提調. 而本職則仍授

중풍에다 연로하여 관직을 헛되게 하는 신하가	中風年老曠官臣
벼슬에서 물러나려는 뜻을 임금에게 아뢰었네	乞謝微情達紫宸
기꺼이 마른 버드나무와 함께 죽으려 하였더니	甘與枯楊同就死
은택이 다시 이 몸을 적실 줄을 어찌 알았으랴	那知雨露更需身

칠십사 세에 읊어서 해양헌에게 올림 七十四吟呈海陽軒下

팽상을 똑같은 것으로 보는 것은 망령된 이야기이나	齊視彭殤是妄談[182]
늙어서 나이 한 살 더해지는 것 참으로 견디기 어렵네	老來添齒一難堪
현자와 어리석은 자의 수명 장단에 구별이야 없겠지만	賢愚脩短無殊別
공자 성인께서도 오히려 나이 73에 생을 마치셨네	孔聖猶終七十三

181) 이달 28일에 공이 졸하였다. 이 시는 공의 죽음과 겨우 수십 일 떨어질 뿐이니 절필작(絶筆作)이라 하겠다(是月二十八日. 公卒. 此詩去易簀. 僅數十日. 便是絶筆矣). 정해년: 중종 22년으로 1527년 이다.

182) 팽상(彭殤): 장수와 요절. 팽(彭)은 팽조(彭祖)로서 700여 년을 살았다고 전해지며, 상(殤)은 어려서 죽는 것이다.

【오언율시(五言律詩)】

감사 및 도사와 이별하면서　奉別監司都事[183]

근심스레 남문에서 이별하거늘　草草南門別
아득한 삭막에 있는 듯 하여라　悠悠朔漠間[184]
황혼 구름에 흑수도 혼미해지고　黃雲迷黑水
떨어지는 해에 장산도 슬퍼하네　落日慘長山[185]
들 수자리에는 행인들 끊어지고　野戍行人斷
외론 성에는 목마가 돌아오는데[186]　孤城牧馬還
언제나 말 머리를 돌리게 되어　何時回駟馬
다시 한 단지 술로써 맞게 될까　樽酒更邀攀

보은사에서 척약재 김구용[187]의 시에 차운하여
報恩寺次惕若齋金九容韻

나무로 빽빽이 둘러싸인 곳에서　萬木縈廻處
시냇물 졸졸 징검다리 흐르는데　殘溪瀉石矼

183) 원주에 "함경 감사 신준과 도사 김양전이다. 공이 북평사로 있을 때이다(咸鏡監司申浚都事金良㙉也. 公爲 北評事時)" 하였다. 신준(申浚): 신준(세종26, 1444-중종4, 1509)은 본관은 고령(高靈), 자는 언시(彥施), 호는 나헌(懶軒)이며, 신숙주(申叔舟)의 아들이다.

184) 삭막(朔漠): 북쪽의 고비사막.

185) 장산(長山): 백두산.

186) 외론 성에는: 목마(牧馬)는 낮에 성밖의 풀밭으로 내보내어 기르는 말이니, 저물녘이 되어서 다시 데리고 오는 것이다.

187) 김구용(金九容): 김구용(충숙왕복 7, 1338-우왕 10, 1384)은 고려의 문신으로, 본관은 안동(安東), 자는 경지(敬之), 호는 척약재(惕若齋)·육우당(六友堂), 시호는 문온(文溫)이다. 정몽주·박상충(朴尙衷)·이숭인(李崇仁) 등과 함께 후학의 교육에 힘써 노력하여 성리학 발전에 일익을 담당했으며, 시문(詩文)의 사장(詞章)에도 뛰어났다.

불상은 광채가 땅을 밝게 비추고
탑은 그림자가 물에 어른거리네
깨끗한 곳은 원래가 많지 않나니
나그네 마음 여기서 차분해지네
만난 스님이 억지로 날 만류하여
등나무 창가에서 이야기나누네

金身光照地
甓塔影搖江
淸境從來少
羈心到此降
逢僧勤挽我
擁褐話藤窓

그 두번째

其二

이곳엔 천 년 고목이 있고
산문은 푸른 물가에 있으며
등불은 불전을 밝히고 있고
솔방울은 선당에 떨어지네
기운 탑은 벽에 기대 있고
기운 비는 담이 둘러 있는데
봉래산에 오른 것 같아서
속세는 참으로 아득하여라

古木千年地
玄門碧水傍
玉燈明佛殿
松子落禪堂
塔仄憑長壁
碑頹護短墻
如登蓬島上
塵世正茫茫

임진강 나루 시에 차운하여

次臨津渡韻

낙엽이 우수수한 가을날에
임진강 나루를 객이 건너는데
비가 개인 산 빛은 저물고
조수 물러난 안벽은 기이하구나
말은 몸을 피곤하게 하고
세월은 늙음과 약속 하였거늘
물새들은 나를 비웃을 것이니
오가며 무엇을 하고자 하는가

搖落淸秋節
臨津客渡時
雨晴山色晩
潮退岸痕奇
鞍馬令身倦
光陰與老期
沙鷗應笑我
來往欲何爲

쇠잔해진 국화 殘菊

국화 빛 아주 쇠잔해졌으니 　撲叢殘菊色
늙은이의 마음이 어떻겠는가 　秋老若爲心
서리 많아져도 업신여겼으니[188] 　但傲風霜重
어찌 세월 깊어 감 알았으랴 　寧知歲月深
향 다하려 하는 게 가련하니 　堪憐香欲歇
술 마시는 것 싫어하지 말자 　莫厭酒頻斟
만약 수삼일 더 지나고 나면 　若待數三日
가지에 붙은 국화 못 보리라 　粘枝不見金

계묘년 동지 癸卯冬至[189]

한 양기가 처음 움직인 동짓날 　一陽初動日
하늘 기운이 차츰차츰 성해지니 　天氣漸氤氳
북녘 땅 매서운 추위도 덜해지고 　北陸寒威減
동쪽 교외엔 따스한 빛 분명하네 　東郊暖色分
궁궐에는 경하할 일이 더해지고 　唐宮添綉線
나라엔 상서로운 구름 드리웠으니 　魯國紀祥雲
대궐에 하례할 길은 막혀 있지만 　路隔天庭賀
멀리서 작은 정성이나마 바치네 　悠悠效獻芹

그 두번째 其二

자시에 하늘이 열리는 곳에서 　子夜天開處[190]

---

188) 서리- : 예로부터 국화를 오상(傲霜)이라 했다. 국화는 서리에도 굴하지 않고 오히려 업신여기며 피어 있기 때문이다.
189) 원주에 "북평사로 있을 때 지었다(北評事時作)" 하였다. 계묘년(癸卯年): 성종 14년(1483).

조화의 한 기운이 돌아오는데 洪勻一氣回
황종은 이제 막 음률에 응하고 黃鐘初應律[191]
옥피리에서는 이미 재 날렸네 玉管已飛灰[192]
어느 곳에서 초송을 아뢰오며 幾處陳椒頌[193]
누가 축수의 술잔을 올리는가 誰家進壽杯[194]
매화꽃 터진 것을 놀래서 보고 驚看梅蕊綻
비로소 작은 봄이 왔음을 아네 始諳小春來

길성의 시에 차운하여 次吉城韻

웅대장엄한 성에 이르러서 行到雄城裏
은자처럼 한가히 지내는데 投閑似逸民
은은한 봄 뜻이 가득해지니 悠揚春意滿
나그네의 회포 새로워지네 浩蕩客懷新
날마다 대궐의 생각이 나고 日憶蒼龍闕
늘 백발의 어버이 그립나니 長思白髮親
나그네 마음 위로할 길 없어 無緣慰羈況
술잔도 또한 머뭇머뭇 하네 杯酒且逡巡

그 두번째 其二

변경 굳게 지키는 웅장한 번성은 鎭塞雄藩裏[195]
장군께서 거느리는 크고 큰 성이네 將軍萬里城

---

190) 자시(子時): 밤 11시에서 1시 사이의 시각.
191) 황종(黃鐘): 십이율(十二律)의 양율(陽律)의 하나로서, 달로는 음력 11월에 해당한다.
192) 재: 옛날에는 옥피리에 갈대청의 재를 넣어서 계절의 변화를 살폈다고 한다.
193) 초송(椒頌): 산초 열매처럼 자손이 흥성하라는 의미의 송축.
194) 축수(祝壽): 장수를 축원하는 것.
195) 번성(藩城): 나라의 울타리가 되는 성.

북으로 다그치니 장군 명령 엄숙하며 鼓催牙令肅
바람 연하니 진영 위 구름 한가하네 風軟陣雲平
늘 오랑캐 항복시킬 계책을 꾀하고 慣畫降戎策
적 죽인 실상을 다투어 보고 올리니 爭輸死敵情
원문에서의 오늘날 하시는 일들이 轅門今日事[196]
다른 때의 기린각의 영화가 되리라 麟閣異時榮[197]

회령 남루에서 경사로 돌아가는 전중 임언을 전송함[198] 會寧南樓送林殿中偃還京

손에는 삼척 검을 잡고서 手持三尺劍
허리엔 백근 활을 차고서 腰帶百斤弓
북으로는 국경의 요새에서 北極楡關外
남으론 바다섬까지 다녔네 南窮海島中
오랑캐들은 소부라 일컫고 氈城稱召父[199]
백부에서는 환총으로 부르네 柏府號桓驄[200]
오산으로 감에 이별하는데 苦別鼇山下[201]
5월 바람이 찌는 듯 무덥네 薰蒸五月風

196) 원문(轅門): 군영의 문, 군문(軍門).

197) 기린각(麒麟閣): 공신의 상(像)을 안치하는 공신각.

198) 원주에 "임언이 온성 판관에서 체직되어 일찍이 역임한 제주 판관으로 가게 되었다(林偃遞穩城判官, 去曾經濟州判官)" 하였다.

199) 소부(召父): 중국 한대(漢代)의 어진 관리였던 소신신(召信臣)이다. 그가 남양(南陽)의 태수로 있을 때 어진 정사를 펴니, 그곳의 관리와 백성들이 그를 아버지라 하여 소부(召父)라 일컬었다.

200) 백부(柏府): 사헌부(司憲府)의 별칭.
환총(桓驄): 누구인지 미상.

201) 오산(鼇山): 오산은 신선이 산다는 산 이름이니, 바다 속에서 자라의 등에 얹혀 있다 하여 오산이라 한다. 임언이 제주 판관으로 가므로, 여기서는 한라산을 지칭하는 듯하다.

회령의 시에 차운하여 次會寧韻

성이 높으니 더위가 덜하고	城高炎氣少
상개에는 새가을 다가왔네	爽塏近新秋[202]
장사들은 경쾌히 술 따르고	壯士輕巵酒
장군은 검은머리가 기름지네	將軍饒黑頭
술단지엔 바다가 담겨 있고	淸樽開北海
그윽한 흥 남루에 가득하니	幽興滿南樓
자리를 더럽힌 늙은 선비가	忝席殘儒在[203]
나그네의 시름을 잊게 되네	渾忘客裏愁

신유년 가을에 서적전에서 '물가가 머니 기러기 소리 가늘게 들린다' 라는 구를 꿈에서 얻고, 깨어나서 율시를 이루다 辛酉秋在西籍田夢得汀遠雁聲微之句悟而綴成一律[204]

맑은 가을이라 나그네 시름 더해지나니	淸秋添旅恨
세월의 빠르기가 날아가는 것만 같구나	時序疾如飛
하늘에서는 대화심성이 서쪽으로 흘렀고[205]	天上曾流火
인간 세상에서는 겨울옷을 주려 하는구나	人間欲授衣
낙엽이 다 떨어지니 산이 야위어 보이고	樹空山色瘦
물가가 머니 기러기 소리 가늘게 들리네	汀遠雁聲微
어느 곳의 순채가 지금 윤기가 흐르는가[206]	何處蓴方滑

202) 상개(爽塏): 앞이 시원하게 탁 트인 땅.

203) 자리를 더럽히다〔忝席〕: 참석할 만한 자격이 없는 사람이 참석하였다는 말로, 자신의 겸사(謙辭)다.

204) 신유년(辛酉年): 연산군 7년(1501년).

서적전(西籍田): 임금이 친히 경작하는 밭을 적전(籍田)이라 하는 바, 동대문 바깥에 있던 것을 동 적전(東籍田)이라 하였고, 개성에 있던 것을 서적전(西籍田)이라 하였다.

205) 하늘에서- : 《시경(詩經)》의 7월(七月)편에 "7월에 대화심성이 서쪽으로 흐르거든, 9월에 겨울옷을 준다(七月流火, 九月授衣)" 하였다. 그러므로 '대화심성이 서쪽으로 흘렀다' 함은 7월을 의미하고, '겨울옷을 주려 한다' 함은 9월이 되었음을 의미한다.

강동 나그네 아직 돌아가지 못하고 있네　　江東客未歸

적전 벽의 시에 차운하여　　次籍田壁韻[207]

오솔길은 풀 우거진 둑 곁에 나 있고　　微徑荒陂側
관가의 문은 나무숲에 가리어져 있네　　官門隱樹林
지경이 그윽하니 세상의 일 잊혀지고　　境幽遺世事
물새와 가까이 노니 기심이 끊어지네　　鷗狎絶機心[208]
난간이 아스라하니 가을이 먼저 이르고　　軒逈秋先到
산이 높으니 한낮에도 또한 그늘지네　　山高午亦陰
해가 기니 무엇으로 소일을 할 것인가　　日長何所課
흥이 있으면 바로 읊조려 시를 이루네　　有興卽成吟

그 두번째　　其二

한직이라 게으른 내게 알맞는데　　官閑宜懶拙
본성의 기호는 산림에 있었거늘　　性癖在山林
봉록 탐해 계책 확정하지 못했고　　冒祿依違計
가난 싫어 마음 왔다갔다 하였네　　嫌貧去住心
그런데 하마 이렇게 늙어 버렸으니　　居然成老大
스스로 세월만 허비했을 뿐이네　　自爾費光陰
날 저문 강가에 홀로 외로이 서서　　獨立江天暮
나그네 시름 짧은 시로 읊어 보네　　羈愁入短吟

---

206) 어느 곳의 순채가- : 중국 진(晉)나라의 장한(張翰)이 고향의 명산인 순채국과 농어회를 먹으려고 관직을 버리고 고향을 돌아간 고사에서 순갱노회(蓴羹鱸膾)라는 말이 생겼는데, 이후로 '순갱노회'는 나그네의 고향을 잊지 못하고 생각하는 정을 이르게 되었다.

207) 적전(籍田): 지난날, 임금이 몸소 농사를 짓던 제전(祭田).

208) 기심(機心): 간교한 마음.

회암사에서 유숙하며 이회벽의 시에 차운하여 宿檜巖寺次李懷璧韻

바위와 회나무로 겹겹이 막혀 있는	巖檜千重隔
사찰에 부처님이 거처하시는데	琳宮佛所居
스님들은 재계 파한 뒤 잠들었고	僧眠齋罷後
나그네는 날 막 저물 때 이르렀네	客到日昏初
금벽은 한밤중에도 빛을 발하며	金碧輝中夜[209]
부도는 허공 속에 우뚝 솟아 있네	浮屠聳半虛[210]
삼청에 대해 들어본 적이 있는데	三淸聞有境[211]
오늘에사 평소의 소원을 풀어보네	今日素懷攄

큰비가 한 달을 내리다 大雨三旬[212]

무더위에다 달포쯤 비가 내리고	溽暑三旬雨
비렴이 방자하게 맹위를 떨치니	飛廉大肆威[213]
곤충은 제 젖은 굴집을 걱정하고	昆蟲愁濕穴
초목들은 개인 뒤 햇빛을 그리네	草木戀晴輝
땔나무는 하도 비싸 연기 가늘고	薪桂炊煙細
꼴은 금보다 귀해 말 힘이 약하네	芻金馬力微
문 앞은 진흙이 무릎까지 이르니	門前泥一膝
하루종일 찾아오는 손님도 드무네	竟日客來稀

209) 금벽(金碧): 금벽(金碧)은 석록(石碌)과 삼청(三靑)으로 채색한 뒤 이금(泥金)으로 덧칠하여 그린 산수화를 말한다.

210) 부도(浮屠): 부도는 유명한 중의 유골을 안치하여 세운 원형의 석탑(石塔)을 말한다.

211) 삼청(三淸): 삼청은 도교(道敎)에서 말하는 옥청(玉淸) · 상청(上淸) · 태청(太淸)으로, 모두 신선이 산다는 궁의 이름이다.

212) 병인년(중종 원년, 1506) 여름이다(丙寅夏).

213) 비렴(飛廉): 바람을 맡은 신.

울진루에서 차운함　　蔚珍樓次韻

지대 높으니 성은 더욱 험준하고　　地高城愈峻
누대 외진 데 있으니 늘 쌀쌀하네　　樓逈氣常寒
서쪽으로 지는 해는 장안과 가깝고　　西日長安近
동쪽 바다에는 물나라가 넓디넓네　　東溟水國寬
보잘것없는 정성은 대궐로 치달리고　　微誠馳闕下
장관이 하늘 끝으로 사라지고 마니　　壯覽入乾端
나그네 마음 엉클진 실타래 같나니　　客意紛如緖
길 위에서 달이 몇 번 둥글었던고　　行行月幾團

금성 동헌에서 차운함　　金城東軒次韻

금성 공관에　　金城公館裏
10년 만에 다시 왔는데　　重到十年間
뜰 나무는 그대로 이고　　庭樹依然立
꽃은 한가롭게 피어있네　　墻花宛爾閑
사람들은 다 바뀌었거늘　　人皆新面目
땅 만은 옛 강산 그대로네　　地是舊江山
나는 머물다 떠나려 하거늘　　我欲留連去
무슨 관계라고 주자하는가　　周咨奈緊關[214)]

214) 주자(周咨): 여기서는 금성 사람들이 서로 잘 아는 가까운 관계라 하여, 그간의 안부를 두루두루 물어보는 것이다.

더불어 거문고를 대하여 달을 기다리던 객의 시에 차운하여 次與客對琴待月韻

거문고 안고 서로 마주 앉아서	携琴相偶坐
느긋이 달 밝을 때를 기다리네	遲待月明時
그림자를 마주한 내가 백아라면	對影吾爲伯
음을 잘 아는 그댄 종자기일세	知音子是期[215)
거문고 줄 조절한 지 오래거늘	鵾絃調已久
달은 어째서 이리도 늦게 뜨는가	桂魄照何遲
두 사람의 맑고 평화로운 마음을	兩箇淸和意
응당 이 밤을 통해 알게 되리라	應從此夜知

부윤 이전의 만사 挽李府尹𤋮

아아 한평생이 얼마였던가	生涯嗟幾許
60하고도 다섯 성상이었네	六十五星霜
누대에 걸쳐 벼슬로 존귀하여	奕世貂蟬貴
집에는 계수나무 향 가득하네	盈門桂樹香
먼 길 아직 다 가지 못했건만	長途行未了
해는 어째 서둘러 넘어갔는가	短景逝何忙
무성한 떨기 난 남아 있으니	賴有叢蘭茂[216)
그대 영원히 살아 있음 알겠네	知君永不亡

215) 종자기(鍾子期): 춘추시대 초(楚)나라 사람으로, 백아(伯牙)가 타는 거문고 소리를 들으면, 반드시 그가 갖고 있는 마음도 알았다고 한다. 종자기의 사후에 백아는 자기의 거문고 소리를 알아 주는 사람이 없음을 탄식하여 다시는 거문고에 손을 대지 않았다 한다. 자기를 알아 주는 친구의 뜻으로 쓰이는 지음(知音)은 이 고사에서 나왔다.

216) 떨기 난〔叢蘭〕: 남의 훌륭한 자제들을 지칭하는 말.

군도의 시에 차운하여　　次君度示韻

늙은 이 몸 어디에다 의탁할고　　晩境身何托
뜬구름처럼 세상 일이 허무하네　　浮雲世事空
꿈에서 누렸던 짧은 부귀영화가　　黃粱孤枕上
내 일생 동안의 부귀영화였구나　　紫陌一生中
글 폐하니 상이 먼지로 꺼멓고　　廢讀榻塵黑
곤히 잠들었더니 창 붉어 있네　　沈眠窓日紅
정신의 쇠퇴함이 너무나 심하니　　精神衰耗甚
계획한 일마다 모두 게을러지네　　百計盡宜慵

병인년 초가을에　　丙寅初秋[217]

6월에 더위가 물러간다고 하더니만　　六月云徂暑
약간의 시원함이 이른 가을 알려 주네　　微凉報早秋
인간 세상에서는 오동잎이 떨어지고　　人間桐葉落
하늘에선 심성이 서쪽으로 흘러가네[218]　　天上火星流
계절은 차례대로 잇달아 옮아가건만　　節序頻推轉
공명은 참으로 황당무계한 것이로구나　　功名大謬悠
때를 느끼고 이어서 만물을 느끼나니　　感時仍感物
남으로 갈 기러기가 새 근심으로 우네　　南雁叫新愁

무인년 단오첩자　　戊寅端午帖子[219]

노여움을 푸는 거문고 곡이 끝나니　　解慍琴成曲

---

217) 병인년(丙寅年): 중종 원년(1506).

218) 하늘에선- :《시경(詩經)》〈칠월(七月)〉편에 “7월엔 대화심성이 서쪽으로 흘러간다(七月流火)” 하였다. 여기서 ‘화(火)’는 대화심성(大火心星)을 가리킨다.

따스한 바람과 햇살이 퍼져 나가네 南薰化日舒
푸른 창포가 술에 떠 있는데 가늘고 青蒲浮酒細
흰모시는 바람에 일렁이는데 성그네 白紵受風疏
대궐에선 너나 없이 즐거워들 하고 長樂承歡處
왕명 반포 뒤 들려오는 금란 소리 金鑾布詔餘[220)]
해마다 단오 경사스러운 날이 오면 年年端午慶
상서로운 기운이 허공에 가득 차네 瑞氣滿空虛

무인년 중추절에 달을 완상하면서 戊寅中秋翫月

가득 찬 8월 한가위 보름달 盈盈三五月
올해 유난히 더 밝아보이네 今歲最分明
달빛은 허공에서 부서지고 影射瑤空冷
월광은 야기로 해서 맑네 光乘夜氣淸[221)]
선아는 분면 열어 보이고 仙娥開粉面[222)]
옥토끼는 터럭 곧추 세웠네 玉兎竪毫莖[223)]
이 밤의 사람 인간사는 此夕人間事
슬프든 기쁘든 유정하리라 悲歡各有情

여름날 홀로 앉아서 夏日獨坐

서당에 병을 무릅쓰고 앉았는데 西堂扶病坐
눈을 지나가는 것들이 분분하네 過眼物紛紛

---

219) 무인년(戊寅年): 중종 13년, 1518년.
220) 금란(金鑾): 조서(詔書), 즉 임금의 명령을 반포할 때 일반에게 알리기 위해 울리는 방울.
221) 야기(夜氣): 밤 사이에 맑아진 기운.
222) 선아(仙娥): 월궁(月宮)의 선녀.
분면(粉面): 화장하여 곱게 꾸민 얼굴.
223) 옥토끼(玉兎): 달에 산다는 옥토끼.

구름은 산굴에서 무수히 나오고 出岫雲無數
새들은 무리 지어 허공을 나르네 飛空鳥有群
천기는 세차게 곤곤히 흘러가고 天機流袞袞[224]
인간 세상사도 소용돌이치며 가네 世事逝沄沄
뉘와 더불어 이 긴긴 날을 보낼고 誰與消長日
말 잊은 채 석양의 저녁에 이르네 忘言到夕曛

단오절에 군도에게 올림 端午呈君度

모두가 천중절을 아끼는 것은 共惜天中節[225]
해마다 한번만 오기 때문인데 年年一度回
해는 길어져 북에 이를 것이고 日長將北至
바람은 솔솔 남쪽에서 불어오네 風軟正南來
술은 푸른 창포를 띄워 마시고 酒用靑蒲飮
옷은 흰모시 가지고 마름질하네 衣從白紵裁
그대에겐 빼어난 흥치 많은지라 念君多逸興
병자의 눈이 강을 향해 열리네[226] 病眼向江開

그 두번째 其二

병든 몸으로 단오절을 만났어도 病逢端午節
그윽한 흥치는 아직도 여전하니 幽興尙依依
보리 이삭은 가을색을 머금었고 麥秀含秋色
누런 매실은 햇살을 받고 있네 梅黃映日暉
창포 술은 예전 맛 그대로 이고 蒲醪生舊味

224) 천기(天機): 천지조화의 작용.
225) 천중절(天中節): 단오절.
226) 병자의 눈이- : 군도의 여름 별장인 침류당이 한강변에 있으므로 이렇게 말한 것이다.

쑥 호랑이도 문에 붙여져 있네 艾虎貼前扉[227]
강가 정자에서의 모임 부러우니 遙羡江亭會
손과 친구들이 즐기고 있으리라 賓朋樂未歸

와병 중에 탄하일을 슬피 맞이하여 가구에게 올림 誕賀日病臥悵然有作呈可久

따스한 삼월 봄을 맞이하여서 姑洗當春律
명협에 잎 다섯이 피어났어라 蓂開五莢新[228]
무지개는 아름다운 물가에 서고 虹流華渚日
번개는 북극성 곁에서 번쩍번쩍 電繞斗樞辰
상서로운 색은 궁전에 가득하고 瑞色盈丹殿
환호성은 궁궐을 진동하건 만은 懽聲動紫宸
이 와중에서 내 한이 한 없음은 就中無限恨
신병으로 조회할 수 없어서라네 因病未朝臣

군도의 시에 차운하여 次君度示韻

친구가 일찍 돌아가 버렸는데 故人歸去早
풍진세상에 만류하기 어려웠네 塵境挽難留
자취를 거두어 어은이 되었고 斂跡爲漁隱[229]
당을 이름하여 침류라 하였네 名堂曰枕流[230]
한가하고 넉넉히 세월을 보내고 優游經歲月

227) 쑥 호랑이(艾虎): 여자들이 단오날 이것을 이면 악귀가 범접을 못하고, 또 이것을 문에 부치면 집안이 편안하다 한다.

228) 명협(蓂莢): 상서로운 풀이름. 요(堯) 임금 때 조정의 뜰에 났다는 전설상의 풀. 초하룻날부터 보름까지 날마다 한 잎씩 났다가, 열엿새째부터 그믐까지 매일 한 잎씩 떨어지므로 이것으로 달력을 만들었다 한다. 일명 달력풀.

229) 어은(漁隱): 낚시로 고기잡이하며 숨어 지냄, 또는 그런 사람.

230) 침류(枕流): 흐르는 물을 베개로 삼는다는 뜻이다.

유유자적하게 물새들을 짝하네　浩蕩伴鳧鷗
흥이 생기면 무엇으로 푸는가　遣興知何物
상위에 술이 단지에 가득하네　床頭酒滿甌

군도에게 부침　寄君度

근심스런 장마가 오늘에서 개었는데　愁霖今始霽
천지는 참으로 넓고 아득하기만 하네　天地正蒼茫
달은 맑은 밤의 그림자 가득하게 하고[231]　月滿清宵影
바람은 저녁의 서늘함을 더하여 주네　風增薄暮凉
농어는 살찌고 회는 적절하게 가늘며　鱸肥膾宜細
밥은 윤기가 흐르고 쌀에선 향이 나네　飯滑稻生香
이 기막힌 맛을 누가 먼저 알았는가　此味誰先得
강호에서 자취를 숨겨 사는 사람일세　江湖隱逸郎

군도의 시에 차운하여 올림　次呈君度

침류당이 맑고 산뜻하나니　枕流堂有泚
한 한가한 이가 즐겁게 사네　樂志一閑人
적벽엔 맑은 가을달 떠 있고　赤壁清秋月
송강엔 고기가 유유자적하네　松江巨口鱗
시는 무한한 풍경 담아내고　詩收無限景
술은 때아닌 봄을 만들거늘　酒作不時春
우습구나 명장의 객들이여　可笑名場客[232]
거리의 먼지에 빠져 있구나　沈身陌上塵

231) 달은- : 달빛이 교교할 때의 나무 그림자 등을 말한 것이다.
232) 명장(名場): 옛날 과거 시험장 따위의 명예를 다투는 장소.

그 두번째 其二

명예 탐함은 평소의 뜻 아닌지라	貪名非雅志
한때의 부귀를 일찍이 떠나 버렸네	早別一時豪
맑은 한수는 삼도와 이어져 있고	淸漢連三島[233]
높은 정자는 육오를 타고 있네	高亭駕六鼇[234]
시 읊으니 용은 굴로 숨어 버리고	哦詩龍隱窟
술 마시니 바다는 파도 거세지네	吸酒海飜濤
가을의 맑은 흥치는 얼마나 될까	秋興知多少
강 위의 하늘 볼수록 높아만지네	江天眼更高

우연히 읊어 군도에게 올림 偶吟呈君度

작은 집에 오래도록 앉았는데	小堂扶坐久
서산으로는 해가 하마 뉘엿뉘엿	西日已橫欄
붉은 단풍의 청산은 늙어보이고	赤葉靑山老
누런 국화의 맑은 이슬 차가워라	黃花白露寒
시절은 쉬이 가버리고 말거늘	感時時去易
병을 근심하나 다스려지지 않네	憂病病除難
어느 손의 몸이 바야흐로 굳세어	何客身方健
강가 정자 흥 아직 끝나지 않았나	江亭興未闌

주헌과 침류당에게 부침 寄酒軒枕流堂

인간 세상이 삼복이라 더우니	人間三伏熱

233) 삼도(三島): 봉래(蓬萊)·방장(方丈)·영주(瀛洲) 등의 신선이 산다는 세 섬.
234) 육오(六鼇): 여섯 마리의 자라. 신선이 거처하는 정자는 여섯 마리의 큰 자라 등에 얹혀 있다고 한다.

천지 사이에 불꽃이 떠 있네 天地火光浮
푸른 산은 싹 말라서 무색이고 翠嶽乾無色
붉은 구름은 맺혀 흐르질 않네 彤雲結不流
뉘와 하삭지음을 함께하면서 誰同河朔飮[235)]
뉘와 한강의 누에 기대어 볼까 孰倚漢江樓
나는 헌함 앞 나무 좋아하나니[236)] 我愛軒前樹
매미소리가 가을에 가까우리라 蟬聲已近秋

가을을 읊어서 군도에게 부침 詠秋寄君度[237)]

천기가 늘 힘차게 흐르니 天機長衮衮
세월이 유수처럼 흘러가네 歲月急如流
국화는 누렇게 피어 있고 菊發黃花日
단풍은 붉게 물들어 있네 楓開赤葉秋
산양에서는 적한이 들리고[238)] 山陽聞笛恨
무협에서는 원수가 들려오네[239)] 巫峽聽猿愁
내 지금 무슨 생각 하는가 余亦方何念
가인이 한수 언덕에 있네 佳人在漢丘

---

235) 하삭지음(河朔之飮): 피서(避暑) 가서 여는 주연(酒宴).

236) 나는 헌함- : 여기서의 헌함은 한강변의 침류당 헌함을 뜻한다. 강변이라 시원하므로 거기는 벌써 가을의 선선함이 있을 것이라 말한 것이다.

237) 이는 신사년(辛巳年, 중종 16년, 1521)의 작품이다.

238) 산양에서는- : 적한(笛恨)은 한이 담긴 피리 소리. 진(晉)나라 상수(向秀)가 산양(山陽) 땅을 지나가다가 피리 소리를 듣고 느낀 바 있어서 친구를 그리워하며 사구부(思舊賦)를 지었는 데, 여기서 비롯되어 산양의 적한은 친구를 그리는 정으로 쓰이게 되었다.

239) 무협에서는- : 원수(猿愁)는 잔나비의 시름에 잠긴 울음소리. 무협(양자강 삼협 중의 하나인 무협)의 원수는, 무협에서 잔나비가 그 무리를 찾아 구슬프게 우는 소리이다.

그 두번째 / 其二

어느새 이칙 7월이 되었는데	夷則三陰律[240]
그 신은 가을을 맡은 욕수이네	其神是蓐收[241]
새벽의 잔나비는 무협에서 울고	猿啼巫峽曉
가을바람은 동정호서 일어나네	風起洞庭秋[242]
어디에서 월하에 다듬이질하며	幾處砧敲月
뉘 누에 기대어 피리를 부는가	何人笛倚樓
아아 소슬하고 쓸쓸한 기운이여	堪嗟蕭瑟氣
피리소리에 괜히 백발만 더하네	空管白添頭

그 세번째 / 其三

오동나무에서 한 잎이 떨어지니	梧桐墜一葉
천하가 모두 가을이 왔음을 아네	天下共知秋
남극에서는 큰 난롯불이 꺼지고	南極洪爐熄
서방으로는 대화성이 흘러가네	西方大火流[243]
오강에서 맛좋은 야채 먹어보고	吳江嘗滑菜
적벽 아래에 일엽편주 띄워 보네	赤壁泛扁舟
나에게도 그윽한 흥치가 많나니	我亦多幽興
언제 더불어 풍취 있게 놀아볼고	何時共勝遊

240) 이칙(夷則): 12율의 하나로서, 달로는 음력 7월에 해당한다.
241) 욕수(蓐收): 가을을 맡은 신(神)으로, 형벌을 관장한다.
242) 동정호(洞庭湖): 중국 호남성과 호북성의 경계를 이루고 있는 큰 호수 이름.
243) 대화성(大火星): 음력 7월이 되면 남쪽에 있던 대화성이 서쪽으로 흘러간다.

앞 운을 써서 주헌에게 올림 用前韻呈酒軒

선선한 가을 바람이 불어오니 節屬商飆動
장마 개이고 흙탕물도 없어지네 霖開積潦收
돛단배는 저문 바다에 떠 있고 孤帆吳海暮
기러기는 가을 하늘을 날아가네 一雁楚天秋
매미 떠나 버린 나무는 적막하고 寂寞蟬辭樹
제비 떠난 누는 처량하기만 한데 凄凉燕謝樓
올라와 보니 손을 보낸 것만 같아 登臨如送客
구슬퍼져 다시 머리를 돌려보네 憭慄更回頭

그 두번째 其二

백제가 어느새 서방에 임하니 白帝臨西兌[244)]
천하에 쓸쓸한 가을 도래했네 蕭蕭玉宇秋
기러기 석양을 가로질러 가고 雁橫斜日去
돛단배는 저문 강을 흘러가네 帆落暮江流
산양 떠도는 이의 피리소리여 羈旅山陽笛
팽택에서 돌아오는 이의 배여[245)] 歸來彭澤舟
그리움에 남북 번갈아 보나니 懷燕還望越
나는 바람을 타고 다니고 싶네 我欲馭風遊

군도의 시에 차운하여 다시 올림 次君度韻還呈

만추의 풍광이 끝없이 펼쳐지니 曠蕩秋光晚

---

244) 백제(白帝): 가을을 맡은 서쪽의 신.
245) 팽택- : 이는 도연명의 고사를 쓴 것이다. 도연명이 팽택 현령으로 있다가 고향의 전원이 그리워서 현령을 내던지고 돌아왔는데, 그때 지은 글이 바로 《귀거래사(歸去來辭)》이다.

그윽한 회포가 더욱 아득해지네 幽懷更渺然
한 생애 함께 한 것은 술뿐이고 生涯唯綠酒
대대로 전해온 것은 청전뿐이네 世計只靑氈[246)]
병든 몸을 차거운 창가에 기대니 病倚寒窓畔
수심이 저녁 낙조 곁에 걸렸거늘 愁懸落照邊
어느 사람이 한가하고 무사하여 何人無一事
늘 흘러가는 물을 베개로 삼는가 長得枕流眠

그 두번째 其二

내 노쇠함이 심함을 탄식하노니 嘆息吾衰甚
머리엔 흰머리마저 성글어졌네 頭顱白髮疏
손이 떨려 붓 잡는 것 멈추었고 手顫休秉筆
눈 어두워 책보는 것을 폐했네 眸暗廢看書
한 해를 해와 달 속에서 보내고 送歲雙丸裏
고달픈 생애는 덧없이 끝나건만 勞生一夢餘
아름다워라 강가 누각에 기대어 多君依江閣
그대 마음이 물처럼 텅 빈 것이 心與水同虛

송참봉 모부인 만사 挽宋參奉母夫人

따뜻하고 은혜로운 부인의 덕을 溫惠夫人德
인척으로부터 내 자세히 들었네 連姻我細聞
남편이 사망한 지 오래되었으나 所天亡已久
자식들 교육시키는 데 힘쓰셨네 孤子育斯勤
남는 복은 마땅히 멀리까지 가니 餘慶應歸遠
수명이 출중했어야 하는 건데 脩齡合出群

246) 청전(靑氈): 푸른 융단. 예로부터 집에서 전해 내려오는 오래된 물건의 의미로도 많이 활용된다.

산언덕의 안개로 어둑어둑한 곳을 山丘煙暗處
길 나뉘는 곳에서 슬피 바라보네 悵望路初分

경도사 모부인 만사 挽慶都事母夫人

자범과 이별하게 된 것은 안됐지만 可憐慈範隔[247]
영원히 살게 된 것이 오히려 기뻐네[248] 還喜不亡存
사위들은 이마가 툭 튀어 나와 있고[249] 得壻犀豐滿
자식들은 옥처럼 윤기나고 따뜻하네 生男玉潤溫
남는 복이 먼 자손에게까지 뻗어가서 雲仍餘慶遠
벌열 가문에 은덕이 두텁지 않으랴 閥閱化儀敦
곡하고 울면서 서산으로 보내지만 哭送西山去
영원히 집안을 안개로서 덮으시리라 千秋掩霧門

을유년 정월 밤, 꿈에 제천정에서 놀면서 오율을 이루고자 하였는데, '吟詩閑' 에 두 글자가 아직 부족하였고 그 댓구는 '飮酒樂徘徊' 라 하였다. 꿈에서 깨어나 완성하였다 乙酉正月夜, 夢遊濟川亭, 欲成五律, 曰吟詩閑, 未足二字, 飮酒樂徘徊. 夢覺而綴成[250]

서늘한 나무 그늘의 금성 바깥 淸陰金城外
높은 누각엔 한 점 티끌도 없네 高樓絶點埃
시 읊으며 한가히 조망을 하고 吟詩閑眺覽
술 마시며 즐거이 배회를 하네 飮酒樂徘徊

247) 자범(慈範): 자친(慈親)으로서 모범이 되는 분, 즉 경도사 모부인을 가리킨다.
248) 영원히- : 육신은 비록 죽었지만, 훌륭한 자식과 사위들로 해서 죽지 않고 영원히 살게 되었다고 한 것이다.
249) 사위들은- : 이마가 툭 튀어 나왔다는 것은 귀상(貴相)이라는 것이다.
250) 을유년(乙酉年)은 중종 20년(1525)이다.

기분이 꼭 삼도에 오른 듯 하고	準擬登三島[251]
흡사 하늘 밖으로 나간 듯 하네	端如出九垓
깨어보니 꿈인 것을 알았는데	覺來知是夢
돌아가고픈 흥이 다시 솟구치네	歸興更相催

우연히 읊음　偶吟

세월이 질주하듯 지나가니	駸駸經歲月
병과 늙음이 서로 침노하네	病與老相侵
꿈속에서는 산야에 노닐고	入夢遊山野
책에서는 고금을 열람하네	披書閱古今
문 앞에는 인적이 드물고	門前人跡少
창밖 나막신엔 먼지 수북	窓外屐塵深
정원에 아담한 정취 있어서	賴有園中趣
가끔씩 짧게 읊조려 볼 뿐	時時付短吟

그 두번째　其二

인생 백 년 3만 6천 일에서	三萬六千日
3분의 2가 하마 지나갔네	三分過二分
노경에 이른 것이 쓸쓸하지만	蕭然臨老境
선문에 들고 보니 황홀하여라	怳爾入禪門
지식은 비루하여 보잘것없고	識未三隅反
풍도 역시 이와 다를 바 없지만	風無百世聞
그러나 늘 옥루를 보고 보면서	然常看屋漏[252]

251) 삼도(三島): 신선이 산다는 봉래(蓬萊)·방장(方丈)·영주(瀛洲)를 말한다.

252) 옥루(屋漏): 옥루는 방 안의 서북 모퉁이로서, 가장 깊숙하고 어두워서 사람의 눈에 띄지 않는 곳이다. 《시경(詩經)》의 〈대아(大雅) 억(抑)〉편에 "옥루에 부끄럽지 않게 한다(不愧於屋漏)" 하였다. 사람의 눈에 띄지 않는 옥루에 있어도 마음가짐과 몸가짐을 옥루에게 부끄럽지 않게 바르게 한다는 말이다.

천군에게 누 끼칠까 염려한다네 自恐累天君[253]

첫 추위가 너무 엄하여 初寒甚嚴

10월은 순음의 달이기 때문에 十月純陰會
땅은 얼고 하늘 기운은 올라가네 地凝天氣升
유휘의 끈을 아직 걸지 못했어도 留暉繩未掛[254]
헌폭의 뜻 만큼은 이기기 어렵네 獻曝意難勝[255]
술값은 비싸 저당잡히기도 어렵고 酒價高難典
연기는 얼어서 올라가지를 못하네 炊煙凍不騰
겹 갖옷인데도 차갑기 쇠 같거늘 重裘冷如鐵
손이마저도 노하여 침범을 하네 巽二更憑凌[256]

한가하게 우연히 읊어서 군도에게 부침 閑居偶吟寄君度

조그만 집에서 긴 여름을 보내는데 小屋消長夏
세월이 저절로 시절을 바꾸어 주네 光陰自轉時
병은 노쇠함을 인하여 쉬이 생기고 病因衰易發
게으름은 잠과 서로 잘도 어울리네 懶與睡相宜
꾀함이 엉성하여 다른 일은 없지만 計拙無他事
신교하여 그리워하는 사람이 있어 神交有所思[257]
자주자주 청려장을 붙들고 서서 頻扶藜杖立
남쪽으로 한수의 물가를 바라보네 南望漢之涯

---

253) 천군(天君): 마음.
254) 유휘(留暉): 따스한 햇볕을 묶어서 머물게 하다.
255) 헌폭(獻曝): 따스한 햇볕에 쬐임을 임금에게 바치다.
256) 손이(巽二): 바람을 맡은 신.
257) 신교(神交): 서로 마음으로 교제하다.

군도의 시에 차운하여 올림 / 次呈君度

혼자서 술을 한 잔 따라서 마시니	自酌一杯酒
노쇠한 얼굴에도 잠시 봄이 드는구나	衰顔暫得春
우활하여 꾀함이 졸한 게 부끄럽지만	迂疏羞計拙
마음 담백하니 천진한 것이 즐겁구나	淡泊喜天眞
참새들은 뜰을 날아다니며 지저귀고	鳥雀庭中噪
어린 손자들은 곁에서 친근하게 구네	兒孫膝下親
그러나 가끔씩 남쪽을 바라보면서	有時南望處
강가의 한가로운 사람을 그리워하노라	江上憶閑人

그 두번째 / 其二

옥처럼 따뜻한 사람이 있어서	有客溫如玉
강가 정자의 흥이 길어만지네	江亭引興長
솔바람은 여름 더위 가게 하고	松風消夏暑
오동비는 가을 서늘함 불러오네	桐雨近秋凉
가는 회는 붉은 실처럼 날리고	細膾飛紅縷
진한 술은 푸른 향기가 감도네	醇醪嫩碧香
주흥 한창인 뒤 율미 휘두르니	酣餘揮栗尾[258]
시가 창자 속에서 용솟음치네	詩思湧於腸

죽취일에 대를 옮겨 심다 / 竹醉日移竹

5월 13일은	五月十三日
죽취일이라 하네	名爲竹醉辰[259]

258) 율미(栗尾): 붓.

뿌리를 옮겨 심어도 잘 자라고 移根無失性
땅을 옮겨 심어도 잘 자란다네 徙地亦全眞
손님이 이르자 청안으로 맞이하고 客到看靑眼[260)]
집이 완성되자 녹균이라 이름하네 軒成號綠筠
지금부터 속세에서 벗어난 줄 알겠으니 從今知免俗
공기가 상쾌하고 먼지 생기지 않으리라 爽氣不生塵

상서로움을 맞이함 迎祥

율회의 소식이 이르렀는데 律灰消息到[261)]
천지간에 삼양의 봄이 왔네 天地是三陽[262)]
봉력은 천년만년 기록되고 鳳曆千年紀[263)]
홍기는 억 년이나 장구하리라 鴻基億載長[264)]
전각이 높으니 상서로운 구름 일고 殿高雲起瑞
산초가 진하니 술에서 향기가 나네 椒烈酒生芳
모두 함께 봉인의 축하를 올리며 共獻封人祝[265)]
요임금의 어지심을 해처럼 우르러네 堯仁仰日光

일본 철쭉 日本躑躅

만리나 떨어진 만경창파 밖에서 萬里滄波外

259) 죽취일(竹醉日): 대나무를 심으면 잘 번성한다는 날.
260) 청안(靑眼): 반기는 눈빛.
261) 율회(律灰): 달력. 옛날에는 갈청색의 재를 율관(律管)에 넣어서 시기의 변화를 살폈다 하는데, 이에서 달력을 회관(灰管) 또는 율회(律灰)라고도 한다.
262) 삼양(三陽): 즉 양춘(陽春).
263) 봉력(鳳曆): 달력. 봉황은 천시(天時)를 안다고 한다. 봉력이 천년만년 기록된다는 것은, 나라나 제왕의 수명이 오래오래 이어짐을 뜻한다.
264) 홍기(鴻基): 제왕(帝王)의 사업기반.
265) 봉인(封人): 봉인은 국경을 맡아서 지키는 관리이다. 여기서는 화(華) 땅의 봉인을 가리킨다. 그는 요 임금에게 수(壽), 부(富), 다남자(多男子)의 삼축(三祝)을 올렸는데, 이를 화봉삼축(華封三祝)이라 한다.

누가 이 아름다운 꽃을 전해왔나	誰傳此勝花
금곡 울타리를 비단처럼 에워싸고	錦圍金谷障
적성의 노을을 바람처럼 일으키네	風起赤城霞
뺨에서는 연지곤지처럼 아름답고	臉上丹脂膩
비녀 머리에는 붉은 제비처럼 비꼈네	釵頭紫燕斜
동쪽 가지에 우는 듯한 이슬 많은데	東枝多泣露
아마도 고향을 그리워해서인가 보다	似是憶鄉家

설야에 대규를 찾아가는 그림을 보고서 雪夜訪戴圖

한 해가 저물어 가는 산음의 길	歲晏山陰路
바람이 불어서 흰눈이 분분하네	風吹白雪飛
시내는 아직은 얼지 않았으며	一溪猶未凍
삼경의 한밤중인데도 절로 밝네	三夜自生輝
눈에 가득히 들어오는 이때 풍경	滿眼此時景
외론 배를 어디에다 머물게 할고	孤舟何處依
은사를 찾을 필요가 무엇 있겠나	不須尋隱士
올 때의 흥이 다했으니 돌아가자[266]	興盡便還歸

단오첩자 端午帖子

개풍이 가시나무에 부는 날에	凱風吹棘日[267]
신령스런 교화가 하늘에 합하네	神化配乾元
깊은 궁전에선 수공할 뿐이지만	邃殿方垂拱[268]
외진 시골까지 배부르고 따뜻하네	窮村已飽溫

266) 올 때의- : 진(晋)의 왕휘지(王徽之)가 설야에 흥이 나서 친구인 대규(戴逵)를 찾아 배를 타고 그 문 앞에까지 갔다가 도로 돌아왔다. 사람이 그 이유를 물으니, "본래 흥이 나서 갔는데, 흥이 다함으로 돌아왔다" 하였다.

267) 개풍(凱風): 따뜻한 남풍으로서 만물을 길러 준다.

제왕이 지극한 다스림을 넓혀가니　帝王推至治
은혜가 강과 바다보다도 넓고 깊네　河海讓深恩
만물이 절로 낳아져서 길러지지만　萬物自生育
하늘이 무슨 말 한마디인들 하더냐　天何有一言

올 병술년 겨울 추위가 심한데, 내일이 동지라는 말을 듣고서 今丙戌冬寒甚聞明日爲冬至[269)]

이 해의 달력도 다 끝나간다고 하여　歲律云遒盡
꽁꽁 언 연못을 근심스레 바라보네　愁看澤腹凝
햇볕은 날이 가면 갈수록 엷어지고　日光彌淡薄
찬바람은 갈수록 더욱더 거세지네　風氣更凌兢
따스한 볕을 바치고픈 마음 간절하나　獻曝誠雖切
누더기옷 걸친 고통 이기지 못하겠네　懸鶉苦不勝
따스한 양기가 내일부터는 돌아오니　回陽在明日
이 추위가 불변하리라고 두려워 말자　莫怕此寒恒

동짓날에 읊어서 가구에게 올림 至日吟呈可久[270)]

오늘은 밤이 길고 긴 동짓날　今日是冬至
한 잔 술로 얼굴을 붉게 하네　一杯偸面丹
양기가 회복되는 것은 즐겁지만　喜聞陽始復
한 해 저물어가니 근심스러우라　愁念歲將闌
나라에서는 순반으로 하례하고　國禮筍班賀

268) 수공(垂拱): 팔짱을 끼고 옷깃을 드리우고 있을 뿐이다. 위정자의 덕으로 백성이 착해지면, 위정자는 팔짱을 끼고만 있을 뿐 아무 일도 하지 않아도 정사가 절로 잘된다고 하는데, 이를 수공지치(垂拱之治) 또는 수공지화(垂拱之化)라고 한다.

269) 병술년(丙戌年): 중종 21년(1526년)이다.

270) 병술년(丙戌年, 중종 21) 11월 9일이다(丙戌十一月初九日).

민간에서는 팥죽을 찬으로 먹네 民風豆粥餐
생각건대 서울 어느 나그네에겐 憶京何處客
생나물이 봄 밥상에 가득하리라 生菜滿春盤

난을 읊음 詠蘭

사람들은 울긋불긋한 꽃을 탐하지만 人貪紅紫艶
나는야 이 난초의 푸르름을 좋아하네 我愛此蘭青
절기가 늦을수록 더욱더 빛이 나고 節晩尤生色
숲이 깊을수록 더욱더 향기를 발하네 林深更發馨
이름이 군자의 지조에 올라 있는지라 名登君子操
군자 대부들이 늘 읊고 읊조리나니 詠入大夫經
원하는 것이 있다면 세한의 송백처럼 願托歲寒契[271)]
부들과 버들의 영락 따르지 않는 것 不隨蒲柳零

상서로움을 맞이함 迎祥

청양이 개시를 하니 青陽開左閤[272)]
만물이 나기 시작하네 萬物遂生初
교화가 급선무이지만 推化當先務
은혜 어찌 조금만 베푸랴 施恩肯少徐
성군은 큰 조화와 같으시고 聖君同大造
백성은 모여 삶을 즐거워하네 黔首樂群居
삼원절의 이곳저곳으로 處處三元節[273)]
따뜻한 햇살이 퍼져나가네 唯看暖日舒

---

271) 세한송백(歲寒松柏): 날씨가 차가워진 뒤에도 늘 푸른 소나무와 잣나무(혹은 측백나무).
272) 청양(青陽): 봄.
273) 삼원절(三元節): 정월 초하루.

단오첩자 端午帖子

만물을 기르니 은혜 얼마나 두터운가	育物恩何厚
백성을 걱정하니 덕이 또 훈훈하여라	陶民德又薰
따스한 바람이 바야흐로 퍼져나가니	和風方淡蕩
상서로운 기운이 더더욱 왕성하여라	瑞氣更氤氳
모두 5월 5일 단양절을 축하하면서	共賀重陽節
상서로운 오색구름을 아득히 바라보네	遙瞻五色雲
푸른 창포를 띄운 술을 공손히 올리며	恭將泛蒲酒
임금께서 오래오래 사시기를 축원하네	聖壽祝無垠

군도에게 부침 寄君度

산수의 나그네는 여유롭고 느긋하지만	落落石泉客
이 세상 사람은 바쁘고 불안하기만 해[274]	棲棲朝市人
큰 기러기 같아서 능히 주살 멀리하나	如鴻能遠弋
다랑어가 아니니 비늘 감출 수 있으랴	匪鮪敢潛鱗
강가에서는 한가히 풍경을 구경하겠지만	江外閑收景
성 안에서는 피곤하게 봄을 보내고 있다네	城中困過春
지금 그대와 내 신세를 비교하여 보건대	今看君與我
한갖 신선과 속인의 차이 뿐만이 아니네	不啻隔仙塵

승지 박호 부인의 만사 挽朴承旨壕夫人

부인의 서거를 통곡하나니	痛哭夫人逝

274) 산수의- : 산수의 나그네는 군도를 가리키고, 이 세상 사람은 작자이다. 3구와 4구, 5구와 6구 역시 모두 군도와 작자를 비교해서 말한 것이다.

온 집안을 화목하게 했었네 宜家德譽存
백년해로 약속 이미 어겼으니 已乖偕老約
소천과의 사랑 먼저 저버렸네 先背所天恩[275)]
홀로 된 나무는 연리지가 없고 獨樹無連理[276)]
외론 난초는 뿌리 잇지 못하네 孤蘭不續根
근심으로 가득한 세간의 일이여 悠悠世間事
지하에서나마 혼령이 맺어지리라 地下結貞魂

군도의 가을 회포 시에 차운하여 다시 올림 次君度秋懷韻還呈

가을 서녘 바람이 나무에 불어오니 西風吹病樹
낙엽이 쌓이고 쌓여 언덕을 이루네 落葉聚成堆
싸늘한 달빛은 다듬잇돌에서 부서지고 冷月砧方碎
빈 마루에는 제비가 이미 돌아갔네 虛堂燕已回
까마귀는 석양을 날아서 지나가고 鴉飜斜日去
기러기는 새방 소식을 가지고 오네 雁帶塞聲來
가을을 슬퍼하는 마음을 가지지 마세 莫作悲秋意
사람의 백발만 재촉할 뿐이지 않는가 令人白髮催

군도 만사 挽君度

옥수가 슬프게도 땅에 묻혔는데 玉樹嗟埋地[277)]
그 빼어난 재주를 더욱 상심하네 奇才更可傷
시는 능히 이백과 두보 뒤쫓았고 詩堪追甫白
글씨도 왕장의 뒤를 이었는데 筆亦繼王張[278)]

275) 소천(所天): 하늘로 삼는 바, 즉 남편을 가리킨다.

276) 연리지(連理枝): 근간(根幹)이 다른 두 나무 가지결이 서로 이어져 하나가 된 것. 전하여 부부의 애정이 깊음을 뜻한다.

277) 옥수(玉樹): 재질이 빼어난 사람, 여기서는 군도를 가리킨다.

부귀공명 청운의 꿈을 끊어 버리고	夢斷青雲裏
푸른 물의 강가에서 생을 마쳤네	身終碧水傍
부질없게도 슬픈 만사를 쓰다가	空題哀挽處
눈물어린 눈으로 푸른 하늘 보네	淚眼看蒼蒼

한목사 부인 만사 挽韓牧使夫人

문벌은 삼한에서 귀족이고	門地三韓貴
가풍은 한 시대에 유명하네	家風一代聞
하늘 섬김에 반드시 정성 다하고	事天惟必敬[279]
낳은 자식들은 모두 문에 능하네	生子摠能文
연리지가 어찌 하여 끊어졌는가	連理枝何折
함께 살던 새가 갑자기 나뉘었네	雙棲鳥忽分
가련토다 동쪽 성곽 밖에서	可憐東郭外
외론 무덤이 산 구름에 덮여 있네	孤塚掩山雲

278) 왕장(王張): 왕희지(王羲之)와 장욱(張旭). 왕희지는 동진(東晋) 사람으로, 벼슬이 우군장군(右軍將軍)에 이르렀으므로 왕우군(王右軍)으로 칭하기도 한다. 글씨의 명인으로 해서(楷書), 행서(行書), 초서(草書)의 삼체를 완성하였으며, 고금에서 그에 견줄 자 없다고 일컬어질 정도다. 장욱은 당대(唐代)의 사람으로, 특히 초서에 능하여 초성(草聖)으로 불렸다.

279) 하늘〔天〕: 여기서는 남편을 가리킨다.

《月軒集》

卷之三

【칠언율시(七言律詩)】

같은 해에 급제한 충청관찰사 백언 이세좌[1]를 전송하다
送同年李伯彦世佐觀察忠清

구천에서 내리신 윤음을 직접 받았고	面捧綸音下九天[2]
빛나는 옥절은 산천을 비춘다	煌煌玉節照山川[3]
백성 걱정은 곧 주문왕의 성스러움이요	憂民卽是周文聖[4]
덕화 선양에 어찌 소백의 어짐 없으리	宣化寧無召伯賢[5]
길은 호수 남쪽을 향하니 여정이 아득하고	路向湖南行色遠[6]
연회 한수 북쪽에서 여니 이별의 아쉬움 따른다	筵開漢北別愁牽

---

1) 이세좌(李世佐): 1445(세종 27)-1504(연산군 10). 본관은 광주(廣州). 자는 맹언(孟彦). 광성군(廣城君) 극감(克堪)의 아들이다. 1477년(성종 8) 식년문과에 갑과로 급제한 뒤, 대사간으로 특채되고, 1485년에 이조참판으로 정조사(正朝使)가 되어 명나라에 다녀와 광양군(廣陽君)의 봉호를 받았다. 1494년 산릉도감제조(山陵都監提調)로 성종의 국장의례 및 능(陵)축조를 담당하였으며, 이어 한성부판윤·호조판서를 거쳐 1496년(연산군 2) 순변사로 여진족의 귀순 처리와 회유책의 강구를 위하여 북방에 파견되었다. 1497년 이조판서에 임명되고, 이듬해 무오사화 때 김종직(金宗直) 및 그 제자를 극형에 처해야 한다고 주장하였다. 이어 판중추부사(判中樞府事)를 거쳐 예조판서·지경연사(知經筵事)를 겸임하였다.

1503년 인정전에서 열린 양로연(養老宴)에 참석, 어사주를 회배(回盃)할 때 어의(御衣)에 술을 엎지른 실수로 연산군의 분노를 사서 무안에 부처되었다가 다시 온성·평해에 이배되었다. 이듬해 갑자사화 때 연산군의 생모 윤비(尹妃)를 폐위할 때 극간하지 않았고, 이어 형방승지로서 윤비에게 사약을 전하였다 하여 다시 거제에 이배되던 중 곤양군 양포역(良浦驛)에서 자살의 명을 받고 목매어 자결하였다.

2) 윤음(綸音): 임금의 말.
구천(九天): 임금이 거처하는 구중궁궐.

3) 황황(煌煌): 반짝반짝 빛나는 모양.
옥절(玉節): 임금이 관찰사와 병수사에게 생살의 권한을 위임하여 주는 부절(符節).

4) 주문(周文): 주문왕(周文王)으로 중국 고대 주나라의 성군.

5) 소백(召伯): 소공(召公)과 소백은 다른 사람이다. 소공은 주문왕의 서자로서 소(召)지방에 봉해졌으므로 그리 불렸다. 《모시서》에서는 소공 석이 남국을 순행하면서 덕정을 베푼 것을 기린 것이라 보았으나, 소목공 호(召穆公 虎)를 애모하여 지은 것으로 봄이 옳다. 소목공 호는 덕정으로 나라를 다스리고 팥배나무 아래에서 남녀의 송사를 듣고 백성의 곡직을 가려 억울한 일이 없도록 했기 때문에 백성들이 그의 덕을 감복하고 그의 정치를 사모하여 그 남은 자취인 팥배나무를 소중히 보존하고자 다치지 말라고 한 것이다.

6) 행색(行色): 겉으로 드러난 차림이나 모습. 또는 여정.

백년토록 아껴온 감당나무 아래에서	百年遺愛甘棠下[7]
또다시 시경의 황화편을 짓는다	又賦皇華小雅篇[8]

춘첩자 春帖子

따뜻한 기운이 청관을 돌아 맑은 빛이 오르니	暖回靑琯淑輝升[9]
상서로운 기운이 봉궐에 몰려 더해지네	瑞氣偏於鳳闕增[10]
바람이 초요를 지나니 향기가 진하고	風度岧嶢香馥郁[11]
눈이 지작에 남아 있으니 옥가루가 날리네	雪殘鳷鵲玉崩騰[12]
석 잔의 자주빛 신선주로 천년세월을 축원하고	三杯紫醞陳千歲[13]
오색의 남쪽 거북은 수많은 재화를 바치네	五色南龜獻百朋[14]
해마다 이 날을 만나 다 같이 하례하니	共賀年年逢此日
복록이 영원히 이어지기를 다투어 비네	爭祈福祿永繩繩

7) 감당(甘棠): 당리(棠梨) 또는 두리(杜梨)라고도 하는데, 전자는 열매가 흰 것, 후자는 붉은색인 것을 말하며, 우리말로는 팔배나무. 주나라 소백이 남국을 순행하다가 팔배나무 밑에 휴식을 하였더니 나라 사람들이 그 덕을 생각하여 그 나무를 꺾지 말라는 노래가 있었다. 《시경》의 〈소남(召南) · 감당〉시이다. 이러한 고사에 의하여 소공감당(召公甘棠) 또는 유애감당(遺愛甘棠)이란 말을 쓴다.

8) 황화소아편(皇華小雅篇): 《시경》의 한 편명으로서 〈소아 · 황황자화(皇皇者華)〉를 말한다. '화려한 꽃 피었다, 저 벌판과 진펄에(皇皇者華, 于彼原隰)' 로 시작되는데. 사신이 사방으로 나가 두루 민정을 살피는 시이다. 〈모시서〉에서는 임금이 사신을 보낼 때 부른 노래라 했는데 원래는 사신으로 떠나는 사람의 노래이지만 나중에 가서 사신을 보낼 때 쓰이는 악가로 되었다.

9) 청관(靑琯): 푸른 옥으로 만든 관으로서 기상관측에 쓰는 기구.

10) 봉궐(鳳闕): 임금이 거처하는 대궐.

11) 초요(岧嶢): 산의 높은 모양을 말하는 것이나 여기서는 높은 궁성을 의미한다.

12) 지작(鳷鵲): 한무제(漢武帝)가 감천궁(甘泉宮)에 쌓은 누대(樓臺)를 지작관(鳷鵲觀)이라고 했는데, 일반적으로 대궐 내에 있는 누대를 말한다. 붕등(崩騰)은 분등(芬臺), 동탕(動蕩), 분란(紛亂), 비양(飛揚) 등의 뜻으로 쓰이며, 여기서는 눈이 옥가루처럼 어지럽게 흩날리는 모양을 말한다.

13) 자온(紫醞): 자줏빛의 술, 맛이 좋은 신선주를 의미한다.

14) 남귀(南龜): 남해에 서식하는 거북으로 동물 중에 가장 장수한다는 것이다.

백붕(百朋): 백의 수, 즉 많은 수량을 뜻한다. 조개 두 개를 말함. 옛날에는 조개를 돈으로 사용했으므로 많은 돈 또는 재화를 말한다.

홍유손[15]에게 드림	贈洪裕孫(南陽貢生)
뇌락한 마음 회포가 답답하게도 열리지 아니하나	磊落心懷鬱未開[16]
구름 찌르는 호기는 실로 넓고 넓다네	凌雲豪氣謾恢恢
문자는 옥천과 같아 5천 권이요	玉川文字五千卷[17]
풍류는 태백이라 술이 1백 잔이네	太白風流一百杯[18]
상락의 청포를 서로 만나는 것이 늦었는데	商洛靑袍相遇晩[19]

---

15) 홍유손(洪裕孫): 1452(문종 2)-1529(중종 24). 조선 전기의 시인. 본관은 남양(南陽). 자는 여경(餘慶), 호는 소총(篠叢)·광진자(狂眞子). 남양의 아전 순치(順致)의 아들로 가세가 청빈하였으나 경(經)·사(史)를 섭렵하고, 방달(放達)한 기질에 얽매임이 없었다. 과거에 관심을 가지지 않았으나 문장이 뛰어나 1481년(성종 12) 남양군수 채수(蔡壽)로부터 이역(吏役)을 면했다고 한다. 그러자 곧 걸어서 영남으로 김종직(金宗直)을 찾아가 두시(杜詩)를 배웠다. 이때 김종직은 "이 사람은 이미 안자(顔子)가 즐긴 바를 알고 있으니 학자들은 모두 본받을 것이다"라고 하였다 한다. 이어 바로 두류산(頭流山)으로 들어가 수업한 뒤, 서울로 돌아와서 김종직이 시사(時事)를 건백(建白)하지 않는 것을 보고 비판하였다.

그는 세상을 희롱하며 세속을 벗어나 영리(榮利)를 구하지 않고 일생을 보냈다. 당시의 명류 김수온(金守溫)·김시습(金時習)·남효온(南孝溫)·안응세(安應世) 등과 특히 가깝게 지내면서 죽림칠현을 자처하고 노자(老子)·장자(莊子)의 학문을 토론하며 시율(詩律)을 나누었는데, 남효온은 그를 평하여 "문장은 장주(莊周)같고, 시는 황산곡(黃山谷) 같으며, 재주는 제갈공명 같고, 행실은 동방삭과 같다"고 하였다.

그래서 당시의 유자광은 김종직 등의 사림파를 탄핵하면서 그에 대해 "유손의 사람됨이 괴벽하고 술수가 많아서 흉괴(凶怪)한 선불(仙佛)의 문자도 또한 모르는 것이 없었으며, 스스로 명교(名教)의 밖에 벗어나서)때로는 명산을)노닐며 여러 노사숙유(老師宿儒)와 더불어 선교(禪教)를 강설하여 거짓으로 스승제자의 예를 하기도 했다" 하였다. 1498년(연산군 4) 무오사화 때 제주도에 유배되고 노예가 되었다가 1506년 중종반정으로 풀려나왔다.

76세에 처음으로 처를 맞아들여 아들 하나를 얻어 지성(志誠)이라 이름하였다. 혹 몇몇 자료에서는 그의 출생연도를 1431(세종 13)로 기록하기도 했으나 이를 취하지 않는다. 저서로는 《소총유고(篠叢遺稿)》가 있다. 역대 해동의 도교(道敎) 또는 단학(丹學)의 계보를 기술해놓은 홍만종(洪萬宗)의 《해동이적(海東異蹟)》에는 단군(檀君)부터 곽재우까지 모두 38인의 신이(神異)한 행적을 열거했는데, 홍유손이 김시습으로부터 도결(道訣)을 전수받았다고 하였으며, 월헌공의 사형(舍兄)인 교리공(校理公) 정수곤(丁壽崑)의 이름도 함께 올라 있다.

원래의 주에 '남양공생(南陽貢生)' 즉 남양에서 천거된 선비라고 했다. 공생은 공사(貢士)와 같으며, 지방관이 중앙정부에 천거한 재학(才學)이 있는 선비를 말한다. 부(府)·주(州)·현(縣)의 시험에 합격한 생원(生員) 또는 수재(秀才)로서 서울 도성의 국자감(國子監)이나 태학(太學)에서 배우고 익히는 사람을 말한다.

16) 뇌락(磊落): 뜻이 호방하고 커서 작은 일에 구애되지 않는 모양.

17) 옥천(玉川): 당나라 시인 노동(盧仝)의 자호가 옥천자(玉川子)로, 그가 낙양에 살 때 한유(韓愈)가 그의 시를 좋아하여 후대하였다고 한다. 몹시 빈한하였으며 한유(韓愈)의 〈기노동(寄盧仝)〉시에 그의 생활이 잘 드러나며 시풍은 '괴기(怪奇)' 하다고 하였다. 〈월식(月蝕)〉시가 유명하다.

18) 태백(太白): 당나라 시인 이백(李白).

월궁의 단계를 어느 때에 꺾으려나　　月宮丹桂幾時摧[20]
이름 드날림을 한하지 말라 더디고 늦음의 차이일 뿐　　成名莫恨差遲緩
예로부터 청운은 그 재주 저버리지 않나니　　從古靑雲不負才[21]

남계의 초가 정자　　南溪茅亭[22]

짚으로 만든 자그마한 정자 물가에 있으니　　小小茅亭傍水開
여름철에는 진실로 여기서 지낼 만하네　　炎天端可此徘徊
백제가 가을을 몰아옴에 갑자기 놀라고　　忽驚白帝將秋至[23]
홍로가 불을 부채질해 오는 것은 보이지 않네　　不見紅爐扇火來[24]
시냇가의 마른 소나무는 용이 일어나는 듯하고　　澗底枯松龍欲起
비 온 뒤의 향기로운 풀은 비단을 처음 재단한 듯하다　　雨餘香草錦初裁
다행히 관의 일로 인해 한가한 곳에 던져졌으나　　幸因官事投閑境
내일이면 다시 길거리 가득한 티끌을 부딪치게 되리라　　明日還衝滿陌埃

요동에서　　在遼東

(신축년에 임인년 정조사의 서장관이 되어)　　(辛丑年余爲壬寅正朝使書狀官)

한북과 요동 두 곳의 마음이라　　漢北遼東兩地心[25]

---

19) 상락청포(商洛靑袍): 상락(商雒)이라고도 한다. 상현(商縣)과 상락현(上洛縣)을 합쳐 부르는 것으로, 진나라의 폭정을 피해 사호(四皓: 네 명의 백발노인)가 여기의 깊은 산에 은거했었다. 상산사호(商山四皓)로도 부른다. 그래서 상락은 은자를 지칭한다. 청포는 푸른 도포 또는 옥색 장삼으로 대개 청년 학인을 칭한다.

20) 월궁단계(月宮丹桂): 과거에 급제한 사람에게 내려주는 어사화(御賜花)를 의미한다. 본시 과거에 급제한 것을 '계수나무를 꺾었다(折桂, 摧桂)' 라고 했다.

21) 청운(靑雲): 여러 가지 뜻이 있으나 여기에서는 출세와 벼슬을 의미한다.

22) 남계모정(南溪茅亭): 남계는 사람의 호이거나 남쪽의 시내를 칭하는 듯하며, 모정은 짚으로 이은 정자.

23) 백제(白帝): 서방 또는 가을을 맡은 신의 칭호.

24) 홍로(紅爐): 빨갛게 달아오른 화로, 즉 여름철 한 더위를 비교하여 하는 말.

25) 한북요동(漢北遼東): 한북은 서울을, 요동은 중국으로 가는 도중에 있는 만주 남쪽과 요하(遼河)의 동쪽 지역을 말한다.

함께 밝은 달을 보게 되니 생각을 금하기 어렵다　共看明月思難禁
한 겨울의 바람과 눈은 차가운 기운이 많아　一冬風雪多寒氣
천리길 관산에는 소식이 적구나　千里關山少信音[26)]
형수의 꿈은 청학동으로 끌리는데　荊樹夢牽青鶴洞[27)]
훤당의 기다림은 흰 구름 낀 높은 산에 끊어지네　萱堂望斷白雲岑[28)]
어느 때에 다시 용만을 건너　何當還渡龍灣去[29)]
형제가 동시에 축수주를 마셔보려나　兄弟同時壽酒斟[30)]

요양으로 가는 길 위에서　遼陽途中

요양에 도착하니 나의 생각 일어나는데　行到遼陽起我思[31)]
몇 번이나 즐거워하고 몇 번이나 슬퍼했던가　幾番留喜幾番悲
제융은 천년 세월에 품은 뜻이 멀다고 했고　祭肜千載稱懷遠[32)]
장환은 그 당시 은혜를 베풀었다　張奐當年設好施[33)]
오국의 성이 황폐하여 용은 멀리 가버리고　五國城荒龍去杳[34)]

---

26) 관산(關山): 관문과 산. 고향의 사방을 두른 산. 즉 고향을 뜻한다.
음신(音信): 소식 또는 편지.

27) 형수(荊樹)의 꿈: 형수는 형지(荊枝)와 같으며, 자형수(紫荊樹)를 말하는데, 남조 양(梁)나라 오균(吳均)의 《속제해기(續齊諧記)》에 나오는 고사에서 비롯되었다. 전진(田眞)의 삼형제가 재산을 분배하는데 매우 공평하여 집 앞의 자형수 한 그루도 나누기로 의논하고 다음 날 절단하기로 했다. 그랬더니 그 나무가 말라 죽으려 하며 그 모습이 마치 불타는 듯했다. 전진이 이를 보고 크게 놀라 두 아우에게 말하기를 "나뭇가지는 본래 그 뿌리가 같은데 잘라 나눈다는 말을 듣고 초췌해지니 이건 인간이 나무보다 못한 것이다"라고 슬퍼하며 나무를 자르지 않았다. 그랬더니 나무는 다시 무성해졌고 형제는 느낀 바가 있어 재산을 합쳐서 마침내 효자 집안이 되었다. 그래서 형지 또는 형수는 형제 골육이 기질이 같고 서로 이어져 있음을 비유한다. 청학동에 형제가 있어 그 꿈을 꾸었다는 것이다.

28) 훤당(萱堂): 자당(慈堂)과 같이 남의 어머니를 높여 이르는 말. 어머니가 출타한 아들이 돌아오기를 기다리는 것.

29) 용만(龍灣): 압록강을 가리키는 말.

30) 수주(壽酒): 장수하기를 축하하는 술. 이 시는 성종 12년 공의 나이 29세 1481년(신축년) 10월부터 이듬해 3월까지 명나라에 다녀오는 길에 지어졌다.

31) 요양(遼陽): 요동의 한 고을 이름. 요수(遼水)의 북쪽 고을.

32) 제융(祭肜): 후한(後漢)의 영양(穎陽) 사람으로 요동을 지켜온 지 30년에 이적(夷狄)을 무마하였으나 그 후 북흉노(北匈奴)를 정벌할 때에 공을 세우지 못하였음을 부끄럽게 여겨 피를 토하고 죽었다.

33) 장환(張奐): 후한 주천(酒泉) 사람으로서 흉노를 은덕으로써 무마하여 변경을 안정시켰다.

양평의 기둥이 없어져 학 돌아옴이 더디다 襄平柱沒鶴歸遲[35]
길고 긴 지난 일을 누구에게 물어볼꼬 悠悠往事憑誰問
오직 산천만이 있어 옛날과 같을 뿐이로다 惟有山川似昔時

그 두번째 其二

상국의 풍광을 보고는 눈이 더욱 높아지고 上國觀光眼更高[36]
요양의 길 공사에 수고로움을 마다하지 않았다 遼陽脩道不辭勞
포과는 비로소 한쪽에 매인 것을 풀었고 匏瓜始解偏方繫[37]
호시는 더욱 백척의 호탕함을 더했다 弧矢增成百尺豪[38]
북쪽으로 홍라산 바라보니 칼과 창이 밝고 北望紅螺明劍戟[39]
동쪽으로 창해에 이르면 금오가 숨었다 東臨滄海隱金鼇[40]
천자를 이번에 가면 당연히 조근할 터 玉皇此去應朝覲[41]

---

34) 오국(五國): 성의 이름. 요(遼)의 오국부 절도사(五國部節度使)가 주재하는 성으로서 송 휘종(宋 徽宗)이 이를 붕괴시켰다.

35) 양평(襄平): 만주 요령성(遼寧省) 북쪽에 있는 현(縣)의 이름, 양평의 기둥은 즉 요동지휘사(遼東指揮司)를 가리키는 말이다.

학귀지(鶴歸遲): 황폐해진 지역을 지나며 양평의 기둥이 없어진 것을 보고 요동 사람 정령위(丁令威)의 화표학(華表鶴) 고사가 연상되었을 것이며 그래서 연결시킨 듯하다. 정령위가 영허산(靈虛山)에서 도를 배웠다가 뒷날 학이 되어 요동으로 돌아가서 성문의 화표 기둥에 앉았다. 어느 소년이 활을 들고 쏘려고 하자 학은 날아 공중을 돌면서 말하기를 "새가 있는데 정령위라고 하네. 집을 떠나 천 년에 이제 비로소 돌아왔네. 성곽은 옛날과 같은데 사람들은 아니로다. 어찌 신선을 배우지 않아 무덤이 다닥다닥 겹쳐 있느냐"라고 하고는 하늘 높이 날아가 버렸다.

36) 상국(上國): 작은 나라의 조공(朝貢)을 받는 큰 나라.

37) 포과(匏瓜): ① 박 또는 바가지 ② 별의 이름으로서 하고(河鼓)의 동쪽 한편에 떨어져 있다.

38) 호시(弧矢): ① 나무로 만든 활과 화살 ② 별의 이름으로서 또는 天弓이라고 한다. 모두 아홉 개의 별이 있는데 천랑성(天狼星)의 동남에 있으며 여덟 개는 활의 모습이며 바깥의 별 하나는 화살의 모양이다. 제3,4구는 이국땅에서 밤에 올려다본 별자리 모습일 것이다.

39) 홍라(紅螺): 붉은 고동. 껍질은 엷고 붉어서 술잔을 만들 수 있으며, 그래서 술잔 또는 술의 대용으로 쓰인다. 또는 紅蠃라고도 쓴다. 여기서는 홍라산을 말한다. 유주(幽州)의 주산인 의무려산의 한 줄기로, 돌산으로서 매우 높고 정상에 못이 있는데 못 속에 두 개의 붉은 소라가 있어 불꽃같은 빛이 숲과 산기슭에 쏘아 비추기 때문에 홍라산이라 이름하였다 한다.

검극(劍戟): 칼과 창. 술잔 들어 마시는 곳에 장엄한 무기들이 궁성을 옹호한다는 것.

40) 금오(金鼇): 금색의 큰 자라로서 신선이 거주하는 봉래전(蓬萊殿)을 받치고 있다고 한다. 이는 곧 천자가 거처하는 궁전을 의미한다.

정월 초하룻날 푸른 복숭아 올리는 것을 보리라 元日行看獻碧桃[42]

유관 楡關[43]

임려 옛 역에 눈이 가득 쌓여 있고 臨閭古驛雪漫漫
낡은 벽 쇠잔한 등불에 나그네는 정히 춥구나 老壁殘燈客正寒
밤 깊으니 비로소 형제와 함께 덮던 이불 얇은 줄 알겠고 夜厚始知姜被薄[44]
바람 높으니 도리어 포근한 갖옷 한 벌뿐임을 깨닫겠다 風高旋覺晏裘單[45]
이미 계절의 순서가 장차 한 해가 저물어 감에 놀랐는데 已驚節序行將暮
더더구나 관산이 멀고도 험난함이겠는가 何況關山遠更難
타향에 있는 떠돌이의 마음을 견디지 못하여 不耐他鄕遊子意
평안을 전해 주는 집의 편지를 고대하노라 家書苦待報平安

옥하관[46]에서 정사 참판 자안 이극기[47]에게 올리다 在玉河館呈正使李參判子安克基

운수가 마침 왕기가 흥성한 5백 년을 만나니 運値興王五百年
해가 바로 중천에 비추네 大明离照正中天

41) 조근(朝覲): 신하들이 입궐하여 천자를 배알하는 것.

42) 원일(元日): 정월 초하룻날. 원조(元朝).
벽도(碧桃): 복숭아의 일종으로서 신선이 먹는 과일이라고 한다.

43) 유관(楡關): 북쪽 변방의 관문이자 요새. 옛날 느릅나무를 심어서 성채로 삼은 데서 유래한다. 산해관(山海關)의 별칭으로 옛부터 천하제일의 관문이라고 불리어지는 천연적인 요새. 임려관(臨閭關)·임유관(臨渝關)·유관(渝關)이라고도 한다. 본래는 유관이라 하였는데 명나라 초기에 대장군 서달(徐達)이 이를 산해관으로 옮기면서 전석(磚石)을 운반해 버렸기 때문에 유관에는 성터가 남아 있지 않다. 또는 북쪽 변방을 두루 칭하는 말로 쓰인다.

44) 강피(姜被): 강굉(姜肱)의 이불. 형제가 함께 덮던 이불. 형제 또는 형제의 정을 말한다. 《후한서·강굉전(姜肱傳)》에서 굉과 그의 두 아우가 모두 효행으로 이름났으며 우애가 깊어 하나의 이불을 덮고 잠을 잤다.

45) 안구(晏裘): 안영(晏嬰)의 호구(狐裘). 제나라 재상 안영이 한 벌의 여우털 갖옷을 30년간 입었다는 고사에서, 매우 절약하고 검소함을 이르는 말.

46) 옥하관(玉河館): 북경에 있던 외국 사신의 관소(館所) 이름.

삼양이 크게 빛나니 새 역서를 반포하고　三陽熙泰頒新曆[48]
만국이 조종으로 받들기를 온 강물이 흘러들 듯하네　萬國朝宗赴百川[49]
촉의 비단과 오의 술향기는 가는 곳마다 가득하고　蜀錦吳香隨處滿[50]
주점의 깃발과 등촉은 거리에 찬란하게 걸렸네　酒旗燈燭爛街懸[51]
멀리서 온 사람도 또한 황은의 중함을 입으니　遠人亦被皇恩重
날마다 술단지 가운데 청주와 탁주를 헤아린다네　日算樽中酒聖賢

그 두번째　其二

상국의 관광을 청년 시절에 수행하여　觀光上國屬青年
백옥경에서 구천을 알게 되었네　白玉京中認九天[52]

---

47) 이극기(李克基): ?-1489(성종 20). 본관은 광주(廣州). 자는 자안(子安). 황해도관찰사 예손(禮孫)의 아들이다. 생원시를 거쳐 1453년(단종 1) 문과에 병과로 급제하고 권지승문원정자에 제수되었다. 1455년(세조 1) 원종공신(原從功臣) 2등에 책록되고, 1470년(성종 1) 문학진흥을 위하여 재행(才行)이 겸비한 인물을 치부(置簿)하였다가 겸예문관관(兼藝文館官)에 제수하는 겸예문관제의 실시와 함께 이에 선발되고, 1471년 1월 상당부원군(上黨府院君) 한명회(韓明澮)에 의하여 "경명행수자(經明行修者)이니 사표직(師表職)에 제수하여야 한다"고 하여 천거되었으며, 그해 2월 통정대부(通政大夫)에 승진하면서 강원도관찰사로 파견되었다. 3월에는 강원도도사 최팔준(崔八俊)의 어육증여(魚肉贈與)와 관련되어 파직되었다가 그해 11월 성균관대사성으로 복직, 예문관부제학을 거쳐 1474년 8월 승정원좌부승지로 발탁되었다. 이어 우승지와 좌승지를 역임하고, 1477년 8월 가선대부(嘉善大夫)에 승진하면서 재차 강원도관찰사로 파견되었다. 1478년 대사헌으로 입조, 1479년 5월 이조참판, 8월 한성부우윤, 그해 윤10월부터 이듬해 3월까지 동지중추부사로서 하정부사(賀正副使)가 되어 명나라에 다녀왔다. 1480년 5월 한성부좌윤, 곧이어 동지성균관사를 겸하였으며, 1481년 10월부터 이듬해 3월까지 재차 하정사 겸 사은사가 되어 명나라에 다녀왔다. 1482년 11월 공조참판에 개수되고, 성균관동지사를 계속하여 겸하였다.

1485년 1월 가정대부(嘉靖大夫)에 오르면서 경상도관찰사에 제수되었는데, 성균관생들로부터 "계속하여 학업을 지도하게 하여달라"는 강청(强請)이 있었으나 "치민(治民)도 교회(教誨)에 못지않다"는 성종의 뜻에 따라 부임하였다가 그해 11월 동지중추부사에 체직하였다. 근근봉공(勤謹奉公)하는 성품과 성리학에 정통한 재질로 성균관의 교육에 힘써, 당대는 물론 후대에도 사유자(師儒者)로 칭송되었다.

48) 삼양(三陽): 〈입춘부(立春賦)〉 주 50) 참조.

49) 조종(朝宗): 중국에서 제후가 천자를 배알하던 일. 또는 귀복(歸服)하는 일. 강이 바다로 흘러 들어가는 것.

50) 촉금오향(蜀錦吳香): 촉금은 촉, 즉 사천(四川)에서 생산된 화려한 비단으로서 상등의 고운 비단을 말하 며, 오향은 오의 미희(美姬)가 권하는 술의 향기. 모두 명성과 가격이 높고 귀한 것을 말한다.

51) 주기(酒旗): 주점을 표시하는 깃발과 깃대를 말한다.

52) 백옥경(白玉京): 옥황상제의 궁전이 있는 곳으로, 중국 천자의 궁전이 있는 수도를 비유한다.
구천(九天): 즉 구중궁궐을 의미한다.

주나라의 삼천 전례가 환히 빛나고 煥赫三千周典禮[53]
우임금의 12산천을 두루 돌았네 盤廻十二禹山川[54]
구름 열리니 만세의 성신이 가까워지고 雲開萬歲星辰近
하늘 배경으로 구슬같이 반짝이는 일월이 걸렸네 天襯瓊華日月懸
성세가 융성하고 평온하여 이미 일이 없으니 聖世隆平已無事
사방으로 문을 열고 어진 이 크게 맞이하네 門猶四闢大迎賢

대비전의 춘첩자(대궐로 나아가서 운자를 내었다) 大妃殿春帖子(詣闕出韻)

천상의 큰 물레 도는 것을 듣고서야 纔聞天上洪勻轉[55]
비로소 인간 세상에 약선이 더하는 줄 알겠다 始識人間添弱線[56]
갈대 관에 재가 날아 큰 조화를 돌리고 葭管灰飛運大和[57]
눈 같은 꽃송이는 바람 부드러워 남은 조각에 분다 雪花風軟吹殘片[58]
상서로운 구름은 애애하게 금문을 둘러싸고 祥雲掩靄繞金門
서기는 어리어 옥전을 감싸도다 瑞氣氤氳籠玉殿
수명은 하늘과 나란하길 빌고 산초 바쳐 칭송하니 壽祝齊天獻椒頌
주렴이 열려 있는 별관에는 부용의 잔치로다 簾開別館芙蓉宴

---

53) 삼천전례(三千典禮): 주나라 때에 제정·시행한 삼천 가지의 전례.

54) 십이산천(十二山川): 우임금이 중국판도를 12주로 나누었던 것.

55) 홍균(洪勻): 洪鈞과 같으며, 우주만물을 창조하는 신 또는 조화. 勻은 도기를 만드는 물레인데 만물을 빚어내는 조물자로 비유된다.

56) 약선(弱線): 약한 실. 봄이 돌아오니 꽃이 피고 풀도 나서 아름답게 이루어진 경치를 마치 오색 무늬의 수를 놓고 거기에 부드럽고 약한 실을 더한 것과 같다는 뜻. '오색 무늬의 수에 약한 실이 더해졌다(刺繡五紋添弱線)' 라고 한 두보(杜甫)의 시 〈소지(小至)〉를 인용한 말이다.

57) 가관(葭管): 가회(葭灰)를 넣어서 만든 관악기의 미칭. 가회는 갈대재로서 갈대 줄기 속의 엷은 막을 태운 재이다. 이 재를 악기의 율관(律管) 안에 두어 기후를 점친다고 한다. 그래서 기후나 시절을 칭하기도 한다. '가관에 재가 나니 화덕 불이 주인을 따뜻하게 한다(葭管灰飛, 楢燎燠主)' 라고 하였다.

58) 설화(雪花): 눈꽃. 눈과 같이 하얀 꽃송이. 또는 꽃 같은 눈송이.

기우제 집사가 산의 제단에 도착하다 　 祈雨祭執事到山壇

가뭄 걱정이 해마다 성려를 번거롭게 하니 　 憂旱年年聖慮煩[59]
공손하게 규벽을 가지고 사방으로 달리며 분주하다 　 恭將圭璧四馳奔[60]
언제 인갑이 서로 불어서 움직이게 하며 　 幾時鱗甲相吹動[61]
어느 날에 산천이 토해내고 머금을꺼나 　 何日山川便吐呑[62]
원컨대 아향이 호령을 내려 　 願得阿香施號令[63]
장마비가 온 천지에 두루 내리는 것 즐거이 보게 되기를 　 欣看霖雨遍乾坤
이날 저녁 신단에 신령이 내리기를 기원하며 　 神壇此夕祈靈貺[64]
정결하고 풍성한 모든 제물을 흠향하시길 　 冀饗諸羞潔且繁

진북영에서 절제사의 시에 차운하다 　 鎭北營次使韻

북영은 즉 경성이다. 북도평사때 지음 　 卽鏡城也北道評事時作

요충의 거진으로 삼한의 국경이요 　 衝要巨鎭三韓界[65]
도끼를 잡은 장군은 이품의 반차로다 　 杖鉞將軍二品班[66]

---

59) 성려(聖慮): 임금이 국가와 국민을 걱정하는 것.

60) 규벽(圭璧): 고대 제왕이나 제후가 일월성신이나 귀신에게 제사를 지내거나 천자를 뵈올 때 가지는 옥기. 사용한 후에는 땅에 묻는다.

61) 인갑(鱗甲): 비늘과 껍데기. 어류(魚類)와 갑각류(甲殼類)의 수상동물(水上動物). 여기서는 용사(龍蛇) 등속을 말하는 것으로, 용은 수중 동물의 으뜸이며 구름을 일으켜 비가 오게 한다고 했다.

62) 토탄(吐呑): 삼키고 토해내다. 산수가 웅장함의 기세를 다투는 것. 왕안석의 시 '峰嶺互出沒, 江湖相吐呑' (봉우리와 고개가 번갈아 출몰하고, 강과 호수가 서로 삼키고 토해낸다)가 그 예.

63) 아향(阿香): 우레의 딴 이름. 진(晋)의 아향이라는 여자가 뇌거(雷車)를 밀었다는 고사에서 온 말.

64) 영황(靈貺): 신령이 준다는 것으로서 어떤 영험을 의미한다.

65) 거진(巨鎭): 이 시대의 군사제도상 지방군제에 있어서 각도 단위로 총사령부 격인 절도사 또는 방어사의 병영을 주진(主鎭)이라 하고, 이 주진 소속의 연대사령부 격인 절제사(節制使) 또는 첨절제사(僉節制使)의 병영을 거진(巨鎭)이라 하며, 또 거진 소속하에 단위 사령부인 동첨절제사(同僉節制使) 또는 절제도위(節制都尉)의 병영을 제진(諸鎭)이라고 한다.

66) 장월(杖鉞): 주진의 장군인 절도사가 부임할 때에 생살권을 맡긴다는 표신으로 도끼 모양의 부월(斧鉞)을 준다. 이 부월을 가지고 있는 장군을 장월장군이라고 한다.

반(班): 반차(班次) 즉 지위의 순서 또는 서열.

한 줄기 두만강은 지축을 나누었고 黑水一條分地軸
천 길 백두산은 하늘 관문에 기대어 있다 白山千仞倚天關
바람은 고각에 불어 장군의 명령 재촉하고 風吹鼓角催牙令[67]
해는 정기를 비추며 검환을 빛낸다 日照旌旗耀劍環[68]
봉화가 창황함을 사람들은 알지 못하고 烽燧蒼黃人不識[69]
오직 사냥하던 말이 저녁에 성으로 돌아옴을 본다 惟看獵騎暮城還[70]

종성에서 병마사가 보인 시에 차운하다 鍾城次兵使示韻

여러 해 풀이 움트는 것을 보지 못했더니 長年不見草生芽
삭풍이 어지러운 모래를 일으키는 게 근심스럽다 悄悄胡風起亂沙[71]
두만강이 이미 우리 땅 아님에 놀랐고 黑水已驚非故國
하물며 세월을 재촉하는 황계 울음소리 들려옴에랴 黃鷄況聽促年華[72]
철마에 추위가 일어나며 관산이 저물고 寒生鐵馬關山晚[73]
군문에서 명령이 떨어지니 고각이 시끄럽다 令出牙門鼓角譁[74]
사냥을 파하고 돌아오니 서리 달빛 괴로운데 獵罷歸來霜月苦[75]
어느 곳의 슬픈 호가 소리 창자를 끊어지게 하는가 斷腸何處動悲笳[76]

---

67) 아령(牙令): 장군은 상아패를 차고 있으므로 장군의 명령을 아령이라 한다.

68) 검환(劍環): 장군이 차는 군도.

69) 창황(蒼黃): ① 청색과 황색 ② 황색에 푸른 빛이 도는 색깔 ③ 허둥지둥하는 모양. 당황해하는 모양. 蒼惶으로도 쓴다 ④ 사물의 변화가 일정하지 않고 반복하는 것이 규칙적이지 않은 것. 〈북산이문(北山移文)〉 '終始參差, 蒼黃飜覆' 이라고 했다. 여기서는 ④의 뜻이다.

70) 엽기(獵騎): 기병(騎兵)으로서 수색하는 것 또는 말을 타고 사냥하는 것. 또는 그런 사람.

71) 호풍(胡風): 북쪽 오랑캐 땅에 부는 바람. 또는 북쪽에서 불어오는 바람. 즉 삭풍(朔風).

72) 황계(黃鷄): 누런 토종닭. 그 울음소리가 새벽을 재촉한다는 뜻으로 사용한다.

73) 철마(鐵馬): 풍경(風磬)의 별칭으로서, 처마 끝에 달아 바람에 흔들려서 소리가 나게 하는 종.
관산(關山): 관문과 산.

74) 아문(牙門): 대장의 군문.
고각(鼓角): 북과 호각(뿔피리). 군대에서 시각을 알리거나 경계 또는 명령을 내릴 때 사용했다.

75) 상월(霜月): 음력 7월 또는 서리 내려 추운 밤의 달.

76) 가(笳): 호가(胡笳). 북쪽 변방민족 또는 오랑캐가 갈대잎을 말아 만들어 부는 호드기, 즉 피리.

회령 남성 누각의 시에 차운하다 次會寧南城樓韻

산세가 둘러 있고 또 성이 거듭하며	周遭山勢又重城
창과 방패 뒤섞여 햇빛을 가로로 떨친다	錯落干戈拂日橫
백치 되는 성벽은 동서로 뻗쳐 보기에도 이미 장중하고	百雉東西觀已壯[77]
한 줄기 강물은 남북의 경계를 일찍이 이루었네	一江南北限曾成
백운장검은 하늘 빛에 기대었고	白雲長劍倚天色[78]
명월호가는 변방의 소리를 내는구나	明月胡笳出塞聲[79]
말씀드리노니 장군께서는 모름지기 심력을 다하소서	寄語將軍須盡瘁
경종에 응당 공훈의 이름이 새겨지리라	景鍾應得上勳名[80]

경원 판 위의 시에 차운하다 次慶源板上韻

나라의 울타리라고 하는 옛 성에 물이 깊고 넘치는데	名藩古郭水泱泱
대업이 일찍이 이 고을에서 비롯하였음을 들었다	大業曾聞肇此鄉[81]
기북의 유풍은 검소함을 보존하고	冀北遺風存儉素[82]
강남에 상서로운 기운은 영장임을 징험한다	江南紫氣驗靈長
산과 강이 땅을 묶어 변방의 요새 웅장하고	山河紐地雄關塞

77) 백치(百雉): 치는 성 담의 척도. 1치는 높이 1장(丈), 길이 3장. 도량형의 단위는 시대마다 다소 차이가 있는데, 명대의 1장은 대개 3.11m이다. 성벽(城壁)의 길이가 300장(약 1km)이고 높이가 1장이 되는 것을 말한다.

78) 백운장검(白雲長劍): 대장이 차는 장검의 이름이거나 높은 누각에 서 있기 때문에 흰 구름에 그 기세가 뻗치는 것을 형용하는 것으로 볼 수 있다.

79) 명월호가(明月胡笳): 밝은 달 아래에서 호인이 부는 호드기.

80) 경종(景鍾): 춘추시대 진(晋) 경공(景公)이 주조한 종(鍾)으로 공신들의 공훈을 새겼다. 뒷날 공훈을 포상하는 것을 의미한다. '功銘著於景鍾, 名稱垂於竹帛' (공은 경종에 새겨 전하고 이름은 죽백에 남긴다)에서 나온 말이다.

81) 대업(大業): 국왕의 창업을 의미한다. 조선을 건국한 이성계의 거점이 함흥이며 공민왕 때 동북면병 마사로 임명되기도 했었다.

82) 기북(冀北): 기주(冀州)의 북부 지방, 중국 상고 요 · 순 · 우(堯舜禹) 3대의 도읍지로서 이를 기방(冀方)이라고도 한다. 구주(九州)의 하나로 대개 지금의 하북, 산서의 대부분과 하남성 일부.

해와 달은 하늘에 빛나니 한양이 아름답도다 日月光天麗漢陽
녹발장군이 바야흐로 허리띠를 늦추니 綠髮將軍方緩帶[83]
태평한 때에 어찌 국경의 일에만 애쓰겠는가 時平何用事邊疆

두 사상에게 올리다 上兩使相[84]

함경감사 신준[85]과 병마사 이계동[86]은 모두 咸鏡監司申浚兵使李季仝
경인년 과거시험에 문·무과 수석으로 합격하였다 皆庚寅科文武榜頭

사성의 아름다운 모임이 두만강가에 있어 使星佳會黑江邊[87]
눈을 닦고 놀라서 보니 둥근 흰 구슬이 꿰어져 있다 拭眼驚看白璧聯[88]

83) 녹발장군(綠髮將軍): 윤기가 흐르는 검은 머리를 녹발이라고 하며, 이는 연소한 장군임을 말한다.

84) 사상(使相): 신준(申浚)과 이계동(李季仝).

85) 신준(申浚): 1444(세종 26)-1509(중종 4)의 문신. 자는 언시(彥施)이고, 호는 나헌(懶軒). 시호는 소안(昭安). 본관은 고령(高靈). 신숙주의 아들. 1470년(성종 1) 별시문과에 장원하여 병조참지에 특별히 발탁되고, 병조참의를 거쳐 1477년 동부승지가 되었다. 이로부터 성종의 특별한 은총을 입어 같은 해에 우승지·좌승지를 거쳐 도승지에 승진하였다. 이듬해에 호조참판을 역임하고 1480년 고양군(高陽君)에 봉해졌다. 이어서 다시 이조참판이 되어 천추사(千秋使)로 명나라에 다녀왔고, 그뒤 예조참판을 거쳐 1486년 한성부판윤이 되었다. 이듬해에는 이조판서가 되고 공조판서를 거쳐 우참찬·평안도관찰사·한성부판윤 등 내외의 요직을 역임하였다. 1495년(연산군 1)에 사은사(謝恩使)로 명나라에 다녀와서 다시 공조판서가 되고 이어 형조판서가 되어 지경연사(知經筵事)를 겸임하였다. 그 뒤 대사헌을 거쳐 세번째로 공조판서와 한성부판윤을 역임하고 우참찬·좌참찬을 지내면서 언로의 개방 등 시무 10조를 진언하였다. 1506년 박원종(朴元宗)·성희안(成希顔) 등이 중종반정을 단행하자 이에 가담하여 정국공신(靖國功臣) 3등에 책록되고 고양부원군(高陽府院君)에 진봉되었으며, 품계가 숭록대부(崇祿大夫)에 오르고 벼슬이 좌찬성에 이르렀다.

86) 이계동(李季仝): 1450(세종 32)-1506(중종 1). 조선 전기의 무신. 본관은 평창(平昌). 자는 자준(子俊). 시호는 헌무(憲武). 1470년(성종 1) 무과에 장원으로 급제하여 훈련원판관을 제수받았다. 1476년 무과중시에 급제하여 종친부전첨(宗親府典籤)이 되었다가 창성부사로 나갔다. 이후 황해도관찰사, 동부승지를 거쳐 형조참판 동지중추부사 등을 거쳤으며, 1482년 여진어에 능통하고 그들의 사정을 잘 알고 있다는 점이 인정되어 함경도절도사로 임명되었다. 1486년 좌윤이 되어 정조사(正朝使)의 부사로 명나라에 다녀왔으며, 1487년 형조참판을 거쳐 전라도병마절도사로 나갔다. 1490년 무과출신임에도 불구하고 대사헌에 임명되었다. 1498년(연산군 4) 병조판서에 임명되었으며, 1500년 병으로 병조판서에서 물러났다. 1504년 우찬성이 되었다가 이듬해 좌찬성과 영중추부사에 이르렀다. 무신으로 크게 활약하였을 뿐만 아니라 독서에 힘써서, 당시 문무를 겸하였다는 칭찬을 들었다.

87) 사성(使星): 천자의 사신. 한나라 화제(和帝) 때 두 사람의 사신을 미복으로 각각 단독으로 민풍을 살피게 했는데 두 사람이 이합(李郃)의 객사에 투숙했다. 이합이 별을 보고 두 사람의 사신이 오는 것을 알았다는 고사에서 유래.

88) 백벽(白璧): 벽은 평평하고 둥글며 중간에 둥근 구멍이 있는 고리 모양의 옥.

학사가 붓을 던지니 칠찰이 뚫어지고 學士投毫穿七札[89]
장군은 창을 가로로 들고 천 편의 시를 읊는다 將軍橫槊賦千篇
농서에는 예로부터 두 재능 겸한 사람 없었는데 隴西自古無雙藝[90]
숭악에는 지금도 제일의 어진 이로다 崇岳如今第一賢[91]
소문자자한 경인년의 용호방에서 藉藉庚寅龍虎榜[92]
장원의 이름이 사방으로 퍼져 전했더라 狀頭名播四方傳[93]

그 두번째 其二

북악산 그 해에 준량이 하강하니 光嶽當年降雋良[94]
고양의 사상이 평창과 함께 하였네 高陽使相與平昌[95]
삼천리 바닷길에 허공을 치고 나는 붕새 건장하고 三千海路搏鵬健[96]
열두 칸 천자의 마구간에 빼어난 준마는 바쁘다네 十二天閑逸驥忙[97]
학사는 사종이라 자주색의 봉황이 날아 오르고 學士詞宗騰紫鳳[98]
장군의 무고에는 푸른 서리 같은 검광이 돌렸네 將軍武庫繞靑霜[99]
변방 지란회에서 서로 만나니 相逢塞外芝蘭會[100]

---

89) 칠찰(七札): 갑옷 미늘 일곱 개. 이는 학사의 필력이 갑옷 미늘 일곱 개를 뚫을 수 있음을 말한다.

90) 농서(隴西): 중국에서 이씨(李氏)의 본래 관향이 농서이므로 이씨를 칭한 것. 이백(李白)이나 당 고조 이연(李淵)도 모두 농서 성기(成紀) 사람이다. 여기서는 이계동을 지칭하며, 그가 문무를 겸비한 것을 칭찬한 말이다.

91) 숭악(崇岳): 주(周) 선왕(宣王)의 대신인 신백(申伯)과 중산보(仲山甫)는 숭악의 정기를 타고났다고 한다. 여기서는 같은 신씨인 신준을 지칭한다.

92) 자자(藉藉): 여러 사람의 입에 오르내려 시끄러운 모양.
용호방(龍虎榜): 문·무과에 급제한 사람의 이름을 올린 방문(榜文) 또는 명부.

93) 장두(狀頭): 수석 합격자, 즉 장원급제자를 말한다.

94) 광악(光嶽): 서울의 주산인 북악산.
준량(雋良): 준량(俊良)과 같은 말로 재능이 뛰어나다 또는 그런 사람을 지칭한다. 두 사람이 경인년 같은 해(1470년)에 각각 문과와 무과에 장원으로 급제한 것을 말한다.

95) 고양(高陽)은 감사 신준의 출신지이며 평창은 병마사 이계동의 향리이다.

96) 박붕(搏鵬): 허공을 치고 9만 리 장천을 난다는 대붕을 말한다.

97) 십이천한(十二天閑): 《주례(周禮)·하관(夏官)·교인(校人)》에 천자는 열두 칸의 마구간에 여섯 종류의 말이 있다고 하였다. 천한(天閑)은 천자의 마구간.
일기(逸驥): 걸음이 나는 듯이 빠른 준마.

98) 사종(詞宗): 시문의 대가인 사백(詞伯).

절절히 마신 여향으로 내 감히 감당해 보네 切飮餘香我敢當

규보 박형문[101]이 보인 시에 차운하다 次朴奎甫衡文示韻

규보는 이때 육진의 어사가 되었다 奎甫時爲六鎭御史

하늘 끝 나그네 되었으니 그 한을 헤아릴 수 있으리 爲客天涯恨可量
종군한지 이미 두 해가 지났네 從軍已度二星霜
호가의 소리가 절양곡을 차단하고 胡笳聲斷折楊曲[102]
철마의 빛이 지는 달빛을 흔드네 鐵馬光搖落月芒[103]
쓸쓸한 북쪽 바람은 변방 멀리에서 불어오고 悄悄朔風吹塞遠
망망한 모래 벌판은 하늘에 길게 접했네 茫茫沙磧接天長
높은 누각에서 만나 즐거움을 이루니 高軒邂逅成歡樂[104]
어지러운 술잔 하염없이 돌아 백 잔을 비웠네 亂酌無巡倒百觴

그 두번째 其二[105]

한 해의 세월이 초화 올리기를 재촉하니 一歲光陰逼獻椒[106]

---

99) 무고(武庫): 무기의 창고 또는 박학다식(博學多識)한 사람의 비유.

청상(靑霜): ① 청백색의 서리 즉 가을서리 ② 반백의 머리카락의 비유 ③ 칼빛이 푸르고 찬 것이 마치 서리색과 같다 하여 칼을 지칭한다. 초당 시인 왕발(王勃)의《秋日登洪府藤王閣餞別序》에 '騰蛟起鳳, 孟學士之詞宗. 紫電靑霜, 王將軍之武庫' (이무기가 날아오르고 봉황이 일어나는 것은 맹학사의 사종됨이요, 자색의 번개와 푸른 서릿기운의 검광은 왕장군의 무고)라고 하였다.

100) 지란회(芝蘭會): 지초와 난초의 모임, 즉 지인(智人)과 재사(才士)들의 모임을 의미한다.

101) 박형문(朴衡文): 신축(辛丑, 1421)생. 자는 규보. 성종(成宗) 6년(을미, 1475), 친시(親試) 갑과(甲科) 1.

102) 절양곡(折楊曲): 고향을 떠나올 때 버들가지 꺾어 석별의 정을 표현한 노래.

103) 철마(鐵馬): ① 철갑을 입힌 기마. 용맹한 정예의 기병 ② 풍령(風鈴)의 다른 이름.

104) 고헌(高軒): 남의 집의 존칭. 또는 높은 누각.

105) 보내온 시에 '양친이 장수하심이 마치 언덕이 있음과 같다'라는 구가 있었는데, 아마도 내 이름을 지칭한 것이라, 나 또한 두 사람의 이름을 들어 이와 같이 답했다(來詩有 '雙親壽考如岡在' 之句, 蓋指我名, 我亦幷兩名而答之如此).

106) 헌초(獻椒): 신년의 축사로 쓰는 초화송(椒花頌)을 올리는 것. 자당께 신년 축사 올릴 때가 가까워진 것을 말한다.

하늘 끝 나그네는 마음과 힘을 모았다	天涯遊子合心勞
훤당의 강수를 누가 삼축하시는가	萱堂岡壽誰三祝[107]
성스런 시대의 문형은 한 분 호걸이라	聖代文衡屬一豪[108]
쇠잔한 버들잎은 가을을 바라보며 하마 다 떨어졌고	殘柳望秋零已盡
허공을 친 붕새는 날개를 드리웠다가 다시 높이 든다	搏鵬垂翅擧還高
평상시에 용문에 오르고자함이 오래되었는데	平時欲陟龍門久[109]
어찌 변방 먼 곳에서 서로 만날 줄 생각했겠는가	豈料相逢塞外遙

빈중 박문간[110]의 급제를 하례하다　　賀朴彬中文幹登第

빈중의 삼형제가 문과에 급제하였다　　彬中三兄弟中文科[111]

그대의 재예가 선비의 으뜸이 됨을 칭찬하노니	多君才藝冠儒紳
계수나무 가지가지 차례로 봄이 오네	桂樹枝枝次第春[112]
붕새길 3천 리에 나는 것이 힘차고	鵬路三千飛正健[113]
소 잡기 12년에 칼날 오히려 새롭네	牛庖十二刃猶新[114]

107) 훤당(萱堂): 대부인. 남의 어머니를 칭하는 말. 자당(慈堂)과 같다.

강수(岡壽): 노인의 수를 언덕같이 능같이(如岡如陵) 장구하기를 빈다는 뜻.

삼축(三祝): 화(華) 땅의 변방을 지키는 사람이 요임금에게 수(壽)·부귀(富貴)·다남자(多男子) 세 가지를 송축한 것으로, 화봉삼축(華封三祝)이라고도 한다.

108) 문형(文衡): 정부의 문권(文權)을 가졌다는 뜻으로서 홍문관 대제학(弘文館大提學)을 가리키는 말이다. 여기서는 시인의 이름인 수강(壽岡)과 어사 박규보의 호인 형문(衡文)을 앞뒤로 바꾸어서 활용했다.

109) 용문(龍門): 중국의 한 지명이다. 잉어가 험난한 용문의 물길을 거슬러 올라가면 용이 된다는 것으로 과거에 급제하여 벼슬길에 오르게 됨을 의미한다. 즉 등용문(登龍門).

110) 박문간(朴文幹): 성종(成宗) 11년. 경자년(1480) 식년시에 급제. 본관은 고령(高靈). 자는 빈중(彬仲). 생원(生員) 합격자. 교리(校理)를 지냈다.

111) 삼형제중문과(三兄弟中文科): 앞의 박문간은 장남이고, 둘째는 직경(直卿) 박중간(朴仲幹)으로 같은 해 과시에 급제했으며, 막내 박계간(朴季幹)은 그 5년 전 성종 6년(1475) 친시(親試)에서 병과2로 급제했었다.

112) 계수(桂樹): 과거에 급제한 사람의 명부를 계적(桂籍)이라 했고, 진사에 급제한 것을 스스로 겸손하게 이르는 말을 계림일지(桂林一枝)라고 했다. 달 속에 계수나무가 있다는 전설에서 시험에 합격한 사람을 계수나무를 꺾었다고 했다. 그래서 당나라 사람들은 과거급제를 절계(折桂) 또는 등과(登科)라고 불렀고 또 계과(桂科)라고 했다.

차제춘(次第春): 차례로 봄이 온다 함은 형제간에 순차적으로 급제함을 말한 것.

113) 붕로삼천(鵬路三千): 붕새길 삼천리. 원대한 포부를 가지고 분발함을 비유한 말.

시냇가에 걸터앉아 청포의 손님을 얻고	溪邊跨得靑袍客[115]
버들 아래로 가다가 구열의 신령을 만났네	柳下行逢九烈神
한 집안에 연이어 경사 있음을 다함께 축하하니	共賀一家連有慶
문 앞에 응당 붉은 수레 가득함을 보리라	門前應見滿朱輪[116]

최연[117]의 만사 挽崔正 堧

삼품의 화려한 반열이요 칠순의 나이인데	三品華班七袠齡[118]
훌륭한 사위에다 부친의 뜻을 이어 그 이름 떨쳤다	乘龍幹蠱揔蜚英[119]
함께 동해의 계책이 무수함을 기약했는데	共期東海籌無數
누가 남가의 꿈이 깨지 않을 줄 생각이나 했으리	誰料南柯夢未驚
무덤에 가득한 묵은 뿌리는 다른 날의 눈물이요	滿塚陳根他日淚[120]
티끌에 묻힌 옥나무는 오늘의 애뜻한 정이로다	埋塵玉樹此時情[121]
가련하도다 도성 문 밖에서 영결식을 파하고	可憐祖罷都門外[122]
홰나무 바람에 울리는 비통한 만가 소리를 차마 듣는다	忍聽槐風楚挽聲

114) 우포십이(牛庖十二): 소 잡기 12년. 기술의 빼어남을 칭찬하는 것으로서 포정해우(庖丁解牛)의 고사이다. 《장자 · 양생주》에는 '今臣之刀, 十九年矣, 所解數千牛矣' (지금 신의 칼은 19년이 되었고 잡은 소는 수천 마리입니다)로 되어 있어 12년과 19년의 차이에 대한 원인은 알 수 없다. 아마도 천천히 학문에 매진한 지 12년이 되었다는 뜻일 것이다.

115) 청포(靑袍): ① 푸른 도포, 옥색 도포 ② 청금(靑衿)과 같이 학인들이 입는 옷 ③ 관직이 낮은 사람 또는 한사(寒士)가 입는 옷. 그래서 출사(出仕)를 의미하기도 한다.

116) 주륜(朱輪): 붉은색칠을 한 수레로서 현달한 귀인들이 타는 것.

117) 최연(崔堧): 자는 태보(台甫), 본관은 해주, 세조 5년(기묘, 1459년) 식년시 정과(丁科) 15. 부는 최만리, 아들은 최세걸.

118) 칠질(七袠): 질은 책갑(=帙), 옷주머니, 10년의 뜻. 그래서 70년.

119) 승룡(乘龍): ① 때를 타서 움직이다 ② 용을 타다. 신선이 되다 ③ 제왕이 죽은 것을 피휘하여 이르는 말. 또는 승천하다 ④ 뛰어난 사위를 얻는 것을 비유한 말. 여기서는 ④로 해석한다.

간고(幹蠱): ① 간부(幹父) 또는 간부지고(幹父之蠱)라고도 한다. 자식이 부친의 뜻을 계승하여 그 이루지 못한 일을 완성하는 것 ② 일을 맡아서 처리하다.

비영(蜚英): 비는 飛와 같음. 양명(揚名), 치명(馳名). 즉 이름을 떨치다.

120) 진근(陳根): 숙초(宿艸) 즉 1년이 지난 풀. 《예기 · 단궁상》에 증자가 말하기를 '벗의 무덤에 숙초가 있으면 곡하지 않는다' 고 했다. 그래서 망우(亡友)를 지칭하기도 한다.

121) 옥수(玉樹): ① 아름다운 나무 ② 홰(槐)나무의 별칭 ③ 뛰어나고 고결한 풍채의 비유.

122) 조파(祖罷): 祖는 조전(祖餞) 즉 먼 길 떠나는 사람을 전별하는 것.

취하여 돌아오다 　　醉歸

개일 듯하던 가랑비가 아직도 부슬부슬 내리는데	欲晴微雨尙霏霏
길이 나즈막한 산으로 이어져 사방이 푸르네	路入殘山翠四圍[123]
참으로 시 읊으며 경치 더듬어 갈 만하니	正可吟詩探景去
술 취해 늦은 밤에 돌아온들 어떠리	何妨醉酒犯昏歸
집으로 돌아가려 하니 늙은 말은 길을 알고	還家老馬能知路
나를 기다리느라 관가에는 아직 문짝을 닫지 않았네	待我官門不闔扉
하늘과 땅이 낙백한 넋을 용납하여 줌에 감사드리나니	多謝乾坤容落魄
이 종적이 위기에 떨어지게 하지 마시기를	不敎蹤跡落危機

교지를 받아 지어 올리다 　　承敎製進

길재[124]는 '두 마음을 갖지 않는다' 는 뜻으로써 홍문관 관원은 각각 율시를 지어 올리라고 전교[125]하였다

以吉再凜然不二心之意, 弘文館官員各製律詩以進事傳敎

신돈의 집안에 위지한 것은 애시당초 잘못된 일이지만	委質辛家事已非[126]
곧은 뜻과 절개가 서리의 위엄처럼 늠름하다	稜稜志節凜霜威[127]
사람들은 오늘날 융성한 기운이 열렸음을 생각하는데	人思今日開隆運
나는 전조의 궐내에서 모시던 일을 기억한다	我憶前朝侍禁闈

---

123) 잔산(殘山): 나즈막한 산.

124) 길재(吉再): 1353(고려 공민왕 2)-1419(조선 세종 1). 고려 말 조선 초의 학자. 자는 재보(再父), 호는 야은(冶隱)·금오산인(金烏山人). 본관은 해평(海平). 고려 말의 삼은(三隱)의 한사람으로 1370년 개경에서 이색(李穡)·정몽주(鄭夢周)·권근(權近)의 문하에서 공부했다. 1383년(우왕 9) 등과하고, 1387년(우왕 13) 성균관학정(成均館學正), 이듬해 성균관박사(成均館博士)가 되어 학생들을 교육했다. 1389년(창왕 1) 노모 봉양을 이유로 귀향하여 선산(善山) 임천(林泉)에서 은거했다. 그 뒤 고려왕조가 멸망하고 조선왕조가 세워져 1400년(정종 2) 태상박사(太常博士)의 직을 내렸으나 두 왕조를 섬길 수 없다고 사퇴하고 선산에서 후진 교육에 진력했다. 김종직(金宗直)의 아버지 김숙자(金叔滋)에게 성리학을 가르쳤고, 그 학통은 김종직·김굉필(金宏弼)·조광조(趙光祖)로 이어졌다. 죽은 뒤 금산(錦山)의 성곡서원(星谷書院), 선산의 금오서원(金烏書院), 인동(仁同)의 오산서원(吳山書院)에 제향되었다. 시호는 충절(忠節).

125) 전교(傳敎): 정교(政敎)를 전하다. 임금이 내리는 명령. 하교(下敎)와 같다.

소매 속에는 원래 도곡의 초안이 없었고	袖裏元無陶穀草[128]
산중에는 스스로 백이의 고사리가 있다	山中自有伯夷薇[129]
돌아와서는 숲 가운데에서 잘 늙으니	歸來好向林間老
한 번 세운 강상을 만대가 의지하는구나	一樹綱常萬代依[130]

---

126) 위지(委質): 또는 위질로도 읽는다. 즉 위지(委贄). 처음으로 벼슬을 하는 사람이 예물을 임금 앞에 두는 것. 예물은 죽은 꿩을 사용하는데, 죽은 것을 사용하는 이유는 임금을 위하여 충성을 다하며 임금에게 몸을 바친다는 것으로 필사(必死)의 뜻을 표현하는 것이다.

신가(辛家): 신돈(辛旽. ?-1371년. 고려 공민왕 20)과 그의 아들이라는 우왕(禑王), 우왕의 아들인 창왕(昌王)을 일컫는 듯하다. 신돈은 공민왕 때 등용되어 개혁정치를 담당하였던 승려. 본관은 영산(靈山). 승명은 편조(遍照), 자는 요공(耀空)이며 왕이 내린 법호로 청한거사(淸閑居士)가 있다. 돈은 집권 후에 정한 속명이다. 신돈의 지위는 전적으로 공민왕의 비호 아래 얻어진 것이고 집권 기간도 6년 정도의 짧은 기간이었지만, 유력한 권문세족을 제거하면서 개혁정책을 추진했고, 이 기간에 추진된 개혁을 통해 다음 시대를 이끌어 갈 신진사류들이 성장할 수 있었다는 점에 의의가 있다.

우왕은 1365(공민왕 14)-1389(공양왕 1) 재세했으며, 고려의 제32대 왕(1374-88 재위)이다. 아명은 모니노(牟尼奴). 《고려사》《고려사절요》에는 신돈(辛旽)의 비첩(婢妾)인 반야(般若)의 소생으로 기록되어 있으나 출생에 관해서는 이설이 많다. 1371년(공민왕 20) 신돈이 유배되자 당시 후사가 없던 공민왕이 전에 신돈의 집에 갔다가 미부(美婦)와 관계하여 낳은 아들이 있음을 밝힘으로써 공민왕의 아들로 알려지게 되었다. 신돈이 죽자 궁중으로 들어가 우(禑)라는 이름을 받고 강녕부원대군(江寧府院大君)에 봉해졌으며, 백문보(白文寶)·전녹생(田祿生)·정추(鄭樞)를 스승으로 하여 학문을 익혔다. 1374년 9월, 죽은 궁인(宮人) 한씨(韓氏)의 소생으로 발표되었는데, 같은 달 공민왕이 암살되자 명덕태후(明德太后)와 시중(侍中) 경복흥(慶復興)은 종실을 왕으로 세우려 했으나 이인임(李仁任)의 후원을 얻어 10세의 나이로 왕위에 올랐다. 즉위초부터 북원(北元) 및 명(明)나라와의 외교 관계가 순탄하지 못했고, 왜구까지 창궐하여 매우 어려운 상황에 놓였다. 본성이 총명하여 처음에는 백성들의 신망이 두터웠으나 점차 정사를 돌보지 않고 환관이나 소인배들과 어울려 사냥이나 유희에 빠졌고, 이인임마저 최영(崔瑩)·이성계(李成桂)에 의해 유배되어 정치적 지지기반도 잃고 말았다. 1388년(우왕 14) 명나라에서 철령위(鐵嶺衛)의 설치를 통고해 오자 이성계의 반대를 물리치고 최영의 주장에 따라 요동정벌을 단행했다가 위화도 회군으로 최영이 유배되면서 폐위되어 강화도에 안치되었다. 그뒤 여흥군(驪興郡. 지금의 여주)으로 옮겨졌다가 1389년(공양왕 1) 11월 김저(金佇)와 모의하여 이성계를 제거하려 했다는 혐의를 받아 강릉으로 옮겨졌고, 다음달에 그곳에서 아들 창왕(昌王)과 함께 이성계에 의해 살해되었다. 당시 이성계는 우왕이 공민왕의 아들이 아니라 신돈의 아들이라 하여 폐가입진(廢假立眞)을 주장했다. 이에 따라 《고려사》는 우왕의 세가를 열전(列傳) 반역전(叛逆傳)의 신우전(辛禑傳)에 넣고 있다. 그러나 이러한 우창비왕설(禑昌非王說)은 이성계 등이 조선 건국을 합리화시키려는 입장이 반영된 것으로 본다.

127) 능릉(稜稜): 몹시 추운 모양. 모가 나고 곧은 모양.

128) 도곡(陶穀): 송(宋)나라 때 사람. 송태조 조광윤(趙匡胤)이 즉위하려 하여도 후주(後周)로부터 선양문(禪讓文)이 나오지 않았을 때에, 도곡이 소매 속에서 선양의 조서를 내놓았다. 태조가 이에 의하여 즉위하였다는 고사.

129) 백이(伯夷): 은(殷)나라 사람으로서 주무왕(周武王)이 은나라를 멸망시키고 천하를 통일하게 되자, 아우 숙제(叔齊)와 함께 수양산(首陽山)에 은거하여 고사리를 먹고 지내다가 굶어 죽었다는 고사를 인용한 것.

130) 강상(綱常): 삼강(三綱)과 오륜(五倫).

동짓날에 교지를 받들어 지어 올리다 冬至日承教製進

무슨 일로 만세소리가 대궐에 진동하는가	底事山呼動紫宸
태양이 따뜻한 기운을 돌리며 긴 새벽을 밟는데	陽回暖律履長辰
바다는 하백을 시켜 거북 껍질과 조가비를 보내고	海教河伯輸龜貝[131]
신선은 마고를 보내어 옥가루를 바치네	仙遣麻姑獻玉塵[132]
장락궁의 술단지는 천년의 술을 따르고	長樂樽開千歲酒[133]
상림원의 매화는 만년의 봄에 피었네	上林梅發萬年春[134]
낮은 신하도 또한 하늘의 은택을 입었으니	小臣亦被需天澤
은근히 화봉을 본받아 성인에게 축하드리네	竊效華封祝聖人[135]

만경정 萬景亭[136]

만물을 포용한 듯 하늘과 땅이 눈 아래에 희미하고	納納乾坤眼底微[137]

---

131) 하백(河伯): 강의 신.

귀패(龜貝): 거북의 껍질과 조가비. 고대에는 화폐로 사용되었으며 진나라에 와서 폐지되었다.

132) 마고(麻姑): 갈홍의 《신선전》에 나오는 선녀. 손이 마치 새의 발처럼 가늘고 길어 '마고소배(麻姑搔背)' 라는 말이 있다.

옥진(玉塵): 옥설(玉屑) 즉 옥가루와 같으며, 고대 전설 속의 신선의 음식.

133) 장락궁(長樂宮): 서한 고조 때 진나라의 흥락궁(興樂宮)을 개조하여 만든 궁전. 처음에는 황제가 거 처하다가 혜제(惠帝) 이후 태후가 거처했다.

134) 상림원(上林苑): 옛 궁전의 정원 이름. 제왕의 정원. 한 무제가 중건하였다고 한다.

135) 화봉(華封): 화라는 토지에 봉해진 사람[封人]이 장수와 부귀와 다남자(多男子)의 세 가지로 요임금에게 축하하였다는 화봉삼축(華封三祝)의 준말로, 임금에게 축수하는 것을 뜻한다. 《장자(莊子)·천지(天地)》.

성인(聖人): 요임금을 빗대어 당시의 임금을 칭한다.

136) 만경정(萬景亭): 도성의 서쪽 30리에 고양군(高陽郡)이 있고 그 남쪽으로 15리쯤 되는 곳에 압도(鴨島)라 불리는 모래톱이 있는데, 그 부근 한강 물가에 당시 내금위(內禁衛)로 있었던 박후(朴侯: 후는 상대방에 대한 존칭. 이름은 윤손閏孫)가 띠풀로 된 소박한 집 세 칸을 지었다. 그 집의 여식이 월헌공의 장남 옥경(玉卿)과 혼인하여 서로 사돈이 되며, 그래서 월헌공이 박후의 마음과 새로 지은 집 주위의 풍광을 자세히 알기 때문에 만경정이라 이름 짓고 기문(記文)도 지었다. 《월헌집》 권5의 《만경정기(萬景亭記)》와 홍귀달(洪貴達)의 《만경정기》(《虛白亭文集》 권2) 참조. 《만경정기》가 신유년(辛酉年: 연산군 7년 1501년 48세) 겨울 10월에 지어졌으므로 이 6편도 대개 그 전후 시기에 쓴 것으로 보인다. 당시 만경정이란 정자는 청원군과 강원도에도 있었다.

올라서 바라보니 이 세상에서 드문 빼어난 경치로다　登臨勝景世間稀
뉘 집 목동이 부는 피리는 바람을 타 울리고　誰家牧笛乘風響
어느 곳에서 고기잡이 배는 달을 싣고 돌아오는가　何處漁舟載月歸
들의 말이 달리지 아니하니 저자를 격한 줄 알겠고　野馬不飛知隔市
바다 갈매기와 서로 친압하니 세속일 잊었음을 깨닫는다　海鷗相狎悟忘機[138)]
난간에 기대어 도연명 생각하며 웃나니　倚欄應笑陶彭澤
뒤늦게 전원을 향하여 지난 일 그릇되었음을 뉘우치노라　晩向田園悔昨非

그 두번째　其二

압도는 망망히 바다에 이어져 흐릿하고　鴨島茫茫接海微[139)]
계양의 산색이 저 멀리 희미하다　桂陽山色遠依稀[140)]
비온 뒤 맑은 개천 꽃다운 풀은 글귀로 표시하기 어렵고　晴川芳草難爲句[141)]
가랑비에 비껴부는 바람이라 돌아갈 필요 없도다　細雨斜風不必歸[142)]
나는 10년이나 벼슬길에서 분주했던 것이 부끄러운데　愧我十年奔宦路
그대가 한 세상의 티끌을 종식시킨 것이 아름답도다　多君一世息塵機[143)]
정자가 한가하여 몸도 한가한 곳 얻었으니　亭閑也得身閑處
어찌 인간 세상을 향하여 시비에 관계하겠는가　肯向人間管是非

137) 납납(納納): 물건을 포용함. 습기차고 눅눅한 모양.

138) 망기(忘機): 세속의 일을 잊다. 욕념을 잊다. 機는 마음의 기틀.

139) 압도(鴨島): 고양군 남쪽 15리 되는 한강에 있던 모래톱의 이름. 아마도 오리가 물에 떠 있는 모습과 비슷하다 하여 그리 붙여진 이름인 듯하다. 1970년대 후반 서울시의 쓰레기 매립장으로 사용되면서 난지도(蘭芝島)로 이름을 바꾸었고 지금은 생태공원인 하늘공원이 조성되었다.

140) 계양(桂陽): 부평(富平)의 옛이름.

141) 청천방초(晴川芳草): 최호(崔顥)의 〈황학루〉 '晴川歷歷漢陽樹, 芳草萋萋鸚鵡洲' 를 인용했다.

142) 세우사풍(細雨斜風): 장지화(張志和)의 〈어가자(漁歌子)〉사의 '斜風細雨不須歸' 를 인용했다.

143) 진기(塵機): 세속에 일어나는 복잡한 기틀을 말한다.

그 세번째 其三

취해서 보니 하늘과 땅이 터럭같이 가늘고	醉看天地似毫微
한 굽이 난간에 백 가지 생각이 희미해지네	一曲欄干百慮稀
누른 송아지 언덕 머리에는 나무꾼의 피리소리 울리고	黃犢坡頭樵笛動
흰 갈매기 노니는 강 위에는 낚싯배 돌아오네	白鷗江上釣船歸
세간의 관직은 나의 소략한 계책이요	世間簪紱吾疏計[144]
물외의 맑은 경치는 그대가 세속일을 멈춘 것	物外煙霞子息機[145]
다른 해 자녀의 혼인을 마치기를 기다려	待得他年婚嫁畢
그대와 행적을 같이한들 누가 그릇되다 하리	與君同迹孰云非

그 네번째 其四

산 모습과 물빛이 헌함에 들어와서 희미하니	山容水色入軒微
세상의 빼어난 경관으로 이러한 것은 드무리라	世上奇觀似此稀
날 저무니 기러기는 지는 해를 뚫으면서 날아가고	趁暮雁穿斜日去
조수 따라 돛은 여린 바람에 배 불룩하여 돌아온다	逐潮帆飽細風歸
이 광경 내버려둔 채 바둑으로 소일하고	等閑光景消棊局[146]
영고성쇠는 될 대로 두어라 조화의 틀에 맡기나니	遮莫榮枯斡化機[147]
참으로 우습도다 홍진에 분주한 나그네가	堪笑紅塵奔走客
붉은 얼굴로 거울 속이 잘못되었음을 깨닫지 못하는 것은	朱顏不覺鏡中非[148]

---

144) 잠불(簪紱): 관모에 꽂는 비녀와 인끈, 즉 예복을 입은 벼슬아치 또는 관직.

145) 연하(煙霞): 연기와 놀. 산수의 맑은 경치.

146) 등한(等閒): ① 평상, 항상 ② 가볍게. 되는 대로 ③ 무고(無故), 무단(無端). 우리가 현재 일반적으로 사용하는 '등한히하다'는 두번째의 용례에서 왔을 것이다.

147) 차막(遮莫): 더 이상 어찌되든 될 대로 되라. 그렇다 하더라도. 설령 -라 하더라도.
알화기(斡化機): 알은 관리하다, 돌봐주다, 돌다의 뜻. 화기는 조화의 기틀을 말한다.

148) 주안(朱顏): 젊고 혈색이 좋은 얼굴을 말한다.

그 다섯번째 其五

10리의 황량한 촌락에 한 줄기 길이 가늘고	十里荒村一徑微
그윽한 정자는 속인이 드문 것이 스스로 즐겁다	幽亭自喜俗人稀
하늘은 관악산 머리를 따라 다하고	天從冠岳山頭盡
배는 양화 나루 어귀를 향하여 돌아온다	舟向楊花渡口歸
날이 저무니 가벼운 연기는 하얀 명주를 옆으로 깔았고	日暮輕煙橫練匹
비 온 뒤 꽃다운 풀은 새파란 비단을 펼쳤다	雨餘芳草展羅機
서호를 누가 서시의 모양에 비교하여	西湖誰比西施樣
짙은 화장을 가지고 옳다 그르다 하는가	欲把濃粧較是非

그 여섯번째 其六

백년살이 몸을 작은 정자 하나에 기탁하였지만	百年身寄一亭微
그대같이 맑은 티끌은 옛날에도 또한 드물었으리	如子淸塵古亦稀[149]
세간의 갈림길 많은 곳에서 공연히 울었는데	謾泣世間多路處
다시 수풀 아래 몇 사람이나 돌아옴을 보았는가	更看林下幾人歸[150]
부귀영화가 남가일몽에 미혹됨이 가소롭고	榮華可笑迷槐夢[151]
위험은 누가 능히 함정과 올가미를 피할 것인가	危險誰能避穽機[152]
시시비비 따져도 쓸데가 없는 것이니	是是非非無用處
옳은 것도 없고 또 그른 것도 없는 것만 같지 못하도다	不如無是又無非

---

149) 청진(淸塵): ① 먼지를 떨치다 ② 수레 뒤에서 일어나는 먼지로, 존귀(尊貴)한 사람에 대한 경칭(敬稱)으로 쓰인다 ③ 맑고 가벼운 먼지 ④ 청정무위(淸靜無爲)의 경계나 고상한 풍격을 말한다. 여기서는 ④의 뜻으로 쓰였다.

150) 임하(林下): 수풀 아래. 그윽하게 깊고 고요한 땅, 곧 산림이나 전야(田野)와 같이 은퇴하여 머물기 좋은 곳을 말한다. 그래서 임하인(林下人)은 출가한 사람을, 임하사(林下士)는 은사(隱士)를, 임하의(林下意)는 귀은(歸隱)하려는 마음을 뜻한다.

151) 괴몽(槐夢): 남가일몽(南柯一夢)을 말한 것. 남쪽 가지 아래 개미굴이 있는데 그것을 괴안국(槐安國)이라 했다.

152) 정기(穽機): 함정과 틀.

가을 소리 秋聲

하늘 위의 금성이 서쪽을 향하여 가니	天上金星向兌行[153]
인간 세상에 찬 소리를 아니 내는 물질이 없다	人間無物不寒聲
벌레의 읊는 소리는 구양수의 한을 돕는 듯하고	蟲吟如助歐陽恨[154]
나뭇잎이 떨어짐은 공연히 송옥의 정을 슬프게 하는구나	木落空悲宋玉情[155]
만물도 이로써 가을 이후 다하는 줄 알겠으니	萬類從知秋後盡
이모가 살쩍가에 생겨나는 것을 한탄하지 말라	二毛休歎鬢邊生[156]
다만 단지의 술로써 길이 취하여	但將樽酒成長醉
앞 수풀에서 일어나는 온갖 소리에 맡겨 버리리라	任遣前林百籟鳴[157]

봄을 보내며 送春

세월이 흘러가도 머물게 할 방도 없으니	光陰苒苒駐無因
이 날 저문 봄 보내는 정을 견디기 어렵다	此日難堪送暮春
바람이 복숭아꽃을 떨치니 붉은 뺨이 원망하고	風拂桃花紅臉怨
연기가 버들잎에 침노하니 푸른 눈썹을 찌푸린다	烟侵柳葉翠眉顰[158]
누각 위 짙은 화장을 한 이는 뉘 집 여인이며	凝粧樓上誰家女
촛불을 잡고 뜰 가운데에서 노니는 이는 어느 곳 사람인가	秉燭園中甚處人
한 해 가고 또 한 해가 오면서 백발만 재촉하는데	年去年來催白首
동군께서는 무슨 일로 곧장 수레바퀴를 돌리시는가	東君何事卽回輪[159]

---

153) 태(兌): 팔괘 중 두번째 괘. 못, 가을, 소녀, 서쪽 등에 해당된다.

154) 구양한(歐陽恨): 구양수의 한. 구양수의 《추성부(秋聲賦)》 참조.

155) 송옥정(宋玉情): 송옥의 정. 송옥의 《적부(笛賦)》《풍부(風賦)》 참조.

156) 이모(二毛): 흰 머리털과 검은 머리털. 즉 두 가지 머리털이 섞인 반백의 노인. 곧 중로(中老) 중늙은이를 이름.

157) 백뢰(百籟): 뭇 구멍이나 초목에서 울려나오는 각종 소리.

158) 유엽(柳葉): 버들잎. 여인의 가늘고 긴 눈썹을 형용하는 비유로 많이 쓰인다.

159) 동군(東君): 태양신의 이름 또는 태양. 봄을 관장하는 신.

벽제역 碧蹄驛

벽제역 새벽에 일어나서 떠날 채비 차리고 碧蹄曉起倣行裝
재촉하여 왕정에 오르니 가는 뜻이 바쁘다 催上王程去意忙
한 해가 저무는 빈 산엔 낙엽만 보이고 歲晏空山看落葉
바람이 높아 시든 풀에는 이미 서리가 지나갔다 風高衰草已經霜
임진 나루 어귀에서 반야를 애도하고 臨津渡口哀般若[160]
도솔원에서 공민왕을 조상하네 兜率院中吊愍王[161]
지난 일 망막하여 물을 곳이 없고 往事茫茫無處問
오직 옛 흔적만 남아 사람의 마음을 상하게 한다 唯餘古跡使人傷

청송부사 진경 유양춘[162]을 받들어 전별하다 奉別青松府使柳震卿陽春

진중한 용문에 내 일찍이 몸을 던졌더니 珍重龍門我早投[163]
일생에 다행히도 형주를 알게 되었네 一生多幸識荊州[164]
그중에 헤어진 것은 미관이기 때문이었고 中間分散緣微宦
두 곳에서의 세월은 급류와 같았네 兩地光陰似急流

---

160) 반야(般若): 불교의 한 경문이며, 분별망상(分別妄想)을 떠난 종횡무애한 지혜를 의미한다. 여기서는 반야가 지혜를 의미하지는 않는다. 고려시대 신돈(辛旽)의 첩, 우왕(禑王)의 생모라 한다. 후사가 없는 공민왕이 반야가 낳았다는 아이를 데려다 후사를 삼았는데 우왕이 즉위한 후 임진강에 던져져 죽었다고 한다.

161) 민왕(愍王): 고려 말기의 임금인 공민왕을 말한 것. 《신증동국여지승람》에 의하면, 임진나루 남쪽 언덕에 도솔원이 있었는데, 고려 공민왕 10년에 홍건적의 침입이 있자 왕과 공주가 송도를 버리고 남쪽으로 가면서 강을 건너 도솔원에 머물게 되었다.

162) 유양춘(柳陽春): 자는 진경(震卿), 본관은 풍산(豊山). 세조(世祖) 14년(무자, 1468년), 춘당대시(春塘臺試) 을과 1(乙科 1) 급제. 승문원 교리와 청송부사.

163) 용문(龍門): 임금이 거처하는 대궐의 문. 그 문루(門樓)에 구리로 용을 만들어 두었기 때문이다.

164) 형주(荊州): 한형주(韓荊州)를 말한다. 한조종(韓朝宗)이 형주태수로 있을 때 이백(李白)의 서한에 "백이 듣건대 천하의 선비가 모여서 이르기를 '살아서 만호후(萬戶侯)가 안 되더라도 다만 한 번 한형주를 알기를 원한다'고 하니 어찌 사람으로 하여금 경모(景慕)하게 함이 이에 이르는가"라고 한데서 저명한 사람을 알게 된 경우에 이를 식한(識韓) 또는 식형(識荊)이라고 한다.

오늘에 서로 만나니 모두 백발이지만	今日相逢俱白髮
소년 시절 일찍이 사귀어 청루도 같이하였었네	少年曾許共青樓[165]
어찌하여 또 남쪽으로 가는 나그네 되었는가	如何又作南行客
구름과 나무처럼 그리는 정에 6년 근심 더해졌네	雲樹添成六載愁[166]

그 두번째　　其二

허리 사이에 인끈을 가로로 길게 늘이고	若若腰間印綬橫[167]
영남 천 리 길에 그대를 전송하노라	嶺南千里送君行
관리되어 고향 가까운 것이 스스로 다행한 일이요	爲官自幸桑鄕近
고을 일에 몸을 굽히니 그 물의가 평온하리라	屈郡其能物議平
발해에는 오늘로 칼을 차는 일 없고	渤海如今無劒佩[168]
무성에는 예로부터 거문고 타는 소리 있었노라	武城從古有絃聲[169]
사랑을 남겨둔 다른 해의 일을 알고자 한다면	欲知遺愛他年事[170]
아이를 낳으면 류로써 이름지어 증험해야 하리라	當驗生兒以柳名

165) 청루(青樓): 푸른 누각. 현귀(顯貴)한 사람의 집. 한무제(漢武帝)가 광루(光樓)를 짓고 그 위에 푸른 칠을 하였더니 세인이 이를 청루라고 하였다고 한다. 또는 유녀(遊女)가 있는 곳. 여기서는 후자일 듯.

166) 운수(雲樹): ① 남조 유효위(劉孝威)의 시에 '雲樹交爲密(구름과 높은 나무가 밀접하게 사귄다)' 라고 한데서 친밀한 교우관계로 볼 수 있다 ② 벗 사이 멀리 떨어져 있음을 비유한 것. 두보의 《춘일억이백(春日憶李白)》 "渭北春天樹, 江東日暮雲(위수 북쪽 봄날의 나무. 강동 해질 녘의 구름)"에서 '운수지사(雲樹之思)' 는 멀리 이별한 후 벗을 생각하는 정을 말한다. 여기서는 ②가 해당된다.

167) 약약(若若): 길게 늘어뜨린 모양. 많고 성한 모양.

168) 발해(渤海): 고구려 유장 대조영(大祚榮)이 그 유민을 규합하여 세운 나라로서 신라 말기 요(遼)에 망했다. 여기서는 조선 전역을 이르는 말.

검패(劒佩): 대검 즉 군도를 찬 장군을 의미한다.

169) 무성(武城): 춘추시대 노나라 변경의 작은 읍 이름. 공자의 제자 자유(子游)가 무성읍(邑)의 재(宰), 즉 장관으로 있으면서 예악으로 다스렸기 때문에 읍인들이 모두 금슬로 음악을 연주할 수 있었다고 한다. 《논어 · 양화(陽貨)》 '子之武城, 聞弦歌之聲(공자께서 무성에 가서 금슬이 울리는 소리를 들었다).' 그래서 무성의 금슬 타는 소리는 예악으로 교화하는 것을 말한다.

현성(絃聲): 현악기의 소리. 또는 거문고를 타고 시를 읊는 소리, 즉 예악과 문학의 소리.

170) 유애(遺愛): ① 옛 사람의 인애의 유풍 ② 생전에 사랑하던 유물 ③ 아낌 ④ 遺兒(내다버린 아이).

그 세번째 其三

큰 그릇이 늦게 이루어짐을 어찌 괴롭다고 하겠는가	大器云胡苦晩成
그대는 분수를 헤아려 경영하지 아니함이 아름답도다	多君推分不經營
평생에 삼도의 꿈을 괴이하게 여겼더니	平生怪底三刀夢[171]
오늘에야 다섯 마리 말로 행하게 됨을 알겠도다	今日知爲五馬行[172]
본래 부귀를 도모할 마음이 없었고	本是無心圖富貴
공명을 취할 뜻이 있었던 것도 아니었다	終非有意取功名
누워서 작은 고을을 다스리는 것이 어찌 어려운 일일까	臥治殘邑何難事[173]
오직 현과 노래 소리가 무성에 계속 이어짐을 즐기리	惟喜絃歌續武城[174]

그 네번째 其四

그대가 오늘 밤에 나와 함께하지 아니함을 원망하며	怨子今宵不我同
한강 동쪽에서 양관곡을 세 번이나 불렀네	陽關三疊漢江東[175]
차가운 구름이 흐리더니 열흘이나 비가 내리고	寒雲黯黯浹旬雨
떨어진 잎이 우수수 한없이 바람이 불었네	落葉蕭蕭無限風
이별의 시가를 읊던 강엄의 혼이 흔히 이미 끊어졌는데	賦別江淹魂已斷[176]
가을을 슬퍼하던 송옥은 생각이 어찌 궁하리	悲秋宋玉思何窮[177]
내일 아침 높은 누대에 올라서 바라보고자 하나	明朝欲上高樓望

171) 삼도몽(三刀夢): 관리가 출세할 길조의 꿈. 三刀(칼 석 자루)는 즉 州자이며, 州의 옛글자는 刕이다. 삼도의 꿈을 꾸고 주자사(州刺史), 즉 수령이 되었다는 고사에서 나온 말이다.

172) 오마(五馬): 수령이 타는 수레를 오마가 끌었다 하여 수령을 가리키는 말로 쓰기도 한다.

173) 잔읍(殘邑): 작은 고을. 민생이 피폐한 지역.

174) 현가(絃歌): 앞 시 주 166)의 현성과 같은 말.

175) 양관삼첩(陽關三疊): 이별의 시가로서 가장 유명한 양관곡으로 또는 위성곡(渭城曲)이라고도 한다. 그 시는 왕유(王維)가 지은 것으로서 '그대에게 다시 한 잔을 나누어 권하노니, 서쪽으로 양관을 나서면 고인이 없으리(勸君更進一杯酒, 西出陽關無故人)' 라고 하였다. 이별할 때 벗을 위하여 이 노래를 세 번 불렀다고 한다. 그래서 양관삼첩이라고 했다.

176) 강엄(江淹. 444-505년): 양(梁)나라 사람으로 문장가. 《강문통집(江文通集)》이 있으며 〈별부(別賦)〉가 유명하다.

앞산이 눈에 걸리는 것을 어찌할꼬 其奈前山礙目中

낭천 동헌의 시에 차운하다(서문)[178] 次狼川東軒韻(幷序)

선친께서 성화[179]8년 계사년(1473년)에 가족을 인솔하여 이 고을수령으로 부임하셨고, 무술년(1478년)에 이르러 임기가 만료되어 직무가 바뀌면서 떠나셨다. 그동안에 나는 포의[180]로서 서울에 취학하여 내왕하면서 시봉하였다. 갑오년(1474년) 진사 시험에 합격하여 어버이의 마음을 조금 위로하였고 형 수곤은 그 전에 이미 급제하였었다. 3년을 지나 정유년(1477년) 봄에 문과에 급제하여 도포를 입고 갈도(喝道)[181]를 앞세우고 와서 뵈었더니 인자하신 얼굴에 희색이 가득하셨고, 구경하는 고을 사람들이 마치 담처럼 죽 늘어선 것 같았으며, 모두가 말하기를 '이 고을에는 예로부터 없었던 성대한 일이다' 라고 하였다. 그 뒤 아버님과 어머님께서 다 돌아가시니 하늘이 다하도록[182] 한을 품게 되었다. 갑인년에서 을묘년 사이에 이 도의 도사(都事)로 재직하였고, 또 지난 정묘년 가을에 관풍제곤[183]의 임무를 받으니, 이 영예와 행운을 비할 데 없었다. 부절과 부월[184]을 가지고 고을에 도착하니, 다만 옛 아전들의 영접만 있고, 다시 옛날 부모가 함께 하는 즐거움은 없었다. 아, 슬프도다! 산천도 어제와 같고. 관사도 옛날과 같건만 그 나머지 30년의 일을 어렴풋이 추념하다가, 심정이 격동하여 나도 모르게 소리내어 통곡하고 말았다. 그래서 판 위의 시에 차운하여 마음 속에 품은 바를 서술하니 산과 계곡의 좋은 경치에 이르러서는 언급할 여가가 없었다.

---

177) 송옥(宋玉): 전국시대 초(楚)나라 사람 굴원(屈原)의 제자로서 굴원이 추방된 것을 민망히 여겨 〈구변(九辯)〉을 지어 이를 슬퍼하고 또 〈초혼(招魂)〉을 지었다.

178) 낭천(狼川): 지금의 화천군(華川郡). 고구려 때에는 성천(狌川) 또는 야시매(也是買)라 했고, 통일신라 때 낭천, 고려 예종 때 성천이라 하여 양구(陽口)를 겸했고, 조선조에는 철원에 소속되었다가 화천으로 개칭하였다. 동쪽은 양구, 남쪽은 춘천과 경기도 가평군, 서쪽은 철원군과 경기도 포천, 북쪽은 철원군에 경계를 이루고 있다.

179) 성화(成化): 성종.

180) 포의(布衣): 벼슬이 없는 사람.

181) 갈도(喝道): 귀인행차에 앞서서 인도하는 사람.

182) 하늘이 다하도록: 원문은 종천(終天)으로 ① 종신(終身)토록 ② 하늘이 구원(久遠)하고 무궁한 것처럼, 즉 하늘이 다하도록. 여기서는 ②를 취했다.

183) 관풍제곤(觀風制閫): 관풍은 관찰사, 제곤은 절도사. 즉 관찰사로서 절도사를 겸임한 것이다.

184) 부월(節鉞): 임금이 관찰사 또는 절도사에게 생살권을 부여하는 신표.

先考以成化八年癸巳挈家來守此邑. 至戊戌滿期而遞. 其間余以布衣, 就學于京. 來往侍闈, 中甲午進士試, 稍慰親心. 兄壽崑則前已登第矣. 越三年丁酉春, 忝參龍榜, 着袍導喝而來覲, 則喜色浮於慈顔. 邑人觀者如堵, 皆曰此縣前古所未有之盛事也. 其後春凋萱謝, 抱恨終天. 而甲寅乙卯年間, 爲此道都事. 又於去年丁卯秋, 叨受觀風制閫之任, 榮幸無比. 第以擁節到縣, 則只有故吏欣迎, 而無復昔日具慶之樂. 嗚呼痛哉. 山川如昨, 館宇依舊. 餘三十年之事, 追念依依, 中情所激, 不覺失聲而哭. 因次板上韻, 以敍寸懷. 至於溪山勝槩, 則未暇及之耳.

낭천은 일찍이 나의 모친께서 계셨던 곳	狼川曾是我慈堂[185]
흐르는 구름을 따라 몇 번이나 이곳을 바라보았는가	幾度行雲望此方
고요한 나무는 바람이 그치지 아니함을 슬퍼하고	靜木堪嗟風不止
넓은 하늘에 헤아릴 수 없는 은덕을 길이 사모하노라	昊天長慕德難量
강산은 바탕이 있어 슬픔과 즐거움을 겸하는데	江山有素兼悲喜
세월은 무정하게 덥고 서늘함을 바꾸는구나	歲月無情換燠凉
부절을 멈추고 난간에 기대어 얼마나 많은 생각을 했는지	駐節憑欄多少思
말을 머금어 하염없이 응시하며 기우는 햇빛을 보낸다	含言脈脈送斜陽[186]

철원 동헌의 시에 차운하다 次鐵原東軒韻

철원 땅 옛 태봉의 왕도에	黑金斧壤古王州[187]
나라가 망한 지 천 년에 나그네의 근심을 일으킨다	國破千年攪客愁
몇 번이나 붉은 티끌이 수레 다니는 길에 일어났느냐	幾度紅塵生輦路[188]

185) 아자당(我慈堂): 공의 모친은 이전 중랑장(中郎將)을 지냈던 황처성(黃處盛)의 따님으로, 관성(管城: 지금의 沃川)황씨인데 이 지역이 고향은 아닐 것이다. 부친 자급(子伋)이 성종 4년(1473년) 낭천현감으로 부임하여 봉직을 하였는데 이때 따라 와서 거의 5년 동안 함께 지낸 곳이기 때문에 이렇게 말했을 수도 있다. 더구나 공은 이 기간 동안에 서울에 머물며 이곳을 왕래하였고 또 진사시와 문과에 급제하였기 때문에 그 기억들이 더욱 강력했을 것이다.

186) 맥맥(脈脈): 응시하는 모양. 내면 속내를 숨기고 묵묵히 눈으로 말하는 것을 형용하다. 묵묵히 말없는 모양.

187) 흑금부양(黑金斧壤): 흑금은 흑색의 금속, 즉 철을 말한다. 해당 지역이 철원이기 때문이며 그래서 부양(斧壤) 즉 쇠도끼의 땅이란 뜻이 된다.

왕주(王州): 궁예가 철원에 건국한 태봉의 왕도.

공연히 푸른 풀만 남아 가을 서리를 원망하네　　空餘碧草怨霜秋
갑옷을 들고 참된 것을 얻고자 모색했음을 들은 듯한데　　似聞提甲謀眞得[189]
우습도다 관심법의 일이 길이 잘못되었음은　　堪笑觀心事謬悠[190]
오늘날 천하의 판도가 하나로 통일되었으니　　今日輿圖歸混一[191]
좋게 깃발과 부절을 가지고 씩씩하게 동유하노라　　好將旌節壯東遊[192]

양양 동헌의 시에 차운하다　　次襄陽東軒韻

큰 산은 뒤에 바다는 앞에 있는데　　大山當後海當前
유명한 관부가 그 사이에 있은 지 몇백 년인가　　名府其間幾百年
우거진 대나무에 섬돌은 밤달이 침범하여 서늘하고　　藂竹階寒侵夜月
오래된 홰나무 있는 마당은 아침 안개를 띠어 젖어 있다　　老槐庭濕帶朝煙
먼지 속의 귀밑머리 처음으로 희끗희끗한 나그네　　塵中鬢髮初斑客
말 위에서의 세월은 이미 해 저무는 때이다　　馬上光陰已暮天
아이들이 일제히 박수치는 것을 싫어하지 말라　　莫厭小兒齊拍手
습가지 가에는 술이 마치 샘과 같도다　　習家池畔酒如泉[193]

삼척 죽서루의 시에 차운하다　　次三陟竹西樓韻[194]

열두 난간의 누각에 나그네가 기대니　　十二闌干客倚樓

---

188) 연로(輦路): 임금이 타는 수레를 연이라 하고, 이 수레가 통행하는 길을 말한다.
189) 제갑(提甲): 당시 궁예의 일을 말한 듯. 승려로서 갑옷을 입고 좋은 정치하고자 한 것.
190) 관심(觀心): 궁예가 신하들의 마음을 본다하여 관심법이라 했는데 결국 일을 그르치고 말았다.
191) 여도(輿圖): 천하와 세계의 의미. 여지도(輿地圖)와 같다.
192) 정절(旌節): 의장의 하나로 깃발과 부절.
193) 습가지(習家池): 옛 유적의 이름으로, 고양지(高陽池)라고도 한다. 호북성 양양(襄陽) 현산(峴山)의 남쪽에 있다. 《진서(晋書)·산간전(山簡傳)》에 산간이 양양을 진압하자 습씨 호족들에게 아름다운 연못이 있었다. 산간이 나들이를 갈 때마다 그 못으로 가서 술을 놓고 마시며 취했다. 그 이름을 고양지라고 했다. 줄여서 습지(習池)라고도 한다. 시인이 양양에 왔기 때문에 중국의 양양에 관련된 고사를 사용하였다.
194) 첫번째 작품은 《여지승람(輿地勝覽)》의 삼척제영(三陟題詠)에 수록되어 있다(上一首載輿地勝覽三陟題詠).

발 사이로 들어오는 하늘 기운은 새 가을이 가까운데　入簾天氣近新秋
다만 자갈들과 산천이 오래되었음만 보이고　但看爛石山川老[195]
튀는 공 같은 세월의 흐름을 깨닫지 못하겠네　不覺跳丸歲月流[196]
하나의 베개로 우연히 나그네의 꿈을 이루었지만　一枕偶然成旅夢[197]
석잔 술은 다시 타향살이의 근심을 부수네　三盃聊復破羈愁
누가 알겠는가 하루 종일 편안하고 한가한 뜻을　誰知盡日安閒意
저 푸른 파도에 떠 있는 갈매기들에 부치는 줄을　都付滄波泛泛鷗

그 두번째　其二

큰 자라가 옮긴 신선 봉우리 몇번째의 누각인가　鰲轉仙峯第幾樓[198]
뜨거운 여름에 올라도 소매에 가을이 생겨난다　炎天登上袖生秋
창에 대나무 그림자 머금으니 청색이 약간 물들이고　窓含竹影靑微染
발이 산빛을 투과시키니 푸른 기운이 흐르려 한다　簾透山光翠欲流
누런 학은 풍월을 가지고 가지 아니했는데　黃鶴不將風月去[199]

---

195) 난석(爛石): ① 전설 속의 신기한 돌. 신령한 거북이 가끔 바위 위로 솟아오르는데 이 바위는 항상 물가에 떠 있고 넓이 사방 수백 리나 되며 붉은색을 띠고 있다. 그것을 태우면 연기가 수백 리에 깔리며 하늘에 올라 향기로운 구름이 되고 그 구름이 습윤해지면 향기로운 비로 내린다(晋 王嘉《拾遺記》 참조) ② 날이 너무 더워 돌도 녹아 문드러질 정도라는 것 ③ 쇄석(碎石), 즉 잘게 부서진 돌들. 또는 자갈들. 여기서는 ③을 취했다.

196) 도환(跳丸): ① 옛날 놀이의 일종으로, 우리식으로 말하면 공기놀이 또는 공기받기. 헝겊에 콩 따위를 싸서 만든 공 또는 밤톨만한 돌 두 개 이상을 가지고 한 손 또는 두 손으로 땅에 떨어지지 않게 하나씩 번갈아 가며 공중에 올리며 받는 놀이 ② 해와 달의 운행을 비유한 것으로, 시간과 세월의 흐름이 빠름을 강조한다. '공기놀이 같은 세월의 흐름' 이라고 번역하는 것이 타당하겠지만 느낌을 강하게 하기 위해 '튀는 공 같은' 으로 번역한다.

197) 일침(一枕): 베개 하나. 그냥 베개를 베고 잠들어서 꿈을 꾸었다는 뜻보다는 《침중기(枕中記)》의 황량몽(黃粱夢) 고사와 연결되어 나그네가 우연히 꿈속에서 부귀영화를 이룬다는 것을 말하지만 결국엔 일장춘몽(一場春夢)이라는 더 넓은 의미가 보인다.

198) 오전선봉(鰲轉仙峯): 오(鰲)는 큰 자라. 삼신산을 등에 지고 있다는 상상의 동물. 그래서 오산(鰲山)은 큰 바다자라가 등에 지고 있다는 바다 가운데의 산으로 신선이 산다고 한다. 오봉(鰲峰)은 오산의 봉우리. 전설에 발해의 동쪽에 큰 골이 있는데 그 밑 끝을 알 수 없으며 그 가운데 다섯 개의 신선산이 조수와 파도에 따라 항상 아래 위로 표류했다. 그 산이 서쪽 끝으로 흘러가서 신선들의 거처가 없어질까 천제가 걱정하여 열다섯 마리의 큰 바다자라로 하여금 돌아가며 머리로 그것을 받치게 했는데 그제서야 다섯 개의 산이 움직이지 않게 되었다고 한다. 《열자(列子) · 탕문(湯問)》 참조.

흰 구름은 공연히 고금의 수심을 맺게 하누나 白雲空結古今愁
물아를 모두 잊어버리는 곳을 알고자 한다면 欲知物我相忘處
난간 앞에 점점이 날고 있는 갈매기를 보라 看取欄前點點鷗

평해[200] 동헌의 시에 차운하다 次平海東軒韻

바람과 눈이 몰아치며 바다와 산이 어두우니 風雪蕭蕭暗海山
기성은 2월에도 오히려 추위가 남아 있다 箕城二月尙餘寒[201]
백성의 병을 치료하자면 묻고 의논하는 것이 급하고 欲醫民瘼咨諏急[202]
임금의 은혜를 잘못 입으면 보답하기가 어렵다 謬被君恩報答難
나그네 되어 근심 있으니 좋은 술에 의지하고 爲客有愁憑綠酒[203]
사람에게 무슨 약이 붉은 얼굴 멈추게 하는지 묻는다 問人何藥駐朱顔
오직 장차 서북의 하늘을 바라보는 눈을 惟將西北瞻天眼
길이 구름하늘 멀고 아득한 사이로 보낸다 長送雲霄縹緲間[204]

삼척 동헌의 시에 차운하다 次三陟東軒韻

6일의 두꺼비 같은 나는 소용이 없는데 無用吾如六日蟾[205]

---

199) 풍월(風月): 바람과 달 즉 청풍명월. 경련은 최호(崔顥)의 〈황학루〉시를 활용했다. 원래의 시에는 '황학은 한번 가서는 돌아오지 않고 흰 구름만 천년동안 유유하다' 그리고 '장안이 보이지 않으니 시름겹게 한다' 고 했지만, 이를 번안(飜案)하여 '황학이 날아갔어도 풍월은 그대로 남겨져 있는데, 흰 구름은 공연히 수심 맺게 한다' 고 하면서 그 남겨져 있는 청풍명월과 갈매기를 보면서 물아를 잊는 경지를 말하고 있다. 세월의 흐름과 풍광을 객관적으로 바라보며 물아를 초월한 달관의 심정이 보인다.

200) 평해(平海): 경상북도 울진군 평해읍 지역.

201) 기성(箕城): 지금의 평양. 기자(箕子)가 머물렀던 고도(故都)라는 뜻이다.

202) 자추(咨諏): 서로 물어 의논하는 것.

203) 녹주(綠酒): 맛이 좋은 술, 또는 처음 담은 술.

204) 표묘(縹緲): 멀어서 아득한 모양.

205) 육일섬(六日蟾): 세상에서 무용지물이 되었음을 뜻한다. 《세시기(歲時記)》에 "만년 묵은 두꺼비를 육지(肉芝)라고 하는데, 이것을 5월 5일에 취하여 말려서 몸에 지니고 다니면 병기(兵器)를 물리치는 효험이 있으나, 6일에 취한 것은 아무 쓸모가 없다"고 한 데서 온 말이다.

진의 변두리가 물가의 더위와 같음을 어찌하랴　鎭邊何奈似厓炎
급한 격문을 푸른 바다에 전한다는 말은 듣지 못하였는데　未聞羽檄傳靑海[206]
누가 장군이 붉은 수염을 치올린 것을 헤아리겠는가　誰數將軍奮紫髥[207]
만리의 주민 사는 곳엔 연기가 섞이고　萬里民居煙火混[208]
천년 성인의 연세에 가옥의 수가 더해졌네　千年聖壽屋籌添
다만 건장함을 부끄러워함이 선배뿐만 아니로다　只慙矍鑠非前輩[209]
어찌 당시의 율무를 의심할 수 있겠는가　安有當時薏苡嫌[210]

강릉 동헌의 시에 차운하다[211]　次江陵東軒韻

큰 바다에 임한 옛 부는 몇 천년이 되었는가　臨瀛古府幾千年
땅은 동남으로 갈라져서 바다와 하늘을 통제하네　地坼東南控海天
옛날과 다름이 없는 산천은 눈 밑으로 다가오고　依舊山川來眼底
다시 새로워진 누각은 구름 가에 기대어 있네　重新樓閣倚雲邊
집집마다 선비들은 삼동의 학문을 만들고　家家士造三冬學[212]
곳곳의 가을은 수많은 민가에 연기를 올리네　處處秋登萬井煙[213]
이것이 모두 관리가 덕화를 편 힘인지라　摠是使君宣化力[214]
나는 지금 한가하게 술 속의 신선이 되었네　我今閒作酒中仙

---

206) 우격(羽檄): 아주 긴급하다는 뜻을 표시한 새 깃을 꽂은 격문(檄文)으로, 나는 듯이 신속히 전달해야 함.

207) 자염(紫髥): 수염이 붉은 사람, 즉 호인을 말한다.

208) 연화(煙火): 밥 짓는 연기. 봉화. 불에 익힌 음식물.

209) 확삭(矍鑠): 노인의 원기가 왕성하고 눈빛이 형형하며 몸이 건장한 모양.

210) 의이(薏苡): 포아풀과에 속하는 율무. 열매를 약으로 쓴다.

211) 첫번째 시는 《여지승람》 강릉제영(江陵題詠)에 실려 있고 말구(末句)의 閒字는 還字로 되어 있다(上一首, 載輿地勝覽三陟題詠, 而閒字作還字).

212) 삼동(三冬): ① 세 번의 겨울, 곧 3년 ② 겨울 3개월. 여기서는 ②가 맞다. 추운 겨울 동안 선비는 외출하지 않고 학문에 매진한다는 뜻.

213) 만정(萬井): 수많은 민가. 고대에는 지방의 1리에 우물 하나였으므로, 만정이면 1만 평방리가 된다.

214) 사군(使君): 임금의 명을 받들어 사절로 가는 사람의 존칭, 즉 칙사. 한나라 때 태수를 부군(府君)이라 했고, 자사(刺史) 또는 그에 준하는 지위에 있는 사람을 사군이라 했다.

그 두번째 其二

붉은 잎과 노란 국화가 옛 성에 가득하니 赤葉黃花滿古城
1년의 시절이 무정하게 가버렸네 一年時序去無情
나그네길 오고 가느라 몸은 항상 피곤했지만 客程來往身常倦
티끌 바다에 뜨고 잠기면서 벼슬도 또한 이루었네 塵海浮沈宦亦成
구천의 은혜에 사례하며 길이 북쪽을 향하고 恩謝九天長北向[215]
오마의 영화를 가져 동쪽으로 행차하네 榮將五馬作東行[216]
이날 누대를 거듭 오르는 곳에 樓臺此日重登處
잘 있었는가 산하여 눈이 갑자기 밝아지네 好在山河眼忽明[217]

원주 동헌의 시에 차운하다 次原州東軒韻

10년 만에 관동을 두번째 방문하니 十載關東再度行
백성은 가난하고 토질은 척박하여 그 삶이 가련하다 民貧土瘠可憐生
나는 강개함이 없는지라 장자방을 좇고 我無慷慨追張子[218]
그대는 거문고와 노래 있으니 무성에 비기겠네 君有絃歌擬武城[219]
비록 감당은 없다 하여도 은혜로운 정치는 남았는데 縱乏甘棠留惠政[220]

215) 구천(九天): 하늘의 가장 높은 곳. 하늘 위, 즉 구중천(九重天). 궁전, 구중궁궐.

216) 오마(五馬): 태수의 수레를 다섯 마리 말이 끈 데서, 태수를 달리 이르는 말.

217) 호재(好在): 일종의 문안인사로 평안이나 무양(無恙)의 뜻.211) 구천(九天): 하늘의 가장 높은 곳. 하늘 위, 즉 구중천(九重天). 궁전, 구중궁궐.

218) 장자(張子): 이 이름에 해당되는 사람으로는 대개 ① 송(宋)나라 때 유명한 도학자 장재(張載) 횡거(橫渠) 선생으로, 송대 이학(理學)의 기초를 다진 관학(關學)의 영수 ② 장자방(張子房) 곧 장량(張良)으로, 한 고조(漢高祖)를 도와 항우(項羽)를 멸하고 천하통일을 이루었으며, 유후(留侯)에 봉해지고 만년에 황로(黃老)를 좋아하여 신선 벽곡(辟穀)의 술법을 닦았다 한다(《史記》 卷55). 스스로 말하기를 "내가 지금 세 치의 혀로써 제왕의 스승이 되어 만호에 봉해지고 열후가 되었으니, 이는 포의에게 극도의 영광으로서 나로서는 더없이 만족스럽다. 이제는 인간의 일을 다 버리고 선인(仙人) 적송자(赤松子)를 따라서 노닐고 싶을 뿐이다"라고 하고, 즉시 은퇴하였다. 여기서는 ②에 가깝다.

219) 무성(武城): 춘추시대 노나라 변경의 작은 읍 이름. 공자의 제자 자유(子游)가 무성읍(邑)의 재(宰) 즉 장관으로 있으면서 예악으로 다스렸기 때문에 읍인들이 모두 금슬로 음악을 연주할 수 있었다고 한다. 예악으로 교화하고 다스리는 것.

어찌 여름의 해를 따라 위명을 얻으려 하겠는가 寧從畏日得威名[221]
하문하는 임금의 뜻 저버릴까 두려워 咨詢恐負皇華意[222]
구름 낀 산의 낚시질과 밭갈이의 꿈을 끊었노라 夢絶雲山釣與耕

춘천 봉의루의 시에 차운하다 次春川鳳儀樓韻

가슴 답답한 홍진으로 달리느라 한가롭지 아니했는데 勃鬱紅塵走未閒[223]
높은 누각 한나절에 근심스런 얼굴이 풀어진다 高樓半日解愁顔
벗을 이끌어 즐거움을 다하니 모두가 기뻐하는 눈이요 携朋樂甚皆青眼
홀을 세우고 둘러보니 온통 푸른 산이로다 拄笏看來摠碧山
피리소리와 멋진 시에 누가 화답하리요 長笛妙詩誰得和
오랑캐 의자의 맑은 흥을 좇아가서 따라 잡으려네 胡床清興欲追攀[224]
고금의 호걸들이 다만 이러하였으니 古今豪傑只如此
고깔 쓰고 귀밑머리 희끗희끗함을 싫어하지 말라 承弁休嫌兩鬢斑

단오첩자 端午帖子

만물이 기쁘게 그 자라나는 때를 만나니 萬物欣逢長養天
구중 궁궐을 상서로운 연기가 품었구나 九重金闕擁祥烟
남쪽 훈훈한 기운에 날 따뜻하니 현가가 느릿느릿하고 南薰日暖絃歌緩[225]
장락궁에 바람 온화하니 복록이 면면히 이어진다 長樂風和福祿綿[226]

---

220) 감당(甘棠): 주(周)나라 소공(召公)의 선정을 감격하여 백성들이 그가 일찍이 쉬었던 팔배나무를 소중히 여겼다는 시경(詩經)에서 인용한 말이다.
221) 외일(畏日): 염열(炎熱)이 무서운 여름의 해.
222) 자순(咨詢): 물어 어떤 일을 꾀하다. 의논하다 또는 임금의 하문.
황화(皇華): 황제의 위덕 또는 황제의 사신.
223) 발울(勃鬱): 가슴이 답답하여 막히는 모양.
홍진(紅塵): 속세의 먼지로서 시끄럽고 번화함을 뜻한다.
224) 호상(胡床): 접을 수 있는 가볍고 편한 의자의 일종.
225) 남훈(南薰): 남쪽에서 오는 훈훈한 기운.
226) 장락(長樂): 옛 궁궐의 명칭, 즉 장락궁.

가늘게 끊은 창포의 향기는 술잔 속에서 뜨고 細切蒲香浮盞裏
가볍게 만든 쑥범의 머리 장식은 문가에 걸렸다 輕裁艾虎掛門邊[227]
지금에 와서 강심경을 바치지 말라 于今莫獻江心鏡[228]
임금의 감식이 밝고 밝아 이미 환하노라 宸鑑昭昭已洞然[229]

그 두번째 其二

대궐이 침침하여 오색 구름을 격하였는데 金闕沈沈隔五雲[230]
어의를 처음 올리니 푸른 나사가 훈훈하다 尙衣初進翠羅熏
요임금 조정의 뜰에 명협이 피어나니 서광이 펴지고 堯階蓂發光敷瑞[231]
순임금 궁전에 거문고를 타니 백성의 노여움이 풀어진다 舜殿琴和慍解紜
율이 황종에 응하니 하지가 당도하고 律應黃鍾當夏至[232]
날이 순수를 닿으니 천문이 화합하도다 日躔鶉首叶天文[233]
인간 세상의 만 가지 형상이 모두 밝고 밝으니 人間萬象皆熙皥[234]
지금의 이상적인 정치가 완전함에 도달하였도다 至治如今到十分[235]

---

227) 애호(艾虎): 쑥범. 여자들이 단오날 악귀를 물리친다는 뜻으로 쑥을 캐어 범 모양으로 만들어 머리에 꽂는 장식의 일종.

228) 강심경(江心鏡): 강심은 강 중앙. 당나라 때 양주에서 만들어 진공한 동경(銅鏡: 구리거울). 매년 5월 5일 강심에서 주조하기 때문에 붙여진 이름. 송대 한림원에서 단오첩자를 지어 올릴 때 강심경 전고(典故)를 많이 사용했다. 혹은 강의 중심에서 솟아나는 거울과 같이 맑은 물을 의미한다. 즉 단오날 한강의 강심에서 길어다가 임금에게 올리는 물.

229) 신감(宸鑑): 임금의 감식(鑑識).

230) 침침(沈沈): ① 밤이 깊어가는 모양 ② 그윽하고 고요한 모양 ③ 번성한 모양. 초목이 무성한 모양 ④ 물이 깊은 모양. 침착하고 말이 없는 모양.

오운(五雲): 오색의 구름. 청백적흑황의 구름색으로 길흉을 판단한다. 여기서는 오색의 서운(瑞雲)을 말하며 또한 황제의 소재지를 지칭하기도 한다. 옛사람들은 태평성대에는 오색구름이 나타나 하늘이 축하하는 뜻을 나타낸다고 생각했다.

231) 명(蓂): 명협(蓂莢). 서초(瑞草)의 하나로서 요임금 때 났다는 전설상의 풀. 보름 이전은 날마다 한 잎씩 나고, 보름 이후는 날마다 한 잎씩 떨어지되, 만약 그 달이 작으면 시들어져 떨어지지 않는다고 하였다. 그래서 잎의 수에 따라 며칠인지를 알 수 있기 때문에 달력풀이라고 불렀다고 한다.

232) 황종(黃鐘): 악률(樂律) 12율(律)의 첫번째 양률(陽律). 황종은 음의 근본 곧 표준음으로 청탁(淸濁)의 절충이라 하였다. 《예기 · 월령》에서는 계하지월(季夏之月)에 율관(律管)으로 기후를 예측하는데 갈대막을 태워 재를 율관 속에 넣는데 황종율은 동지(冬至)와 상응하며 11월에 해당한다고 한다.

팔진도 八陣圖[236]

장군의 웅대한 책략을 정밀하고 밝게 열어서 將軍雄略闡精明
평평한 모래 위에 돌을 모아 팔진을 이루었네 聚石平沙八陣成
천지의 신과 바람신 구름신이 출몰하고 天地風雲神出沒
용과 뱀과 새와 범의 기세가 종횡으로 펼쳐지네 龍蛇鳥虎勢縱橫
그 당당함은 동오의 고을을 제압하는 것 같고 堂堂似壓東吳郡
정정함은 마치 북쪽 위나라 성에 다다르는 것 같은데 整整如臨北魏城[237]
기이한 계책을 시행하지 못하고 별이 홀연히 떨어지니 奇策未施星忽隕[238]
지금도 남아 있는 돌들이 강물 소리에 목메어 우네 至今遺績咽江聲

상화조어에 화답하다 和賞花釣魚[239]

비원의 임지에서 옥좌가 열리니 禁苑臨池玉座開[240]

233) 전(躔): 궤도. 궤도를 따라 돌다, 돌아다니다.

순수(鶉首): 하늘 전체를 네 방위로 나누고 28수(宿: 별들의 집합체. '숙'으로 읽지 않고 '수'로 읽는다)에 배당했을 때, 남방에 해당되는 것은 주조칠수(朱鳥七宿)로 정(井)·괴(鬼)·류(柳)·성(星)·장(張)·익(翼)·진(軫)인데, 이를 순화(鶉火)라고 한다. 이 중 맨 앞에 있는 것을 순수(鶉首)라 하고, 가운데 있는 柳·星·張을 순화(鶉火) 또는 순심(鶉心)이라 하며, 끝에 있는 것을 순미(鶉尾)라 한다. 그래서 순수(鶉首)는 井·鬼 두 수(宿)를 말하며 태양이 이 별에 올 때면 음력 5월 상순이며 이때는 대개 망종(芒種)이다. 그리고 지리적으로는 진(秦)나라 땅을 지칭한다.

234) 희호(熙皥): 밝고 빛남.

235) 지치(至治): 이상적으로 다스려진 정치.

236) 팔진도(八陣圖): 제갈량(諸葛亮)이 만든 팔진의 도형. 팔진의 구체적인 이름과 그 내용은 일치하지 않다. 당(唐) 이전(李筌)의 《신기제적태백음경(神機制敵太白陰經)·진도(陣圖)》에 따르면, 옛날 군대의 '팔진(八陣)'은 각각 천(天)·지(地)·풍(風)·운(雲)으로 나뉜 네 개의 '정진(正陣)'과 비룡(飛龍)·익호(翼虎)·조상(鳥翔)·사반(蛇蟠)이라는 네 개의 '기진(奇陣)'을 일컫는다고 했다. 함연은 이 팔진을 말한 것이다. 또 이선(李善)은 《문선(文選)》에서 《잡병서(雜兵書)》를 인용하며 방(方)·원(圓)·빈(牝)·모(牡)·충(衝)·륜(輪)·부저(浮沮)·안행(雁行)이라 하였다.

237) 정정(整整): 정리되어 반듯하고 가지런하며 근엄한 것. 이 경연의 동오와 북위는 당시 삼국의 나머지 두 나라를 지칭한다.

238) 성홀운(星忽隕): 제갈량이 갑자기 죽은 것을 말한다.

239) 상화조어(賞花釣魚): 꽃을 감상하고 물고기를 낚으면서 임금이 쓴 시.

온화한 바람 부는 아래에 임금님 의자 갖고 오네	和風吹下御床來
양기가 동방에 돌아온 봄날의 경치에	陽回東陸三春景
남산 같은 만세의 축배를 올리네	祝獻南山萬歲盃
이슬 머금은 여린 꽃은 숨은 듯 드러난 듯하고	含露細花方掩映[241]
낚시 물고 노는 잉어는 더욱 이리저리 오고 가네	引鉤游鯉更徘徊
태평한 세상에 신하와 더불어 즐기기를 허락하시어	昇平許與臣同樂
임금이 지은 시에 이어 실으며 날이 다하도록 모시네	賡載宸章竟日陪[242]

칠석 七夕

옥 이슬 내린 새 가을에 밤 기운이 싸늘한데	玉露新秋夜氣凉
은하 만 리에 맑은 빛이 구른다	銀河萬里轉淸光
거미가 금합을 간직한다는 것이 거짓말인데	蜘蛛謾說藏金合
까막까치가 돌다리를 만든다고 누가 말했나	烏鵲誰言造石梁
청조의 소식이 없으니 구름이 아득히 멀고	靑鳥信沈雲渺渺[243]
작은 생황의 소리가 끊어지니 학이 망망하구나	小笙音斷鶴茫茫
또 좋은 밤의 만남 만들지 알 수 없지만	不知且作良宵會
오이와 과일을 뜰 가운데 놓고 손님 불러 맛보게 하리라	瓜果庭中喚客嘗

그 두번째 其二

하늘 별의 아름다운 만남이 오늘이라 말하니	天星佳會說今辰[244]
바느질 재주 내려 주십사 비는 집마다 또 신에 제사한다	乞巧家家亦薦神[245]

240) 임지(臨池): 궐내에 있는 못으로서 그 못가에 임해서 글씨를 익히고 붓을 빨았다 하여 그 못 이름을 임지라고 하였다.

241) 엄영(掩映): ① 덮어 가리다 ② 가린 듯 드러낸 듯하거나, 때로는 숨은 듯 때로는 드러난 듯한 것.

242) 신장(宸章): 임금이 지은 시나 문장.

243) 청조(靑鳥): ① 푸른 새. 파랑새 ② 사자(使者), 편지. 한나라 궁전에서 세 발 가진 푸른 새가 날아온 것을 보고 동방삭이 서왕모의 사자라고 했다.

244) 천성(天星): 하늘의 별. 견우와 직녀를 지칭한다.

잠방이를 말리며 세속을 따르는 것이 우습고 可笑曬褌從世俗[246]
학을 타고 당시 사람들을 하직하는 것이 참으로 슬프다 堪嗟乘鶴謝時人[247]
구화의 등잔 밑에는 서왕모가 머무르고 九華燈下留王母[248]
백자의 못가에서 척빈을 희롱하였다 百子池邊戲戚嬪[249]
천 년의 묵은 자취 물을 곳 없지만 陳迹千年無問處
지금에 이르도록 포와 술이 오히려 손님을 즐겁게 한다네 至今脯酒尙娛賓

수정배 水精盃

그 누가 수정 술잔을 교묘하게 다듬었는지 何人巧琢水精盃
거울이 그 맑은 빛을 양보하고 눈은 그 흰빛을 양보하네 鏡讓淸輝雪讓皚
술을 따르니 푸른 물결이 손을 따라 가고 斟酒綠波隨手去
꽃을 띄우니 붉은 농염함이 공중에서 오는데 泛花紅艶托空來
노자새와 앵무새처럼 그 형질을 자랑하고 鸕鷀鸚鵡誇形質
호박과 유리처럼 그 보물로 으쓱거리네 琥珀琉璃詫寶財
내가 수없이 술을 따르는 것은 마시려 함이 아니라 我酌無巡非爲飮
너의 투명하고 티끌 하나 없음을 어여삐 여겨서라네 憐渠瑩澈絶纖埃

---

245) 걸교(乞巧): 부녀자들이 칠석날 직녀에게 바느질과 길쌈 재주를 비는 일.
천신(薦神): 신에게 올린다. 또는 薦新 즉 새로 나온 과일이나 곡식을 먼저 신에게 올리는 일.

246) 쇄곤(曬褌): 독비곤(犢鼻褌: 쇠코잠방이). 진나라 완함(阮咸)이 음력 7월 7일에 쇠코잠방이를 말리려고 널어놓은 일을 말한다.《세설신어 · 임탄(任誕)》"완함과 그의 숙부 보병교위 완적(阮籍)은 길의 남쪽에 살았고, 나머지 완씨들은 북쪽에 살았다. 북쪽 완씨들은 모두 부유했으나 남쪽 완씨들은 가난했다. 7월 7일 북쪽 완씨들이 옷을 말리는데 모두 깁과 비단으로 만든 것들이었다. 완함은 긴 대나무를 가지고 큰 베로 만든 쇠코잠방이를 마당 가운데에 걸어놓았다. 사람들이 괴이하다고 여기고 묻자 대답하기를 '속됨을 면할 수 없어서 이러는 것뿐이다' 라고 했다." 이후 가난하면서도 활달하다는 전고로 사용되었다.

247) 승학(乘鶴):《수신후기(搜神後記)》에 나오는 화표학(華表鶴)의 고사. 또는 황학루에 관한 고사.

248) 구화등(九華燈): 찬란하게 장식을 한 등잔으로서 신선의 방에 켜는 등불. 또는 꽃잎이 무성한 등.
왕모(王母): 선녀. 즉 요지의 서왕모.

249) 백자(百子): 한나라 궁중에 있었던 못의 이름으로 백자지(百子池)를 말한다.《서경잡기(西京雜記)》에 "한 고제가 척부인 즉 척빈(戚嬪)과 더불어 정월상신(正月上辰)에 여기서 몸을 씻었다"라고 했으며 "7월 7일에는 백자지에 와서 우전의 음악을 연주하고 음악이 끝나면 오색실로 서로 묶는데 이것을 상련애(相連愛)라고 했다"(至七月七日臨百子池, 作于闐樂, 樂畢, 以五色縷相羈, 謂爲相連愛)는 기록이 있다.

하늘이 맑고 기러기 한 마리가 멀리 날다　天淸一鴈遠

붉은 구름 다 걷히니 달이 맑은데	收盡彤雲玉宇淸[250)]
추위에 놀란 기러기 한 마리 남쪽 향해 날아가네	驚寒一鴈向南行
만리 높은 하늘에 비스듬히 아득하게 날고	層霄萬里斜飛迥
삼간에 해 떨어지니 외로운 그림자 길게 늘어졌네	落日三竿隻影橫[251)]
빈 객관에는 나그네의 꿈 돌아올까 응당 근심할 터이고	空館應愁回客夢
뉘 집에서는 변방의 소리 난다고 갑자기 의심하련만	誰家忽訝有邊聲
도리어 생각나네 짧은 노를 든 강동의 나그네가	還思短棹江東客
고향 생각에 흥이 일어 바다를 가벼이 지나는 것이	興入蓴鱸過海輕[252)]

국화가 중양절을 위하여 비를 무릅쓰고 피다　菊爲重陽冒雨開

중양절이 득의하게 돌아오리라는 믿음 있으니	有信重陽得得回[253)]
노란 국화를 마치 옛 친구 오기를 기다리는 듯하네	黃花若待故人來
때를 알아 해마다의 약속을 저버리지 않고	知時不負年年約
비를 무릅쓰고 전과 같이 속속 피었네	冒雨如前續續開
다만 가는 빗방울이 붉은 꽃술 속에 머물고	但願微霑留紫蘂
요란스런 물방울이 푸른 이끼를 때리지 못하게 하였으면	休敎亂滴撲蒼苔
도연명 죽은 후에 사랑하는 사람 없으니	淵明死後無人愛
내가 그 짙은 향기를 잡아 술잔에 띄우네	我把濃香泛酒盃

---

250) 옥우(玉宇): 옥으로 만든 집. 즉 달.

251) 삼간(三竿): 대나무 셋을 이은 정도의 높이. 三竿日의 약칭. 해가 삼간 높이에까지 떴고, 그래서 이른 시간이 아님을 말한다. 日出高三竿은 해가 높이 떴음을 말한다.

252) 전로(蓴鱸): 전갱노회(蓴羹鱸膾)의 준말. 진(晋)나라 장한(張翰)이 고향의 명산인 순채국과 농어회를 먹으려고 관직을 사퇴하고 고향으로 돌아갔다는 고사에서, 고향을 잊지 못하는 정을 말한다.

253) 득득(得得): ① 일부러, 새삼스레 ② 자주, 특별히 ③ 득의한 모양, 의기가 오르는 모양.

남양의 와룡 南陽臥龍[254]

남양에 날래고 굳센 와룡이 있었는데 蟜蟜南陽有臥龍
진흙 속에 웅크리고 며칠이나 신비한 종적을 감추었나 泥蟠幾日秘神蹤
높고 우뚝한 머리 뿔이 움직여 나오려 하고 崢嶸頭角行將出[255]
구름 많이 끼어 풍운을 만나게 될 것이었다 滃靄風雲會有逢[256]
초려에 삼가 내방하심에 부지런히 고문을 하였고 枉駕廬中勤顧問
천상에서 용의 비늘을 붙잡아 빠르게 등용되었다 攀鱗天上快登庸
장마에 살아나는 무지개를 보고자 했더니 欲將霖雨蘇霓望
그 별 떨어지고 운수가 이미 흉한 데에 어찌하랴 其奈星隳運已凶

용산에서 모자가 떨어지다 龍山落帽[257]

솔직담백하고 천진한데 어느 곳 사나이인가 坦率天眞底處郎[258]
용산의 아름다운 모임이 중양절에 있었네 龍山佳會是重陽
깊은 잔에 국화 동동 띄우니 가을 향기가 일어나고 深盃泛泛秋香動[259]
몹시 취하여 도도하니 나그네의 흥이 길다네 爛醉陶陶客興長
광풍 불어 모자가 떨어진 것을 깨닫지 못하였는데 不覺驚飈吹落帽
자리에 가득 찬 사람들 웃으며 미치광이라 한들 어떠리 何妨滿座笑呼狂
지금에도 높은 곳에 올라 마시는 놀이가 남아 있으니 至今留與登高飮
천고의 풍류를 아직도 잊지 못하네 千古風流尙未忘

---

254) 남양의 와룡(臥龍): 남양에 살던 제갈량을 말한다. 유우석의 《누실명》에 '南陽諸葛廬' 라고 했다.

255) 쟁영(崢嶸): 높고 가파른 모양.

256) 옹애(滃靄): 구름이 많이 낀 모양.

257) 용산낙모(龍山落帽): 진(晋)의 환온(桓溫)이 중양절에 용산에서 주연을 베풀었을 때, 바람이 불어 그 자리에 있던 맹가(孟嘉)의 모자가 벗겨졌으나 본인은 정작 그것을 깨닫지 못하고 있었는데 환온은 사람들에게 글을 짓게 하여 맹가를 놀렸다. 이에 답한 맹가의 글이 몹시 아름다웠다고 한다.

258) 저처(底處): 하처(何處), 어느 곳.

259) 범범(泛泛): 표류하는 모양. 가득 차는 모양. 들떠서 침착하지 못한 모양.

그 두번째 其二

중양절 좋은 모임이 용산에 가득하니	重陽佳會滿龍山
모두 참군의 의기가 한가하다고 말했네	共說參軍意氣閒[260]
붉게 단풍 든 잎과 노란 국화가 이 가을 흐드러지고	赤葉黃花秋爛熳[261]
푸른 단지에 맑고 좋은 술로 취기가 한창이었다네	青樽綠酒醉闌珊[262]
바람 속에 오사모가 떨어진들 어떠하리	何妨風裏烏紗落[263]
두어라 머릿가에 백발 희끗한 것 그뿐이었네	遮莫頭邊白髮斑[264]
옆사람에게 손가락으로 지적하지 않도록 하시라	爲報傍人休指摘
천추에 내려온 풍류로 얼굴이 활짝 열릴 만한 것을	風流千載可開顔

그 세번째 其三

참군의 빼어난 기상으로는 티끌 세상이 좁은데	參軍逸氣隘塵寰
중양절 용산에서 뜻을 풀어놓음이 한가하네	九日龍山放意閒
언덕 가득 노란 국화는 그 고운 꽃술이 열렸고	滿塢黃花開艷蕊
동이에 출렁출렁 푸른 술에 맑은 얼굴 펴지네	盈樽綠酒發韶顔
오사모가 바람에 날려 떨어지는 것을 깨닫지 못했는데	烏紗不覺風吹落
백발에 귀밑머리 희끗 드러난들 어떠리	白髮何妨鬢露斑
세상에 억지로 얼굴을 꾸미는 것 비웃을 만한데	世上堪嗤强容飾
그대는 일생 동안 천성 그대로인 것이 아름다우네	多君任性一生間

260) 참군(參軍): 정서장군(征西將軍) 환온의 참군이었던 맹가를 말한다.
261) 난만(爛熳): 만발하여 한창 무르녹다. 빛나 번쩍이는 모양.
262) 난산(闌珊): 한창을 지나 쇠하여 가는 모양. 어지럽게 흩어지는 모양.
263) 오사(烏紗): 오사모(烏紗帽). 관복을 입을 때 쓰는 벼슬아치의 검은색 모자. 혼례 때 신랑이 쓰는 모자.
264) 차막(遮莫): 될 대로 되라. 그렇다고 하더라도. 그렇다면.

전당에서 조수를 본다 錢塘觀潮[265]

붉은 낭떠러지에 조수가 생기지 않는 곳이 없으되 朱崖無處不生潮
전당의 형세가 사납고 두려운 것이 가장 괴이하다 最怪錢塘勢悍慄[266]
취령이 무너져 덮히는 것인가 도리어 의심되고 鷲嶺翻疑崩冢崒[267]
용궁이 잠겨 고요하다 누가 말하겠는가 龍宮誰道鎖潛寥
바람에 이는 파도가 대지르니 하백의 노여움이 되고 風濤蹙作馮夷怒[268]
눈 같은 하얀 물결 뿜어대며 백마의 교만함을 만든다 雪浪噴成白馬驕
유의하여 보니 오나라 땅은 이미 늪인데 掛眼看來吳已沼[269]
어찌하여 그 분한 기운이 아직도 드날리는가 如何憤氣尙飄颻

권자복의 서쪽 처소 벽 위의 시에 차운하다 次權子復西所壁上韻[270]

맑고 엄한 대궐 안에서 숙직을 하니 直宿淸嚴楓禁內[271]
깊은 생각이 분수를 넘어 좀처럼 잠들지 못한다 深思踰分耿無眠
관리는 검은 창 걸어놓은 숙위의 숙소 맨 앞에 머물고 官居黑槊周廬首[272]

---

265) 전당(錢塘): 중국 절강성에 있는 절강(浙江)의 하류를 전당강 또는 전당호라고 한다.

266) 한율(悍慄): 사납고 두렵다.

267) 취령(鷲嶺): 석가여래가 설법하던 인도의 영취산(靈鷲山). 이 함연은 조수가 큰 산을 뒤집을 듯한 기세이고, 또 그래서 물 속 깊이 잠겨 있을 용궁도 결코 고요하지만은 않을 것이란 표현이다.

붕총줄(崩冢崒): 붕(崩)과 줄(崒)은 '무너지다'의 뜻을 가지고 있고, 총(冢)은 무덤과 산정(山頂)의 뜻이 있다. 《시경·소아(小雅)·시월지교(十月之交)》에 '百川沸騰, 山冢崒崩'(모든 강물 끓어오르고, 산꼭대기 무너지다)라는 구절이 있는데, 이 시에서는 글자의 순서가 다르다. 아래 구와 대구(對句)를 이룬다고 보기에는 적절하지 않아《시경》의 순서로 보는 것이 좋을 듯하다.

268) 풍이(馮夷): 수신(水神)의 이름. 하백(河伯) 또는 우사(雨師)의 이름. 경연은 바람에 이는 파도가 하백의 노여움과 같고, 달려오는 하얀 눈 같은 물결은 마치 야생의 백마가 교만스레 달리는 것 같다는 표현이다.

269) 괘안(掛眼): 유의하다. 중시하다.

270) 권자복(權子復): 미상.

271) 풍금내(楓禁內): 대궐 안. 한나라 때 궁정에 단풍나무를 많이 심었기 때문에 궁궐을 풍신(楓宸)이라고도 했다. 금내는 궁중이다.

272) 주려(周廬): 한나라 때 궁궐을 수위하는 군사가 숙직하던 곳.

시위는 붉은 구름 어좌의 앞에 가깝다 侍近紅雲御座前
민의가 어질어지는 것은 하루의 일이 아니며 民意歸仁非一日
천심이 난리를 싫어한지 이미 3년이 되었다 天心厭亂已三年
지금부터 크게 융성과 평온의 기운이 열리리니 從今大啓隆平運
자네가 형통한 거리를 가장 먼저 달릴 줄 알겠네 知子亨衢聘最先[273)]

그 두번째 其二

봄이 돌아오고 햇살 따뜻한 구중궁궐의 하늘에 春回日暖九重天
숙위하는 군졸들이 한가하여 온전히 잠을 잔다 衛卒長閑穩着眠[274)]
스스로 몸이 쌍궐 아래에 머물게 된 것을 행운으로 여기고 自幸身留雙闕下[275)]
또 직접 임금님 계신 곳 앞에 절하게 됨을 놀랜다 還驚手拜五雲前[276)]
동녘 땅 3천 리에 군림하여 君臨東土三千里
남산과 더불어 억만 년을 누리리라 壽弁南山萬億年
한림원의 여러 학사에게 말하노니 寄語鑾坡諸學士[277)]
중흥의 성덕을 누가 먼저 송축하시겠는가 中興聖德頌誰先

희여 김우증의 시 〈추석 달구경〉에 차운하다 次金希輿友曾秋夕翫月韻

옥토끼의 가는 털이 눈 앞에 있으니 玉兎纖毫在眼前

---

273) 형구(亨衢): 큰 길. 대도. 또는 운명이 열리다.

274) 위졸(衛卒): 숙위하는 군졸.

275) 쌍궐(雙闕): 고대 궁전이나 사묘(祠廟)나 능묘(陵墓) 앞에 양쪽으로 높이 쌓은 대 위의 누관(樓觀). 또는 경도(京都) 즉 서울을 뜻하기도 한다.

276) 오운(五雲): ① 清·白·赤·黑·黃의 다섯 가지 색깔 ② 오색의 상서로운 구름, 길상의 징조로 많이 쓰인다 ③ 황제의 거처 또는 소재지. 당 왕건(王建)의 시 〈贈郭將軍〉〔承恩新拜上將軍, 當値巡更近五雲〕이 있다. 그래서 오운거(五雲車)는 신선이 타는 구름수레, 오운향(五雲鄉)은 신선이 거처하는 곳을 말한다.

277) 난파(鑾坡): 당나라 덕종 때 학사원(學士院)을 금란전(金鑾殿) 옆의 금란파(金鑾坡)로 옮겼기 때문에 나중에 난파는 한림원의 별칭이 되었다.

만리의 푸른 하늘 넓어 가이 없다 青天萬里浩無邊
좋은 날 아름다운 경치를 추석이라 했는데 令辰佳景云秋夕
오늘의 맑은 빛이 작년보다 낫구나 今日淸光勝去年
몇 군데 관산에서 나그네의 꿈이 놀라며 幾處關山驚旅夢[278)]
뉘 집의 염막 안에서 외로운 잠과 짝하느냐 誰家簾幕伴孤眠[279)]
술잔 들어 묻고자 하나 도리어 옛날과 같은데 擧盃欲問還如古
다만 100편의 시를 써내지 못하는 것이 한이로다 只恨未能詩百篇

직강[280)] 가헌 심가보[281)]의 시에 차운하다 次沈直講家甫家軒韻

모두들 바위대문을 심씨 동리의 문이라고 가리키는데 共指門巖沈氏閭[282)]
천진하고 안락하게 달팽이집이 있다 天眞安樂有蝸廬[283)]
끝까지 벼슬길에 잠기는 것 그대는 응당 웃을 것이요 終沉宦海君應笑[284)]
일찍이 명성의 굴레를 벗어버린 것 나와 같지 않다 早脫名韁我不如[285)]
사조의 푸른 산은 뒷쪽에 있고 謝眺青山當後面[286)]
도잠의 푸른 버들은 집 앞에 가득하다 陶潛碧柳滿前墟[287)]
원컨대 자주색의 인끈이 구름처럼 계속 배출되리니 願言紫綬雲仍輩[288)]
진작 전원으로 돌아와서 이 거처를 보존하시기를 趂賦歸田保此居

---

278) 관산(關山): ① 관문이 있는 곳과 그 주위 여러 산들 ② 향리의 사방을 두른 산 즉 고향.
279) 염막(簾幕): 발과 장막.
280) 직강(直講): 성균관 소속 종5품의 관직. 경서의 강의를 맡은 당나라 국자감의 한 벼슬.
281) 심가보(沈家甫): 세조(世祖) 14년(무자년, 1468) 춘당대시 병과 11 합격. 본관은 삼척(三陟). 훈도(訓導) 합격자. 현령(縣令)을 지냈다.
282) 문암(門巖): 따로 대문이 없이 바위를 대문으로 삼은 것.
283) 와려(蝸廬): 달팽이 집. 즉 자그마한 집.
284) 환해(宦海): 벼슬길.
285) 명강(名韁): 이름이라는 고삐, 굴레.
286) 사조(謝眺): 남조(南朝) 제(齊)의 시인으로서 특히 오언 산수시에 능했다. 그래서 청산이라 했다.
287) 도잠(陶潛): 동진(東晋)의 전원시인 도연명(陶淵明), 집 앞에 버드나무 다섯 그루를 심어 놓았기 때문에 세칭 오류선생(五柳先生)이라 했다.
288) 자수(紫綬): 자주색의 인끈으로 정삼품 당상관 이상의 관원이 차던 인수(印綬). 인수는 옛날 관리가 몸에 지니고 있던 인장과 그 끈을 말한다. 즉 관원의 징표.

수찬[289] 한훈[290]의 만사 挽韓修撰訓

보검을 가지고 공연히 북두성의 주변을 쏘니	寶劍空將射斗邊
일생에 그 운명이 험하여 가기 힘든 것을 어이하랴	一生其奈命迍邅[291]
금계로써 사면된 것은 강남의 날이요	金鷄放赦江南日[292]
들새가 집으로 온 것은 단알의 해이다	野鳥來家單閼年[293]
옥골은 이미 황천의 샘 속에 닫혀 버렸지만	玉骨已從泉裏閉[294]
장원급제한 명예는 세간에 머물러 전하리라	魁名留與世間傳[295]

---

289) 수찬(修撰): 홍문관(弘文館) 소속 정6품의 관직.

290) 한훈(韓訓): ?-1504(연산군 10). 조선 전기의 문신. 본관은 청주(淸州). 자는 학고(學古). 참의 전(碩)의 손자이고, 수군절도사 충인(忠仁)의 아들이며, 도승지 신수근(愼守勤)의 처남이다. 1494년(성종 25) 별시문과에 장원으로 급제하여 1495년(연산군 1) 정언(正言)을 거쳐 수찬·소격서령(昭格署令)을 역임하였다. 1504년 김감(金勘)·임사홍(任士洪)·강혼(姜渾) 등이 이극균(李克均)·이세좌(李世佐)·윤필상(尹弼商)·조지서(趙之瑞)·이주(李胄)·한훈·홍식(洪湜)·전향(田香)·수근비(水斤非)의 죄명을 올리면서 "한훈은 간원(諫員)으로서 임금을 업신여기는 마음을 품고 도리에 어긋난 말을 하니 형법에 따라 그 죄를 엄히 다스리고 부관(剖棺)하여 능지(陵遲)하고 그 가산을 적몰하고 그 집을 폐허로 하여 돌을 세워 죄악을 줄이고 후세로 하여금 경계하게 하여야 한다"고 간언함에 따라 부관능지되었다.

291) 둔전(迍邅): 길이 험하여 가기 힘드는 모양.

292) 금계방사(金鷄放赦): 금계는 고대에 사면의 조서를 반포할 때 사용된 의장(儀仗). 사면하는 당일 궁성 문밖에 금계나 북을 설치한다. 금(金)은 서방(西方)이며, 서방은 태(兌)를 주관하는데 태(兌)는 택(澤) 곧 은택의 의미가 있다. 계(鷄)는 손(巽)의 신(神)이며, 손은 호령(號令)의 의미가 있다. 이 둘을 합쳐서 그 형태를 제작하여 긴 장대에 걸어서 죄인이나 죄인이 보도록 하였다고도 한다(《漁隱叢話》). 그래서 천계성(天鷄星)이 움직이면 사면이 있다고 하였다.

293) 야조(野鳥): 여기서는 복조(鵩鳥)를 말한다. 작은 새로서 닭과 비슷하고 몸에는 무늬가 있으며 멀리 날지 못한다고 하는데, 효(鴞)와 비슷하여 일명 묘두응(貓頭鷹) 곧 올빼미 또는 부엉이라고 하며 우는 소리를 들으면 불길하다고 하는 흉조(凶鳥)이다. 이 구는 한나라 초기의 정치가이며 사상가이자 문장가인 가의(賈誼: 전200-전168)가 쓴 《복조부(鵩鳥賦)》의 내용을 취했다. 그는 낙양 사람으로 시문이 뛰어나 갓 즉위한 문제(文帝)의 인정을 받았으며 빠른 속도로 공경(公卿)의 지위에 올랐으나 주변의 반대와 참소로 장사왕(長沙王) 태부(太傅)로 밀려났다. 호남성 장사(長沙)에 적거(謫居)하고 있을 때 갑자기 이 새가 집 안으로 날아들어 점을 쳐보았더니 "야조입실, 주인장거(野鳥入室, 主人將去)" 곧 부엉이가 집안으로 날아들면 주인이 죽을 것이라는 내용이다. 그때가 단알(單閼)의 해이며 4월 맹하(孟夏)였다. 고증에 의하면 이 작품이 씌어진 때는 대개 한나라 문제 6년(기원전 174년)이다. 그는 이 글을 쓴 후 약 6년 후에 죽었다.

단알(單閼): 고대 기년법(紀年法)에 태세(太歲)가 묘(卯)에 있는 때를 말하는데, 즉 12지(支)의 하나로 그 네번째인 묘(卯)의 별칭이다. 이 해는 가의가 죽음을 예감한 해를 상징적으로 말한 것으로 한훈이 서거한 1504년(갑자년)과는 무관하다.

294) 옥골(玉骨): 뼈의 미칭. 미인의 시체. 또는 매화나무의 다른 이름.

295) 괴명(魁名): 과거에 장원급제 한 명예.

허나 백발의 부친의 한을 어이 견디리	可堪白髮春庭恨[296]
눈앞에 자식이 보이지 아니하는 것을	不見阿奴在目前[297]

우윤[298] 가행 양희정[299]의 만사　挽楊右尹可行熙正

양조의 은택이 봉황지처럼 깊은데	兩朝恩沐鳳池深[300]
당시 문무를 겸비하여 사림을 제압하였다	書劍當年壓士林
누런 종이는 신상의 일을 다 기록하지 못하는데	黃紙未窮身上事[301]
흰 닭을 그 어찌 꿈속에서 찾으시는가	白鷄其奈夢中尋[302]
대대로 전하는 복록과 경사는 두 구슬에 남겨 놓았고	傳家福慶留雙璧[303]
세상에 남긴 문장은 곧 만금에 값한다	遺世文章直萬金
슬프도다 그 목소리 그 모습 어느 곳으로 갔느냐	惆悵音容何處去

---

296) 가감(可堪): 어찌 견디어 내겠는가. 하감(何堪), 나감(哪堪)과 같은 뜻.

춘정(春庭): 남의 부친을 경칭하는 말. 춘부장, 춘당(春堂)과 같다.

297) 아노(阿奴): 윗사람이 아랫사람에게 즉 형이 아우를, 애비가 자식을, 할아버지가 손자를, 또는 부부가 서로를 칭하는 말.

298) 우윤(右尹): 조선 때 한성부의 종2품 벼슬.

299) 양희정(楊熙正): 아마도 원본에서 편집하는 중에 '지(止)' 자가 '정(正)' 으로 오기된 것 같다. 양희지(楊熙止: 1439-1504)가 맞다.

본관 중화(中和). 초명 희지(熙止, 稀枝), 자는 가행(可行) · 사자(賜字) · 정부(楨父). 호는 대봉(大峰). 1462년(세조 8) 생원 · 진사 양시(兩試)에 합격, 1464년 성균관 유생으로 원각사(圓覺寺) 개창(改創) 계획을 반대하였다. 1474년(성종 5) 식년문과에 급제, 성종을 알현하고 이름[稀枝]과 자[楨父]를 하사받았으며, 곧 검열(檢閱)에 임명되었다. 이듬해 사가독서하고, 1478년 부수찬에 올라 경연관을 겸직, 이어 교리 · 대사간 · 충청도관찰사 등을 역임, 도승지로 직제학을 겸하였다. 1498년(연산군 4) 무오사화 때 퇴관한 뒤, 여러 번 관직을 받았으나 부임하지 않았다. 1500년 대사간(大司諫)으로서 무오사화로 유배된 죄인의 편의를 보아 주었다 하여 노사신(盧思愼) · 유자광(柳子光) 등의 논핵으로 삭직 추방되었다. 1504년 복관, 한성부우윤을 거쳐 우빈객(右賓客)이 되었으나 곧 병사하였다. 대구의 오천서원(梧川書院)에 배향되었다. 서예에 뛰어났으며, 문집에 《大峰文集》이 있다.

300) 양조(兩朝): 성종과 중종의 두 조정.

봉지(鳳池): 봉황지라고도 하며, 궁중에 있는 못 이름. 위진남북조 이래 중서성을 그 곁에 두었기 때문에 중서성 또는 재상을 이름. 또는 궁중. 첫 구는 '봉황지 만큼 깊다' 로 해석할 수도 있지만, 속뜻은 '재상만큼이나 두텁다' 에 가깝다.

301) 황지(黃紙): 천자의 조칙을 누런 종이, 즉 황지에 썼으므로 즉 제왕의 조칙으로 쓰기도 하고, 또 고관을 임명한 경우 사령서의 부본을 황지에 써서 조상에게 그 영광을 고유하고 불살라 버리는, 즉 사령서 부본을 의미하기도 한다.

저승길 소식이 길이 가라앉아 말이 없구나　九原消息永沉沉[304)]

참판 김자룡의 만사　挽金參判子龍[305)]

아름다운 난초 같은 자질이 유림에서 뛰어나니　英英蘭質秀儒林
곧음과 믿음과 공정함과 청렴함의 네 덕이 깊으셨다　貞信公廉四德深
이미 바람을 치고 바다 밖으로 날아오르는 것을 즐겨셨고　已喜搏風騰海表
왕업이 조정됨을 보며 홰나무의 그늘에 앉으셨다　行看調鼎坐槐陰[306)]
끝없이 천상에 해와 달이 달리는데　無端天上雙丸走[307)]
생각지도 않게 인간 세상에 병마가 침노하였다　不覺人間二竪侵[308)]
함께 급제했던 백발의 교분 좋은 벗들이　白髮同年交契友
초혼사를 쓰고 나서 눈물이 옷깃을 적시는구나　楚些題罷淚沾襟[309)]

---

302) 백계(白鷄): 《진서(晋書) · 사안전(謝安傳)》의 고사. 사안이 조정의 일을 맡아 보고 있었지만 고향으로 돌아가려는 뜻을 가지고 있었는데, 마침내 그 일로 병이 들었다. 가까운 사람에게 말하기를 "예전 환온이 있을 때 일을 온전히 하지 못할까를 항상 걱정했는데, 어느 날 갑자기 꿈에 환온의 수레를 타고 16리를 갔는데 흰 닭을 보고 멈추었다. 환온의 수레를 탔다는 것은 그 뒤를 잇는다는 것이고, 16리에 멈추었다는 것은 올해가 16년이 되는 해이며 흰 닭은 酉인데 올해가 酉年이므로 내 병은 다시 낫지는 못할 것이다"라고 했다. 과연 그는 66세로 죽었다. 아마도 이 해가 酉年이었을 것이며 죽은 양희지의 능력이 재상에 버금감을 은근히 말한 것이기도 하다.

303) 쌍벽(雙璧): 두 개의 구슬. 즉 두 아들을 의미한다.

304) 구원(九原): 전국시대 진(晋)나라 경대부의 묘지 이름. 바뀌어 무덤 또는 저승길을 뜻한다.

305) 김자룡(金子龍): 미상.

306) 괴음(槐陰): 홰나무의 그늘. 옛날 조정에 홰나무 세 그루를 심어 놓고 삼공의 표지로 하였다. 홰나무의 그늘은 즉 삼공의 밑 또는 의정부 내를 의미한다.

307) 쌍환(雙丸): 해와 달.

308) 이수(二竪): 병마. 두 아이. 진(晋)의 경공(景公)이 앓을 때 꿈에 병마가 두 아이가 되어 나타나 의술이 미치지 않는 고황(膏肓)에 숨었다는 고사.

309) 초사(楚些): 《초사 · 초혼》은 초나라 민간에서 유행하던 초혼사의 형식을 따라 씌어진 것으로 구의 끝에 모두 '些'자가 있다. 뒷날 '초사'는 초혼가를 지칭하거나 또는 초지방의 악조 또는 초사를 포괄적으로 칭하게 되었다. 이 시에서는 초혼사를 말한다.

정승 우옹 성희안[310]의 만사 挽成政丞愚翁希顔

평생 동안 세상을 구제하는 재주를 의지하였고	憑仗平生濟世才
머리 검은 젊은 시절에 세운 공적이 운대에 이르렀다	黑頭勳業到雲臺[311]
태양이 중도를 붙들고 있다 함을 즐겁게 들었는데	欣聞日轂扶中道[312]
천문에 상대가 떨어짐을 근심스레 보았네	悶見天文隕上台[313]
임금의 뜻은 바로 거울이 없어짐으로 인하여 한이 되고	宸意正因亡鑑恨[314]
사귄 정은 오로지 끊어진 현 때문에 슬퍼한다	交情偏爲絶絃哀[315]
가련하여라 새 무덤 서산 아래에	可憐新壟西山下
인간 세상 몇 번이나 겁화의 재를 헛되이 지났는가	空度人間幾刼灰[316]

310) 성희안(成希顔): 1461(세조 7)-1513(중종 8). 조선 중기의 문신. 본관은 창녕. 자는 우옹(愚翁), 호는 인재(仁齋). 아버지는 돈녕부판관 찬(瓚)이다. 1485년(성종 16) 별시문과에 급제하여 정자·부수찬을 지냈으며 1494년 연산군이 즉위한 뒤 군기시부정·동지중추부사·형조참판 등을 역임했다. 1504년(연산군 10) 이조참판 겸 오위도총부도총관의 직에 있었으나 양화도(楊花渡) 놀이에서 왕의 비행을 풍자한 시를 지은 일로 무관의 말단직으로 좌천되었다. 이에 1506년 그는 지중추부사 박원종(朴元宗)과 함께 연산군을 폐출시킬 것을 밀약하고, 호조판서 유순정(柳順汀)의 호응을 얻어 군대를 동원하여 거사했다. 정변이 성공한 뒤 연산군을 폐하여 강화도에 안치하는 한편 진성대군을 새 왕으로 추대했다. 그 공으로 정국공신(靖國功臣) 1등이 되어 창산군(昌山君)에 봉해졌으며, 형조판서가 되었다. 곧이어 이조판서에 올랐으며, 이듬해 창산부원군으로서 판의금부사를 겸했다. 또한 주청사(奏請使)로 명에 가서 반정의 당위성을 납득시키고 중종 즉위의 인준을 받아왔다. 1509년에는 우의정이 되었다. 1510년 삼포왜란이 일어나자 도체찰사와 병조판서를 겸임하여 군무를 총괄했다. 뒤에 좌의정을 거쳐 1513년에 영의정이 되었다. 《연산군일기》 편찬을 주도했다. 중종 묘정(廟庭)에 배향되었다. 시호는 충정(忠定)이다.

311) 운대(雲臺): 후한 명제(明帝) 때 공신을 추념하여 초상을 걸어 놓은 곳.

312) 일곡(日轂): 해의 수레바퀴, 즉 태양.

313) 상대(上台): 문창성(文昌星)의 남쪽에 있으며 수명을 주재하는 별의 이름. 이 별에 변화가 있으면 삼공(三公)이나 재보(宰輔 즉 재상)에 불리하다. 그래서 또한 삼공과 재상을 지칭한다. 삼공은 간단히 세 명의 정승으로 보면 된다. 즉 가장 높고 중요한 대신.

314) 망감(亡鑑): 거울이 없어진 것, 즉 국가적 귀감(龜鑑)이었던 대신이 사망한 것을 의미한다.

315) 절현(絶絃): 백아와 종자기의 사귐이 지음(知音)이었는데, 종자기가 죽자 자신의 거문고 소리의 뜻을 알아 줄 사람이 없다고 하면서 줄을 끊어 버리고 다시는 연주하지 않았다는 고사.

316) 겁회(刼灰): 겁화 즉 세상이 파멸할 때 일어난다는 큰 불이 지나가고 난 다음의 흔적으로 남은 재. 그래서 전란이나 큰 화재로 훼멸되고 남은 재나 그 흔적을 말한다.

제주목사 자후 이전[317]의 부임을 전송하며 제현의 시에 차운하다
送濟州牧使李子厚琠之任次諸賢韻

이 행차를 사람들은 남방을 정벌하는 말이라고 가리키니 此行人指馬征南[318]
목숨 버리며 험한 파도 넘는 건 세상에 감당 못할 일이다 涉險捐生世不堪
오량의 뱃머리에는 바람의 힘이 긴박하고 五兩船頭風力緊[319]
천 층의 자라 등에는 물결이 험악하다 千層鰲背浪紋巉
응당 푸른 바다로 명령 전하는 화살이 없게 할 것이며 應令青海無傳箭[320]
또 완고한 백성의 참람한 송사도 끊어지게 하리라 更使頑民絶訴讒
덕을 펴는 계획을 시행한 나머지 일신의 일은 宣化籌邊一身事
시와 술로써 되는 대로 흠뻑 취해도 좋으리 肯將詩酒謾沈酣[321]

을해년 단오의 첩자 乙亥 端午帖子

봉래궁궐에 오색 구름이 깊으니 蓬萊宮闕五雲深
연기가 화로의 향기를 보내어 끓는 물에 잠기게 한다 煙送爐香爇水沉

---

317) 이전(李琠): 생몰년 미상. 조선조의 문신. 중종 때의 제주목사. 자는 자후(子厚), 본관은 연안(延安), 이인문(李仁文)의 아들이다. 1492년(성종 23) 문관에 갑과(甲科)로 급제, 연산 3년(1497) 홍문관 부교리(弘文館副校理)를 거쳐 경주부윤(慶州府尹)에 이르렀다. 1509년(중종 4) 9월 방유령(方有寧)의 후임으로 제주에 도임하고 1510년(중종 5) 6월 삼포왜란(三浦倭亂)으로 인하여 문신은 변방 방어에 부적합하다고 하여 전출되었으며 당시의 제주판관은 오순종(吳舜從)이다.

318) 마정남(馬征南): 마(馬)씨 성을 가진 정남대장군(征南大將軍)을 뜻하며, 후한(後漢)의 복파장군(伏波將軍) 마원(馬援)을 가리킨다. 그는 지금의 월남(越南)에 해당하는 교지국(交趾國)을 정벌하여 한(漢)나라의 국경을 넓혔다. 《후한서(後漢書)》 권24 〈마원열전(馬援列傳)〉 주에 "마원이 교지에 이르러 동주(銅柱)를 세워 한나라의 국경으로 삼았다" 하였다. 이 동주(銅柱)는 동표(銅標)라고도 하고 대개 마원에게 해당되는 일이며 복파 즉 파도를 굴복시키고 교지국을 정벌했다는 것은 바다를 건넜다는 의미가 있는데 이를 제주목사로 부임해 가는 이전의 행차에 비유한 것이다. 여러 사람들이 지은 시에 차운한 것으로 첫 운이 남(南)이었기 때문에 마복파(馬伏波)라 하지 않고 마정남이라 하였다.

319) 오량(五兩): 25명을 한 대(隊)로 한 것을 1량이라 한다. 5량은 125명에 해당한다.

320) 전전(傳箭): 전쟁의 명령을 내리는 화살. 군사를 일으켜 명령할 때 화살 전하는 것을 호령으로 삼았다. 전령의 뜻.

321) 침감(沈酣): 술에 흠뻑 취하다. 사물에 심취하다.

순임금 궁전에 부는 훈풍은 백성들의 노여움을 풀고	舜殿薰風能解慍
요임금 궁궐 뜰에 나는 명협은 이미 그늘을 이루었다	堯階蓂莢已敷陰[322]
임금은 용이 새겨진 거울을 놓아 사악한 기운을 제거하고	御留龍鑑除邪氣[323]
신하는 올빼미 국에 절하여 덕음을 받든다	臣拜梟羹奉德音[324]
장락궁에서 해마다 이 날을 만나	長樂年年逢此日
남산 같은 장수를 비는 술로 축원드림을 금하기 어렵도다	南山壽酒祝難禁

오부[325]참봉[326]의 일회도[327] 五部參奉一會圖

때는 평온하고 업무가 덜어져 분주함이 적은데	時平務省少馳奔
아문의 일 파하고 상종하니 즐거운 일이 많다	衙罷相從樂事繁
즐거운 눈으로 마주하며 간담을 비추고	青眼對來肝膽照[328]
좋은 술동이 여는 곳에 웃고 대화함이 시끄럽다	綠酒開處笑談喧[329]
뒷날 부침을 함께 하자는 뜻을	他年共濟浮沈意[330]
오늘은 먼저 회화로써 논하노라	今日先憑繪畫論
옛 도를 장차 흙같이 버리지 말기를	古道休將棄如土
평생 오래도록 이 말 잊지 마시라	平生久要不忘言

322) 명협(蓂莢): 서초(瑞草)의 하나로서 요임금 때 났다는 전설상의 풀. 보름 이전은 날마다 한 잎씩 나고, 보름 이후는 날마다 한 잎씩 떨어지되, 만약 그 달이 작으면 시들어져 떨어지지 않는다고 하였다. 그래서 달력풀이라고 불렀다고 한다.

323) 용감(龍鑑): 구리로 만든 거울. 가장자리나 뒷면에 용 모양을 조각하여 왕이나 왕후가 사용했다.

324) 효갱(梟羹): 올빼미국. 5월 5일 올빼미를 잡아 국을 끓여 백관에게 나누어 주었다. 또는 하지에 황제가 신하에게 하사하는 것으로 사악한 것을 제거한다는 뜻이 있다. 올빼미는 악조(惡鳥. 즉 어미를 잡아먹는 새로 알려져 있다)이기에 이날을 기하여 잡아먹도록 한다는 것이다. 소철(蘇轍)의 〈學士院端午帖子太皇太后圖〉시에 '百官却拜梟羹賜, 凶去方知舜有功' (백관은 올빼미국을 내리심에 절하고, 흉함이 사라지니 바야흐로 순임금의 공이 있음을 알았네)라 했다.

325) 오부(五部): 조선시대 한양의 단위행정을 중 · 동 · 서 · 남 · 북부로 나누고 이를 오부라고 했다.

326) 참봉(參奉): 문관 종9품의 직명이다.

327) 일회도(一會圖): 한 자리에 회합하여 술 마시며 시를 짓고 담소하는 모습들을 그린 것이다.

328) 청안(青眼): 반가운 눈, 즐거운 눈빛. 백안(白眼) 즉 무시하는 눈과 반대되는 뜻.
간담조(肝膽照): 간담상조(肝膽相照). 서로 상대방의 마음속까지 이해하고 있다. 매우 친한 것.

329) 녹주(綠酒): 처음 익은 술. 맛있고 좋은 술.

330) 타년(他年): 전년(前年). 또는 지금 이후의 해 또는 후년. 타년을 과거로 해석하면 제5구를 '지난해 힘을 합해 부침을 서로 돕자는 뜻' 으로 번역할 수도 있다.

한성부 낭청[331]의 계음도[332] 漢城部郞廳禊飮圖

여섯 낭관의 사귄 도가 뇌의와 진중 같은데	六郞交道似雷陳[333]
흰 머리에 새로 사귀는 것 같음을 서로 알고 웃을 만했다	堪笑相知白首新[334]
결코 사람 보내어 한 조각 서찰을 남기게 한 것 아닌데	決遣不敎留片牘
한가하게 와서 이중 깔개를 설치한들 무엇이 해로울까	閑來何害設重茵[335]
자기 자신을 잊어버리니 마치 창자 없는 사람들 같고	忘形恰是無腸子
모두가 취하니 온통 다리가 있는 봄이 되었다	盡醉渾爲有脚春[336]
그림 위의 생사로 인해서 일을 이루었으니	圖上生綃緣成事
100년 동안 오래 눈 속의 사람이 되었도다	百年長作眼中人[337]

지사 안윤덕[338]의 부인 나씨의 만사 安知事潤德夫人羅氏挽

한 집안의 풍속과 교화는 깊은 규중에서 나오나니	一家風化自深閨
높은 가문에 훌륭한 아내가 있음을 비로소 믿겠다	始信高門有令妻[339]

---

331) 낭청(郞廳): 낭관들이 업무 보는 곳. 낭관(郞官)은 한나라 때 시랑(侍郞)과 낭중(郞中)을 통틀어 이르던 말로, 상서를 도와 정무를 맡아 보았던 관리.

332) 계음도(禊飮圖): 禊라고도 쓴다. 삼월 상사일(上巳日)에 물가에서 제사 또는 고사를 지내고 어울려 술을 마시며 즐기는 행사를 그린 그림. 수계(修禊)와 같다.

333) 뇌진(雷陳): 뇌진교칠(雷陳膠漆: 아교나 옻칠한 것처럼 가깝다)이라고도 하며, 뢰는 뢰의(雷義), 진은 진중(陳重)을 말하는데 두 사람의 교분이 매우 두터웠다.

334) 백수신(白首新): '백두여신, 경개여고(白頭如新, 傾蓋如故)' 에서 온 말. 흰 머리가 되도록 사귀었으면서도 결코 지기(知己)는 아니고 마치 새로 알게 된 것과 같다는 의미. 그리고 가마를 기울여 처음으로 인사를 해도 마치 오래 사귄 것 같다고 했다. 이 두 구에서 여섯 명의 낭관의 교분이 깊은데 흰머리가 새롭다고 한 것은 데면데면한 사귐이 아니라 틀에 매이지 않으며 활달하게 서로 농하는 것이다.

335) 중인(重茵): 이중의 깔개. 두터운 요. 제3,4구는 무슨 공식적인 행사처럼 서찰을 보내고 그런 것이 아니며 자유롭고 편하게 행동한다는 것이다.

336) 유각춘(有脚春): '유각양춘(有脚陽春)' 과 같다. 다리가 있는 봄이란 따뜻한 봄 햇살 같은 덕정(德政)을 시행하는 관리에 대한 칭송이다. 즉 그가 이르는 곳마다 봄빛이 비추는 것과 같다는 말이다. 제5,6구는 취중의 모습과 서로에 대한 애정을 보여준다.

337) 안중인(眼中人): 눈 속에 있는 사람이니, 늘 마음속에서 생각하는 사람이란 뜻. 서로 친애하는 지기를 말한다. 제7,8구는 그림을 그려 남겨 놓았으니 눈만 뜨면 볼 수 있고 오랜 세월 보존할 수 있음을 말했다.

군자의 백 년에 그 은혜가 아직 마치지 않았는데 君子百年恩未畢
부인으로서의 일을 어찌 외면하셨는가 婦人中饋事何暌[340]
상자가 두 거울로 나누어지니 난새가 따라가 버리고 匣分雙鏡鸞隨逝
오동나무에 연리지가 떨어지니 봉새 홀로 깃드는데 桐落連枝鳳獨棲
슬프도다 광릉의 산 아래 길에서 怊悵廣陵山下路
곧은 혼이 밤낮으로 그대 향해 우는구나 貞魂日夜向君啼

무인년 원단에 상서로움을 맞으며 戊寅正朝迎祥[341]

태세성이 순서를 돌이켜 날이 처음으로 길어지니 攝提回序日初長[342]
따뜻한 기운이 뜨고 떠서 팔방에 가득하네 暖氣浮浮滿八荒
백설 같은 새 매화는 동산에 쌓여 있고 白雪新梅堆上苑
황금빛 연한 버들은 향기를 떨치네 黃金嫩柳拂披香
화로의 연기는 가늘고 가늘게 새벽빛을 덮고 爐煙細細籠晨色
관원의 패물소리는 쨍쨍 소리내며 밝은 빛에 가깝네 環佩鏘鏘近耿光[343]
궁전 섬돌의 만세소리 울리며 다투어 뛰고 춤추니 螭陛山呼爭蹈舞[344]

---

338) 안윤덕(安潤德): 1457(세조 2년 丁丑)-1535(중종 30년 乙未). 조선 전기의 문신으로 본관 광주(廣州). 자 선경(善卿). 시호 익혜(翼惠). 1483년(성종 14) 식년문과에 병과로 급제한 후 정언(正言)·지평(持平)을 거쳐 1497년(연산군 3) 문과중시(文科重試)에 병과로 급제하고 사간(司諫)·직제학(直提學)을 지냈다. 1501년 도승지(都承旨), 후에 경상도·경기도 관찰사를 거쳐 1503년 예조참판으로 성절사(聖節使)가 되어 명나라에 다녀왔고, 이듬해 갑자사화에 연좌되어 김제로 귀양갔다. 1506년 중종반정으로 한성부좌윤(漢城府左尹)이 되고 1510년 삼포왜란이 일어나자 부원수(副元帥)가 되어 난을 평정하고 한성부판윤(漢城府判尹)·형조판서를 지냈다. 후에 평안도 관찰사로 단군(檀君)·기자(箕子)의 사당을 수리했다. 호조·공조의 판서를 지내고, 1526년 기로소에 들어갔으며, 이듬해 좌참찬(左參贊)이 되고, 1535년 은퇴하였다.

339) 영처(令妻): 훌륭한 아내.

340) 중궤(中饋): 아낙네의 역할. 부녀자가 집안에서 음식을 만드는 일. 또는 그 음식. 그래서 부인 또는 아내를 지칭한다. 규(暌)는 위배(違背)·분리(分離)·이산(離散)의 뜻.

341) 정조(正朝): ① 임금이 여러 신하의 조회를 받는 곳 ② 국정을 바로 잡다 ③ 정월 초하루의 아침. 원단과 같다. 이 시는 무인년, 즉 1518년(중종 13년) 공의 나이 65세 성균관 대사성(大司成)을 맡고 있을 무렵 칭병치사(稱病致仕)를 염두에 두고 있을 때일 것이다. 이 해에 사헌부 대사헌에 제수되고 병조참판에 임명된다.

342) 섭제(攝提): ① 북두칠성 자루에 해당되는 세 별. 대각성(大角星)의 양쪽에 있는 별의 이름, 즉 태세성 ② 십이지의 인(寅)의 다른 이름.

면면히 복락이 끝이 없기를 축원하네 綿綿福祉祝無疆

무인년 단오의 첩자 戊寅端午帖子

아득한 상서로운 구름이 태미에 접하니 縹緲祥雲接太微[345]
구중궁궐 아름다운 기운이 맑은 햇빛을 품었다 九重佳氣擁晴暉
칡뿌리 술이 단지에 가득하니 향기가 처음으로 흩어지고 葛醪滿斝香初散
쑥대로 만든 호랑이를 문에 다니 그림자가 반은 난다 艾虎懸門影半飛
천상의 구불구불한 용은 보배 거울에 남겨졌고 天上盤龍留寶鏡
인간세상의 흰 모시는 가벼운 옷을 시험한다 人間白紵試輕衣
모시는 신하들이 연회를 파하고 자기 베개에 의지하니 侍臣宴罷憑瓷枕
꿈은 통명전 안으로 돌아간다 夢入通明殿裏歸[346]

이상 이장곤에게 받들어 올리다 奉呈李二相長坤[347]

평생에 이웃을 잘 고른 것이 스스로 다행한 일인데 自幸平生善卜隣
성문 밖으로 나서면 얼마나 넓고 넓은지 如何浩浩出城闉
3천 리 되는 약수는 영혼의 세계로 통하고 三千弱水通靈境[348]
지척 장안은 부드러운 티끌을 격하였네 咫尺長安隔軟塵[349]
동쪽 들의 샘과 숲은 주인이 있음을 즐거워하고 東野泉林欣有主[350]
북산의 원숭이와 학은 사람이 없음을 원망하네 北山猿鶴怨無人[351]

---

343) 환패(環佩): 관원이 차는 둥근 옥 패물.
쟁쟁(鏘鏘): 옥이 부딪혀 나는 소리.
경광(耿光): 밝은 빛. 성덕의 비유.

344) 이폐(螭陛): 궁전의 섬돌.

345) 태미(太微): 성좌를 세 구획으로 나누고 이를 삼원(三垣)이라 하는데, 북극 근방인 자미원(紫微垣), 사자궁(獅子宮) 부근인 태미원, 사견궁(蛇遣宮) 부근의 천시원(天市垣)이다. 태미원은 북두의 남쪽, 진(軫)과 익(翼)의 북쪽, 대각(大角)의 서쪽, 헌원(軒轅)의 동쪽에 있으며 모든 별들이 오제좌(五帝座)를 중심으로 배치되어 마치 병풍이 둘러싸고 있는 형상을 하고 있다고 한다. 그래서 옛날에는 천정(天庭)으로 생각했으며, 나아가 조정이나 황제가 거처하는 곳을 지칭했다.

346) 통명전(通明殿): 창경궁 안에 있는 정전.

도리어 내 마음과 생각도 수고로운 것을 아시니 還知我亦勞心想
혼이 미혹하여 하루 저녁에도 아홉 번이나 자주 가네 一夕魂迷九逝頻

늦가을에 병은 남았다 秋晩病餘

얽히고설킨 동산에서 칡신 신고 서리를 밟노라니 糾糾園中葛屨霜[352)]

347) 이장곤(李長坤): 1474(성종 5)-1519(중종 14). 본관은 벽진(碧珍). 자는 희강(希剛), 호는 학고(鶴皐)·금헌(琴軒)·금재(琴齋)·우만(寓灣). 참군(參軍) 승언(承彦)의 아들이다. 김굉필(金宏弼)의 문하에서 수학하였다. 1495년(연산군 1)에 생원시에 장원으로 합격하고, 1502년 알성문과에 을과로 급제하였다. 1504년 교리로서 갑자사화에 연루되어 이듬해 거제도에 유배되었는데, 연산군은 무예와 용맹이 있는 이장곤이 변을 일으킬까 두려워하여 서울에 잡아 올려 처형하려 하자 이를 눈치채고 함흥으로 달아나 양수척(楊水尺)의 무리에 발을 붙이고 숨어 살았다. 이 해 중종반정으로 자유의 몸이 된 뒤 사가독서(賜暇讀書)를 하고 1508년(중종 3)에 박원종(朴元宗)의 추천으로 다시 기용되어 홍문관부교리·교리·사헌부장령을 거쳐 이듬해 동부승지가 되었다. 이어 평안도병마절도사 이조참판이 되고, 1514년에 예조참판으로 정조사(正朝使)가 되어 명나라에 다녀왔다. 1515년 대사헌이 되고, 이듬해 전라도관찰사에 임명되었으나 북쪽 변경의 일을 잘 안다 하여 곧 함경도관찰사로 교체되었다. 1518년에 대사헌을 거쳐 이조판서가 되고, 이듬해 우찬성으로 원자보양관(元子輔養官)이 되고 병조판서를 겸임하였다. 이때 심정(沈貞)·홍경주(洪景舟) 등에게 속아 기묘사화를 일으키는 데 가담하였으나, 이들의 목적이 조광조(趙光祖)를 비롯한 신진사류들을 죽여 없애려는 것임을 알고 이들의 처형을 반대하였다. 이로 인하여 심정 등의 미움을 사서 결국 관직을 삭탈당하였다. 그 뒤 경기도 여강(驪江: 지금의 여주)과 경상도 창녕에서 은거하였다. 학문과 무예를 겸비하여 일찍부터 중종의 신임을 받아 승진이 빨랐으며, 관직을 삭탈당한 뒤에도 귀양을 보내자는 대간의 요구가 받아들여지지 않았다. 창녕의 연암서원(燕巖書院)에 제향되었다. 저서로는 《금헌집(琴軒集)》이 있고, 시호는 정도(貞度).

이상(二相): 이상(貳相)으로도 쓰며, 종1품 좌·우 찬성(贊成)을 칭하는 말이다. 지금의 부총리에 해당된다. 위로는 정1품인 삼상(三相) 곧 영상(領相: 영의정)·좌상(左相: 좌의정)·우상(右相: 우의정)이 있으며, 아래로는 정2품의 좌우 참찬(參贊)이 있고, 판서(判書)·참판(參判)·참의(參議)로 이어진다.

348) 약수(弱水): 옛날 중국에서 신선이 살던 곳에 있었다는 물 이름. 부력이 아주 약하여 기러기털처럼 가벼운 물건도 가라앉는다고 한다.

349) 연진(軟塵): 부드러운 티끌. 날리는 진토. 화류계에 관한 일을 이름. 도시의 번화하고 시끌벅적함을 지칭한다.

350) 동야(東野): 동쪽 들. 대체로 고향 시골의 들을 말한다.

351) 북산원학(北山猿鶴): 북산은 일반적으로 북쪽을 향하거나 일정한 지역 내에서나 중요한 지역을 기준하여 북쪽에 위치하고 있는 산을 말하는데, 구체적으로는 북망산(北邙山) 또는 남경의 종산(鍾山) 곧 자금산(紫金山)을 지칭하기도 하지만, 여기서는 북산지(北山志) 곧 '귀은(歸隱)하려는 뜻' 처럼 '은거하려는 곳' 의 의미가 강하다. 원학은 원숭이와 학. 대개 은일지사(隱逸之士)를 뜻한다. 원래의 뜻은 전쟁에서 패퇴하면 군자는 원(猿)과 학(鶴)이 되고, 소인들은 충(蟲)과 사(沙)로 된다고 하는데(《抱朴子》), 원숭이와 학처럼 숨어서 지내는 것을 말한다. 뒷날 패전한 장사(將士)와 전란에 죽은 백성을 지칭하게 되었다.

352) 갈구(葛屨): 칡으로 만든 신.

병이 남아 가을 기운은 배나 처량하다 病餘秋氣倍凄凉
단풍나무에는 잎이 남아 짙은 빛을 띠고 楓留敗葉帶深色
국화는 남은 가지에 피어 얕은 향기를 머금었다 菊發殘枝含淺香
일찍 죽거나 오래 살거나 인생은 삼만 날이요 夭壽人生三萬日
슬프거나 즐겁거나 세상일은 천백 가지로다 悲歡世事百千場
한가하게 모든 정을 잊어버린 나그네가 되어 不如閑作忘情客
길이 맑은 술단지를 대하여 취향에 들기만 못하리라 長對淸樽入醉鄕[353)]

문 서장관이 북경으로 감을 전송하며 이목사의 시에 차운하다 送文書狀官赴京次李牧使韻

오색구름 깊은 곳이 이 중국의 서울인데 五雲深處是神京[354)]
멀리 요서를 향하여 며칠이 걸리던가 遙向遼西幾日程
화표는 천 년이 되어도 돌아오는 학은 없고 華表千年無鶴返[355)]
옛 진나라엔 만 리에 걸쳐 성이 가로 놓여 있다 秦家萬里有城橫
좋은 명성의 옛 고죽국에서 바람소리 들으며 서 있고 流芳孤竹聞風立[356)]
악취 남긴 어양에는 코를 가리고 지나간다 遺臭漁陽擁鼻行[357)]
이번에 가서 좋게 주나라의 예악을 본다면 此去好觀周禮樂
오랜 세월의 지난 일은 평할 것도 없으리라 悠悠往事不須評

353) 취향(醉鄕): 취중의 별천지.
354) 신경(神京): 당시 중국 명나라의 서울, 즉 북경.
355) 화표(華表): ① 묘소 앞의 문 ② 궁성 성곽 등의 출입문 ③ (=華表柱) 무덤 앞에 세우는 아름답게 꾸민 한 쌍의 돌기둥.
356) 고죽(孤竹): 고죽자 즉 고죽군의 두 아들 백이와 숙제. 고죽은 은대 때의 나라 이름으로, 그 임금은 고죽군이며 그의 두 아들은 주에 항거하고 주나라 땅에서 난 음식을 먹지 않으려 수양산에 들어가서 굶어죽었다. 여기서는 고죽국으로 번역했다.
357) 어양(漁陽): 지금의 하북성 밀운현(密雲縣)의 서남에 있었던 지명. 당나라 때 안록산이 최초로 군사를 일으킨 곳을 포괄적으로 지칭한다.

국화에 취한 양귀비를 읊다 詠菊醉楊妃

담가에 높다랗게 기대어 있는 두세 가지에	墻邊高倚兩三枝
차례로 꽃이 피니 빛이 아주 기이하다	次第花開色絶奇
푸른 꽃의 입술이 열려 미소짓는 곳이며	靑蕊脣開微笑處
붉은 얼굴에 눈이 흐려지며 반취한 때이다	朱顔暈起半酡時
비록 그렇다 할지라도 어찌 요사한 태도를 배우겠는가	雖然豈學妖嬌態
이로부터 참으로 은일의 자세가 이루어지리라	自是眞成隱逸姿
어느 곳 미치고 황당한 무식한 자식이	何處狂荒無識子
실없이 이 맑은 절개를 양씨집 딸아이에 비유하는가	枉將淸節比楊兒

기묘년 영상시 己卯 迎祥詩[358]

신정에 절하며 하례하니 그 즐거운 기운이 같고	拜賀新正喜氣同
붉은 관복의 신하들 대명궁을 향하여 높이 공수하네	赭袍高拱大明宮[359]
해가 동해에 오르니 궁전들이 떠 있는 듯하고	日昇鰲背浮靑瑣[360]
힘차게 만세를 부르니 푸른 하늘을 움직이네	臚唱山呼動碧空[361]
천상에선 삼양이 태평의 운을 열고	天上三陽開泰運[362]
인간 세상에선 만상이 어진 바람을 맞는데	人間萬象被仁風
해마다 북궐에 봄이 오는 것을 보며	年年北闕看春到
함께 하늘의 조화가 돌고 돌아 무궁함을 우러러 보네	共仰洪勻轉不窮

---

358) 영상(迎祥): 상서로운 기운을 맞이하는 것. 기묘년은 1529년 월헌의 나이 66세 때이다.

359) 대명궁(大明宮): 당(唐)의 궁궐 이름으로, 장안의 동쪽에 위치해 있다. 태종 정관(貞觀) 8년에 영안궁(永安宮)을 짓고 다음 해에 대명궁으로 개명했다. 동내(東內)라고도 부른다. 궁내에는 인덕(麟德)·함원(含元)·선정(宣政)·자신(紫宸) 등의 전(殿)이 있고, 선정전 좌우에는 중서성(中書省)과 문하성(門下省)이 있다. 고종(高宗) 이후 황제들이 항상 이 궁전에 머물렀다. 중국 당나라 전성기의 화려한 궁전을 말함으로써 이에 빗대는 것은 시문에서 자주 사용하는 수법이다.

360) 오배(鰲背): 큰 바다. 바다가 무지무지하게 큰 바다거북의 등과 같다는 것.

청쇄(靑瑣): ① 황궁의 창문을 장식하는 청색의 연환화(連環花) 무늬 ② 궁정을 의미한다 ③ 호화스런 집이나 건축물.

안동의 은퇴한 노인 유수 이굉[363]에게 받들어 올리다
奉呈安東退老李留守浤

세상 밖에 높은 정이요 세속 안의 몸인데	物外高情世裏身
뜻밖에 내려진 관직이 어찌 참마음을 흐리게 하리	倘來軒冕豈迷眞[364]
뽕나무 느릅나무의 세월은 머리에 다다르기 늦고	桑榆歲月臨頭晩[365]
소나무 계수나무 있는 고향집 산은 꿈에 자주 들어오네	松桂家山入夢頻[366]

---

361) 여창(臚唱): 과거시험에서 진사 전시(殿試) 후 황제가 소견(召見)할 때 급제자의 이름을 부르며 전달하는 것을 말한다. 송(宋)대에 시작되었다. 여(臚)는 진술이나 전달의 뜻을 가지고 있다. 여언(臚言)·여전(臚傳)과도 같은 뜻. 또 여전(臚傳)은 황제의 조지(詔旨)를 전(殿) 위에서 아래로 몇 사람이 서로 이어서 말을 받고 전달하여 연속으로 이어지는 것을 말하며 그 소리가 넓고도 맑게 멀리까지 들린다. 홍려시(鴻臚寺)는 조정의 蕃客(외국의 관리나 상인)의 조회(朝會), 제사의례(祭祀儀禮), 전례(典禮) 등을 관장하는 중앙기관으로, 그 전달하는 소리가 마치 큰기러기 소리처럼 맑아서 붙인 이름일 것. 여기서는 만세 부르는 큰 소리가 위에서부터 아래로 이어지는 것을 말한다.

362) 삼양개태(三陽開泰): 옛 사람들은 음력 11월 동지에 양(陽)이 하나 생기고 12월에 두번째 양이, 정월에 세번째 양이 생기면서 삼양개태(三陽開泰)한다고 생각하여 이를 합해서 삼양이라고 했다. 그리고 세번째 양이 생기는 정월을 삼양이라고도 한다. 위의 내용을 좀더 자세히 풀어보면, 음력 10월은 곤괘(坤卦)로 순음의 상이며, 11월은 6효의 첫번째, 즉 초육(初六)이 양으로 바뀌면서 복괘(復卦)가 되고, 12월은 육이(六二)가 양으로 바뀌면서 임괘(臨卦)로 되고, 정월은 육삼(六三)이 양으로 바뀌면서 태괘(泰卦)가 된다. 그래서 삼양개태 또는 삼양교태(三陽交泰)는 '세번째 양이 태괘를 연다'는 뜻이며, 이 말을 정초의 칭송의 말로 많이 뽑는다.

363) 이굉(李浤): 1440(세종 22)-1516(중종 11). 조선 중기의 문신. 본관은 고성(固城). 자는 심원(深源), 호는 귀래정(歸來亭). 좌의정 원(原)의 손자이며, 현감 증(增)의 아들이다. 1464년(세조 10) 진사시에 합격하고, 1480년(성종 11) 식년문과에 병과로 급제하여, 전적(典籍)이 된 뒤 군위현감·세자시강원문학·사간원헌납·사헌부지평·공조정랑·청도군수 등을 지냈다. 1500년(연산군 6)에는 사헌부집의를 거쳐 예빈시정·승문원판교·상주목사를 역임한 뒤, 1504년 갑자사화에 김굉필(金宏弼) 일당으로 몰려 관직이 삭탈되었다. 1506년 중종반정 뒤 다시 기용되어 충청도병마절도사·경상좌도수군절도사·개성부유수 등을 지냈고, 1513년(중종 8)에 나이가 많아 사직한 뒤 고향인 안동에 내려가 귀래정이라는 정자를 짓고 그곳에서 풍류생활을 하였다. 시문에 능하였다.

364) 당래(倘來): 가져서는 안 되는데 갖게 된 것 또는 의도하지 않은 중에 얻게 된 것. 송대 신기질(辛棄疾)의 사《염노교(念奴嬌)》에서 '倘來軒冕, 問還是, 今古人間何物'이라고 했다. 倘은 혹 '상'으로 읽히기도 한다.

헌면(軒冕): 옛날 대부(大夫) 이상 벼슬아치의 수레와 관복. 나아가 관직과 작록(爵祿) 및 관리를 뜻함.

365) 상유(桑榆): 뽕나무와 느릅나무. ① 해질 무렵 ② 저녁 무렵의 해그림자 ③ 서쪽 또는 저녁 ④ 늙은 때, 만년. 노년.

임두(臨頭): 머리 위에 임하다. 대개 불행한 일이나 재난과 액운이 바로 눈 앞에 다다른 것.

366) 송계(松桂): 소나무와 계수나무. 티끌 없이 깨끗한 뜻을 비유한다.

천상의 구중궁궐에서 성군을 하직하고 天上九重辭聖王
천리 바깥 영남에서 한가한 사람이 되었네 嶺南千里作閑人
부끄럽구나 나는 강호의 흥을 저버리고 慚余辜負江湖興
늙도록 오직 말굽에 이는 티끌에 부딪치고 빠지는 것이 到老惟衝沒馬塵[367]

여원부원군 가중 송질[368]의 만사 挽礪原府院君宋可中軼[369]

그대를 옥처럼 생각하는 군왕이 총애하는 명령을 펴니 玉汝君王寵命申[370]
청반을 일찍이 허락하여 백관을 영도하게 하였네 淸班曾許領簪紳[371]
고국에 키 큰 나무 남아 있음을 부질없이 슬퍼하고 空嗟故國餘喬木
당시 대대로 국가에 공헌한 신하 있음을 보지 못했네 不見當時有世臣[372]
기린각의 단청은 백대에 빛나고 麟閣丹靑光百代
무덤 소식은 천년 봄을 격하였네 夜臺消息隔千春[373]
나는 지금 병들어 침상에 누웠으니 我今病痺留牀褥
누가 서주의 통곡을 하는 사람이 되겠는가 誰作西州痛哭人[374]

---

367) 충몰(衝沒): 향하다. 뒤얽히다.
　　마진(馬塵): 말굽에 이는 티끌, 즉 벼슬의 복잡성을 의미한다.

368) 송질(宋軼): 1454(단종 2)-1520(중종 15). 자는 가중(可仲), 도정(都正) 공손(恭孫)의 아들. 1477년(성종 7) 생원시(生員試)·진사시(進士試)에 합격하고, 이듬해 알성문과(謁聖文科)에, 1482년 진현시(進賢試)에 을과로 각각 급제했다. 형조참판(刑曹參判)·경기도관찰사·우찬성(右贊成)·이조판서 등을 역임하고, 중종반정(1506) 때는 정국공신(靖國功臣) 3등이 되고 여원 부원군에 봉해졌으며, 1513년(중종 8) 우의정, 뒤에 영의정에 이르렀다. 시호는 숙정(肅靖).

369) 가중(可中): 거의 모든 자료에 송질의 자는 가중(可仲)으로 되어 있다.

370) 옥여(玉汝): 너를 옥으로 여긴다는 뜻. 《시경》의 〈대아·민로(民勞)〉에 '王欲玉女, 是用大諫(임금이 그대를 보배처럼 중히 여겨 그래서 크게 간하는 것)'이라고 했다. 女(여)와 汝는 같다.

371) 청반(淸班): 청관(淸官)의 반열. ① 높은 지위에 있으나 별로 하는 일 없는 편안한 관리 ② 또는 청렴한 관리. 여기서는 ②의 뜻.
　　잠신(簪紳): 비녀와 갓끈. 벼슬이 높은 사람.

372) 세신(世臣): 대대로 국가에 공헌을 한 신하. 앞 구절 '고국여교목(故國餘喬木)'은 몇 대의 조정을 섬겨 온 훈구지신(勳舊之臣)을 말한다. 《맹자(孟子)》 양혜왕 하(梁惠王下)의 "이른바 고국(故國)이란 교목이 있어서가 아니요, 세신(世臣)이 있기 때문에 붙여진 이름이다"라는 말에서 나온 것이다.

373) 야대(夜臺): 분묘, 또는 묘혈. 즉 무덤 구덩이.

뜻을 말하여 군도에게 올리다　　言志呈君度

내 마음은 영화를 구하기를 즐거워하지 않았는데　　我心非是喜榮求
우연히 쓸모없는 재목이 받아들여지게 되었소　　偶爾樗材得見收[375]
작은 시내는 바다에 더할 물이 이미 떨어졌고　　已乏涓流添海瀆
모기가 어찌 산언덕을 등에 질 수 있으리　　那堪蚊子負山丘
나라의 은혜 아직 갚지 못했는데 몸이 먼저 병들고　　國恩未報身先病
가계가 아직 가난하니 녹봉으로 삶을 도모하나니　　家計猶貧祿與謀
문득 한강 남쪽에서 물고기 잡는 은사가　　却羨漢陰漁隱士
백구를 길이 짝하여 창주를 희롱하는 것이 부럽구료　　白鷗長伴戲滄洲[376]

박대무가 보인 시에 차운하다　　次朴大茂示韻

난삼에 이미 때와 티끌이 묻은 것을 보았는데　　襴衫已見着霾塵[377]
바뀐 조정에 오랫동안 나가지 못하니 병든 날이 새롭다　　久闕移朝病日新
짧고도 빠른 생애가 얼마나 남았는가　　局促生涯餘幾許[378]
벗들은 시들고 떨어져 친한 사람이 적어졌구나　　凋零朋舊少相親[379]
다행히 붕새 길 3천 리를 날았고　　幸騰鵬路三千里

---

374) 서주통곡인(西州痛哭人): 서주는 중국 옛 성의 이름으로 동진(東晋) 때 설치했으며 그 옛터는 지금의 강소성 남경시에 있다. 사안(謝安)의 외조카인 양담(羊曇)은 당시 명사였는데, 사안이 죽은 후 음악을 끊고 서주의 길을 지나지 않다가 어느 날 대취하여 부축받으며 노래하다가 자신도 모르게 문에 이르게 되었는데 주위 사람들이 서주의 문이라고 알려 주자 통곡하고 돌아갔다. 이 고사는 옛일을 생각하며 슬퍼하고 죽은 이를 애도하는 전고로 사용되었다. '서주문' '서주로' '서주루(西州淚)' 등 참고.

375) 저재(樗才): 쓸모없는 재목.

376) 희창주(戲滄洲): 창주는 즉 창랑주(滄浪洲)로서 동해(東海) 가운데에 있는 신선이 산다는 곳이며, 이는 곧 신선같이 한가하게 지냄을 의미한다. 그리고 물이 파릇파릇한 시골의 갯고랑, 즉 은자(隱者)가 있는 곳을 칭하기도 한다.

377) 난삼(襴衫): 저고리와 치마가 이어지고 옷자락에 가선을 두른 옷. ① 진사 및 국자생, 주현생(州縣生)들이 입던 옷 ② 생원이나 진사에 합격했을 때 입던 예복. 녹색이나 검은 빛의 단령(團領)에 각기 같은 빛의 선을 둘렀다.

378) 국촉(局促): 비좁음. 매우 짧고 급함. 소견이 좁은 모양. 속박 받아 펼치지 못함. 부자연스런 모양.

379) 조령(凋零): 시들어 떨어지는 것.

조정 관리의 반열을 탐하기를 50년이 되었다 叨列鵷班五十春[380]
예로부터 도량 좁은 사람은 헤아릴 필요도 없는데 從古斗筲無足筭[381]
부끄러움 안고 국록을 도둑질하니 나는 어떤 사람인가 包羞竊祿我何人

권정선의 만사 挽權旌善

관직 그만 두고 성 남쪽에 누워 유유자적하시니 休官自適臥城南
칠십의 고희에 또 셋을 더 드셨네 七十稀齡又享三
고을을 다스리던 재략과 명성은 소부를 따르고 治郡才名追召父[382]
책상에 가득한 도포와 홀은 모두 어진 아들이라네 滿床袍笏盡賢男
뜬 구름 같은 만 가지 일은 머리 돌리는 사이 지나갔고 浮雲萬事回頭過
나비로 화한 외로운 혼은 꿈에 들어 달콤하시리 化蝴孤魂入夢酣
병든 나는 고인을 직접 조상하지 못하고 病瘅故人違執紼[383]
공연히 슬픈 만사를 쓰니 이 정을 견디기 어렵네 空題哀挽意難堪

늙고 병든 것을 탄식하며 군도에게 올리다 嘆老病呈君度

몸 반쪽의 풍습에 저절로 슬퍼지고 半身風濕自生哀[384]
일어나려면 지팡이를 붙들어야 하고 등에는 검버섯 생겼다 欲起扶筇背作鮐[385]

---

380) 도(叨): 외람되다. 탐하다.
원반(鵷班): 원은 원추리로 봉황의 한 종류. 조용하고 우아한 모습으로 질서 있게 조정에 늘어선 백관의 반열을 말한다. 조정 관리의 반열.

381) 두소(斗筲): 소는 2두(斗) 들이의 작은 대나무 그릇. 분량이 적음. 도량이 좁은 사람을 두소지재(斗筲之材)라고 한다.

382) 소부(召父): 한나라 때의 관리로 이름은 소신신(召信臣), 자는 옹경(翁卿). 백성을 위해 물길을 트고 관개를 잘하여 그 이익을 해마다 증가하게 했으며, 아래 관리와 백성들이 그를 친애하며 부르기를 소부라고 했다. 《한서 · 순리(循吏) · 소신신전》 참조.

383) 집불(執紼): 수레 끄는 줄을 잡다. 즉 영구 수레의 밧줄을 잡는 것으로 장송하는 일을 말한다.

384) 풍습(風濕): 바람과 습기. 일종의 풍습병으로 류마티즘.

385) 태배(鮐背): 복어의 등이란 뜻으로 늙은이, 노인을 의미한다. 나이가 많아지면 피부에 복어의 등에 있는 얼룩 같은 검버섯이 생긴다.

눈이 어두워 책을 보면 작은 개미가 겹치고 眼暗看書交細蟻
귀를 먹어 말을 들으면 가는 우뢰소리 은은하다 耳聾聞語隱微雷
그대의 의기는 횡행하는 송골매 같음이 아름답고 多君意氣如橫鶻
내 모습과 정신이 죽은 재와 같음을 웃는다 笑我形神若死灰
함께 나이 70세가 되었는데 同是行年臨七十
하나는 어찌하여 강건하고 하나는 어찌하여 퇴락한가 一何强健一何頹

송도고궁에서 남백공[386]의 시에 차운하다 松都古宮次南伯恭韻

사방을 바라보니 희미하게 토성이 있는데 四望依俙有土城
고궁의 남은 터에 아직도 종횡으로 뻗어 있다 故宮遺址尙縱橫
꽃무늬 벽돌은 땅에 흩어져 발걸음을 받치려 하고 花磚散地將承步
돌로 만든 짐승은 구렁텅에 넘어졌어도 소리내려고 한다 石獸顚溝欲吼聲
그 당시 조정의 관리는 패옥을 울리면서 모였었는데 朝士當年鳴佩會
이날 목동은 소를 타고 가는구나 牧童此日跨牛行
오직 만월대 앞에 달만 남아 惟餘滿月臺前月
적막한 달빛 그 맑음을 금하지 못하네 寂寞光輝不禁淸

같은 해에 급제한 손정 원로[387]의 만사 挽同年孫正元老

나는 지금 중풍으로 신음하고 있는데 我今風痺患沈冥[388]
그대는 강건하여 90세를 향하고 있네 君獨康强向九齡[389]
누른 갑옷을 입던 청년 시절에는 일찍이 가까이 지냈는데 黃甲靑年曾接武[390]

386) 남백공(南伯恭): 백공은 남효온(南孝溫: 1454-1492)의 자. 호는 추강(秋江). 김종직의 문하로 김굉필 정여창·김시습·안응세 등과 교분이 두터웠던 생육신의 한 사람. 단종의 모부인(母夫人) 현덕왕후의 소릉(昭陵)이 복위되면 출사(出仕)하고자 다짐하였지만 결국 벼슬과 문명(文名)에 무심하였고, 김시습과 더불어 도불(道佛)을 넘나는 기인행각도 서슴지 않아 광인(狂人)으로 지목되는가 하면, 그의 작품세계도 평자에 따라 사장파(詞章派)라고도 하나 근본 천성이 방외문인(方外文人)이 정평이다. 갑자사화에 부관참시되었다. 《사우명행록(師友名行錄)》과 《추강냉화(秋江冷話)》를 지어 김종직과 그 문화들의 행적과 신변잡사를 전하며, 몽유록(夢遊錄)류의 《수향기(睡鄕記)》를 남겼다.

붉은 마음의 백발인 이 때에는 오히려 몸을 잊었구나 丹心白首尙忘形
북산에 난초가 없어졌으니 누가 그 냄새를 알 것이며 北山蘭滅誰分臭
남극 하늘에 그늘지니 별은 보이지 아니하네 南極天陰不見星
슬프도다 집 같은 무덤을 봉한 후 惆悵若堂封罷後[391]
계곡 물의 싸늘한 소리를 차마 듣고 있네 忍聞谿澗響冷冷

십구사략을 읽고 讀十九史畧

삼황과 오제 또 삼왕 三皇五帝又三王[392]
한나라의 궁궐과 진나라의 관문 그리고 낙양 漢宅秦關及洛陽
해내가 한번 나누어지니 솥발처럼 대치하였고 海內一分爲鼎峙
강동이 여섯 번 갈아들어도 이미 모두 망했다 江東六遞已凡亡[393]
당나라는 쇠약한 오대에게 전하니 그 장단을 알겠고 唐傳衰季知長短[394]
오랑캐가 중화에 들어오니 그 강약을 보겠다 虜入中華見弱强
만고의 분분한 성공과 실패의 일들이 萬古紛紛成敗事
모두 여덟 권에 실렸으니 낭랑하게 밝도다 都乘八卷炳琅琅

---

387) 손원로(孫元老): 성종8년 정유년(1477) 문과 급제. 본관은 구례(求禮). 사정(寺正)을 지냈다. 父는 손사흥(孫嗣興). 음성(陰城) 현감, 성종 15년 갑진 성절사 서장관으로 다녀와서 보고함. 연산군 4년(무오 1498년) 사간원 헌납(獻納). 중종 11년 병자년(1516) 사재감정(司宰監正)에서 치사(致仕)시키고자 간원이 아뢰는 내용이 실록에 기록되어 있다.

388) 풍비(風痺): 중풍의 일종. 수족이 마비되는 병.
침명(沈冥): ① 깊이 거처하며 종적을 은닉하는 것 ② 가라앉아 고요함 ③ 깊은 어두움 ④ 매몰, 침륜.

389) 구령(九齡): ① 9세 ② 90세 ③ 장수를 의미. 여기서는 90세에 가까운 장수(長壽)를 말한다.

390) 접무(接武): 작은 걸음으로 나아가다. 사람이 많아 붐비는 모양. 친근하고 가까움. 앞뒤로 이어지다.

391) 약당(若堂): 집 같은 것. 무덤이라 직접 말하지 않고 에둘러서 말한 것.

392) 삼왕(三王): 하(夏) · 은(殷) · 주(周). 삼대(三代)의 성왕(聖王) 즉 하의 우왕, 은의 탕왕, 주의 문왕 또는 무왕이거나 문왕과 무왕을 아울러 말하기도 한다.

393) 강동(江東): 수당 이전에 남북으로 왕래하던 중요한 나루터가 있는 곳으로, 습관적으로 남경과 무호(蕪湖) 사이 양자강의 남쪽 언덕 지역을 말한다. 삼국시대 손권이 건강(建康)에 도읍을 했는데, 손권이 통치하였던 오나라 전체 지역. 이후 남경을 중심으로 오, 동진, 송, 제, 양, 진의 육조가 번갈아 통치했다.

394) 쇠계(衰季): 쇠약한 말세. 대개 한 왕조의 말기를 지칭하는데 여기서는 당왕조 이후 약 60년간의 오대십국을 말한 듯하다.

중추절에 달구경을 하고 침류당에게 부치다 中秋翫月寄枕流堂

매우 밝은 달 정히 티 하나 없는데	十分明月正無瘢
만리에 구름 걷히니 푸른 하늘이 넓다	萬里雲收碧宇寬
옥토끼가 찬 털을 세운 것이 오히려 역력하고	兎竪寒毫猶歷歷
항아는 분바른 얼굴을 열어 더욱 둥글둥글하다	娥開粉面更團團
다정한 천상에서는 허공을 내려다보며 웃는데	多情天上臨空笑
몇 곳에서나 술단지 앞에서 그림자를 대하여 즐거워하나	幾處樽前對影歡
멀리 생각컨대 강 정자 지극히 청아한 밤에	遙想江亭清絶夜[395]
옥 같은 사람 남아서 굽은 난간에 기대어 이를 보겠지	玉人留倚曲欄看

막남에는 왕정이 없다 漢南無王庭[396]

제왕의 전략이 응당 혜성을 쓸어 버렸고	帝略應將掃彗星[397]
장군의 호드기와 북 소리는 천둥소리 마냥 은은하였다	將軍笳鼓隱雷霆
백년의 운수로 흉노의 액을 만났고	百年運値凶奴厄
만리의 바람은 대 한나라에 행하여 영험했다	萬里風行大漢靈
변방 북쪽에는 이제부터 모직 군막이 없어졌는데	塞北從今無毳幕[398]
막남 어느 땅이 왕의 궁정인가	漢南何地是王庭
멀리서 알겠노라 늠름한 장성의 굴에	遙知凜凜長城窟
우기에는 때때로 살기로 인하여 비린내나는 줄을	雨氣時因殺氣腥

395) 청절(清絶): 지극히 아름다운 것을 형용. 지극히 맑고 쓸쓸함. 지극히 청아한 것.

396) 막남(漢南): 내몽고의 고비사막 남쪽지방을 막남, 이 막남에 있던 왕국을 막남 왕정이라 하였다. 《사기 · 흉노열전》에 '是後匈奴遠遁, 而漢南無王庭'(이 이후로 흉노는 멀리 숨었고, 막남에는 왕정이 없어졌다)라고 했다.

397) 혜성(彗星): 태양의 궤도에 나타나는 살별. 태양을 초점으로, 긴 꼬리를 타원이나 포물선 또는 쌍곡선의 궤도를 그리며 운동하는 천체. 꼬리별. 살별. 미성(尾星). 긴 꼬리를 가지고 있기 때문에 옛날에는 전란 · 역병(疫病) · 천재지변 등의 흉조를 예고하는 것으로 간주되었다.

398) 취막(毳幕): 모직물로 만든 군막.

가을비 秋雨

처량한 물색이 이미 가을을 슬퍼하는데	凄凉物色已悲秋
하물며 열흘 이상 비가 쉬지 아니함에랴	況値霪霪雨不休[399]
날마다 그늘은 천리 밖으로 이어지고	彌日陰連千里外
밤새 오경에까지 빗방울 떨어지누나	通宵滴到五更頭
쏴쏴 하는 소리는 향기로운 내실의 꿈 놀라 깨게 하고	蕭蕭驚破香閨夢[400]
하나하나마다 객사의 근심을 더 생겨나게 한다	箇箇添生旅館愁
어찌하면 하늘가에 개는 날빛 드러나서	安得乾端呈霽色
내일 아침에 눈을 뜨자 재빨리 누각에 오르게 될꼬	明朝擡眼快登樓

조여경의 영통사[401] 시에 차운하다 次趙礪卿靈通寺韻

승려 찾으러 가는 한 길이 가늘게 숲을 뚫어 있는데	尋僧一路細穿林
구름 덮힌 사찰은 그늘이 만 갈래로 첩첩하다	雲覆招提萬疊陰
그윽한 경계는 자연히 선정에 들기 쉬운데	幽界自然禪定易
옛 도읍지라 그 나그네의 회포 깊음을 어찌 하랴	故都其奈客懷深
계림의 누른 잎은 일찍이 예로부터 전해 왔고	鷄林黃葉曾傳古
곡령의 푸른 소나무는 지금까지 이르지 않았다	鵠嶺青松不到今[402]
옛 물건으로서 오직 산과 물이 남아 있으니	舊物唯餘山水在
흥망을 묻고자 하여도 양자 모두 말이 없구나	欲問興廢兩沈沈

399) 음음(霪霪): 열흘 이상 오래 지속되는 장마.

400) 향규(香閨): 화장품 향기가 나는 내실. 대개는 여인의 방.

401) 영통사(靈通寺): 개성시(開城市) 용흥리(龍興里) 오관산 남쪽에 있는 고려시대의 절.

402) 계림황엽(鷄林黃葉)·곡령청송(鵠嶺青松): 신라 말 고운 최치운이 왕건에게 올린 글. 곡령은 개성에 있으며 고려를 상징하여 푸른 소나무처럼 장구할 것이고, 김알지가 태어나 신라 왕실의 정통을 상징하는 계림은 낙엽이 지는 것처럼 잎이 누렇다는 것. 이후부터 계림의 숲은 항상 여름에도 황엽으로 물들었다고 한다. 신라의 멸망과 고려의 건국을 예언한 것.

군도의 시에 차운하다 次君度韻

두 귀밑머리에 가을이 듦을 자탄하며 自歎蕭蕭兩鬢秋
쇠한 정이라 때로는 술에 의지하여 근심을 마신다 衰情時賴酒澆愁
나는 녹을 먹기 위하여 진토에 머무는데 我因食祿留塵土
그대는 이미 세속의 일 잊고 바다 갈매기와 친하였다 君已忘機狎海鷗
세상에 구함이 없는 것이 참으로 고아한 지조이며 與世無求眞雅操
마음에 하고자 함을 따르는 것이 좋은 술책이리라 從心所欲是良謀
알지 못하겠구나 무슨 일로 사마 반열에 올라 不知何事班司馬[403)]
붓을 던지고 만리후에 봉해지려 생각하는지 投筆思封萬里侯[404)]

그 두번째 其二

밝은 세상에 피리만 불다가 귀밑머리 가을 되니 昭代吹竽鬢已秋
숲 속이거나 도시거나 이 둘이 모두 근심거리라네 泉林城市兩關愁
청산의 집을 살만한 돈은 없고 無錢可買靑山宅
마침내 푸른 바다의 갈매기를 속인 약속 있었네 有約終欺碧海鷗
세상 위할 자그마한 장점 없음이 한스럽고 恨乏寸長爲世用
후한 녹봉 챙기고 자신의 삶을 도모하는 것이 부끄럽네 羞持厚祿自身謀
어찌 한강의 한 구석에 이름을 숨긴 선비가 何如漢曲逃名士
천 수의 시로 만호후를 가벼이 여김과 같으리 千首詩輕萬戶侯

그 세번째 其三

발을 걷으니 강과 하늘은 만리에 걸쳐 가을이라 簾捲江天萬里秋

---

403) 사마(司馬): 주대(周代)에는 주로 군사를 맡아 보던 벼슬로서 한나라 때에는 삼공(三公)의 하나였고, 후세에는 대개 병부상서의 별칭으로 사용되었다. 그래서 시랑은 소사마(少司馬)로 칭해졌다.
404) 만리후(萬里侯): 공을 도성과 먼 곳이나 이역에서 세워서 봉해지는 제후.

맑은 바람 불어 세상 근심을 날려 버렸네 清風吹盡世間愁
조각한 난간과 분장한 벽은 누른 학을 부르고 雕欄粉壁招黃鶴
굽은 물가와 긴 모래톱에서 흰 갈매기를 짝하네 曲渚長洲伴白鷗
한 번 마시어 천 일을 취하여도 방해될 것 없고 一飮無妨千日醉
몸 고달프게 하는 다섯 가지가 어찌 백 년의 계책이리 五勞何必百年謀[405)]
사람으로 하여금 경모하게 하는 그대는 옛날과 같이 令人景慕君如古
한형주를 알기 원할 뿐 봉후를 원하지 아니하네 願識荊州不願侯[406)]

주헌의 〈영매〉 시에 차운하다 次酒軒詠梅韻

주헌이 자못 속인의 집들과 떨어져 있으니 酒軒殊絶俗人家
분색 매화나무 가지 끝에 이미 꽃이 피었네 粉色梅稍已着花
화정의 시혼이 고결함에 의탁하는 것 같고 和靖吟魂如托潔[407)]
수양의 화장한 이마가 간사함을 싫어하는 듯하네 壽陽粧額似嫌邪[408)]
북쪽 가지에는 아직 피지 않아 추위가 부딪치는 것 같고 北枝未發寒猶觸
동쪽 그림자가 처음으로 비끼니 해가 기울려 하네 東影初橫日欲斜
천고의 외로운 산에도 풍류의 맛이 있으니 千古孤山風味在
시 읊느라 치아에 싸늘한 기운 일어남을 깨닫지 못했네 哦詩不覺冷生牙

---

405) 오로(五勞): ① 사람 몸을 고달프게 하는 다섯 가지. 久視 · 久臥 · 久坐 · 久立 · 久行 ② 오장 즉 심장 · 간장 · 비장 · 폐장 · 신장의 피로.

406) 형주(韓荊州): 당나라 때의 형주태수 한조종(韓朝宗)을 말한다. 이백의 서한에 "백이 듣건대 천하의 선비가 모여서 이르기를 '살아서 만호후(萬戶侯)가 안 되더라도 다만 한 번 한형주를 알기를 원한다' 고 하니 어찌 사람으로 하여금 경모(景慕)하게 함이 이에 이르는가"라고 한 데서 저명한 사람을 알게 된 경우에 이를 식한(識韓) 또는 식형(識荊)이라고 한다.

407) 화정(和靖): 송(宋)나라 때 시인 임포(林逋)의 호이다. 혼자 지내면서 매화를 심고 학을 기르니, 사람들이 '매화를 처로 삼고 학은 자식으로 한다(梅妻鶴子)' 고 하였다. 그의 대표적인 시 〈山園小梅〉의 3, 4구 '踈影橫斜水淸淺, 暗香不動月黃昏' 가 가장 유명하다.

408) 수양(壽陽): 송(宋)나라 무제(武帝)의 딸 수양공주를 말한다. 공주가 정월 인일(人日)에 함장전(含章殿)에 누웠더니 꿈에 매화가 이마 위에 떨어졌다 하여 그 호를 매화장(梅花粧)이라고 하였다.

그 두번째　　其二

매화형이 함께 연성의 집에 있으니	梅兄合在鷰城家[409]
차가운 가지에 찬란한 꽃이 사랑스럽네	可愛寒枝粲粲花
막고야의 정신이 응당 곁들였을 것이요	姑射精神應有托[410]
주인의 심지도 아울러 간사함이 없다네	主人心地幷無邪
그윽한 향기는 홀연히 맑은 바람을 얻어 움직이고	暗香忽得淸風動
듬성한 그림자는 잠긴 듯 옅은 달빛을 따라 기우네	疎影潛隨淡月斜
높은 누각에 기대어 옥피리 불지 말라	莫倚高樓吹玉笛
오히려 영락한 가지가 비스듬히 우뚝 갈라진 줄 알겠네	却疑零落兀槎牙[411]

같은 해에 급제한 숭보 이점의 만사　　挽同年李崇甫坫[412]

남극성이 잠겼으니 응당 노성하였지만	南極星沈應老成[413]
몸가짐이 아직도 분명한 것이 사랑스럽도다	可憐儀彩尙分明
온 조정이 어디서 선배를 추대하며	滿朝何處推先進[414]

---

409) 매형(梅兄): 매화를 사랑하여 하는 말. 매화에 대한 아칭(雅稱). 황정견(黃庭堅)의 시에 수선화(水仙花)를 읊으면서 '含香體素欲傾城, 山礬是弟梅是兄'(향내 품은 하얀 모습 傾城之色인데, 늦봄에 피는 흰 반꽃은 아우요 매화는 언니라)라고 하였다. 꽃이 피는 시기로 보아 매화가 가장 빠르고 그 다음이 수선화며 산반(山礬)이 그 다음이므로, 수선화의 입장에서는 매화가 언니[兄]인 셈이다. 꽃을 의인화(擬人化)한 수법이다.

연성(鷰城): 연성군. 주헌의 봉군의 호.

410) 고야(姑射): 신선이 산다는 산명, 막고야산. 또는 그 산에 사는 신선. 《장자 · 소요유》에 막고야산에 신인(神人)이 살고 있는데, 피부가 얼음과 같고 환한 모습은 처녀와 같다고 했다. 뒷날 시문에서 고야는 신선 또는 미인의 대칭으로 쓰였다.

411) 사아(槎牙): 나뭇가지가 두 갈래로 나뉘어 나온 모양. 가지런하지 않고 들쑥날쑥한 모양. '槎枒' 또는 '槎岈'로도 쓴다. '槎'는 고음이 '차'이며, 엇 찍거나 비스듬히 깎는 것을 말한다.

412) 이점(李坫): 1446(세종 28)-1522(중종 17). 본관은 광주(廣州), 자는 숭보(崇甫)이며 찰방(察訪) 이관의(이관의)의 아들이다. 성종 즉위년(1469) 사마시(司馬試)에 합격하고 성종 8년(1477) 식년문과에 병과(丙科)로 급제하여 성균관에 보임되어 박사까지 지냈다.

413) 노성(老成): 경험의 쌓아 일에 익숙함. 문장 따위가 노련하고 교묘함. 또는 그 사람.

414) 선진(先進): 학문이나 관위가 자기보다 앞선 사람. 선배.

스승은 누가 능히 후생들을 일으킬꼬 函丈誰能起後生[415]
이날 땀 흘려 엮은 책은 아름다운 흔적을 기록하고 此日汗編書美迹
그 당시 금방에는 헛 이름만 기재되었네 當時金榜記虛名[416]
마음이 상한 동년의 한 웅큼 눈물을 傷心一掬同年淚
병들어 누웠으니 영구에 뿌릴 방법이 없구나 病臥無緣灑柩行

강정의 좋은 모임을 생각하며 주헌에게 올리다 憶江亭勝會呈酒軒

그대를 따라 성밖으로 나가서 벗을 방문하고 隨君出郭訪知音
함께 붉은 난간에 의지하니 흥이 더욱 깊었네 共倚朱欄興轉深
들 비는 무늬를 만들며 수면에 깔리고 野雨作紋鋪水面
솔바람은 음향으로 도와 금심을 잘게 부수었네 松風助響碎琴心
성 안 시정에선 할 수 없는 일이라 천금보다 귀하고 難將城市千金貴
강정을 보는 것도 반나절이면 도달할 수 있나니 得睹江亭半日臨
만약 주인을 만나시거든 나의 뜻 전해 주시오 若見主人傳我意
돌아와서 세속의 잡념 깨끗이 씻게 됨에 감사드린다고 歸來多謝洗塵襟

군도의 시에 차운하다 次君度示韻

문 앞 작은 길에 풀이 무성하여 무너진 담 없어지고 草深門巷沒頹墻
늙고 병들어 그윽한 회포가 더욱 묘연하고 망망하네 老病幽懷更渺茫
사람의 얼굴에는 점점 이전의 빛이 사라져 가는데 人面漸消前日色
뜰에 핀 꽃은 지난해의 향기를 바꾸지 않았네 階花不改舊年香
봄이 돌아가니 마을엔 복숭아의 푸르름이 없어지고 春歸洞裏無桃碧
여름으로 들어가며 가지 사이에는 노란 새들 있네 夏入枝間有鳥黃
문득 한강 남쪽 물고기 잡으며 숨은 선비 생각하니 却憶漢陰漁隱士

---

415) 함장(函丈): 스승과 제자의 자리를 1장 가량 떼어 놓는 일. 스승에게 올리는 서한에서 성함 밑에 붙여 쓰는 말. 스승의 뜻으로도 쓰인다. 또는 인장(仁丈)이라고 한다.
416) 금방(金傍): 과거에 급제한 사람의 이름을 게시한 방.

강과 하늘의 흥미 자세히 읊음이 길어지네 江天興味細吟長

그 두번째 其二

옛날의 빼어나고 현명한 사람들은 멀고도 아득한데 往古英賢遠渺茫
지금의 인물로서는 그대가 비상하도다 當今人物子非常
필법이 전진의 왕희지를 쫓고 있음을 놀라며 보고 驚看筆法追前晉[417)]
구슬 같은 시구는 만당을 이었음을 기뻐한다 喜得詩聯續晩唐[418)]
마음대로 수주를 잡아 어두운 밤 속으로 던지나니 謾把隋珠投暗夜[419)]
누가 형산의 박옥을 밝은 빛 속으로 들이는가 誰將荊璞獻明光[420)]
이미 천석고황의 병이 되어 已爲泉石膏肓疾[421)]
성 남쪽 침수당에 크게 누워 있도다 大臥城南枕水堂

강정의 좋은 모임을 생각하며 침류당에 부치다 憶江亭勝會寄枕流堂

푸른 옥 같은 강물이 그림 같은 난간을 둘러싸고 흐르고 碧玉江流繞畵欄
주인의 마음씨도 함께 맑고 차도다 主人心地共淸寒
그림과 책이 네 벽에 가득하여 집에 근심이 없고 圖書四壁家無累
비바람이 온 산에 몰아치니 꿈이 막히기 쉽다 風雨千山夢易闌

---

417) 전진(前晋): 서진의 왕희지(321-379년)의 필법.

418) 만당(晩唐): 시의 황금시대인 唐은 초당 · 성당 · 중당 · 만당으로 시기를 구분하는데 각각 그 풍격이 다르다. 만당은 그 정치적인 갈등과 사회적인 분위기에 의해 대체로 유미주의적이며 퇴폐적 · 낭만적인 경향이 강하다.

419) 수주(隋珠): 수후(隋侯)가 얻은 구슬. 성이 희씨인 수나라 제후가 큰 뱀이 상처입어 절단된 것을 보고 약을 써서 낫게 해주었는데 뒷날 뱀이 강 속에서 명월주(明月珠)를 물고와 보답했다. 이를 수후주 또는 영사주(靈蛇珠)라고 한다.

420) 형박(荊璞): 변화(卞和)가 형산에서 박옥(璞玉)을 얻어 무왕에게 바쳤다. 거짓이라 하여 뒷꿈치가 잘리고 다시 문왕에게 바쳤다가 다리가 잘리고 성왕에게 바쳐서 천하의 보배임을 알게 되었다는 이른바 화씨벽(和氏璧 또는 荊璧)을 말한다.

421) 천석고황(泉石膏肓): 천석은 산수의 경치를 포괄적으로 말한 것이며, 고황은 나을 수 없는 병을 말한다. 즉 산수를 좋아함이 치료할 수 없는 병과도 같다는 뜻이다.

반나절 동안 즐거이 세 늙은이의 모임을 이루었는데　半日喜成三老會
몇 해 동안 한 동이 술과 함께 기뻐함을 생각하였던가　幾年思與一樽歡
지금 분산되어 동서로 가버리면　如今分散東西去
첩첩한 이별의 근심도 풀기 어려우리라　疊疊離愁也解難

박대무의 시에 차운하다　次朴大茂示韻

가을 하늘이 비로 인하여 완전히 맑지 아니한데　秋天因雨未全澄
길 위로 가면서 장마로 인해 물이 불어남을 보았네　路上行看積潦增
점차로 교외 벌판에는 다 떨어져 쓸쓸하게 될 것이요　漸次郊原歸冷落
그래서 누각에는 무더위가 가시는 줄 알겠네　仍知樓閣歇炎蒸
몸이 한가하고 술 얻으니 깨었다가 도로 취하고　身閑得酒醒還醉
손님이 와도 문은 닫혀 있고 불러도 응답하지 않는다네　客到關門喚不譍
어떤 물건이 창 앞에서 깊은 잠을 놀라게 하느냐　何物窓前驚熟睡
눈썹을 찌푸리며 나는 쇠파리를 읊고자 하나니　颦眉我欲賦蒼蠅

주헌에게 받들어 올리다　奉呈酒軒

한 곡조 거문고 소리에 음을 이해하는 이 만나니　一曲峨洋遇賞音[422)]
쇠를 끊을 만한 사귐의 성의가 더욱 깊고 깊어진다　斷金誠意轉深深[423)]
서로 만나면 진하고 깨끗한 술을 마시는 것과 같고　相逢若飲醇醪味[424)]

---

422) 아양(峨洋): 음악의 음이 높고 분방한 것을 형용한 것이며, 뒷날 즐거운 모양을 형용한 것으로 쓰였다. 《열자 · 탕문》 "백아(伯牙)가 거문고를 연주하며 그 뜻을 높은 산에 두었더니 종자기(鍾子期)가 말하기를 '善哉, 峩峩兮若泰山(훌륭하도다! 높고 높음이 태산과 같구나!)' 이라 했고, 백아가 흐르는 물을 생각하며 거문고를 연주했더니 종자기가 말하기를 '善哉, 洋洋 兮若江河(훌륭하도다! 넓게 흐름이 강과 같구나!)' 라고 하였다" 즉 고산은 峩가, 유수는 洋이 대표하며, 그래서 그 내면에는 지음의 교유가 전제되어 있다. 또 '고산유수(高山流水)' 와 같다.

423) 단금(斷金): 쇠붙이를 끊을 만한 친분. 《주역 · 계사전》의 '二人同心, 其利斷金' (두 사람이 마음이 같으면 그 날카로움은 쇠도 끊는다)에서 왔다.

424) 순료(醇醪): 진하고 깨끗하며 맛이 썩 좋은 술.

보지 못하면 항상 천하고 인색한 마음이 움튼다　不見常萌鄙吝心[425]
늙음과 병은 오래도록 피곤하여 눕게 하는데　老病令人長困臥
강의 누각은 어느 날에 다시 올라 볼거나　江樓何日更登臨
서쪽 바람을 향하여 서니 티끌이 어찌 더럽히리　西風立向塵何汚
맑고 서늘하게 불어서 나의 흉금을 쓸어 버리는구나　吹作淸凉掃我襟

그 두번째　其二

세상에서 어떻게 참으로 알아 주는 벗을 만날 수 있을까　世間那得遇知音
그대가 지금 나를 깊이 사랑함에 크게 감사드리네　多謝君今愛我深
채갈은 3년의 날을 지나기 어렵고　采葛難經三歲日[426]
단금의 날카로움은 두 사람의 마음에 있다고 했지　斷金利在二人心
담 위에서 까치는 기쁜 소식을 먼저 소리내어 알리고　墻頭鵲報先聲喜
문 밖에 아이는 심부름하는 하인이 온다고 전한다　門外兒傳使介臨[427]
홀연히 아름다운 시가 종이 위에 배열된 것을 보니　忽見瓊琚排紙上[428]
그래도 마주 앉아 함께 마음속을 펼쳐 놓은 것 같아라　還如對坐共披襟

그 세번째　其三

노란 꾀꼬리가 보내는 좋은 소리 즐겁게 듣노라니　喜聽黃鸝送好音
집 뜰은 깊숙하고 조용하며 나무 그늘은 깊다　家園幽寂樹陰深
맑고 한가함은 더욱 편안한 계책을 스스로 만들고　淸閑自作更安計
노쇠함은 슬픔 느끼는 마음만 일으킨다　衰耗偏生感愴心

---

425) 비린(鄙吝): 비천하고 인색한 것.

426) 채갈(采葛): 《시경 · 왕풍》의 편명이며, 그 주제가 소인의 참소를 두려워하는 것으로 뒷날 참소를 두려워하거나 피하려는 전고로 사용되었다. 그리고 시 속에 '一日不見, 如三歲兮(하루를 못 보니 마치 3년과 같다)' 라는 구절이 있어 사람을 그리워하는 것으로도 사용된다. 여기서는 그리움을 표현했다.

427) 사개(使介): 심부름하는 하인.

428) 경거(瓊琚): 아름다운 구슬, 즉 남의 시문을 칭찬하는 말.

함께 푸른 술단지를 대하여 꽃 밑에서 취할 일이며	合對靑樽花下醉
백발을 가지고 거울 가운데로 가지 마시라	休將白髮鏡中臨
좋은 작품 만남에 힘입어 두통이 낫고	賴逢佳什頭風愈
손을 씻고 펴서 읊으며 다시 옷깃을 바로 하노라	盥手披吟更整襟

그 네번째 其四

그대의 안색과 음성을 살펴보니	察君顔色與聲音
사람 받아들이는 기세와 도량이 깊음을 알겠네	知是容人氣量深
비와 구름이 번복하는 것으로 세태를 보았고	飜覆雨雲看世態
쇠와 바위를 관통하는 것으로 성심을 안다네	貫通金石識誠心
맑은 노래와 절묘한 춤은 같이 취하기를 생각하게 하고	淸歌妙舞思同醉
좋은 물과 아름다운 산은 함께 이르기를 생각하게 하네	勝水佳山憶共臨
병으로 인해 자주 얼굴을 대하지 못하니	因病未能頻會面
공연히 정과 뜻을 가슴속에 쌓고 있네	謾將情意積胸襟

그 다섯번째 其五

문 밖에 발자국소리 끊어진들 어떠리	何妨門外斷跫音
늘그막이라 궁벽하고 깊은 곳에 사는 것이 좋아라	老境惟宜處僻深
두 귀밑머리 많지 않아도 온통 눈과 같아지려 하고	雙鬢不多渾欲雪
백 년이 장차 다하려 하니 이 마음 어떻게 할꺼나	百年將盡若爲心
천종의 후한 녹은 밝으신 임금의 은혜요	千鍾厚祿明君惠[429]
한 촌의 작은 정성은 밝은 해가 비춤이다	一寸微誠白日臨
국은의 무한한 뜻을 말하고자	說與國恩無限意
그대 만나 밤이 다하도록 다시 마음속 열어젖히려 하노라	逢君竟夕更披襟

---

429) 천종(千鍾): 양식이 매우 많음을 표현한다. 매우 많은 녹봉.

그 여섯번째 其六

베짱이가 날개를 떨치니 가을 소리가 가까와졌는데 莎鷄振羽近秋音[430]
세월이 갑자기 이미 깊어졌음을 깨닫지 못하였다 不覺年光忽已深
같이 늙은 몸이라 병이 있는 것이 마땅하고 同是老骸宜有疾
일찍이 세상일에 갑자기 무심해졌다 曾於世事頓無心
신선의 약을 가져도 길이 건강하기 어려운데 難將仙藥身長健
어찌하면 강 정자에 날마다 함께 이를 수 있을까 安得江亭日共臨
좋은 계책으론 깨었다 다시 취함보다 나은 것 없을 터 善策莫如醒復醉
맑은 바람 이르는 곳마다 좋게 옷깃 열었으면 하노라 淸風到處好開襟

가을을 읊어 주헌에게 올리다 詠秋呈酒軒

넓은 하늘에 검은 구름 나는 것이 보이지 않고 長空不見黑雲飛
쌀쌀한 서쪽 바람에 나뭇잎이 드물다 凜凜商飈木葉稀[431]
나그네가 되어 함께할 벗 없는 것과 같고 似作羈離無與友
산수에 다다라 장차 돌아가는 것을 전송함과 같다 如臨山水送將歸
봄 여름 가을의 농사일을 마치니 한 해 끝날 때가 되었고 三農事畢應終歲
구월의 바람이 높으니 겨울옷 준비해야 하리 九月風高欲授衣[432]
늙은 나는 잠에 취하여 지내는 것이 좋은지라 老我宜從眠醉過

---

430) 사계진우(莎鷄振羽): 《시경 · 빈풍(豳風) · 칠월(七月)》 제5장에 '유월사계진우(六月莎鷄振羽)'(음력 유월에 베짱이 날개 떨며 운다)라고 했다. 사계(莎鷄)는 베짱이. 베를 짠다는 데서 지어진 이름으로 일명 낙위(絡緯) · 방직낭(紡織娘)이라고 하는데(《爾雅翼》) 실은 베를 짜는 것이 아니라 그 내는 소리가 마치 베틀 소리와 같이 들렸기 때문이다. 사(莎)는 베틀 북 사(梭)와 동음(同音)이며, 계(鷄)는 베짱이가 닭처럼 배가 불룩하기 때문일 것이다. 진우(振羽)는 날개를 떨며 소리를 내는 것.

431) 상표(商飈): 가을바람[秋風]이다. '飈'는 표(飆)와 같으며, 폭풍 · 회오리바람 · 광풍(狂風)을 말한다. 옛사람들은 오음(五音)을 사계(四季)와 배합시켰는데, 상(商)은 가을이다.

432) 수의(授衣): 겨울옷을 준비하는 것. 《시경 · 빈풍(豳風) · 칠월(七月)》에 '9월수의(九月授衣)'라고 했는데, 옛날 음력 9월은 서리가 내리기 시작하므로 겨울옷 만들기를 준비하는 때이다. 또는 9월 서리가 내리기 시작할 때 부녀자의 일[婦功: 대개는 방적(紡績)]을 끝내고 비로소 겨울옷 만든다는 것이다. 일설에는 관청에서 겨울옷을 만들어 나누어 주는 것이라고도 한다.

어찌 반드시 가을빛을 두려워하며 원망하겠는가	何須憭慄怨秋輝

그 두번째　其二

떨어지는 놀과 외로운 따오기 나란히 날고	落霞孤鶩與齊飛
넓은 하늘 긴 공중에 기러기 그림자 드물다	天濶長空鴈影稀
강 누각에 잔나비가 우니 사람들은 이미 흩어지고	江閣猿啼人已散
산 남쪽에 피리소리 나그네가 장차 돌아온다	山陽笛響客將歸
상자 속으로 둥근 부채 버림을 원망하지 말라	篋中莫怨捐團扇
관아에서는 응당 겹옷 입기를 생각하리라	省裏應思御裌衣
저문 날 난간에 의지하여 멀리 응시하는 곳에	日暮倚軒凝望處
치운 까마귀 등을 뒤집으니 금빛이 반짝인다	寒鴉飜背閃金輝

오위부장의 계음도　五衛部將禊飲圖

엄숙한 의관 장수들이 일반 사람들 벗어나	濟濟衣冠脫衆流[433]
오색 구름 깊은 곳에 비휴를 거느린다	五雲深處領貔貅[434]
태평한 때라 봉수는 변경의 보고가 없고	明時烽燧無邊報[435]
쉬는 날은 술잔과 접시 펼쳐 놓고 계를 닦는다	暇日盃盤有禊修[436]
얼굴 마주하여 정성을 다해도 혹 변할 수 있고	當面輸心如或變[437]
정신을 전하는 그림에도 당연히 부끄럽기도 하리라	傳神畫像亦應羞[438]
다른 해에 관직이 나눠져 동서로 가버리면	他年分宦東西去
몇 번이나 그림을 향하여 옛 놀이 생각하겠는가	幾向圖中憶舊遊

---

433) 제제(濟濟): 맑고 성한 모양. 엄숙하고 장한 모습. 위의가 성한 모습.

434) 비휴(貔貅): 맹수의 이름.

435) 봉수(烽燧): 외적의 침범을 알리는 봉화.

436) 수계(修禊): 일종의 푸닥거리로 계제(禊祭)라고 한다. 물가에서 행하는, 요사(妖邪)를 떨어 버리는 제사로 음력 3월 상사일에 행한다.

437) 수심(輸心): 정성을 다하다. 진심을 표시하다.

438) 전신(傳神): 정신 즉 인물의 진수를 묘사해 내는 것.

침류당 이군도 만사 挽枕流堂李君度

일찍이 아늑한 거처를 한강 가에 점쳐 정하더니 早卜幽居漢水邊
한가한 정을 흰 갈매기와 나누며 잠잤었다 閒情分與白鷗眠
정함 없는 세월의 운행은 두 수레바퀴를 재촉하는데 無端歲運催雙轂
생애가 백 년에 가까운데도 신경 쓰지 않았다 不管生涯逼百年
비괘가 지극하여 소양인데 닭이 꿈에 들어오고 否極昭陽鷄入夢[439)]
요기가 남방에 다다르니 학이 하늘로 돌아가도다 妖臨鶉尾鶴歸天[440)]
가련하다 눈에 가득한 강가 정자의 흥이여 可憐滿目江亭興
다시는 옥가루 같은 시를 읊어 이루지 못하는구나 無復吟成玉屑篇[441)]

주헌이 늙음을 탄식하여 읊은 시에 차운하다 次酒軒嘆老吟

이불을 덮고 있으니 추운 해가 비단 창 위로 올라왔다 擁衾寒日上窓紗
일어나고자 하여도 그 냉기가 겁나는 데에 어찌하랴 欲起其如怯冷何
눈동자에 현기증이 일어 잘 보이지 않고 眸子眩風看不定
머리와 뺨은 모자가 생각나건만 털이 많지 않다 頭顱思帽髮無多
관직을 도둑질하여 스스로 창고 안의 쥐가 되었고 偸官自作倉中鼠
붓을 움직여도 꿈 속의 꽃을 피우기는 어렵다 操筆難生夢裡花
인간세상에 흔적을 기탁했으니 지나가는 나그네와 같은데 寄迹人間如過客

---

439) 비극소양(否極昭陽): 비(否)는 상건하곤(上乾下坤)의 비괘(否卦)로 천지가 교접하지 못해서 만물이 형통하지 못한 형국인데, 그것이 극에 도달하여 새로운 양이 아래에서부터 시작되면서 완전히 반대 형태인 태괘(泰卦)로 나아간다. 일반적으로 액운이 극에 이르러 다하면 행운이 온다는 표현으로 '否去泰來,' '否終則泰,' '否極泰來' 또는 '否極陽回' 등을 쓴다. 또 소양(昭陽)은 천간(天干)의 계(癸)의 옛 별칭으로, 계에서 양기가 처음으로 움트고 만물이 함께 생겨나므로 소양이라 했다. 대개 나라와 사회 또는 절기가 좋아지는 시점을 표시한다.

계입몽(鷄入夢): 닭이 꿈에 들어오는 것은 사안(謝安)의 고사와 같이 죽음의 조짐으로 본다. 혹은 닭은 유(酉)에 해당되어 침류당이 죽은 해가 계유년이 아닐까도 싶다.

440) 순미(鶉尾): 남방 주작(朱雀) 일곱 개 별의 여섯번째 익(翼)과 일곱번째 진(軫) 곧 꼬리 부분에 해당하는 성좌로 楚지방(또는 荊州)의 분야에 해당된다.

441) 옥설(玉屑): 옥가루. 장생불사의 선약. 시문에서 썩 잘된 구절.

세월이 두 마리 뱀과 같이 달아남에 놀라지 말자 休驚歲月走雙蛇[442]

스스로를 서술하다 自叙

목숨과 지위가 다 같이 온전하기란 세상에 드문 것인데 壽位俱全世所稀
어찌하여 거듭되는 복이 미천한 나에게 왔는가 如何荐福及余微[443]
창백한 얼굴에 백발이라 점점 늙어가고 蒼顔白髮垂垂老[444]
푸른 패옥 붉은 도포 번쩍번쩍 빛나도다 碧佩紅幱閃閃輝
성 근처에 좋은 밭 없어도 배부르고 따뜻할 만하며 負郭無田堪飽暖[445]
관직을 쉬어도 계책이 있으니 어찌 우물쭈물 배회하리 休官有計奈依違[446]
국은의 깊고 중함이 강과 산 같은데 國恩深重如河岳
티끌만치도 보답하지 못하고 저문 햇살이 박두하였다 未補涓埃迫暮暉[447]

전설사[448] 관원의 계회도에 부쳐 題典設寺官員稧會圖

한 관청이 깊고 깊어 대궐과 가까운데 一官深邃近楓宸[449]

442) 쌍사(雙蛇): 인장의 꼭지를 묶은 두 갈래의 인끈을 말한다. 한나라 환제(桓帝) 때 농서태수 풍곤(馮緄)이 인장과 인끈을 넣어둔 상자를 열자 붉은 뱀 두 마리가 남북으로 나뉘어 도망갔다. 허만(許曼)에게 점을 쳐보게 했더니 3년 후에 동북 3천 리 밖으로 변방의 장수로 갔다가 다시 5년 후에는 대장군이 되어 남행한다고 했다.

443) 천복(荐福): 거듭되는 복.

444) 수수(垂垂): 차츰차츰, 점점. 아래로 드리워진 모양.

445) 부곽(負郭): 부곽전(負郭田)으로 성을 등지고 있는 밭, 곧 성 근처의 기름진 밭을 말한다.

446) 의위(依違): 무엇을 결정하지 못하고 우물쭈물하다. 명확하지 못하다. 모호하다. 배회하다.

447) 연애(涓埃): 물방울과 티끌. 아주 작은 것.

448) 전설사(典設寺): 조선시대 내명부의 궁관. 품계는 종7품이고, 정원은 1명이었다. 1428년(세종 10) 3월 이조의 건의로 태조 · 태종 때의 제도를 바탕으로 당(唐)의 제도를 참작하여 내명부의 품계 · 명칭 · 인원 · 소장사무 등을 구체적으로 규정하였다. 여기에서 왕을 모시는 정4품 이상의 후궁인 내관(內官)과 궁중의 모든 일을 처리하는 정5품 이하의 궁녀인 궁관이 구별되었다. 1428년(세종 10) 정6품의 궁관이었던 사설(司設)은 품계와 칭호가 종7품의 전설로 바뀌어 《경국대전》에 법제화되었다. 전제(典製) · 전언(典言) · 세자궁의 장찬(掌饌) · 장정(掌正)은 전설과 같은 등급이었다. 전설은 사설과 마찬가지로 여러 폭의 피륙을 둘러친 포장인 위장과 왕골로 만든 자리인 인석(茵席), 물을 뿌리고 먼지를 쓰는 쇄소(灑掃), 물건을 내어 놓는 장설(張設) 등의 일을 맡았다. 寺는 집행하는 관청으로 '시'로 읽는다.

선발되어 12인의 동료를 이루었네 應選成僚十二人
훈과 지를 불고 화답하며 형제처럼 되었고 吹和塤篪爲伯仲[450)]
생사를 같이하니 이것이 뇌의와 진중의 두터운 우정이네 與同生死是雷陳[451)]
관직이 나뉘어도 서로를 생각하는 뜻 펴고자 함이요 欲抒分宦相思意
옷깃 맞댄 각종 참된 모습을 그리려 함인데 故寫連襟各樣眞[452)]
세간의 구름과 비 같은 태도를 본받지 마시오 莫效世間雲雨態[453)]
종래 혹 흰머리에도 새로 사귀는 것과 같은 일도 있었다네 從來或有白頭新[454)]

엎드려 헌왜부괵사[455)] 성세창[456)]이 돌아올 때 칙서와 비단과 은제 신선로를 우리 전하에게 하사함을 듣고 기뻐하여 짓다
伏聞獻倭俘馘使成世昌回還, 賜勅書綵段銀錠于我殿下, 喜而有作

산을 넘고 물을 건너 옥과 비단이 서울에 모이니 梯航玉帛會京師[457)]

---

449) 풍신(楓宸): 대궐. 한나라 때 궁정에 단풍나무를 많이 심었기 때문에 풍신(楓宸)이라고도 했다.

450) 훈지(塤篪): 훈은 흙으로 만들어 굵고 낮은 소리를 내고, 지는 대나무로 만들어 어린아이의 울음소리를 닮았다. 그래서 훈지상화(壎篪相和)라고 하면 형제가 화합함을 비유한다.

451) 뇌진(雷陳): 뇌진교칠(雷陳膠漆: 아교나 옻칠한 것처럼 가깝다)이라고도 하며, 뇌는 뇌의(雷義), 진은 진중(陳重)을 말하는데 두 사람의 교분이 매우 두터웠다.

452) 연금(連襟): 옷깃을 맞댐, 즉 다정하게 한 자리에 앉다. 또는 자매의 남편들이 서로를 일컫는 말, 즉 동서의 다른 표현.

453) 운우태(雲雨態): 두보의 〈빈교행〉 '翻手作雲覆手雨, 紛紛輕薄何須數. 君不見管鮑貧時交, 此道今人棄如土' (손을 펴면 구름되고 손을 뒤집으면 비가 되니/어지럽고 경박한 사람 어이 세어 봐야 하리/그대는 보지 못했나 관포의 가난할 때의 사귐을/이런 도를 요즘 사람은 흙처럼 버리네)의 내용을 인용했다.

454) 백두신(白頭新): '白頭如新, 傾蓋如故' 에서 온 말. 흰 머리가 되도록 사귀었으면서도 결코 지기는 아니고 마치 새로 알게 된 것과 같다는 의미. 그리고 가마를 기울여 처음으로 인사를 해도 마치 오래 사귄 것 같다고 했다.

455) 헌왜부괵사(獻倭俘馘使): 왜적을 잡아 귀 또는 머리를 베어 천자에게 받치는 사신.

456) 성세창(成世昌. 1481-1548): 본관 창녕(昌寧). 자 번중(蕃仲). 호 돈재(遯齋) · 화왕도인(火旺道人). 시호 문장(文莊). 1501년(연산군 7) 사마시에 합격, 1504년 갑자사화로 영광(靈光)에 유배되었다가 1506년 중종반정으로 풀려나왔다. 1507년(중종 2) 증광문과(增廣文科)에 급제, 1514년 사가독서한 후 집의(執義) · 사간(司諫)을 거쳐 1519년(중종 14) 직제학에 이르렀으나 병으로 사직했다. 1522년 강원도관찰사로 재등용된 후 1530년 김안로(金安老)를 비판하다가 평해(平海)에 귀양갔다. 1537년(중종 32) 김안로가 사사(賜死)되자 돌아와 한성부우윤과 이조 · 형조 · 예조 판서를 지내고 1545년(인종 1) 우의정으로 사은사가 되어 명나라에 다녀오는 도중 좌의정이 되었다. 이 해에 을사사화로 중추부의 한직에 좌천되고, 장연(長淵)에 유배되어 죽었다. 글씨와 그림, 음률에 뛰어나 삼절(三絶)로 일컬었으며, 1567년 관직이 복구되었다.

사해가 한 집안이라 함을 이로써 알겠도다 四海爲家此可知
북극의 천왕이 높은 은혜를 내리는 날이요 北極天王隆眷日[458]
동쪽 한국의 국왕께서 아름다운 경사에 사례하는 때이로다 東韓地主拜嘉時[459]
비단 무늬를 짜서 구름과 용의 채단을 만들었고 錦紋織作雲龍綵
은제 신선로는 엉기어 옥설의 자태를 이루었다 銀錠凝成玉雪姿
대국을 섬기는 우리 임금의 정성이 이미 지극하시니 事大我王誠已至
모든 나라들 먼저 넓은 은혜를 입었도다 合先諸國被洪私

박대무의 시에 차운하다 次朴大茂示韻

취흥의 나머지에 시흥이 도도하니 詩興陶陶醉興餘
신선의 꽃이 시를 읊는 타액 따라 이웃 거리에 떨어진다 仙葩隨唾落鄰閭
오래 관찰사를 좇아 학예에 노닐었고 長從道閫游於藝[460]
즐거이 대궐문을 향하여 옷자락을 끌면서 출입하였다 肯向王門曳爾裾
거문고를 안고 이태백과 응수하고자 하며 欲抱古琴酬太白
그리고 천기도설을 가지고 장횡거에게 묻겠노라 했다 還將圖說問橫渠[461]
영원히 금란계 맺기를 서로 기약하였으니 相期永結金蘭契[462]
아드님이 쓸모없는 재목을 접하더라도 싫어하지 마시길 寶樹毋嫌接惡樗[463]

---

457) 제항(梯航): 산을 넘고 물 건너 먼 곳으로 가다. 인도, 안내하다.

458) 천왕(天王): 중국 천자.
융권(隆眷): 큰 은혜. 융은(隆恩).

459) 지주(地主): 본국의 국왕을 가리키는 말.

460) 도곤(道閫): 관찰사가 거처하는 곳의 문지방, 즉 영문(營門).

461) 횡거(橫渠): 장재(張載). 중국 북송(北宋) 중기의 학자. 자는 자후(子厚). 장안(長安) 출생. 38세 때 진사시에 급제한 뒤 기주(祁州)의 사법참군(司法參軍)에서 시작하여, 12-13년간 관직에 있었으나 불우하였다. 그러나 학자로서는 《경학이굴(經學理窟)》《정몽(正蒙)》《서명(西銘)》 등의 저서로 이름을 떨쳤다. 특히 《정몽》에서는 송나라 최초로 '기일원(氣一 元)'의 철학사상을 전개하여, 우주의 만유는 기(氣)의 집산에 따라 생멸·변화하는 것이며 이 기의 본체는 태허(太虛)로서, 태허가 곧 기라고 설파하였다.

462) 금란계(金蘭契): 각별히 친숙한 우의. '二人同心, 其利斷金. 同心之言, 其臭如蘭'(두 사람이 합심하면 그 날카로움이 쇠를 자르고, 마음이 같은 사람의 말은 그 향기로움이 난과 같다)에서 금과 란을 따왔다.

그 두번째　　其二

근래에 혈기가 평정을 잃어버리니　　邇來榮衛失和平[464]
문을 닫고 열흘이 지나도록 작은 책상을 대하였다　　閉戶經旬對短檠
스스로 탄식하노니 노쇠함이 오직 나만 심하고　　自歎老衰惟我甚
일찍이 잔 속의 술을 사람들과 함께 기울이지 못했도다　　未嘗盃酒與人傾
봄빛은 몰래 한가한 속에 지나가고　　春光暗向閑中過
밤 기운은 은밀히 고요한 속에서 일어난다　　夜氣潛從靜裏生
새벽에 일어나니 눈 앞에 가리는 물건이 없는지라　　晨起眼前無物蔽
마음 바로잡는 공력을 힘들지 않게 이루었다　　正心功力不勞成

좌윤 국서 민상안의 만사　　挽閔左尹國瑞祥安[465]

금계가 새벽을 재촉하며 부상나무에서 부르짖으니　　金鷄催曉叫扶桑[466]
70년 세월이 나비의 꿈같이 바빴다　　七十年光蝶夢忙
부고 들은 사람들은 옥을 묻는다는 탄식을 일으키고　　聞訃人興埋玉歎

---

463) 보수(寶樹): 남의 아들을 귀하게 말하는 것.

악저(惡樗): 쓸모없는 재목. 원문에는 '毋'가 아니라 '母'로 되어 있는데, 이럴 경우 '귀한 아들이 쓸모없는 재목과 접하기를 모친은 싫어한다'로 번역될 수 있겠는데, 앞 구의 내용과 연결이 매끄럽지 않기 때문에 '毋'로 보고 번역했다.

464) 영위(榮衛): ① 혈기. 혈액과 생기 ② 경영하고 보위하는 일.

465) 민상안(閔祥安): 생몰년 미상. 조선 전기의 문신. 본관은 여흥(驪興). 자는 국서(國瑞). 판결사(判決事) 정(貞)의 아들이다. 1480년(성종 11) 식년문과에 병과로 급제하여 예문관(藝文館)의 한림(翰林)으로 들어갔다. 1487년 부수찬으로 지방수령의 치적을 살피기 위하여 연기(燕岐)에 파견되었다. 그 뒤 지평, 장령을 거쳐, 사간·예조참의·황해도관찰사 등을 역임하였다. 1507년(중종 2) 대사헌을 거쳐 1511년 공조참판으로 사은사(謝恩使)가 되어 북경(北京)에 다녀왔다. 1513년 형조참판이 되었으나 곧 파직, 1515년 평안감사로 제수되었으나 우찬성 신용개(申用漑)의 반대로 좌절되었다. 이듬해 다시 이조참판에 임명되었으나 인사권 행사에 적격자가 아니라는 대관(臺官)들의 주장으로 체직되었다. 1519년 기묘사화 때 한성부좌윤으로 조광조(趙光祖)를 비호하였다.

466) 금계(金鷄): 전설 속의 신령스런 닭. 〈신이경(神異經)〉에 "부상산(扶桑山)에 옥계(玉鷄)가 있는데 옥계가 울면 금계가 울고, 금계가 울면 석계(石鷄)가 울며, 석계가 울면 천하의 모든 닭이 울고 조수(潮水)도 이에 응한다"고 했다. 새벽을 알리는 수탉의 미칭이 되었다.

지음인 나는 거문고줄 끊어진 상처가 아프다 知音我痛絶絃傷
대대로 전해 내려오는 물건은 마음에 누가 됨이 없고 靑氈家物心無累[467]
반열에 선 흰 머리의 신하로 나라의 어진이였다 白首鵷班國有良[468]
만사가 지금에 와서는 이미 지나간 자취라 萬事如今已陳迹
오직 남은 난초 한 줄기가 빼어나 향기롭구나 惟餘蘭秀一莖香

주헌이 보이는 시에 차운하다 次酒軒示韻

이 몸 백 년 동안 옳고 그른 사이에서 늙었느니 百年身老是非間
몇 번이나 평안하고 몇 번이나 어려웠던가 幾度平安幾度難
번복하는 인정은 한결같은 태도가 없고 飜覆人情無一態
기구한 세상길에 거듭된 관문이 있었다 崎嶇世路有重關
그대와 나 사이 마음에 어찌 간격이 있겠는가 在君與我心何間
술을 사랑하고 시도 겸했으니 취미 또한 같구나 愛酒兼詩趣亦班
의지하고 기대어도 내 빠지지 않음을 스스로 기뻐하고 自喜依歸吾不失
높은 산을 우러러보며 따라 오르길 바라노라 高山仰止庶追攀

그 두번째 其二

무슨 일로 진퇴의 사이에서 망설이는가 何事依違進退間
다만 가계가 십분 어렵기 때문이로다 只緣家計十分艱
청산과의 평소 약속은 일찍이 저버렸지만 靑山素約曾相負
백발의 붉은 마음은 아직도 스스로 막아 놓고 있노라 白首丹心尙自關
녹봉을 위한다면 위리가 아닌 것이 부끄러울 만하겠고 爲祿可慚非委吏[469]
존귀한 분 하직하려니 내 이미 높은 품계임에 어찌하랴 辭尊其奈已崇班[470]

467) 청전가물(靑氈家物): 대대로 전하여 내려오는 집안의 물건.
468) 백수원반(白首鵷班): 늙은 신하로서 조정에 늘어서는 반열의 고관.
469) 위리(委吏): 곡식의 출납을 맡아 보던 낮은 관리. 또는 낮은 관리를 널리 지칭한다.
470) 숭반(崇班): 높은 품계. 높은 지위.

생애는 이미 다 되었으되 은혜는 오히려 깊으니 生涯垂盡恩猶渥
임금을 우러르며 따라 오르기를 게을리 하지 않노라 庶仰龍鱗不懈攀[471]

그 세번째 其三

선생이 한 모퉁이를 들어 알게 함을 배우고자 하나 欲學先生擧一隅
하늘이 내리신 재질이 치우치고 굳었음이 부끄럽네 禀來才質愧偏枯[472]
도시락 밥과 표주박 물이지만 나는 안회의 낙이 부족한데 簞瓢我乏顔回樂
집게발과 술로써 그대는 필탁의 즐거움을 겸했네 螯酒君兼畢卓娛[473]
크게 현명한 이가 능히 정승이 됨을 이미 기뻐하였는데 已喜大賢能作相
어찌 늙은 말이 도리어 망아지 되는 것과 같겠는가 寧同老馬反爲駒
면면히 이어지는 복록은 응당 다함이 없을 터이니 綿綿福祿應無盡
백세의 높은 영화를 이 몸이 누리리라 百歲尊榮享此軀

그 네번째 其四

밤을 지키는 삼성이 이미 한 모퉁이에 있으니 夜坐三星已在隅[474]
향기가 사라지고 재가 싸늘하며 박산로가 말랐네 香殘灰冷博山枯[475]
혼연히 세상일을 잊어버리니 혼연히 생각하는 것 없어지고 渾忘世事渾無念
정든 사람을 보지 못하니 즐거워할 것이 없네 不見情人不足娛

---

471) 용린(龍鱗): 용의 비늘. 임금을 가리키는 말.

472) 편고(偏枯): 반신불수인 사람. 은택이 한 곳에 치우쳐 두루 미치지 못하다. 또는 성격이나 재질 등이 한 곳에 치우쳐 평형을 잃은 것.

473) 필탁(畢卓): 진(晋)나라 사람으로, 왼손에는 술잔을 들고 오른손에는 집게발을 잡고 술을 마실 정도로 방달하며 구속되지 않았던 사람.

474) 삼성(三星): 혹은 參星, 혹은 심성(心星)이라고도 하였다. 28수의 하나. 서쪽의 일곱번째 별자리. 이 구절은 《시경 · 당풍(唐風) · 주무(綢繆)》의 제2장 '주무속추, 삼성재우(綢繆束芻, 三星在隅)'를 인용하였다. 삼성이 모퉁이에 있다는 것은 하늘의 동남쪽 모퉁이에 있는 것으로(〈모전〉), 저녁에 나타난 별이 여기에 이르렀으면 밤이 오래된 것을 말한다(《集傳》).

475) 박산(博山): 박산로를 말하며 박산의 모양을 본떠 구리로 만든 향로. 밑은 접시 모양이고 위는 산 모양이다.

높도다 진실로 저 길을 따르기 어렵고	高矣固難從彼道
그를 사랑하나니 도리어 그 망아지를 먹이고자 하네	愛之還欲秣其駒[476]
백 년 동안 평범하게 무슨 일을 이루었던가	百年碌碌成何事[477]
하늘이 낳아 준 이 7척의 몸을 헛되이 지냈네	虛度天生七尺軀

그 다섯번째 其五

서쪽으로 무악산 모퉁이의 높은 누각 바라보니	西望高軒毋岳隅
눈빛 오래 집중하였더니 마르려 한다	眼波長注欲成枯[478]
가을을 만나니 오직 나만이 치우치게 느낌이 많고	逢秋惟我偏多感
술을 대해도 더불어 즐길 사람이 없구나	對酒無人可與娛
득실은 이미 변방의 말이 지나가는 것과 같고	得失已經邊上馬[479]
광음은 공연히 문틈 사이로 준마가 달려가는 것과 같다	光陰空過隙間駒[480]
힘써 일상의 반찬을 더하는 것이 나를 위하는 일인지라	勉加常膳爲吾事
노력하여 응당 이 몸을 보양해야 하리라	努力應須養此軀

구례 소자파[481]의 만사 挽蘇求禮自坡

남쪽 고을의 현철한 선비가 넘어졌다는 소식 듣고 놀라니	驚聞南邑哲人萎
끼친 은혜는 응당 타루비를 이루리라	遺愛應成墮淚碑[482]
다섯 세대가 같이 사니 형제간의 우애를 노래하고	五世同居歌棣蕚[483]

476) 말기구(秣其駒): 《시경 · 주남 · 한광(漢廣)》 "그 아가씨 시집 올 적에 그 망아지를 손수 먹이리라" 주제는 강에 노니는 아가씨를 사랑하면서도 가까이 할 수 없는 심정을 노래한 것.

477) 녹록(碌碌): 평범한 모양. 독립심 없이 남을 붙좇는 모양.

478) 안파(眼波): 파도처럼 유동하는 눈빛.

479) 득실(得失) 구는 새옹지마(塞翁之馬)의 고사를 변용했다.

480) 광음(光陰) 구는 백구과극(白駒過隙)을 이용했다.

481) 소자파(蘇自坡): 자는 미수이고, 1451년 태어났다. 1483년(성종 14)에 사마시에 합격하여 의빈부(儀賓府) 도사(都事)를 역임하였고, 1524년(중종 19) 임지인 전라남도 구례에서 사망하였다. 사망 후 아들 소세량(蘇世良), 소세양(蘇世讓)의 벼슬이 올라감에 따라 가선대부(嘉善大夫) 이조참판과 숭록대부(崇祿大夫) 의정부 좌찬성 겸 의금부 부사에 추증되었다.

한 집안의 남은 경사는 자손의 흥성함을 읊는다	一家餘慶詠螽斯[484]
책상 위에 도포와 홀은 항상 많이 쌓이니	床中袍笏常多積
그대 떠난 후라도 가문은 조금도 쇠하지 않으리라	身後門闌不少衰[485]
다만 자당의 은혜를 다 갚지 못하였으니	但報慈堂恩未畢
길고 긴 이 한을 어느 때에 없앨 수 있을꼬	悠悠此恨泄何時

주헌의 시에 차운하다 次酒軒韻

도랑 가운데의 잘려진 나무처럼 거두어진 것 다행스럽고	幸被溝中斷木收[486]
다시 문채를 가하여 앞날의 잘못을 가렸다	更加文采掩前尤
마음을 알아 허가함은 붉은 허파로 말미암은 것이요	心知許可由丹肺
서약을 맺고 은근히 흰 머리까지 이르렀도다	誓結殷勤到白頭
한강에 지난 해 일찍이 배를 같이 띄웠었는데	漢水往年曾共泛
옆으로 누운 소나무와는 어느 날에 함께 놀 수 있을까	盤松何日得同遊
그대는 장공자와 꼭 닮은 것이 훌륭하나니	多君酷似張公子[487]
천 수의 시가로써 만호의 봉후를 가볍게 보았네	千首詩輕萬戶侯

---

482) 타루비(墮淚碑): 진(晋)의 양양태수(襄陽太守) 양호(羊祜)의 덕을 사모하여 그곳 백성들이 세운 비. 그 비를 보던 사람이 모두 눈물을 흘렸다는 데서 두예(杜預)가 붙인 이름.

483) 체악(棣蕚): 산앵도나무 꽃이 꽃받침과 서로 의지하여 아름다운 꽃을 이루므로 형제간의 우애를 말한다.

484) 종사(螽斯): 여치과의 곤충. 가을 밤에 베짜는 소리 비슷하게 울기 때문에 베짱이라고 부른다. 또는 메뚜기. 한꺼번에 많은 알을 낳아 새끼가 많이 번식하므로 이를 비유하여 자손의 번성함을 말한다. 《시경·주남》의 편명.

485) 문난(門闌): 門欄과 같으며 ① 가문, 문정(門庭) ② 사문(師門)이나 권문(權門)을 말한다.

486) 구중단목(溝中斷木): 송(宋) 소순흠(蘇舜欽)의 문장에 '匠者得溝中之斷木, 飾收青黃' (장인은 도랑에 버려진 잘린 나무를 거두어 푸르고 누런 색으로 장식한다)고 하였다. 이 구절은 소용없어 버려진 것이 다시 거두어진 것을 말한다.

487) 장공자(張公子): 아마도 장자방(張子房) 곧 장량(張良)으로, 한나라 고조(高祖)를 도와 항우를 멸하고 천하통일을 이루었으며, 유후(留侯)에 봉해지고 만년에 황로(黃老)를 좋아하여 은퇴하였다. 스스로 말하기를 "내가 지금 세 치의 혀로써 제왕의 스승이 되어 만호에 봉해지고 열후가 되었으니, 이는 포의에게 극도의 영광으로서 나로서는 더없이 만족스럽다. 이제는 인간의 일을 다 버리고 선인(仙人) 적송자(赤松子)를 따라서 노닐고 싶을 뿐이다"라고 하였다.

같은 해에 급제한 부정 상경 홍경창[488]의 만사 挽同年洪副正祥卿慶昌

지음이 있는 이 세상에서 그대를 만나기 좋아했는데	峨洋世上喜逢君
어찌하여 이 거문고는 이날 저녁부터 나뉘게 되는가	何乃琴從此夕分
천년 되어 학이 돌아갔음을 지금도 오히려 말하지만	千歲鶴歸今尙說
저승에서 다시 살아난다는 것은 옛날에도 듣지 못했도다	九原人作古無聞[489]
옥수가 장차 흙에 묻힐 것을 몹시 탄식하고	深嗟玉樹將埋土[490]
뜰 난초가 홀로 빼어나 향기로운 것이 훌륭하구나	多幸庭蘭獨秀芬
슬퍼도다 용문산 밑 동네에	怊悵龍門山下洞
두어 자 집 같은 무덤을 공연히 봉했도다	空封數尺若堂墳

회령부사 김호에게 올리다 呈會寧府使金瑚[491]

검은 머리의 그대가 지금 견융을 진압했는데	綠髮君今鎭犬戎
나 심히 쇠해져 한가한 늙은이 되었음을 탄식하네	歎吾衰甚作閒翁
누가 노끈을 걸어 서쪽으로 가는 해를 붙들어 맬까	掛繩誰繫西飛日
서신 전하려 해도 북으로 가는 기러기를 의지하기 어렵네	傳信難馮北去鴻
천령은 사계절이 항상 눈으로 희고	天嶺四時常雪白
오산에는 3월에도 아직 꽃이 붉지 않네	鰲山三月未花紅

---

488) 홍경창(洪慶昌): 자는 복부(福夫), 본관은 남양. 성종(成宗) 20년(기유, 1489년), 식년시(式年試) 을과 5(乙科 5) 급제. 관직은 부정을 지냈다.

489) 구원인작(九原人作): 구원(九原)은 구주대지(九州大地), 묘지, 구천(九泉) 또는 황천(黃泉)의 뜻으로 쓰인다. 여기서는 무덤의 뜻이다. 대개는 구원가작(九原可作)으로 많이 쓰인다. '이미 죽은 사람이 다시 살아난다면'의 뜻이다. 《국어(國語)·진어(晋語)》에 '死者若可作也, 吾誰與歸'라고 하였고, 두목(杜牧)의 시에 '九原可作吾誰與, 師友瑯琊邴曼容'라는 구절이 있다. 앞 구 '千歲鶴歸'와 대(對)를 맞추기 위하여 '가(可)' 대신 '인(人)'을 썼다.

490) 옥수(玉樹): 아름다운 나무. 뛰어나고 고결한 풍채를 비유한 것.

491) 김호(金瑚): 연산군 7년(1501) 신유(辛酉) 식년시 생원 3등 9위. 부는 강계판관(江界判官) 김영달(金寧達), 자는 언기(彥器). 경력은 유학(幼學). 중종 15년(1520) 병조참의, 회령부사, 종성부사(중종 18년 전후), 중종 22년 첨지중추부사로 명나라에 사은사로 다녀옴, 의주목사(중종 23년 즉 1528년), 평안도 절도사(1530년 전후), 동지중추부사, 경상우도 병마절도사(1537), 광주목사(廣州牧使) 등을 역임하였다(《조선왕조실록》 참조). 기타 생몰연대 등은 자세하지 않음.

젊은 시절 거쳐간 곳을 추억하나니	追思年少經行處
두만강과 만리장성이 꿈 속에 있네	黑水長城是夢中

연성 김준손의 만사　挽金鷰城俊孫

남극노인성이 그 궤도에서 잠기니	星沉南極老人躔[492]
비로소 영령이 구천으로 내려간 줄 알겠네	始覺英靈下九泉
부고를 듣고는 다함께 옥수가 묻히게 됨에 상심하고	聞訃共傷埋玉樹
지음들은 특히 거문고의 줄이 끊어졌음을 한하는데	知音偏恨斷琴絃
바람을 일으키던 의기는 어디로 돌아가셨소	風生意氣歸何處
침을 뱉듯이 떨어진 좋은 시구는 몇 편이나 있는가	唾落瓊珠有幾聯
슬프게 성 전체 300리를 바라보면서	悵望全城三百里
상여를 한 번 이별하니 오랫동안 망연자실하네	行輀一別永茫然

정승 민수천[493]이 강원도를 관찰함을 전송하다　送閔相壽千觀察江原

그대를 옥같이 여기는 임금의 마음이 밝게 살피시어	玉汝宸衷簡閱明
황제의 사절이라 그 총애가 가볍지 않다	皇華使節寵非輕

492) 남극노인성(南極老人星): 남극성을 의인화한 것으로, 사람의 수명을 맡았다는 별.

493) 민수천(閔壽千): ?～1530(중종 25). 조선 전기의 문신. 본관은 여흥(驪興). 자는 기수(耆叟). 대사헌 휘(暉)의 아들이며, 집의 수원(壽元)의 형이다. 일찍이 생원시에 합격하고 1507년(중종 2) 반정(反正) 후 중종이 처음 실시한 식년시문과에 장원으로 급제, 홍문관정자에 제수되었다. 이어서 저작 · 박사를 거쳐 1515년 홍문관교리에 올랐다. 이때 북도에서 이정호(李挺豪)의 무고사건이 일어나 민심이 흉흉하였는데, 선유경차관(宣諭敬差官)으로서 이를 회유하고 돌아왔다. 그 뒤 사헌부집의를 역임하며 경연관과 언관으로 활동하였다. 1523년 황해도경차관이 되어 흉년과 도둑으로 흉흉한 민심을 위무하고 돌아왔으며, 이어서 사간 · 홍문관직제학을 역임하였다. 사림의 신망을 받으며 언관활동에 충실하던 그는 이때 김안로(金安老)의 편에 서서 그를 두둔하였으며, 1524년 김안로가 파직 폐출되자 심언광(沈彦光) 형제와 함께 수시로 방문, 위로하는 한편, 조정에 나아가서는 그의 재등용을 주장하였다. 그 때문에 반대파의 견제로 강원도관찰사 · 황해도관찰사 등 외직과 대사성과 같은 한직으로 물러났다. 온후하고 문장에 능하여 사유(師儒)의 직임을 오랫동안 담당하였으나, 인물을 잘못 파악하여 권신 김안로에 의지하고 따랐다고 하여 사림으로부터 신망을 잃었다. 학문에도 해박하고 행정실무에도 능하였다고 하여 그가 죽자 나라에서 부의(賻儀)를 내렸다.

하나의 나라가 주문왕의 덕화를 입었음을 기뻐하고 一邦喜被周文化
천리에서는 다투어 소백의 행차를 맞이한다 千里爭迎召伯行
이로부터 높은 덕망을 듣고 사모하여 숨고 피할 줄 아는데 自是望風知遁避
어찌하여 모름지기 고삐를 잡고 깨끗이 해야 하리 何須攬轡欲澄淸
공무를 마친 여가에 관동의 경치를 모두 시로 읊을 터이니 公餘題盡關東景
응당 판 위에 새겨진 전현들의 이름을 누르리라 應壓前賢板上名

판서 건지 이자건[494]의 만사 挽李判書健之

자건은 이자견의 아우이다 自健, 李公自堅之弟

이게 난형난제인 줄 알겠나니 知是難爲弟與兄
문에 가득한 빛이 붉은 관복에 비추어 밝다 滿門光照紫襴明
3천 리 길 멀어도 붕새는 강건하게 날고 三千路遠鵬飛健
70년 재촉해도 새는 가볍게 지나간다 七十年催鳥過輕
몸 뒤에 아들 하나도 없는 것이 안타깝지만 身後可憐無一子
눈앞에는 오히려 두 생질이 있는 것이 기쁘다 眼前猶喜有雙甥
상여노래 슬프고 처량한 남녘 길에 挽歌悽斷南州道
물빛과 산의 모습이 모두 평안하지 않구나 水色山容共不平

494) 이자건(李自健): 1455(세조 1)~1524(중종 19). 조선 중기의 문신. 본관은 성주(星州). 자는 건지(健之). 아버지는 건공장군(建功將軍) 주(湊)이며, 어머니는 부사 권유순(權有順)의 딸이다. 1480년(성종 11) 생원이 되고, 1483년 성종(成宗) 14년(1483) 계묘(癸卯) 춘당대시(春塘臺試) 식년문과에 을과로 급제하여 승문원정자 · 박사 · 성균관전적 · 사헌부감찰을 거쳐 사간원정언 · 형조좌랑 · 사헌부지평 · 예조정랑을 지냈으며, 1495년(연산군 1) 사헌부장령으로 명나라에 다녀와서 사헌부집의 · 군기시정 · 승문원판교를 역임하였다. 평소 무재(武才)가 있고 중국어에 능하여 항상 선전관과 승문원의 벼슬을 겸하였다. 1500년 동부승지, 1502년 좌승지 · 도승지, 이듬해 충청도관찰사를 역임하고 대사헌에 이르렀다. 연산군 때에 대간들을 불러 노래하는 기생을 위하여 시를 짓게 하였는데, 이자건이 대사헌으로서 참여하여 홀로 앞에 나아가 "신이 감히 시를 짓지 못하는 까닭은 직분을 잃기 때문이 아니라 성덕(聖德)에 누가 될 것을 염려하기 때문입니다"라고 하여 중지하도록 하였으므로, 집의 이계맹(李繼孟)이 "공(公)이 아니었다면 후세의 조롱을 면치 못하였을 것이다"라고 하였고, 우상 이극균(李克均)이 "당대의 풍헌(風憲)을 지킨 사람은 오직 이모(李某)뿐이다"라고 하였다. 이어 갑자사화에 연루, 선산에 유배되었다가 중종반정으로 대사헌에 복직되었다. 그 뒤 한성부좌윤 · 호조참판 · 황해도관찰사 · 형조참판 · 경기도관찰사 · 형조판서 · 좌우참찬 · 호조판서 · 한성부판윤을 거쳐, 공조판서 · 지중추부사에 이르렀다. 시호는 공간(恭簡)이다.

어진 이의 모정[495]에 머물며 차운하다 處仁家茅亭次韻

지금을 느끼고 옛날을 회고하며 황폐해진 정자에 앉아서 感今懷古坐荒亭
멀리 그때 이 기둥에 기대었던 것을 생각한다 遙想當年倚此楹
이제 세상에 생존해 있는 사람 비록 몇 안 되지만 世上生存雖有數[496]
산언덕에 떨어져 있는 건 너무도 무정하구나 山丘零落太無情
공연히 맑은 정절을 일신의 계책으로 삼아 謾將淸節一身計
헛된 이름을 남겨 주어 천 년의 비평을 받게 하였다 留與虛名千載評
진중한 옛 벗이 와서 남은 사람을 돌봐 주시니 珍重古人來恤寡
구천에서도 응당 눈물이 갓 끈을 적시리라 九泉應亦淚沾纓

봄 그늘 春陰

양춘의 경치와 물색을 정히 볼만도 한데 陽春景物正堪觀
홀연히 그늘의 시기함을 입어 맑은 기운이 쇠잔하다 忽被陰猜淑氣殘
버들 같은 눈이 연기에 잠기니 눈썹 빛이 담담하고 柳眼烟籠眉色淡
복숭아 같은 뺨에 안개가 젖으니 눈물흔적 차구나 桃腮霧濕淚痕寒
근심은 가시 덮힌 들의 왕손 풀에 더하고 愁添荊野王孫草[497]
희망은 장대 협객의 탄환에 끊어졌도다 望斷章臺俠客丸[498]

495) 모정(茅亭): 띠나 짚으로 지붕을 인 정자.

496) 유수(有數): 차등 있다. 인연이 있음 또는 운명으로 정해지다. 수가 많지 않거나 얻기가 극히 어려운 것. 한도가 있다. 상황을 이해하고 마음속으로 계산이 있다. 그래서 함연은 다양한 번역이 가능하다. 우선 말구의 '구천'을 벗의 죽음과 연결시켜서 '세상에 생존하는 것은 비록 그 마침이 있다고 하더라도…'로 해석하여 뒷 구를 묘지와 연결할 수 있다. 그리고 경련의 내용 즉 청절을 일신의 좌우명으로 삼았다가 시인이 관직을 버리고 영락해 있는 것으로 보면 '세상 살아가는 것은 나름대로 여러 가지 방도가 있겠지만…'으로 해석되며 산언덕에서 외롭고 힘들게 지내고 있으면서 벗의 도움에 대해 구천에 가서라도 고마워하겠다는 것으로 이해할 수도 있다.

497) 왕손초(王孫草): ① 임금의 손자 ② 왕의 자손, 귀공자 ③ 풀 이름으로 백합과의 다년생 풀 ④ 귀뚜라미. 《초사(楚辭)》 회남소산왕(淮南小山王)의 〈초은사(招隱士)〉 '왕손은 노닐면서 돌아오지 않고, 봄풀은 나서 무성하다(王孫遊兮不歸, 春草生兮萋萋)'에서 온 말이다. 멀리 떠난 사람에 대한 그리움을 표현할 때 쓴다.

90일 풍광을 누구와 함께 감상할꼬	九十風光誰與賞
오릉 공자의 한은 크고 끝이 없으리라	五陵公子恨漫漫[499]

궁중 잔치 宮宴

대궐 안의 동산에 봄이 깊으니 경치와 물색이 번성한데	上苑春深景物榮[500]
어조의 노래를 연주하며 주나라 서울에서 잔치를 한다	載歌魚藻宴周京[501]
꽃은 지나가는 비로 인하여 붉은 입술이 무겁고	花因雨過紅唇重
버들은 흔드는 바람을 따라 푸른 눈이 가볍다	柳被風搖綠眼輕
구름도 멈추게 하는 노랫소리는 관악기에 화답하고	雲遏歌聲和鳳管[502]
해가 뜨니 개인 빛이 용정에 움직인다	日開晴色動龍旌[503]
미약한 신하가 무슨 다행으로 천재일우의 기회를 만났는가	微臣何幸逢千一[504]
대궐 앞에 머리를 숙여 태평을 송축하노라	稽前丹墀頌太平[505]

---

498) 장대(章臺): 한나라와 당나라 장안에 있었던 거리의 이름으로, 번화한 도성의 거리나 유곽 · 화류계를 칭한다. 이백(李白)의 시 〈소년자(少年子)〉에 의하면 "청춘의 소년들이 탄궁을 끼고 장대 왼편에서 노는데, 말안장에 올라 사방으로 달리니 돌진하는 모양이 유성처럼 빠르네. 황금 탄환으로 나는 새를 떨어뜨리고, 밤에는 화려한 누각에 들어가 자누나. 백이 숙제는 그 어떤 사람이었기에, 홀로 서산의 굶주림을 지켰던고(青春(雲)少年子, 挾彈章臺左. 鞍馬四邊開, 突如流星過. 金丸落飛鳥, 夜入瓊樓臥. 夷齊是何人, 獨守西山餓)"라고 하였는데, 이 시에서의 협객이 누구인지는 애매하다.

499) 오릉공자(五陵公子): ① 서한의 다섯 황제(高 · 惠 · 景 · 武 · 昭帝)의 능묘 또는 그 소재지. 위수의 북쪽 언덕, 섬서성 함양 부근에 있다 ② 당대의 고조 · 태종 · 고종 · 중종 · 예종의 능묘. 장안 부근에 있다. 오릉공자는 서울의 부호의 자제. 대개 능묘를 세우고 나면 사방의 부호들과 외척들을 이리로 이사하게 하여 살게 했으며 그래서 원릉(園陵)을 공봉케 했다.

500) 상원(上苑): 천자의 정원. 대궐 안의 동산.

501) 어조(魚藻): 《시경 · 어조지십(魚藻之什)》의 편명.

502) 봉관(鳳管): 관악기.

503) 용정(龍旌): 궐내에 세우는 기. 기본적으로 용은 임금을 상징한다.

504) 천일(千一): 천재일우의 기회.

505) 단지(丹墀): 붉은 섬돌 또는 그 윗뜰, 즉 궁궐.

이응교[506]가 인동[507]으로 묘소 살피러 가는 것을 전송하여
送李應敎之仁同展墓

문학하는 신하에게 은혜 내려 역마를 갈아타고 가게 하니	恩許詞臣遞馹行[508]
영남 천리길에 선영을 배알한다	嶺南千里謁先塋
모름지기 오늘의 관복의 귀함을 알아야 하리니	須知今日襴衫貴[509]
당연히 그 해의 베옷은 가벼웠다	自是當年布褐輕[510]
묘 위에 묵은 뿌리는 후한 은택에 젖었고	墓上陳根霑厚澤
술단지 앞의 옛 벗은 깊은 정이 흘렀어라	樽前故友瀉深情
고을 사람들이여 총총히 돌아감을 괴이하게 여기지 말라	鄉人莫怪忽忽返
또 경연에 나아가서 소대의 영광을 받으리라	又趁經帷召對榮[511]

화산 저택에서의 야음　　花山第夜飮[512]

왕손의 훌륭한 저택이 구름이 다니는 길목에 의지하니	王孫甲第倚雲衢[513]
같은 이웃으로 더불어 한번 즐기기를 허락하였다	許與同隣作一娛
개미의 그림자는 요란스럽게 붉은 호박 술잔에 침범하고	蟻影亂侵紅琥珀[514]
봄빛은 가늘게 자주색 담요에 움직인다	春光微動紫氍毹[515]
다만 네 좌석 모두 깊이 취하기를 기약하였으니	但期四座皆沉醉
어찌 삼성이 이미 한 모퉁이에 있는 것을 헤아리겠는가	何計三星已在隅
나 또한 쇠약과 병의 심함을 알지 못하고	我亦不知衰病甚

506) 이응교(李應敎): 응교(應敎)는 여러 왕들의 명에 응대하여 화창하는 시문(詩文) 또는 그 직책을 말한다. 천자(天子)에게 응대화창하는 것을 응조(應詔), 태자(太子)에게 하는 것은 응령(應令)이라 한다. 시문에 뛰어나 응교직을 맡고 있는 이씨(李氏) 성(姓)의 관리를 말한다.

507) 인동(仁同): 칠곡에 있는 지명으로 지금은 구미시에 속한다.

508) 일(馹): 역말. 역참에 비치한 말.

509) 난삼(襴衫): 관복을 의미한다.

510) 포갈(布褐): 베옷. 평민의 의복.

511) 경유(經帷): 임금이 공부하는 경연.

소대(召對): 왕명으로 입궐하여 정사에 관한 의견을 상주하는 것. 경연의 참찬관 이하를 불러서 임금이 몸소 글을 강론하는 것.

비틀거리며 춤을 추다가 사람 불러 부축하게 하였네　　蹣跚起舞倩人扶[516]

완화취귀도　　浣花醉歸圖[517]

맑은 시내 한 구비 동서로 돌아 흐르고　　淸溪一曲轉西東
초옥 세 칸은 바람을 막지 못한다　　草屋三間不蔽風
좋은 술로 서로 어느 곳 손님을 청하는가　　綠酒相邀何處客
붉은 얼굴은 이 사이의 늙은이에 더욱 피어난다　　紅顔更發此間翁
나귀 탄 사람의 비스듬한 모자는 지는 햇살 바깥에 있고　　橫斜驢帽殘陽外
손가락으로 가리키는 숲과 못은 취한 눈 속에 있다　　指點林塘醉眼中
구불구불 길게 이어지는 그림의 진면목이라　　宛宛丹靑眞面目[518]

---

512) 화산제(花山第): 화산의 저택. 화산이 한 지역 산의 이름인지 집주인을 지칭하는지 알 수 없다. 아마도 권주(權柱: 1457-1505)의 집을 가리키는 듯하다.

권주(權柱: 1457-1505): 본관은 안동. 자는 지경(支卿)이며, 호가 화산(花山)이다. 10세 때 이미 경사(經史)에 통하였다. 1474년 진사(進士)가 되고, 1480년(성종 11년) 친시문과(親試文科)의 갑과로 급제하였다. 중국어에 능하여 1489년 공조정랑으로 있으면서 요동(遼東)에 질정관(質正官)으로 다녀왔다. 1493년 부응교로 대마도(對馬島)에 경차관(敬差官)으로 다녀와 응교가 되었다. 1497년(연산군 3년) 도승지를 거쳐 충청도관찰사를 지냈고, 이어 중추부동지사(中樞府同知事)가 되어 1502년 정조사(正朝使)로 명나라에 다녀와 경상도관찰사가 되었다. 1504년 갑자사화(甲子士禍)가 일어나자, 앞서 성종이 윤비(尹妃)를 폐위시키고, 이어 사사(賜死)할 때 사약(賜藥)을 가지고 갔다 하여 그 죄로 평해(平海)로 유배되었으며, 이듬해 교살되었다. 중종 때 우참찬이 추증(追贈)되고 신원되었다. 문집에 《화산유고(花山遺稿)》가 있다.

513) 왕손(王孫): 왕의 자손. 귀족의 자제. 왕부지(王夫之)의 설에 의하면 은사(隱士). 회남소산의 〈초은사(招隱士)〉 "王孫遊兮不歸, 春草生兮萋萋" 왕유의 〈산거추명(山居秋暝)〉 말구 "隨意春芳歇, 王孫自可留" 등이 대표적인 용례이다. 여기서는 주인으로 보는 것이 좋을 듯하다.

갑제(甲第): 훌륭한 저택.

운구(雲衢): 구름이 흐르는 길. 운로(雲路).

514) 의영(蟻影): 의광(蟻光)과 같으며 잔 속 술의 표면에 뜬 포말의 빛을 말한다. 대개는 녹색을 띠는 탁주이다. 그래서 의주(蟻酒), 의록(蟻綠), 녹의(綠蟻) 등으로 부른다.

515) 구유(氍毹): 담요.

516) 반산(蹣跚): 비틀거리는 모양.

517) 완화(浣花): 완화계(浣花溪). 일명 탁금강(濯錦江) 또는 백화담(白花潭)이라고도 하며, 중국 사천성 성도시(成都市) 서쪽에 있는 시내로 금강(錦江)의 지류이다. 주변에 당(唐)나라 시인 두보(杜甫)의 거처였던 완화초당(浣花草堂)이 있다. 이 시내를 끼고 사는 주민들이 이 물로써 비단과 종이를 씻어[浣] 채전(綵牋: 비단종이)을 많이 제조하였기 때문에 붙여진 이름이라 한다. 이 그림 속에서 취한 채 귀가하는 주인공은 아마도 두보일 것이다.

518) 완완(宛宛): 구불구불 길게 이어지는 모양. 부드러운 모양.

바야흐로 이 화가가 뛰어난 장인임을 알겠노라　方知畵手是良工

반죽　斑竹[519)]

창오에 구름이 끊어지고 소식이 없으니　蒼梧雲斷信昏昏
강 위에 길이 만고의 원혼을 남겨 놓았다　江上長留萬古寃
아득히 안개 낀 물결 위로 제왕을 슬퍼하며　渺渺煙波愁帝子
얼룩지게 피눈물은 죽순을 물들였다　斑斑血淚染龍孫[520)]
바람을 머금은 차가운 잎은 그 소리 소슬하고　含風冷葉蕭疎響
비를 두른 쇠잔한 가지는 그 흔적이 적막하다　帶雨殘枝寂寞痕
소상강을 향하여 풍경과 물건들을 보지 말라　莫向三湘看物色[521)]
그 중에 푸르고 푸른 대나무가 가장 넋을 잃게 하리라　箇中青翠最消魂[522)]

그 두번째　其二

학을 타고 남으로 순행하다가 다시 돌아오지 않으니　鶴駕南巡不復還
어느 곳에서 다시 겹눈동자의 얼굴을 대해 볼꺼나　重瞳何處更承顔[523)]
두 비의 그날 순임금 생각하던 한이　二妃當日思君恨

---

519) 반죽(斑竹): 옛날 순(舜)이 남순(南巡)을 하다가 창오(蒼梧)의 들에서 죽었다. 그의 두 비(妃)가 뒤를 좇아 상수(湘水)에 이르러 밤낮으로 통곡하다가 강에 뛰어들어 죽었다고 한다. 그때 통곡하며 흘린 피눈물이 대나무에 젖어 얼룩이 있는 반죽이 되었다고 전한다.

520) 용손(龍孫): 죽순의 별칭. 또는 대나무의 일종으로 산골짜기에 나며 키가 한 자도 되지 않는 작은 대나무를 말한다.

521) 삼상(三湘): ① 호남의 상향(湘鄕)·상담(湘潭)·상음(湘陰)을 합해서 하는 말. 옛날 시문 속에 나오는 삼상은 대개 상강 유역과 동정호 지역을 넓게 말한 것이다 ② 완상(沅湘)·소상(瀟湘)·자상(資湘)을 지칭한다. 상수(湘水)가 발원하여 소수(瀟水)를 만나는데 이것을 소상(瀟湘)이라 하고, 동정호의 능자구(陵子口)에 이르러 자강(資江)과 만나서 자상(資湘)이라 하고, 북쪽의 원수(沅水)와 호수에서 만나는데 이를 원상(沅湘)이라 한다. 일반적으로 소상반죽(瀟湘斑竹)이라 하므로 소상강으로 번역한다.

물색(物色): ① 물건의 모양이나 빛깔 ② 적당한 사람을 고름 ③ 풍경 또는 여러 가지 물건.

522) 소혼(消魂): 혼이 빠져나가다. 넋이 나가다. 극도의 슬픔이나 환락 또는 공포 상태를 형용하다.

523) 중동(重瞳): 겹눈동자. 즉 순임금을 칭한다. 중국 역대로 우순(虞舜)과 항우가 이에 해당된다고 하며 대체로 제왕의 눈을 칭하기도 한다.

두 줄기 눈물되어 지금 죽순 껍질에 물들어 얼룩졌도다	雙淚于今染籜斑
맑은 그림자는 거꾸로 소상강 바닥에 침범하고	淸影倒侵湘水底
푸른 빛은 멀리 구의산 사이로 쏘는구나	碧光遙射九疑間[524]
순임금을 빙자하여 강남으로 향해 가지 말라	憑君莫向江南去
푸르고 푸른 것을 보니 눈물 줄줄 흐르려 하노라	蒼翠看來涕欲潸

화산 저택에서의 야음 花山第夜飮

긴 밤 길고 길어 즐거움 그치지 않으니	長夜漫漫樂未休
붉은 초의 눈물 자주 흐르는 것도 그대로 두어라	任他紅燭淚頻流
좌중에 시 읊는 선비는 지금의 강락이요	座中詠士今康樂[525]
술동이 앞에서 노래하는 아이는 옛날의 막수로다	樽畔歌兒古莫愁[526]
세상에서는 입을 열어 웃는 것도 만나기 어려운데	世上難逢開口笑
인간 세상 그 누가 신선을 끼고 놀 수 있겠는가	人間誰得挾仙遊
평생에 즐거운 모임으로 오늘 같은 날 없으니	平生歡會無今日
왕손이 다시 만류함을 싫어하지 말라	莫厭王孫更挽留

완화취귀도 浣花醉歸圖

이 몸이 한가롭게 완화계 그윽한 곳을 점쳐 사노라니	此身閑卜浣溪幽[527]
연꽃의 향기 속에 흰 갈매기들이 점을 찍는데	菡萏香中點白鷗
성을 나서니 이미 세속의 번거로운 일 적은 줄 알겠고	出郭已知塵事少
갓끈 씻으며 세상 인연이 그쳤음을 깊이 기뻐하네	濯纓深喜世緣休

524) 구의(九疑): 구의산. 호남성 북쪽에 있는 산 이름.

525) 강락(康樂): 남조 송나라 강락공 사령운(謝靈運)을 말한다. 산수명승과 자연경물의 묘사에 뛰어나 중국 산수시를 열었다.

526) 막수(莫愁): 고악부 속의 전설의 여인. 남조 양무제의 〈河中之水歌〉에는 낙양 사람으로 나오고, 〈구당서〉에는 석성(石城. 지금의 호북성 종상현)의 여자로 나오는데, 노래를 잘했다고 한다. 지금의 남경에 막수호(莫愁湖)가 있어 육조시기에 막수가 여기에 살았다고 한다.

527) 완계(浣溪): 완화계(浣花溪).

긴 적삼과 짧은 모자는 저무는 햇살 속에 있고	長衫短帽斜陽裏
취한 눈에 절뚝거리는 당나귀는 굽은 강언덕 머리에 있네	醉眼蹇驢曲岸頭
천 수의 문장이 만고에 전하는데	千首文章傳萬古
더욱이 그림을 남겨 그 풍류를 생각케 하네	更留圖畵想風流
(안(岸)자는 수(水)자로도 되어 있다)	岸一作水

봄을 아낀다 惜春

봄이 아쉬워 오래도록 진흙 같이 취하고 싶어	惜春長欲醉如泥
한가롭게 평평한 들판을 향하니 길을 잃을 뻔했구나	閑向平郊路欲迷
말은 푸르게 드리운 수양버들 둑길 밟아 오고	馬踏靑來垂柳陌
사람은 붉게 떨어진 꽃의 좁은 길을 경작하며 간다	人耕紫去落花蹊
누른 닭과 흰 해는 한 해 가라 재촉하고	黃鷄白日催年逝
푸른 풀과 맑은 못은 꿈속에 들어와 시가 된다	碧草淸塘入夢題
90일의 풍광이 얼마 되는지 아시는가	九十光陰知幾許
그대 빙자하여 자주 술 들고 감을 싫어하지 마시게	憑君莫厭酒頻携

남은 봄이 아쉬워 일찍 일어나다 惜餘春起早

사람 괴롭게 하는 봄기운이 정히 온화하고	惱人春氣正融融
떼지어 꽃이 피니 곳곳마다 다 같구나	簇簇花開處處同
아름다운 꽃잎은 삼경의 이슬에 거듭 무르익고	媚艶重濃三夜露
아리따운 향기는 한 쪽 발에 이는 바람에도 떨어지기 쉽다	嬌香易落一簾風
때가 되면 북쪽 동산에서 경치를 더듬고	及時探景北園裏
새벽이면 남쪽 두둑 속에서 꽃을 찾는다	趂曉尋芳南陌中
90일의 광음이 얼마 되는지 아시는가	九十光陰知幾許
오릉공자의 한은 끝이 없으리	五陵公子恨無窮

낙화를 탄식하다　　落花嘆

지난 밤에 봄의 신이 수레를 이미 돌렸으니　昨夜東君駕已回[528]
막판에 이르러 붉은 꽃 흰 꽃이 요란스레 서로 재촉한다　到頭朱白亂相催[529]
누구의 집에 붉은 비단이 비에 젖어 떨어졌으며　誰家濕雨墜紅錦
몇 곳이나 푸른 이끼에 바람 따라 점찍었는가　幾處隨風點綠苔
날아가는 제비의 오래된 화장은 오히려 이마에 있는데　飛燕宿粧猶在額
궁중 시녀의 이별의 눈물은 이미 뺨에 어리었구나　王嬙別淚已凝腮
가난한 집 궁핍한 거리에 공연히 쌓였나니　寒門窮巷空堆積
어떤 사람이 남아 감상하며 술잔을 잡았는가　留賞何人把酒盃

살구꽃이 발에 날며 남은 봄에 흩어지고　　杏花飛簾散餘春[530]

삼춘의 소식이 살구꽃 속에 있었는데　三春信在杏花中
남은 꽃을 대충 보니 그 소식 다되었음을 깨닫겠다　看取殘紅覺信窮
어제 낮엔 일천 봉오리의 상투를 품어 치장했었는데　昨日含粧千朶髻
오늘 아침 발 하나에 이는 바람에 놀라 떨어진다　今朝驚落一簾風
그윽한 규방 어느 곳에 얼굴을 아쉬워하는 여인이며　幽閨何處惜顔女
밝은 달 누구의 집에 그림자를 밟는 늙은이인가　明月誰家踏影翁
소로의 맑은 티끌이 어찌 이리도 적막한가　蘇老淸塵何寂寞[531]
시를 읊지만 시어에 빼어남이 없는 것이 부끄럽구나　吟詩我愧語無工

---

528) 동군(東君): 봄을 맡은 신.

529) 도두(到頭): 정점에 이르다. 맨 끝에 이르다. 결국, 마침내.

530) 행화비렴산여춘(杏花飛簾散餘春): 동파(東坡) 소식(蘇軾)의 〈월야여객음행화하(月夜與客飮杏花下)〉 시에, "살구꽃은 주렴에 날아 남은 봄에 흩어지고, 밝은 달은 문에 들어 그윽한 사람을 찾누나. 옷자락 걷고 달빛 아래 꽃 그림자 밟으니, 환하기가 흐르는 물에 수초가 잠긴 것 같네(杏花飛簾散餘春, 明月入戶尋幽人. 褰衣步月踏花影, 炯如流水涵靑蘋)"라 하였는데, 그 첫 구절을 시제로 삼았다.

이릉[532]이 울면서 소무[533]와 이별하다 李陵泣別蘇武

슬퍼하며 먼 길 가는 나그네 전송하려 다리에 오르니 悽悽送遠上河梁[534]
해는 관산으로 지고 갈 길은 또 멀고 머네 落日關山路更長[535]
손을 이끌며 억지로 시 몇 구를 읊어보지만 携手强吟詩數句
옷깃이 나뉘니 눈물이 주르륵 흘러내리네 分襟亂下淚千行
원통한 혼의 나는 오랑캐 귀신이 되겠지만 寃魂我竟爲胡鬼
높은 의리의 그대는 지금 임금에게 돌아가네 高義君今達聖皇
이별한 뒤로 우리 다시 만날 날 언제일까 別後重逢何日是
용정과 한궐 그 거리 아득하고 아득하여라 龍庭漢闕永茫茫[536]

개성에서의 회고 開城懷古

옛 도읍의 흥함과 망함에 생각이 길어지고 古都興廢思悠悠
눈에 가득 거친 쑥인지라 시름 끝나질 않네 滿目蓬蒿不盡愁

---

531) 소로(蘇老): 소씨 성을 가진 늙은이를 말하는데, 가능성이 큰 사람은 역시 삼소(三蘇: 소순 · 소식 · 소철 3父子)이며 그 중 대체로 동파(東坡) 소식을 말한다. 그리고 소순(蘇洵)의 호가 노천(老泉)에서 가끔 소순을 칭하기도 하지만 시로써는 별로 언급하지 않는다.

청진(淸塵): ① 먼지를 떨치다 ② 맑고 가벼운 먼지 ③ 청정무위의 경지. 청고(淸高)의 유풍(遺風). 고상한 품질. 초사 〈원유〉 '聞赤松之淸塵兮, 願承風乎遺則,' 두목(杜牧)의 시 〈서강회고〉 '范蠡淸塵何寂寞, 好風唯屬往來商' (범려의 맑은 유풍은 어찌 그리 적막한가. 좋은 바람은 오직 오고 가는 상인에게만 속하네).

532) 이릉(李陵): 전한(前漢) 무제(武帝) 때의 장수로서, 흉노와 싸워 고군분투하다가 힘이 다하여 항복하니, 선우(單于)가 그를 우교왕(右校王)으로 삼았다.

533) 소무(蘇武): 무제 때의 중낭장(中郞將)으로 흉노에 사신으로 갔다가 억류되어 갖은 고초를 당하면서도 끝내 굴복을 하지 아니하고 19년 만에 돌아오니, 소제(昭帝)가 그의 절개를 지킨 공을 찬양하여 전속국(典屬國) 벼슬을 내려 주었다.

534) 하량(河梁): 하수를 건너 지른 다리인데, 이릉이 소무와 작별하면서 〈하량별(河梁別)〉이란 시를 썼었다. 그 속에 '携手上河梁, 遊子暮何' (서로 손잡고 강다리에 올랐네. 나그네는 저문 날에 어디로 가느뇨) 라는 구절이 있으며, 두 사람이 쓴 이별시는 오언시(五言詩)의 조종이 되었다 한다.

535) 관산(關山): 관문과 요새가 있는 산.

536) 용정(龍庭): 흉노의 궁궐.

한궐(漢闕): 한(漢)나라 궁궐.

이현에 가을이 깊지만 함께 찾아갈 이 없고 泥峴秋深無與過
화원에는 봄이 가득하지만 뉘와 함께 노닐까 花園春滿許誰遊
천지가 파괴되어 강산이 바뀌었고 天荒地破江山改
새 사라지고 구름이 흘러가면서 세월이 흘렀네 鳥沒雲行歲月流[537]
500년 전 문물이 찬란히 꽃을 피웠던 이곳 五百年前文物地
그때에 황무지가 되리라 누가 생각했겠는가 當時豈料作荒丘

승방에서 잠시 머무르며 옛 운을 차하여 僧房假榻次古韻[538]

양이 엄청난 고래처럼 마시다 술잔에 쓰러졌는데 量寬鯨飮倒航船
취해 누웠으니 어찌 담요 부족하여 추운 걸 꺼리랴 醉臥何嫌冷乏氈
속인은 색상에 대해 전혀 아는 바 없으니 野客不曾知色相
산승은 더 이상 인연에 대해 말하지 말지어다 山僧休更說因緣
봄잠을 잤는데 나비였는지 헷갈리고 魂隨春夢迷蝴蝶[539]
족적이 속세와 멀어지니 허물 벗은 매미인 듯 迹遠塵寰悟蛻蟬
함께 놀러온 여러 사람들에게 말하노니 寄語同遊二三子
이 사이서 깨친 맛을 가벼이 전하지 말지어다 這間滋味莫輕傳

군도의 침류당 시에 차운하여 次君度枕流堂韻

풍채는 더없이 맑고 우뚝 솟았으며 落落淸標橫素秋
분분한 세상과 떨어져 아무 근심도 없네 紛囂世隔百無愁
밤에는 발 걷고 푸른 하늘 달을 기다리며 鉤簾夜待青天月
가을엔 배 띄워 푸른 물 갈매기를 따르네 泛艇秋隨碧水鷗

537) 조몰(鳥沒): 날아다니던 새가 보이지 않음, 즉 날이 어두워짐을 말한다. 뒤의 구름이 흘러가는[雲行] 것과 함께 시간이 흘러가는 것을 의미한다.

538) 가탑(假榻): 잠시 머무름.

539) 호접(蝴蝶): 장자(莊子)가 꿈에 나비가 되어 피아의 구별을 잊고 즐겁게 놀았는데, 깨어나서는 자기가 나비였는지, 아니면 나비가 자기였는지 헷갈렸다고 한다. 장자의 이 꿈을 호접몽(胡蝶夢)이라 한다.

그물 들면 물고기니 어찌 저자 것을 쓰랴 　 擧綱細鱗安用市
술이 단지에 가득하니 더 꾀할 것이 없네 　 盈樽美酒不須謀
회포를 논할 사람이 없다고 말하지 말라 　 莫言無與論懷者
밤낮으로 서로 친한 문방사우가 있잖은가 　 日夕相親有四侯[540)]

이참판 만사 　 挽李叅判

재주 많았던 그대가 이렇게 죽다니 　 我於君沒惜才多
나이 이제 겨우 50밖에 안됐는데 　 其奈年纔五十何
금쇄와 녹침으로 변새를 다스렸고 　 金鎖綠沉臨鴈塞[541)]
황분과 제전으로 난파에서 시종했네 　 皇墳帝典侍鑾坡[542)]
조정에서 하마 풍운의 만남 얻었거늘 　 朝中已得風雲會[543)]
언덕에서 별안간 해로가가 들리다니 　 壟上俄聞薤露歌[544)]
그러나 집안에 남는 복이 있음이 기쁘니 　 還喜門闌餘慶遠
아들과 사위들이 옥을 연마한 것 같네 　 佳男佳壻玉如磨

---

540) 사후(四侯): 후(侯)를 후(候)로 쓰고 '사계절'로 푸는데, 옳지 않다. 문방사우(文房四友)를 말한다. 《문방사보(文房四譜)》(宋 蘇易簡 撰) 속에 문숭(文嵩)의 〈사후전(四侯傳)〉이 실려 있는데, 사후를 의인화(擬人化)한 설명이 있다. 필(筆: 붓)은 관성후(管城侯) 모원예(毛元銳)로 자는 문봉(文鋒)이고, 연(硯: 돌벼루)은 즉묵후(卽墨侯) 석허중(石虛中)으로 자는 거묵(居默)이며, 지(紙: 종이)는 호치후(好時侯) 저지백(楮知白)으로 자는 수현(守玄)이고, 묵(墨: 먹)은 송자후(松滋侯) 역현광(易玄光)으로 자는 처회(處晦)라 하였다. 소나무를 태운 그을음으로 먹을 만들기 때문에 이런 명칭을 붙인 것이다.

541) 금쇄(金鎖)·녹침(綠沉): 금쇄는 황금 자물쇠이며, 녹침은 옛 활 이름.

542) 황분(皇墳)·제전(帝典): 고서(古書)를 이른다. 황분은 삼황(三皇)의 삼분서(三墳書)이며, 제전(帝典)은 오제(五帝)의 오전(五典).
난파(鑾坡): 한림원(翰林院)의 별칭.

543) 풍운회(風雲會): 풍운의 만남. 풍운(風雲)의 본뜻은 바람과 구름이지만, 바람은 범을 따르고 구름은 용을 따라 일어나면서 이 범과 용으로 상징되는 영웅이 어진 임금이나 적절한 시대의 변화를 만나 그 재능을 발휘하여 천하를 다스리거나 부귀공명을 얻는 것을 말한다. 그래서 풍운아(風雲兒: 마치 바람과 구름을 몰고 다니듯 좋은 때를 타고 활동하여 세상에 두각을 나타내는 사람)나 '풍운지지(風雲之志: 높고 원대한 뜻)'이란 말이 있게 되었다. 또 풍운인물(風雲人物)이란 세력을 얻어 그 언행이 대국적으로 영향을 미칠 수 있는 인물을 뜻한다. 여기에서는 한 시대 천하를 좌지우지하는 임금과 신하가 만났음을 뜻한다.

544) 해로가(薤露歌): 해로의 노래, 즉 사람의 목숨이 염교 잎 위의 이슬처럼 쉽사리 없어진다는 뜻을 읊은 노래로, 상여가 나갈 때 부르는 노래를 '해로가'라고 한다.

박안산 모부인의 만사

挽朴安山母夫人

고당을 잘 봉양하여 80수 하셨으니
한 집안의 가풍이 저절로 빛이 나네
군자의 은혜가 먼저 끝난 건 가련치만
자손의 복록 더 많게 했으니 되려 기뻐네
손때가 아직도 옷깃 위에 남아 있으며
집도 아직 공부하는 학궁의 곁에 있네
두 아들의 재기가 난형난제로 빼어나니
마땅히 청전을 대대로 잘 전하리라

榮養高堂八十年[545)]
一門風化自熙然
可憐君子恩先畢[546)]
還喜螽斯福更延[547)]
手澤尙存衣線上
家坊猶在學宮邊
兩男才氣難兄弟
應把靑氈世世傳[548)]

군도에게 올림

呈君度

부귀와 공명은 참으로 기약할 수 없는 것이니
인간의 만사를 그 누가 미리 알 수 있겠는가
난 저산이 되어 버려져야 하는데 운을 만났고
그대는 뇌등을 해야 하는데 도리어 때가 늦네
운은 있었지만 공후 못된 게 비장의 한이고
재주 있었지만 운 없었던 게 적선의 슬픔이네

富貴功名不可期
人間萬事孰先知
我應樗散還逢運[549)]
君合雷騰反後時[550)]
緣數不侯飛將恨[551)]
有才無命謫仙悲[552)]

---

545) 고당(高堂): 부모님, 여기서는 어머니만을 가리킨다.

546) 군자(君子): 여기서는 남편을 가리킨다.

547) 종사(螽斯): 자손.

548) 청전(靑氈): 푸른 담요라는 뜻이지만, 여기서는 옛부터 집안에 대대로 전해져오는 구물(舊物)을 가리킨다. 청전을 전하다는 것은, 집안의 전통을 잘 건사하여 전해지게 한다는 의미다.

549) 저산(樗散): 저력산목(樗櫟散木)의 준말로서 아무 쓸모없는 나무를 뜻한다.

550) 뇌등(雷騰): 좋은 기회를 만나 천둥과 같은 큰 소리로 세상을 진동시킴을 뜻한다.

551) 공후(公侯): 높은 벼슬아치.

비장(飛將): 날랜 장군. 여기서는 서한(西漢)의 이광(李廣)을 가리킨다. 그는 뛰어난 장수로서 상대방인 흉노(匈奴)로부터 비장군(飛將軍)으로까지 불렸으나, 공후에는 이르지 못했다.

552) 적선(謫仙): 당(唐) 시인 이백의 별호. 하지장(賀知章)이 이백을 평하여, 천상에서 인간 세상으로 귀양온 신선이라 하였는데, 이때부터 이백에게는 '적선' 이라는 별호가 붙어 다녔다.

그대처럼 낙천적 사람 세상에서 얻기 어렵나니 樂天如子世難得
일찍이 강호로 물러나서 백발을 드리우고 있네 早退江湖白髮垂

추석에 달을 보며 秋夕翫月

달빛이야 어찌 어그러짐이 있었겠는가 月色何曾有缺癥
가는 구름마저 걷어지니 벽공이 넓구나 纖雲捲盡碧天寬
천상의 맑은 기운은 고조에서 생겨나고 漫空灝氣生孤照[553]
맑은 빛은 곳곳 모든 것을 비추어 주네 到處淸光着一般
술을 앞에 놓고 늙음 물리치길 꾀하나니 且對金樽謀却老
옥토끼가 영단을 찧는다고 말하지 말라 休言玉免擣還丹[554]
지금 흥이 배가 되어 남루에서 완상하니 如今興倍南樓賞
바람과 이슬 삼경인데도 쌀쌀하지 않네 風露三更不覺寒

김해 어사인에게 답함 答金海魚舍人

일찍이 조정에서 시종하던 신하가 魏闕會爲侍從臣
지금은 강호에서 낚시꾼이 되었네 江湖今作釣魚人
지난날 문을 서로 의지하여 살았고 門閭昔日相依住
그때는 의기도 서로 투합했었는데 意氣當時亦許親
3년 내내 자주 이별 꿈에 괴로웠지만 惱我三年離夢數
천 리 밖에서 종종 글 부쳐 주니 고맙네 感君千里寄書頻
구슬 꿴 듯한 두 율시 보고 놀라나니 驚看二律如聯璧
시 이루니 귀신도 운다는 말 믿어지네 始信詩成泣鬼神[555]

---

553) 고조(孤照): 홀로 외로이 비추어 주는 것, 즉 달을 가리킨다.

554) 옥토끼: 달 속에 있다는 옥토끼.

555) 시성읍귀신(詩成泣鬼神): 시 이루니 귀신도 운다. 두보(杜甫)가 이백(李白)의 시를 평한 말이다. 두보는 〈기이십이백이십운(寄李十二白二十韻)〉에서 "붓이 떨어지면 비바람도 놀라고, 시가 이루어지면 귀신도 운다(筆落驚風雨, 詩成泣鬼神)" 하였다.

부윤 김양진을 전송하며	奉送金府尹楊震
더 높은 벼슬 오르고자 다투어 꾀하거늘	登進名途競着謨
그대만은 명에 맡길 뿐 추구하지 않았네	惟君委命不營求
일찍이 오마를 타고서 천 리를 다녔는데	會騎五馬巡千里[556)]
또 삼도몽을 꾸어 한 고을 수령 되었네	又夢三刀作一州[557)]
중론은 가시나무에 깃듦을 가련해 하지만	羣議共憐棲枳棘
본인은 오히려 토구에 가까움 기뻐하네	自心猶喜近菟裘[558)]
불러올리는 조서 머지 않아 내릴 터이니	徵還恩詔應尋下
이별의 심정으로 잘못 수심을 맺지 마세	莫把離情枉結愁

밤은 길고 잠은 오지 아니하여	夜長無睡[559)]
관직을 그만두려 해도 벼슬을 계속 내리시지만	致仕仍官命自天
일곱 노인 한가히 노닐며 장수를 누리네	優遊七老享遐年
난정의 모임을 앞으로는 누가 기억할까	蘭亭稧會將誰記[560)]
낙사 기영은 그림으로 전하고 있는데	洛社耆英已畵傳[561)]

556) 오마(五馬): 한 고을의 태수는 일찍이 다섯 마리 말〔五馬〕이 이끄는 수레를 타고 다녔다.

557) 삼도몽(三刀夢): 영전이나 출세 등의 길몽.

558) 토구(菟裘): 토구(菟裘)는 춘추시대 노(魯)나라 은공(隱公)이 은거한 곳으로, 은거 또는 은거하는 장소를 의미한다.

559) "여러 재상 댁에서 가졌던 연회들을 추억하여 율시 두 수를 짓고, 동쪽으로 이웃해 있는 안 판상(安判相)에게 올려서 화답을 구한다(追憶諸相宅宴會之勝, 吟成二律, 奉呈東鄰安判相軒下, 以希和敎)" 하였다.

560) 난정(蘭亭): 동진(東晋)의 황희지(王羲之)가 이곳 난정에서 당시의 명사들과 더불어 흘러가는 물에 술잔을 띄우는 곡수유상(曲水流觴)의 연회를 열었다.

561) 낙사기영(洛社耆英): 덕망이 높은 노인을 기영(耆英)이라 하며, 이 기영들의 모임을 낙사(洛社) 또는 기사(耆社)라고 한다. 송(宋)나라의 문언박(文彦博)과 부필(富弼) 사마광(司馬光) 등이 낙양(洛陽)의 고령자 13인을 모아서 술자리를 마련하여 서로 즐기면서, 이 모임을 낙양기영회(洛陽耆英會)라 하였다 한다. 송사(宋史) 문언박 전(傳)에 "부필과 사마광 등 13인이 백거이(白居易)의 구로회(九老會)를 따라서 술을 두고 시를 지으면서 서로 즐겼는데, 나이 순으로 서열을 두어 당에 그림을 그려 낙영기영회라 하였다"라고 하였다.

북극에서 응당 별들의 움직임을 살펴야 하고　北極應看星象動[562]
죽림칠현에 대해 말해서는 안 될 것이네　南朝莫說竹林賢[563]
꺼려지는 건 나 같은 이도 참여한 것인데　但嫌如我忝其側
둥근 백옥 환에 한 점의 검은 옥티로다　白玉團丸一點玄

그 두번째　其二[564]

만수배 속의 술은 맛있고 부드러우며　萬壽盃中旨酒柔[565]
봄바람은 불어서 살쩍의 가을을 물리치네　春風吹却鬢邊秋
붉은 도포 입고 앉은 손님은 모두 장중이며　猩袍坐客皆張仲[566]
고운 치아의 가녀들은 모두 막수들이네　玉齒歌兒盡莫愁[567]
기쁜 얼굴과 진심은 취함에서 드러나고　青眼赤心因醉發
창안백발 노인들이 그림에 들어 노니네　蒼顏白髮入圖遊
주인의 정과 마음이 바다보다도 깊으니　主人情意深於海

---

562) 북극(北極): 북극성. 북신(北辰)과 같다. 《논어(論語)》에서 "북신이 제자리에서 움직이고 않고 가만히 있거늘, 뭇 별들이 북신의 주위를 돌면서 향한다(北辰居其所, 而衆星共之)" 하였다. 여기서 북신은 임금에, 뭇 별들은 신하에 비유된다.

563) 죽림칠현(竹林七賢): 세속을 피해 죽림에 은거하는 일곱 현자들. 노장(老莊)사상과 청담(淸談)이 주류를 이루었다.

564) "안공(安公)은 즉 참찬(參贊) 윤덕(潤德)이다. 공이 안공 및 찬성(贊成) 고형산(高荊山), 지사(知事) 이맥(李陌), 판서(判書) 임유겸(任由謙), 판서(判書) 이자견(李自堅), 참찬(參贊) 조원기(趙元紀) 등과 함께 칠로계(七老稧)를 만들고, 서로 돌아가면서 잔치를 열었는데, 이 잔치의 모습을 그리도록 하였고, 서로 시를 지어서 주고 받은 시축(詩軸)이 있어서, 당세의 아름다운 일로 전해지고 있다. (위 두 율시에 대해) 제공(諸公)으로부터 각각 화답한 시가 있지만, 간혹 탈루가 있어서 지금 부록하지 않는다. 이 사실은 정씨(丁氏)의 《술선록(述先錄)》 및 잠곡(潛谷) 김육(金堉) 공이 찬술한 《해동명신록(海東名臣錄)》의 임유겸(任由謙) 공의 전(傳)에 실려 있다. 용재(容齋) 이행(李荇) 공에게도 또한 칠로계회도영(七老稧會圖詠)이 있는데, 용재 공의 문집에 실려 있다(安公卽參贊潤德. 公與安公, 及高贊成荊山 · 李知事陌 · 任判書由謙 · 李判書自堅 · 趙參贊元紀, 結爲七老之稧, 輪設讌會, 作爲繪事. 有耆英唱酬詩軸, 當世傳爲美事. 諸公各有和詩, 而間有脫漏, 今不附錄. 事載丁氏述先錄, 及潛谷金公堉所撰海東名臣錄任公由謙傳. 容齋李公荇, 亦有七老稧會圖詠, 在本集)" 하였다.

565) 만수배(萬壽盃): 만수를 기원하는 술잔.

566) 성포(猩袍): 고관(高官)들이 입던 붉은 도포.
장중(張仲): 주(周)나라의 어진 신하로서, 부모에게 효도하고 형제와 우애하였다 한다.

567) 막수(莫愁): 옛 여인의 이름이다. 이 여인은 노래를 잘하였다고 전해진다. 〈화산제야음(花山第夜飮)〉 시의 주 참조.

은근히 더 머무르라 붙잡음을 싫어 말자 莫厭慇懃更挽留

상사연의 신하들 上巳宴羣臣[568)]

오색 찬란한 구름이 봉래산을 에워싸고 있거늘 雲擁蓬萊五色昭
여섯 마리 용이 어연 이끌고 하늘에서 내려오네 六龍扶輦下層霄[569)]
3월이 되니 상원은 향기로운 방초들로 가득하고 芳菲上苑當三月[570)]
구소가 퍼져나가는 하늘은 아득하고 아득하여라 縹緲勻天秦九韶[571)]
바람 갈마드는 향로에선 향이 가늘게 피어오르고 風遞爐煙香細細
햇빛을 받는 의장은 그림자가 펄럭펄럭거리네 日明仙仗影飄飄
모시는 신하들이 다투어 남산의 축수를 올리고 侍臣爭獻南山祝[572)]
취기에 젖어서 돌아오는데 달이 밤에 가득하네 霑醉歸來月滿宵

그 두번째 其二

답청 절기 되어 날씨 맑고 따뜻해지니 踏青佳節轉淸和
상원의 꾀꼬리와 꽃이 비단처럼 고와라 上苑鸎花艷綺羅
옥좌에는 하늘 열리니 해와 달이 밝고 玉座天開明日月[573)]
금문에는 생가 소리 우레 진동하는 듯 金門雷動響笙歌[574)]
자욱한 향로의 연기는 바람에 흩어지고 爐煙風散氤氳色
잔물결이 이는 수주에는 향기가 감도네 壽酒香浮瀲灩波[575)]
모시는 군신들이 다투어 축수를 올리니 侍宴群臣爭獻祝

568) 상사연(上巳宴): 삼월 삼짇날에 여는 연회.
569) 연(輦): 어연(御輦) 곧 임금이 타는 수레를 말한다.
570) 상원(上苑): 임금의 정원.
571) 구소(九韶): 순 임금의 음악.
572) 남산축(南山祝): 남산(중국 장안의 종남산(終南山))처럼 영구하라는 축수(祝壽).
573) 옥좌(玉座): 임금이 앉는 자리. 보좌(寶座)라고도 한다.
574) 금문(金門): 궁궐의 대문.
575) 수주(壽酒): 장수를 축원하는 술.

남산의 소나무 나이도 많은 게 아니리 南山松歲不爲多[576)]

그 세번째 其三

높고 높은 궁전 대문에 하늘이 열리니 金闕岧嶢日月開
구중궁궐에 난가가 하늘에서 내려오네 九重鸞駕下天來[577)]
아름다운 꽃과 버들은 삼춘의 경치이고 豔陽花柳三春景
만수배에는 산초와 난초 향기 강렬하네 香烈椒蘭萬壽盃
계단 깃발에는 엷은 안개가 옆으로 서려 있고 列陛旌旗橫細霧
뜰 가득한 북소리는 은은한 맑은 우레네 滿庭笙鼓隱晴雷
녹명에 참가하여 얼마나 다행인가 마는 鹿鳴何幸忝佳宴[578)]
태평성대 송축할 재주 없음이 부끄럽네 欲頌河清愧不才

그 네번째 其四

봉래 궁궐이 오색 구름에 싸여 있는데 蓬萊宮闕五雲間
봉연이 아득히 저 멀리서 구관을 나오네 鳳輦迢迢出九關[579)]
바람에 향로 연기 흩어지니 옥좌 드러나고 風散爐煙開玉座
햇살을 진 의장은 원반을 에워싸고 있네 日明仙仗擁鵷班[580)]
만세 삼창 뒤 소리 가지런히 하여 응하고 山呼唱後齊聲應
어주를 내려 주니 모두 취하여 돌아오네 御醞頒來盡醉還[581)]
다행히 하찮은 신하가 성회에 참여했는데 自幸微臣忝盛會

576) 송세(松歲): 소나무 나이. 장수(長壽)를 의미한다.
577) 난가(鸞駕): 임금이 타는 수레.
578) 녹명(鹿鳴): 임금이 모든 신하와 좋은 손님을 위하여 베푸는 잔치. 〈시경 · 소아 · 녹명〉 편의 내용을 말한다. 권1의 〈낙행우위부(樂行憂違賦)〉의 주 참조.
579) 봉연(鳳輦): 임금이 타는 가마.
구관(九關): 구중궁궐의 문.
580) 원반(鵷班): 조정에 늘어선 백관의 행렬.
581) 어주(御酒): 임금이 하사한 술.

궁궐에서 이날 용안을 가까이에서 뵈었네 彤墀此日近龍顔

답청 踏青

따뜻해지니 들의 푸르름이 한창인데 暖入郊原綠正酣
사람들이 굽이진 물가에 모여 답청을 즐기네 踏青人在曲江潭[582)]
걷다 보니 여린 빛깔이 너무 어여쁘고 行行嫩色憐嬌婉
걷다 보니 아름다운 자태 몹시 사랑스럽네 步步芳恣愛穉憨
푸른색은 붉은 치마에 닿아 빛이 담담하고 翠接紅裙光淺淡[583)]
향은 벽주에 스며들어 그림자 맑게 적시네 香侵碧酒影澄涵[584)]
태평연월이라 행락이 지금의 일이거늘 太平行樂當今事
더군다나 지금이 청명 삼월 삼일 임에랴 況是淸明三月三

그 두번째 其二

2월이라 장안의 날씨 화창하니 二月長安天氣和[585)]
답청이 고상한 흥치가 아니겠는가 其於逸興踏青何
자리를 깐 듯한 두둑길을 지나고 行經密密鋪茵陌
비단을 짠 듯한 언덕을 걸어가네 步過迢迢織錦坡
땅에 닿을 듯한 붉은 치마는 푸른빛과 색을 다투고 襯地紅裙青鬪色
빽빽한 초목에 기댄 맑은 술에는 푸른 물결이 이네 依叢白酒碧生波
젊은 남녀들이 분분히 서로 부축하여 돌아가니 紛紛士女扶歸路
태평성대라 즐거운 일 많음을 비로소 알겠네 始識昇平樂事多

582) 답청(踏青): 답청은 파랗게 난 봄풀을 밟는 것으로, 청명절 혹은 그 무렵에 들을 산책하면서 화조(花鳥) 등의 봄경치를 즐기는 것을 말한다.

583) 홍군(紅裙): 붉은 치마. 여기서는 답청하는 여인의 붉은 치마를 말한 것이다.

584) 벽주(碧酒): 푸르스름한 빛깔이 도는 맛있는 술. 이상의 이 시의 3,4,5,6구의 빛깔, 자태, 푸른색, 향은 모두 봄풀에 대해 말한 것이다.

585) 장안(長安): 원래는 한(漢)나라 수도였던 장안의 고유명사이지만, 뒤에는 그 의미가 확장되어 널리 서울의 뜻으로 쓰게 되었다.

그 세번째 其三

답청의 아름다운 모임에 꽃이 만발하였나니 踏青佳會爛如雲
평원을 바라보니 비단무늬가 걸린 듯하여라 望斷平原碍錦紋
걷다 보니 청향은 나막신 굽 아래서 떠오르고 步步淸香浮屐齒
보다 보니 푸른 빛깔은 비단 치마를 비추네 看看翠色映羅裙
산음 땅에는 많은 문인들이 모여 있다 하고 山陰漫說文人會[586)]
유수 밖에는 모인 남녀들이 많이 있다 하네 洧外空傳士女殷[587)]
오늘 태평스럽게 답청하며 행락을 하였나니 今日太平行樂處
취해 돌아가는 다리가 자욱한 꽃에 물들어졌네 醉歸雙脚染氤氳

비를 기뻐하다 喜雨

만물이 봄을 머금고 발생하려 하거늘 物意含春乃發生
더구나 보슬보슬 단비를 만났음에랴 況逢甘雨細絲輕
집집마다 마을에는 배꽃이 활짝 피었고 家家村落梨花色
여기저기 숲에는 뻐꾹새 소리 가득하네 處處園林布穀聲
밭두둑 돌아보니 푸른 안개 자욱하고 九陌看回青靄合
넓은 들 바라보니 푸른 구름 깔려 있네 千疇望斷綠雲平
가을에 대풍 들 것을 물을 필요 있으랴 秋來大有何煩問
기쁜 마음을 적어서 성덕을 송축하노라 志喜須當頌聖明

586) 산음(山陰): 왕희지를 비롯하여 많은 문인들이 3월 삼짇날에 산음 땅 난정(蘭亭)에 모여 계제(禊祭)를 지내고서 곡수유상(曲水流觴)의 놀이를 즐겼다.

587) 유수(洧水) 밖 구: 〈시경(詩經)·정풍(鄭風)·진유(溱洧)〉편에 "진수와 유수가 깊고 맑나니, 남자와 여자가 많이 모여 있네(溱如洧, 瀏其淸矣. 士與女, 殷其盈矣)"라 하였다. 정(鄭)나라 풍속은 3월 상사(上巳)의 때에 남녀들이 물가에서 난초를 캐어 불길한 것들을 제거하였다 한다.

봄을 보내며 送春

미워라 세월이 극구와 같은 것이	深嫌歲月隙駒同[588]
아흔날의 봄빛이 저물어 가려 하네	九十春光欲暮中
어느 곳 연못가에서는 봄풀이 꿈꾸고 있거늘	何處池塘生草夢
몇 집의 주렴에는 벌써 낙화의 바람이 부네	幾家簾幕落花風
괜히 거울보다가 백발이 슬퍼지나니	空將短鏡悲華髮
긴 끈 얻어 푸른 창공에 매달았으면	願得長繩掛碧空
동군이여 꼭 나를 더불어 하여서	寄語東君須我與[589]
명년에는 백발옹이 되게 하지 말라	明年莫作白髮翁

가을 벌레 秋虫

구름이 하늘에서 걷히고 오랜 비가 개이니	雲歛長空積雨晴
온갖 벌레 울음소리를 근심스레 듣네	愁聞啾喞百虫鳴
풀에 이슬이 맑으니 밤이 더 길어지고	草根露白夜初永
뜰에 달 밝으니 가을이 더욱 맑아지네	庭際月明秋更淸
여관에서는 이때 꿈에서 놀라 깨어나고	旅館此時驚遠夢
규방 어디서는 이별에 가슴 아파하네	香閨何處動離情
지금부터 세모까지는 더욱 허전하리니	從今歲暮偏多感
잠자리 귀뚜라미 소리 어떻게 들어야 할지	忍聽床前蟋蟀聲[590]

588) 극구(隙駒): 세월이 빨리 가는 것이 문틈에서 백마가 달리는 것을 잠시 보는 것과 같다는 뜻으로, 세월의 빠름을 말한다.

589) 동군(東君): 봄을 맡은 신, 청제(靑帝)라고도 한다.

590) 실솔(蟋蟀): 귀뚜라미. 《시경(詩經)》에서 "귀뚜라미 울음소리가 마루에서 들리니, 한 해가 드디어 저물기 시작하는구나(蟋蟀在堂, 歲聿其莫)" 하였다.

멱라수 汨羅[591]

멱라수에 이른 그 해에 초췌하였는데 憔悴當年到汨羅[592]
충언이 어찌하여 임금을 거스르게 되었나 忠言其奈忤君何
뭇사람들의 입은 쇠도 쉬이 녹일 수 있음을 겪었고 曾經衆口銷金易[593]
좋은 의사는 팔뚝 부러짐이 많았음을 비로소 믿겠네 始信良醫折臂多[594]
일편단심을 품고도 드러내지 못하고서 一寸丹心懷未露
천길 푸른 물속에 떨어져 파도에 휩쓸리네 千尋碧窟落隨波
정말로 알겠네 만고의 영령이 있어서 應知萬古英靈在
그 원혼이 장화대와 맥수가에 들어가 있음을 怨入章華麥秀歌[595]

애산회고 崖山懷古[596]

북에서 온 오랑캐 말이 남서를 지나니 北來胡馬過南徐[597]
섬에 어찌 임금 수레 머물게 할 수 있겠나 島嶼何堪駐玉輿
만리에 이르던 강역은 한 자도 남지 않았고 萬里幅員無尺寸
백 년 종사는 완전히 폐허가 되고 말았네 百年宗社作丘墟
양의도 어찌 천창 뒤에야 고칠 수 있겠는가 良醫豈及千瘡後[598]

591) 멱라(汨羅): 만고의 충신인 굴원(屈原)이 빠져 죽은 강 이름.

592) 초췌(憔悴): 굴원의 어부사(漁父詞)에 "굴원이 쫓겨나서 물가를 돌아다닐 적에 안색이 초췌하고 몸이 비썩 말랐다(屈原旣放, 游於江潭, 行吟澤畔, 顏色憔悴, 形容枯槁)" 하였다.

593) 중구(衆口): 뭇 사람들의 비방하는 입.

594) 절굉(折肱): 팔뚝이 부러짐. 전하여 우환을 실컷 맛보아서 경험과 지혜가 풍부해짐을 이른다.

595) 장화(章華): 초(楚)나라 영왕(靈王)이 세운 화려한 누대의 이름이다. 영왕은 여기서 주색에 빠져 놀다가 나라를 파탄에 이르게 하였다.

맥수가(麥秀歌): 기자(箕子)가 폐허가 된 은(殷)나라 도읍터를 지나다가 그 폐허에서 자란 보리가 팬 것을 보고 한탄하여 지었다는 노래. 전하여 조국의 멸망을 멸망을 한탄하는 노래.

596) 애산(崖山): 산 이름으로, 지금의 광동성 남쪽 바다 가운데에 있다. 송(宋)나라 임금이 여기로 피신하여 마지막으로 항전하였으나, 결국 원(元)나라 군대에 의해 패망하고 말았다.

597) 남서(南徐): 옛날의 주(州) 이름. 동진(東晋) 때에 서주(徐州)를 경구성(京口城)에 설치하였고, 남조 송(宋) 때 남서로 개칭하였는데, 지금의 강소성 진강시(鎭江市)이다.

598) 천창(千瘡): 수많은 상처.

의사도 사방이 텅 빈 뒤에는 도모하기 어렵네　義士難圖四廣餘
당시에 용이 어디로 갔는지 묻고 싶지만　欲問當時龍去處
망망한 푸른 바다에 하늘만 담겨 있을 뿐이네　茫茫碧海但涵虛

새벽에 읊다　曉吟

긴 밤 내내 잠을 이루지 못하다가　長夜漫漫睡不成
처마 밑 새벽 닭 울음소리에 기뻐하네　喜聞簷下曉鷄鳴
동창의 달이 옮겨가니 서창이 희뿌연하고　東窓月轉西窓白
삼경의 북소리는 오경으로 옮겨가네　三鼓漏移五鼓聲
취몽 같은 일생은 지나가는 나그네 같고　醉夢一生如過客
전제로서의 만사는 이미 잊어버렸네　筌蹄萬事已忘情[599)]
몇 사람이 인생 백 년을 살고 갔던가　幾人能得百年壽
태반이 반길도 못 가서 떨어지고 말았네　太半凋零在半程

내공의 대　萊公竹[600)]

공안성 내의 셀 수 없는 수많은 사람들이　公安城裏萬家人
울며 상여를 보내면서 다투어 제사 올렸네　哭送靈輴競薦禋
땅에 꽂았던 대나무들은 모두 명맥 끊어졌지만　篠簜揷來皆斷脉[601)]
지전 태운 곳에서 소생하여 대나무 되었네　紙錢焚處更成筠
영해 땅의 외로운 수귀라고 말하지 말라　莫言嶺海孤囚鬼[602)]
일찍이 전연 땅의 굳세고 굳센 한 신하였네　曾是澶淵一介臣[603)]

---

599) 전제(筌蹄): 고기를 잡는 통발과 토끼 등을 잡는 올가미. 전하여 목적을 달성하기 위한 방편, 수단 등의 의미로 사용된다.

600) 내공(萊公): 송(宋)나라 때 구준(寇準)의 봉호(封號)다. 내공이 귀양을 가서 죽은 후 서경(西京)으로 귀장(歸葬)할 때, 그 통로인 서경 남쪽의 공안현(公安懸) 사람들이 모두 내공의 죽음을 슬퍼하여 대나무를 꺾어 땅에 꽂고, 거기에다 지전(紙錢, 관속에 넣는 돈모양의 종이)을 걸어서 통곡하며 제사를 올렸는데, 얼마 안 되어 보니 그 대나무에 뿌리가 내렸다고 한다. 이 대나무를 내공죽(萊公竹)이라 한다.

601) 소탕(篠簜): 가는 대와 큰 대.

귀신 감동시킨 것은 부로에게 바쳐야 하기에　　知爾感神惟貢父[604]
그래서 기이한 일로서 정민을 헌상하네　　故將奇事上貞珉[605]

맑은 가을을 슬퍼함　　悲清秋

서남쪽으로 어젯밤 심성이 흘렀으니　　西南昨夜火星流[606]
천지의 절서가 다 되어감을 알겠네　　暗覺乾坤節序遒[607]
만리 타관에서 뉘가 나그네 되었는가　　萬里關河誰作客
서리와 이슬은 괜히 근심을 일으키네　　一番霜露惹生愁
원숭이는 새벽 싸늘한 달 보며 울고　　猿啼冷月青衣曉
다듬이질은 가을 차가운 성에서 급하네　　砧急寒城白帝秋
송옥만이 이 한을 안 것은 아니리라　　不獨宋玉知此恨[608]
결국에는 모든 인간만사가 근심스럽네　　到頭人事盡悠悠

대사　　大射

봉악을 걷으니 붉은 도포가 빛나시는데　　高褰鳳幄赭袍輝[609]
선사 배알 파하고 대사 의식 거행하시네　　謁罷先師講射儀[610]

---

602) 영해(領海): 중국의 호남성과 호북성.
수귀(囚鬼): 죄수로서 사망한 귀신.

603) 전연(澶淵): 중국 하북성 복양현 서쪽에 있는 지명.

604) 부로(父老): 한 국가나 한 고을의 중심이 되는 덕망 있는 노인.

605) 정민(貞珉): 옛날 효성이 지극한 정부(貞婦)가 죽은 후, 그가 거처하던 방에 커다란 돌이 하나 솟아나 있으므로, 사람들이 이를 정부석(貞婦石) 또는 정석(貞石), 정민(貞珉)이라 하였다.

606) 심성(心星): 즉 대화심성(大火心星)이다. 이 별은 음력 7월에 서남쪽으로 흐른다. 다시 말해서 이 별이 서남쪽으로 흘렀다는 것은 가을이 되었음을 뜻한다.

607) 절서(節序): 절기(節氣)의 순서. 이 절서가 다 되어 간다는 것은, 한 해가 마무리되는 쪽으로 옮겨갔음을 뜻한다.

608) 송옥(宋玉): 초(楚)나라 사람으로 많은 사부(辭賦) 작품을 남겼다. 그중에 '구변(九辯)'에서 "슬퍼구나, 가을 기운이여! 쓸쓸하구나, 초목의 잎이 떨어짐이여(悲哉! 秋之爲氣也. 蕭瑟兮, 草木搖落而變衰)" 하였다."

609) 봉악(鳳幄): 임금이 앉는 자리에 둘러치는 휘장.

짝과 나란히 계단을 올라서 읍양을 행하고	比耦升階行揖讓[611]
소리 따라서 화살 쏘아 곰과 사슴을 적중시키네	循聲發失中熊麋[612]
예악이 바야흐로 흥기하여 일어나는 날이요	百年禮樂方興日
한 시대의 풍운이 모두 회합하는 때이로다	一代風雲畢會時[613]
뭇 신하들과의 잔치를 은혜로이 허락하셨나니	恩許羣臣同宴樂
남산처럼 만수무강하시기를 축원합니다	南山萬壽祝無期

두번째 其二

용이 구오에서 날아 세상이 밝고 아름다워지니	龍飛九五屬休明[614]
예악과 문장이 빛나며 크게 이루어지네	禮樂文章煥大成
이미 선사인 공자를 향하여 제사를 마쳤고	已向先師禋祀畢
다시 옛 제도를 따라 대사 의식을 거행하네	還從古制射儀行
백관들이 모여 있는데 온화하고 겸손하며	雍容揖遜千官會
춤과 어우러진 소소는 구곡의 소리네	蹈舞簫韶九曲聲[615]
봉액의 미천한 신하가 성회에 참여했으나	縫掖微臣衮盛事[616]
태평성대 송축할 사조가 없음이 부끄럽네	愧無詞藻頌河淸[617]

610) 선사(先師): 공자(孔子)를 가리킨다.

대사(大射): 임금이 성균관에 거동하여 선성(先聖-공자)을 배알하고 나서 활쏘기 시험을 보이는 것.

611) 읍양(揖讓): 인사하고서 양보하다.

612) 웅미(熊麋): 곰과 큰 사슴, 여기서는 표적으로 그린 곰과 큰 사슴이다.

613) 일대풍운필회(一代風雲畢會): 앞의 주 543) 참조

614) 구오(九五): 《주역》 괘효(卦爻)의 이름. '구(九)'는 양효(陽爻)임을 말하고, '오(五)'는 아래에서 다섯번째임을 말하는데, 〈건괘(乾卦)〉 구오(九五)의 풀이는 '비룡재천, 이견대인(飛龍在天, 利見大人)'으로 이는 마치 성인(聖人)이 용(龍)의 덕(德)이 있고 비등(飛騰)하여 천위(天位)에 거하는 것을 상징적으로 보여준다. 곧 제왕의 지위를 말한다.

휴명(休明): 아름답고 밝음.

615) 소소(簫韶): 순(舜) 임금이 지은 악장.

616) 봉액(縫掖): 문관 및 4품 이상의 무관이 입는 도포.

617) 사조(詞藻): 아름다운 문장.

복직 復職

일편단심이 늘 해를 향했었지만 一寸丹心向日邊
고릉 돌아보니 아득하기만 했었네 觚稜回首夢悠然[618)]
여러해 봉문 아래서 대죄하였거늘 多年俟罪蓬門下[619)]
이날 다시 옥계 앞에서 배알하네 此日重朝玉陛前[620)]
은덕은 하늘과 땅처럼 넓디 넓고 德與乾坤同蕩蕩
은혜는 강과 바다처럼 깊고 깊네 恩將河海共淵淵
몸이 부서지도록 노력하여도 큰 은혜 갚을 길 없고 粉身無計酬洪造[621)]
다만 화산과 숭산처럼 만만세하시길 빌 뿐 只祝華嵩億萬年[622)]

새눈 新雪

10월이라 현명의 명령이 행해지니 十月玄冥令已行[623)]
새눈이 창을 때리는 소리에 놀라네 驚聞新雪灑窓聲
가지에 눈꽃은 봄다투며 소복하게 피어났고 粘枝冷艷爭春發
온 사방의 차가운 빛은 밝게 밤을 비추네 撲地寒光照夜明[624)]
온세상에 은세계가 활짝 펼쳐졌고 千里溪山銀界濶
소나무와 대나무는 옥처럼 맑디 맑네 一軒松竹玉容淸
이때에 만약 고아주를 얻게 된다면 此時若得羔兒酒[625)]

---

618) 고릉(觚稜): 전당(殿堂)의 가장 높은 모서리. 여기서는 대궐을 의미한다.
619) 봉문(蓬門): 가난한 사람의 집을 뜻한다.
620) 옥계(玉陛): 대궐의 섬돌.
621) 분신(粉身): 분골쇄신(粉骨碎身), 즉 뼈가 가루가 되고 몸이 부서지도록 노력하다.
홍조(洪造): 홍은(洪恩)과 같으며, 큰 은혜의 뜻.
622) 화숭(華嵩): 중국 오악(五嶽)의 하나인 화산(華山)과 숭산(嵩山).
623) 현명(玄冥): 겨울을 맡고 있는 신(神).
624) 박지(撲地): 박(撲)은 친다 · 때린다 · 달려든다는 등의 뜻이 있어서 흰 눈이 하늘에서 땅을 향해 달려가듯이 땅을 치는 것으로 볼 수 있고, 분을 바르듯이 톡톡 치는 것으로도 볼 수 있다. 그래서 박지(撲地)는 ① 톡톡이라는 의성어 ② 땅을 향해 달려오듯 내리는 것 ③ 도처, 온 사방의 뜻 모두 가능하나 여기서는 ③을 취한다.

마땅히 세모의 정이 덜어지지 않으랴 應殺騷人歲暮情[626]

납매 臘梅[627]

한겨울이라 초목이 아직 제 정신이 아니거늘 窮冬草木未精神
홀연 매화나무 가지 끝에서 흰색이 감도네 忽見梅梢粉色勻
화정이 그 혼을 읊으니 활발해지기 시작하고 和靖吟魂初蕩漾[628]
수양이 이마를 장식하니 더더욱 청신하네 壽陽粧額更清新[629]
깨끗한 지조로 찬 겨울에 머물기를 좋아하고 喜將潔操留寒臘
농염한 꽃과 따뜻한 봄에 다툼을 부끄러워하네 羞與穠華競暖春
강남의 어디에서 역의 심부름꾼을 만나서 何處江南逢驛使
일지춘을 농두의 사람에게 보낼고 一枝先寄隴頭人[630]

동짓날 이른 아침 至日早朝

피리의 재가 날아서 일양이 회복되니 葭管灰飛復一陽[631]

---

625) 고아주(羔兒酒): 술 이름. 또는 양고주(羊羔酒)라고도 한다. 산서(山西) 분양(汾陽) 행화촌(杏花村)에서 생산된 유명한 약주(藥酒)의 한 종류.

626) 세모정(歲暮情): 한 해가 저물어감에 쓸쓸하고도 가슴 휑한 느낌.

627) 원주에 "(8구의) '선(先)' 자는 '료(聊)' 자로 되어 있는 곳도 있다(先一作聊)" 하였다.

628) 화정(和靖): 송(宋)나라의 은사(隱士)로서, 화정(和靖) 선생이라 한다. 서호(西湖)의 고산(孤山)에 살며 20여 년간이나 시정(市井)에 내려오지 않고 매화와 학을 벗하여 살았다.

629) 수양(壽陽): 남조(南朝) 송(宋) 무제(武帝)의 딸 수양 공주. 전하는 바에 의하면, 매화가 그녀의 이마 위에 떨어졌는데, 사람들이 이를 보고 아름답게 여겨서 매화를 이마에 그려 화장하는 수양장(壽陽粧)이라는 화장법이 나왔다고 한다.

630) 일지(一枝): 일지춘(一枝春). 봄 한 가지, 즉 매화를 가리킨다. 전하는 바에 의하면, 남조(南朝) 송(宋) 육개(陸凱)와 범엽(范曄)이 우정이 독실했는데, 강남에 있던 육개가 장안(長安)에 있던 범엽에게 매화꽃이 핀 매화나무 한 가지를 시와 함께 보내면서, "매화나무 한 가지를 꺾어 역 심부름꾼을 만나서, 농두의 사람에게 부치네. 강남에는 별스런 게 없는지라, 애오라지 봄 한 가지를 보내네(折花逢驛使, 寄與隴頭人. 江南無所有, 聊贈一枝春)" 하였다.

631) 일양(一陽): 한 양기(陽氣). 왕오(王鏊)의 《운택장어(震澤長語)·상위(象緯)》에 "동짓날에는 한 양기가 땅으로부터 올라온다(冬至之日, 一陽自地而升)" 하였다.

좋은 날을 경축하러 일찍 대궐로 가네　早趨金闕慶辰良
동방에서는 샛별이 아직 보이지 않지만　東方未見明星爛
서액에서 긴 시간을 보내기 어렵네　西掖難消刻漏長[632)]
닭이 오경에 울어서 새벽을 재촉하니　鷄唱五更催曉曙
만만세를 불러서 임금을 축수하네　山呼千歲祝君王[633)]
지금으로부터는 따뜻한 기운이 퍼져서　從今暖律舒和氣
가리개 부채 걷은 어진 바람이 팔방의 끝까지 흩어지리라　却扇仁風散八荒[634)]

그 두번째　其二

상서로운 기운이 대궐에 자욱하나니　瑞氣氤氳滿鳳城
백관이 하나의 양이 생겨남을 축하하러 나아가네　百官趨賀一陽生[635)]
고관이 행차하는 서울 거리에서는 닭이 세 번 울고　鳴珂紫陌鷄三唱[636)]
대기하는 궁문에서는 북소리가 다섯 번 울리네　待漏金門鼓五聲[637)]
어두운 하늘에서는 별이 지려 하고　黯淡天光星欲落
희미하던 궁전은 햇빛으로 비로소 밝아지네　憙微殿色日初明
만세소리 끝남에 선주를 재촉하시니　山呼唱罷催宣酒[638)]
취하여 섬돌에 내려서 태평을 송축하네　醉下丹墀頌太平[639)]

---

632) 서액(西掖): 궁전 서편에 있는 곁채.

633) 축수(祝壽): 장수를 축원하다.

634) 각선(却扇): 옛날 혼례를 행할 때 신부가 부채로 얼굴을 가리는데 맞절한 후에 부채를 치운다. 이후 결혼이 완성되었음을 칭한다.

635) 일양생(一陽生): 동지(冬至)가 되어 한 양기가 생겨나다.

636) 명가(鳴珂): 말굴레 장식인 자개 소리가 울리다. 이 장식은 고관의 거마에 하기 때문에, 전하여 고관이 거마를 타고 행차함의 뜻으로 쓰인다.

자맥(紫陌): 서울의 거리.

637) ① 대루(待漏): 루(漏)는 고대의 시간을 재는 기구. 백관이 새벽에 입조(入朝)하여 천자를 조배(朝拜)하기를 기다리는 것을 말한다 ② 금문(金門): 궁문의 이름. 대체로 학사가 조칙을 기다리는 곳 ③ 오성(五聲): 일반적으로 궁상각치우 다섯 소리를 말하지만 여기서는 '三唱'에 대하여 소리의 횟수로 본다.

638) 선주(宣酒): 임금이 명령하여 술을 하사하다, 또는 하사하는 그 술.

639) 단지(丹墀): 궁궐의 섬돌, 전하여 궁궐.

그 세번째 其三

양기가 봉래산에 움직이니 여섯 마리 자라가 손뼉치며 기뻐하고 陽動蓬萊抃六鼇[640)]
오경에 백관들이 신선처럼 늘어섰네 五更冠佩列仙曹
새벽빛이 어둠 깨치니 붉은 궁전이 드러나고 晨光破黑分丹殿
촛불 그림자 붉게 일렁이니 붉은 도포인 줄 알겠네 燭影搖紅認赭袍[641)]
음악 아홉 곡을 연주하니 채봉이 이르고 樂奏九成來彩鳳[642)]
만만세를 외치니 반도를 올리네 山呼千歲進蟠桃[643)]
중관에게 재촉하여 술 내리시나니 中官催賜瓊漿酒[644)]
취하여 대궐 나섰는데 해가 아직 높지 않네 醉出金門日未高

입춘 立春

어디서 천지 큰 조화의 어짐을 찾아볼꼬 何處尋知大造仁
조풍이 따뜻하게 불어오니 물색이 새롭네 條風吹暖物輝新[645)]
어구는 황금버들이 움직이기를 재촉하고 御溝催動黃金柳[646)]
새벽 시각을 강적인이 천천히 전해 주네 宮漏徐傳絳幘人[647)]

---

640) 육오(六鼇): 《열자(列子) · 탕문(湯問)》에 "발해(渤海) 동쪽에 대여(岱輿) · 원교(員嶠) · 방호(方壺) · 영주(瀛洲) · 봉래(蓬萊) 등 다섯 신선산이 있는데 신선들이 살고 있다. 산이 파도에 밀려 떠다니자 천제(天帝)가 북방의 신(神) 옹강(禺彊)에게 명하여 15마리의 거대한 자라를 보내 그 신선산을 머리로 떠받치게 하였다. 그런데 용백국(龍伯國)의 거인(巨人)이 그 중 여섯 마리를 낚시로 낚아 등에 지고 갔다. 그래서 대여와 원교 두 산은 북극으로 흘러가 큰 바다에 빠져버렸다"고 하였다.

641) 자포(赭袍): 임금이 입던 붉은 도포.

642) 구성(九成): 음악 아홉 곡을 연주하는 것. 성(成)은 종(終)의 뜻으로 음악 한 곡이 끝나는 것을 일성(一成)이라 한다. 구주(九奏) · 구변(九變)도 같은 뜻이다. 《서(書) · 익직(益稷)》에 "소소구성, 봉황래의(簫韶九成, 鳳凰來儀)"라고 하였다.

채봉(彩鳳): 아름다운 봉새. 전하여 화락한 기상을 뜻한다.

643) 반도(蟠桃): 선경(仙境)에 있다는 복숭아로, 장수를 비는데 쓰는 말.

644) 중관(中官): 환관.

645) 조풍(條風): 동북풍.

646) 어구(御溝): 대궐 안에 있는 개천.

647) 강적인(絳幘人): 새벽이 되었음을 알리는 사람.

은승을 이때에 대궐에서 하사하는데　銀勝此時頒禁闈[648]
토우는 누가 농신에게 굿하기 위한 건가　土牛誰是賽農神[649]
근시의 신하들이 다투어 남산수를 올리나니　近臣爭獻南山壽[650]
술 맑고 산초 향기로우니 더욱더 참맛이네　酒烈椒香味更眞

상서를 맞이함　迎祥

요명 한 잎이 처음으로 난 걸 기뻐하나니　堯蓂一葉喜初生[651]
궐내에 봄기운이 화창하여 서색이 밝구나　禁裏陽和瑞色明
달력에서는 몇 번이나 복된 설날이 지났을까　鳳曆幾經元日慶
별자리에서는 지금 태계가 평평함을 보겠네　星文今見泰階平[652]
깊은 어진 덕은 천 리 대지를 흘러가고　深仁大地流千里
아홉 악장의 음악은 하늘 저 멀리로 퍼져가네　廣樂勻天奏九成
축하드리며 장락궁에서 기쁘게 해드리나니　最賀承歡長樂殿
향기로운 산초와 만세 축원의 술잔을 받드네　香椒躬奉萬年觥

새봄　新春

돌고 돌아가는 사계절 중에서　天機流轉四時中

---

648) 은승(銀勝): 옛날에 여인들이 머리에 하던 장식. 은박지로 만든 일종의 채색 꽃이다.

649) 토우(土牛): 진흙으로 만든 소. 입춘 때가 되면 토우를 만들어 농경을 권하였는데, 봄농사가 시작되었음을 상징한다.

650) 남산수(南山壽): 종남산(終南山)처럼 장수하라고 축원하는 축수의 술.

651) 요명(堯蓂): 중국 상고시대 요임금의 뜰에 있었다는 명협(蓂莢)이라는 서초(瑞草)를 말한다. 이 명협은 매월 15일 이전에는 날마다 한 잎씩 나고, 15일 이후는 날마다 한 잎씩 떨어지되, 그 달이 작으면 한 잎은 떨어지지 않고 그대로 말라 버렸다고 한다. 이것이 역서(曆書)의 시초가 된 것이다. 시에서 요명 한 잎이 처음으로 났다는 것은, 이제 새해 설날이 밝았음을 뜻한다.

652) 태계(泰階): 별자리 이름이다. 상, 중, 하 삼계(三階)로 나뉘며, 매 계에 각 두 별이 있다. 상계(上階)의 윗별은 천자, 아랫별은 왕후, 중계(中階)의 윗별은 제후와 삼공, 아랫별은 경대부(卿大夫), 하계(下階)의 윗별은 원사(元士), 아랫별은 서인(庶人)의 상으로 한다. 이 별들이 평평하면 오곡이 풍성하고 천하가 태평하게 된다 한다.

또 새봄의 조화의 공을 보게 되는데 又見新春造化功
추위 다하니 북방에도 눈이 녹았고 寒盡北方無臘雪
동쪽 땅에서는 봄바람이 불어오네 暖迴東陸有條風
어린 눈을 뜬 버들은 푸르지려 하고 柳開嫩眼將舒綠
복사꽃은 향기로운 망울을 맺어 붉게 피려 하나니 桃結香房欲綻紅
참으로 삼양의 좋은 호시절이니 正是三陽好時節[653]
한잔의 술도 남과 함께 하며 즐기리 一盃休厭與人同

상원절에 등불을 보면서 上元觀燈[654]

백만 사람이 사는 서울 집집마다 문을 열었고 百萬長安綉戶開
등 벌려 놓은 곳곳은 좋은 누대인데 張燈處處好樓臺
밝은 달이 사람 따라 감을 볼 뿐 惟知明月隨人去
향기 티끌이 말을 쫓아서 오는 것은 보지 못했네 不見香塵逐馬來
새해가 되고서 15일째 되는 밤 新歲流光三五夜
젊은이들은 즐기며 무수히 술잔 기울이는데 少年行樂十千盃
눈에 가득한 번화함 싫증나지 않으니 繁華滿眼看無厭
물시계를 재촉해서 무엇하랴 玉漏銅壺且莫催

십팔학사 야연도 十八學士夜宴圖

옛날 진부에 뭇 신선이 있었는데 惜時秦府有羣仙
지금 그림으로 보니 참으로 생동하네 今見圖中正宛然
또렷한 경루는 열두 동으로 나뉘어 있고 歷歷瓊樓[655]分十二
흐릿한 약수는 3천 리 떨어져 있네 依依弱水[656]隔三千

653) 삼양(三陽): 봄.
654) 상원절(上元節): 음력 정월 대보름.
655) 경루(瓊樓): 신선이 거처하는 집.
656) 약수(弱水): 선경(仙境)에 있다는 홍모(鴻毛)도 가라앉는다고 하는 강.

식탁의 먹을 것들은 궁중의 음식들이며	盤中飣餖是宮膳
달 아래의 술단지에서 밤 연회임을 알겠네	月下樽罍知夜筵
당시에 추구하던 일을 묻고자 하거늘	欲問當時搜討事
어째서 입 꼭 다물고 전하지 않았을까	如何默默不相傳

황매우　　黃梅雨

정양의 하늘에선 비 부슬부슬 내리고	霏霏細雨正陽天
매화가 열매를 맺어서 주렁주렁 달렸네	結子香梅萬顆懸
비취색 구슬에 점 찍으니 무르익어 물방울 맺으려 하고	珠翠點來濃欲滴[657]
누렇게 익은 것은 찬란하기가 불타는 듯하네	金黃染盡爛如燃
만물이 절기 분간하는 걸 알고 있지만	已知品物分時序
나이는 왜 세월을 따라서 가는 것일까	還訝流光轉歲年
내 소원은 당에 올라 그댈 천거하는 건데	我願升堂薦君子
향긋한 냄새와 색깔 모두 완전하구나	芬芳色臭兩相全

신량　　新涼

시원함으로 더위 가시니 가을 소리 들리고	新涼滌暑報秋聲
구름 걷히니 들판에서는 묵은 비가 개이네	雲歛郊墟宿雨晴
달이 누대를 비추는데 밝기가 한량이 없고	月透玉樓無限爽
바람이 대자리서 이는데 맑기가 그지 없네	風生銀簟有餘淸
말끔한 섬돌 아래는 귀뚜라미 소리 요란하고	莎階淡淡蛩音亂
쓸쓸한 여관에서는 나그네가 꿈에서 놀라네	旅館凄凄客夢驚
시인은 이러한 때 감개가 참으로 많나니	正是騷人多感慨
곧 떠날 사람을 물가에서 보내는 심정이네	如憑山水送將行

657) 취주(翠珠): 푸른 구슬. 여기서는 매실에 점점이 박혀 있는 푸른 구슬 모양의 문양을 가리킨다. 이것이 많은 매실이 너무 농익어서 매실액이 물방울져 떨어지려 한다[농적, 濃滴] 한 것이다.

이른 매화 早梅

일찍 봄소식 전하는 한매가 있어서 早傳春信有寒梅[658]
햇살 밝은 뜨락에서 눈더미를 짝했는데 粲粲庭前伴雪堆
처사는 여전히 쌀쌀한 그 혼을 읊조리고 處士吟魂依舊冷[659]
귀인은 새로 재단한 것으로 이마장식했네 貴人粧額正新裁[660]
문득 머잖아 아리따움 다툴 도리가 미워져서 却嫌桃李方爭艶[661]
아직 터지지 않은 매화 꽃망울에게 나아가나니 惟趁句芽未破胎
강남 어디에서 역전 심부름꾼을 만나서 何處江南逢驛使
한 가지를 농두의 사람에게 보내줄고 一枝分與隴頭來[662]

줄 없는 거문고 無絃琴

내가 알기로 선생은 장식 없는 거문고를 숭상했는데 我識先生尙素琴[663]
많은 소리라도 마음속을 드러내기 충분하지 않네 繁聲未足發中心
어찌 소리와 곡조의 전환을 번거로이 현에 의지하랴 何煩變轉因絃柱

658) 한매(寒梅): 차가운 날씨에 굽히지 않고 피어난 매화꽃, 즉 설중매(雪中梅)이다.

659) 처사(處士): 재야에 있는 선비. 여기서는 송대(宋代)에 서호(西湖)의 고산(孤山)에서 매화와 학을 짝하며 은거했던 화정(和靖) 임포(林逋)를 가리킨다.

660) 귀인(貴人): 여기서는 남송(南宋) 무제(武帝)의 딸 수양공주(壽陽公主)를 가리킨다. 매화꽃이 그의 이마 위에 떨어졌는데, 이게 너무 아름다웠으므로 후일 다른 사람들이 이를 모방하여 수양장(壽陽粧)이라는 화장법이 나왔다고 한다.

661) 도리(桃李): 복사꽃과 오얏꽃.

662) 한 가지[一枝]: 매화 한 가지. 전하는 바에 의하면, 남조(南朝) 송(宋) 육개(陸凱)와 범엽(范曄)이 우정이 독실했는데, 강남에 있던 육개가 장안(長安)에 있던 범엽에게 매화꽃이 핀 매화나무 한 가지를 시와 함께 보내면서, "매화나무 한 가지를 꺾어 역 심부름꾼을 만나서, 농두의 사람에게 부치네. 강남에는 별스런 게 없는지라, 애오라지 봄 한 가지를 보내네(折花逢驛使, 寄與隴頭人. 江南無所有, 聊贈一枝春)"라고 하였다.

663) 소금(素琴): 아무 장식도 줄도 없는 거문고. 이백(李白)의 〈戲贈鄭溧陽〉을 일독하면 위의 시를 보다 더 잘 이해할 수 있다: "도연명은 매일 취하여, 다섯 그루 버들에 봄이 온 것도 몰랐네. 소금(素琴)엔 본디 줄이 없었고, 술 거르는 데 머리 갈건을 썼네. 맑은 바람 불어 들어오는 북창 아래서, 스스로 복희씨 적 사람이라 하였네. 나는 언제 율리로 가서, 평생의 친구를 만나보게 될까(陶令日日醉, 不知五柳春. 素琴本無絃, 漉酒用葛巾. 淸風北窓下, 自謂羲皇人. 何時到栗里, 一見平生親)."

이로부터 유통되어 고금을 꿰뚫었네 自是流通貫古今
되는대로 연주해도 산과 물이 되려 역력하고 浪撫峨洋猶歷歷
실제 연주하지 않아도 오음이 더욱 명료한데 虛彈商羽更森森
맑은 바람이 부는 북쪽 창문 아래서 몇 번이나 淸風幾度北窓下
복희씨의 상고시대 음악 경지에 이르렀을까 奏入羲皇上世音

옥당의 잣나무 玉堂栢

사시사철 변하지 않는 푸른색으로 蒼顔不變四時同
난파에서 임금님 궁전을 향해 공손히 섰네 高倚鑾坡拱紫宮[664)]
바람 속에서 파도는 용솟음치고 風裡波濤將蹙海[665)]
우중에 인갑은 허공으로 솟으려 하네 雨中鱗甲欲騰空[666)]
아침엔 취적이 벼루에 응결되어 있고 朝看滴翠凝書硯
낮에는 맑은 그늘이 난간에 가득하네 午得淸陰滿檻櫳
조룡의 여러 학사들에게 말하노니 寄語雕龍諸學士[667)]
곧은 마음을 추위에서도 버리지 마세 貞心莫負歲寒中

9일에 국화가 없다 九日無菊[668)]

올해는 절후가 너무 늦게 돌아오나니 今年節候太遲回
국화가 구일에도 핀 것을 보지 못하네 不見黃花九日開
어디서 오모가 떨어졌다고 하는가 幾處謾傳烏帽落[669)]
누가 공연히 백의가 오길 기다리는가 誰家空待白衣來[670)]

---

664) 난파(鑾坡): 한림원 즉 예문관(옥당)의 별칭이다.
자궁(紫宮): 임금이 거처하는 궁전.
665) 파도(波濤): 여기서는 바람에 나부끼는 잣나무 잎을 표현한 것이다.
666) 인갑(鱗甲): 비늘 물고기와 등껍데기 자라(거북). 여기서는 잣나무 껍질을 말한 것이다.
667) 조룡(雕龍): 용을 조각하는 것처럼 문장을 잘 다듬는 것.
668) 구일(九日): 음력 9월 9일 중양절(重陽節)을 말한다. 옛날에 이날에는 높은 곳에 올라가 잔치를 열고 노는 풍습이 있었다.

술을 억지로 따라 마셔도 취하지 않나니 强斟美酒難成醉
노령에 그냥 보내자니 안타깝기만 하네 任送衰齡不禁頹
어떻게 하면 도인 은칠칠을 만나서 安得道人殷七七[671]
곧장 꽃 피게 해서 즐겁게 노닐 수 있을까 卽開香蘂樂徘徊

상서를 맞이함 迎祥

갠날 옷을 드리우고 궁전에 계시는데 玉殿垂衣日色晴
중동과 삼루라서 더없이 총명하시네 重瞳三漏廣聰明[672]
따뜻하기 시작하니 만물에 생기가 돌고 陽回暖律多生意
은혜가 마른 뿌리에도 흡족하여 모두 꽃 피네 恩洽枯根盡發榮[673]
인간 세상에는 초송이 두루 퍼져 있음을 보았고 已見人間椒頌遍[674]
천상에서는 태계가 평평하다고 들었네 還聞天上泰階平[675]
원기를 조리함에서 무엇이 더 남았는가 調元順序餘何事
모든 업적이 빛나서 잘 되길 바랄 뿐이네 庶績熙熙但仰成

불어난 물을 보면서 觀漲

장마가 계속되고 그치려 않으니 苦雨霪霪不肯休

---

669) 오모(烏帽): 검은 모자. 오모가 떨어졌다는 것은 '즐겁게 놂'을 뜻한다. 진(晉) 맹가(孟嘉)가 중양절에 제 모자가 바람에 떨어진 것도 모를 정도로 즐겁게 놀았다고 한다.

670) 백의(白衣): 술 심부름하는 하인. 도연명이 9월 9일 중양절에 술이 떨어져 술 생각이 간절하였는데, 이때 마침 강주(江州) 자사(刺史)로 있던 왕홍(王弘)이 흰 옷(白衣)을 입은 사환을 시켜 술을 보내왔다고 한다.

671) 은칠칠(殷七七): 당대(唐代)의 도사(道士)로서 이름이 천상(天祥), 일명 도전(道筌)이다. 환술(幻術)에 뛰어났다고 한다.

672) 중동(重瞳): 눈동자가 겹으로 된 것, 순(舜) 임금의 눈이 중동이다.
삼루(三漏): 세 구멍, 우(禹)임금의 귀에 세 구멍이 있었다.

673) 고근(枯根): 마른 뿌리.

674) 초송(椒頌): 자손이 흥성하기를 축원하는 노래.

675) 태계(泰階): 별자리 이름이다. 총 여섯 개의 별로 이루어져 있는데, 이 별들이 평평하면 오곡이 풍성하고 천하가 태평하게 된다 한다.

긴 강이 우레 소리를 내며 요란스레 흘러가네 長江雷吼亂奔流
홍수가 끝이 없던 날 같으니 還如洪水無涯日
바로 용문이 아직 열리지 않은 때이네 正是龍門未闢秋
천제는 경주를 우려할 것이고 天帝必生傾柱慮[676)]
지황은 절유를 응당 근심하리라 地皇應起絶維愁[677)]
악양루에 누가 올라 조망하는가 岳陽樓上誰登望
오초 땅이 동남쪽에 반쯤 떠 있네 吳楚東南半面浮

북창의 맑은 바람 北窓淸風

어째서 만년에야 관직에서 물러났는고 解綬如何在晩年
돌아와 보니 소나무와 국화는 그대로네 歸來松菊尙依然
삼오의 산수는 모두 유방의 땅이지만 三吳山水皆劉地[678)]
오류의 풍연만은 홀로 진나라 하늘이네 五柳風煙獨晋天[679)]
남쪽 땅 무더위도 베갯맡에서는 사라지니 南陸炎威消枕上
북창을 통해서 시원한 바람이 불어오네 北窓凉吹入床邊
희황인 신세도 한가롭기 이와 같았을 터 羲皇身世閒如許[680)]
거문고줄 없음에 이르러 옛 뜻이 온전하네 琴到無絃古意全

---

676) 경주(傾柱): 하늘을 떠받치는 기둥이 무너짐. '경주'를 우려한다는 것은 홍수로 혹 기둥이 무너지지 않을까 하고 근심하는 것이다.

677) 절유(絶維): 땅을 하늘에 매어놓은 밧줄이 끊어지다. '절유'를 근심함은, 홍수로 그 밧줄이 끊어질까 염려하는 것이다.

678) 삼오(三吳): 여러 설이 있는데, 대체로 지금의 양자강 하류 일대를 삼오의 땅이라 한다.
유방(劉邦): 한(漢)을 건국하였다.

679) 오류풍연(五柳風煙): '오류'는 진(晉)나라 사람 도연명이 집 가에 심은 다섯 그루 버들을 가리킨다. 그래서 도연명은 자칭 '오류 선생'이라 하였다. 오류의 풍연(風煙)은, 다섯 그루 버드나무에 부는 바람과 거기에 끼는 안개를 뜻한다.

680) 희황(羲皇): 복희씨(伏羲氏) 시대인 태곳적의 사람. 전하여 속세를 떠나 한가롭게 지내는 사람을 이름.

죽취일에 대나무를 옮겨 심다 竹醉日移竹[681]

이웃이 내가 기원을 아끼는 걸 알고	鄰人解我愛淇園[682]
이 이름 있는 때에 대나무 두서너 뿌리 건네 주네	趂此名辰與數根
취해 있기에 본토 떠난 줄 모르겠지만	醉裡不知離本土
깨어나면 자손 잃은 게 안타까우리라	醒來應惜失諸孫
창은 시원한 대 그림자 머금어 더위 식혀 주고	窓含冷影消紅日
술단지는 찬 섬돌 가까워 푸른 흔적 띠었네	樽近寒階帶翠痕
속태를 지금으로부터 제거해 버렸다면	俗態從今除去了
다시 녹균헌이라고 부른들 어떠하리오	何妨更號綠筠軒[683]

중양절에 희마대에 오르다 重陽登戲馬臺[684]

중양절이 또 도래한 걸 기뻐하나니	喜見重陽節又來
강남 어디가 회포를 풀기에 좋은가	江南何處好懷開
상표관은 서늘한 기운으로 쓸쓸하지만	蕭蕭凉氣商飇館[685]
희마대는 향기로운 꽃이 아름다워라	豔豔香花戲馬臺[686]
이날은 등림하여 즐겁게 놀아야 하나니	此日登臨爲可樂
당년의 패자 자취에 슬퍼할 필요 없으리	當年覇迹不須哀
용산에 천고의 풍류가 있어서 전해오나니	龍山千古風流在

681) 죽취일(竹醉日): 대나무 심기에 좋은 음력 5월 13일(혹은 8월 8일)을 죽취일이라 한다.

682) 기원(淇園): 고대 위(衛)나라에 있었던 원림(園林) 이름으로 대나무가 많았다 한다.

683) 녹균헌(綠筠軒): 소식(蘇軾)의 '녹균헌'에 "음식에 고기가 없게 할지언정, 대나무 없는 곳에 살아서는 안 된다. 고기가 없으면 사람을 야위게 하지만, 대나무가 없으면 사람을 속되게 한다. 사람이 야위면 살찌게 할 수 있지만, 속된 선비는 치료할 수 없다(可使食無肉, 不可居無竹. 無肉令人瘦, 無竹令人俗. 人瘦尙可肥, 俗士不可醫…)"라 하였다.

684) 원주에 "이는 신축년(성종 12년, 1481년)에 중국 연경으로 갈 때에 지은 것이다(辛丑赴京時)" 하였다.

685) 상표관(商飇館): 희마대(戲馬臺) 위에 있는 관명(館名).

686) 희마대(戲馬臺): 진(晋)나라 때 송(宋)의 무제(武帝) 유유(劉裕)가 여기에서 손님들을 불러 시를 짓고 놀았다. 지금의 강소성 동산현(銅山縣) 남쪽에 있는 누대이다. 항우(項羽)의 양마대(凉馬臺)가 바로 이것이다.

대취하여 모자를 떨어뜨리고 돌아온들 어떠하랴 大醉無妨落帽廻

늙은 천리마 老驥

처음에는 힘차서 하늘에 날뛰고자 하였으며 當初凌厲欲騰空
팔척에다 힘이 왕성하고 용모는 웅장하였네 八尺龍精相貌雄
하해의 물을 마셔 장차 다 없애려 하였고 吸海飮河將以盡
아침엔 형주 저녁엔 기북까지 쉼 없이 달렸네 朝荊夕冀亦猶窮[687]
치아는 절구 모양이 되고 두 발은 힘이 없으며 齒頭作臼雙蹄澁
등뼈는 모가 지고 두 눈은 흐리멍덩할 뿐이네 脊骨成稜兩眼矇
마굿간에 엎드려 있어도 큰 뜻을 품고 있지만 伏櫪猶懷千里志
열사와 함께 늙어가는 것이 슬프고 슬프구나 堪嗟烈士老相同

강도 회고 江都懷古

강을 파느라 백성들이 얼마나 고단했을까 浚河民力奈勞何
그 원한이 긴 제방의 버들 색에 들어갔네 怨入長堤柳色多
8만의 군중이 채익을 끄는 데 동원됐고 八萬烝徒牽彩鷁[688]
3천의 무리가 청파에 떠서 가무하였네 三千歌舞泛淸波
행도에 이제 막 아장금람을 매었거늘 行都纔繫牙檣纜[689]
별전에서 누가 설인과로 사람 찌르는가 別殿誰推雪刃戈[690]
여기를 지날 때는 코를 막아야 하나니 此地經過須掩鼻
축생이 남긴 악취 아직 사라지지 않았네 畜生遺臭未消磨[691]

687) 형주(荊州): 지금의 호남성 호북성 일대. 기북(冀北)은 지금의 하북성 일대. 형주에서 기북까지는 멀고 먼 거리를 뜻한다.
688) 채익(彩鷁): 익조(鷁鳥)의 모양을 채색으로 그리거나 새긴 배.
689) 행도(行都): 임금의 행궁(行宮)이 있는 곳.
아장람(牙檣纜): 아장금람(牙檣錦纜). 상아로 만든 돛대와 비단으로 만든 닻줄의 화려한 배.
690) 설인과(雪刃戈): 눈빛처럼 흰 칼날과 창끝, 예리한 병기.
691) 축생(畜生): 짐승, 짐승 같은 사람.

백록동　　白鹿洞

하늘이 만든 아늑한 거처가 기이하나니	天作幽居一洞奇[692]
빼어난 산수가 쌓여 휘장을 이루었네	佳山勝水疊成帷
한 장 거리 두고 앉은 스승은 선각을 따르고	丈函皐比從先覺[693]
재주 있는 문성들이 모여 훗날의 스승이 배출되네	奎聚文星起後師[694]
이때부터 사원은 마른 적 없고	自是詞源流不息[695]
지금까지 도맥이 이어지는데	于今道脉續無隳[696]
지령인걸이 여기서 증명되나니	地靈人傑徵於此[697]
백록 이름은 만고에 영원하리라	白鹿名垂萬古知

월식　　月食

달빛이 사방으로 넘쳐 흐르니 그 기쁨 알 만한데	桂魄騰光喜可知
이 밤 보름날 한창 밝은 때이네	夜當三五正明時
전체가 둥글둥글한 거울이 되었다가	已成全體團團鏡

692) 유거(幽居): 그윽한 곳, 백록동을 가리킨다.

693) 장함고비(丈函皐比): 함(函)은 '포함하다, 용납하다'는 뜻이고 장(丈)은 한 장의 거리를 말하여, 함장(函丈)이라 함은 스승의 자리와 제자의 자리 사이에 한 장의 여지를 둔다는 것으로, 전하여 스승의 뜻이다. 또한 스승이나 선배 학자에게 보내는 편지에 받는 이의 이름 밑에 써서 존경의 뜻을 나타낸다. 여기서는 순서를 바꾸어 뒷말을 꾸미는 관형형으로 사용된 듯하다. 고비(皐比)는 호피(虎皮) 곧 범의 가죽인데 강의하는 학자나 장군 등의 자리에 호피를 깔았으므로 강석(講席)이나 좌구(坐具)를 의미한다. 그래서 묶어서 글자 그대로 번역하면, '한 장 거리를 둔 스승' 또는 '스승과 한 장의 거리를 둔 배우는 학생' 등이 가능하다.

694) 규취문성(奎聚文星): 규(奎)는 별이름으로 문운(文運)을 맡는다고 한다. 28수(宿)의 하나로, 서쪽 백호칠수(白虎七宿)의 첫째 성수(星宿)이며 열 여섯 개의 별로 구성되어 있다고 한다. 그 형태가 사타구니[과(胯)]와 비슷하다 해서 붙여진 이름으로, 또한 그 형태가 문(文)자와 유사하여 문운이나 문장을 관장한다고 믿어왔다. 문성(文星)은 별 이름으로 문창성(文昌星)·문곡성(文曲星)이라고도 한다. 문재(文才)를 주관하며, 그래서 훗날 문재가 있는 사람을 칭했다.

후사(後師): 훗날의 스승 또는 빼어난 글솜씨.

695) 사원(詞源): 문사(文詞)의 근원.

696) 도맥(道脉): 도학(道學)의 맥.

697) 지령인걸(地靈人傑): 땅이 신령스러운 곳에서 좋은 인재가 나옴, 또는 인걸지령.

다시 한쪽 머리가 가느다란 눈썹이 되네	還作偏頭細細眉
원형 회복은 군자가 허물을 고친 것 같지만	圓復似更君子過
구징은 응당 성군의 마음을 아프게 하리라	咎徵應軫聖君思[698]
태양에도 좀먹어지는 일식이 있으니	太陽猶有食之旣
달을 향하여 다시는 의심을 하지 말자	休向陰精重致疑

답청　踏青

한 해에 봄빛이 가득한 좋은 때에	一歲韶光屬令辰
답청하는 어느 곳인들 좋지 않으랴	踏青何地不宜人
바람에 들의 불탄 흔적 없어져가며	風吹野燒痕初滅
비가 지나가니 들판이 두루 푸르러지네	雨過原蕪綠漸勻
나막신 이빨이 찍을 때에 찢어진 비단 아깝고	屐齒印時慳破錦
말굽 지난 곳은 자리 밟힌 게 안타깝네	馬蹄行處惜蹂茵
해마다 관례로 답청놀이를 하는데	年年慣作探春會
푸른 빛이 걸음을 따라 담황색으로 물드네	翠色隨行染鞠塵[699]

상산사호도　商山四皓圖[700]

늙은 소나무와 삼나무가 석문을 덮고 있는데	老盡松杉掩石門
지초 캐느라 어느 곳에서 바위를 파헤치는가	探芝何處掘雲根[701]
당우는 멀어 사람이 남아 있지 않고	唐虞渺渺人無在[702]
부귀에는 운명이 있는 것이라네	富貴悠悠命有存

---

698) 구징(咎徵): 천벌의 징조. 임금의 악행에 대한 경계로서 일어나는 천변지이(天變地異). 여기서는 월식을 두고서 한 말이다.

699) 국진(鞠塵): 국진(麴塵)과 같으며, 누룩에 생기는 세균. 담황색이며 가벼워서 먼지 같이 난다. 또는 그 빛깔을 말한다.

700) 상산사호(商山四皓): 진(秦)나라 말년에 전란을 피하여 상산(商山)에 은거한 네 명의 백발 노인. 즉 동원공(東園公), 하황공(夏黃公), 녹리선생(甪里先生), 기리계(綺里季). 뒤에 모두 한나라 혜제(惠帝)의 스승이 되었다.

진나라 세상이라고 스스로 여겼으니 自謂因經秦日月
한나라 천지 된 걸 어찌 알았으리오 寧知更作漢乾坤
황태자 보좌하는 일이 아니었더라면 若非羽翼儲皇事
세상에 끝내 발 들여 놓지 않았으리 世路終當不着跟

신정회고 新亭懷古

정자가 거친 둔덕의 석양가에 기대어 있나니 亭倚荒坡落照邊
금릉의 풍경은 아직도 여전하구나 金陵風景尙依然
목동이 이 날 말 타고 피리 부는데 牧童此日騎吹笛
호걸선비는 그해에 눈물을 뿌렸었지 豪士當年淚灑筵
북쪽 산천은 더 이상 진나라 땅 아니고 北望山川非晋地
동쪽 땅은 단지 오나라 하늘일 뿐 東來區域只吳天
그 중에 비분강개한 왕공이 있어서 就中慷慨王公在[703)]
그 충언이 영원히 서책에서 빛나네 千載忠言耀簡編

그네 鞦韆

따뜻한 날 서울 한복판 네거리 紫陌通逵日暖天
녹음 무성한 홰나무에 그네 걸렸네 綠陰槐下掛鞦韆
뉘 집 공자가 구슬로 장식한 신을 신었으며 誰家公子穿珠履
어디 가인이 옥비녀를 꼽았는가 何處佳人帶玉鈿

---

701) 운근(雲根): 깊은 산에서 구름이 일어나는 곳을 말하는데, 대개는 벼랑이나 바윗돌을 뜻하는 시어(詩語)이다. 두보(杜甫)의 시에 "충주 고을은 삼협의 안에 있는지라, 마을 인가가 운근 아래 모여 있네[忠州三峽內 井邑聚雲根]"라는 표현이 나오는데, 그 주(註)에 "오악(五岳)의 구름이 바위에 부딪쳐 일어나기 때문에, 구름의 뿌리라고 한 것이다" 하였다(《杜少陵詩集》卷14 〈題忠州龍興寺所居院壁〉 참조). 또는 산석(山石)을 뜻하기도 한다. 매요신(梅堯臣)의 시에 '掘地取雲根'(땅을 파서 바위를 갖는다)고 하였다.

702) 당우(唐虞): 당(唐)은 요(堯) 임금의 국호, 우(虞)는 순(舜) 임금의 국호. 여기서 당우는 요순 임금이 다스리던 태평성대를 말한다.

703) 왕공(王公): 신분이 고귀한 사람.

나무 끝을 향해 새처럼 몸 던졌다가 乍向樹梢抛過鳥
다시 구름 가에서 비선처럼 떨어지네 還從雲際落飛仙[704)]
서울의 해마다의 태평성대 모임에서 長安歲歲昇平會
즐거운 일은 유독 젊은이들 차지로구나 樂事偏應屬少年

묵죽 墨竹

적신 붓을 휘둘러 소공을 물들여서 揮灑濡毫染素空[705)]
타고난 그대로를 묘사하여 내었는데 描生天質自然中
쓸쓸함은 이미 신명의 힘을 빼앗았고 蕭森已奪神明力
절묘함은 조화의 공을 훔친 것이로다 妙絶應偸造化功
벽 위는 밤비에 침노 당한 듯하고 壁上如侵三夜雨
가지에서는 가을바람 일어나려 하네 枝間欲起九秋風
담박한 것이 참으로 빼어난 솜씨이니 須知淡泊爲奇手
단청에만 힘쓴 것은 훌륭하지 않다네 都務丹靑不是工

승로반 承露盤

하늘 위로 솟은 선인장으로 승로반 받쳤는데 凌霄仙掌捧金盤[706)]
가을 이슬 부슬부슬 하니 밤 기운 차도다 沆瀣霏霏夜氣寒
신령한 액체에는 다시 옥가루를 섞었으며 靈液更堪調玉屑
임금은 용의 간 적신 걸 자못 좋아하였네 宸心偏喜潤龍肝
삼신산 바라보는 눈은 괜히 바다 헤매고 三神望眼空迷海[707)]

704) 비선(飛仙): 날아다니는 선녀.
705) 소공(素空): 아무 장식이 없는 종이 또는 천.
706) 선인장(仙人掌): 신선의 손바닥.
승로반(承露盤): 한(漢)나라의 무제(武帝)가 감로(甘露)를 받기 위하여 건장궁(建章宮)에 만들어 두었던 동반(銅盤). 이 승로반으로 받은 감로에다 옥가루를 섞어 마셔서 장수를 꾀하고자 했던 것이다.
707) 삼신산(三神山): 동해에 있다는 신선이 산다는 세 산, 즉 봉래(蓬萊)·방장(方丈)·영주(瀛洲).

만세를 부르는 소리는 단에 있는 것 같네　萬歲呼聲若在壇
75년이 문득 홀연히 지나가 버렸나니　七十五年奄忽過
무릉 무덤 밑에서 조정 백관들이 곡하네　茂陵墳下哭千官[708]

안노　鴈奴[709]

강남 곳곳에서 가을 기러기 날다가　江南處處鴈飛秋
수천 마리 무리 지어 물가에서 자네　千百爲羣宿渚頭
우두머리는 비밀히 중간에 거처하고　主向中間棲止秘
종들은 바깥에서 호위 엄밀히 하네　奴從外面護圍稠
구차히 편하게 잠들 계책만 꾀한다면　惟知姑得安眠計
순식간에 위험한 데 떨어지고 말리라　不覺俄墮亂打謀
우환을 경계하는 자에게 말하노니　寄語戒心虞患者
모름지기 비 오기 전에 단단히 얽어매어야 하리라　須當未雨更綢繆[710]

새 서리　新霜

풀 사이 드리운 이슬에 가을을 놀랬더니　草間垂白露驚秋
홀연 서리꽃이 되어 지붕 기와에 피었네　忽作霜華着瓦頭
밤하늘의 하얀 달빛은 냉담을 더해 주고　侵夜月輝增冷淡
숲 바람은 더더욱 쓸쓸하게 솔솔 부네　碎林風氣更颼飅

---

708) 무릉(茂陵): 한 무제의 능.

709) 안노(鴈奴): 기러기 떼가 물가에서 묵을 때엔, 몇몇 기러기를 시켜 무리 주위에서 야경(夜警)을 서면서 만약 적이 나타났을 땐 크게 울게 한다는데, 그들을 '기러기 종[雁奴]'이라 한다(《玉堂閒話》). 또는 기러기를 통칭하기도 한다.

710) 미우주무(未雨綢繆): 비가 내리기 전에 미리 새 둥지의 문을 닫아 동여맨다는 뜻으로, 사변이 일어나기 전에 미리 대비함을 이른다. 《시경(詩經) · 빈풍(豳風) · 치효(鴟鴞)》편의 "하늘에서 장맛비가 아직 내리지 않을 때에, 저 뽕나무 뿌리를 거두어 모아다가 출입구를 단단히 얽어서 매어 놓는다면, 지금 이 아래에 있는 사람들이 혹시라도 감히 나를 업신여길 수 있겠는가[迨天之未陰雨, 徹彼桑土, 綢繆?戶, 今此下民, 或敢侮予]"라는 말에서 나온 것이다.

산양 피리소리에 고향 그리는 한 깊어지고 山陽笛弄思鄉恨
농상 호드기 소리에 새방 근심 더해지네 隴上笳吹出塞愁
가장 썰렁한 곳이 아녀자 규방이리니 最是香閨寒迫處
한없는 수심에 전전반측 잠 못 들어 하리라 半衾殘夢轉悠悠

명비출새곡 明妃出塞曲[711]

한나라 천자가 호인과의 관계 중하게 여겨 漢家天子重胡人
천금을 주지 않고 후궁을 보내게 되어 不許千金贖妾臣
궁중에서 한가롭게 왕을 모시지 못하고 白玉宮中辭燕侍
변새에서 다른 사람의 짝이 되니 黃龍塞上配殊倫
웃음 없어져 얼굴이 칼처럼 날카롭게 되고 更無笑臉雙刀利
근심으로 눈썹은 팔자처럼 찡그러졌네 還有愁眉八字顰
늙음 재촉하는 비파곡에 애간장 끊어지거늘 腸斷琵琶催老曲
융왕은 명비 살쩍 희어진 걸 의아히 여기네 戎王却訝鬢絲新[712]

율무 薏苡

교지에서 전쟁이 그친 바로 그 해에 交趾當年息戰塵[713]
군사 귀환할 때 율무를 수레에 실었네 軍還薏苡載行輪[714]
뉘 알았으랴 풍무에도 몸 가볍게 하는 먹거리가 豈知風霧輕身餌[715]

711) 명비(明妃): 왕소군(王昭君)을 가리킨다. 왕소군은 후한(後漢) 원제(元帝) 때의 후궁(後宮)이었는데, 북방 흉노족과의 화친을 위하여 그곳 왕에게 보내졌다.

712) 융왕(戎王): 융(戎)은 이전에 중국에서 북방 이민족을 낮추어 부르던 말이다.

713) 교지(交趾): 지금의 베트남 북부.

714) 율무: 볏과의 한해살이풀. 여름에 꽃이 피며, 타원형의 열매를 맺다. 율무차로도 복용한다. 한(漢)의 마원(馬援)이 교지(交趾)를 다스릴 때 장기(瘴氣)를 이겨내려고 율무를 먹다가 귀국할 때 중국에 옮겨 심기 위하여 한 수레 가득 싣고 왔는데, 간신들이 이것을 명주문서(明株文犀: 고운 구슬과 무늬 있는 무소뿔), 즉 남방의 진기한 보물들을 뇌물로 받아 왔다고 모함하였다.

715) 풍무(風霧): 바람이 많이 불고 안개가 많이 끼다.

바다에서 달을 울리는 진귀한 것이 될 줄을	化作滄溟泣月珍
애석한 것은 충혼을 초토에다 매장해버린 것인데	可惜忠魂埋草土
세치 혀로 제왕을 농간한 자 그 누구인가	誰將簧舌弄楓宸
한낮에 거품 보인다고 괴이하게 여기지 말라	日中見沫君休怪
예로부터 거짓과 참을 판명하기 어려웠네	從古難明僞與眞

《月軒集》

卷之四

【오언배율(五言排律)】

황금대 黃金臺[1)]

제나라 말엽 현명하고 능력 있는 이 없었으니	齊末無賢伯
누가 나라 바로 잡는 일 할 수 있었으리	誰能踵一匡
연나라를 칠 만하다는 것만 알았을 뿐	但知燕可伐
위나라가 망한다는 것을 잊고 있음을 알지 못하였다	寧識衛忘亡
나라의 혼란은 재상에게만 미루기 때문이요	國亂由推相
군사의 증강은 곧 재앙을 바라는 것	兵加是幸殃
하늘은 태보 석의 연장을 생각했고	天思延保奭[2)]
사람들은 소왕의 옹립에 협력하였다	人協立昭王
뜻을 가다듬어 회복하기를 도모하였고	銳意圖恢復
마음을 다하여 뛰어난 인재들을 등용하였다	專心用俊良
누대를 축성하고 객사를 꾸며서	築臺修舍館
융숭한 예로 먼 곳의 선비를 초빙하였다	隆禮聘遐方
흰 베옷 입은 손님들 맞이하기 급하고	素布賓迎急
황금의 상을 주기가 바빴으니	黃金賞與忙
책략의 신하는 안개처럼 다투어 모이고	謀臣爭霧集
용맹한 장수는 매처럼 다투어 나타났다	猛將競鷹揚
곧바로 제나라 임치를 치니	直擣臨淄國
남은 것은 오직 즉묵 고을뿐이었다	惟餘卽墨鄕[3)]

1) 황금대(黃金臺): 전국시대에 연(燕)나라 소왕(昭王)이 지금의 하북성 역수(易水) 동남쪽에 황금대를 쌓아서 대 위에 천금을 놓고 천하의 어진 선비를 초빙하였다고 한다. 이를 현사대(賢士臺) 또는 초현대(招賢臺)라고 부르기도 하고, 줄여서 금대(金臺) 또는 연대(燕臺)라고도 한다.

2) 보석(保奭): 주공(周公)이 7년 동안의 섭정을 끝내고 그의 조카 성왕이 집정을 시작한 후 소공(召公) 석(奭)에게 낙읍(洛陽)을 재건하게 하면서 그를 保(즉 太保)에 임명하고 주공을 師(즉 太師)에 임명했다. 즉 여기에서의 보석은 '태보(太保) 벼슬의 석(奭)' 을 지칭한다. 그 이전 소공 석이 연나라에 봉해졌었고 소왕은 그의 후손이다.

지금까지 누대는 그대로 남아 있고 至今臺尙在
많은 선비들은 우리의 황제라고 받든다 多士奉吾皇

검각 劍閣[4)]

검관(劍關)의 오른쪽 2천리 길이 關右二千里
눈가에 멀리 아물거린다 茫茫在眼邊
무산은 초나라 변방으로 가로놓였고 巫山橫楚徼[5)]
검각은 진천에 장엄하게 솟았다 劍閣壯秦川[6)]
경계는 동쪽 서쪽 땅을 나누었고 界別東西地
구역은 이편저편 하늘을 분리하였다 區分彼此天
잠총이 나라를 연 뒤였고 蠶叢開國後[7)]
화하가 구주와 나누어지기 전이었다 華夏隔陔前[8)]
누가 금우의 계책을 만들어 誰畫金牛策[9)]
장사로 하여금 뚫게 할 수 있었는가 能令力士穿
구름 같은 잔도 길에 세밀히 통하고 細通雲棧路[10)]
전쟁의 연기 속으로 잠입하였다 潛入虎狼煙[11)]

---

3) 임치(臨淄)는 산동성 광요현(廣饒縣) 남쪽. 성은 임치하(河) 동쪽 언덕에 있었기 때문에 임치라고 했다. 주나라 때 제나라의 도성이었다. 즉묵(卽墨)은 제나라의 읍 이름으로, 지금의 산동성 평도현(平度縣) 동남쪽이다. 당시 연의 소왕이 제나라를 공격하여 함락되지 않은 것은 요읍(聊邑, 지금의 산동성 聊城縣 서북쪽)과 거읍(莒邑. 산동성 莒縣)과 즉묵뿐이었다.

4) 검각(劍閣): 장안에서 촉나라로 가는 길에 있는, 대검(大劍)과 소검(小劍)의 두 산의 요해처.

5) 무산(巫山): 사천성 기주부 무산현 동쪽에 있는 산.

6) 진천(秦川): 감숙성 청수현(淸水縣)에 있는 내 이름으로, 이 현의 아래와 위를 진천이라 한다. 장안의 남쪽에 있는 지명.

7) 잠총(蠶叢): 촉왕의 선조가 백성들에게 잠상(蠶桑: 누에와 뽕)을 가르쳐 성행했기 때문에 촉나라의 별칭으로 쓰인다.

8) 화하(華夏): 원래는 중국의 중원지역을 지칭했는데, 이제는 전 중국을 포괄하는 말로 사용한다.
해(陔): 본래 언덕이라는 뜻인데, 여기서는 구해(九垓), 즉 우임금의 구주(九州)로 본다.

9) 금우(金牛): 섬서성에서 사천성 검문관에 이르는 잔도(棧道)의 이름. 진나라 이후 한중(漢中)에서 촉으로 들어가려면 반드시 이 길을 거쳐야 한다. 金牛道라고도 함. 이백의 시에 '秦開蜀道置金牛'(진나라가 촉도를 열고 금우를 두었다)라고 했다.

10) 운잔(雲棧): 공중에 높이 걸린, 구름 같은 잔도.

역대로 나누어 싸우던 나날이었고 歷代分爭日
중원을 할거하던 때였다 中原割據年
우물 안 개구리가 무엇을 보겠는가 井蛙何所見
나무로 만든 말에는 채찍 없어도 되는 것을 木馬自無鞭[12]
여기서 헤어지고 만나는 일은 항상 특이하고 離合尙殊異
안전함과 위태로움은 더욱 변천한다 安危更變遷
오직 하늘이 만든 험준함은 남아서 惟餘天作險
만고에 걸쳐 영원히 전해 내려간다 萬古永流傳

세한송백(황산곡의 시에 차운하다)[13] 歲寒松栢用山谷韻

나는 그 정절의 고충을 어여삐 여겨 我憐貞節苦
송백을 어루만지며 떠날 줄 모른다 松栢撫盤桓[14]
비와 이슬도 그에게 큰 혜택 베풀지 못하고 雨露無施澤
바람과 서리도 그 차가움이 이르지 못한다 風霜不到寒
명성은 성인 공자님보다 높고 名高尼父聖[15]
싸늘함은 학자 교수님에 비견된다 冷擬廣文官[16]
뭇 그늘의 기세 좋음을 업신여겨 보고 傲視群陰壯[17]
모든 초목의 쇠잔함을 초월한다 超經百卉殘
물질은 오히려 살을 에는 듯한 추위를 잊어버리지만 物猶忘凜烈[18]
사람은 간난함을 피할 수 있도다 人可避艱難[19]

11) 낭연(狼烟): 호랑이의 마른 똥을 태워 일어나는 연기로, 옛날 변방에서 군사적인 경보신호로 사용했다. 그래서 전화와 전쟁을 뜻한다. 요기(妖氣)를 뜻하기도 한다. 호랑연(虎狼烟)도 같은 뜻이다.

12) 목마(木馬): 삼국시대 제갈량이 만들었다는 나무 말로 운송도구로 사용되었다. 목우류마(木牛流馬)의 줄임말. 목우는 앞이 소머리 모양을 하고 바퀴가 하나인 작은 수레로 혼자 밀고, 바퀴가 네 개로 네 명이 미는 사륜차도 있는데, 유마는 말 모양을 한 것이다.

13) 산곡(山谷): 송대 시인 황정견(黃庭堅)의 호. 그의 시제는 〈歲寒知松柏〉(《黃山谷詩集 · 內集》 권10)으로 《논어》의 '歲寒然後知松栢' 에서 왔다.

14) 반환(盤桓): 떠나기 어려운 모양. 망설이는 모양. 오고 가는 것. 왔다 갔다 하는 것. 희롱하다 등.

15) 니부성(尼父聖): 성인 공자(孔子)를 존칭하는 말. 이름은 구(丘), 자가 중니(仲尼).

16) 광문관(廣文官): 교수의 딴 이름. 스스로 말할 때 냉관(冷官)이라 한다. 광문관(廣文館)은 당나라 때의 학교 이름으로, 문학에 관한 폭넓은 부분을 학과로 하여 대학에 준하여 가르친다.

지키는 바는 마땅히 더욱 굳건히 하여　所守當彌固
저것과 같이 봐야 하리라　將渠一樣觀

운대　雲臺[20]

한나라의 불꽃이 비록 잠시 꺼졌다 해도　漢炎雖暫熄
하늘의 뜻이 어찌 간사한 데로 돌아가리　天意肯歸奸
북극에 위두가 없어지고　北極淪威斗[21]
남양에 대관이 보였다　南陽見大冠[22]
영웅은 의로운 마음을 다하고　英雄輸義膽
사졸은 충성스런 마음으로 분발했다　士卒奮忠肝
낙양에 황실을 정하니　洛邑皇居定[23]

---

17) 군음(群陰): 각종 음기(陰氣), 또는 음기에 의해 만들어진 사물들. 간사한 소인 또는 이단사설(異端邪說)의 뜻으로도 사용된다. 《呂氏春秋·精通》에는 군음의 근본을 달(月)로 보고 설명했다. 즉 달이 차면 조개가 속살이 돋고 뭇 음기(군음)들도 꽉 차며, 달이 그믐이 되면 조개가 속살이 비게 되고 군음들도 이지러진다고 하면서, 달이 하늘에 모습을 나타냄에 따라 깊은 못에 있는 군음들도 그에 따라 변한다는 것이다. 이와 마찬가지로 성인(聖人)이 자신에게 덕을 드러내면 사방의 백성들도 이를 본받아 모두 인(仁)에서 삼가고 바로 잡는다고 했다. 황산곡의 시 〈歲寒知松柏〉의 첫 연에서 '群陰彫品物, 松柏尙桓桓' (군음은 온갖 물건들을 빚어 다스리지만, 송백은 오히려 굳세고 용맹하다)라고 하면서 군음과 송백을 대비시키고 있다.

18) 늠렬(凜烈): 凜冽로 쓰며, 살을 에는 듯한 추위.

19) 간난(艱難): 몹시 힘들고 곤난하다.

20) 운대(雲臺): 후한의 명제(明帝. 이름은 莊, 광무제의 넷째아들) 때 이전의 공신들을 추념하기 위하여 낙양 남궁(南宮)에 있는 운대 광덕전(廣德殿)에 스무여덟 명의 초상을 봉안하였다. 이후에는 공신과 명장을 기념하는 곳을 지칭하는 것으로 사용되었다.

21) 위두(威斗): 한나라의 왕망(王莽)이 위엄을 드러내기 위해서 구리로 만든 그릇으로 그 모양이 북두(北斗)와 흡사해서 붙인 이름.

22) 남양(南陽): 왕망이 칭제하여 국호를 신(新)으로 했을 때 전국에는 혼란이 계속되었고, 가뭄과 벌레의 피해가 컸다. 청주(青州. 지금의 산동성 동부), 서주(徐州. 강서성 북부), 형주(荊州. 호북성 북부와 하남성 남부)가 가장 심했다. 여기에서 굶주린 백성들이 집단을 형성했는데, 청주와 서주의 '적미(赤眉)' 와 형주의 '녹림(綠林)' 이 대표적이었다. 이 형주의 반란에 용릉병(舂陵兵)의 수령으로 있던 유빈(劉縯)과 유수(劉秀) 형제(경제의 아들인 長沙定王 發의 후예)가 연합했는데 그들의 본거지가 남양(지금의 하남성 남양현)이었다. 즉 광무제 유수가 뒷날을 위해 활동을 시작한 곳이다.

대관(大冠): 일종의 무관(武冠)으로 광무제가 무사로서 전쟁을 겪으며 공을 세운 후에 제왕이 된 것을 말한다.

장안의 묘모도 완전하였다 長安廟貌完[24]
어찌 새로 계속됨만을 알겠는가 豈知新繼續
오히려 옛날의 어렵고 힘들었던 것을 생각하나니 猶念舊艱難
무사는 그 공을 죽은 후에라도 상을 내리고 介胄功追賞[25]
깎아 없애지 못하리라고 산하에 맹세하였다 山河誓不刊
높은 대는 구름 밖에 섰고 高臺雲表立
굳센 형상은 벽 사이에서 차다 毅相壁間寒
아름다운 공훈과 업적을 우러러 생각하고 仰慕徽勳業
찬란한 단청을 돌아보니 回瞻煥碧丹[26]
옛날엔 말안장 위에서 고생하였고 昔勞鞍馬上
지금은 그림 그린 붓끝에서 편안하구나 今逸畵毫端
스무 여덟 장군 중에 누가 으뜸인가 卄八誰爲首
응당 등우로부터 보아야 하리라 應從鄧禹看[27]

역양산 오동나무 嶧陽桐

사람들은 기욱의 대나무를 말하지만 人稱淇澳竹[28]
나는 역양산의 오동나무를 사랑하노라 我愛嶧陽桐[29]
엄동의 북쪽을 향하지 아니하고 不向窮陰北[30]

---

23) 낙읍황거정(洛邑皇居定): 신나라가 멸망한 후 갱시제(更始帝) 유현(劉玄. 劉縯의 족형)은 장안으로 천도했는데 번숭(樊崇)이 수령으로 있던 적미가 다시 반란을 일으켜 장안으로 진격하고 갱시제를 살해했다. 광무제는 이 기회를 이용하여 낙양을 함락하고 이곳에 도읍을 정했다. 그래서 동한(東漢) 또는 후한(後漢)이라고 한다.

24) 묘모(廟貌): 사당 또는 종묘의 모습. 사자(死者)의 생전 모습을 추모하기 위하여 궁실을 짓고 신상(神像)을 세워 제사하기 때문에 묘모라고 한다.

25) 개주(介胄): 개갑(鎧甲) 즉 갑옷과 두회(頭盔) 즉 투구를 말하며, 갑옷과 투구를 입는 것, 그리고 그것을 갖춘 사람 즉 무사를 말한다. 추상(追賞)은 죽은 뒤에 상을 내리는 것.

26) 벽단(碧丹): 丹靑과 같은 말로, 붉은 빛과 푸른 빛 즉 물감 또는 채색하는 일. 그림.

27) 등우(鄧禹): 후한 창업기의 명신. 운대 28명 중 첫번째 사람이다.

28) 기욱(淇澳): 하남성에서 발원하는 황하의 한 지류. '기욱의 대나무'는 《시경 · 위풍(衛風) · 기욱》 '瞻彼淇奥, 綠竹猗猗'(저 기수 강가 물굽이를 바라보니, 무성하게 자란 푸른 대나무)를 말한다.

29) 역양산(嶧陽山): 강소성에 있는 산의 이름.

30) 궁음(窮陰): 음기가 강한 엄동. 또는 겨울의 마지막. 계동(季冬), 궁동(窮冬)과 같은 말.

항상 아침 해 뜨는 동쪽을 마주하나니 常當旭日東
고고하게 절벽에 다다르고 孤高臨絶壁
푸르고 빽빽하게 높은 하늘에 솟았다 翠鬱聳層空
나무는 봉황이 모이기 좋고 樹可鳳凰集
재목으로는 금슬 만들기에 적합하여 材宜琴瑟工
위로는 교외의 제단과 종묘의 노래에 오르고 登歌郊與廟
아래로는 장님과 소경의 관악으로 연주된다 下管瞽兼矇
아래 구멍을 뚫으니 타는데 거침이 없고 踈越彈無滯[31]
줄 많아 그 울림소리 유독 넓어서 繁絃響獨洪
저승과 이승이 모두 감동하여 통하고 幽明皆感格[32]
위 아래에 함께 흘러 소통되나니 上下共流通
위엄 있게 주나라 궁실로 달려가고 濟濟趨周室[33]
덩실덩실 순임금의 궁정에서 춤을 춘다네 蹌蹌舞舜宮[34]
누가 알았으리 산골짜기의 물건이 誰知山畎物
이 세상 사람에게 공이 있을 줄 有此世人功
이것이 바로 나라의 보물로서 正是邦家寶
일찍이 우임금의 공물 가운데에 포함되었었다 曾編禹貢中

하량읍별도 河梁泣別圖[35]

강다리 위에서 손을 잡으니 携手河梁上
이승에서는 영원한 이별이라 今生永別離
천 줄기 젓가락 같은 눈물의 흔적이요 千行雙玉筯[36]
세 편의 오언시로다 三首五言詩
햇빛은 처량하게 저물어 가는데 日色凄凉暮

---

31) 소월(踈越, 疏越): 越은 큰 거문고의 아래쪽에 있는 구멍으로, 기를 통하여 그 음을 완만하게 만들었다. 《예기 · 악기》〔朱弦而疏越〕.
32) 감격(感格): 감동하여 통하게 함. 격은 이르고 통한다는 뜻.
33) 제제(濟濟): 많고 성함. 엄숙하고 장중하다. 위의가 성대하다.
34) 창창(蹌蹌): 걸음걸이에 위의가 있다. 용모와 거동이 우아하다. 또는 덩실덩실 춤추는 모양.

노래소리는 끊어졌다 다시 이어진다	歌聲斷續吹
안문은 부질없이 아득하기만 한데	鴈門空縹緲[37]
사막은 더욱 꾸불꾸불하구나	沙磧更逶遲
죽어도 나는 장사 지낼 곳이 없는데	死葬吾無所
살아서 자네는 돌아갈 때가 있구나	生還子有時
어머니와 처자는 비록 미치지 못하였다 할지라도	母妻雖莫及
충절은 서로가 알아 주리라	忠節可相知
오랑캐와 한나라가 남북으로 나누었으니	胡漢分南北
가는 자와 남는 자는 기쁨과 슬픔이 각각이네	去留各喜悲
외로운 죄수 오직 나만 있으니	孤囚惟我在
뼈와 살을 누구에게 넘겨 주랴	骨肉問誰遺
이미 나라의 은혜 얇음을 원망하였으니	旣怨國恩薄
어찌 신하로서의 도의의 결함을 생각하겠는가	寧思臣義虧
투항한 것은 구차스럽게 살기 위함이 아니라	投降非苟活
그 뜻은 후일을 도모하고자 함이었다네	意欲後圖爲

납량 納涼

축융이 여름을 여니	朱明開夏節[38]

35) 하량(河梁): 강다리. 한(漢)나라 소무(蘇武)가 흉노(匈奴)에게 사신으로 갔다가 억류되어 20년 동안 갖은 고초를 겪으면서 절조를 지켰다. 한나라와 흉노가 화친(和親)을 맺어 본국으로 돌아가게 되었을 때, 흉노에 항복하여 그 밑에 신하가 되었던 이릉(李陵)이 강다리 위에서 소무의 손을 잡고 울면서 이별하던 광경을 묘사한 그림을 말한다. 이릉은 비장군(飛將軍) 이광(李廣)의 손자로서, 기원전 99년 무제의 후기 흉노정벌에서 외척인 이광리(李廣利. 무제 이부인의 오빠)와 사이가 좋지 않은 상태에서 5천 명의 병사를 이끌고 거연성(居延城. 감숙성 서북 경내)을 출발하여 외몽고 지역에서 흉노의 10만 명 군대와 만나 일진일퇴하며 흉노 2만 명을 사상시키는 등 대승을 거두었으나 원군이 없어 결국 패하고 이릉은 투항했다. 이것은 외척군인과 관서군인 사이의 모순을 드러내는 것으로, 당시의 역사학자인 사마천은 이릉을 옹호하는 발언으로 인해 궁형을 당하게 되었다.

36) 쌍옥저(雙玉筯): 쌍옥은 미녀의 두 줄기 눈물의 흔적. 저는 젓가락으로 굵은 눈물을 비유했을 것.

37) 안문(鴈門): 군(郡)의 이름으로, 전국시대에는 조나라의 땅이며 진나라 때 군을 두었다. 지금의 산서성 대현(代縣)의 서북부이며, 안문산을 지칭하기도 한다.

38) 주명(朱明): 여름과 태양과 불의 신(火神) 축융(祝融)의 별칭. 여름을 연다는 것과 아래 구의 적제와 연관지어 볼 때 축융으로 본다.

적제가 남방으로부터 온다 赤帝自南方[39)]
푸른 산악에는 마른 빛이 많고 翠嶽多枯色
붉게 타는 화로처럼 불빛이 세다 紅爐熾火光
목구멍이 마르는 것을 어떻게 감당할꼬 那堪喉暴暍
땀이 물로 바뀌어 흘러내리는 것을 견디지 못하겠네 不耐汗飜漿
숨막힐 듯한 더위를 피할 꾀가 없으니 無計逃煩熱[40)]
무엇으로 저녁에 납량을 할 것인가 何緣納晩凉
홀연히 물가 가까운 정자를 찾았다가 忽尋臨水榭
다시 산에 기댄 집으로 향한다 還向倚山庄
서늘한 바람은 소나무 가지 밖에서 불고 凉吹松梢外
맑은 물은 모난 돌 곁으로 흐른다 淸流石齒傍
죽림은 서늘하니 그림자를 보내고 竹林寒送影
호남의 대자리는 냉랭하여 평상을 침노한다 湘簟冷侵床
모기와 등애의 요란함이 보이지 않았는데 不見蚊蝱亂[41)]
누가 더운 날씨에 정장한 미치광이를 만나는가 誰逢褦襶狂[42)]
갑자기 상쾌한 바람 소리를 맞으니 倏然迎爽籟
탁 트이는 듯 시원하게 타는 창자를 식히는구나 豁爾灑焦腸
호기롭게 휘파람을 부니 천지가 좁은 듯하고 浩嘯乾坤窄
한가하게 읊으니 해와 달이 길구나 閑吟日月長
백 년의 세월도 순식간이니 百年纔瞬息
만사를 헤아리지 말라 萬事莫思量
오얏을 띄워 석 잔을 수작하고 浮李酬三酌
바둑을 두며 한바탕 웃노라 圍碁笑一場
어떤 사람이 도연명과 같이 何人如靖節[43)]

39) 적제(赤帝): 여름을 맡은 신. 본래는 염제로 본다. 오행설에 의해 동방은 청색으로 나무(木)이자 봄, 서방은 흰색으로 금(金)이자 가을, 남방은 붉은색으로 불(火)이자 여름, 북방은 검은색으로 물(水)이자 겨울, 중앙은 땅(地)이자 황색이다.

40) 번열(煩熱): 숨막힐 듯한 더위.

41) 문맹(蚊蝱): 모기와 등애.

42) 내대(褦襶): ① 햇빛을 가리는 모자. 볕을 가리기 위하여 대오리와 천으로 만든 모자. 패랭이 ② 옷을 껴입은 모양 ③ 어리석은 사람 ④ 더위 피하는 갓(避暑笠)을 쓴 사람. 바뀌어, 더운 날씨에 성장을 하고 남을 찾아가는 사람이라는 뜻으로 미욱하여 사정에 어두운 사람을 뜻한다.

이 세상에서 희황에 비견되는가	在世擬羲皇[44]
피서를 위하여 술을 밤마다 마시니	河朔連宵飮[45]
시원한 다락에 간혹 미인이 앉았다	凉棚間坐娘
빙산은 양씨의 잔치요	氷山楊氏宴[46]
연잎은 정공의 술잔이네	荷葉鄭公觴[47]
뜻에 맞는 것이 비록 좋다고는 하지만	適意雖云好
사치를 다하는 것이 어찌 편하다고 하겠는가	窮奢奈已康
슬프거나 기쁘거나 오직 취할 뿐	悲歡惟是醉
고락을 영원히 잊으려 하노라	苦樂永相忘
추위와 더위가 때로는 같을 수도 있으려니	寒燠時能若
음양의 섭리가 좋은 데가 있다	陰陽燮在良[48]
상공은 더위를 피하지 말라	相公休避暑
밝으신 임금께서 바로 양기를 맞았음이니	明主正當陽
예복에 놓은 수가 무늬를 이루어서	黼黻宜成采[49]
바로 즉시 순임금의 의상을 그렸구나	登時繪舜裳[50]

43) 정절(靖節): 東晋의 대시인 도연명(陶淵明)을 말한다. 일명 潛, 字는 元亮. 私諡가 靖節이다.

44) 희황(羲皇): 태호(太皡) 복희씨(伏羲氏)를 높여서 부르는 말.

45) 하삭(河朔): 피서를 위하여 마시는 술. 후한 말 유송(劉松)이 원소(袁紹)의 아들들과 하삭에서 삼복 더위를 피하기 위해 술을 마신 것을 하삭음(河朔飮)이라고 한다

46) 빙산양씨연(氷山楊氏宴): 양국충(楊國忠)이 천하의 권세를 가지고 있을 때 사방의 선비들이 다투어 그의 집에 찾아들었다. 진사 장단(張彖)이라는 사람은 학문에 힘을 기울여 이름이 났고 지조와 기세가 높아서 아직 타인에게 고개를 숙이거나 허리를 굽힌 일이 없었다고 한다. 어떤 사람이 그에게 양국충을 찾아가서 현달과 영화를 도모해 보라고 권했다. 그러자 그가 말하기를 "당신들이 말하는 양공의 세력이라는 것이 마치 태산에 기대는 것이라고 하지만 내가 보기에는 그건 빙산이라 태양이 밝게 비추면 이 산은 당연히 사람들을 그르치게 할 것이다" 뒷날 과연 그의 말처럼 되었다(《開元天寶遺事》). 그래서 빙산은 따뜻한 기운을 받게 되면 곧 녹아버리는 데서 '권세의 믿을 수 없음'이나 '오래 기댈 수 없는 후원자'를 비유하고, 양씨 집안의 잔치가 그러하다는 것을 말한다.

47) 하엽정공상(荷葉鄭公觴): 연잎은 중심의 凹한 곳에서 아래의 줄기로 이어지는데 그 줄기를 뚫어 술잔으로 사용할 수 있다. 이것을 하엽배(荷葉杯)라고 하고 일명 상비배(象鼻杯. 코끼리 코 술잔)라고도 한다. 정공이 누구인지는 불명. 혹 정홍(鄭弘)일지도 모르겠다. 정공천(鄭公泉)은 겨울에 따뜻하고 여름에 시원한데 한나라 태위 정홍이 그 옆에서 살았기 때문에 정공천이라고 불렀다. 절강성 소홍 약야계 옆이다. 《후한서》 63권 참조.

48) 《서경 · 주관(周官) 제22》에 '燮理陰陽'(섭리는 음양에 있다)라고 했다.

49) 보불(黼黻): 예복에 놓은 수.

그 두번째 其二

주명이 따뜻한 계절을 여니	朱明開暖候
붉은 해 타는 듯 햇살이 뜨겁다	赫日熾炎光
푹푹 찌는 더위를 피할 꾀 없으니	無計逃煩暑
무엇으로 갈증 나는 창자를 기름지게 할꼬	何緣沃渴腸
홀연히 물가의 정자를 찾고	忽尋臨水榭
다시 바위 위의 산장을 향하는데	還向依巖庄
이빨 같은 돌부리는 맑은 시냇물에 양치하고	石齒漱淸澗
산의 얼굴은 푸른 대나무가 가렸다	山顔掩翠篁
솔바람은 혹독한 열기를 살라버리고	松風消酷熱
계곡의 비는 시원한 기운을 보내는데	溪雨送微凉
등나무 침상에 높이 누우니 우뚝하고	高臥藤床兀
대로 만든 베개에 한가롭게 기대니 향기롭다	閑憑竹枕香
오직 피부에 좁쌀이 돋아난 줄 알 뿐이니	惟知膚起粟
누가 땀이 물처럼 쏟아진다 말하리	誰道汗翻漿
크게 휘파람을 부니 천지가 좁아지고	浩嘯乾坤窄
호탕하게 읊으니 해와 달이 길구나	豪吟日月長
취하면 나비의 꿈이 되고	醉爲蝴蝶夢[51)]
깨어서는 차공의 미치광이가 되나니	醒是次公狂[52)]

50) 순상(舜裳): 상고시대 요순(堯舜)이 의상(衣裳)을 드리워 천하를 다스린다. 즉 덕화로써 백성을 교화시키는 것을 순상이라고 한다. 그래서 '垂衣裳' 의 본뜻은 의복의 법을 제정하여 천하에 예로써 보이는 것이다. 등시(登時)는 지금 곧, 즉시의 뜻.

51) 호접몽(蝴蝶夢): 나비의 꿈. 장자(莊子)가 꿈에 나비가 되었으며 자기와 나비의 구별을 잊어버린 고사에서 나온 것.

52) 차공광(次公狂): 차공 미치광이 또는 술 미치광이 차공. 강직하고 절개가 높은 선비나 청렴하고 밝은 관리를 뜻한다. 차공은 한(漢)나라 개관요(蓋寬饒)의 자(字)이다. 평은후(平恩侯) 허백(許伯)이 새로 집을 짓고 고관들을 초대했으나 차공은 가지 않다가 요청을 받은 후에 갔다. 그러나 자존을 세워 아부하거나 굽히지 않았다. 허백이 친히 술을 따르자 '나에게 많이 따르지 마십시오. 나는 술 미치광이[酒狂]입니다' 라고 하자 옆에 있던 승상 위후(魏侯)가 웃으며 말하기를 '차공은 깨어 있어도 미치광이인데 어찌 반드시 술이 있어야만 할까' 라고 했다. 차공은 자칭 주광(酒狂)이라 하면서 오히려 깨어 있는 사람보다 더 분명하게 깨어 있었다.

늦게 돌아온다고 미워하지 말라	莫厭歸來晩
인간세상은 불탕이 들끓는 듯하나니	人間沸火湯

【칠언배율(七言排律)】

금릉의 회고 金陵懷古[53)]

금릉의 아름다운 기운이 울창하게 푸르고	金陵佳氣鬱葱葱
호거와 용반의 지세가 웅장하다	虎踞龍盤地勢雄[54)]
성가퀴는 멀리 뻗어 푸른 하늘을 가로질렀고	雉堞聯綿橫碧昊[55)]
종산은 우뚝 창공에 솟았다	鍾山突兀聳蒼穹[56)]
오나라 왕은 이 땅에서 큰 사업을 열었고	吳王此地開鴻業
진나라 황제는 당시 큰 공을 이루었다	晋帝當年底大功
황금색과 푸른색이 선명한 동태사	金碧鮮明同泰寺[57)]
붉고 푸르름이 엉겨 찬란한 경양궁	丹青凝煥景陽宮[58)]
난릉에 날 저무니 연꽃이 떨어지고	蘭陵日暮蓮花隕[59)]
마른 우물에 용이 잠기니 옥수의 노래가 공허하다	智井龍沉玉樹空[60)]

---

53) 금릉(金陵): 춘추전국 시대 초(楚)나라의 도읍지로서 강소성에 있다. 지금의 남경이다. 사조(謝朓)의 고취곡(鼓吹曲)에 '江南佳麗地 金陵帝王州'(강남의 아름다운 땅, 금릉은 제왕의 땅)이라고 하였다.

54) 호거·용반(虎踞龍盤): 호거는 범이 웅크리고 있는 모양이거나 지세가 웅대한 것을 형용한다. 용반은 용이 서림. 즉 숨어 있는 것으로 호걸이 뜻을 얻지 못하여 숨어 있음을 비유한 것. 지형이 꼬불꼬불하여 험한 것을 형용하거나 나뭇가지가 뒤틀려 있는 모양. 이 둘은 함께 산세가 웅장함을 뜻하는 말. 그래서 제왕이 출현할 만한 곳이다.

55) 치첩(雉堞): 성 위에 쌓은 낮은 담. 성가퀴.

56) 종산(鍾山): 남경시내 동북쪽에 있는 산으로 자금산(紫金山)이라고도 한다. 왕안석이 만년에 여기에서 은거했으며 중국의 국부(國父) 손문(孫文)의 묘가 여기에 있다.

57) 동태사(同泰寺): 남조 양(梁)나라 때 건축된 것으로 양무제가 수 차례 예불을 올렸다.

58) 경양궁(景陽宮): 남조 진(陳)나라의 궁전. 남경시의 북쪽, 현무호(玄武湖) 호반에 있었다. 경양전이라고도 한다. 이 궁전에 우물이 있는데 경양정(井) 또는 연지정(胭脂井)이라고 하며, 수(隋)나라가 남하하여 강을 건너고 성을 점령하자 진후주(陳後主 李煜)는 이 소식을 듣고 비 장려화(張麗華)와 함께 이 우물에 뛰어들었다가 밤에 수나라 병사들에게 잡혔다. 당나라 시인 허혼(許渾)의 시 〈金陵懷古〉에 '玉樹歌殘王氣終, 景陽兵合戍樓空'(옥수후정화 노래 끊어지니 왕도의 기세 끝났고, 경양궁의 군사 합해지며 망보던 누각은 비었다)라고 했다.

59) 난릉(蘭陵): 동진(東晋) 때에 잠시 설치하였으며, 옛 성은 강소성 무진현(武進縣) 서쪽에 있다. 남경이 아니라 상주(常州)에 속한다.

천 년의 흥망은 흐르는 물과 같고	千載興亡同逝水
육조의 문물은 모두 쑥밭에 묻혔으니	六朝文物盡埋蓬
옥 계단의 꽃다운 풀은 가냘프게 푸르고	瑤階芳草纖纖綠[61]
동산의 그윽한 꽃은 처량하게 붉은데	閬苑幽花慘慘紅[62]
깨어진 주춧돌과 무너진 담에는 구름이 어두침침하고	破礎頹垣雲黯淡
거칠어진 언덕과 남은 터에는 달빛이 몽롱하다	荒墟遺址月朦朧
슬픈 바람은 간웅의 죄를 호소하는 것 같고	悲風似訴奸雄罪
새 우는 소리는 나라의 종결을 슬퍼하는 듯	禽韻如哀國祚終[63]
지난 일이 망망하여 물을 곳이 없는데	往事茫茫無處問
강물 흐르며 오열하는 것은 옛날이나 지금이나 같구나	江流嗚咽古今同

그 두번째 其二

남쪽 나라 산천은 옛 제왕이 살았던 곳	南國山川舊帝居
금릉의 자색 서기는 묻노니 어떠한가	金陵紫氣問何如[64]
삼국시대 오나라가 이 땅에서 일찍이 도읍을 열었으며	孫吳此地曾開邑[65]
사마씨의 진나라도 그 당시 또한 수레를 머물렀다	馬晋當年亦駐輿[66]

---

60) 완정(眢井): 물이 마른 우물 즉 폐정(廢井). 진후주가 비 장려화와 함께 뛰어든 우물을 말한다.
　옥수(玉樹): 뛰어난 사인(詞人)이자 임금이었던 진후주가 만든 악부 오성가곡(吳聲歌曲)인 〈옥수후정화(玉樹後庭花)〉를 간략하게 칭한 것. 이백의 시 〈金陵歌送別范宣〉에 '天子龍沈景陽井, 誰歌玉樹後庭花' (천자 용이 경양정에 빠졌는데 누가 〈옥수후정화〉를 노래하는가)라고 했다.

61) 요계(瑤階): 옥으로 쌓은 계단, 즉 궁궐이나 신선의 집.

62) 낭원(閬苑): 신선의 동산.

63) 국조(國祚): 나라의 행운과 국가의 번영 또는 왕위(王位).

64) 자기(紫氣): 자주빛의 상서로운 기운. 칼빛을 형용하기도 한다.

65) 손오(孫吳): ① 손무(孫武)와 오기(吳起). 춘추시대 병법의 대가. 손무는 제나라 사람으로, 병법으로 오왕(吳王) 합려(闔閭)를 도와 서쪽으로는 초를 치고 북으로 제와 진(晋)을 쳐서 오나라는 제후의 패자가 되었다. 병법 13편이 있다. 높여서 손자(孫子)라고 한다. 오기는 전국시대 위(魏)나라 사람으로 역시 병법에 밝았다. 저서로는 오자(吳子) 1권이 있다 ② 삼국시대의 오(吳)나라를 지칭하며, 그 왕실의 성이 손(孫)씨로 손책(孫策) 이후 손권(孫權)이 칭제(稱帝)하고 지금의 남경에 도읍을 정했다. 여기서는 ②를 뜻한다.

66) 마진(馬晋): 司馬氏의 晋나라일 것. 사마의(司馬懿)의 뒤를 이어 魏의 전권을 장악하다가 263년 촉한을 멸망시킨 사마소(司馬昭)가 죽고 그의 아들 사마염(司馬炎)에 이르러 비로소 晋을 세우고 晋 武帝가 되었다(264년). 이후 서진의 사마 정권은 오나라를 공격하여 멸망시키고 다시 전국을 통일하는데 이때 양자강을 건너 강남의 건업(建業. 이전의 이름은 秣陵), 즉 남경에 내려왔던 것.

푸른 덮개 수레는 이미 낙양으로 돌아온 후에 딱 맞추었고 青蓋已符歸洛後[67]
청담은 공연히 강을 건넌 이후를 그르쳤도다 清談空誤渡江餘[68]
능효대의 여러 정자는 노래와 춤을 간직하였고 凌歊累榭藏歌舞[69]
땅에 드리운 향기로운 연꽃은 첩여의 걸음이다 帖地香蓮步婕妤[70]
굶어 죽은 대성에는 인연이 이미 얕았으며 餓死臺城緣已淺[71]
마른 우물에 몸을 던진 꾀가 도리어 소홀하였다 投身眢井計還疎
편안하고자 스스로 사람 사는 집에 깃들인 제비가 되었고 偸安自作巢堂燕[72]
지난 자취를 답습한다고 누가 전복된 수레를 살피는가 襲跡誰監覆轍車[73]
육조의 흥망은 바둑의 판국 변하듯 했고 六代興亡碁變局
온갖 장면에서의 부귀는 꿈처럼 허망하게 돌아가나니 千場富貴夢歸虛
공후의 폐허가 된 집에는 벌레가 전서를 쓰고 公侯廢宅虫書篆
장수와 재상의 거칠어진 비석엔 魯자에 魚자가 없어졌다 將相荒碑魯缺魚
빼어난 기세는 오히려 지금의 북고에 있는데 勝勢尙存今北固[74]
유명한 지역으로 공연히 옛 남서를 말한다 名區空說古南徐[75]
나그네의 회포를 어느 곳이나 맡기기 더욱 어려운데 客懷何處尤難任
기러기는 해질 무렵 풍교를 지난다 鴈度楓橋日落初[76]

---

67) 청개(青蓋): 푸른 빛깔의 뚜껑을 한 수레. 옛날 황태자, 황자, 왕이 타던 수레.

68) 청담(清談): 세속을 떠난 고상한 이야기. 위진시대 선비들이 노장(老莊)을 받들고 배우며 세상일을 버리고 속세를 떠난 청정무위(清淨無爲)의 공리공담(空理空談)을 하던 일. 죽림칠현이 특히 유명하다.

69) 능효(凌歊): 능효대(凌歊臺). 안휘성 황산현에 있는 누대.

70) 첩여(婕妤): 한(漢)나라 때 궁중의 여관(女官)의 하나.

71) 대성(臺城): 육조 시대의 금성(禁城)으로 중앙 정부와 궁전의 소재지. 남경시 계명산(鷄鳴山) 남쪽에 있다.

72) 소당연(巢堂燕): 가정집에 보금자리를 짓는 제비. 안전하고 편안한 것을 말한다. 참고로 소막(巢幕)은 유동성이 많은 불안정한 장막에 깃들이는 것으로 위험함을 말한다.

73) 복철거(覆轍車): 수레의 바퀴가 전복된 것. 그 수레. 실패를 초래한 것의 교훈.

74) 북고(北固): 산 이름으로, 지금의 강소성 진강(鎭江)시 동북쪽에 있다. 남, 중, 북의 세 봉우리가 있는데 북쪽 봉우리의 삼면이 강에 임해 있고 형세가 매우 험해서 '북고'라고 불렀다. 남조의 양무제가 이곳에 올랐다가 경구(京口)의 경치가 장관이라고 말하면서 '北顧'로 개칭했다.

75) 남서(南徐): 주(州)의 이름으로, 동진 때에 서주(徐州)를 경구성에 잠시 설치하고 남조 송 때 남서로 개칭했다. 지금의 강소성 진강시(鎭江市)이다.

76) 풍교(楓橋): 다리 이름. 강소성 소주시 창문(閶門) 밖 한산사(寒山寺) 부근에 있다. 본래는 봉교(封橋)였는데, 장계(張繼)의 〈풍교야박(楓橋夜泊)〉 시가 유명해지자 풍교로 쓰게 되었다고 한다. 당 시인 장호(張祜)의 〈풍교〉시에 '唯有別時今不忘, 暮煙疏雨過楓橋' (오직 헤어질 그때 지금도 잊지 못하니, 저녁 안개 드문드문 내리는 빗속에 풍교를 지나네)라고 했다.

감찰 자건 정석견[77]이 중국 연경으로 감에 전송하다
送鄭監察子健錫堅赴京

(그 후 관직은 참판에 이르렀다. 계묘년 4월)

의관을 차린 만국의 관원들 모두 연경으로 모이고	萬國衣冠共會燕[78]
태양이 바로 정중의 하늘을 비춘다	大明离照正中天
그대가 탄신을 축하하려 감은 올해의 일인데	君歸慶誕屬今歲
나 또한 신정의 하례가 지난 해에 있었느니	我亦朝正在去年[79]
고국은 점차 천 리 밖으로 보이고	故國漸看千里外
황도는 멀리 오색의 구름 가를 가리킨다	皇都遙指五雲邊[80]
훈훈한 바람이 한강물에 처음으로 불며 푸르렀는데	董風漢水初吹綠
밤 달은 요양에 몇 번이나 활 모양으로 올랐던가	夜月遼陽幾上弦[81]
신선 학이 돌아오지 않아 화표가 없어졌고	仙鶴不歸華表沒[82]
전쟁 나간 지아비 돌아오지 아니하니 망대만 전한다	征夫未至望臺傳
창려의 옛 고을에는 한유의 무덤이 남았고	昌黎古縣存韓墓[83]

77) 정석견(鄭錫堅): 조선시대〔?-1500(연산군 6)〕의 문신. 자는 자건(子健)이고, 호는 한벽재(寒碧齋). 본관은 해주(海州). 1474년(성종 5) 식년문과에 을과로 급제, 예안현감 · 사간원정언을 지냈다. 1483년 천추사(千秋使)의 서장관(書狀官)으로 명나라에 다녀왔으며, 1485년 이조좌랑에 올랐다. 1489년 사헌부장령으로 승진. 이듬해 강경서(姜景敍) 등과 함께 사유(師儒)로 천거되었다. 1495년(연산군 1) 지성균관사(知成均館事), 병조의 참지 · 참의를 역임하였고, 2년 후 대사간을 거쳐 이조참판에 올랐다. 1498년 무오사화가 일어나자 일찍이 김종직(金宗直)의 문집을 간행하였다 하여 파직당하였다. 김종직 · 정여창(鄭汝昌) 등과 도의교(道義交)를 맺어 성리학을 강론하였고, 성종 때 유도인(有道人) 13인을 천거할 때 그 중의 한 사람에 들었다.

78) 의관(衣冠): 의관을 차린 관원을 말한다.

79) 조정(朝正): 고대 제후와 신하가 정월에 입조(入朝)하여 천자에게 하례하는 것. 한나라 이후 통상적으로 새해 첫날에 거행되었고 이것을 대조회(大朝會)라고 했다.

80) 오운(五雲): 오색의 구름, 즉 상서로운 구름.

81) 요양(遼陽): 만주 요동 지방. 현(弦)은 활 모양의 달로, 음력 7-9일경의 상현과 22-24일경의 하현이 있다.

82) 화표(華表): ① 묘소 앞의 문 ② 궁성이나 성곽의 출입문 ③ 무덤 앞에 세우는 아름답게 꾸민 한 쌍의 돌기둥 즉 화표주(華表柱). 여기서는 ③이 해당된다.

83) 창려(昌黎): 당의 한유(韓愈)가 대대로 영천(穎川)에서 살았는데, 그래서 자칭 창려(河北城 昌黎縣. 또는 河南省 孟縣) 사람이라고 했다. 송대 때 그를 창려백(昌黎伯)이라 봉하고 후세 사람들은 그를 창려 선생이라고 존칭했다. 퇴지(退之)는 그의 자.

옹백의 남은 터에는 옥밭이 있었다　雍伯遺墟有玉田[84]
갈석산의 무려에서 우임금의 행적이 다하였고　碣石巫閭窮禹跡[85]
수양산의 고죽에서 백이와 숙제를 생각하였다　首陽孤竹想夷賢
난하에 푸르게 뜬 것은 1천 가지의 버들이요　灤河浮翠千條柳[86]
노수에 연한 돛대는 만 척의 배로다　潞水連檣萬隻船[87]
3천편 주나라의 전례가 빛나고　郁郁三千周典禮
12주 우임금의 산천이 넓디넓다　茫茫十二禹山川[88]
문화전 속에는 태자가 있고　文華殿裏前星照[89]
만수산 머리에는 해와 달이 걸렸다　萬壽山頭兩曜懸[90]
화저의 새 가을은 무지개의 경사를 알리고　華渚新秋報虹慶[91]

---

84) 옹백(雍伯): 양백옹(楊伯雍)을 지칭한다. 양백옹이 무종산(無終山)에서 물을 길어 장을 만드는데 어떤 사람이 와서 마시고 나서 돌멩이 한 말을 주며 말하기를 "이걸 심으면 아름다운 옥이 날 것이고 이쁜 마누라를 얻게 될 것이라"고 해서 그걸 심었더니 과연 그 돌 위에서 옥이 생겼고 그 옥으로 서씨 여인을 아내로 맞았다. 간보(干寶)의 《수신기》에서 나오는 내용. 옥이 나왔다는 전설 속의 밭을 옥전이라 했다.

85) 갈석(碣石): 갈석산. 그 소재지에 관해서는 여러 가지 견해가 있으나 여기에서는 하북성 창려현 북쪽 경계에 있는 산을 말한다. 《한서 · 무제기》에 태산에서 다시 동으로 바다를 순행하고 갈석에 이르렀다고 했다. 우임금의 기주(冀州)에서의 치수사업 후, 기주의 공물은 발해의 오른쪽에 있는 갈석산에서 황하로 운송되었다고 《사기 · 하본기》에 기록하고 있다. 우적(禹跡)은 우임금의 치산치수의 행적을 말한다. 무려는 동북 지역인 유주(幽州)의 진산(鎭山)으로 의무려(醫巫閭). 의무려산(醫巫閭山)으로도 불린다. 현재 만주 요령성 북진현(北鎭縣) 서쪽에 있는 산이다.

86) 난하(灤河): 하북성에서 발원하여 발해로 흘러드는 강.

87) 노수(潞水): 노천 또는 노하라고도 하며, 지금은 탁장수(濁漳水) 또는 장수(漳水)라고 한다. 산서 노안부(潞安府) 서남쪽 20리에 있다. 장자현(長子縣) 발구산(發鳩山)에서 발원하여 동북으로 흐르며 부의 경내를 거쳐 양원현(襄垣縣) 경계로 들어간다.

88) 우임금은 신하로 있을 때 전국을 구주(冀 · 豫 · 靑 · 徐 · 揚 · 荊 · 兗 · 梁 · 雍州)로 나누었는데, 순임금이 넓은 지역을 분할하여 북쪽을 나누어 병주(幷州)를, 연(燕)을 나누어 유주(幽州)를, 제를 나누어 영주(營州)를 설치했다고 한다. 그래서 12주가 되었다.

89) 문화전(文華殿): 명청 시대의 궁전의 이름. 북경의 옛 자금성 동화문(東華門) 내에 있다. 규모는 다른 궁전보다 작지만 매우 정교하며 황제를 위해 경전과 역사를 강설하던 곳. 전성(前星)은 태자의 별칭. 《한서 · 오행지》에 '心, 大星, 天王也. 其前星, 太子. 後星, 庶子也.' 그래서 이후 전성은 태자를 지칭하게 되었다.

90) 만수산(萬壽山): 북경시 서북쪽에 있는 산. 청나라 건륭(乾隆) 연간에 고종(高宗)이 산기슭에 절을 세워 황태후의 징수를 빌던 곳으로 지금의 이화원(頤和園) 내에 있으며, 남으로 곤명호를 내려보고 산 위에는 불향각(佛香閣)과 배운전(排雲殿)을 세웠다. 이전에는 옹산(甕山)이라고도 했는데, 원나라 때 지금의 만수산과 곤명호를, 명나라 때 호산원(好山園)을 조성했기 때문에, 게다가 황제가 사는 곳에 있는 산을 대개 만수산이라 부른 예도 있기 때문에 지금의 만수산과 같은 곳일 것. 그리고 만수는 황제와 황태후의 생일을 지칭했으므로 이 구절은 황제와 황태후를 두고 한 말일 것이다. 양요(兩曜)는 두 개의 빛나는 것으로 해와 달을 말한다.

천자는 당일 금전을 하사하셨는데	龍顏當日賜金錢
홍려시가 소리로 전하니 만세소리가 진동하고	鴻臚傳唱三呼動[92]
광록에 은혜를 더하니 온갖 맛이 새로웠다	光祿添恩百味鮮[93]
복색 다른 서쪽 오랑캐는 머리에 수건을 동였고	異服西蕃頭裹帛
말소리 다른 북쪽 오랑캐는 동물의 젖으로 죽을 쑨다	殊音北狄酪爲饘[94]
분분히 여러 무리들 와서 이중 삼중 통역을 하는데	紛紛衆類來重譯
탕탕한 어진 바람은 팔방으로 널리 퍼진다	蕩蕩仁風普八埏[95]
초나라와 오나라 여인은 빛나게 아름답고	楚女吳姬光艶艶
월지방의 향과 파촉의 비단은 많고도 많더라	越香巴錦萬千千
왕손의 화려한 저택에는 주옥이 많고	王孫甲第多珠翠[96]
공자의 금빛 말안장에는 수놓은 방석을 깔았다	公子金鞍帶綉韉[97]
밤들자 수천이나 되는 문엔 등불이 찬란하고	夜入千門燈燭爛
바람 화순하니 도성 큰 길엔 술집 깃대가 이어졌다	風和九陌酒旗聯[98]
번화는 바다 같은 가슴속을 쉽게 거두지 못하고	繁華未易收胸海
채필은 번거롭게 흰 편지지만 물들인다	彩筆須煩染素牋[99]
푸른 바다 청구에 몸이 한번 돌아오면	碧海青丘身一返[100]

---

91) 화저(華渚): 고대 전설 속의 지명. 《宋書 · 符瑞志上》 '제지(帝摯) 소호씨(少昊氏)는 그 어머니가 여절(女節)인데 별을 보았더니 마치 무지개와 같았고 화저로 내려와 흘렀다(見星如虹, 下流華渚). 꿈에 무슨 느낌을 접촉하여 소호를 낳았다. 제위에 오르자 봉황의 상서로움이 있었다.' 홍경(虹慶)은 무지개를 봄으로써 생긴 경사라는 의미.

92) 홍려(鴻臚): 곧 홍려시(鴻臚寺). 당나라의 벼슬 이름으로 외국에 관한 사항 즉 국빈접대와 조공, 내빙(來聘) 등의 의식을 관장하였다.

93) 광록(光祿): 지위와 신분을 나타내는 관계(官階)의 칭호. 또는 영광된 관직으로 보아도 좋다.

94) 낙위전(酪爲饘): 낙은 동물의 젖이며, 이것으로 진하게 쑨 죽을 전이라고 한다.

95) 탕탕(蕩蕩): 썩 큰 모양. 지대한 모양. 넓고 먼 모양. 마음이 느긋하고 사심이 없는 모양 등등.
　팔연(八埏): 국가 또는 대지의 팔방의 끝 닿는 곳. 《사기 · 사마상여열전》에 '上甲易九垓, 下沂八埏' 이라고 했다.

96) 왕손(王孫): 임금의 손자라는 뜻 외에 임금의 자손 및 귀공자의 의미도 있다.
　갑제(甲第): 으뜸가는 저택, 화려한 저택.

97) 금안(金鞍): 금빛으로 장식한 말안장.
　수천(綉韉): 말 등에 덮어주는 수놓은 방석.

98) 구맥(九陌): 아홉 갈래 큰 길. 도성의 큰 길.

99) 채필(彩筆): 검은 먹이 아닌 색깔 있는 먹을 찍어 글을 쓰는 모필(毛筆)을 지칭하는 듯. 이 두 구는 대국의 화려한 것들도 마음에 딱 드는 것이 아님을 표현하였다.

100) 청구(青丘): 중국에서 우리나라를 이르는 말.

옥경의 궁궐 꿈이 서로 끌리리라　　玉京金闕夢相牽[101]
그대를 전송하고 도리어 다시 만날 날을 생각하니　　送君還想重逢日
흰 술 누른 꽃에 기뻐서 넘어질 듯하여라　　白酒黃花喜欲顚

101) 옥경(玉京): 도가에서는 天帝가 거처하는 곳을 지칭하고, 나아가 황제가 사는 도성을 의미한다. 금궐(金闕): 궁궐이다.

【오언고시(五言古詩)】

군도에게 올림 呈君度

병든 사람은 병든 말과 같나니	病人如病馬
마판에 엎드려 꼴만 먹을 뿐이네	齕草長伏櫪
뜻이야 비록 천리에 있다 하지만	志雖在千里
근력이 따라주지를 않네	筋力不相適
내가 병든 지 하마 2년째	我病已兩期
내 나이 70을 바라보네	我年臨七十
우리 생애 얼마쯤 될까	生涯知幾許
세월은 쏜살같기만 하여라	歲月如箭急
얼굴이 나날이 수척하여	容顔日凋謝
광대뼈만 앙상하게 남았거늘	恰似枯槎兀
부러워라 그대는 건강하여	羨君保康强
늘 강월에 취해 누워 있네	長醉臥江月[102]

도연명의 〈술을 그침〉에 화운하여 和陶淵明止酒

늘 음주를 그치고자 하지만	居常欲止酒
그치려 할 뿐 아직 그치지 못했네	欲止猶未止
두세 잔에서 그치고 싶지만	欲止二三盃
꿈으로 그칠 뿐 실현되지 않네	神止華胥裏
위로는 부모님 효에서 그치고	仰止孝於父
아래로는 자식들 사랑에서 그치며	俯止慈於子

102) 강월(江月): 강 위에 뜬 달, 또는 강물 속의 달.

조문에서는 슬픔에서 그치고 吊則止於哀
경사에서는 기쁨에서 그쳐야 하리 慶則止於喜
제 그칠 곳을 편안하게 여긴다면 怡然安所止
세상 걱정 그쳐 일어나지 않을 것을 世慮止莫起
끝내는 대취에서 그치고 마니 終歸止於醉
모든 일이 부조리에서 그치고 마네 萬事止不理
정신은 점점 쇠모해지지만 精神漸止耗
생각은 몸가짐에서 그치네 還思止持己
잔 엎고 그치길 맹서하노니 覆盃誓止之
이로부터 영원히 그치리라 從此長止矣
도연명의 그침을 본받고자 하나 欲效淵明止
그 그침을 헤아리기 어렵네 其止難測涘
우선 내 그칠 곳에서 그치고 姑當止吾止
오직 제사에서만 그치지 않으리라 惟不止於祀

소년행 少年行

자류마는 봄바람에 울고 紫騮嘶春風
버들은 길 왼편에 그늘을 드리웠는데 垂柳蔭道左
송골매에다 사냥견을 이끌고 臂鷹牽韓盧
말을 타고 마을 앞을 지나가네 騎向前村過
저녁 무렵 얼큰히 취하여 돌아와 半醉乘昏歸
이불 속에 계집 안고 누웠거늘 披衾擁姬臥
어째서 이웃집 자식은 何乃鄰家子
글 읽는데도 오히려 궁핍하여 배고픈가 讀書猶窮餓

농가의 사정을 가슴 아파함 傷田家

빚 갚고 나니 실오라기 하나 없고 債還無寸絲

세금 내고 나니 한 줌 곡식도 없네 稅入無斗穀
소금과 채소도 오히려 넉넉지 못한데 塩虀猶不贍
하물며 쌀밥에 고기 먹기를 바라리요 況望食粱肉
잔치를 파한 동쪽 집 다락에서는 宴罷東家樓
헛되이 큰 초가 소용없이 타고 있나니 虛燒三丈燭
하늘은 어째서 재물에 인색치 않으면서 天何不靳財
유독 한미한 집에 대해서만 인색하신가 獨靳寒微屋

침류당에게 부침 寄枕流堂

한강이 맑고 물결이 잔잔하니 漢江淸且淪
그 풍경이 너무나 빼어나도다 風景殊奇絶
아름다운 사람이 거룻배 저어 美人弄扁舟
탁트인 연파에 오래 떠 있네 長占煙波闊[103]
가련케도 명리에 빠진 사람은 可憐名利人[104]
거마가 티끌 가운데 빠졌구나 車馬塵中沒

그 두번째 其二

한강의 큰 나루터는 漢江是官渡
길이 금성 아래로 나 있네 路出金城下[105]
바삐 다투어 건너는 사람들은 滔滔競涉人
태반이 명리를 구하는 자이니 半是求名者
어찌 알리오 땅 위의 신선이 焉知地上仙
강가에다 정사를 지은 것을 臨江搆精舍
만약 그 풍도를 듣게 된다면 若得聞其風

103) 연파(烟派): 안개 낀 물결.
104) 명리(名利): 명예와 이익.
105) 금성(金城): 경성(京城) 즉 서울을 뜻한다.

누가 낯을 붉히지 않으리요　　　誰能不顔赭

【칠언고시(七言古詩)】

채련곡 / 採蓮曲

한 쌍의 연을 캐는 단장한 여인이	一雙採蓮靚粧女
연못에서 마주 서서 말없이 살포시 웃고 있네	立向池塘笑不語
옥 같은 살결이 진흙에 더러워질까 봐서	嫌將玉肌汚黑泥
붉은 치마 걷고자 하면서도 걷지 못하네	欲擧紅裙猶未擧
어디 사람일까 아름다운 한 미장부가	何處便嬛年少郎
수양버들 옆에서 한가롭게 백마 타고	閑騎白馬傍垂楊
둘러보다가 시선을 거두지 못하는데	馬上回看注眼波
보고픈 마음에 애간장이 끊어질 듯하네	相思卽斷一寸腸

그 두번째 / 其二

연 캐는 아리따운 여인은 뉘 집 사람인가	窈窕誰家採蓮女
끝없는 그윽한 회포를 가슴속에 묻어두네	脈脈幽懷心自語
마음은 다른 데 있고 여기 있지 않지만	所思在彼不在斯
아침나절 내내 광주리 들고서 연을 캐네	終朝采采傾筐擧
길가의 거저랑은 어디서 온 사람인가	陌頭何處籧篨朗[106]
단적으로 봄바람에 절양류가를 부네	短笛春風弄折楊[107]
연잎에 가려 온 몸이 보이진 않지만	隔荷不許露全身
살며시 본 반쪽 얼굴에도 애간장 타버렸네	偸看半面已灰腸

106) 거저랑(籧篨朗): 추악한 사내. 거저(籧篨)는 몸을 숙일 수 없는 천상바라기이다.
107) 절양류가(折楊柳歌): 횡취곡(橫吹曲) 이름. 대부분 상춘(傷春)과 석별(惜別)의 정을 담았다.

여주 도중에서 驪州行中[108)]

큰 강에는 벽옥 같은 물이 흐르고	一帶長江碧玉流
흰 네가래 붉은 여뀌가 물가에 가득하네	白蘋紅蓼滿芳洲
사군이 중구의 가을을 좋아하여	使君爲愛重九秋[109)]
백운이 한가로운 강가에 천막을 쳤네	臨江張幕白雲浮
여흥의 나그네에겐 시름이 쏟아지거늘	驪興行客瀉羈愁
하물며 노래와 피리 소리가 처량함에랴	況聞歌管聲啾啾
온갖 맛있는 것들로 오후정을 만들고	百味爲鯖笑五侯[110)]
배로 고기 그물질하여 반찬을 장만하네	小船網魚爲盤羞
서로 어지러이 술잔을 주고받는데	亂酌迷巡迭相酬
고래같이 마시기를 어찌 그만두랴	蘸甲鯨飮何曾休
그대 기개가 옛사람 짝이 되니 아름답고	多君氣槩古賢儔
여러 사람과 한 마음 되어 노니 즐겁네	樂與諸子忘形遊
고금을 돌아보건대 죽지 않는 이 없으니	細算今古土一丘
마시지 않고서야 어떻게 근심을 내보내랴	不飮何以遣悠悠
해는 저물어 가지만 마음은 즐거우니	歡意未了西日收
어찌 흩어지는 사람들을 만류하지 않으랴	其奈四散人不留

장진주 將進酒

아침저녁으로 나그네 수심 짙으니	朝暮鍾客愁濃
젊은 홍안이 쉬이 시듦을 어이하랴	其奈容顏易謝紅
곤명을 향하여 재앙이 되리라 한탄했는데	曾向昆明嘆劫灰[111)]

108) 원주에 "계해년(癸亥年, 연산군 9년, 1503) 가을이다(癸亥秋)" 하였다.
109) 사군(使君): 고을 수령.
중구(重九): 음력 9월 9일 중양절.
110) 오후정(五侯鯖): 물고기 · 새 또는 수육 등을 섞어 끓인 음식. 열구자탕(悅口子湯)과 비슷하다.
111) 곤명(昆明): 중국 남방 민족의 국명.

그 무릉의 무덤에도 쓸쓸히 가을바람이 부네	武陵墳樹亦秋風[112]
뇨뇨한 피리 소리 둥둥둥 북소리	嫋嫋嫋笛鼕鼕鼓[113]
호탕한 노래 파사한 춤	浩浩歌婆娑舞[114]
난만하게 취하여 술잔에서 오호의 물을 본다면	爛醉盃看五湖水
어찌 세상의 번운우를 알리오	肯知世上飜雲雨[115]
살아 생전에 술이 있거든 손을 멈추지 말라	生前有酒莫停手
죽고 나면 무덤과는 서로 수작할 수 없으니	死不得相酬一坏土

그 두번째　　其二

술이 몸에 들어가니	酒入鍾春色濃
창백한 얼굴도 복사꽃처럼 붉어지네	蒼顔亦作桃花紅
하물며 춘삼월이라	况是韶光三月半
술잔에 배꽃바람이 불어옴에랴	尊中吹送梨花風
거문고를 타고 장고를 치며	彈鵾絃打羯鼓
맑은 노래를 부르고 아름다운 춤을 추네	發淸歌呈妙舞
행락도 모름지기 젊은 시절에 해야 하나니	行樂須趂少年時
비오고 날 개였다 하는 것이 인생에서 몇 번이나 되랴	人生幾度晴與雨
다른 날 봄바람 부는 한식 절에	他日東風寒食節
한잔 술 무덤에 부어봐야 괜한 짓일 뿐이니라	一盃酒空澆墳上土

112) 무릉(武陵): 한(漢) 무제(武帝)의 능.

113) 뇨뇨(嫋嫋): 소리가 길고 약하게 울리는 모양.

114) 파사(婆娑): 너울너울 춤추는 모양.

115) 번운우(飜雲雨): 인정(人情)이 쉬이 변함을 이른다. 손바닥을 위로 뒤집으면 구름이 되고, 손바닥을 아래로 뒤집으면 비가 된다는 두보(杜甫) 〈빈교행(貧交行)〉의 "번수작운복수우(飜手作雲覆手雨)"에서 나온 말이다.

그 세번째　　其三

많은 곡식으로 재물이 넉넉해졌으면	粟千鍾資財濃
괜히 썩어 문드러지게 하지 말라	不用空爲爛腐紅
하물며 세월이 쏜살같으니	况是光陰駒過隙
인생에서 몇 번 봄을 맞이할 수 있겠는가	人生能得幾春風
마루에는 비파가 있고 기둥에는 북이 걸려 있어서	堂有瑟楹有鼓
앉아서는 노래하고 서서는 춤을 추네	坐則歌起則舞
늘 취하여 그렇게 세월을 보내니	長醉任地時序去
어찌 혹한과 장마인들 알리오	那識祁寒與暑雨
청컨대 그대는 돈을 얻었으면 바로 술을 사도록 하라	請君得錢卽沽酒
그대 보지 못했는가	君不見
공자와 도척이 다같이 진토가 된 것을	孔跖俱塵土[116]

한무제 동방 순수　　漢武東巡

장가와 주애가 한나라 경계로 들어왔고	牂柯朱崖入漢界
막남의 왕정도 또한 휑하니 비었네	漠南王庭亦已空[117]
장양궁과 오작궁은 깊고도 깊지만	長楊五柞深復深
좁아서 호걸과 영웅을 초빙할 수 없네	隘窄無以騁豪雄
더구나 인생은 번갯불처럼 지나가니	况是浮生如電掣
앉아서야 대체 무엇을 할 수 있겠는가	安能坐掩三寸桐
문성이 기이한 술책을 펼쳤을 뿐만 아니라	不獨文成逞奇術[118]
장경의 글도 제왕의 마음을 감동시켰네	長卿遺藁感宸衷[119]
취화가 흔들흔들 어느 곳으로 향하느냐	翠華搖搖向何處[120]

116) 도척(盜跖): 유명한 도적 이름.

117) 막남(漠南): 고비사막 남쪽.

118) 문성(文成): 한(漢) 무제(武帝) 때의 문성장군(文成將軍) 이소옹(李少翁)을 가리킨다. 환술(幻術)에 능하였다.

해는 부상의 푸른 바다 동쪽에서 떠오르네	日出扶桑青海東[121]
태산과 양보에서 봉선을 마치고	泰山梁甫封禪了[122]
금박의 옥갑에다 귀신의 공을 간직하였네	金泥玉檢秘神功
아득한 삼신산을 바라보나니 거리가 얼마쯤 될까	遙望三山知幾許[123]
가서 육오를 발로 밟아보리라	行將足蹋六鰲中[124]
지금 망해루는 폐허가 되었을 것이고	不知望海樓作墟
팔준마의 자취도 없어졌네	八駿霜蹄跡亦窮
개를 이끌고 가는 한 남자를 겨우 만났는데	牽狗一夫僅得見
천하의 창생들이 모두 야위고 병들었구나	天下蒼生盡疲癃
지금 무릉의 송백은	至今武陵松栢裏
쓸쓸한 석양에 물들어 있네	蕭蕭落日射殘紅

가을장마를 한탄함　秋霖嘆

사람들은 겨울 혹한과 여름 큰비를 원망하지만	人怨祁寒與暑雨
나는 어두운 가을 장마의 괴로움을 한탄하노라	我嘆黯黯秋霖苦
구슬프기 짝이 없는 날씨도 슬프거니와	憭慄天氣正可悲
더구나 장마 비가 넘치어 땅을 침범함에랴	況乃霪溢侵后土
고금 불문하고 병든 회포가 이 때문에 발생하니	古今疚懷因此生
궁한 떠돌이로서의 원한이 사람들에게 무수하다	覊窮怨恨人無數
새벽이 밝지 않았는데도 계옥으로 근심이 깊고	愁深桂玉天難曉[125]
꿈속인데도 빗방울이 고향 그리는 마음 깨뜨리네	滴破鄉心夢未了

---

119) 장경(長卿): 한(漢) 사마상여(司馬相如)의 자(字). 사마상여는 한부(漢賦)의 최고의 걸출한 작가이며, 대표작으로 《자허부(子虛賦)》《상림부(上林賦)》《대인부(大人賦)》 등이 있다.

120) 취화(翠華): 물총새의 깃으로 장식한 천자(天子)의 기(旗).

121) 부상(扶桑): 해 돋는 동해에 있다는 신목(神木).

122) 양보(梁甫): 태산 밑에 있는 작은 산.
봉선(封禪): 봉토를 쌓아 하느님께 제사 지내고, 땅을 깨끗이 하여 산천에 제사하는 것.

123) 삼신산(三神山): 동해 가운데 있다는 세 신산(神山).

124) 육오(六鰲): 바다 가운데 여섯 마리의 자라가 삼신산을 받치고 있다 한다.

125) 계옥(桂玉): 타향에서 계수나무보다 비싼 나무를 때고 옥보다 귀한 음식을 먹는, 즉 비싼 물가로 인한 생활고.

강남의 단풍과 대나무는 냉기로 쓸쓸하고	江南楓竹冷蕭蕭
초혼과 상령이 슬픔을 더하네	楚魄湘靈增悄悄[126]
또 검문의 잔도를 생각해 보니	更想劒門雲棧間[127]
장마 비가 아직도 후두둑 떨어지고 있으리라	霖零餘響猶繚繞
우리나라가 지금 장마 비의 독에 걸렸나니	青丘今被恒雨毒
해가 나오면 개가 짖는 것이 촉 땅과 같으리라[128]	日出犬吠應似蜀
가을은 하마 깊었거늘	自夏徂秋秋已深
가을 구십일 내내 해를 보지 못했네	九旬不見扶桑旭
오동나무 잎은 누렇게 되어 다 떨어졌고	堪驚碎盡梧葉黃
젖은 구멍은 차가워서 귀뚜라미가 울지를 못하네	濕穴寒蛩鳴不續
집 새고 담 무너진 것이야 뭐 한탄할 만한 것이랴	屋漏垣頹何足嘆
벼가 모두 침수되어 썩는 것이 마음 아플 뿐이다	傷心禾稼皆沉爛
백성들에게는 구저가 없으니	嗷嗷萬姓乏篝儲[129]
땔나무가 젖어 취사가 끊어진 것뿐만이 아니로다	不但薪濡絶炊爨
농민이 어제 성에 들어 왔는데	田夫昨日入城來
한말의 쌀도 비단 금침과 바꾸려 하지 않네	斗米不許衾裯換
하늘에 호소하여 이 장마의 포악함을 제거하고자 하나	呼天欲除此霖虐
구만리 장천엔 구름만 짙게 깔려 있네	天高九萬空漠漠
가을 바람도 굳세게 불지 못하고	金風不能施勁吹
백제도 이길 수 있는 조치를 취하지 못하네	白帝不能措勝略[130]
어떻게 하면 만 길이나 되는 빗자루 얻어서	安得新篲萬丈長
손으로 쓸어내어 하늘을 개이게 할 수 있을까	手掃陰翳開寥廓

126) 초혼(楚魂): 멱라수에 투신한 초나라 굴원(屈原)의 혼.

상령(湘靈): 상수(湘水)의 대나무에 눈물을 뿌리고 죽은 순 임금의 두 비(妃)인 아황(娥皇)과 여영(女英)의 혼령.

127) 검문(劒門): 장안(長安)에서 촉(蜀)으로 가는 길에 있는 요새.

128) 해가 나오면- : 촉(蜀) 땅은 원래 흐린 날이 많으므로 해가 나오면 그게 신기하고 낯설어서 개가 해를 보고 짖는다고 한다.

129) 구저(篝儲): 화로에 씌워놓고 그 위에 젖은 물건을 얹어 말리는 기구.

130) 백제(白帝): 가을을 맡은 신.

제천정에서 벌창한 물을 본다	濟川亭觀漲
옛날 이 정자에 올라 보았을 때에는	昔日來登此亭觀
맑은 강 일대가 한 폭 수놓은 비단이더니	淸江一帶橫練帛
오늘 이 정자에 올라 보니	今日來登此亭觀
만 길의 미친 듯한 물결이 예와 같지 않네	狂瀾萬丈非如昔
벼랑과 계곡이 잠겨서 끝없이 아득하고	崖沉谷沒浩無涯
격랑이 어지러이 부딪히네	衝波激浪紛崩渚
천오와 봉황이 거꾸로 가고	天吳紫鳳顚倒行[131]
어룡은 제 집을 잃은 듯하네	魚龍恍惚失窟宅
홍수가 하늘에 닿을 듯하니	有如洪水勢滔天
여량과 용문의 수문이 아직 열리지 않은 듯하며	呂梁龍門猶未闢
또 마치 동정호 일대 같아서	又如三湘七澤間
문득 오땅과 초땅이 동남으로 열려 있는 듯하네	却疑吳楚東南坼
오래 보니 늠름한 정신도 놀라게 되어	久視凜然神魂驚
하늘에 닿을까 염려되고 땅이 꺼질까 걱정이네	天高亦跼地厚蹐
세간의 장관에 어찌 이같은 것이 있겠는가	世間壯觀豈如斯
자장처럼 온 천하를 다닐 필요 없으리라	不須子長窮禹跡[132]
한탄되는 건 이 강이 편안히 흐르지 않는 것인데	還嗟此江不安流
항음을 인하여 은택이 어그러지리라	寔由恒陰愆雨澤[133]
올해에 백성들은 어디에 의지할꼬	今年小民何所依
벼이삭이 보이지를 않네	不見禾穗留阡陌

131) 천오(天吳): 해신의 이름.

132) 자장(子長): 《사기(史記)》의 저자인 사마천(司馬遷)의 자(字). 그는 《사기》의 저술을 위해 견문을 넓히기 위하여 천하의 여기저기를 두루 돌아다닌 바 있다.

133) 항음(恒陰): 항상 흐리고 비가 오는 것.

팔진도 / 八陳圖[134]

팔진도	八陳圖[134]
400년간의 적운이 종식되니	四百年來赤運終[135]
제위를 탐한 이 모두 간웅이었네	朶頤神鼎皆奸雄
중원은 아만의 손에 떨어졌고	中原已墮阿瞞手[136]
강표도 규수공에게 들어갔네	江表亦屬虯鬚公[137]
가련한 중산의 황실 후손이	可憐中山帝室胄
눈물 씻으며 공이 없음을 슬퍼하는데	流年屑涕悲無功
양주와 익주 땅 지켜고 있지만	間關保此梁益地[138]
뉘와 함께 힘을 합쳐 중흥을 도모할꼬	與誰共力圖興隆
남양 땅에 용처럼 누워 있던 선비가	蹻蹻南陽龍臥士
삼고초려에 기꺼이 어수가 되기로 했네	三顧魚水欣相同[139]
마음 바꾸어 한나라 회복을 자임하고서	翻然自許復炎祚
힘을 다하여 일편단심 다할 것을 맹세했네	誓將竭力輸丹衷
위수 가로 군대를 출동시켜	渭水前頭師已出
오나라 위나라 군대를 농락했는데	眼底吳魏俱牢籠
흉중에 허다한 기책이 있어서	胸中許多有奇策
강가에 모인 돌도 군사가 되었네	江上聚石爲兵戎
천지풍운은 기정 속에	天地風雲寄正裏[140]
용사조호는 종횡 속에	龍蛇鳥虎縱橫中
당당한 팔진이 행렬을 이루니	堂堂八陣儼成列
신비한 모략이 천공과 같았네	神謀秘畧猶天工
운수가 떠나가니 영웅도 일을 이루지 못하고	運去英雄事不濟

134) 원주에 "流年屑涕悲無功의 '屑'은 '雪'인 듯하다(屑疑作雪)" 하였다.

135) 적운(赤運): 한(漢)나라의 운.

136) 아만(阿瞞): 위(魏)나라 조조(曹操)의 아명.

137) 강표(江表): 장강(長江) 이남의 지역.
규수공(虯鬚公): 오나라 손권.

138) 간관(間關): 지세가 험난한 천연요새.

139) 어수(魚水): 물과 고기, 즉 뗄레야 뗄 수 없는 긴밀한 관계.

140) 기정(寄正): 권도와 정도.

요사스러운 별이 군영에 떨어졌는데 妖星隕營光芒紅
장군 혼이 싸늘해지니 병사들의 사기도 꺾여 將軍魂冷士已挫
원한이 봄풀을 따라서 끝없이 흘러가네 恨隨芳草流無窮
지금도 물가에 돌이 그대로 있나니 至今沙頭石不轉
영원히 영웅의 기개가 머물러 있으리 應知浩刦留英風

동작벼루 銅雀硯

동작대를 업도에 세웠던 그 해 銅雀當年鎭鄴都[141]
비늘 같은 푸른 기와가 그 지붕을 덮었네 鱗鱗碧瓦蔭金殿
많은 사람을 동원하여 가무판을 벌이고 三千歌舞襪生塵
맑은 밤마다 연회를 열었네 承歡長作淸宵宴
하루 아침에 영골이 서릉에 묻히니 一朝英骨埋西陵
밝은 달에 눈물 짓던 그 눈 어디서 볼 수 있을까 月明淚眼何所見
사람이 떠나가니 누대도 기울고 세월이 흘렀는데 人去臺傾歲月多
폐허엔 기와 조각만이 나뒹굴었네 荒基散落瓦片片
기와가 단단하여 연고와 섞게 되었는데 堅硬緣爲和鉛膏[142]
응고되어 겉에 광택나고 물이 스며들지 않아서 凝滋不滲光生面
어떤 사람이 용향제를 시험 삼아 갈았더니 何人試磨龍香劑[143]
단계에서 나오는 자운연에 꼭 버금갔네 準擬端溪慈雲硯[144]
연연세세 비바람에 반이나 이끼에 먹혔으니 年年風雨半蝕苔
어찌 하루 저녁에 책상에 오를 생각이나 했으랴 豈料一夕登幾薦
간웅의 죄를 거론함도 네게 기대서 하는데 數罪奸雄亦憑渠
옛 주인에 대해서는 아무 미련이 없는 것 같네 似向舊主無顧戀
물건이란 무정한 것이면서도 유정한 것인데 物是無情還有情

141) 동작대(銅雀臺): 위(魏)의 조조(曹操)가 업(鄴) 땅에 쌓은 누대.
142) 연고(鉛膏): 화장용의 연분(鉛粉)과 기름.
143) 용향제(龍香劑): 좋은 먹.
144) 단계(端溪): 광동성에 있는 벼루의 명산지.
자운연(慈雲硯): 최상품의 벼루.

괴이하여라 네가 문방에서 서책을 짝하는 것이 怪爾文房伴書卷
전해지면서 늘 진귀한 보배가 되어 流傳永作席上珍
세상사의 무궁한 변천을 다 기록하리라 記盡世事無窮變
여우처럼 아첨하던 놈을 원망하여 말하면서 怳如怨說狐媚兒
오히려 힘을 다하여 대를 쌓아서 미녀를 둔다면 殫力築臺藏美媛
이는 대장부의 소행이 아니니 所行非是大丈夫
어찌 좋은 끝이 있으랴 合彼他年石胡讃

낙화를 한탄하다 落花嘆

낙화를 탄식함이여 낙화를 탄식함이여 落花嘆落花嘆
낙화 탄식을 언제나 하지 않으려나 落花之嘆何時斷
해마다 한 번씩 낙화를 보게 되지만 年年一度見落花
계절 바뀌는 것 해마다 견디지 못하겠네 不耐年年節序換
아름다운 시절이 봄이라고 말하지 말라 莫言佳節是春風
이 꽃들이 곧 날리며 흩어지고 마니 어이하랴 奈此穠花旋飄散
어제 활짝 피어 있더니 오늘 쇠하여 지고 昨日爛熳今日衰
또 비바람이 늘 침범하여 어지럽히는구나 更教風雨長陵亂
지난해 꽃이 질 때에도 봄이 감을 상심했거늘 去年花落傷春歸
금년에는 꽃이 지니 더더욱 처량해지네 今年花落轉悽惋
내 얼굴은 해마다 붉은 빛이 시들고 我顏歲歲凋朱光
내 살쩍은 날마다 서리꽃이 찬란해지네 我鬢日日霜華粲
장부의 마음이 하마 이와 같거늘 丈夫心意已如斯
하물며 규방의 먼지가 흰 팔을 물들임에랴 況此閨塵染皓腕
황계와 백일이 괴롭게도 세월을 재촉하나니 黃鷄白日苦相催[145)]
세월이 훌쩍 감이 마치 여울물 같네 流光倏忽如湍悍
옥 같던 뺨은 달수로도 치료하기 어렵고 玉頰難將獺壽醫[146)]

145) 황계와 백일: 황계는 새벽을 재촉하여 축시(丑時, 1시-3시)에 울고 ,백일은 한 해를 재촉하여 유시(酉時, 오후 5시-7시)에 지다(黃鷄催曉丑時鳴, 白日催年酉時沒)라고 한 백진역(白秦易)의 취가(醉歌)에서 나온 말을 인용한 것이다.

장대의 즐겁던 유흥 부질없이 전할 뿐이네 空傳挾彈章臺畔[147]
누가 한 생애를 백 년이라 하였던가 誰道生涯在百年
백 년의 반에 반도 아님됨을 원망하는 이 많네 多怨百年半未半
차라리 흠뻑 취하여 꽃 핀 때를 보내리니 不如沉醉送花時
근심이 와도 응하지 않고 가더라도 부르지 않으리 愁來不譍去不喚

굴원 사당에 조문함 吊屈原廟

초나라의 충혼을 어디서 조문할꼬 楚國忠魂何處吊
강가에 외로운 사당이 있네 千年江上有孤廟
당시 일은 오래 전의 것이지만 當時遺事久成空
말하는 자들은 지금토록 냉소하네 至今談者猶冷笑
무관의 회한이 그 얼마나 컸던가 武關遺悔不可追
어째서 또 참설을 놓아두었단 말인가 如何更許讒舌掉[148]
외론 신하가 강가를 거닐며 우는데 江潭千里泣孤臣
그 일편단심을 하늘의 해가 비추어 주네 耿耿丹心天日照
용문으로 멀리 사라져 임금이 뵈이지 않으니 望斷龍門不見君
제왕의 궐문 아득하여 부를 길이 없네 茫茫帝閽無路叫
하룻사이에 물거품 되는 것 옛부터 그러했기에 日中見沬從古然
내 지금 어찌 남쪽 변방으로 귀양감을 원망하랴 我今何怨竄南徼
두려울 뿐인 것은 나라가 망하여 但恐坐見宗國亡
가시나무가 영도에 울창하게 자라는 것이네 莿生郢都飛熠燿[149]
천길 푸른 물속에 스스로 몸을 던지니 千尋碧窟自沉身
가련하게도 혼백이 물을 따라 표류하거늘 可憐魂魄隨流漂
남쪽 사람들이 조그만 사당을 세웠으니 南人爲立一間祠

---

146) 달수(獺壽): 백달(白獺)의 뼈 가운데에 있는 지방을 뽑아 약을 만들어 등부인(登夫人)의 뺨의 상흔을 치료하였다는 고사에서 나온 말이다.

147) 장대(章臺): 전국시대(戰國時代) 진(秦)나라 함양에 세운 궁전으로 일종의 유곽이다.

148) 참설(讒舌): 남을 헐뜯으며 비방하는 사람.

149) 영도(郢都): 초나라의 수도.

만고토록 혼령을 편안하게 하리라　　萬古妥神依斗峭
봄 가을에 붉은 여지로 정결히 제사하는데　　春秋丹荔薦精禋
마치 미인의 불이 보이는 듯하네　　彷佛如見佼人燎

희마대 회고　　戲馬臺懷古

가을바람에 나그네 강남을 향하나니　　秋風行客向江南
아름다운 산하가 한 폭의 그림일세　　錦綉山河如入繪
초 땅은 동서로 팔천리에 이르는데　　楚甸東西八千里
팽성이 가장 아름다운 곳이라네　　彭城一區佳麗寂
희마대 위의 상표관에서는　　戲馬臺上商飇館[150]
지방풍속으로 중구회를 잇고 있는데　　土俗相承重九會[151]
항우가 그 당시 이곳에 올라서는　　項王當日此登臨
재기가 세상을 덮는다 자부했었네　　自許才氣一世盖
지금 그 질타하던 소리 상상해 보지만　　至今猶想叱咤聲
어찌하여 음릉에서 길을 잃고 말았던가　　奈何陰陵奄顚沛
사람은 떠나가고 누대만 육조까지 남았는데　　人去臺存到六朝[152]
항간의 이야기들 뭐 믿을 게 있으랴　　樗蒲赤誌皆無賴
빈손에서 떨치고 일어나 부귀를 이루어서　　白手奮起卒富貴
삼천 가무의 즐거움을 한없이 누렸지만　　三千歌舞樂未艾
중양절의 멋있는 감상 위해 층대에 모이니　　重陽勝賞集層臺
가을 누런 국화의 향기가 진동을 하네　　黃花秋色香藹藹
마음 편하게 하고자 이런저런 노력하지만　　安心自作龜玆國
어찌 우주가 이처럼 광대할 줄 알았으랴　　豈知寰宇如許大
가련하도다 흥망의 종적을 돌이킬 수 없음이여　　可憐興亡不旋踵

---

150) 희마대(戲馬臺): 지금의 강소성 동산현(銅山縣) 남쪽에 있는 누대이다. 항우(項羽)의 양마대(涼馬臺)가 바로 이것이다.

151) 중구회(重九會): 음력 9월 9일 중양절에 즐기는 등고회(登高會).

152) 육조(六朝): 지금의 남경에 도읍했던 여섯 왕조, 즉 오(吳)·동진(東晋)·송(宋)·제(齊)·양(梁)·진(陳).

한 때의 번화함이 무상히 그만 가버리고 말았네 片時繁華隨急瀨
영웅의 뼈도 모두 티끌이 되어 버렸고 英雄有骨盡成塵
황폐한 누대에 저문 안개만 남아 있을 뿐… 但見荒臺餘暮靄

떼를 타야 하겠다는 한탄 乘桴嘆

어디로 돌아갈고 돌아갈 곳이 없으니 吾何歸乎無所歸
나는 떼를 타고 바다에 뜨고자 하노라 吾欲乘桴浮于海
일찍이 연부역강하던 시절을 돌아보니 憶曾年富力强時
이 도가 바로 나에게 있다고 여겼노라 意謂斯道於我在
도탄에 빠진 만백성을 구제하고자 했으니 欲濟天下蒼生溺
어찌 조금인들 게으름을 피우려 했겠는가 遑遑此心敢少怠
스스로 바삐 동서남북을 오가는 사람이 되어 自作東西南北人
여러 번 곤궁함을 만나도 후회하지 않았었네 屢遭窮厄猶未悔
아아 밝으신 왕이 다시는 일어나지 아니하시니 吁嗟明王不復作
누가 날 발탁하여 세상을 위한 재상으로 삼을고 孰能宗予爲世宰
봉은 이미 덕이 쇠하다는 노래를 들었으며 鳳兮已聞歌德衰
난초는 어느 곳에서 향기를 내뿜고 있을까 猗蘭何處逞芳彩
서방의 미인이 꿈에도 보이지 아니하니 西方美人夢不見[153]
심하다 나의 쇠함이여 다시 무얼 기대하랴 甚矣吾衰更何待
내가 떼를 타고자 하는데 따를 자 누구인가 吾欲乘桴從者誰
나는 유와 더불어 장차 함께 타리라 吾與由也將同載[154]

세한송백 歲寒松柏

북풍은 땅을 깎고 눈보라는 몰아치며 北風剗地雪飄泊

153) 서방의 미인(西方美人): 덕이 성대한 임금.
154) 유(由): 공자 제자인 자로(子路)를 가리킨다.

해마저 짧으니 추위 더욱 극심해지는데	短晷陰凝寒轉劇
공허한 넓은 우주에 날씨 차가우니	廣宇泬寥氣凌兢
인간 세상에 시들지 않는 것이 없구나	人間無物不凋摵
민둥민둥한 산들은 씻은 듯이 비었고	濯濯羣山如洗空
남아 있는 것은 오직 송백일 뿐인데	餘存惟是松與栢
사시사철 푸르고 푸르니	青青一色貫四時
천공의 조화의 자취가 아니겠는가	不在天工造化跡
지난날 따뜻한 봄바람이 불 적에	憶昨春風吹暖暉
붉은 복사꽃 흰 오얏꽃 푸른 버들…	桃紅李白柳爭碧
여름이 되어서는 온갖 화초의 천지였으니	轉入炎天百卉張
네 평범함을 보고서 누가 아꼈으랴	視爾尋常誰愛惜
지금 풍상을 만나 모든 게 떨어지고 나서야	今遇風霜搖落時
비로소 홀로 빼어난 세한의 격조를 알리라	方知獨秀歲寒格
외물 중에도 오히려 군자의 행실이 있거늘	在物尙有君子行
사람으로서 선택에 미혹해서야 되겠는가	況可爲人迷所擇
공자의 말씀이 참으로 큰 법도이니	孔聖一言眞大閑[155)
지키는 바 평생 바꾸어서는 안 될 것이네	平生所守不可易
고고한 대장부를 보고자 한다면	欲見孤高烈丈夫
평일에 보지 말고 어려울 때 살펴야 하리라	勿於平日當於厄

꽃을 질투하는 바람　　妬花風

봄바람은 원래 꽃 피기를 재촉하는 것인데	春風自是催花發
왜 나부끼게 하여 온 땅을 붉어지게 하는가	何事翻成滿地紅
생각해 보니 뭇 방초가 꽃봉오리 맺었을 때	憶昨群芳蓓蕾時
생기발랄히 터질 듯 말 듯하던 중에	含唇欲吐未吐中
꽃바람인 이십사번화신풍이 불어오니	二十四番吹信來[156)

155) 공자의 말씀: 《논어》의 〈자한(子罕)〉편에 "자왈, 날씨가 차가워진 뒤에야 송백이 시들지 않음을 안다(子曰, 歲寒然後, 知松柏之後凋也)" 하였다.

156) 이십사번화신풍(二十四番花信風): 꽃 필 무렵에 불어오는 바람.

마을 마을마다 찬란하게 꽃이 피었는데	千村萬落爛戎戎
가련하게도 봄 풍광이 도처에 가득했거늘	可憐春光隨處滿
몇 사람이 그윽히 감상하며 즐겼을까	幾人幽賞樂未窮
하룻밤 사이에 광풍이 문득 쓸어가 버리니	一夜狂風忽掃去
새벽에 모든 나무가 다 텅 비어 버렸는데	曉來樹樹盡成空
사람들은 이 바람이 꽃을 질투하였다 하나	人言此風能妬花
꽃을 질투한 것은 이 바람이 아니라네	我言妬花非此風
그 까닭은 너무도 무정한 세월에 있나니	祟在光陰太無情
하루 종일 바삐 동서남북으로 치달린다네	朝暮駸駸走西東
어찌 다만 아름다운 꽃만이 잠깐일 뿐이랴	豈但穠花爲片時
세상사에서 그렇지 않는 것이 없다네	世事無物不相同
청춘의 연소한 사람들을 한 번 보게나	請看靑春少年子
돌연 변하여 백발의 늙은이가 되었잖은가	俄然變作白頭翁
꽃이 피고 떨어지는 것을 그대 묻지 말게나	花開花落君莫問
피고 지는 것 모두 조화옹에게 맡겨 버리세	任他榮悴付化工

보리 물결 麥浪

전에는 산에서 솔 물결치는 소리 들었고	我昔山中聽松濤
지금은 들에서 보리가 물결치는 것을 보네	今來野外看麥浪
사물 이치를 곰곰이 생각해 보면 참으로 흡사하니	細推物理多相似
어떤 사람이 이토록 잘 형용한 이름을 붙였는가	何人寓名善形狀
밭에 가득하던 푸른 모가 홀연 왕성해지고	緣秧盈疇忽張王
훈훈한 바람이 팬 이삭 위를 가볍게 스치면	薰風輕拂秀穗上
일시에 쏠리며 푸른 문양이 생겨나고	一時委靡翠紋生
맑디 맑은 물결이 불어나서 흘러가는데	粼粼轉流晴波漲
평지의 물의 깊이가 몇 자 쯤이나 될까	平地水深知幾尺
그 형세가 배를 띄울만큼 일렁거리네	勢可乘舟凌蕩漾
집집마다 서로 축하하며 수확을 기뻐하나니	萬家相慶喜有秋
다시 옹기에 새 술을 빚을 것이며	還將甕裏藏新釀

길에는 틀림없이 취해 나귀 탄 이 있어서 路中應有醉騎驢
취한 모양을 서로 바라보면서 웃게 되리라 低昂頭帽笑相望
보리 물결은 헤엄치면서 놀기에 적합한데 麥浪麥浪合遊泳
사람 배고픔 없애 주어 도량 너그럽게 해주니 滅人飢火寬人量
어찌 흉흉한 교룡굴처럼 豈如洶洶蛟龍窟[157]
만나면 피하고 다가서지 아니하리오 臨之可避不可嚮

멱라에서의 회고 汨羅 懷古

연파가 아득하여 끝이 없으니 漠漠烟波浩無津
어디에서 영균을 조상해야 할지 不知何處吊靈均[158]
듣자니 그때에 나랏일이 잘못되어 聞說當年國事誤
쫓겨난 신하 신세가 되었다 하던데 可憐憔悴放逐臣
무관의 본보기가 분명히 앞에 있었거늘 武關前鑑分明在[159]
어째서 첩첩한 사람을 다시 믿었는가 如何更信喋喋人[160]
남방에서 만 번 죽어도 한스럽지 않고 萬死南荒吾不恨
다만 나라 망하는 게 한스러울 뿐인데 但恨宗國將沉淪
누가 앞의 잘못을 징계하여 조심하는가 誰懲熱羹吹冷虀
굳고 깨끗한들 어찌 치린하지 않으리요 堅白何如不緇磷[161]
용문이 멀리 사라지고 하수를 지나면서 望斷龍門過夏首
가을 강 위에서 풍신을 생각해 보네 楓江千里憶楓宸[162]
이 몸이 다시는 왕궁에 들 수 없으리니 此身無復入脩門
차라리 푸른 물에 이 몸을 던지리라 寧從碧窟伴江神
표류하는 충혼을 어디서 찾아야 할까 漂泊忠魂無覓處

157) 흉흉한 교룡굴(洶洶蛟龍窟): 물살이 세찬 물결.
158) 영균(靈均): 멱라수에 투신한 굴원(屈原)의 자.
159) 무관(武關): 관의 이름 진(秦)과 초(楚)의 요새.
160) 첩첩(喋喋): 수다스럽게 말을 잘 늘어놓는 것.
161) 치린(緇磷): 치(緇)는 검게 물들여지는 것, 린(磷)은 마멸되는 것.
162) 풍신(楓宸): 왕궁.

소식을 물가에서 물어보기 어렵네 難將消息問水濱
천지의 운수는 돌고 돌지만 天地終窮會有數
이 원한은 없어질 날 있을까 此怨綿綿幾時湮
초땅 풍속에 지금껏 경도가 남아 있으며 楚俗至今遺競渡[163]
또 과반으로 좋은 때임을 알리는데 還將裹飯報良辰[164]
내가 와서 회고해 보니 마음을 가눌 길 없어서 我來懷古心無賴
애사를 짓고자 하다가 다시 머뭇머뭇거리네 欲賦哀詞更逡巡

옛 전장에서 조상함 弔古戰場

무공을 성취하려는 이가 있어서 有客欲酬弧矢願
피곤도 잊은 채 사방을 두루 다니는데 遊遍四方忘倦困
도처에서 보이는 것은 모두 백골들이며 到處所見皆骼胔
아직도 창상이 있는 채로 덩굴에 얽혀 있네 猶帶槍瘢縈野蔓[165]
가련하여라 한 조각에 불과한 중원 땅에서 可憐一片中原地
얼마나 자주 오랑캐와 조그만 땅을 다투었던가 幾番蠻觸爭尺寸
산하에 전쟁의 북소리 끊이지 아니하니 山河不絶鉦鼓響
한 몸에 모이는 창칼을 어찌 피할 수 있으랴 叢身鋒刃安能遁
날 저물자 슬픈 바람이 비를 불어 지나가고 日暮悲風吹雨過
처량하게 우는 귀신의 말은 울분을 머금었네 啾啾鬼語含未噴
누구인들 부모와 처자가 없겠는가 誰無父母與妻子
모두가 평생 풀 수 없는 원한을 안고 살아가네 盡是終天抱寃悶
대대로 사람들이 전쟁의 괴로움을 만나나니 世世人逢征戰苦
요임금 순임금 이후로는 평화적인 선양이 없었네 唐虞逝後無揖遜
춘추열국으로부터 오대에 이르기까지 春秋列國逮五季[166]

163) 경도(競渡): 5월 5일에 살풀이하여 미리 재액을 막기 위하여 멱라수를 건너는 풍속.
164) 과반(裹飯): 경도할 때에 밥을 싸서 물에 넣은 것.
165) 창상(槍傷): 창에 찔려 난 상처.
166) 오대(五代): 당나라가 망하고 일어난 다섯 나라. 후당(後唐), 후진(後晋), 후한(後漢), 후주(後周)를 말한다.

역대로 또 오랑캐와 원망을 맺었네	歷代又結胡虜怨
묻거니와 어느 곳이 가장 상심이 되는가	且問何地寂可傷
장평의 갱졸이 무려 40만이었네	長平坑卒四十萬[167]

홍문연 鴻門宴[168]

벽옥을 호지군에게 바침에 조룡이 죽으니	璧獻滈池祖龍死[169]
산동 곳곳에서 징과 북소리 울려 퍼졌네	山東處處鳴鉦鼓[170]
용례도 천하를 차지하려는 대야망 품었으니	傭隷亦懷鴻鵠志[171]
분분한 연작이야 그 수를 헤아릴 수 있으랴	紛紛燕雀不知數
강동 지역 어느 곳의 삼모아가	吳中何處參眸兒[172]
나이 겨우 스물넷이요 기개가 거칠었는데	年纔二紀氣麤粗
팔을 휘두르며 강을 건너 장안으로 향하면서	奮臂渡江向長安
누가 나보다 먼저 관중 땅에 들어가랴 하였네	阿誰先我入關輔
백만 군사 옹호 하에 홍문에 주둔하니	擁兵百萬駐鴻門
그 위세가 하늘을 찌르고도 남았네	威靈赫赫雷霆怒
한잔 술이 어찌 사이가 좋음을 인연한 것이랴	盃酒豈緣情好設
패공은 이때 범에게 던져진 신세였네	沛公於此如投虎[173]

---

167) 장평의 갱졸: 장평(長平)은 지명으로 전국시대 조(趙)나라 고을이다. 진(秦) 백기(白起)가 조나라를 쳐서 대파하고, 그 항복한 군사 40만을 무참하게 산 채로 구덩이에 묻어 죽였다.

168) 홍문연(鴻門宴): 홍문에서 항우(項羽)가 유방(劉邦)을 위해 베푼 잔치를 홍문연이라 한다. 이 잔치에서 항우가 범증(范增)의 권유로 유방을 죽이려 하였으나, 유방은 장량(張良)과 번쾌(樊噲)의 도움으로 위기를 무사히 탈출하였다.

169) 호지군(滈池君): 호지(滈池)는 섬서성 함양(咸陽) 부근에 있는 연못이며, 호지군은 그 수신(水神)이다.

조룡(祖龍): 진시황의 별칭. 《사기(史記)》의 〈진시황본기(秦始皇本紀)〉에 "사자(使者)가 관동으로부터 밤에 화음의 평서의 길을 지나가는데, 어떤 사람이 옥벽을 손에 쥐고 사자를 막고서 말하기를 '(이 옥벽을) 내 대신 호지군에게 갖다 주시오' 하고, 인하여 말하기를 '올해에 조룡이 죽을 것이다' 하였다(使者從關東夜過華陰平舒道, 有人持璧遮使者曰: '爲吾遺滈池君.' 因言曰: '今年祖龍死')."

170) 산동(山東): 지금의 산동성을 말하는 것이 아니며, 진(秦)나라 함곡관(函谷關) 동쪽 지역을 말한다.

171) 용례(傭隷): 천역에 종사하는 미천한 노예. 진나라 말기에 반란을 일으켰던 진승(陳勝)과 오광(吳廣)을 가리킨다.

172) 삼모아(參眸兒): 초왕 항우를 가리킨다.

위태로워라 눈짓하여 자주 패옥을 듦이여 殆哉送目頻擧玦[174]
검광이 어지럽게 몸 가까이서 난무하였네 劍光凌亂逼身舞
다행히도 방패를 안고 들어온 장사가 있었는데 賴有壯士擁盾入
항우를 보는 눈초리가 째지고 모발이 곤두섰네 目眥盡裂毛髮竪
넘어지는 것을 부축하며 탈출에 성공하여 挫銳扶顚脫亡去
주군을 적의 흉기에 상하지 않게 하였네 不使主君膏賊斧
한 쌍의 흰 벽옥이 어찌 나를 손상하겠는가 一雙白璧何損我
옥 구기를 깨뜨려 한갖 모욕을 받았을 뿐이네 撞碎玉斗徒取侮
관대하고 어진 이는 원래 하늘이 돕나니 寬仁自是天所佑
어찌 사나운 사람을 백성의 주인이 되게 하랴 肯令慓悍爲民主
천하의 부귀가 결국은 한나라로 돌아가고 山河富貴竟歸漢
400년이 지나도록 온 천하를 다스렸네 四百年來臨率土

취성당에서 聚星堂[175]

삭풍이 불어 숲 잎사귀 다 떨구니 朔風吹盡千林葉
취성당에 눈이 내리기 시작하네 聚星堂中初見雪
허공에서 나부끼며 오래 배회하다가 飄空不下久徘徊
서서히 창에 부딪히니 더욱 기이하네 徐撲簾櫳更奇絶
자세히 보니 낱낱이 모두 육각형 결정이니 細看個個皆六出
누가 묘한 생각을 내어 이 모양 되게 하였나 誰逞巧思爲曲折
밤이 되면 천편의 글자들을 비출 수 있나니 到夜可映千篇字
깜빡깜빡하는 반딧불보다 훨씬 나으리라 大勝螢光明復滅
구양 태수가 만약 이 경치를 만났더라면 歐陽太守値此景[176]

173) 패공(沛公): 유방을 가리킨다.

174) 태재(殆哉) 이하: 항우의 모사(謀士)인 범증(范增)이 자주 항우에게 눈짓하며 자신의 패옥을 들어서 유방을 죽이라는 신호를 보내는 것이다.

175) 원주에 "소동파의 운을 사용하며, 금체이다(用東坡韻禁體)" 하였다. 금체(禁體)는 영물(詠物)의 한시(漢詩)에서 그 시제(詩題)에 밀접한 관계가 있는 글자를 쓰지 아니하는 것으로, 구양수(歐陽修)와 소식(蘇軾)이 즐겨 이 수법을 썼다.

175) 구양 태수(歐陽太守): 구양수가 태수의 벼슬을 하였기에 구양 태수라 한 것이다.

맑은 흥치에 이끌림을 견디지 못하였으리라　蕩心不堪淸興掣
그를 이어 찬란하게 한 자는 누구인가　四十年來繼者誰
소동파 문장이 비단에 수놓은 듯 찬연하도다　東坡文焰爛生纈
두 공의 재기는 참으로 우열 없이 빼어났나니　二公才氣眞一槩
읊조리면 눈을 따라 분분히 내리는 옥가루 이었네　吟隨雪落粉瓊屑
세월이 무상히 흘러 사람들이 모두 바뀌었고　冉冉百年人換盡
더 없이 풍류스럽던 일들도 별안간에 지나갔네　風流勝事過如瞥
지금에 이르도록 그 절묘한 은유의 말은　至今黃絹幼婦詞
천둥 같은 인간 세상의 만고의 설이 되었는데　雷作人間萬古說
내 화답코자 좋은 말이 떠오르지 않아서　我欲和之無好語
다만 싸늘한 찬 달빛만 바라볼 뿐이네　但對寒光冷於鐵

광무성에 올라 초한의 전장을 보다　登廣武觀楚漢戰場

광무의 언덕 위에 올라서 바라보니　廣武原上一登眺
풀섶 무성한 둔덕 여기저기에 백골이네　荒坡骼胔沈宿莽
여기가 어느 시대의 전장인가 물으니　問此何代戰伐場
유방과 항우가 두 호랑이로 겨루었다 하네　劉項當年掎兩虎
시황이 학정하여 분서갱유하고부터　自從虐焰燔儒坑
삼진의 부로가 그 가혹함에 염증을 내니　三秦父老厭苛苦[177]
왕후장상에 어찌 그 종자가 따로 있으랴　王侯將相寧有種
산동의 호걸들이 다투어 북을 울렸네　山東豪傑競鳴鼓
패상의 융절은 일신의 부유함을 경시하고　沛上隆準輕生産[178]
베풀기를 좋아하니 사람들이 다투어 모였네　愛人好施爭來聚
오 땅의 소년은 글과 칼에 오만하였는데　吳中少年傲書劒[179]

177) 삼진(三秦): 항우가 진나라를 멸망하고 그 영토를 나누어 세운 옹(雍), 색(塞), 적(翟)을 三진이라고 한다.

178) 융절(隆準): 우뚝한 콧마루. 유방이 이러하였다 한다.

179) 소년(少年): 여기서는 항우를 가리킨다. 항우는 일찍이 글공부는 성명을 쓸 수 있으면 족하고, 칼은 한 사람을 대적하는 데 불과할 뿐이니, 만인을 상대하는 법을 배우고 싶다 하였다.

솥을 들 정도로 장사였고 천하를 흘겨보았네 力能扛鼎睨寰宇
여기저기서 싸우며 승부를 겨루다가 戰鬪東西互勝負
자웅을 결판내고자 광무에 다다랐네 欲決雌雄臨廣武
북소리는 하늘 울렸고 깃발은 해 가렸으며 雷鼓振天旌蔽日
공중에 나는 화살은 어지럽기가 비 같았네 飛空弩矢亂如雨
땅 신이 견디지 못할 정도로 싸웠는데 山河百戰坤靈死
결국에는 누가 중원의 주인이 되었는고 畢竟中原誰是主
하늘이 사나운 것을 싫어함을 알겠나니 乃知天意厭慓悍
천하를 결국 유덕한 자의 것이 되게 하였네 大物終令長者取
망망한 옛 일은 물을 따라서 흘러갔고 茫茫往事隨流水
초한의 흥망도 흙으로 돌아갔을 뿐이네 楚漢興亡兩丘土
그 당시의 범이 뛰고 용이 날든 땅이 當時虎躍龍騰地
또렷이 지금 여기에 펼쳐져 있네 歷歷于今在阿睹
운우로 음습하고 살기로 비린내 나며 雲陰雨濕殺氣腥
수풀에선 귀신들의 하소연이 들려와서 鬼語叢林訴千古
내 지금 떨려 더 머무를 수 없어서 我今凜然不可留
급히 앞마을에 투숙하는데 모발이 솟았네 急投前村毛髮竪

괴로운 추위를 한탄함 苦寒嘆

땅 기운은 내려가고 하늘 기운은 올라가서 地氣下降天氣升
음양이 교합치 아니하여 천지가 닫히고 얼었네 陰陽不交成閉凝
현명의 호령이 어찌 이렇게도 급하느냐 玄冥號令何太急[180]
손이가 슬륙하고서 어지러이 치달리네 巽二膝六亂奔騰[181]
온 천하가 얼음굴이 되어 버렸으니 宇內化作淩陰窟
몸으로 이 엄한 위엄을 피할 곳이 없네 將身無地避威稜

180) 현명(玄冥): 태음신(太陰神).

181) 손이(巽二): 바람을 맡은 신.

슬륙(膝六): 말을 탄 경우에 사람의 무릎이 두개이고 말의 무릎이 네 개 합 여섯 개이므로 말을 탄 것을 뜻한다.

손발이 얼어 터진 것이야 어찌 괴이하다 하랴　手足皸瘃何須怪
날개와 털 있는 새와 짐승들도 얼음에 조심하네　羽毛飛走亦凌兢
온갖 벌레들이 구멍을 막아 철석같이 봉했으니　百蟲坯戶墐如鐵
봄이 오더라도 열고 나오지 못할까 염려되네　春來啓蟄恐不能
모든 나무 가지마다 얼어서 죽으려 하니　萬木氷枝凍欲死
봄바람이 불어도 살아나지 못할까 저어되네　東風生意恐不勝
이 추위를 쓸어서 붉은 열에 던지고자 하나　欲掃此寒投赫熱
남방의 적제는 불러도 응답하지를 않네　南方赤帝喚不譍[182]
내 지금 문을 닫고 방구석에 앉았는데　我今閉戶坐室奧
냉기가 겹 갖옷에 침투하여 소름이 이네　冷透重裘膚粟興
하물며 궁한 마을의 좁은 골목에 있는　況是窮村委巷裏
허물어진 집에는 한기가 제 멋대로 날뛰에랴　破屋嚴氣姿憑凌
백 번을 꿰맨 해진 옷은 무릎을 가리지 못하고　百結懸鶉不蔽膝
배 속에는 우레가 우니 그 고통이 어떠하랴　雷鳴腹中苦轉增
어느 곳 깊은 방에서 비단옷 입은 이는　何處洞房紈綺客
가무 소리 속에서 술에 푹 빠져 있고　歌舞聲中酒如澠
자줏빛 따뜻한 담요에서는 봄바람이 일어나니　紫氍毹煖春風動
화로를 물리치고도 찌는 듯 답답할까 염려하네　揮去紅爐怕鬱蒸
기도하나니 하늘은 이 즐거움을 고르게 하여　仰祝天公均此樂
사람에 대한 애증을 편벽되게 하지 마소서　勿令人道偏愛憎
그렇지 아니하면 겨울이라는 계절을 없애시어　不然除却三冬節
늘 따뜻한 바람을 불쌍한 이에게 불어주소서　長遺薰風被哀矜

추석 밤에 달을 감상함　中秋翫月

인간 세상의 사시사철 중에서　人世常留四時中
겨울은 혹한으로 여름은 혹서로 괴로우며　冬苦祁寒夏苦熱
다만 봄바람 불 때와 가을달 밝을 때만이　惟有春風與秋月

182) 적제(赤帝): 남방의 화신(火神).

춥지도 않고 덥지도 않아서 좋은 시절이네 不寒不熱好時節
하물며 이 8월 15일 추석 밤에는 況此八月三五夜
아주 맑은 달빛에다 둥글둥굴함에랴 十分淸光圓不缺
한 점 티끌 없는 벽해는 요우처럼 맑고 碧海無塵瑤宇湛[183)]
굴러서 올라오는 빙륜은 유리처럼 깨끗하네 氷輪輾上琉璃潔[184)]
빽빽한 계수나무 가지는 셀 수 있을 듯하고 森森桂樹枝可數
또렷한 토끼털은 눈에 선명하게 보이며 歷歷免毫眼透徹
항아는 지척거리에서 숙여서 웃는 듯하니 姮娥俯笑如咫尺[185)]
하늘이 높고 어둡침침함을 알지 못하겠네 不覺天高浩冥滅
뉘집 헌함에서는 이 달 보면서 좋다 할 것이며 誰家曲檻開淸賞
어디 우정에서는 나그네가 시름에 겨워하리니 何處郵亭客騷屑[186)]
인간 세상에는 슬픔과 즐거움이 다함이 없으니 人間無盡悲歡意
오늘 밤 저마다의 심정으로 저 달을 보리라 應向今宵仰自列
내가 이 밤을 맞이한 것도 몇 번이나 되는가 我來幾度逢此夕
올해 오늘의 달빛이 가장 맑은 듯하네 今年今日最淸絶
적선이 죽은 지도 900년이 흘렀거늘 謫仙死去九百年[187)]
노래와 춤으로 호걸을 잇는 사람이 없구나 無人歌舞績豪傑
그림자를 대하여 한잔 또 한잔을 하지만 對影一盃復一盃
시를 짓는 내 재주가 졸렬할 걸 어이하랴 奈此百篇詩才劣

광한전 廣寒殿

듣자니 맑고 밝은 청허한 광한부가 聞說淸虛廣寒府[188)]
아득한 창공의 밝은 달 속에 있다네 邈在蒼空白月中

183) 벽해(碧海): 푸른 바다, 여기서는 속칭(俗稱) 달에 있는 푸른 바다를 가리킨다.
요우(瑤宇): 맑은 옥으로 만든 집.
184) 빙륜(氷輪): 달의 별칭(別稱).
185) 항아(姮娥): 달에 있는 선녀.
186) 우정(郵亭): 역마을의 객사(客舍).
187) 적선(謫仙): 인간 세상으로 귀양온 신선, 즉 시선(詩仙) 이백(李白)을 지칭한다.
188) 광한부(廣寒府): 달 속에 있다는 궁전. 광한전(廣寒殿).

계영이 흩어져 그 위를 덮고 있으며	桂影婆娑蔭其上[189]
절반은 빛에 절반은 어둑어둑 하다네	半露澄輝半朦朧
상아는 선약 훔친 걸 후회할 때마다	孀娥每悔偸仙藥[190]
밤마다 푸른 바다의 동쪽을 치달리며	夜夜奔騰碧海東
당나라의 빼어난 방술사 신 천사는	大唐術士申天師[191]
지존인 제왕을 허공으로 오르게 하여	能令至尊躡虛空
기이한 형태가 인간 세상으로 전파되어	看盡奇形播人世
번개치듯 유포됨을 보게 했다 하는데	雷騰萬口流無窮
하늘이 땅과 9만 리나 떨어져 있어서	天高去地九萬里
옛일 묻고 싶어도 마음만 어지러울 뿐	欲問古事空夢夢
세상에 패궐이 삼십육궁이나 되지만	人間貝闕三十六[192]
오색운에 싸여 아홉 겹으로 막혀 있으니	五色雲深隔九重
하늘 위 천상의 광한전과 뭐가 다른가	卽是天上廣寒殿
아래 백성들은 통할 길 어디에도 없네	下民無路得相通
내 소원은 군왕께서 능히 덕을 밝혀서	我願君王克明德
법궁에서 수공지치 이루시는 것이니	垂衣拱手坐法宮[193]
너른 뜰의 가무 유희를 본받지 마시고	勿效廣庭歌舞戱
지공무사함을 굳게 잡고 잃지 말아서	常體無私照至公
두메산골 누추한 오막살이 집에까지도	逐令窮村蔀屋裏
밝은 광명 골고루 나누어 주셨으면…	分與明光處處同

189) 계영(桂影): 계수나무 그림자.

190) 상아(孀娥): 달 속에 있다는 여신(女神). 항아(姮娥)라고도 함. 일찍이 남편인 예(羿)의 선약(仙藥)을 훔쳐 달로 달아났다고 한다.

191) 천사(天師): 도술(道術)이 있는 자에 대한 존칭.

192) 패궐(貝闕): 자주빛 조개로 장식한 화려한 궁궐. 패궐주궁(貝闕珠宮).
삼십육궁(三十六宮): 서른 여섯 곳의 궁궐. 궁전이 많음을 말한다.

193) 법궁(法宮): 임금이 정사를 보는 정전(正殿).
수공지치(垂拱之治): 아무 일 하지 않아도 잘 다스려지는 정치.

가을 장마를 한탄함

여름 흙비가 가을 장마로 변하더니
지금에 이르도록 아직 개이지 않네
밤 새도록 빗방울이 빈 섬돌을 치니
마음에 온갖 시름이 모여들어 얽히네
처음엔 보슬비가 말라 있는 땅을 적셔
봇도랑을 가득 채워 주기를 바랐는데
점차 나쁜 징조로서의 장마가 되어
석달이나 되도록 해가 보이지 않았네
때로는 은하가 떨어져 오는 것 같아서
온 세상이 마침내 멸망할 듯이 보였네
부엌은 물에 젖어서 취사를 할 수 없고
젖은 날개의 귀뚜라미는 날지를 못하네
우리 청구가 꼭 촉 땅이 된 듯하니
해 나오면 개 짖는 소리 듣게 되리라[194]
만사에 속쓰림은 말할 것도 없거니와
전답이 장마에 휩쓸린 게 한이 되네
이 땅 위의 밥을 기다리는 사람들은
가을 풍년을 바라지 않음이 없거늘
이랑에 심은 벼가 한 이삭도 없으니
하늘이여 백성에게 무슨 죄 있기에…
가을장마는 예로부터 탄식하게 했지만
어찌 지금처럼 사람의 뜻을 거스렸으랴
아아 어떻게 하면 장마 물리칠 수 있어
음산한 이 세상 맑아지게 할 수 있을까

秋霖嘆

炎霾轉作秋霖苦
流火迄今猶未晴
通宵滴破空階上
添却幽腸百慮縈
初逢霢霂潤枯槁
願至霂然溝澮盈
漸成咎徵恒雨若
九旬不見天日明
有時似到銀河落
地維欲絶天柱傾
蛙竈炊烟吹不焰
濕翅寒蛩飛不輕
靑丘可擬庸蜀地
日出應聞太吠聲
酸辛萬事不須說
所恨滌盡田疇平
大地噭噭待餔者
無人不是望秋成
一畝種禾無一穗
天乎何罪赭蒼生
秋霖自古令人歎
豈有如今拂輿情
嗚呼安得逐屛翳
坐令陰散天地淸

194) 해 나오면- : 중국 촉 지방은 비가 많이 오는 지역이어서 어쩌다가 날이 개여 해가 나오면 그게 이상해서 개가 짖는다고 한다. 촉견폐일(蜀犬吠日).

봉황이 오지 아니 함을 한탄함 鳳鳥不至嘆

내 그만두어야겠다 그만두어야겠다	吾已矣吾已矣[195]
봉황새가 이르지 아니하니 내 어이하랴	鳳鳥不至吾何爲
듣자니 성군이 세상을 다스릴 때에는	聞說皇王大道世
아각에서 또 기산에서 울었다 하던데	嗈嗈阿閣又鳴岐[196]
종래의 감응이 이와 같이 신속하였으니	從來感應如影響
태평시에는 상서로운 징조 있음 알겠네	太平有象於此知
그런데 지금 세상은 적막하기만 하여	至今寥寥六百載
밝은 임금 나오지 않으니 아아 어찌하랴	明王不作更爲誰
회고컨대 학문에 뜻을 두었던 젊은 시절	憶曾年少志學日
도를 행하여 이 시대를 구제하겠다 했네	謂可行道濟斯時
서방의 미인이 꿈에 항상 나타났으며	西方美人夢常見[197]
한결같은 생각이 늘 나를 좇아다녔네	一念依依恒追隨
문왕의 큰 다스림에 나란할 수만 있다면	當年盛治如可幷
봉황 울음소리 듣게 됨을 어찌 의심하랴	得聞鳴鳥亦何疑
아아 세월이 나를 기다려 주지 아니하니	吁嗟歲月不我與
태평세상을 도저히 기대해 볼 수 없겠네	千一河淸待無期
동서남북 여기저길 피곤에 쩔어 다니거늘	倦遊東西南北路
어떤 이가 날 향해 덕이 쇠하였다 하네	何人向我歌德衰
내 고향으로 돌아가서 학문을 강론하고	歸來泗上裁狂簡[198]
다시는 출사하여 밖으로 나오지 않으리라	無復輿嗟去魯遲
내 그만두어야겠다 그만두어야겠다	吾已矣吾已矣
상서로운 세상의 영물을 괜히 그리워 말자	瑞世靈物莫浪思

195) 오이의(吾已矣): 《논어》에, 공자가 도가 세상에서 행해지지 않음을 상심하여 "봉황이 이르지 않고, 하도(河圖)가 나타나지 않으니, 도를 행하고 싶지만, 내 그만두어야 하겠다(鳳鳥不至, 河不出圖, 吾已矣夫!)"고 탄식한 바 있다. 여기서 '봉황'과 '하도'는 모두 성왕(聖王) 치세(治世)의 상서로운 징조이다.

196) 아각(阿閣): 사중의 차양을 단 높은 집으로, 황제(黃帝) 때 봉황이 이 아각에 와서 울었다 한다.

기산(岐山): 주(周) 왕조의 발상지로서, 문왕이 세상을 다스릴 때 봉황이 이 기산에 날아와서 울었다 한다.

197) 서방 미인(西方美人): 주(周) 문왕(文王)을 가리킨다.

얼음	氷
겨울이 되어 날씨가 차거워지면	日躔玄枵氣凌兢
강물이 얼어서 흰 명주가 되네	江河結成白練繒
손발이 얼어 터져 더욱 괴롭거늘	手足皴裂苦轉增
곳곳마다 봉우리가 높고 험하네	厭見處處皆稜層
여름이 되어 더운 기운이 찌고	朱明啓候炎氣蒸
여름 염천에 붉은 해가 떠오르면	火龍驅逐赫日升
오장이 타는 듯 못내 힘들거늘	五內若燒空拊膺
얼음 한 조각에 정신이 맑아진다네	一片入口精神澄
겨울에는 견디지 못할 듯이 미워하다	惡之斥去如不勝
여름에는 불러올 수 없을까 염려하니	好之招來恐不能
어째서 똑같은 마음 똑같은 얼음인데	何乃一心與一氷
때에 따라 좋아함과 싫어함이 다른가	隨時好惡轉相仍
빈풍은 왕화의 흥기를 노래한 것으로	憶昔豳歌王化興[199]
능음을 농상과 아울러 말하고 있는데	凌陰亦幷農桑稱[200]
적기에 얼음을 채취하여 저장해 놓으면	趂時沖沖備薦登
상제와 잔치에 쓰이지 않는 곳이 없다네	喪祭讌飮無不承
인간과 물물은 다 제 선을 가지고 있으니	人間物物理皆凝
치우친 사심으로 좋아하고 싫어하지 말자	莫以偏私施愛憎

198) 내 고향으로- : 원문의 사수(泗水)는 노(魯)나라를 흐르던 강이다. 《논어》〈公冶長〉편에, 공자가 진(陳)나라에 있을 때에 도가 행해지지 않음을 보고 노나라의 고향으로 돌아가서 거기의 제자들이나 가르치고 싶다고 다음과 같이 탄식하고 있다: "공자가 진나라에 있을 때 이르시기를 '돌아가자, 돌아가자! 우리 향당의 젊은 아들은 뜻이 커서 훌륭한 문채를 이루었으나 그것을 재단하여 잘 마무리할 줄을 모른다' 하였다(子在陳曰: '歸與! 歸與! 吾黨之小子狂簡, 斐然成章, 不知所以裁之)."

199) 빈풍(豳風): 《시경(詩經)》의 편명으로, 주로 주(周) 왕조 창업의 일등 공신인 주공(周公)이 지은 노래로 이루어져 있다.

200) 능음(凌陰): 얼음창고, 여기서는 여름에 쓰기 위해 겨울에 얼음을 베어 얼음창고에 저장하는 일. 빈풍(豳風) 〈칠월(七月)〉편에 "섣달에 얼음을 베어, 정월에 얼음창고에 들인다(二之日鑿氷沖沖, 三之日納于凌陰)" 하였다.

변화가 옥 때문에 울다 卞和泣玉[201]

큰 옥돌은 안으로 순수함이 쌓여 있고 大璞未析內蘊眞
광채를 머금고 있으니 군자와 같네 含章有似君子人
강남 대국에 어찌 보물이 없으랴만은 江南大國豈無物
이것을 바쳐서 국보로 삼고자 하였네 獻此欲爲王府珍
그래서 번거함을 꺼리지 않고 서둘러 所以遑遑不憚煩
양대에 걸쳐 궐문에 나아가서 바쳤네 再世脩門干至尊[202]
나아가서 발꿈치 베인 걸 어찌 한하랴 一進一刖何可恨
사람마다 돌이라 하는 게 한스러울 뿐 可恨人皆以石論
하늘에 호소하고 싶지만 구만리나 되니 呌天欲訴天九萬
내 진심을 어떻게 밝힐 수가 있겠는가 無由上燭吾方寸
세상 어디서 안목 갖춘 이를 만나볼꼬 世間具眼何處逢[203]
줄줄 흐르는 눈물로도 원한 못 씻겠네 千行雙淚不洩怨
그대여 만남에는 때가 있으니 울지 마시오 請君勿泣遇有時
때가 이르지 않았다면 어찌 만날 수 있겠소 時之未至遇難期
공자도 평생 알아 주는 이를 만나지 못했으니 孔聖終身沽不得
당신을 알아보는 이 없다고 증오하지 마시오 休嫌世人乏見知

---

201) 변화(卞和): 중국 춘추시대 초나라 사람. 한번은 변화가 산중에서 큰 옥돌을 얻어 려왕(厲王)에게 바쳤다. 왕이 옥공(玉工)더러 감별하라 했더니, 옥공이 그저 단순한 돌일 뿐이라 하였다. 그래서 왕을 속였다는 죄로 그 왼쪽 다리 발꿈치가 베이게 되었다. 려왕을 이어서 무왕(武王)이 즉위하자 다시 그 옥돌을 바쳤다. 이번에도 왕을 속였다는 죄로 그 오른쪽 발꿈치마저 베이게 되었다. 문왕(文王)이 즉위했을 때 변화는 옥을 안고 형산(荊山) 아래서 서럽게 울었다. 문왕이 사람을 보내 그 연유를 알아보게 했더니, 변화 왈 "발꿈치 베인 걸 서럽게 여기는 게 아니고, 보옥인데도 돌이라 하고 바른 선비인데도 사기꾼이라고 하는 게 서러워서 운다" 하였다. 문왕이 사람더러 그 옥돌을 갈라보게 했더니, 과연 보옥 중의 보옥이었다. 그래서 이 옥을 화씨지벽(和氏之璧) 또는 화벽(和璧)으로 부르게 되었다.

202) 양대(兩代): 원문은 양세(兩世)다. 즉 려왕과 문왕을 가리킨다.

203) 구안(具眼): 안목과 식견을 갖춘 사람.

인적 없는 계곡에 홀로 피어 있는 난초

幽蘭在空谷

기수 가에 푸른 대나무가 우거져 있는데
시인이 이를 읊어서 군자의 덕에 견주었네
누른 국화가 동쪽 울타리에 둘러 있는데
고상한 선비가 맑고 우뚝한 절의 의탁했네
방초들은 제 아름다움을 드러내고 싶어서
사람들 앞에 나타내지 않고는 못 배기거늘
어째서 아름답고 무성한 이 그윽한 난초는
늦도록 가을을 머금고 공곡에 홀로 있는가
보아주는 사람이 없어도 홀로 향기로우니
네가 진정으로 유독함을 좋아함 알겠구나
공자는 부질없이 성왕 같은 향기를 아껴서
세간의 뭇 화훼들과 동류로 여기지 않았네
그 당시에 노나라로 돌아오면서 산중에서
이를 대하고 얼마나 탄식하고 탄식했던가
사람과 난초의 향이 섞여 지금에 전하는데
그 거문고 곡 금조를 읊고 또 읊조려 보네

菁菁綠竹在淇澳[204]
詩人詠比君子德
英英黃菊遶東籬
高士自托淸節特[205]
物中美質難自掩
合作凡人眼前色
何奈猗猗此幽蘭
晩含秋意在空谷[206]
不以無人不芬芳
乃知情性喜幽獨[207]
宣尼空惜聖王香
世間群卉不同族
當時返魯入山後
對此感歎情何極
人與物馨紛至今
幾吟遺操而三復[208]

---

204) 기수(淇水): 강 이름.《시경 · 위풍(衛風)》의 〈기욱(淇澳)〉편에 "저 기수 모퉁이를 보니, 아름다운 푸른 대나무가 무성하도다(瞻彼淇澳, 綠竹猗猗)" 하였다.

205) 고상한 선비: 도연명(陶淵明)을 가리킨다. '음주(飮酒)' 다섯번째 작품에서 "동쪽 울타리 아래서 국화를 따는데, 저 멀리서 남산이 눈에 들어오네(採菊東籬下, 悠然見南山)" 하였다.

206) 공곡(空谷): 인적 하나 없는 텅 빈 계곡.

207) 유독(幽獨): 자신을 남에게 보이지 않고 홀로 있다.

208) 금조(琴操): 거문고 곡, 여기서는 '의란조(猗蘭操)'를 가리킨다. 송(宋) 곽무천(郭茂倩)의 《악부시집(樂府詩集)》에 " '의란조'는 공자(孔子)가 지은 것이다. 공자가 제후들의 여러 나라를 돌아다녔으나 써주는 이가 없었다. 그래서 위(衛)나라에서 고국인 노나라로 돌아오다가 인적 없는 계곡에서 난초가 홀로 향기를 내뿜어며 무성한 것을 보았는데, 탄식하기를 '난초는 마땅히 왕자(王者)를 위해 향기를 내뿜어야 하는 것인데, 지금은 오히려 홀로 무성하면서 잡풀들과 섞여 있구나' 하고, 수레를 멈추어 거문고를 타면서 때를 만나지 못한 것을 스스로 상심해하며 향란(香蘭)에 의탁하여 노랫말을 지었다 한다" 하였다.

산수화 / 畵山水

어떤 사람이 조화의 이치를 훔쳐서	何人偸得造化理
청산녹수를 절묘하게 그려내었는데	描出青山與綠水
물새는 어지른 물결에 평안히 떠 있고	白鷗平泛亂波頭
달은 층층의 봉오리에 반절이 잠겼네	素月半沉層峯裡
아침해는 구름 뚫고 막 나오려 하고	雲將出兮日將騰
배는 막 시내를 출발하려고 하지만	舟欲行兮溪欲冷
스님은 연사로 돌아갈 수가 없고	烟寺歸僧歸不得[209]
어옹은 물가서 낚시를 할 수가 없네	漁磯釣翁釣不成
호숫가의 풀과 바위 위의 낙락장송	湖邊草巖上松
풀잎과 솔잎은 더없이 짙푸르구나	葉長翠色長濃
만리의 강산이 한 폭에 다 실렸으니	萬里江山輸一幅
다리 괴롭히지 않고도 잘 구경하네	不勞着脚看萬重

의성 문소루에서 차운하여 / 次義城聞韶樓韻

나그네가 가장 높은 누 찾아 올랐는데	客來尋上冣高樓
이곳이야말로 원룡백척루가 아니던가	豪氣元龍增百尺[210]
당계 나무에는 화사한 꽃이 피어있고	當階一笑樹頭花[211]
밭이랑 너머에서는 우배적이 들려오네	隔壟三聲牛背笛[212]
바람에 버들개지는 흔적 없이 떨어지고	帶風殘絮落無痕
날아가는 조각 구름은 비를 머금은 듯	含雨片雲飛不滴
벽을 돌아보니 아름다운 시구가 있는데	回看壁上有瓊聯[213]

209) 연사(烟寺): 안개에 가려 보이지 않는 산사(山寺).
210) 원룡백척루(元龍百尺樓): 더없이 높은 곳.
211) 당계(當階): 섬돌 맞은 편.
212) 우배적(牛背笛): 소 등위에 앉아서 피리를 불다, 또는 그 소리.
213) 경련(瓊聯): 아름다운 시구.

사람은 가고 시만 남았으니 가석하구나 人去詩存眞可惜

그 두번째 其二

열두 난간으로 된 은은한 층루에 闌干十二隱層樓
올라보니 두우가 지척에서 잡힐 듯 登上斗牛捫咫尺[214]
뉘 집 계녀가 노래 부르고 있는가 誰家溪女唱村歌[215]
어느 곳 목동이 피리를 불고 있는가 何處牧童吹野笛
배꽃은 창문에서 너울너울 거리고 梨花窓影亂婆娑
처마 불빛은 이내 속에서 희미하네 嵐翠簷光微點滴[216]
벽 위에는 옛 사람의 시만 보이고 壁間惟見古人詩
고인은 안 보이니 탄성만 나올 뿐 不見古人空嘆惜

그 세번째 其三

누각이 허공에 솟아 등림이 두렵고 聳空樓上怕登臨[217]
짙은 안개로 지척도 분간이 되지 않네 烟鎖闌干迷咫尺
자진을 불러 함께 생황도 불고 싶고 欲招子晋共吹笙[218]
환이를 함께하여 피리도 불고 싶네 思與桓伊同弄笛[219]
난간 앞 버들개지는 흰 솜처럼 날리고 檻前柳絮白綿飄
뜨락 복사꽃에서는 붉은 빗방울이 뚝뚝 庭畔桃花紅雨滴
종일 한가로이 배회하니 좋기야 하다만 徘徊盡日博淸閑
봄빛 머물러 둘 수 없는 게 안타깝구나 但送年光爲可惜

214) 두우(斗牛): 28수(宿)의 두성(斗星)과 우성(牛星).
215) 계녀(溪女): 빨래하는 여인.
216) 이내: 해 질 무렵 멀리 보이는 푸르스름하고 흐릿한 기운. 남기(嵐氣), 남취(嵐翠).
217) 등림(登臨): 높은 데로 올라가서 아래를 내려다보다.
218) 자진(子晋): 원래는 주(周) 영왕(靈王)의 태자였지만 뒤에 신선이 되었다 한다.
219) 환이(桓伊): 진(晉)나라 사람으로 음악을 잘하였다. 왕휘지(王徽之)와 동시대인이다.

종성에서 사상의 운을 차하여 鍾城次使相韻[220]

종산진의 여러 부대의 군사들이	鍾山鎭裡百隊兵
칼 들고 질주하니 풍뢰 일어나는데	奮劍疾馳風雷生[221]
녹발장군은 미소를 띠고서 바라보고	綠髮將軍帶笑看[222]
붉은 깃발은 가을빛을 받아서 빛나네	紅幟耀日秋光淸
비단언치 옥굴레로 장식한 도화마를	錦韉玉勒桃花騌[223]
달려서 봉호 맞추니 장명이 진동하네	走射封狐振長鳴[224]
성루에서 취해 느지막하게 돌아오거늘	城頭乘醉歸來晩
서쪽 바람이 또 타향의 정을 일으키네	風西又作他鄕情
꿈에서 깨어 일어나보니 가을달 밝은데	夢罷酒醒寒月白
어디서 들려오는 일성 호가 새방 소리	誰家巧送出塞聲

유언박에게 희롱삼아 증정함 戱呈柳彦博

막중의 낭관은 풍류 학사라서	風流學士幕中郞
오아 같은 무정한 목석이 아니로다	不用吳兒木石腸[225]
운우무산의 요조숙녀와	雲雨巫山窈窕娘[226]

220) 사상(使相): 조정에서 사명(使命)을 띠고 온 재상.

221) 풍뢰(風雷): 바람과 우레. 풍뢰가 일어난다 함은, 그 질주하면서 내는 함성과 질주하는 소리가 거대함을 말한 것이다.

222) 녹발장군(綠髮將軍): 아직 머리카락이 검푸른 녹발의 장군, 즉 나이 젊은 장군.

223) 도화마(桃花馬): 말 이름.

224) 봉호(封狐): 큰 여우.
장명(長鳴): 군중에서 호령을 전달하는 악기.

225) 오아(吳兒): 원래는 오나라 아이의 뜻이지만, 여기서는 목석같이 즉 무정한 사람을 뜻한다. 《진서(晉書)》의 〈은일전(隱逸傳) 하통(夏統)〉조에 "이 오나라 아이는 목석 같은 사람이다(此吳兒是木人石心也)"라는 말이 있다.

226) 운우무산(雲雨巫山): 초(楚) 송옥(宋玉)의 《고당부(高唐賦)》 서문을 보면, 초나라 왕이 무산의 신녀(神女)와 고당에서 만났는데, 신녀가 말하기를 "아침에는 흘러가는 구름이 되고, 저녁에는 지나가는 비가 되겠습니다" 하였다. 남녀간의 합환(合歡)을 운우(雲雨)라 하게 된 것은 여기서 비롯되었다.

한밤중이 아닌데도 원앙금침에 들었는데 鴛鴦衾暖夜未央
병든 늙은이의 흥미가 식은 것을 비웃으며 堪笑病翁興味凉
맑은 향이 어린 잠자리에서 꿈을 깨도다 夢斷燕寢凝淸香
발광한 젊은 그대 때문에 근심스러워라 煩君須發少年狂
나의 이 하얗게 센 살쩍 서리를 어이하랴 奈此蕭蕭兩鬢霜

종로에서 등불을 구경함 鍾街觀燈

수많은 집에서 집집마다 등불을 켜니 一夜張燈百萬家
바람이 불어서 궁성의 놀을 흩뜨리네 天風吹散赤城霞
잠깐만에 삼천 세계에 두루 가득하고 須臾遍滿三千界
삽시간에 나무나무마다 꽃이 피었네 頃刻能開萬樹花
사통오달의 거리는 대낮보다 밝으며 九街香土白於晝
되놈 새끼는 길거리를 말타고 달리네 鞍馬胡兒馳似狁
좋은 구경 즐거움이 끝나지 않았거늘 勝賞今宵樂未央
계인이 어디서 새벽 시간 재촉하는가 雞人何處催晨漏[227]

고기 잡는 늙은이 漁翁

새벽녘 바람과 이슬을 맞으며 태기에서 자는데 五更風露苔磯宿[228]
대나무 장대에다 긴 낚시줄을 매달고 드리웠네 千尺絲綸一竿竹
달은 서산으로 떨어지고 해는 동쪽에서 떠오르며 月落西山日出東
조수는 양안에 불어나고 안개 서린 물결은 푸르네 潮生兩岸煙波綠
마음이 늘 고기를 잡는 데에 있는 걸 자괴하나니 自笑機心常在魚
갈매기와 함께 한가롭게 서로 노니는 것만 하랴 不如與鷗閑相逐

227) 계인(雞人): 날이 밝는 것을 알리는 사람.

228) 태기(苔磯): 기(磯)는 물가에 돌출된 바위다. 태기는 이끼가 낀 물가의 바위다. 흔히 이런 곳에서 낚시를 하는 경우가 많은데, 그런 곳을 조기(釣磯)라 한다.

한강을 배 타고 가다가 침류당에게 부침 漢江行寄枕流堂

빙잠으로 물에 젖지 않는 실 만들어	氷蠶作絲水不濡[229]
교인이 짜서 비단 만필을 이루었네	鮫人織成綃萬匹[230]
긴 강에 천리에 걸쳐 편평하게 까니	鋪遍長江千里面
바람에 무늬가 푸른 바탕에서 생기고	風來纈紋生翠質
노 저으니 찢어진 포백처럼 되었다가	弄棹忽成破幅痕
배 지나고 보니 봉합이 벌써 끝나 있네	舟過旋見縫已畢
신선이 사는 패궐이 있다 하더라도	縱有貝闕仙居美[231]
이곳과는 우열을 다툴 수 없으리라	未可與此爭甲乙
부러워라 그대의 삼생의 숙원 실현이여	多君償盡三生願[232]
한탄스러워라 나의 하찮은 늙어감이여	歎我脩脩老蓬蓽

229) 빙잠(氷蠶): 누에의 한 가지.
230) 교인(鮫人): 전설 속의 인어(人魚).
231) 패궐(貝闕): 자줏빛 조개로 장식한 멋진 집.
232) 삼생(三生): 불교 용어로 전생, 차생, 후생.

《月軒集》

卷之五

제문(祭文)

광원군 이극돈 공 제문(대작) 祭廣原君 李公克 墩文(代作)

홍치(弘治) 16년 계해년(癸亥年, 연산군 9, 1503) 4월 20일, 파평 부원군(坡平府院君) 윤필상(尹弼商)과 의정부 좌참찬(議政府左參贊) 윤효손(尹孝孫) 등이 삼가 맑은 술과 음식으로 고(故) 광원군(廣原君) 이극돈(李克墩)[1] 공의 혼령에게 공경히 제사를 올리노라.

어째서 고상한 선비가 갑자기 여기에 이르렀는가? 오호라, 이제부터는 누구에게 의지할고? 참으로 슬프구나! 밝은 혼령이 빛을 거두어 기성(箕星)의 정기가 하늘로 돌아가 버렸으니, 당(唐)은 자기를 비추어 볼 수 있는 거울을 잃어버린 것이요, 한(漢)은 삼노(三老)[2]를 잃어버린 것이네.

사림(士林)은 슬퍼하고 벗들은 매우 가슴 아파하고 있는데, 하물며 우리 몇 사람은 같은 해에 과거에 급제하여 함께 성은(聖恩)을 입으며 조정에서 발걸음을 나란히 하였음에랴! 그대가 굳세어서 더욱더 충정(忠貞)에 힘써, 장차 삼공(三公)의 지위에 올라서 밝은 조정을 밝게 다스릴 것을 국인(國人)들이 모두 기대하였거늘, 하늘은 어째서 억지로라도 이 사람을 남겨두지 아니하고 그만 데리고 가버리시는가? 하늘에는 올라갈 수 있는 사다리가 없으니, 이를 어디에서 물어볼고?

그대의 운은 계유년에 막혀 버렸으니, 봄빛이 저물기도 전에 정신이 명계(冥界)로 돌아가 버려, 하루아침에 역책(易簀)[3]하여 영결(永訣)하게 되었네. 그대와의 교제는 겉으로 한 것이 아니라 실로 마음으로 한 교제였으니, 옛날을 회고해 보건대, 그대가 낭랑한 음성으로 우리들을 가르친 것이 한둘이 아니었네. 그런데 지금 그대는 죽어서 이제 더 이상 그대로부터 선한 말을 들을 수 없게 되었으니, 이제 더 말한들 무슨 소용이 있으랴!

그러나 지금만이 그랬던 것이 아니고 옛부터 모두 우산(牛山)에서 옷깃을 적셨으니,[4] 그렇다면 창천(蒼天)이 우리 옥인(玉人)만을 빼앗아 간 것은 아니로다. 이것으로 한없는

---

1) 이극돈(李克墩): 1435(세종 17)-1503(연산군 9). 자는 사고(士高), 본관은 광주(廣州).

2) 삼노(三老): 한대(漢代)의 한 향(鄕) 중의 장노(長老)로서 교화를 담당하였다.

3) 역책(易簀): 학덕(學德)이 높은 사람의 임종 혹은 죽다.

슬픔을 참으며, 삼가 밝은 제사에 제수를 올리니, 상향(尙饗).

維弘治十六年歲次癸亥四月二十日 坡平府院君尹弼商 議政府左參贊尹孝孫等 謹以淸酌庶羞 敬祭于卒廣原君李公之靈. 如何士高 遽至於斯. 嗚呼疇依 余懷之悲. 昴靈戢曜 箕精歸昊 唐亡一鑑 漢失三老. 哀纏士林 痛深諸友. 況我數人 名忝榜後 共荷聖恩 聯步朝右. 喜君康强 益勵忠貞 將躡台階 燮理明庭 國以此待 人以此期 天何茫昧 曾不憖遺. 天不可梯 安從詰問. 歲在昭陽 蹇君否運 春暉未暮 歸神冥蔑 一朝易簀 百年永訣. 與子相交 匪面而心 追惟平昔 琅琅語音 教我誨我 益不止三. 今子已矣 無聞善談 謂之何哉. 匪今斯今 古來共盡 牛山霑襟 非獨蒼天 奪我玉人. 以此忍哀 敬奠明禋 尙饗.

좌참찬 윤효순 공 제문(대작) 左參贊 尹公 孝孫文(代作)

홍치(弘治) 16년 계해년(癸亥年,연산군 9, 1503) 6월 26일에 봉상시 도제조(奉常侍都提調) 영의정(領議政) 성준정(成俊正)과 유헌(柳軒) 등이 삼가 맑은 술과 음식으로 고(故) 좌참찬(左參贊) 윤공(尹公)[5]의 영령(英靈)에게 제사를 올리노라.

공은 72세를 일기로 서거하였는데, 그간에 나라의 시구(蓍龜)[6]가 되었고, 조정의 법도가 되었으며, 행동은 때의 법도〔時法〕가 되었고, 말은 옛 경서〔古經〕에 견주어질 정도로 도리에 어긋나지 않았네. 친구 간에는 신의(信義)로써 추존을 받았고, 종족간에는 화목하게 지내도록 했으며, 어버이를 봉양할 때에는 온화하면서 기쁜 낯빛으로 섬겼네. 이공(貳公)[7]으로서 교화를 도와 넓힐 때에는 백수(白首)임에도 마음을 다하였으니, 나라에 대해서는 충(忠)을 어버이에 대해서는 효를 다하였네. 자손들이 집에 가득하고 빼어나니, 적선여경(積善餘慶)[8]이라는 말이 과연 틀린 말이 아니네.

---

4) 우산(牛山)에서 옷깃을 적심: 인생의 짧음을 인하여 슬프하고 탄식하는 것. 우산탄(牛山歎), 우산비(牛山悲), 우산루(牛山淚), 우산하체(牛山下涕).

5) 윤공(尹公): 윤효손(尹孝孫)이다. 1431(세종 13)-1503(연산군 9). 자는 유경(有慶), 호는 추계(楸溪).

6) 시구(蓍龜): 시초(蓍草)와 거북 껍질. 모두 점을 치는 데 사용하였다. 전하여 의심스러운 일을 잘 결단해주는 지혜로운 인물을 뜻하게 되었다.

7) 이공(貳公): 삼공(三公)의 부관, 즉 의정부 참찬(議政府參贊)을 지칭한다.

8) 적선여경(積善餘慶): 《주역(周易)》에 "선을 쌓은 집안에는 반드시 남는 복이 있다(積善之家, 必有餘慶)" 하였는데, '남는 복이 있다' 는 말은 남은 복이 자손들에게 끼쳐져 자손들이 잘되고 흥성함을 뜻한다.

장차 삼공(三公)의 지위에 올라 나라의 주춧돌이 되리라 여겼거늘, 어째서 하루아침에 갑자기 이렇게 가버리시는가. 망망한 천도(天道)는 멀어서 참으로 보장하기 어렵나니, 밝은 혼령이 빛을 거두어 기성(箕星)의 정기(精氣)가 하늘로 돌아가 버렸네. 이제 백성들은 누구에게 의지해야 할고? 사림(士林)들도 모두 슬퍼하네. 하물며 우리들은 동료로서 그 정분의 좋음이 보통 사람의 배가 되었음에랴. 옛날을 생각해 보건대 자리를 함께 하여 담소하며 즐거워하였는데, 어찌 오늘 여기에서 통곡하리라 생각이나 하였겠는가. 관(棺)으로 덮고 장막으로 가려서 보고자 해도 볼 길이 없지만, 예로부터 모두 우산(牛山)에서 인생의 짧음을 비탄해하면서 수건을 적셨으니, 창천이 우리 옥인(玉人)만을 데려간 것은 아니네. 이것으로 슬픔을 참으며 삼가 한 잔 올려 영결(永訣)하노니, 상향(尙饗).

維弘治十六年歲次癸亥六月二十六日 奉常侍都提調領議政成俊正柳軒等 謹以淸酌庶羞 敬祭于卒左參贊尹公之靈. 公生于世 七十二齡 著龜邦家 羽儀朝廷 動爲時法 言比古經. 朋友推信 宗族歸睦 屈郡養親 和顔愉色. 貳公弘化 白首丹衷 爲國爲親 以孝以忠. 有子若孫 盈門聯璧 積善餘慶 昭然不忒. 將躡台階 爲國柱石 云何一朝 遽爾淪沒. 茫茫天道 遠矣難保 昂靈戢曜 箕精歸昊. 黎庶疇依 士林共傷. 况我同僚 情好倍常. 念昔連席 笑言爲樂 豈意今日 臨門慟哭. 蓋棺蔽帷 欲見無因 古來共盡 牛山霑巾 非獨蒼天 奪我玉人. 用此忍哀 敬奠一酌 嗚呼已矣 終天永訣 尙饗.

영의정 한치형 공 제문 祭領議政 韓公 致亨文

아아, 슬픕니다. 공[9]의 성품은 삼양(三陽)의 봄처럼 따뜻하였으며, 공의 도량(度量)은 육막(六幕)[10]보다 넓었습니다. 한가하게 계시거나 침묵하고 계실 적에는 마치 주장이 없는 사람인 듯했으나, 일에 임하여 용단을 내릴 적에는 일호의 누락도 없이 상세히 분석하여, 오래도록 장수를 누리시며 나라의 큰 지주(支柱)로서 우뚝히 서 있으시기를 기대하였는데….

아아, 슬픕니다. 하늘은 높은 데에 있어서 듣는 게 없고, 귀신은 완악(頑惡)하여 속임이 많습니다. 지난번에 미질(微疾)을 만났을 적에 약을 쓰지 않고도 회복되어 웃거나 말

9) 한치형(韓致亨): 1434(세종 16)-1502(연산군 8). 자는 통지(通之), 시호는 질경(質景).

10) 육막(六幕): 하늘과 땅, 동서남북 사방.

씀하시는 것이 평소와 다름이 없었고 혈색이 완전히 좋아졌거늘, 어째서 하룻밤 사이에 갑자기 서거하시어 인간 세상에서의 현귀함을 버리고 저 세상으로 갔단 말입니까.

아아, 슬픕니다. 한나라는 삼노(三老)가 떠나 버린 것이며, 당나라는 일감(一鑑)을 잃어버렸습니다. 공은 이 나라의 본보기로서 비록 남아 계시지만, 이제 더 이상 음성과 용모를 접할 수 없게 되었으니, 창생(蒼生)은 누구에게 의지하며, 백료(百僚)는 누구를 우러러본단 말입니까. 항간(巷間)에 곡성이 가득한 것은 이 땅에 많은 사랑을 남겼기 때문인데, 구원(九原-무덤)에서 다시 일으키기 어려움을 개탄하면서 공에 대해서 아득히 생각해 보게 됩니다.

아아, 슬픕니다. 하늘은 공에게 덕과 지위를 주셨는데, 덕과 지위를 주셨음에도 어째서 그 후사(後嗣)에 대해서는 인색하셨는가. 복선(福善)[11]이 분명치 않고 여경(餘慶)이 적막하니,[12] 뒷일을 누구에게 부탁하여 종족들을 화목하게 할 것인가. 하늘의 무지(無知)함이 원망스럽고, 전통 있는 집안의 역성(易姓)[13]이 민망스럽습니다.

아아, 슬픕니다. 밤 사이에 영면하시고 말았습니다. 빈소가 닫혀 고요하고 적막하기만 합니다. 좇아가서 잡으려 해도 잡을 길이 없으니, 하물며 오열한들 무슨 소용이 있겠습니까. 음성과 모습이 눈 앞에 계신 듯하고, 정령(精靈)은 불멸하시리니, 술 한 잔 올려 재배하고 영결하옵니다. 아아, 슬픕니다. 상향(尙饗).

嗚呼哀哉. 惟公之性 春而有脚 惟公之量 寬於六幕. 燕居沈默 中若無主 臨事勇決 毫析叢聚 期永享於頤耄 屹大廈之支柱. 嗚呼哀哉. 天高莫聞 鬼頑多詭. 曩遭微恙 勿藥有喜 笑言自如 榮衛絶沴 云何一夕 倏然而逝 棄人間之顯貴 襲重泉之幽閉. 嗚呼哀哉. 漢逝三老 唐亡一鑑. 典刑雖存 音容永欠 蒼生何望 百僚安仰. 巷哭相聞 遺愛東壤 慨九原之難作 起文子之遐想. 嗚呼哀哉. 天畀於公 以德以位 旣德且位 何靳厥嗣. 茫昧福善 寂寞餘慶 幹蠱誰托 門宗不競. 怨天道之無知 悶傳家之易姓. 嗚呼哀哉. 夢迷莊蝶 舟藏夜壑. 殯室閟闃 繐帳冥漠. 末之追攀 况也嗚咽. 響像如在 精靈不滅 奠一觴而再拜 爲百年之永訣. 嗚呼哀哉 尙饗.

---

11) 복선(福善): 선한 사람에게 복을 내림. 《서경(書經)》의 〈탕고(湯誥)〉편에 "하늘의 도는 선한 사람에게 복을 내리고 악한 사람에게 재앙을 내리는 것이다(天道福善禍淫)" 하였다.

12) 여경(餘慶)이 적막하니: 이전에는 선을 쌓은 집안에는 반드시 남는 복〔餘慶〕이 있어서 자손에게 끼쳐져, 자손이 홍성하고 잘된다 하였다.

13) 역성(易姓): 대를 이을 자손이 없으면 외손 또는 노비에게 제사를 받들게 하였는데, 이를 역성봉사(易姓奉祀)라 한다.

영의정 김수동 공 제문 祭領議政 金公 壽童文

아아, 슬프도다. 공[14]의 성품은 따뜻하기가 옥의 윤택함 같았고, 공의 재주는 아름답고 인색하지 아니 하였도다. 쇠가 화로에서 뛰듯이, 송곳 끝이 주머니를 삐져나오듯이 재주가 빼어나서 젊은 시절에 계적(桂籍)[15]에 올라 화려한 벼슬을 두루 거쳤도다. 성세(聖世)를 만나서는 삼공(三公)의 지위에 올라 의정부(議政府)에서 정사(政事)를 꾀하기를 밝게 하고 보필자들을 화합하게 하였도다. 세 번이나 은총의 융성함을 받아서 사궤(四簋)[16]의 영화가 지극하였으며, 혁혁한 공적과 명성이 기린각(麒麟閣)[17]을 밝게 비추고 있도다.

춘추(春秋)가 아직 많지 않아서 100세까지는 멀고 멀었기에, 모두들 말하기를 "병이 없으니 오래도록 큰 복을 누릴 것이다" 하였도다. 그런데 하늘은 어째서 이 사람의 수명에 인색하여 오래 살지 못하게 하셨는고. 임신년(壬申年)에 그대의 운수가 실로 막히고 말았도다. 봄부터 여름까지 병석에 누워 있다가 결국은 일어나지 못하고 저 세상으로 가버리고 말았도다. 밝은 별이 빛을 거두어 기성(箕星)의 정기가 하늘로 돌아갔으니, 당(唐)은 일감(一鑑)을 잃어버린 것이요, 한(漢)은 삼로(三老)을 잃어버렸도다. 창생(蒼生)은 이제 누구를 바라보아야 하는가. 백료(百僚)에게는 믿고 의지할 우두머리가 없어졌도다. 임금이 슬프하고 벗들이 통곡을 하도다. 하물며 나는 과거에 합께 급제한 동방(同榜)으로서 서로간의 정이 남보다 배가 됨에랴. 동방 33인 중에서 남은 자가 이제 몇인가. 이제 겨우 새벽의 별처럼 드문드문 네다섯 명이 남았는데, 말이 여기에 이르니 슬픈 마음이 더욱 절실해지도다.

예전에는 만나서 재미있는 말로 즐겁게 보냈는데, 오늘 문에 임해 보니 관으로 덮여 있을 뿐 아무 소리도 없네. 혜장(繐帳)[18] 아래에는 다만 잔얼(孱孼)[19]만 남아 있을 뿐이니, 명성과 지위가 세상에서 으뜸이었으되 여경(餘慶)이 이토록 적막하니, 아득한 하늘은 멀리 있어서 참으로 증명하기 어렵도다. 온화하고도 관대한 공의 됨됨이를 이제 다

---

14) 김수동(金壽童): 1457(세조 3)-1512(중종 7). 자는 미수(眉叟), 호는 만보당(晩保堂), 시호는 문경(文敬).

15) 계적(桂籍): 과거 급제자 명부.

16) 사궤(四簋): 보궤(簠簋)에 담는 네 가지 곡식으로, 전하여 임금의 현자에 대한 성대한 예우를 뜻한다.

17) 기린각(麒麟閣): 공신의 화상을 걸어두는 공신각(功臣閣)이다.

18) 혜장(繐帳): 올 가늘게 짠 베로 만든 휘장.

19) 잔얼(孱孼): 첩(妾)의 자식.

시는 볼 수 없지만, 옛부터 모두 다 우산(牛山)에서 수건을 적셨으니, 창천(蒼天)이 우리 옥인(玉人)만을 빼앗아 간 것은 아니로다. 이것으로 슬픔을 참으며 삼가 한 잔 술을 올리니, 혼령이여 만약 지각이 있다면 흠향하러 임할지어다. 아아, 슬프도다. 상향.[20)]

嗚呼哀哉. 惟公之性 溫如玉潤 惟公之才 美而不吝. 金自爐躍 錐從囊脫 少登桂籍 歷敭華秩. 遭遇聖世 躡上台堦 都俞一堂 謨明弼諧. 三接寵隆 四簋榮極 煥爀功名 照耀麟閣. 春秋尙富 百歲悠邈 共謂無恙 永亨遐福 天何嗇壽 大命伊近. 歲在壬申 蹇君否運. 自春徂夏 沉綿牀席 竟不見起 魂迷莊蝶. 昴宿歛輝 箕精還昊 唐亡一鑑 漢失三老 蒼生何望 百僚無首. 軫及宸衷 慟曁諸友 況我同榜 情好倍他. 三十三人 存者幾何 吾儕四五 落落晨星 興言及此 尤切愴情. 念昔相面 笑言譃譃 今日臨門 盖棺嘿嘿. 繐帳之下 只留孱蘖 冠世名位 寂寞餘慶 茫茫天道 遠矣難證. 醞藉風神 更見無因 古來共盡 牛山霑巾 非獨蒼天 奪我玉人. 以此忍哀 敬奠一酌 靈其有知 庶垂歆格. 嗚呼哀哉 尙饗.

여평부원군 민효증 공 제문 祭驪平府院君 閔公 孝曾文

아아, 희삼(希參)[21)]이 어째서 여기에 이르렀단 말인가. 66세에서 그대의 생애가 그치고 마는가. 세상에 가득했던 명예가 하루 아침에 별처럼 가라앉고 마니, 내 같은 옛친구의 마음이 어떠하겠는가. 처음의 동방(同榜)들을 추억해 보니 사이좋게 옷소매와 옷깃을 나란히 하여 걸었었네. 근궁(芹宮)[22)]에서 학문을 겨루면 그대가 늘 으뜸이었으며, 과연 먼저 대과(大科)에 급제하여 이름이 조정에 드러났었네. 여흥(驪興) 민씨(閔氏)는 거성(巨姓)으로서 이 나라의 으뜸가는 갑족(甲族)인데, 대대로 이어오던 그 아름다움이 그대에 이르러 더욱 크게 발해졌었네. 천리 준마가 나는 듯이 달림을 그치지 아니하여 기린각에 화상(畫像)이 걸리니 그 공이 빛나고 빛나네. 녹질(祿秩)은 삼공(三公)과 나란하여 그 지위가 드높으니 ,인간으로서의 복록을 완전히 갖추었다고 이를 수 있겠네.

인생 100년, 그렇다면 그대의 나이는 아직 저물지 않았다고 이를 수 있겠거늘, 어째서 다시 돌아오지 못할 그 먼길을 그토록 서둘러서 떠났단 말인가. 생각건대 우리 동방(同

---

20) 원주에 "과거에 함께 급제한 동년으로서 이 제문을 제사에 보냄(同年致奠)"이라 하였다.

21) 희삼(希參): 민효증(?-1513 중종8)의 자(字)이다. 시호는 공목(恭穆)이다.

22) 근궁(芹宮): 성균관 문묘(文廟).

榜)들은 정분이 형제와 같았는데, 그 사이 40여 년 동안에 앞서거니 뒤서거니 서로 이어서 저 세상으로 가고 말았네. 다행히 그대는 아무런 병도 없고 하여 빛을 발하고 있었거늘, 그대마저 지금 또 떠나고 마니, 우리들은 이제 누구에게 의지해야 하는가. 듣자니 먼길을 갈 때에는 포복으로 객관까지 간다 하던데…. 그대의 온화한 용모와 거동이 아직도 눈에 선하고, 그대의 낭랑한 음성이 아직도 귀에 가득하니, 막역한 교분이 어찌 생사로 달라지겠는가. 이에 변변치 못한 제물을 올리고, 오래도록 무릎 꿇고서 정을 펴노니, 혼령이여 와서 나의 작은 정성을 받아 주시오. 아아 슬프도다. 상향.[23]

嗟嗟希參 何至於斯. 六十六年 寔君生涯. 滿世榮名 一朝星沉 如我故舊 何以爲心. 憶初同榜 弁袂聯襟. 較藝芹宮 君常居首 果先等第 名著朝右. 驪興巨姓 甲于東國 世濟其美 至君大發. 霜蹄千里 騰踏不窮 形圖麟閣 煥乎其功. 秩竝三公 巍乎其位 人間福祿 可謂全備. 百歲光陰 亦云未暮 如何遠跡 頓於促路. 念我同榜 分如兄弟 四十年間 相繼零替. 幸君無恙 一榜生輝 君今又逝 吾儕焉依. 聞將遠行 適館匍匐. 宛宛容儀 猶存乎目. 琅琅語音 尙盈于耳 莫逆交分 何異生死. 玆奠菲薄 長跪抒情 靈其來格 諒我微誠. 嗚呼哀哉 尙饗.

공조판서 정광세 공 제문 祭工曹判書 鄭公 光世文

인생에는 끝이 있어서 반드시 한 번의 죽음이 있으므로, 노래하면서 벗과 영결하는 이를 예전에는 달통한 선비〔達士〕라 하였지만, 우리들은 그대[24]에 대한 애통을 금할 수 없나니, 땅에 옥수(玉樹)[25]를 묻으니 서글픈 마음 억제할 수 없네. 그대와 더불어 서로 사이좋게 지낸 것이 하루 이틀이 아니나니, 예전을 돌아보건대 이 영결을 어찌 차마 할 수 있으리오. 지난 갑오년(甲午年)에 우리 모두 공속(貢屬)[26]이었는데, 200인 중에서 그대야 말로 나라의 언사(彥士)[27]로서 나이 겨우 스물넷에 조정의 대책(對策)에서 이름이 첫 번째에 올랐으니, 그야말로 곤륜산(崑崙山)의 편옥(片玉)이었네. 홍문관(弘文館)과 사헌

23) 원주에 "생원 동년으로서 제문을 보냄(生員同年致奠)"이라 하였다.
24) 정광세(鄭光世): ?-1514(중종 9).
25) 옥수(玉樹): 무리에서 출중한 빼어난 사람.
26) 공속(貢屬): 지방에서 추천된 선비.
27) 언사(彥士): 훌륭한 선비.

부(司憲府) 등에서 마치 대붕(大鵬)이 회오리 바람을 타고 9만 리를 수직상승하듯이 청직(淸職)를 두루 거쳤네. 외직으로 나가서는 선정을 펴고 들어와서는 육경(六卿)의 장(長)이 되었으므로, 사림들이 기대어 중히 여겼고, 성주(聖主)께서도 영화를 더해 주셨네. 장도(長途)를 바야흐로 치달리려 하는데 늙음이 갑자기 닥쳤으니, 60년 세월이 참으로 순식간에 지나가 버렸네. 그대를 알든 모르든 간에 모두 탄식을 금하지 못하는데, 우리들 동방(同榜)들은 실로 약관(弱冠)으로부터 지금에 이르기까지 어느듯 40여 년인데, 이제 한바탕의 꿈과 같은 인생이 끝나니 지난 일이 아득하기만 하네. 동방(同榜)들 중에서 태반이 세상을 떠났고, 남아 있는 자도 노쇠함을 면치 못하고 있는데, 한밤중에 일어나 생각해보니 옛날로 다시 돌아갈 수 없다는 생각에 가슴이 저미기만 하거늘, 그런데 지금 또 그대마저 이 세상을 떠나 버려 온아한 용모를 다시는 볼 수 없게 되었네.

선을 쌓은 집은 반드시 남는 복이 있어서 망하지 아니함이 있나니, 아들이 있어서 현명하니 능히 이 집안을 이어가리라. 혼령이 만약 지각이 있다면, 이것으로 자위(自慰)하리니, 한 말의 술과 한 마리 닭으로 나의 흐느끼는 마음을 펴노라. 제물을 올리고 절하는 데에는 지켜야 할 법도가 있지만, 슬픈 마음이야 어찌 다함이 있으리오. 오호라! 상향(尙饗)[28]

生也有涯 定有一死 歌以訣友 古稱達士 我輩於君 慟何至此 地埋玉樹 情不能已. 與君相好 不日不月 循念平昔 奈此永訣. 往在甲午 俱從貢屬 二百人中 君是邦彥 年纔二紀 大庭對策 名登第一 崑山片玉. 鵬程九萬 扶搖羊角 玉堂金馬 南臺左掖. 出宣棠化 入長六卿 士林倚重 聖主加榮. 長途方騁 濛汜俄迫 六十光陰 駒過其隙. 知與不知 率皆興嘆 吾儕同榜 實自弱冠 倏忽逮今 四十餘年 一場夢闌 往事茫然. 太半辭世 存者亦衰 中夜起念 無復昔時 如何今者 又失夫子 溫言雅容 永絶眼耳. 積善餘慶 不亡者存 有子其賢 克構闕門. 靈若有知 以此自慰 斗酒隻鷄 伸我歔欷 奠拜有度 哀情何旣. 嗚呼尙饗.

양양부사 이중현 공 제문 祭襄陽府使 李公仲賢 文

공의 도량은 나루가 없는 바다처럼 넓고, 공의 품성은 봄처럼 따스하네. 교만하지도

28) 원주에 "동년으로서 제문을 보냄(同年致奠)"이라 하였다.

않고 인색하지도 않으며, 재능이 빼어나서 일찍 과거에 합격하여 만 리에 걸쳐 이름을 떨쳤네. 조정으로 들어와서는 아경(亞卿)이 되고, 외직으로 나가서는 큰 고을을 맡아 다스렸는데, 선비들은 그대의 의(義)에 감복하였고, 백성들은 그대의 은혜에 감복하여 아버지로 불렀네. 그러나 나이가 지천명(知天命)[29]에 이르지 못했는데도 눈에 안질(眼疾)이 생겨서 벼슬에서 물러나 집에 있으면서 수양하려 하였네. 그러나 홍점(鴻漸)[30]의 형세에서 갑자기 물러나기도 어려워서 벼슬하기도 하고 물러나기도 하다가, 다시 밝은 세상을 만나게 되었네.

조정에서는 그대의 청렴결백을 살펴 알아서 양양(襄陽)의 재신(宰臣)으로 명령하였는데, 직위에 나아가서는 그 직무에 힘쓰고, 백성을 어루만지기를 마치 상처를 입은 사람을 간호하듯이 하였네. 함께 3년을 기한(期限)으로 하여 임금으로부터 큰 은혜를 입었거늘, 어쩌다가 생각지도 못한 변고가 생기고 말았는가.

창천(蒼天)은 저 높은 데 있고 저승사자는 극악하여, 등창에 걸리자 마자 홀연 불숙(不淑)[31]에 이르렀네. 봉황이 벽오동을 떠났으니, 외론 난새는 어디에 귀의할고? 땅에 옥수(玉樹)를 묻었으니, 남은 가지는 어디에 의지할고? 백성들은 호시(怙恃)[32]를 잃은지라 항간(巷間)에 곡성이 가득하네. 나는 못난 사람임에도 방백(方伯)을 맡고 있는데, 지난 여름 6월 초일(初日)에 그대의 강락(康樂)함을 기뻐하였거늘, 새 가을이 아직 반도 지나지 않았는데, 그만 저승으로 가고 말았네. 어째서 채 수십 일도 지나지 않았거늘 여기에 이르렀는고? 자든 일어나 있든 생각 생각이 오직 그대에게 있을 뿐이네. 내 마음의 슬픔이여, 어찌 그침이 있으랴. 그대가 웃으면서 말하던 것을 추억해 보니 낭랑히 귓가에서 맴도네. 그대의 용모와 거동을 생각해 보니 눈앞에 완연하거늘, 다시 만날 기약도 없이 유명(幽明)을 달리하여 영원히 떨어지고 말았네.

머나먼 천 리 밖 영남(嶺南)의 함안(咸安) 땅, 떠도는 혼은 반드시 가향(家鄕)을 그리워하리라. 평탄한 길에서 영구(靈柩)를 편안하게 하고, 의식에 비추어 상여줄과 운불삽(雲

---

29) 지천명(知天命): 50세를 지천명이라 한다. 《논어》에 "공자 왈, 나이 50이 되어서 천명을 알았다(子曰, 五十而知天命)" 하였다.

30) 홍점(鴻漸): 기러기가 낮은 데에서 높은 데로 차츰차츰 나아가는 것을 말한다. 전하여 어진 선비가 벼슬하여 차츰차츰 나아감을 뜻한다. 《주역》의 점(漸)괘에 "기러기가 물가로 차츰차츰 나아가다, 기러기가 뭍으로 차츰차츰 나아가다, 기러기가 나무로 차츰차츰 나아가다, 기러기가 언덕으로 차츰차츰 나아가다(鴻漸于干, 鴻漸于陸, 鴻漸于木, 鴻漸于陵)" 하였다.

31) 불숙(不淑): 죽음.

32) 호시(怙恃): 부모. 《시경》의 〈육아(蓼莪)〉편에 "아버지가 없다면 누구를 믿어서 의지하며, 어머니가 없다면 누구를 믿어서 의지할고?(無父何怙, 無母何恃)" 하였다.

黻翣)[33]을 갖추었으니, 혼령이여 남쪽으로만 향하고 다른 데로는 가지 말아서, 상재(桑梓)[34]의 선영(先塋)에서 영원히 제사를 받을지어다.

그대와의 교제는 약관(弱冠) 때부터 시작하였는데, 반궁(泮宮)[35]에서 소매를 나란히 하고 걸을 때 그 냄새가 난(蘭)이 섞여 있는 것과 같았네. 함께 조정에 선 지 30여 년, 시종일관 변함없는 우정으로 험하디 험한 환해(宦海)를 함께 건너왔네. 그런데 지금 그대마저 저 세상으로 가버렸으니, 남아 있는 나의 마음이 어떻겠는가? 거문고의 줄을 끊어 버렸으니, 다시는 지음(知音)이 없기 때문인데, 사람 중에서 그 누가 안타까워하지 않으리오마는, 나의 애통함은 실로 깊고 깊네. 하늘은 어째서 무지망매하여 주고 빼앗는 여탈(與奪)을 혼동하시는가? 그토록 덕이 높던 안회(顏回)[36]는 요절하였고 도척(盜跖)은 장수하였으니, 참으로 그 이치를 헤아려 알기 어렵네. 그대에겐 재주와 덕이 있었는데, 하늘이 이미 덕과 재주를 주었으면서도, 어째서 수명에는 유독 인색하였는가?

하늘은 사다리 타고 올라갈 수 없으니, 어디에 가서 물어볼고? 인생 100년, 이걸 다 누린 자 몇이나 될까? 그대의 어질고 능력 있음을 시기하였으니, 조물주는 소아(小兒)로다! 잠들었다 깨어나질 못하고, 그만 밤 사이에 운명하고 말았네. 좇아가서 잡을 길이 없으니, 더구나 가슴을 치며 통곡함이겠는가. 구천(九泉)은 아득하고 아득하여 영원히 다시 일으킬 수 없네. 더 말한들 무슨 소용이 있으랴. 인생은 비유하자면 흘러가는 저 유수(流水)니, 흘러가는 것이 이와 같아서 잠시라도 그침이 없네. 장수와 요절의 운수는 미리 정해져 있어서 바뀌지 않네. 예부터 모두 다 우산(牛山)에서 인생의 짧음을 슬퍼하며 울지 않았던가. 그렇다면 창천이 우리 옥인(玉人)만을 빼앗아 간 것만은 아니니, 이것으로 슬픔을 참으며, 사람을 보내어 밝은 제사에 제물을 올리네. 아아 슬프도다! 상향.[37]

惟公之量 若海無津 惟公之性 有脚陽春. 匪驕匪吝 之才之美 早登桂籍 蜚英萬里. 入參亞卿 出典大府 士服其義 民呼以父. 年未知命 患眼昏花 欲謝簪笏 頤養在家. 鴻漸之勢 難以遽退 且官且辭 更際昭代. 錄君廉潔 命宰襄陽 黽勉就職. 撫民如傷. 共期

33) 운불삽(雲黻翣): 발인할 때 영구의 앞뒤에 세우고 가는 기구.

34) 상재(桑梓): 뽕나무와 가래나무. 옛날에는 이 나무들을 집 담 옆에 심어서 자손들에게 물려 주어 잠업(蠶業)이나 가구(家具)를 만드는 데 사용하게 했었다. 그래서 뒤에는 이 나무들이 심겨져 있는 고향의 집, 혹은 고향의 대칭으로 사용하게 되었다.

35) 반궁(泮宮): 성균관(成均館).

36) 안회(顏回): 공자(孔子)의 수제자 중의 한 분, 자(字)가 자연(子淵)이므로 통상 안연(顏淵)으로도 호칭된다. 32세로 요절하였다.

37) 원주에 "공이 강원도 관찰사로 있을 때이다(公爲江原道觀察使時)" 하였다.

三載 沐浴洪澤 如何如何 變生不測. 蒼蒼天高 冥冥鬼惡 一罹背疽 奄至不淑. 鳳辭碧梧 孤鸞曷歸 地埋玉樹 餘枝何依. 民失怙恃 巷哭相接 余以無似 忝任方伯. 季夏初吉 喜君康樂 新秋未半 歸神冥滅. 何奈數旬 而至於斯 載寢載興 念茲在茲. 余懷之悲 曷有其已 追惟笑語 琅琅在耳. 言念容儀 宛宛於目 再見無期 幽明永隔. 嶺南千里 咸安一方 旅魂悠悠 必思家鄉. 坦途安柩 儀備紼翣 魂兮向南 毋東西北 桑梓共瑩 永饗千億. 與子相交 始自弱冠 聯袂泮宮 臭同雜蘭. 共立朝端 餘三十載 終始不渝 并濟宦海. 子今已矣 何以爲心 峩洋絃絶 更無知音 人誰不惜 余慟實深. 天何茫昧 混於與奪 夭顏壽跖 理難測識. 今在於君 以才以德 旣德且才 何壽獨靳. 天不可梯 安從就問 百年人世 得之者誰. 猜子賢能 造物小兒 蝶夢不醒 壑舟忽移. 末之追攀 況也號擗 茫茫九泉 永不可作. 謂之何哉 譬如流水 逝者如斯 無時或止. 脩短之數 有定不易 古來共盡 牛山虛泣. 非獨蒼天 奪我玉人 以此忍哀 伻奠明禋. 嗚呼哀哉 尙饗.

연성군 김준손 공 제문 祭鷰城君 金公俊 孫文

가정(嘉靖) 4년 세차(歲次) 을유년(乙酉年, 중종 20, 1525) 7월 17일에 동지중추부사(同知中樞府事) 정수강(丁壽崗)은 삼가 연성군(鷰城君) 김공(金公)의 영전에 제사를 올리노라.

오호라, 자언(子彦)[38]이여! 어째서 이렇게 바쁘게 가셨는가. 누가 나이 80을 장수(長壽)라고 말하는가? 나는 그대에 대한 애통함을 안연(顏淵)이 요절했을 때 공자(孔子)가 했듯이[39] 하노라. 서로 만나기는 비록 늦었지만, 서로의 마음을 알아 주는 것은 오히려 빨랐었네. 그대는 내 마음을 알아 주고 나는 그대의 마음을 알았기에, 그 향기가 난초와 같았고 그 날카로움이 쇠를 절단하기에도 족했네.[40]

몸이 아프다는 소식을 듣고 문병 갔을 때, 음성이 낭랑하여 약을 쓰지 않고도 낫겠다

38) 자언(子彦): 연성군 김준손의 자(字)이다.

39) 공자(孔子)가 했듯이- : 《논어 · 선진(先進)》에 "안연(顏淵, '淵' 은 안회의 자〈字〉)연이 죽자, 공자가 통곡하며 애통해 하였다(顏淵死, 子哭之慟)" 하였다.

40) 그 향기가- : 《주역 · 계사(상) 〈繫辭(上)〉》에 "자왈, 군자의 도는 혹 나가기도 하고 혹 들어앉아 있기도 하며, 혹은 침묵하기도 하고 혹 말하기도 하지만, 두 사람의 군자는 마음을 함께하기에 그 날카로움이 쇠도 절단하고, 그 말의 향기가 난초와 같다(子曰, '君子之道, 或出或處, 或默或語, 二人同心, 其利斷金, 同心之言, 其臭如蘭)' " 하였다. 친구간의 우정이 깊을 때 통상 금란지교(金蘭之交)라 하는데 여기에 근본하였다.

생각했거늘, 어째서 결국 일어나지 못하게 되고 말았는가? 부고가 온 이후로는 허전함이 뭔가를 잃은 듯하였으니, 지난 일을 추억해 보니 눈물이 말을 따라서 나오고 마네 그려. 지난 날 군도(君度)와 삼로계(三老稧)를 맺고 침류당(枕流堂)에서 함께 회포를 풀 때, 주변이 청산녹수(靑山綠水)라서 아름다운 경관이 눈에 가득하여, 여기저기 돌아봄에 마치 선경(仙境)에 오른 듯하였네. 음풍영월(吟風詠月)하며 번갈아 창화(唱和)하고, 창안백발(蒼顔白髮)로 잔을 들어 서로 축하했었는데….

세월은 가만히 머물러 있지 않아서 기쁨이 근심으로 바뀌고 말았으니, 군도가 먼저 죽어서 오직 그대와 나뿐이었거늘, 지금 그대마저 죽고 말았으니, 나는 어디에 의지할고? 한강에서 노닐던 일이 아득히 그립거늘, 어째서 수 년도 안 되어서 세상 일이 이토록 많이 변하는가.

내 옥인(玉人)을 빼앗아 갔으니, 하늘은 무지(無知)한 듯하네. 내 마음의 슬픔이여, 언제 그칠 때가 있으랴. 내가 그대를 슬프하는 것이 아니고 그대가 지금 나를 슬프게 하는 것이네! 애오라지 과일과 채소를 올려 삼가 석 잔을 올리니, 유명(幽明)에 간극을 두지 말고, 와서 흠향할지어다.

維嘉靖四年歲次乙酉七月十七日 同知中樞府事丁壽崗 敬祭于鷩城君金公之靈. 嗚呼子彦 何逝之忙 誰謂八十 是壽之長. 我今於子 慟如顔夭 相遇雖晩 知音則早. 子知我心 我知子心 其臭如蘭 其利斷金. 聞病就省 琅琅語音 意謂勿藥 可占有喜 云胡大缺 竟不能起. 訃及以後 回惶如失 追惟往事 淚隨言出. 曩與君度 結爲三老 枕流堂上共開懷抱. 綠水靑山 滿顔佳景 左右顧眄 如登仙境. 吟風詠月 更唱迭和 蒼顔白髮 擧盃相賀. 日月不留 歡轉愁裏 君度先亡 惟我與子 今子已矣 何所依倚. 漢江之遊 悠悠可戀 如何數年 世事多變. 奪我玉人 天似無知 余懷之悲 曷有休時 非我悲子 子今我悲. 聊奠蔬果 敬獻三酌 勿間幽明 靈其歆格.

수재 이형손 제문 祭 李秀才亨孫 文

아아, 슬프도다! 송도(松都)의 봉액(縫掖)[41]들이 그대[42]를 최고로 추존했으니, 그 용모

41) 봉액(縫掖): 예전에 유자(儒者)들이 입던 큰 소매의 홑옷. 전하여 유자(儒者)를 뜻한다.

42) 원주에 "(이형손은) 개성부의 유생이다(開城府儒生)" 하였다.

는 따스하였고, 도를 지킴은 확고하였네. 재주의 훌륭함이 옥처럼 아름다워서 장차 만리 밖에까지 천리마처럼 달리려 했는데…. 아아, 슬프도다! 하늘은 아득히 먼 데에 있고, 저승사자는 극악하도다. 가벼운 신병(身病)이었기에 약을 쓰지 않아도 될 것이라 여겼거늘, 어쩌다가 갑자기 무록(無祿)[43]에 이르고 말았는가. 인생 100년에 채 반도 못갔거늘, 저 세상으로 그만 가버리고 말았네. 아아, 슬프도다! 하늘은 이 사람에게 훌륭한 재주를 주었거늘, 어째서 수명에는 인색하였는가. 재주는 있으나 수명이 없으니, 하늘에게 그 이유를 어디서 물어볼고. 복선(福善)[44]이 분명치 않아서 남은 복마저 적막하여 자손이 없으니, 백도(伯道)[45]의 자식 없음이 슬프고, 안회(顔回)의 단명(短命)이 마음에 저리네.

아아, 슬프도다! 문성(文星)이 빛을 거두고 옥수(玉樹)가 진토에 묻혔거늘, 서가에는 서책이 부질없이 꽂혀 있고, 강장(講帳)[46]은 헛되이 펼쳐져 있네. 달은 외론 난새를 비추고, 거울은 상자에서 나뉘어지고 말았으니, 긴긴 밤을 당하여 은혜가 흡족치 못함을 원망하네. 아아, 슬프도다! 그대와 상종한 것이 하루 이틀이 아니니, 여름이 한창일 때 나와 필묵을 함께했거늘, 백로가 아직 서리가 되지 않았는데도 저 세상으로 가고 말았으니, 어째서 몇 달 보지 못하는 사이에 이렇게 영결을 하게 되었는고. 아아, 슬프도다! 성 서쪽 수 리쯤 되는 곳에 삼척(三尺) 높이 외론 봉분 하나, 등불은 꺼졌고 저승 문은 닫혔도다. 검은 원숭이는 달을 보며 슬피 울고, 백양나무는 바람에 슬퍼하네.[47] 떠난 자여, 지금 어디에 닿았는가? 그대 명성만은 무궁하리라. 아아, 슬프도다!

嗚呼哀哉. 松都縫掖 推子爲右 溫然其容 確乎所守. 之才之美 如璋如圭 將蜚騰於萬里 展逸驥之霜蹄. 嗚呼哀哉. 悠悠天遠 冥冥鬼惡 一疾微恙 謂可勿藥. 云胡大缺奄爾無祿 未百歲於半道 邈重泉之寔卜. 嗚呼哀哉. 天旣與才 何壽之靳 有才無壽 天從何問. 茫昧福善 寂寞餘慶 悲伯道之無子 悶顔回之短命. 嗚呼哀哉. 文星戢曜 玉樹

43) 무록(無祿): 예전에 선비의 죽음을 '무록' 이라 하였다. 널리 사망의 뜻으로도 쓴다.

44) 복선(福善): 《서경 · 탕고(湯誥)》에 "하늘은 선한 자에게는 복을 내리고 악한 자에게는 재앙을 내리니, 하나라에 재앙을 내려 그 죄를 드러나게 하였다(天道福善禍淫, 降災于夏, 以彰厥罪)" 하였다.

45) 백도(伯道): 진(晉)나라에서 우복야(右僕射) 벼슬을 지냈던 등유(鄧攸)의 자(字)이다. 등백도는 환난에 처하여 제 자식과 동생 자식 중에서 한 명만을 선택해야 했을 때 동생 자식을 선택하여 살렸으나, 끝내는 부인과의 사이에서 더 이상 후사를 보지 못하고 죽고 말았다.

46) 강장(講帳): 강당(講堂)에 치는 방장(房帳).

47) 백양나무는 바람에 슬퍼하네: 도연명(陶淵明)의 '만가(輓歌)' 에 "풀은 어쩜 저리도 무성히 아득히 펼쳐져 있는가, 백양나무 잎도 바람에 쓸쓸히 떨어지네(荒草何茫茫, 白楊亦蕭蕭)."

埋塵 架書空插 講帳虛陳. 月照孤鸞 鏡分一匣 襲長夜之漫漫 怨歡恩之未洽. 嗚呼哀哉. 與子相從 非日非月 炎天方煥 同我硯筆. 白露未霜 歸神冥滅 何數月之不見 爲百年之永訣. 嗚呼哀哉. 城西數里 孤墳三尺 漆燈無焰 泉扃閟隔. 玄猿叫月 白楊悲風 顧逝者兮安及 獨名聲兮無窮. 嗚呼哀哉.

전(傳)

포절군전 抱節君傳

포절군(抱節君)은 단주(簞州) 사람이다. 그의 선대인 황(篁)은 일찍이 해곡(嶰谷)[1]에서 은거했는데, 세상으로 나와서 쓰인 적이 없었으므로 그를 아는 사람이 없었다. 황제(黃帝)가 율려(律呂)[2]를 창시했으나, 그 율려를 조화되게 하는 자가 없었다. 그러므로 일찍이부터 그 적임자를 물색했으나 찾지를 못했다. 황제가 어느 날 황(篁)에 대한 소리를 듣고 해곡으로 찾아왔는데, 손마디를 치며 감탄하기를 "그대 같은 자가 여기에 있으리라곤 생각지도 못했다. 어째서 이제야 만나보게 되었는고?" 하고, 영륜(伶倫)[3]더러 공손히 모셔오게 하였다. 음악을 담당하는 전악관(典樂官)에 임명하였는데, 그의 소리는 음률이 되고 그의 몸가짐은 법도가 되어 명성이 사람들의 입에서 입으로 전파되어, 모두 다 그의 청절(淸節)을 좋아하게 되었다.

황(篁)의 자손들이 번성하여 천하에 퍼지게 되었다. 위천(渭川)에 살던 자는 적적(籊籊)이라 하였는데, 강태공(姜太公)이 일견(一見)에 지음(知音)으로 삼고, 서로 손을 꼭 잡고서 낚시를 하며 즐겼다. 수양산(首陽山)에 살던 자는 고죽군(孤竹君)이었는데, 그 위인됨을 들은 자들은 완악한 자도 청렴해졌고 나약한 자도 뜻을 세우고 앞으로 나아가게 되었다. 고죽군은 혼란한 말세(末世)의 세상에서 굳고 깨끗한 뜻을 우뚝 세웠으나 세상에서는 알아 주는 자가 어디에도 없었다. 이에 탄식하기를 "어찌 울적하게 오래도록 여기에서 살리오. 조래산(徂徠山)[4]으로 가서 십팔공(十八公)[5]과 방외(方外)[6]의 벗이 되어 함께 놀리라!" 하였다.

---

1) 해곡(嶰谷): 곤륜산(崑崙山) 북쪽에 있다는 골짜기.

2) 율려(律呂): 육률(六律)과 육려(六呂)의 12음(音).

3) 영륜(伶倫): 황제(黃帝)의 신하, 해곡(嶰谷)의 대나무로 악률을 만들었다고 전해진다.

4) 조래산(徂徠山): 지금의 중국 산동성에 있다. 태산과 멀지 않은 곳에 있다.

5) 십팔공(十八公): 소나무 즉 松(송)을 가리킨다. 木을 파자(破字)하면 十八이 된다. 그러므로 소나무를 '十八公'이라 한 것이다.

6) 방외(方外): 세상 밖. 속진(俗塵) 밖.

조래산으로 가던 도중에 기수(淇水)[7]의 물굽이에 대단히 깨끗한 곳이 있음을 발견하고, 그의 동생 탁(籜)에게 이르기를 "내가 갓 태어났을 때부터 이미 기수의 물굽이에 대해 들은 바 있었는데, 이곳이 내가 살 곳이니 내가 여기를 버리고 어디로 가리오?" 하고, 인하여 살게 되었다. 위(衛)나라에 벼슬하여 절차탁마(切磋琢磨)의 노력을 하니, 시인(詩人)들이 그의 공덕을 노래하여 간책(簡冊)[8]에 기록되었으며, 공자(孔子)가 산시(刪詩)할 때에도 그 덕을 아름답게 여겨 삭제하지 않았다.[9]

진(晉)나라의 칠현(七賢)들이 고죽군에게 범속을 초월한 재주가 있다는 말을 듣고 술병을 손에 잡고 술통을 끌고서 찾아왔다. 모두 술에 취하여 제 멋대로 하니, 고죽군이 그들을 책하기를 "내가 고인(古人)들의 말을 들어보니, '오직 술만은 미리 드실 양을 정하지 않았지만, 술주정의 혼란함에는 이르지 않았다'[10] '덕으로 절제하여 취함이 없어야 한다'"[11] 하였습니다. 그대들은 모두 나라의 중신들인데도 술에 빠져 국정을 돌아보지 않으니, 이래서야 되겠소? 나는 그대들과는 다르니, 1년에 꼭 한 번만 취할 뿐인데, 바로 그 날이 5월 13일이오.[12] 만약 그대들과 함께 있다가는 반드시 재앙이 나의 몸에까지 미치리라" 하고는 드디어 황주(黃州)의 석가산(石假山) 아래로 가서 은거하였다.

1년 쯤 지난 뒤 흑제(黑帝-겨울)와 동군(東君-봄)이 다투어 서리와 눈이 무성하였는데, 이런 와중에서도 군(君)은 낯빛을 조금도 미동치 않고 흑제와 기쁨과 고락을 함께하면서 절의를 바꾸지 않으니, 소식(蘇軾)이 이를 곁에서 보고 있다가 임금에게 상주하기를, "군의 됨됨이는 그 성품이 견정(堅正)하며, 안은 시원하게 통해 있고 바깥은 올곧습니다. 그래서 고락(苦樂)을 불문하고 변절치 않아서 나라가 위난에 처했을 때도 신하로서의 도리를 잃지 않았는데, 그 지조와 절의가 몹시도 가상하니 마땅히 군(君)으로 봉하여, 신하가 되어서 위난에 임하여 구차히 면한 자들로 하여금 부끄러움을 알게 해야 할 것입니다. 만약에 이런 굳센 절의가 있는데도 포상하지 않는다면, 이는 나라에 권선징악의 도리가 없는 것이라 하겠습니다. 예전에 진시황(秦始皇)이 태산(泰山)에 올라가서 공덕(功德)을 칭송하는데, 그때 갑자기 비바람이 닥쳐 소나무 아래에서 비를 피했습

---

7) 기수(淇水): 지금의 중국 하남성을 흐르는 강이다.

8) 간책(簡冊): 죽간(竹簡). 서책. 예전 종이가 없을 때에는 죽간에다 기록을 하였다.

9) 이 시는 《시경 · 위풍(衛風)》의 〈기욱(淇澳)〉편을 가리킨다. 거기에 "저 기수 물굽이를 보니, 푸른 대나무가 무성하도다. 아름다운 군자가 절차탁마하도다(瞻彼淇澳, 綠竹猗猗. 有斐君子, 如切如磋)" 하였다.

10) 원문은 "惟酒無量. 不及亂"이다. 공자의 제자들이 공자의 음주에 대해 기록한 말이다. 《논어》의 〈향당(鄕黨)〉편에 보인다.

11) 원문은 "德將無醉"다. 문왕(文王)이 한 말이며, 《서경》의 〈주고(酒誥)〉편에 보인다.

12) 5월 13일: 즉 죽취일(竹醉日)이다. 대나무 심기에 좋은 음력 5월 13일을 죽취일이라 한다.

니다. 이 일로 해서 그 소나무를 대부(大夫)로 봉했는데, 하물며 이와 같은 절의가 있는 데도 작위를 수여하지 않아서야 되겠습니까. 포절군(抱節君)[13]으로 봉한다면 명실상부하다고 이를 수 있겠습니다" 하니, 황제가 조서를 내려 허락하고, 또 특별히 소상(瀟湘)[14]을 하사하여 탕목읍(湯沐邑)[15]으로 삼게 하니, 당시의 논자들이 그것을 영화로 여겼다. 송(宋)나라는 왕안석(王安石)이 변법(變法)한 뒤로 백성들의 원망이 떼지어 일어나서 가뭄이 거푸 들어 하천과 연못이 고갈되었는데, 이런 극한을 당하여 포절군이 우연히 사마상여(司馬相如)의 병[16]을 얻어서 갈증(渴症)으로 죽었다. 한 자식을 두었으니, 이 군의 성품 역시 강직하여 조금도 굽히지 않으니, 당시의 사람들이 모두 말하기를 "선대의 뜻을 조금도 어기지 않고 좇아서 그 사업을 잇고 있으니, 참으로 우리 포절군의 자식이로다!" 하였다.

사신(史臣)은 말하노라.[17] 거센 바람에서 어느 풀이 굳센지를 알게 되고, 세상의 혼란 속에서 누가 충신인지를 알게 된다 했는데, 포절군을 두고서 말한 것이로다. 그 절조를 온전하게 했을 뿐만 아니라, 그 작위까지 받아서 만대에 걸쳐 명성을 흘러가게 하고 여타 초목과 함께 시들지 않으니, 참으로 절의의 열장부(烈丈夫)라고 이를 수 있겠다. 이 불후의 사업을 세워서 청백을 자손들에게 물려주어 대대로 이 포절군에 습봉(襲封)되고 있으니, 그 향기로운 명성이 천년을 두고서 영원히 없어지지 않으리라!

抱節君者 篁州人也. 其先篁 嘗隱嶰谷 未嘗出爲世用 人不之知. 黃帝創始律呂 而無諧之者 故嘗思其人 而未得焉. 帝一日聞其聲而至谷 擊節嘆曰 不圖君在此 何相見之晩也. 令伶倫折節下禮 與之俱來 授典樂之官 爲人聲爲律而身爲度 名播人口 皆愛其淸節. 篁之子孫蕃茂 蟠結天下. 居渭川者曰籊籊 太公一見如舊 以爲知音 相遇携手不釋 釣魚而相樂. 居首陽者 曰孤竹君 聞其風者 頑夫廉 懶夫有立志. 君其末葉也 有特立孤介之志 而世無知己者 嘗喟然嘆曰 安能鬱鬱久居此乎 欲移仕徂徠 與十八公爲方外友. 至中途 見淇澳 有淸絶之處 謂弟籜曰 我生髮未燥 已聞淇澳 是吾地 余舍此而安適 因居焉. 仕衛 有切磋之功 詩人歌詠其德而書諸簡册 至孔子刪詩書 亦贊美

13) 포절군(抱節君):포절(抱節)은 절의를 안고 있다, 즉 절의를 바꾸지 않는다는 뜻이다.

14) 소상(瀟湘): 강 이름. 그 물이 동정호로 흘러들어 간다.

15) 탕목읍(湯沐邑): 사유의 영지, 즉 채읍(采邑)이다.

16) 사마상여(司馬相如)의 병: 사마상여는 한대(漢代)의 유명한 사부(辭賦) 작가다. 일찍이 소갈병(消渴病-당뇨병)을 심하게 앓았다.

17) 사신(史臣)은 말하노라: 지금까지 포절군의 열전(列傳)을 기술한 사관(史官)이 끝에 자신의 논평을 다는 것이다. 이는 사서(史書)열전의 보편적인 체재다.

其德而不削焉. 晉七賢聞君有超凡秀群之才 携壺挈榼而來謁 皆醉酒放達 踞傲無禮. 君責之曰 吾聞諸古人之言 惟酒無量不及亂 德將無醉. 吾子皆國之重臣而沈酗于酒 不顧國政 可乎. 吾則異於是 一年一醉 乃五月十三日也. 若與君同處 則禍必及己 遂避隱于黃州石假山之下. 居歲餘 黑帝與東君 爭時候 霜鋒雪鍔 交下叢立之中 君顏色不變 與黑帝同休戚而不改節. 蘇軾在側而見之 上奏於帝曰 君之爲人也 其性堅正 中通外直 不變節於夷險 全臣道於危難 志節甚嘉 可封爲君 使爲人臣而臨難苟免者 知所愧也. 有此勁節 而不爲之褒賞 則是無勸懲之方. 昔秦始皇 上泰山頌功德 風雨暴至 休松樹下 因封爲大夫 況有如此之節而不授之以爵乎. 若封爲抱節君 則可謂名實相孚也. 制曰可 又特賜瀟湘 以爲湯沐邑 時論榮之. 宋自王安石變法之後 民怨朋興 旱乾相仍 川澤枯竭 至是極矣 抱節君偶得相如之疾 渴而死. 生一子 曰君性亦勁直 不曲不邪 時人咸曰 通追先志 不墜其業 眞吾君之子也. 史臣曰 疾風知勁草 世亂識忠臣 君之謂也. 旣全其節 又受其爵 流芳萬葉 不與草木同凋 可謂烈丈夫矣. 樹此不拔之業 淸白遺子孫 世封此君 當與天地俱存 所謂千載香名 長不泯者也.

기(記)

만경정기 萬景亭記

박후(朴侯) 윤손(閏孫) 창조(彰祖)가 고양군(高陽郡) 치소(治所)에서 남쪽으로 15리쯤 되는 한강 하류의 물가에 집을 하나 지었는데, 도성(都城) 서쪽과의 거리가 40리 된다. 박후는 본향이 함양(咸陽)으로 명망 있는 가문이다. 박후의 재주는 문무(文武)에 있어서 남음이 있을 정도로 여유가 있으며, 박후의 마음은 진퇴(進退)에 있어서 초조함 없이 넉넉히 여유가 있다. 또한 일찍이 부모를 여의어 빈궁하고 의지할 데 없었으므로, 입신양명을 추구하지 않고 제 분수를 지키며 한가로이 살면서 한평생을 보내려 하였다. 다만 성명(聖明)의 조정(朝廷)을 저버릴 수는 없었으므로, 늦게사 금위(禁衛)에 소속되어 청광(淸光)[1]을 가까이 하게 되었다. 그러나 시간이 나면 바로 집으로 돌아와서 유유자적한다. 마음을 화락하게 하고 심성을 수양하여 근심을 그치고 기심(機心)[2]을 잊어버림은 비록 산림의 은사(隱士)라 할지라도 그보다 나을 수 없으며, 또 하궤우경(荷簣耦耕)[3]하여 제 한 몸 깨끗하게 하고자 하여 인륜을 어지럽히는 무리에 견줄 바 아니다.

박후에게는 양전(良田) 수백 경(頃)이 있어서 조석(朝夕)으로 먹거리가 충분하고, 노비 수십 명이 있어서 농사에 수고로울 필요가 없다. 또 그 집은 산의 두 골짜기 사이에 있는데, 수목을 많이 심어서 빙둘렀으므로 그 그윽함을 사랑할 만하다. 여기에다 다시 남쪽 측근의 툭트인 곳에다 땅을 정리하고 정자를 만들었는데, 소박하기 짝이 없고 울타리도 치지 않아서 사방을 관망(觀望)함에 있어서 방해되는 것이 없으니, 탁 트여 시원하고 상쾌하다 할 수 있겠다. 다만 강천(江天)[4]에서 아침 저녁으로 쉬이 소낙비가 내리는데, 담소가 바야흐로 한창인데 술과 안주로 해서 갑자기 중단되고, 주인과 손님이 지나치

1) 청광(淸光): 임금의 용안(容顔).

2) 기심(機心): 간교한 마음.

3) 하궤우경(荷簣耦耕): 삼태기를 멤과 나란히 서서 밭을 갈다. 모두 《논어》에 나오는 말로서 공자 시대 은자들의 세상을 버리고 숨어 사는 모습이다. 세상을 버리고 은거함의 의미이다.

4) 강천(江天): 강 위의 하늘.

게 마셔 서로 체면을 잃는다면, 이 어찌 정자에서 있어서는 안 될 일이 아니리오.

신유년(辛酉年, 연산군 7, 1501) 여름에 목수에게 명하여 세칸 집을 짓게 했는데, 수일도 지나지 않아서 완공되었다. 기와와 돌로 지은 것도 아니고 꾸민 것도 아니다. 다만 띠풀로 지붕을 덮었고 외따로 쓸쓸히 서 있을 뿐이어늘, 박후는 이를 마음에서 매우 좋아하여 나에게 이 정자의 기문(記文)과 이름 지어 줄 것을 당부했다.

내가 이 정자의 경치로 보건대, 북으로는 삼산(三山)이 바라보이고 남으로는 이수(二水)에 임해 있으니 마치 봉황대(鳳凰臺)[5]에 서 있는 것 같으며, 고개를 들면 놀과 따오기가 함께 날라가는 것이 보이고 고개를 숙이면 배들이 오가는 아득한 나루를 보게 되니 마치 등왕각(滕王閣)[6]에 앉아 있는 것만 같다. 오호라! 고금에 걸쳐 경치 좋은 형승(形勝)을 논하는 자들은 반드시 봉황대와 등왕각을 최상으로 치거늘, 박후의 정자는 이 두 가지를 모두 겸비했으니, 어찌 아름답다 하지 않으리오.

봄은 화창하고 가을은 서늘하며 여름은 덥고 겨울은 춥다. 나는 새들은 남에서 북으로 북에서 남으로 날고, 물에 잠긴 고기들은 위에서 아래로 아래서 위로 부침하며, 움직이는 짐승들은 동작하다가 칩거하고 칩거하다가 동작하며, 식물들은 꽃을 피웠다가 시들고 시들었다가 꽃을 피운다. 이처럼 만물의 이치는 순환하여 끝이 없어서 춘하추동의 경치도 만 가지로 다름이 있다. 그리고 박후의 경치를 완상하는 마음도 만 가지로 다를 것이다. 그러므로 이 정자를 이름하기를 만경(萬景)이라 한다.

박후가 이 정자에 올랐을 때에는 음풍영월(吟風詠月)의 묘(妙)는 있을 것이나 풍악을 울리는 성색(聲色)의 방탕함은 없을 것이며, 마음에는 탄관탁영(彈冠濯纓)[7]의 조촐함이 있고 먼지가 눈을 더럽게 함이 없어서, 표표연(飄飄然)[8]하고 민민호(泯泯乎)[9]하리니, 그렇다면 이 정자의 경치가 어찌 유련(流連)과 음일(淫逸)의 바탕이 되겠는가. 오히려 우리 박후의 청절(淸節)을 더욱더 견고하게 해줄 것임이 틀림없다.

박후의 여식이 우리 집으로 시집 왔기에, 내가 박후의 마음과 정자의 경치를 상세하게 알기 때문에 이 기문을 짓는다. 때는 신유년(辛酉) 겨울 10월이다. 금성(錦城) 후학(後學) 정수강(丁壽崗)이 재배하노라.

---

5) 봉황대(鳳凰臺): 지금의 중국 남경에 있다는 정자.

6) 등왕각(滕王閣): 지금의 중국 강소성에 있는 정자. 왕발(王勃)의 '등왕각서(滕王閣序)'로 유명하다.

7) 탄관탁영(彈冠濯纓): 굴원(屈原)의 '어부사(漁父辭)'에 "새로 목욕한 자는 반드시 관에 앉은 먼지를 턴다(新沐者必彈冠)" 하였고, 또 "창랑의 물이 맑거든 내 갓끈을 씻으리라(滄浪之水淸兮, 可以濯我纓)" 하였다. '탄관'과 '탁영'은 모두 제 심신의 깨끗함을 뜻한다.

8) 표표연(飄飄然): 세상 일에 구애됨이 없는 자유로운 모양.

9) 민민호(泯泯乎): 넓고 넉넉한 모양.

朴侯閏孫彰祖 家於高陽郡之治南十五里漢水下流之濱 距都城西四十里也. 侯本咸陽 望族也. 侯之才 於文於武 恢恢乎其有餘也 而侯之心 以進以退 綽綽乎其有裕也 亦以早孤無聊 不求聞達 將欲投閑終老 以遂雅趣. 第念聖明之朝 不可虛負 故晩屬禁衛 得近淸光 遞休之暇 卽還其家 雍容几杖 坐臥自適. 其怡神養性息慮忘機之道 雖山林隱逸之士 蔑以加之 而又非荷蕢耦耕潔身亂倫之比也. 侯之居也 有良田數百頃 足以供朝夕之饌 有僕隷數十口 足以代耕獲之勞. 且其家依殘山兩峽之間 多植樹木 四面周匝 幽邃可愛. 又於傍南顯敞之處 除地爲亭 不宇不棟 不墻不籬 其於觀望 豁然無礙 可謂快矣. 但江天朝暮 易生驟雨 談笑方濃而杯盤遽輟 賓主失容而衣冠顚倒 斯豈非亭之一欠事也. 歲辛酉夏 命工構材 爲舍三間 數日而訖 匪瓦匪石 匪雕匪彩 覆之以茅 蕭然塊立 侯於是心獨喜自負 屬余爲記 且名其亭. 余以侯之亭之景也 北望三山之半落 南臨二水之中分 則如立鳳凰臺之上 仰見霞鶩之齊飛 俯視舸艦之迷津 則如坐滕王閣之中. 嗚呼 古今稱形勝者 必以鳳凰臺滕王閣爲最 而侯之亭得兼斯二者 豈不美矣哉. 若夫春和秋凉 夏熱冬寒 飛者 南而北 北而南 潛者 上而下 下而上 動者 作而蟄 蟄而作 植者 榮而悴 悴而榮 萬物之理 循環無窮 四時之景 有萬不同 而侯之翫景之心 亦萬其端 故名其亭曰萬景. 侯之登斯亭也 有吟風詠月之妙而無絲竹之蕩 心有彈冠濯纓之潔而無塵埃之累目 飄飄然如遺世獨立 羽化而登仙 泯泯乎若神遊太古結繩而無爲 則斯亭之景 豈爲流連淫逸之資哉. 蓋將以益堅夫吾侯淸節之苦也 無疑矣. 侯之女氏 歸于我家 我以是詳知侯之心與亭之景 而爲之記云. 時大明弘治十四年辛酉冬十月. 錦城後學 丁壽岡不崩 再拜.

취향기 醉鄕記

예전 상고(上古) 시대는 혼융질박(混融質朴)하였으니, 눈을 부릅뜨고 쳐다보아도 천하가 모두 그러하여 사악한 기운이 그 사이에서 농간을 부릴 수 없었다. 그러나 후대로 내려오면서 삼황(三皇)[10] 시대가 되고 오제(五帝)[11] 시대가 되면서 풍기(風氣)가 점점 각박해져서 대도(大道)가 온전치 않게 되었고, 이에 기질(氣質)의 편벽과 습속(習俗)의 오염으로 해서 도량이 좁은 자가 생겨나게 되었고, 지나치게 욕심을 부리는 자가 있게 되었

10) 삼황(三皇): 복희씨(伏羲氏) · 신농씨(神農氏) · 황제(黃帝).
11) 오제(五帝): 소호(少昊) · 전욱(顓頊) · 제곡(帝嚳) · 요(堯) · 순(舜).

고, 지나친 근심으로 제 몸을 해치는 자가 있게 되었다. 상제(上帝)가 이에 하토(下土)로 내려와 살펴보시고는 예전과 같지 않음을 고민하게 되었다. 이에 신하(臣下)인 의적(儀狄)에게 명하여 정성을 다해서 맛있는 술을 빚게 하여 순일(純一)한 기운을 양성하게 해서 천하의 모든 사람들과 그것을 함께하게 하여 취향(醉鄕)에 들어오게 했다. 그러자 이전의 도량이 좁은 자들은 변하여 관대하게 되었고, 이전의 지나치게 욕심을 부리던 자들은 변하여 청렴하게 되었으며, 이전의 지나친 근심으로 제 몸을 해치던 자들은 변하여 근심걱정 없는 사람이 됨으로써, 천하가 다시 모두 순박(醇朴)함으로 되돌아오게 되어 거의 화서씨(華胥氏)의 나라[12]같이 되었으니, 그 신묘하게 변화시키는 술의 묘(妙)함은 헤아려 알 수 있는 것이 아니라 하겠다. 그러나 상제는 또 지나치게 과음하여 실성(失性)함으로써 제 몸을 망가지게 하고 나라를 망하게 함이 있을까 염려되어서 곧 대우(大禹)에게 명하여 의적(儀狄)과의 관계를 소원하게 하게 해서 끊게 하였고, 또 주(周)나라 무왕(武王)에게 명하여 주고(酒誥)를 짓게 해서 술을 금하게 하였다. 그러나 술의 그 향기로운 덕이 사람에게 젖어든 지 하마 오래라서 막을 수 없었다. 이에 과연 지나친 음주로 제 몸을 망치고 나라를 망하게 하는 경우가 있게 되었으니, 천지에 완전한 공〔全功〕이 없는 게 한탄스러울 뿐이로다.

그 취향(醉鄕)의 소재를 물으면 몇 천 리나 떨어져 있는지 아는 자 없지만, 술을 주고받는 사이에 아득히 황홀히 홀연 그 곳에 이르게 되는데, 꿈인 것 같으면서도 꿈이 아니고 거짓인 것 같으면서도 거짓이 아니며, 거기에 왕래하더라도 그 처음과 끝이 어딘지를 알 수 없으니, 아 참으로 괴이하도다.

내가 일찍이 청주(靑州)의 종사(從事)[13]와 함께 잠깐 강호(江湖)로 놀러갔다가 중산(中山)을 거쳐 동정호(洞庭湖)를 지나서 상약(上若)이라는 마을에 이르렀다가 길을 잃고 실족하여 이 취향에 떨어진 적이 있었다. 그곳의 땅은 넓어서 구릉 등의 험지(險地)가 없었고, 날씨는 화평하여 상설(霜雪)의 추위가 없었으며, 그 풍속은 밝아서 사람들이 다툼이 없었고, 온화한 원기(元氣)가 훈증(薰蒸)으로 몸으로 스며들어 왔다. 낙토(樂土)여! 낙토여! 나에게 맞는 곳을 얻었으니, 술에 깨어서 미쳐 있기 보다는 차라리 술에 취해서 참된 모습으로 있으리라. 나는 이 취향에서 남은 여생을 보내고 싶어서 이 기문을 적는다.

---

12) 화서씨(華胥氏)의 나라: 황제(黃帝)가 꿈에서 보았던 안락과 평화가 넘치는 이상향. 《열자(列子)》의 〈황제(黃帝)〉편에 보인다.

13) 종사(從事): 지방 수령의 속관(屬官)으로 기록을 맡다.

在昔上古之世 洪荒朴略 睢睢盱盱 天下大同而無有邪氣奸其間. 降而爲三皇 降而爲五帝 風氣漸漓 大道不全 氣質之偏 習俗之染 有褊迫者焉 有侈欲者焉 有憂厲者焉. 上帝於是降監下土 悶不如古 乃命臣儀狄 竭巧思作旨酒 釀成純一之氣 以與天下共之 使之入於醉鄕 向之褊迫者 變而爲寬裕 向之侈欲者 變而爲廉淸 向之憂厲者 變而爲無思 天下返醇 幾若華胥氏之國 其神化之妙 不可測識也. 帝又慮其過飮失性 敗身亡國也 則旋命大禹 疏儀狄而絶之 又命武王 作酒誥以禁之. 然馨香之德 浹人已久 不可得遏 而糟丘酒池 腐脅爛腸 果有亡國敗身者 可歎天地之無全功也. 問其鄕之所在 則莫有知其幾千萬里者也 而杯盤酬酢之餘 悠然怳然 忽至其所 似夢非夢 似虛非虛 其往其來 莫知端倪 吁可怪也. 余嘗與靑州從事 薄遊湖海間 歷中山過洞庭 至上若之村 迷路失足 墜於此鄕之中. 其地廣衍 無丘陵險阻之難 其氣和平 無霜雪嚴凝之苦 其俗熙熙 無乖戾忿爭之心 冲融元氣 薰蒸透骨. 樂土樂土 爰得我所 與其醒狂 不如醉眞. 余欲終老於此鄕 故爲之記云.

논(論)

이윤이 다섯 번 탕에게 나아감을 논함 伊尹五就湯論

내가 역사를 읽다가 이윤(伊尹)[1]이 다섯 번 탕(湯)[2]에게 나아가고 다섯 번 걸(桀)[3]에게 나아간 일에 이를 때마다, 일찍이 마음에서 의심해 보지 않은 적이 없었다. 고인(古人)으로서 출처(出處)[4]의 바름이 이윤(伊尹)만한 자가 없다고 하니, 그렇다면 어찌 스스로 자신을 팔기 위하여 두 임금 사이를 그것도 달가운 마음으로 다섯 번이나 오고 갔겠는가. 그 말의 괴이하고 잘못됨이 할팽요탕(割烹要湯)[5]과 다르지 않으리라. 이에 반복해서 깊이 생각해 보았더니, 이윤이 이 천하를 자임하여 “누군들 섬기면 임금이 아니겠으며, 누군들 부린다면 백성이 아니랴” 하여, 치세(治世)에도 나아가고 난세(亂世)에도 나아간 그 뜻을 알게 되었다. 하늘이 이 백성을 이 세상에 내실 때에 이 도(道)를 선각자(先覺者)에게 부여했을 뿐만 아니라 또 선각자로 하여금 아직 깨치지 못한 후각자(後覺者)을 깨우쳐 바르게 살도록 했으니, 그렇다면 하늘이 낸 백성 중 선각(先覺)이 된 자가 어찌 또한 도를 행하여 세상을 구제해서 그 임금을 요순(堯舜) 같은 임금이 되게 하고 그 백성들을 요순의 백성이 되게 하지 않으리오. 이것이 바로 이윤이 다섯 번씩이나 나아가는 번거로움을 꺼리지 않고 마침내는 탕에게 나아가 설득해서 하(夏)나라를 정벌하여 천하의 백성들을 구제한 까닭이다. 그렇다면 출처에 있어서 어찌 이윤에게 굳센 절조(節操)가 없었다 하랴. 이윤이 처음에 초야(草野)에서 스스로 만족해 하며 제 몸만을 선하게 했던 것은 막혀 위로 올라갈 수 없어서 아래에 있었기 때문에 마음에서 도를 즐

---

1) 이윤(伊尹): 탕(湯)을 도와서 상(商)을 건국한 일등 개국공신.

2) 탕(湯): 하(夏)나라를 몰아내고 상(商)나라를 건국한 자.

3) 걸(桀): 하나라의 마지막 임금. 은(殷)나라의 마지막 임금 주(紂)와 함께 폭군의 대명사로서 걸주(桀紂)로 병칭된다.

4) 출처(出處): 세상에 나아감〔出〕과 나아가지 않고 재야에 머무름〔處〕.

5) 할팽요탕(割烹要湯): (이윤이) 고기를 베어 삶아 요리하는 것으로 탕에게 벼슬을 요구함. 《맹자 · 만장(상)》 7장에 보인다. 맹자 당시에 이런 말이 있었는데, 맹자가 이에 대해 논리적으로 반박하면서 그럴 리가 없다고 주장하고 있다.

겼던 것이며, 끝내는 세상에 나가서 천하를 마침내 구제했던 것은 영달하여 위에 있었기 때문에 의리상 도를 행했던 것이다. 성인(聖人)은 권도(權道)를 좇아서 떳떳한 상도(常道)에 합하니, 만변(萬變)에 대응하여 결국에는 거기에 딱 맞게 대처하지 않음이 없다. 만약에 아교(阿膠)에 고착된 것처럼 고집불통하여 평생을 초야에서 보냈더라면, 이는 제 몸 하나 깨끗하게 하고자 하여 인륜(人倫)를 어지럽힌 자와 다를 게 없으니, 그렇다면 어찌 이윤을 성인(聖人)이라 할 수 있으랴.

혹자는 이르기를, "이윤이 탕(湯)과 걸(桀)을 요모조모 살펴서 섬길 임금을 택했던 것은 후대의 두 황제 사이를 오고간 자의 행위와 뭐 다를 게 있는가. 안면을 바꾸어 군대를 출동시켜 신하였던 탕에게 임금이었던 걸을 정벌할 것을 권했던 것은 후대의 역도(逆徒)들의 행위와 뭐가 다른가. 이 두 가지로 본다면, 그가 성인(聖人)의 반열에 들어간 것이 또한 너무 지나친 게 아니냐" 한다. 이에 대한 내 생각은 다음과 같다. 성인(聖人)은 또한 어떤 마음이셨던가. 천명(天命)이 바뀌었는가, 아직 바뀌지 아니했는가를 살펴보지 않으면 안 된다. 천명의 소재를 알고자 한다면, 마땅히 백성들을 살펴보아야 한다. 백성들은 걸(桀)의 학정을 괴로워하여 "이 해가 언제 없어지려나"[6] 하였으며, 탕이 오기를 학수고대하여 "어째서 우리에게 먼저 오시지 아니하시는가" 하였으니, 그렇다면 여기서 천명과 인심(人心)의 향배를 알 수 있겠다. 하늘이 스스로 토벌할 수 없어서 탕의 손을 빌렸으니, 만약에 탕이 하늘의 뜻을 따르지 않았더라면 그 죄는 방조자로서 똑같았을 것이다. 만약에 걸에게 조금이라도 개전의 마음이 있어서 너무 심한 데에 이르지 않았던들, 탕과 이윤의 걸을 섬기는 마음이 어찌 잠시라도 쇠퇴함이 있었으랴. 이윤이 한번 가고 두 번 가면서 스스로 그만둘 수 없어서 다섯 번까지 갔던 그 정성은 바로 그 때문이었다. 맹자(孟子)가 옛 성인들을 논하면서 이윤을 성인 중에서 자임자(自任者)라고 했는데, 어찌 괜히 한 말이랴. 비록 공자(孔子)의 때에 맞게 하는 시중(時中)에는 이르지 못할지라도, 그러나 어찌 좁은 백이(伯夷)와 삼가지 않았던 불공(不恭)의 유하혜(柳下惠) 아래이겠는가.

余嘗讀史 至伊尹五就湯五就桀之事 未始不致疑於心. 曰古人出處之正者 莫如伊尹也 則豈肯爲自賣之傭 二君之間 往來屑屑 至於五就也哉. 無乃是怪誕不經 如割烹要湯之說之類乎. 乃反覆思之 有以知伊尹自任以天下之重 而何事非君 何使非民 治亦

6) 이 해〔日〕- : 걸이 일찍이 자신의 재위(在位)를 태양에 견준 바 있었기 때문에, 백성들이 이와 같이 말한 것이다.

進 亂亦進之意也. 盖天之生此民也 旣以斯道付之先覺 又使先覺覺其後覺 則爲天民先覺者 盍亦行道濟世 堯舜其君民乎. 此尹之所以不憚五就之煩 卒能就湯而說之 以伐夏救民也. 然則其於出處之際 何其輕變所守 先貞後黷 無凜然不可奪之節乎. 盖始之所以囂囂自得 獨善其身者 窮而在下 樂道之心也. 終之所以出爲世用 兼善天下者 達而在上 行道之義也. 聖人從權合經 酬酌萬變 無所往而不得其中. 若膠固不通 終身畎畝 則是乃潔身亂倫者之比 烏得謂之聖人乎. 或者又以爲尹之於湯與桀也 互相窺覘 擇其所事 有似乎後世遨遊二帝間者之所爲也. 反面治兵 勸臣伐君 有似乎後世逆行而倒施者之所爲也. 合此二者而觀之 則其得與於聖人之列 不亦過乎. 曰聖人亦何心哉 觀天命之改與未改耳. 欲知天命之所在 當於民監之 民乃苦桀之虐 曰時日曷喪 徯湯之來 曰奚獨後余 則天命人心之向背 從可知矣. 天不能自討而假手於湯 若不能順天 則厥罪惟均矣. 假使桀少有悛心 不至已甚 則湯與尹事桀之心 曷嘗斯須替哉. 此所以一就二就至於五就而不能自已之誠也. 孟子論古聖人 以尹爲聖之任者也 終是任底意思在. 雖不及孔子之時中 然豈居隘與不恭夷惠之下乎.

장량이 한왕에게 항우를 추격할 것을 권한 것에 대해 논함
張良勸漢王追項羽論

장량(張良)은 한(漢)나라의 일등 개국공신(開國功臣)이며, 또 명철한 지혜를 소유하고 있었으니, 더할 나위 없는 훌륭한 인물이라 하겠지만, 약속을 어기고 항우를 추격하게 했던 그 한 가지 일에 대해서만은 논자(論者)들이 불의(不義)가 심하다고 혹평을 가한다.

나라는 백성들에 의해서 보존되고, 백성들은 신의(信義)로써 보존된다. 그러므로 신의를 심지어 먹을 것과 바꾸라고 공자(孔子) 성인이 제자인 자공(子貢)의 물음에 답했으니,[7] 이것이 논자들이 장량이 불의하다고 말하는 이유다. 비록 그렇다 하지만, 신의에는 대소(大小)의 차이가 있고, 일에도 완급(緩急)의 다름이 있다. 만약에 아무런 융통

---

7) 신의를 심지어- : 《논어 · 안연편》에 "자공이 정치에 대해 물으니, 자왈 '먹을 것을 풍족하게 하고 병력을 넉넉히 갖추고, 백성들로 하여금 믿게 하는 것이다.' '부득이 해서 제거해야 한다면 이 셋 중에서 무엇을 먼저 제거해야 하나요.' '병력이다.' '부득이 해서 제거해야 한다면 이 둘 중에서 무엇을 먼저 제거해야 하나요.' '먹는 것이다. 자고로 사람은 태어나면 모두 반드시 죽게 마련이지만, 백성들에게 신의를 잃어면 나라가 서지를 못한다'(子貢問政. 子曰: '足食. 足兵. 民信之矣.' 子貢曰: '必不得已而去, 於斯三者何先.' 曰: '去兵.' 子貢曰: '必不得已而去, 於斯二者何先.' 曰: '去食. 自古皆有死, 民無信不立.')."

성도 없어서 하나에 집착하여 다른 백 가지를 버리게 된다면, 반드시 기회를 잃어서 일을 그르치게 되는 후회가 있게 될 터, 이 어찌 권도(權道)를 써서 때에 딱 맞게 하는 도리에 맞으리오.

나는 장량이 항우를 추격토록 권했던 것은 약속을 어긴 것이 아니고, 오히려 의(義)가 된다고 생각한다. 왜냐하면 한왕(漢王)은 항우(項羽)에게 용맹과 지혜 모두 미치지 못하니, 회수(睢水)에서의 포위와 홍문(鴻門)에서의 회합은 거의 범의 입〔虎口〕에 들어간 것이나 마찬가지였는데, 이와 같은 경우가 여러 번이었으나 다행히 관인(寬仁)한 덕으로 말미암아 하늘과 사람의 도움으로 넘어졌다 다시 일어나게 되었다. 그로부터 8년 뒤에야 항우의 용장이었던 용저(龍且)가 살해되고 한신(韓信)이 협공하여 우리의 형세가 신장되고 저들의 기세가 꺾여 승패를 분명히 알 수 있게 되었다. 항우가 한(漢)과 홍구(鴻溝)를 분할하기로 약속하여 군대를 해산하여 돌아갔던 것이, 이 어찌 교활한 적(賊)의 거짓 없는 마음이었으리오. 공격을 완화시켜 화를 벗어나려는 술책에 불과하며, 이렇게 함으로써 양병(養兵)하여 뒷날의 거사를 도모하려는 것일 뿐이었다. 만약 이때에 작은 신의에 얽매여 추격의 군대를 급파하라는 장량의 말을 따르지 않았더라면, 천하가 언제 안정이 되었을지 모를 일이며, 한(漢)이 한(漢)이 되는 것도 장담할 수 없는 일이었다. 하물며 항우는 임금을 죽인 죄를 지고 있어서 천지 어디에도 용납될 수 없는 바, 그렇다면 마땅히 사졸(士卒)들을 격려하여 난적(亂賊)으로 하여금 하늘이 내리는 형벌에서 도망할 수 없게 해야 하는 것이 바로 그 적절한 방책이니, 어찌 신의 운운하면서 그대로 놓아두어 토벌하지 않음으로써 삼강오륜(三綱五倫)의 인륜을 무너지게 하리오. 또 장량의 본심은 사사로운 공명을 세우고 사사로운 부귀를 구하려는 것이 아니었다. 처음에 비록 오인(誤認)으로 실패했지만 장사(壯士)를 시켜서 진시황(秦始皇)을 암살하려 했던 것은 자기 조국인 한(韓)나라를 멸망시킨 원수를 갚으려 했던 것이며, 끝으로 한(漢)나라 건국이 완료된 뒤 적송자(赤松子)에게 의탁하여 은거했던 것은 이미 임금을 죽인 원수[8]를 갚았기 때문이었다. 그의 원수를 갚으려는 일념은 위로는 하늘에까지 통하여 시종 변하지 않았으니, 신의를 따질 겨를이 어디에 있었으랴. 나는 그러므로 말하기를, 장량이 항우를 추격하도록 권한 것은 약속을 어긴 것이 아니라 오히려 의(義)가 된다고 하는 것이다.

張良 漢之開國元勳 又有明哲之智 其於人物 蔑以尙矣. 獨背約追羽一事 議者 以爲

8) 원수: 항우가 초(楚) 회왕(懷王)을 죽이고 스스로 초왕(楚王)이 되었기 때문에 임금을 죽인 원수라고 한 것이다.

不義之甚. 盖國保於民 民保於信 故以信易食 聖人答子貢之問 此所以謂良爲不義者也. 雖然 信有大小 事有緩急 若膠固不通 執一廢百 則必有失機僨事之悔矣 豈合用權時中之道乎. 愚則以爲勸追項羽者非背約也 乃所以爲義也 何者. 漢王之於項羽也 勇悍材智 皆所不及 睢水之圍 鴻門之會 幾入虎口 如是者數矣 而幸賴寬仁之德 得蒙天人之助 踣而復起. 至于八年然後 龍且見殺 韓信夾攻 我勢得張 彼氣頓挫 勝敗之判 暸然可見也. 其所以與漢約割鴻溝解兵而歸者 是豈猾賊之誠心哉 不過爲緩師脫禍之術 以圖養兵後擧之計而已. 若於此時 守小信忘急事 不聽張良之言 不奮追擊之師 則不知天下何時可定 而漢之爲漢 未可必也. 況羽負弑君之罪 天地所不容 則所當伸前日縞帶之擧 激士卒忠奮之心 使亂賊不得逃於天刑 乃其策也. 豈可諉諸信義 縱釋不討 以滅綱常之理乎. 且良之本心 非立功名要富貴者之所爲也. 始之誤中副車者 欲報滅國之讎 而終之托跡赤松者 已報殺君之讎也. 其報讎一念 上通於天 終始不渝 則奚暇計其信與不信哉. 愚故曰良之勸追項羽者 非背約也 乃所以爲義也.

서(書)

주공이 소공을 만류하는 서한 周公留召公書

아무개가 재배(再拜)하고 태보(太保)[1] 소공(召公) 좌하(座下)에 편지를 올립니다. 생각건대 선비가 이 세상에서 살아가면서 가장 소중하게 여겨야 할 것은 출처(出處)와 거취(去就)인 듯합니다. 나가서 벼슬할 만한 시대이면 나아가서 천하를 구제하고, 그렇지 못하면 지금의 지위를 버리고 떠나가서 제 한몸을 선하게 해야 할 것입니다. 지금 그대는 나아갈 만한 시대를 만나서 세상으로 나와서 왕가(王家)를 위해 일한 지 하마 오래되었거늘, 어째서 하루 아침에 대의(大義)를 돌아보지 않고 번연(飜然)히 마음을 바꾸어 떠나갈 뜻을 세웠습니까.

우리 주(周)나라가 천하를 소유한 것은, 후직(后稷)으로부터 공류(公劉)에 이르기까지, 공류로부터 왕계(王季)에 이르기까지 차츰차츰 누적된 세월이 천여 년이며, 이후 우리 문고(文考)이신 문왕(文王)께서는 밥 먹을 겨를도 없이 열심히 일하시어 서방의 땅〔西土〕에서 크게 드러나게 되었습니다. 그리고 우리 영왕(寧王)[2]께서 그 뜻을 크게 받들어 큰 공훈을 마침내 이루었으니, 그 창업수통(創業垂統)의 어려움은 우리들이 귀로 듣고 눈으로 직접 보기도 한 것입니다.

지금 우리 어린 임금께서 후사를 잇게 되었는데, 비록 한없는 기쁨이 있기도 하지만, 또한 한없는 근심이 있기도 합니다. 사방에서 반란을 일으키는 자들이 혹 있기도 하며, 은(殷)나라 백성으로서 낙성(洛城)으로 옮겨온 자들이 아직은 완전히 복종하고 있는 것이 아니니, 천명(天命)과 인심(人心)의 향배를 아직은 정확하게 알 수 없는 불확실한 때라 하겠습니다. 그리고 어린 임금에 대한 보도(輔導)[3]는 지금이야말로 절실하고 두려워할 만한 일이라 하겠습니다. 만약에 좌우에서 바로 잡아 주는 그런 사람이 없어서 성인(聖人)이 아닌 광인(狂人)이 되게 한다면, 금일 우리 주나라를 도운 하늘이 전일 상(商)

---

1) 태보(太保): 주대(周代) 삼공(三公)의 하나. 그 나머지는 태사(太師)와 태복(太僕)이다.

2) 영왕(寧王): 주 나라를 건국한 무왕(武王)을 가리킨다.

3) 보도(輔導): 보필하여 인도하다.

나라를 버린 하늘이 되지 않으리라는 것을 무엇으로 보장할 수 있겠습니까. 금일 우리 주나라로 귀의한 백성들이 전일 상나라를 저버린 백성이 되지 않으리라는 것을 무엇으로 보장할 수 있겠습니까. 하물며 난신(亂臣)[4] 10인은 거의 다 죽고 이제 우리 두 사람만이 대임(大任)을 함께 짊어지고 있으니, 지금이야말로 나라를 위해 몸과 마음을 바치고 죽은 뒤에나 그만두어야 할 때입니다. 농사를 지을 경우에 끝까지 정성을 다하지 않는다면 가을 수확이 있을 수 있겠습니까. 집을 짓는 경우도 마찬가지라 하겠습니다. 지난날의 어려움을 우리가 마음을 합쳐서 건너왔듯이, 앞으로의 일도 마땅히 서로 힘을 합쳐 계획했던 바를 마쳐야 할 것입니다.

위로는 우리 영왕(寧王)의 부탁을 저버리지 않고, 아래로는 우리 어린 임금을 잘 보필하여 우리 주나라의 광대한 사업을 영원히 이어지게 한다면, 뒷날 우리 두 사람을 주나라의 어질고 어진 보상(輔相)으로 칭송할 것이니, 이 또한 아름답다 하지 아니할 수 있겠습니까. 제가 그대의 명농(明農)[5]의 뜻을 이루지 못하게 하는 것은 바로 이 때문이니, 그대는 다시 한번 잘 생각해 주시길 바랍니다.

아무개가 재배합니다.

某再拜上書于太保召公座下. 竊以士之生於世也 所重者 在乎出處去就而已. 時苟可出 則就而爲兼善天下 時苟可處 則去而爲獨善其身. 今君得可就之時 任可就之道 服勞王家 已歷三世 何乃一朝不顧大義 飜然有去志乎. 夫我周之有天下也 自后稷至於公劉 自公劉至於王季 積累之漸 千有餘歲 而后我文考文王 不遑暇食 顯于西土. 及我寧王丕承厥志 大勳斯集 則其創業垂統之難 我輩所耳聞而目覩者也. 今至于我幼沖之主 嗣大歷服 雖有無疆之休 亦有無疆之恤. 四方之叛亂者 容或有之 殷民之遷洛者 尙未悉服 天命人心之向背 未可的知. 君心聖狂之轉幾 亦甚可畏. 若左右匡救之無其人 使之背聖從狂 則安知今日佑周之天 不爲前日棄商之天乎. 又安知今日歸周之民 不爲前日叛商之民乎. 况亂臣十人 殆盡淪逝 惟我二人 共負大任 此正鞠躬盡瘁 死而後已之時也. 比如爲農 不終其畝 則豈有秋成可獲之理乎. 比如爲家 不肯堂構 則豈有不棄我基之望乎. 往日之艱 旣與之同心而得濟 方來之事 當與之協力而畢圖. 上不負寧王付托之重 下不失沖子倚賴之切 使我周光大之業勿替 引之 至于億萬斯年 而後之稱周家賢輔者 在我二人 不亦美乎. 我之不遂明農之志者 亦以此也 君其念之. 某 再拜.

---

4) 난신(亂臣): 국가를 잘 다스리는 신하. 《논어》〈태백(泰伯)〉편에 "무왕 왈, 나에게는 난신(亂臣) 10인이 있다(武王曰: 予有亂臣十人)" 하였다.

5) 명농(明農): 전야로 물러나서 농사에 힘씀. 은거(隱居).

서(序)

거란으로 사신가는 부필을 전송하며 送富弼奉使契丹序

내 벗인 지제고(知制誥)[1] 부공(富公)이 거란〔契丹〕으로 왕명을 받들어 사신으로 갈 때, 조정의 사대부들이 모두 도성문 밖에서 송별연을 열고 나에게 위촉하기를, 글을 지어 일행을 전별하라 하였다.

내 생각으로는, 옛날부터 여러 나라들이 모두 중하(中夏)를 향하여 예를 행하려 한 것은 서로 같지 않음이 없었지만, 이웃나라끼리 서로 사신을 파견할 때 오히려 전대(專對)[2]의 적임자를 구하기 어려웠으니, 하물며 우리의 족류(族類)가 아닌 거란 같은 흉추(兇醜)임에랴! 지금 공이 이 막중한 인선에 응했을 때, 온 조정의 사람들이 적임자를 얻었다고 했으니, 영광된 일이라 아니할 수 없겠네. 그러나 봉명사신(奉命使臣)의 어려움이 이번 일보다 더한 적이 없으니, 저 거란은 우리 조정에 서고(西顧)[3]의 근심이 있다는 걸 알면서도 틈을 타서 우리 변경을 침범코자 하나, 아무런 명분도 없이 갑자기 군사를 일으키는 것이 꺼려져서 땅을 분할하자는 응하기 어려운 일을 핑계로 삼아서 불화의 단서를 열었으니, 조정의 영욕이 마땅히 공의 이번 사행(使行)에서 결정될 터, 공은 힘쓰고 힘쓸지어다! 공의 격분하여 구국하려는 정성은, 편전(便殿)에서 입대(入對)하였을 적에 "신은 죽음을 아끼지 않겠습니다"라고 한 말 한마디로 다 드러내었는데, 공이 어찌 식언(食言)할 자이리오. 가서 임기응변으로 문답하는 일은 공이 잘 헤아려서 다만 의리에 합치되게 할 뿐, 혹시라도 함부로 응대해서는 안 될 것이네.

말이 아직 다 끝나지도 않았는데, 해는 서산으로 지려 하고 말이 휘이잉 울면서 일행이 떠나가려 하네. 모두 술 한 잔을 들어 이별하는데, 보내는 사람들은 공이 단기필마로 만리를 가서 호랑이 굴에 몸을 던지는 것이 염려되어 어찌 할 바를 모르거늘, 공은 오히려 의기(義氣)를 더욱 가다듬어서 조금도 어려워하는 기색이 없으니, 오호라 공이야말로

---

1) 지제고(知制誥): 왕의 교서(敎書)를 짓는 관직.

2) 전대(專對): 외국으로 사신 가서 단독으로 능히 응대하는 것, 또는 그런 사신.

3) 서고(西顧): 서쪽 변방을 염려하여 돌아보다.

참으로 장부 중의 장부로다!

옛사람들이 이별할 때 글을 선사한 것을 감히 본받아서 아무개가 잠시 이렇게 졸렬한 글을 초(草)하였노라.

余友知制誥富公之奉使於契丹也 朝中士大夫 皆設祖筵於都門外 囑余爲文以贐其行. 余惟古之列國 均爲中夏 欲行禮貌 無不相同 而其於交相遣使之際 猶且專對之難其人 況非我族類 如契丹兇醜乎. 今公之應是重選 擧朝嘖嘖以爲得其人 可謂榮且美矣. 然奉使之難 莫甚於此 彼契丹者 知朝廷有西顧之憂 欲乘其釁 侵犯我邊境 而惡其無名猝擧 托試割地難應之事 以開其釁端耳 朝廷之榮辱 當於公之此行決矣 公其勉乎哉. 公之憤激之誠 入對便殿 臣不愛死之一言 足以盡之矣 公豈食言者乎. 若夫因機應變 隨問隨答之事 在公臨時斟酌 合於義理而已 不可以遙度妄語也. 言未旣 西日淡輝 別馬長嘶 僕夫戒令 嚴裝欲發. 咸擧其一巵以別 念其單車萬里 投身豺虎之窟 莫不含酸茹恨 無以爲情 而公乃義氣愈厲 略無難色 嗚呼 公眞可謂烈丈夫矣. 敢效古者送人以言之義 姑此草拙 某謹序.

표(表)

장안의 부로들이 상황의 귀경을 축하하여 올리는 표문
長安父老賀上皇還京表

성무(聖武)를 밝게 펴서[1] 일노(一怒)[2]의 천과(天戈)[3]를 휘둘러 신경(神京)[4]을 수복하여 삼파(三巴)[5]의 난가(鸞駕)[6]가 돌아오니, 기쁨이 노쇠한 얼굴에 흘러넘치심을 보게 되네.

생각건대 유성(柳城)의 얼호(孼胡)[7]는 평노(平盧)에서의 패장(敗將)이었거늘, 성주(聖主)께서 큰 도량으로 포용하여 패배에 대한 책임을 관대하게 용서해 주었을 뿐만 아니라, 그 하찮은 재주를 아끼시어 다시 장군(將軍)에 명하셨으니, 그 은혜를 마땅히 어떻게 갚아야 하는가, 죽어서도 그것을 잊어서는 안 되는 것이다. 그런데 어찌 생각이나 하였겠으랴, 큰 간사함을 마치 충(忠)같이 꾸미고 큰 사기(詐欺)를 마치 진실한 것처럼 꾸며, 얼굴은 비록 사람이나 마음은 금수이고 안은 참으로 교활하나 바깥으로는 어리석은 체할 줄을. 유연(幽燕)[8]의 강함을 억제하여 나라의 울타리를 유지하면 천하의 안정을 유지할 수 있으리라 여겼거늘, 오랜 기간 태평년월이 계속되어 해내(海內)의 기강이 느슨하여, 이 얼호(孼胡)가 감히 거병(擧兵)하여 순리(順理)를 범하면서 간사한 이를 벤다고 핑계하여 거짓말을 엮었는데, 사람들은 그 사이 평안함에 젖어 있었기에 여러 성들이 한

---

1) 성무(聖武)를 밝게 펴서: 성무(聖武)는 성스러운 영무(英武)다. 《서경》〈이훈(伊訓)〉편에 "우리 상나라 탕왕(湯王)께서 성무(聖武)를 밝게 펴서 관대함으로 포학함을 대신하니, 억조 창생들이 진실로 우리 탕왕을 가슴에 품게 되었다(惟我商王, 布昭聖武, 代虐以寬, 兆民允懷)" 하였다.

2) 일노(一怒): 한 번 노함. 《맹자》〈양혜왕(하)〉편에 "문왕은 한 번 노하여 천하의 백성들을 편안하게 하였다(文王一怒而安天下之民)."

3) 천과(天戈): 제왕의 창, 전하여 제왕의 군대를 뜻하기도 한다.

4) 신경(神京): 중국을 신주(神州)라고도 하는 바, 신경은 바로 신주의 서울, 이 글에서는 장안(長安)을 가리킨다.

5) 삼파(三巴): 촉 땅, 지금의 사천성이 대략 여기에 해당한다.

6) 난가(鸞駕): 제왕의 수레.

7) 얼호(孼胡): 흉악한 오랑캐놈.

8) 유연(幽燕): 하북성 북부 지역. 지금의 북경이 대략 여기에 해당한다.

번 싸워보지도 않고 지레 겁을 먹고 저절로 궤멸되었네. 변란이 창졸간에 일어나니 지존(至尊)은 칼끝을 피해 멀리 피난하였고, 양경(兩京)은 함락되어 적의 안방이 되었으며, 백관(百官)들은 황야로 쫓겨났네. 호마(胡馬)들은 동관(潼關)[9]의 풀을 물리도록 먹고, 강적(羌笛)[10]은 위양(渭陽)의 바람을 희농하며, 귀신은 제사를 받지 못한 것이 3년이나 되고, 싸움은 사방에서 그치질 않았네.

처량한 남원(南苑)이여, 예전에 봄에 예정(霓旌)[11]이 휘날리 때가 생각나네. 멀고 먼 서쪽 촉 땅이여, 뉘가 행궁(行宮)에서 문안을 올리는지…. 그러나 얼마나 다행인가! 하늘이 난리를 싫어하고 사람들이 평화로운 치세(治世)를 갈구하니, 황세자가 필마를 타고서 북쪽으로 가고 용맹한 장군이 구름을 몰아서 남쪽으로 내려가서 하북(河北) 땅 여기저기로 군대를 파견하니 적장은 세력을 잃고서 달아났고, 낙양(洛陽)으로 진군하니 역시 성을 버리고 도망을 갔네.

비린내를 씻어서 궁궐을 깨끗하게 하고, 무성한 잡초를 베어서 원릉(園陵)을 청소하니, 함양(咸陽)[12]의 일월은 더욱더 밝게 빛나고, 장안 남쪽 종남산의 초목에는 생기가 도네. 천 리 밖에서 말머리를 돌려 돌아와 두 성인(聖人)[13]이 기쁜 마음을 합치니, 백만 가(家)의 장안 노인들이 오늘날까지 생명을 연장하여 산 것을 다행으로 여기네. 오랫동안 태평을 구가했던 천자께서는 다시 옛 도읍으로 돌아오시니 희비가 교차하여 눈물이 마르지를 않네. 아아, 성주(聖主)의 대효(大孝)여, 상황(上皇)의 지인(至仁)이여! 중화(重華)[14]가 방훈(放勳)[15]을 잘 계승하고 무왕(武王)이 문왕(文王)을 잘 이어받은 것에 견줄 만 하네.

신 등은 연모의 심정이 한이 없어서 바라보는 마음이 마치 해바라기가 해를 향하고 있는 듯하온데, 나라가 한가무사하여 북당(北堂)에 드러누워서 강구연월(康衢煙月)[16]을 구가하고, 언제나 그 모습으로 있는 남산(南山)을 우러러보면서 성인(聖人)의 무궁한 장수를 축원하네.

---

9) 동관(潼關): 장안에서 멀지 않은 곳에 있었던 관문.
10) 강적(羌笛): 오랑캐 피리.
11) 예정(霓旌): 무지개 오색 빛으로 장식한 깃발.
12) 함양(咸陽): 옛 진(秦)의 도읍지로서 장안에서 멀리 떨어져 있지 않다. 본문에서는 장안을 대신하고 있다.
13) 성인(聖人): 여기서는 임금을 뜻한다. 즉 황제와 상황(上皇)이다.
14) 중화(重華): 순(舜) 임금의 호.
15) 방훈(放勳): 큰 공훈이니, 요(堯) 임금을 가리킨다. 《서경》 〈요전(堯典)〉편에 "옛 요 임금을 상고해보건대, 그 공훈이 참으로 크시도다(曰若稽古帝堯,曰放勳)" 하였다.
16) 강구연월(康衢煙月): 태평세월.

布昭聖武 揮一怒之天戈 收復神京 返三巴之鸞駕 目覩淸表 喜溢衰顔. 念惟柳城孼胡 是乃平盧僨將 包容大度 旣貸喪師之誅 愛惜小才 又授仗鉞之任 恩當何如報也 死亦不可忘之. 豈意大姦若忠 至詐似信 面雖人而心則獸 內實黠而外爲癡. 控制幽燕之强 挾持蕃漢之勢 謂三鎭精兵所在 天下可圖 而百年泰運相承 海內弛備 敢稱兵而犯順 托誅奸而構辭 俗狃平安 列城望風而自潰. 變起倉卒 至尊避鋒而遠巡 兩京陷爲賊庭 百官竄於荒野. 胡馬厭潼關之草 羌笛弄渭陽之風 神鬼無主者三年 干戈不息於四境. 凄凉南苑 憶昔霓旌之春臨 迢遞西岷 誰問行宮之曉寢. 何幸天心厭亂 人意思治 儲皇匹馬以北行 猛將驅雲而南下 分兵河北 賊將失勢而退奔 進軍洛陽 竪子棄城而出走. 洗腥膻而淸宮禁 芟穢蕪而掃園陵 咸陽之日月增輝 終南之草木動色. 回千里之巡馭 合二聖之歡情 百萬家長安老人 幸延生於今日. 五十年太平天子 得重逢於故都 悲與喜幷 淚隨言出. 玆盖伏遇聖主大孝 上皇至仁 重華協於放勳 善繼善述 文謨承於武烈 肯構肯堂. 臣等莫不犬馬戀深 葵藿誠切 臥北堂以無事 詠康衢謠 仰南山之不騫 祝聖人壽.

송 사마광이 자치통감을 진상하는 표 宋司馬光進資治通鑑表

다스려지면 흥하고 어지러워지면 망함은 예부터 그러하였으며, 앞 수레가 넘어짐에 뒷 수레가 이를 경계로 삼음은 마땅히 잠시라도 떠나서는 안 될 터, 드디어 이 새 사서(史書)의 편집을 마치고 올리는 바입니다. 저으기 생각건대, 주(周)나라가 삼진(三晉)[17]을 분봉(分封)하고서부터 정치적인 위복(威福)[18]의 권한이 차츰 전국 칠웅(戰國七雄)[19]에게로 넘어갔고, 진(秦)나라는 속임수와 힘을 숭상하여 겨우 이대(二代)에서 그쳤으며, 한(漢)나라는 관대함과 인자함을 숭상하여 드디어 오래도록 전해지게 되었습니다. 한나라가 미약해지자 위(魏), 촉(蜀), 오(吳) 세 나라가 다투었고, 사마씨(司馬氏)의 진(晉)나라 역사가 종식되자 북에서는 오호(五胡)가 남에서는 육조(六朝)가 할거하였는데, 수(隋)나라가 이들을 병탄했습니다. 당(唐)나라는 300여 년 계속되었지만, 번진(藩鎭)들의 발호로 망하였고, 오계(五季)[20]의 군웅들이 마지막으로 일어났는데, 군신(君臣)이 서로 다

17) 삼진(三晉): 전국 시대의 조(趙)나라, 한(韓)나라, 위(魏)나라는 진(晉)나라를 나누어 분리 독립했기 때문에, 이를 삼진(三晋)이라 한다.

18) 위복(威福): 악한 자에게는 위엄을 보이고 선한 자에게는 복을 내리다.

19) 전국 칠웅(戰國七雄): 조(趙)·한(韓)·위(魏)·진(秦)·초(楚)·제(齊)·연(燕), 일곱 나라.

투었습니다. 하늘이 사리에 어둡고 게으른 군주를 싫어하면 천명은 신성(神聖)한 이에게로 옮겨가게 되는데, 이를 따라서 천하는 합쳐지기도 하고 나뉘어지기도 하며, 또한 다스려지기도 하고 혼란에 빠져들기도 하는 것입니다.

삼가 생각건대, 성상(聖上)께서는 성덕(聖德)을 온전히 보존하시어 이에 선대의 제도를 따라서 앞 시대를 두루 연구하여 그 세상을 논하고 그 사람을 살펴보게 하셨는데, 제 같은 자가 어찌 감히 보잘것없는 재주로 그같은 막중한 일에 참여하게 되리라 생각이나 하였겠습니까. 엎드려 생각건대, 신은 재주가 미약하니 아무리 심사숙고한들 어느 한 가지라도 맞을 리 있겠습니까만은, 작은 정성이나마 이를 다하여 외람되이 증감(增減)을 가하고, 속초(續貂)[21]의 비난을 무릅쓰고서 망령되이 논찬(論贊)를 저술하였사온데, 오래도록 필묵(筆墨)에 정력(精力)을 다하고서 이제야 비로소 성상에게 이 작업의 마침을 아뢰게 되었습니다.

무릇 왕의 치화(治化)에 관계된 일은 크든 작든 모두 실었으며, 백성들의 삶과 직결된 정사는 상세하든 소략하든 하나도 빠트리지 않았는데, 이와 같은 것들은 진실을 전하기도 하고 의심을 전하기도 할 터이니, 어찌 또한 치란(治亂)과 아무 상관이 없다 할 수 있겠습니까. 자손 만대를 위하여 특별히 을람(乙覽)[22]을 하사해 주십시오. 그리고 생각 생각이 진실로 이 책에 있다면, 이 책 속에 있는 사람이 거울이 될 것이고 이 책 속에 있는 옛 역사가 거울이 될 것이니, 지금 무엇을 거울로 삼으시겠습니까. 선(善)도 나의 스승이고 악(惡)도 나의 스승입니다.

治者興 亂者亡 旣有往古之得失 前車覆後車戒 宜示永世之勸懲 肆輯新編 庸瀆聰聽. 竊惟 周錫位號於三晉 漸移威福於七雄 秦詐力之是崇 纔延二世之祚 漢寬仁之相尙 遂永歷年之傳. 炎祚微而三國鑾爭 晉籙終而五胡雲擾 六朝分據 孤隋竝呑. 三百之唐祚相承 禍斯極於藩鎭 五季之群雄崛起 位何分於君臣. 天亦厭於昏庸 命已歸於神聖 玆或合或離之有異 亦一治一亂之不同. 欽惟 日就緝熙 天縱聖智 顯哉謨承哉烈 聿追先猷 論其世考其人 博究前代. 敢意編摩之重寄 遽及綿薄之孱材. 伏念臣才乏三

20) 오계(五季): 당나라 말기에 일어난 후량(後梁)·후당(後唐)·후진(後晋)·후한(後漢)·후주(後周)의 오대(五代)를 말한다.

21) 속초(續貂): 구미속초(狗尾續貂), 즉 하잘것없는 개꼬리로 귀한 담비 꼬리를 대신함, 또는 담비 꼬리를 대신한 하잘것없는 개꼬리.

22) 을람(乙覽): 임금의 독서. 낮에는 정무에 바빠서 을야(乙夜, 밤 10시)에 독서하였다는 데서 나온 말이다.

長 慮何一得 罄獻曝之微悃 猥加删潤之功 忘續貂之厚譏 妄著論撰之說 久疲精於鉛槧 方奏陳於冕旒. 凡事關治體之汚隆 巨細畢擧 而政係生民之休戚 詳略不遺 是能傳信而傳疑 盍亦與治而與亂. 特賜乙覽 用恢燕貽. 允念在玆 人爲鑑而古爲鑑 今往何監 善吾師而惡吾師.

송 사마광이 하남 처사 정이를 천거하며 올리는 표
宋司馬光請起河南處士程頤不次擢用表

벽산(碧山) 천리에 숨은 선비를 찾는다는 글이 바야흐로 나돌고 있어서 세상을 경륜할 만한 선비를 구중궁궐에 감히 천거하옵는데, 예람(睿覽)[23]하시어 저의 보잘것없는 말이지만 힘써 들어주시기를 바랍니다.

저으기 듣건대, 하남(河南) 땅의 정이(程頤)는 실로 해내(海內)의 명사(名士)이니, 말이 참되고 행실이 독실하여 비단 향리(鄉里)에서만 행세할 뿐만이 아닙니다.[24] 그리고 이윤(伊尹)과 여상(呂尙)[25]에 뜻을 두고 안자(顏子)와 증자(曾子)[26]를 배워서 경국제세(經國濟世)의 임무를 감당할 만한데, 옛사람에게서 구해 보아도 많이 얻기가 쉽지 않은 인물입니다.

이 세상에서 살고 있으니 장차 크게 훌륭한 일을 해낼 것입니다. 그러나 그 위인됨이 세상에서 은둔하여 아무 알아 주는 이 없어도 근심함이 없으니, 어찌 제 옥을 자랑하여 스스로 팔려고 하겠습니까. 마땅히 폐백을 마련하여 찾아가서 초빙해야 할 것입니다. 인재를 얻기가 어렵다고 하니, 어찌 참으로 그렇지 않겠습니까. 선한 자를 드러내고 악한 자를 구별해서 제거하기를 오직 그 때에 맞게 해야 할 것입니다.

엎드려 바라건대 선을 즐겨서 게으르지 말고 덕을 귀밝게 들으소서. 이 얻기 어려운 현자를 천거하니, 불차(不次)[27]의 지위로써 발탁하여 임금을 요순 같은 임금이 되게 하

---

23) 예람(睿覽): 임금의 열람(閱覽)을 예람이라 한다.

24) 말이 참되고- : 《논어》〈衛靈公〉편에 "자왈, 말이 참되고 행실이 독실하면, 비록 오랑캐 땅에서도 행세할 수 있겠지만, 말이 참되지 않고 행실이 독실치 않다면, 비록 향리인들 행세할 수 있으랴(子曰: 言忠信, 行篤敬, 雖蠻貊之邦行矣; 言不忠信, 行不篤敬, 雖州里行乎哉)" 하였다.

25) 이윤(伊尹)과 여상(呂尙): 여상은 강태공(姜太公)을 말한다. 이윤은 탕(湯) 임금을 도와서 강태공은 무왕(武王)을 도와서 천하를 구제한 인물들이다.

26) 안자(顏子)와 증자(曾子): 모두 다 공자의 출중한 제자들이다.

27) 불차(不次): 관원 임용에 있어서 서열을 따지지 않는다.

소서. 이 사람의 초야에 머물려는 뜻을 바꾸게 해서 염매(鹽梅)[28]로 삼아서 좌우에 두신다면, 그 무엇에 부끄럽겠습니까. 신은 마땅히 이 사람과 마음을 함께 하여 보필할 것이옵니다. 이 사람이 등용된다면, 저로서는 그 동안의 어진 사람을 가리고 있었다는 죄를 면하게 될 것이며, 《시경》〈치의(緇衣)〉편의 적자지관(適子之館)[29]을 노래하게 된다면, 선한 자를 좋아하는 정성이 더더욱 두터워질 것입니다.

碧山千里 方騰搜逸之書 紫微九重 敢薦經世之彥 冀回睿鑑 勉從愚言. 竊聞 河南程頤 實是海內名士 言忠信行篤敬 非但州里之行. 志伊呂 學顏曾 可堪經濟之任 求古人亦未易多得 生斯世 將大有施爲. 然遯世無悶之心 豈肯衒玉而自鬻. 在求賢如渴之道 當修聘幣而往招. 才難 不其然乎. 旌別 維其時矣. 伏望 樂善不倦 聽德惟聰 擧此難得之賢 擢以不次之位 使君爲堯舜. 飜然畎畝之所懷 用汝作鹽梅 置諸左右 其何愧. 臣謹當同心輔政 協力圖治. 與文子同升諸公 庶免蔽賢之罪 詠緇衣適子之館 益篤好善之誠.

28) 염매(鹽梅): 소금과 매실. 모두 음식의 간을 맞추는 데 쓰인다. 뜻이 바뀌어, 선정을 베풀도록 임금을 알맞게 보좌하다, 또는 그런 사람. 《서경》〈열명(說命)〉(하)에 "만약 간을 맞춘 국을 만들거든, 너는 소금과 매실이 되어라(若作和羹, 爾惟鹽梅)" 하였다.

29) 적자지관(適子之館): 《시경》의 정풍(鄭風) 〈치의(緇衣)〉편에 "치의의 걸맞음이여, 해지면 내 다시 만들어 주리라. 그대의 관사에 감이여, 돌아오면 내가 그대에게 음식을 대접하리라(緇衣之宜兮, 敝予又改爲兮. 適子之館兮, 還予授子之粲兮)" 하였다. 이 '치의' 편은 어진 자를 좋아하여 찬미한 노래이다.

전(箋)

홍문관에서 속강목집람의 편찬을 청하는 전문 弘文館請撰續綱目輯覽箋

덕(德)에는 법(法)으로 정해 놓은 것이 없고 선(善)에는 주장(主掌)해야 할 것으로 정해 놓은 것은 없지만[1] 선왕(先王)을 법으로 삼고 주장으로 삼아야 할 것입니다. 다스려지면 흥하고 어지러워지면 망하게 되는데, 흥망에 대해서는 옛 역사를 거울로 삼아야 할 것입니다. 그렇다면 문(文)을 숭상하는 다스림을 일으키고자 하신다면, 어찌 옛일을 상고해보는 계고(稽古)에 정성을 기울이지 아니하리요. 《강목(綱目)》이라는 서적은 《춘추(春秋)》의 대의(大義)에 근본을 둔 것으로, 연대별로 사적(事跡)을 정리하여 전대 왕들의 흥폐(興廢)가 분명하게 드러나 있으며, 시비(是非)를 공정히 하여 한 글자의 증감(增減)도 예사롭지가 않습니다. 그러나 백록동(白鹿洞)[2]이 안개에 묻혀 획린경(獲麟經)[3]을 절필하면서부터, 황송(皇宋)[4]에서 호원(胡元)[5]에 이르기까지, 건륭(建隆)[6]에서 시작하여 지정(至正)[7]에 이르기까지, 비록 역사를 편찬하는 무리들이 있기는 하였지만, 규모의 적절함에서 미진(未盡)함을 면치 못했습니다. 대명(大明)이 일어나고서 홍유(鴻儒)[8]가 고정(考亭)[9]의 뜻을 이어서 송·원 양조(兩朝)의 역사를 재편찬하였는데, 의(義)가 바

---

1) 덕(德)에는-: 《서경》의 〈함유일덕(咸有一德)〉편에 "덕에는 정해진 법이 없으며 선을 주장하는 것이 그 법이다. 선에는 정해 놓고 주장함은 없지만 능히 한결같음에서 합하게 된다(德無常師, 主善爲師. 善無常主, 協于克一)" 하였다.

2) 백록동(白鹿洞): 중국 강서성(江西省)에 있는 지명이다. 백록동서원으로 유명하며, 일찍이 주자(朱子)가 여기서 강학한 바 있다.

3) 획린경(獲麟經): 《춘추》를 말한다. 공자가 《춘추》를 편찬할 때, 노(魯)나라 애공(哀公)이 서쪽으로 순행하다가 기린(麒麟)을 잡았는데, 공자는 이 말을 듣고 기린을 잡았다는 획린(獲麟)에서 기사(紀事)를 마감하였으므로, 《춘추》를 《획린경》 또는 줄여서 《인경(麟經)》이라고도 한다. 그리고 획린에서 기사를 마감한 것을 획린절필(獲麟絶筆)이라 한다.

4) 황송(皇宋): 송나라를 가리킨다. 황(皇-클 황)은 송을 높여서 붙인 것이다.

5) 호원(胡元): 원(元)나라를 가리킨다. 몽고족이 세웠다 하여 호(胡)를 덧붙인 것이다.

6) 건륭(建隆): 송나라 태조의 연호.

7) 지정(至正): 원나라 말기 순제(順帝)의 연호.

8) 홍유(鴻儒): 큰 선비, 큰 학자.

르고 말이 엄하며, 문(文)은 간략하되 가리키는 바는 광대합니다. 총 72권으로 이루어져 있는데, 권선징악의 도리가 갖추어져 실려 있으며, 상하 408년간의 치란(治亂)의 차취가 빠짐없이 갖추어져 있습니다. 그러나 훈석(訓釋)의 미비를 인하여 취사(取舍)에 있어서 애를 먹고 있고, 글자에만 얽매여 말의 의미를 제대로 이해하지 못함으로써 채택(採擇)할 때마다 제대로 취사했는지의 근심이 있으며, 원저자의 뜻을 헤아려 보지만 아직은 그 정미(精微)한 데는 이르지 못하고 있습니다. 엎드려 바라건대, 유음(兪音)[10]을 내리시어 여망(輿望)을 따르시어 주해(註解)의 설명을 달게 해서 집람(輯覽)의 편의를 이루신다면, 주군(州郡) 연혁(沿革)의 번잡함이 일목요연할 것이며, 성씨(姓氏) 계파의 본원(源本)도 그렇지 않음이 없을 것입니다.

신 등은 삼가 마땅히 신중히 생각하고 명확하게 분변하는 신사명변(愼思明辨)에 종사해야 할 것이며, 날마다 토론을 벌여 진선폐사(陳善閉邪), 즉 선을 아룀으로써 사(邪)를 막아서 보양(輔養)[11]에 힘을 다 쏟고자 합니다.

德無師善無主 師主 惟在於前王. 治則興 亂則亡 興亡可鑑於古史. 欲隆右文之治 盍行稽古之功. 念惟綱目之書 本諸春秋之義 繫年繫事 百王之興廢分明 公是公非 一筆之與奪嚴謹 曰自煙沈白鹿之洞 筆絶獲麟之經 自皇宋曁于胡元 始建隆終於至正 雖有編史之輩 未盡規模之宜. 屬大明之隆興 有鴻儒之述作 續考亭之遺意 撰兩朝之餘編 義正辭嚴 文約指廣 終始二十七卷 備載勸懲之方 上下四百八年 悉該治亂之跡. 第因訓釋之靡備 而致取舍之難分 文多害辭 每有患於採摭 意以逆志 尙未窮於蘊微. 伏望誕降兪音 俯從輿望 俾述註解之說 以成輯覽之便 州郡沿革之紛紜 瞭然目上 姓氏派系之源本 燦乎心中. 臣等謹當愼思明辨 惟日勤於討論 陳善閉邪 期盡力於輔養.

9) 고정(考亭): 중국 복건성에 있는 지명으로 주자가 살던 곳이다.

10) 유음(兪音): 윤허하는 말.

11) 보양(輔養): 원자(元子) 원손(元孫)에 대한 보좌와 교양(敎養).

제(制)

한 고조가 옹치를 십방후로 봉하는 제서 漢高祖封雍齒什方侯制

우리 한(漢)나라를 연 것은 비록 과인(寡人)이지만, 요기(妖氣)를 싹 씻어 준 것은 실로 영웅들의 계책 때문이었다. 짐은 패읍(沛邑)에서 포의(布衣)로 일어났는데, 관중(關中) 땅의 사나운 불꽃은 이미 꺼졌고, 산동(山東)[1] 땅의 군웅의 할거도 종식되었다. 돌아보건대 사나운 적(賊)이 있어서 위세를 함부로 부리며 동서로 치달렸는데, 그 와중에서 사슴[2]이 누구의 손에서 죽었는가. 남북을 돌아보았는데, 어찌 까마귀가 내 집 위에 무리로 모여 있으리라는 것을 생각이나 하였겠는가. 실로 웅비(熊羆)[3] 같은 신하들이 있는 힘을 다해 주었기 때문에 이와 같은 성대한 공을 이루었으니, 마땅히 포상의 법을 행하지 않으면 안 되는데, 벌써 땅을 나누어서 차등을 두어 제후로 봉하였다. 그러나 비장(裨將)[4]들의 도움이 없었던들, 어찌 대업을 이룰 수 있었겠는가. 너 옹치(雍齒)는 험난을 돌아보지 않았고, 권변(權變)[5]에 달통하였으며, 공성략지(攻城略地)[6]에서는 늘 한마지로(汗馬之勞)[7]를 마다하지 않았고, 적진과 충돌하여 포위를 뚫음에 있어서는 최선봉에서 있는 힘을 다하였으니, 설령 나와는 구원(舊怨)의 혐의가 있다 하더라도, 어찌 그 공로를 잊을 수 있으랴. 그대의 공이 성대하기 때문에 십방(什方)의 후(侯)로 봉하여 후손에게까지 그 복이 이어지게 하노니, 그대를 나라의 울타리라고 이를 수도 있겠고, 또한 왕의 조아지사(爪牙之士)[8]라고도 이를 수 있겠다.

---

1) 산동(山東): 여러 설이 있다. 지금의 산동성을 말하는 것은 아니다. 진(秦) 함곡관(函谷關) 동쪽, 또는 태항산(太行山) 동쪽이라는 설도 있다.

2) 사슴: 여기서는 권좌(權座)를 뜻한다. 《사기(史記)》에 "진나라가 제 사슴을 잃으니, 천하가 모두 그걸 뒤쫓아갔다(秦失其鹿, 天下共逐之)" 하였다. 여기서는 항우(項羽)에게 죽임을 당한 초(楚) 회왕(懷王)으로 봄이 마땅할 듯하다.

3) 웅비(熊羆): 곰 즉 곰같이 억센 기개를 뜻한다.

4) 비장(裨將): 부장(副將).

5) 권변(權變): 그때그때의 상황을 헤아려 변화에 맞게 하다.

6) 공성략지(攻城略地): 성을 공격하여 그 지역을 빼앗다.

7) 한마지로(汗馬之勞): 병마(兵馬)가 질주하여 땀을 흘릴 정도의 엄청난 노고.

오호라! 신하가 충성을 다했으니, 임금이 어찌 상을 주는 데 인색하리오. 한 지역을 들어서 제후로 봉하고, 여염집 일만 호를 들어서 부역(賦役)에 이바지하게 하노니, 영원히 나라와 아름다움을 함께하기를 바라노라.

肇造區夏 雖當寡昧之躬 大滌妖氛 實由英雄之策. 朕從沛邑 奮自布衣 關中之虐焰已消 山東之群鋒亦息. 顧有慓悍之賊 敢肆叱咤之威 驅逐東西 未知鹿死誰手. 回瞻南北 豈意烏集我家. 寔賴熊羆之臣 敢竭股肱之力 茂烈茂績 宜褒律之斯加 分土分茅已封侯之有等. 然無裨將之助 何期大業之成. 惟爾雍齒 夷視險難 灼知權變 攻城略地 恒冒汗馬之勞 衝陣決圍 每從宣力之列 縱有嫌於舊怨 安敢忘乎. 懋功庸建爾乎什方 俾延慶於苗裔 可謂邦之屛翰 亦云王之爪牙. 嗚呼 臣旣效忠 君何吝賞. 山河表裏 盡一隅以歸封疆 煙火閭閻 擧萬家而供賦役 庶在彼而無惡 永與國而咸休.

8) 조아지사(爪牙之士): 임금의 손발톱과 어금니가 되어서 임금을 호위해 주는 무사.

주(奏)

한 제갈량이 중원 북벌을 청하는 주문 漢諸葛亮請北伐中原奏

신(臣) 제갈량이 황제의 위엄을 크게 일으키기 위하여 중원을 북벌하는 일을 아뢰고자 합니다. 신이 우리 대한(大漢)이 천하를 다스린 것을 생각해 보건대, 고황제(高皇帝)[1]께서는 관중(關中)에서 광무제(光武帝)는 낙양(洛陽)에서, 모두 능히 천하의 중심에서 치천하(治天下)를 도모하여 천하를 통일하였습니다. 그러나 후사(後嗣)가 면면히 이어져 멀어지면서 차츰차츰 처음과 같지 않게 되었으니, 건안(建安)[2] 연간에는 강신(强臣)과 반란하는 장수들이 사방에서 일어나게 되었습니다. 그 중에서도 조씨(曺氏)의 간악함이 으뜸이었으니, 처음에는 의(義)에 의지하여 군주를 높이는 듯했으나, 끝내는 처음의 명분(名分)을 범하여 부자(父子)가 서로 이어서 한(漢)의 구정(九鼎)[3]을 옮기려 하여, 강남(江南)의 손오(孫吳)[4]가 차지한 곳을 제외하고는 하남(河南), 하북(河北), 회동(淮東), 회서(淮西) 등 신주적현(神州赤縣)[5]이 모두 그의 손아귀에 들어가게 되었습니다. 선황제(先皇帝)[6]께서는 탁군(涿郡)에서 떨치고 일어나 옛 한(漢)을 회복할 것을 생각하여, 형주(荊州) 등을 떠돌아 다니면서 조악(粗惡)하나마 구묘(九廟)[7]를 건립하여 체흡(禘祫)[8]을 폐하지 않았습니다. 이처럼 은인자중하였던 것은 작은 성취[小成]를 편안하게 여겨 한 귀퉁이에 영주하기 위한 계책이 아니었으며, 장차 후일의 거사를 도모하여 중원을 회복하려 했던 것입니다. 그러나 하늘이 우리 한(漢)에 내린 재화(災禍)를 철회하지 아니하여, 선황제께서 궁검(弓劍)[9]을 갑자기 버리게 되었습니다. 붕어(崩御)[10]에 임하여 신

1) 고황제(高皇帝): 한 고조(高祖) 유방(劉邦).
2) 건안(建安): 한말(漢末) 헌제(獻帝)의 연호(196-219)다.
3) 구정(九鼎): 왕위(王位), 제업(帝業).
4) 손오(孫吳): 손씨(孫氏)가 세운 삼국 시대의 오나라.
5) 신주적현(神州赤縣): 중국의 이칭(異稱).
6) 선황제(先皇帝): 삼국 시대의 촉한(蜀漢)을 세운 유비(劉備).
7) 구묘(九廟): 천자(天子)의 사당을 구묘라 한다.
8) 체흡(禘祫): 먼 조상을 함께 지내는 제사.

에게 중원 회복의 큰일을 부탁하였는데, 이것이 바로 신이 충절을 바쳐 있는 힘을 다하고 죽은 뒤에나 그만 두어야 할 까닭입니다.

지금의 계책으로는 백성들을 깨쳐서 의(義)를 높이 들어서 군대를 일으키는 것 만한 게 없으니, 한편으로는 포사(褒斜)로부터 나가서 관중으로 바로 향하고, 한편으로는 강을 따라 내려가서 완락(宛洛)을 향함으로써 수륙(水陸)으로 병진하고, 기습과 정면공격을 아울러 써서 나아감은 있고 물러남은 없도록 하여 불원간에 중원을 회복하여 거기의 부로(父老)들로 하여금 한관(漢官)의 위의(威儀)를 다시 보게 한다면, 다시는 다른 사람들을 용납하지 않을 것이며 오로지 우리를 따를 것입니다. 그런 뒤 관중에 도읍을 정하든 낙양에 도읍을 정하든 간에 공(功)이 전인(前人)들보다 빛날 것이고, 창업수통(創業垂統)하게 되면 폐하께서는 선제(先帝)의 유지(遺志)을 잇게 되는 것이며, 신 또한 선제의 부탁에 조금이라도 부응하게 되는 것입니다.

신이 분격(憤激)을 이기지 못하여 감히 아뢰오니, 바라건대 살펴주십시오. 신 제갈량이 삼가 아룁니다.

臣亮謹啓 爲大擧皇威北伐中原事. 臣竊惟我大漢之御天下也 高皇則關中 光武則洛陽 皆能宅中圖治 混一六合 而後嗣綿遠 浸不如初. 建安年間 强臣叛將 羅列四方 而曺氏之奸 爲之魁傑 始似仗義尊主 終乃干名犯分 父子相繼 圖移漢鼎 除江南地面孫吳所據外 河南北淮東西 神州赤縣 盡入其手. 先皇帝 奮起涿郡 思復舊物 流離荊表崎嶇隴外 粗立九廟 不廢禘祫. 其所以隱忍至此者 非爲安於小成 永住一隅之計 將以圖其後擧 以復中土之大 而天不悔禍 弓劍遽遺. 臨崩囑臣 付以大事 此臣所以竭股肱之力 效忠貞之節 死而後已者也. 今計莫若奬諭人心 擧義興師 一則出自褒斜 直指關陝 一則浮江順流 回向宛洛 水陸俱進 奇正幷用 有進無退 指期恢復 使中原父老 復覩漢官威儀 臥榻之下不容他人鼾睡. 于以都關中 于以都洛陽 功光于前人 業垂于後裔 則陛下可以繼先帝之志 而臣亦少副先帝之託矣. 臣不勝憤激之至 敢用陳奏 伏冀聖察焉 臣亮謹奏.

9) 궁검(弓劍): 활과 칼. 궁검을 버림은 죽음을 의미한다.
10) 붕어(崩御): 임금의 죽음을 붕어라 한다.

송(頌)

풍년을 하례하는 송 賀有年頌

아아, 위대하신 우리 왕은 순(舜) 임금처럼 지혜로우시고 요(堯) 임금처럼 공경하시니, 밝으신 덕이 향기로워서 능히 하늘의 마음을 가지게 되었네. 이에 하늘은 무엇으로 보답하였는가? 풍년의 상서로움이로다. 비를 바라면 비가 내리고 햇볕을 바라면 햇볕이 내려 쬐어 사시(四時)가 순조로와서 백곡(百穀)이 풍성하게 되었네. 타작마당을 다져서 벼를 들이니, 벼 낟알이 쌓여서 처자(妻子)가 편안해 하며, 기쁨이 벽촌(僻村)에까지 흘러넘치네. 술과 음식을 만들어서 흡족히 이웃들과 더불어 하며, 위로는 부모 섬김에 아래로는 처자 부양에 유감이 없네. 배를 두드리며 무엇을 하랴, 칭송하는 소리가 크고 큰데, 우리 백성들의 즐거움은 우리 왕의 공이시네. 우리 왕의 공이 어찌 만년을 가지 않으리오만은, 왕께서는 이 공을 소유하지 않으시고 하늘로 돌리시는데, 화복이란 오직 사람 스스로 불러들이는 것이니, 하늘이 또 무슨 말씀을 하시리오. 신은 머리를 조아려 절하고 감히 찬사를 마다하지 않나니, 부디 영원히 기림을 누리시며 백록(百祿)을 받으시길 비네.

於皇我王 舜哲堯欽 明德惟馨 克享天心. 天何以報 豊年之祥 曰雨而雨 曰暘而暘 四時順序 百穀穰穰. 築場納禾 有實其積 婦子寧止 喜溢窮僻. 爲酒爲食 洽比其隣 仰事俯育 無憾於人. 扣腹何爲 頌聲瀰瀰 吾民之樂 吾王之功. 吾王之功 胡不萬年 王乃不有 歸之於天 惟人所召 天又何言. 臣拜稽首 敢贊皇猷 庶永終譽 百祿是遒.

납전삼백송 臘前三白頌

이 해 겨울 10월 기망(旣望)[1]에 현명(玄冥)[2]이 치달리고 병예(屛翳)[3]가 분방히 내달리네. 한밤중이 되니 등륙(滕六)[4]이 내려 산 계곡을 가득 메우고 들판을 소복하게 덮어 주는데, 추위는 하마 끝났고 따뜻한 기운이 차츰차츰 소생하기 시작하네. 논밭에는 푸른 보리싹이 움트거늘, 세전(歲前)에 벌써 세 번이나 한 자에 가득 차도록 눈이 내리니, 야로(野老)들이 서로 축하하면서 상서로운 조짐이라 하는데, 그 상서로운 조짐이란 무엇인가, 들판에 풍년이 드는 것이라네. 그리하여 백곡(百穀)이 온갖 창고에 가득 차게 되면, 백성들은 술에 취하고 음식으로 배부르게 되며, 나라는 부강하게 된다네. 적오신작(赤烏神雀)[5]이 백성들을 풍족하게 할 수 없고, 경운감로(慶雲甘露)[6]도 사람들을 길러줄 수 없으니, 이 소복하게 내린 눈이 우리 백성들의 하늘[民天[7]]을 풍년 들게 하는 것만 못한데, 상서로운 조짐이 어찌 괜히 오는 것이랴. 하늘이 백성을 낳고, 임금이 복을 짓는데, 임금 한 사람이 정성스러우면 천지가 제자리를 잡아서 길러지게 된다네. 음양이 순조로워서 농사가 풍년을 이루게 되면, 백성들은 배고픔과 추위의 고통을 겪지 않으니, 세상의 아름다운 복이 된다네. 아름다운 복이 크게 온다면 이는 다 우리 임금님 덕택 때문인데, 영원토록 우리 나라에 은혜를 베푸시리라.

是歲之冬 十月旣望 玄冥騁靈 屛翳奔放. 夜漏將半 滕六乃下 瀰滿山谷 分披原野 寒律已窮 暖氣漸渴. 厥土塗泥 麥苗抽靑 臘前盈尺 已三其霙. 野老相慶 乃云其祥 其祥云何 豐年穰穰. 多黍多稌 千倉萬箱 民得醉飽 國以富强. 赤烏神雀 不足富民 慶雲甘露 不能養人. 未若玆雪 登我民天 瑞應方來 豈曰徒然. 惟天生民 惟辟作福 一人存誠 天地位育. 二氣順序 三農告成 民不飢寒 爲世休禎. 休禎丕應 吾王之德 於萬斯年 惠我東國.

---

1) 기망(旣望): 음력 16일. 망(望)은 보름을 뜻한다.

2) 현명(玄冥): 북방(北方) 태음신(太陰神)의 명칭. 겨울을 뜻한다.

3) 병예(屛翳): 바람을 맡은 풍신(風神)의 명칭.

4) 등륙(滕六): 눈[雪]을 맡은 귀신, 또는 눈.

5) 적오신작(赤烏神雀): 적오(赤烏)는 태양의 다른 이름. 태양 한가운데에 세발 달린 까마귀가 있다는 전설에서 나온 말. 신작(神雀)은 신선이 애완(愛玩)하는 선경(仙境)에 있다는 새.

6) 경운감로(慶雲甘露): 경운(慶雲)은 상서로운 구름, 일설에는 오색 구름이라 한다. 감로(甘露)는 단 이슬, 즉 천하태평의 징조로서 내리는 이슬.

7) 백성들의 하늘[民天]: 양식(糧食)을 뜻한다. 《사기(史記)》의 "왕은 백성들을 하늘로 삼고, 백성들은 먹을 것을 하늘로 삼는다(王者以民人爲天, 民人以食爲天)"에서 나온 말이다.

《月軒集》

附錄

월헌선생집발(月軒先生集跋)

선군(先君)께서는 천성(天性)이 영매(英邁)하시어 나이 겨우 10여 세에 《사서오경(四書五經)》을 다 읽어셨고 이어서 뭇 서적들을 두루 접하셨는데, 경전(經傳)에 식견이 심오하셨고 사서(史書)를 비롯 여러 책들에 해박하시어 이를 발하여 시문(詩文)을 지어시면 평담(平淡)하면서도 전아(典雅)하여 옛 작자(作者)의 풍이 있었다. 그리고 염정(廉靜)을 독실히 지키셨고 부모를 사모하는 마음이 지극하셨는데, 이것이 음영제작(吟咏製作)한 시문에 잘 드러나 있으며, 또한 영리(榮利)를 추구하지 않고 유속(流俗)을 벗어나서 한가히 노닐며 자락(自樂)하는 기상도 아울러 엿볼 수 있다.

만년에는 일에서 물러나 한거하면서 연성(鳶城) 김준손(金俊孫), 첨지(僉知) 박원령(朴元稌), 경력(經歷) 이사준(李師準)과 더불어 시주(詩酒)로써 절친한 망형우(忘形友)가 되어 수창(酬唱)을 그치지 않으신 바, 이러한 것으로써 스스로 즐겁게 지내시면서 생을 마치셨다.

지금 그 시문을 분류하려 하는데, 할아버지께서도 사장(詞章)을 잘 하셨으나 모아두지 않았기에, 다만 몇 편 만을 찾아내서 책 머리에 싣는다. 그리고 백부(伯父)께서도 총명하시고 호학(好學)하셨는데, 독서할 적에는 일곱 줄을 한눈에 읽어내리시어 섭렵하지 않은 책들이 없어셨고, 문장(文章)에도 빼어나시어 붓을 잡았다 하면 바로 이루셨으나, 불행히도 일찍 졸하시어 지은 시문이 많지 않다. 그러나 이 세 분의 글을 나란히 해서 읽어보면, 세 분께서 문과(文科)에 급제하시어 벼슬길에 나아가서 글과 행실로 세상에 이름난 것은, 그것이 결코 장구(章句)나 암기해서 문장을 아름답게 꾸민 조충소기(雕蟲小伎)에 있지 않고 마음에서 스스로 터득한 자득(自得)에서 비롯된 것임을 알 수 있으니, 어찌 위대하지 않으리오.

가정(嘉靖) 임인년(壬寅年, 중종37, 1542) 가을에
아들 옥형(玉亨)이 삼가 발문을 짓다

月軒先生集跋

先君天性英邁 年甫十餘 旣讀四書五經 遂徧覽群書 精深於經傳 博洽於書史 發以

爲詩文 平淡典雅 有古作者之體. 其篤守廉靜之性 思慕父母之情 著見於吟咏製作之間者至矣. 抑可以見避榮利 脫流俗 優游自樂之氣象也. 晩年謝事閒居 與金鶩城俊孫 朴僉知元秤 李經歷師準 爲詩酒忘形之友 酬唱不輟 以此自娛而終焉. 今將詩文分類以書 祖考善爲詞章而不收貯 故只得若干首 錄之於初. 且伯父公聰敏好學 嘗目書 七行俱下 無所不涉獵 而文章贍富 摻紙立就 不幸早世 所著詩集不多. 併以伯父公所作觀之 則可知三大人竝捷巍科 登仕路 以文以行 名於世者 固不在於記誦章句雕蟲小伎 而其所自得於心者有由矣 豈不偉歟.

時嘉靖紀元之二十有一年壬寅秋 男玉亨 謹跋

월헌선생집발(月軒先生集跋)

10대조 월헌공(月軒公) 유집(遺集)은 시문(詩文) 합쳐 3권이다. 위에 11대조 증판서공(贈判書公) 시(詩) 몇 편을 실었고, 중간과 아래에 9대조 공안공(恭安公)과 8대조 충정공(忠靖公)의 시, 월헌공 백씨(伯氏) 교리공(校理公)의 시문(詩文) 각 약간 편씩을 부록하였다.

일찍이 성주(星州)에서 간행되었으나, 임진난 때 판본(板本)을 잃어버렸다. 뒤에 요행히 완질(完帙)을 얻게 되어 족조(族祖) 휘(諱) 시윤(時潤) 공이 순천부사(順天府使)로 재직할 때 중간(重刊)되었다. 그러나 널리 배포하지를 못했고, 년대가 차츰 멀어지면서 다만 자손들의 책장에나 있게 되었다.

계사년(癸巳年, 영조 49, 1773) 가을에 범조(範祖)가 승선(承宣)으로 입시(入侍)하니, 상(上)이 물으시기를 그대의 선조에게 문집(文集)이 있는가 하셨다. 신(臣)이 즉석에 이 《월헌집(月軒集)》으로 대답하니, 가져오라고 명하셨다. 읽어보시는 게 끝나자 하교(下敎)하시기를, "내 일찍이 근세의 문집이 분량이 너무 많은 것을 민망하게 여겼더니, 이 문집은 집안 사대(四代)의 글이 3권 속에 함께 들어 있으니, 참으로 귀중한 것이다" 하시고, 친히 5언(五言) 10자[1]를 지어시고 손수 쓰시어 모사(模寫)해서 하교(下敎)와 더불어 책 머리에 붙여라 하셨다. 그리고서는 호남(湖南) 관찰사에게 다시 간행해서 한 본은 어전(御前)에 올리고 한 본은 동궁(東宮)에게 올리라고 하명하셨으니, 특이한 대우(待遇)

1) 10자: 권두(卷頭)에 있는 어제어필 "昔見湖洲集 今何聞此編" 열 글자이다.

라 하지 않을 수 없겠다.

선조(先祖)는 참으로 문학(文學)으로 당대에 드러났으나, 유독 그 저술만은 거의 망실되고 겨우 조금 남았으며, 그마저도 또 널리 펴지지 못해서 마치 물에 빠진 구슬이나 감추어진 옥 같아서 그 빛이 밖으로 드러나지 않더니, 어느 한 날에 천람(天覽)[2]에 올려져 예장(睿奬)[3]을 받으니, 그 동안에 먼지 쌓이고 좀 쓸었던 책자가 갑자기 광휘를 발하면서 나머지 다른 분들의 글과 함께 사람들의 이목을 놀라게 하니, 어찌 만남〔遭遇〕에 때가 있는 것이 아니랴.

선조(先祖)께서는 유덕(有德)하셨고, 청렴과 간결(簡潔)함으로써 자신을 다스렸으며, 가학(家學)을 계승하여 근본이 있었다. 그러므로 그 문사(文辭)는 이치가 풍부하고 말은 함축적이며 외면의 화려함을 다투지 아니하였으니, 비록 그 분량은 많지 않다 하지만, 그러나 단 한마디의 말도 성정(性情)의 바름에 근원을 두지 아니한 것이 없으니, 세상에 대한 교화를 충분히 도울 수 있다 하겠다. 그러므로 오랜 시간이 흘렀음에도 불구하고 성인(聖人)[4]께서 한번 보시자마자 이렇게 드러나게 된 것이니, 아름다운 곡식은 신에게 올려져서 자성(粢盛)[5]이 되고 헛되이 사라지지 않는다는 것을 참으로 알겠다. 또한 엎드려 생각해보건대 우리 성상(聖上)께서 외면의 화려함을 제거하고 바탕으로서의 순수함을 숭상하여 세상을 장려하려는 뜻임을 알겠다.

적이 생각해보건대, 범조(範祖)가 성상의 총애를 잘못 입어서 여러 현직(顯職)을 외람되이 역임하고 있는데, 이 문집이 예람(睿覽)에 올려진 것이 마침 내가 승지(承旨)로서 가까이서 모시고 있을 때의 일이니, 그 감격이 어찌 다함이 있으랴. 그러나 내 같이 무능한 사람이 요행히도 벼슬자리를 훔쳐서 가문을 지키고 있는 것은 이 모두 다 선조의 덕택 때문이니, 뒷날의 자손으로서 이 글을 읽는 자에게는 반드시 충효의 마음이 뭉게뭉게 일어날 것이다.

상(上) 49년 계사년(癸巳年, 영조 49, 1773) 계추(季秋)에
십세손 범조(範祖)가 삼가 발문을 짓다

---

2) 천람(天覽): 임금이 눈으로 보는 것을 천람이라 한다.
3) 예장(睿奬): 임금의 칭찬을 예장이라 한다.
4) 성인(聖人): 여기서는 임금에 대한 존칭이다.
5) 자성(粢盛): 제사에 쓰는 서직(黍稷), 전하여 제수(祭需).

月軒先生集跋

十世祖月軒公遺集 詩文凡三卷. 上錄十一世祖贈判書公詩若干篇 中下附九世祖恭安公 八世祖忠靖公詩 月軒公伯氏校理公詩文各若干篇. 始嘗刊星州板 而壬辰寇難佚板本. 後幸得完帙 重刊于族祖諱時潤公宰順天時. 然印布不廣 年代寖遠 但作子孫巾衍藏而已. 癸巳秋 範祖以承宣入侍 上問而先祖有文集乎. 臣卽以是集對 命持入. 讀訖 下敎曰 予嘗悶近世文集帙太多 是集四世三卷 可貴也. 仍親製書五言十字 令模寫竝錄下敎弁卷首 宣諭湖南道臣改刊印出 一本進御 一本進東宮 蓋異數也. 先祖固以文學 顯重當世矣 而獨其所著述 幾亡而僅存者 又不克廣布國中 如沈珠韞玉 光氣不外見 一日登天覽而被睿奬 塵編蠹簡 輝暎雲章之下 而竝與夫三世遺稿 赫烏人耳目 豈非遭遇有時歟. 蓋先祖秉德純慤 律己淸簡 家學相承 源流有自 發之爲文辭者要皆理贍詞約 而不爲夸多鬪靡之習 雖其篇帙不富 片言隻字 本源性情之正 而有足以補世敎. 故百歲之後 卒能一當聖人之心 而表顯焉如此 固知嘉穀之實 薦爲粢盛 不與空花俱滅 而抑伏覩我聖上祛文尙質 風勵一世之盛意也. 竊念範祖謬蒙寵渥 歷叨華顯 是集之登徹 適在範祖厠近密承顧問之日 幽明感激 寧有其極 而苟究其不才無能 倖竊科宦 保守門戶 迺其先德攸曁 後之子孫讀斯文者 其必油然生忠孝之心矣.

上之四十九年癸巳季秋 十世孫範祖 謹跋

월헌선생집발(月軒先生集跋)

월헌공(月軒公)이 돌아가신지 16년째 되던 가정(嘉靖) 임인년(壬寅年, 중종 37, 1542)에 유집(遺集)이 처음으로 성주(星州)에서 간행되었다. 50년이 지나서 임진난(壬辰亂)을 만나 모두 없어지고 전해지지 않게 되었다. 또 40년이 지나서 내 5대조인 교리공(校理公)께서 영남 땅에서 그 책자를 얻었다. 또 60년이 지나서 내 고조(高祖)인 참의공(參議公)이 선친의 뜻을 받들어서 승평(昇平)에서 간행하였다. 또 60여 년이 지나서 족형(族兄) 범조(範祖) 씨를 인하여 성상(聖上)께서 이 문집을 보시게 되었는데, 황황히 빛나는 운장(雲章)[6]을 권두(卷頭)에 붙여서 왕명(王命)으로 재차 간행하게 되었다.

---

6) 운장(雲章): 임금의 문장. 여기서는 월헌집(月軒集) 권두에 있는 어제어필(御製御筆) 열 자를 가리킨다.

전후 230여 년간 유문(遺文)이 드러나기도 하고 드러나지 못하기도 하고, 때를 만나기도 하고 만나지 못하기도 하였는데, 이것이 어찌 단지 우연일 뿐이리오. 이번의 일은 비단 범조 씨의 영예일 뿐만 아니라, 내 두 할아버지에게도 영광스러운 일이니, 만약 뒷사람들이 범조 씨가 발양(發揚)한 것만을 알 뿐이고, 이 문집이 없어지지 아니한 것이 내 두 할아버지 때문임을 알지 못한다면, 이 또한 곤란한 일이지 않겠는가.

나는 불초하여 두 할아버지를 잇지 못했고, 금일의 일에 있어서도 필사(筆寫)와 편집 같은 작은 일에나 도움이 될 뿐이니, 선조(先祖)를 드러나게 한 범조 씨에게 적이 부끄럽지 않을 수 없다.

계사년(영조 49, 1773) 동지(冬至)에 10대손 재원(載遠)이 삼가 발문을 짓다

月軒先生集跋

月軒公棄子孫十六年 當嘉靖壬寅 遺集始入梓于星州. 越五十年 遭壬辰之燹 蕩佚不傳. 又四十餘年 吾五世祖校理公得其書於嶺南. 又六十餘年 吾高祖參議公承其志印之於昇平. 又六十餘年 因族兄範祖氏而徹睿覽 煌煌雲章 弁之簡編之首 而重入剞劂之命 必在于順. 前後二百三十年之間 文之顯晦 時之遭逢 豈偶然哉. 是不但爲範祖氏之榮 其亦有光於吾二祖矣 若使後之人 徒知有範祖氏之發揚 而不知是集之不湮沒 由吾二祖 則不亦難乎. 不肖忝所生 不能以繼述二祖 而今日所相 不過繕輯之微 則竊有愧於範祖氏之使先人顯也.

癸巳南至 十世孫載遠 謹跋

유명조선국가선대부병조참판겸동지성균관사정공묘지명병서
(有明朝鮮國嘉善大夫兵曹參判兼同知成均館事丁公墓誌銘幷序)

민수천(閔壽千)

세상 사람들은 경박하고 조급하여 승진하기만 좋아하고 위험이 많다는 사실은 예측하지 못한다. 관직이 높으면 비방이 따라오고, 세도가 크면 헐뜯음이 뒤따른다는 것을 온몸으로 크게 탄식하면서도 물러날 줄 아는 사람은 또한 얼마 없다. 그런데 정공(丁公) 같은 사람은 거의 그와 같은 요새 사람이 아니다.

삼가 생각해 보건대 정씨는 전라도 나주 압해 출신으로 고려(高麗)를 섬겨 검교대장군이 된 윤종(允宗)이란 분이 있고, 그 후 8세를 내려와 안경(安景)이란 분은 곧 공의 증조부가 된다. 그분이 개경(開京)으로부터 배천(白川)으로 옮겨와 살게 됨으로써 그곳이 세거지(世居地)가 되었다.

연(衍)은 전공판서(典工判書) 이경도(李庚道)의 딸을 아내로 맞아 두 아들을 낳았는데, 맏아들 자급(子伋)이 바로 공의 부친이 되고 벼슬은 소격서령(昭格署令)으로 끝마쳤다. 모친은 황씨(黃氏)로 중랑장(中郎將) 처성(處盛)의 딸이다. 공이 귀하게 됨으로써 추은(推恩)하여 부친에게 예조참판(禮曹參判) 겸 동지의금부사(同知義禁府事)를, 조부에게는 공조참의(工曹參議)를, 증조부에게는 사섬시정(司贍寺正)을 추증(追贈)하였다. 서령공은 지극히 착한 성품과 덕이 있었으니 영예는 당연히 충만하게 다가왔다. 아들 중 맏 수곤(壽崑)은 젊어서 과거에 급제하고 문장에 크게 뛰어났다. 공 역시 일찍이 문명(文名)이 있었고 약관에 진사에 급제하고 3년 뒤 정유년에 대과에서 첫째로 급제하였으니 이는 조상의 선업(善業)의 보답이 빛난 것이었다. 그러나 백씨는 봉록(俸祿)이 없었고 천혜(天惠)가 적어 행운은 오로지 공에게만 내렸으니 공은 의당 녹(祿)과 수(壽)를 향유하여 행복이 무궁하게 다가왔던 것이다.

공이 애초에 전교서(典校署) 부정자(副正字)를 서득(筮得)하고 직책을 세 번 옮겨서 박사(博士)에 이르렀으며, 이에 사온서(司醞署)의 주부(主簿)가 되고, 사헌부(司憲府) 감찰(監察)에서 평사(評事)가 되어 북도(北道) 서기(書記)의 일을 관장하다가 이기(二期)를 채우고 돌아와 승문원(承文院) 교검(校檢)이 되었다. 그리고 얼마 안 있어 병조(兵曹)에서 추천을 받아 병조 좌랑(佐郎)이 되었다. 정미년에서 신해년에 이르기까지는 연이어 부모상을 당하여 상중에 있었다. 상을 마치고는 성균관(成均館) 전적(典籍), 사간원(司諫院) 정언(正言)을 거쳐서 다시 병조의 좌랑(佐郎)에서 도사(都事)로 승진하였다. 강원도 관찰사를 도와서 신상필벌(信賞必罰)과 농사관리를 철저히 하였다. 그 후 의빈부(儀賓府)의 직책을 맡았다가 공(工) 병(兵) 이조의 정랑(正郎)으로 차례로 옮겼었고, 예빈시(禮賓寺)의 첨정(僉正)이 되기도 했다. 개성부(開城府)의 경력(經歷)이 되었다가 사헌부(司憲府)의 장령(掌令)이 되고, 군기시(軍器寺)의 부정(副正)을 두 번씩이나 맡았었다. 성균관(成均館) 사성(司成)을 1년 남짓하고 나서 좀 한가히 사재감(司宰監)의 정(正)을 맡았다. 그리고 얼마 안 가서 홍문관(弘文館) 직제학(直提學)이 되었는데 이는 인망(人望)이 있었기 때문이었다. 고명(誥命)을 관장하는 일을 겸해서 맡았으니 이는 별도의 임명이 아니었다. 여기서는 더 이상 자세한 기록은 않는다. 곧 당상관(堂上官)으로 발탁되어 단계를 밟아 부제학(副提學)에 올랐다.

연산군(燕山君)의 혼란 정치는 노여움으로 공을 사퇴시키고 전일의 관직과 질록(秩祿)을 삭탈(削奪)하였다. 그 후 3년째가 되던 병인년 가을에 이르러서 군신(群臣)들이 함께 새로운 성상(聖上)을 추대함에 공과 공로자들은 관례에 따라 원종공신(原從功臣)의 훈호(勳號)를 받았다. 그 후 공은 다시 성균관(成均館) 대사성(大司成)이 되었다가, 예(禮), 병(兵), 형(刑), 삼조(三曹)의 참의(參議)를 역임하였다. 절부(節符)와 부월(斧鉞)을 받아 가지고 나아가 강원도의 관찰사(觀察使)가 되었다가 들어와서는 사간원(司諫院)의 대사간(大司諫)이 되었다. 그 나머지는 첨지(僉知) 자리에 있었거나 여묘(廬墓)한 것이 무릇 13년이었다. 늦어서 높은 품계(品階)로 돌아와 보니 조정에 있는 후진들이 이미 다 귀하게 되어 있었다. 문무관(文武官)을 전형하는 이조(吏曹)와 병조(兵曹)에서는 오랫동안 공을 천거(薦擧)하고 싶었지만 기회가 없음을 걱정하고 있던 차에, 헌장(憲長=御史中丞)이 대간(臺諫=사헌부, 사간원 벼슬의 총칭)을 차례로 탄핵하고 새로운 인재를 매우 엄격하게 살펴 뽑게 되었는데, 이 때 조정의 같은 품계에는 적임자가 없어서 이에 공을 천거하여 사헌부(司憲府)의 대사헌(大司憲)이 되었다. 이때 세상에서는 공이 오랫동안 한가롭게 지낸 것을 모두 걱정하였지만 이는 사림(士林)을 등용한 것이라고 모두들 기뻐하였고, 공은 오히려 과분하게 등용된 것이라 하였으나 곧 임명하였다. 그러나 곧 병을 이유로 사직 소(疏)를 올렸고, 여름에는 병조참판이 되었으나 역시 병을 이유로 고사(苦辭)하였다. 그래서 실직(實職)은 다 그만 두고 동지중추부사(同知中樞府事)로만 있었다.

공이 세도를 꺼리고 진실을 추구한 것은 마치 겁쟁이처럼 보이지만 이는 고의로 그러는 것이 아니고 천성이 그랬다. 공은 수하들에게 이런 점을 조심하면 너희들 또한 거처(居處)에 편안할 것이며, 화려하게 꾸미는 것을 좋아해서는 안 된다고 일러 주었다. 봉록(俸祿)이 들어오면 남녀를 갈라서 다 나누어 주고, 집에는 곳집 쌀도 없었다. 손님이 오면 언제나 왕골자리 하나를 펴놓을 뿐 허망하기가 마치 벼슬 못한 서민의 집 같았다. 그처럼 비록 산만하였지만 그러나 마음은 항상 나라에 가 있었고, 우국충정은 변함이 없었다. 숨을 거둘 때도 오직 나라에 보답할 것을 여러 자식들에게 경계하였으니 그의 평생에 행한 바를 가히 알 수가 있겠다.

당시 공의 제배(儕輩)는 없었다. 있다면 오직 판부사(判府事) 고형산(高荊山) 등 여섯 사람이 살아 있었다. 낙중구사(洛中舊事)를 지은 것이 있는데 거기에 고관들이 밝게 나타나 있어 그들을 바라보면 마치 신선과도 같았으니 이들은 다 수(壽)와 덕(德)에 의존하고 있었다. 일찍이 좌부승지(左副承旨)에 임명되었으나 비준이 아직 내리기도 전에 입궐하여 늙고 병들었음을 아뢰고 아주 강하게 임명을 면해 줄 것을 간청하였다. 그러자 임금은 말리지 못할 것을 알고 억지로 체임(遞任)하여 상당한 직위로 돌아가 있게 하였다. 70세에 이르렀을 때 공은 또 사정을 대고 돌아가 쉴 수 있도록 청하였다. 그 청하는 말이 매우 간절하였지만 성조(聖朝)에서는 현신(賢臣)을 우대하고 고령의 신하들을 존경하여, 특별히 윤허하지 않고 녹질(祿秩)을 그전처럼 대우해 주었다. 공은 뜻을 이루지 못하자 스스로 심히 탄식하고 실망하였다. 금년에 들어서는 사퇴하려는 뜻을 단념하고 제조(提調)로 전임(轉任)시켜 줄 것을 청하였다.

수천(壽千)이 승지(承旨)가 되어 공에게 혼인 이야기를 꺼내고 자식을 부탁하였더니 말하기를 제조(提調) 중에는 원로들이 아주 많다고 하면서 공은 홀로 사양하는 것 같았다. 다만 다른 사람들과 의견이 달랐을 뿐만 아니라 또한 처지(處地)가 어울린다고 생각하지 않고 아직도 늦추면서 끝내 관심을 보이지 않았다. 임금도 거듭 결정을 내리지 못하다가 마침내 그의 청을 윤허해 주었다.

아! 고령(高齡)에도 성은(聖恩)이 내린 자는 드물다. 세상에 어찌 작록(爵祿)을 사양하는 자가 있을 수 있단 말인가? 공이야말로 부귀를 마치 뜬구름과 같이 여기는 사람이라고 말할 수 있다. 천하의 법을 강정(剛正)하게 하고, 사람을 좋아하고 미워하는 것을 지극히 공정하게 하여, 비록 사람들과 함께 할 때도 남을 미워하지 않으니, 남들이 다 교제하고 싶어하고 모두 경모(傾慕)해 마지않았다.

집안에서 효성은 끊임없이 이어졌고, 우애는 하늘에서 내렸으며, 50년간 관리생활을 하는 동안 언제나 부지런하고 삼가고 조심하였다. 그리고 항상 시를 읊었고, 깊은 물가에 임하거나 살얼음을 걷듯이 조심하라는 말로 자손들을 성공시켰다. 나는 그 효과가 매양 그 자손들의 현달(顯達)로 나타나는 이치를 보았다. 또 공은 임유겸(任由謙) 판서(判書)와 더불어 가장 가까웠으니 이 또한 실로 착한 일을 행하는 자의 권유였다고 할 수 있다. 일찍이 의정부 김응기(金應箕)가 추천하여 허락을 받은 후, 곧 공을 조정(朝廷) 의정부(議政府)로 천거하였다. 공은 덕행이 참으로 높았으니 근세 사람들 중에서 덕을 살피는 자는 역시 공과 더불어 할 바를 찾아볼 수 있을 것이다.

공의 휘는 수강(壽崗)이요, 자는 불붕(不崩)이다. 공은 경태(景泰) 5년(갑술) 8월 26일 축시(丑時)에 배천군(白川郡)에서 태어나서 가정(嘉靖) 6년(정해) 2월 28일 향년 74세로 세상을 떠났다. 지평(持平) 김언신(金彦辛)의 딸을 아내로 맞아 3남 1녀를 낳았는데, 장남 옥경(玉卿)은 의금부 도사(都事)요, 차남 옥형(玉亨)은 승정원(承政院) 우승지이며, 그 다음 옥정(玉精)은 종묘서(宗廟署) 부봉사(副奉事)이다. 딸은 귀후서(歸厚署) 별제(別提) 송강(宋康)에게 출가했는데, 공보다 먼저 세상을 떠났다. 도사(都事)는 내금위(內禁衛) 박윤손(朴潤孫)의 딸을 아내로 맞이하여 2남 1녀를 낳았는데 장남은 응허(應虛)이고 차남은 응진(應軫)이며, 딸은 종실(宗室) 대흥령(大興令)에게 출가하였다. 승지는 내금위 김수연(金壽延)의 딸을 아내로 맞이하여 1남 1녀를 낳았는데 아들은 응두(應斗)이고 딸은 유학(幼學) 민란형(閔蘭馨)에게 출가하였다. 송강은 3남을 낳았는데 장남은 문수(文粹)요, 차남은 문도(文度)요, 그 다음은 문헌(文憲)이다.

승지가 수천에게 이르기를 능히 선친(先親)에 대해서 소상히 알고 있을 거라고 하면서 억지로 묘지명을 지으라고 맡기니, 이 일은 내가 감히 꺼려할 일이 아닌지라 미력이나마 짓기로 하였으나 기실 두려움이 앞섰다. 두서도 잘 모르고 행적(行迹)도 다 없어져 감히 손도 못 대고 있었는데, 사자(使者)가 서울에서 황해도까지 달려와서 재촉하기를 어려운 일도 아닌데 일에 임해서는 번번이 얻어내지 못한다고 했다. 이에 삼가 다음과 같이 서술은 하였으나 잘못된 곳이나 참망(僭妄)이 없지 않으리라고 본다.

다음은 명(銘)이다:

높은 식견 밝은 지혜가 무엇인가? 다만 귀신을 청해 훤히 내려다본다.
가득 차면 그 누군들 기우지 않을 것이며, 번갯불도 잠간이면 끝나는 것을.
권세(權勢)나 이익(利益)에 부닥치면 구린내를 피하듯 싫어하였고,
천성(天性)은 겸손(謙遜)을 더해갔고, 도리(道理)는 한시도 그르치지 않았다.
공이 한창 창성하던 시기에는 일찍이 파격(破擊)의 사건이 성행하여
가는 길은 자연 화살처럼 위험하였으나 혼조(昏朝)에서 축출되어 나온 후부터
다행히도 밝은 성조(聖朝)를 만나, 영예로운 사환(仕宦) 자리를 두루 맡았으니
나아가서는 지방의 행정을 이끌었고, 들어와서는 급간(給諫)을 주도하였다.
다스림에 명리(名利)를 취하지 않았고, 남의 잘못 들춰내기에 가슴 아파하였다.
직위는 아경(亞卿)에까지 나아갔고, 향년(享年)은 대질(大耋)에 올랐다.
묘향산이나 서울 안이나 빼어난 자취는 겨눌 만도 하건만
어찌하여 여기까지 온단 말인가? 높은 덕 지닌 사람 돌아갈 집 있는 법.
고양(高陽)에 머물었으니 이곳은 왕성(王城)의 기내(畿內)가 아닌가?
명문(銘文)을 현당(玄堂)에 바치오니 이로써 영원히 아름답게 하소서.

통정대부수황해도관찰사겸병마수군절도사
(通政大夫守黃海道 觀察使兼兵馬水軍節度使) 민수천(閔壽千) 근지(謹誌)
가정(嘉靖) 6년 정해 4월 15일 장(葬)

有明朝鮮國嘉善大夫兵曹參判兼同知成均館事丁公墓誌銘幷序

世浮躁 喜進 不虞危溢 官高而謗來 勢厚而毁隨 雷歎叢身 知止者亦寡 若丁公者 殆非晩世人也. 謹按 丁氏出全羅道羅州押海 事麗氏爲檢校大將軍者 曰允宗 歷八世 有諱安景 乃公曾祖 自開京徙寓白川 因作世居. 生諱衍 娶典工判書李庚道女 生二男 長諱子伋 是公考 官卒昭格署令 妣曰黃氏 中郎將處盛女 公貴推恩 贈考禮曹參判兼同知義禁府事 祖工曹參議 曾祖司贍寺正. 署令公有至性德譽 宜達而窒 及有子 伯壽崑昭年取科 大肆於文章 公亦夙有文譽 始冠擧進士 越三年 丁酉獲上第 是尊府善報耿耿 而伯氏無祿少夭 則天委慶宴專在公 宜乎享有壽祿産祥毓祉之無窮也. 公初筮得典校署副正字 三轉至博士 則乃出主司醞署簿 由司憲府監察爲評事 掌北道書記. 滿二期來 換爲承文院校檢 俄彼兵曹薦 爲其司佐郎. 自丁未至辛亥則連宅內外憂 去喪爲成均館典籍 爲司諫院正言 復以夏官郎陞都事 佐關東黜陟捊還 移拜儀賓府 轉工兵二曹正郎 僉正禮賓寺 以經歷赴開城 遷爲司憲有掌令 作軍器奉當二副正 成均館司成者歲餘 閑拜司宰正 未幾擧爲弘文館直提學 因人望也. 尋擢堂上階 進副提學 燕山昏亂 怒公辭退 鐫奪前秩 積三年 値丙寅秋 群下同推戴聖上 公與有勞 例賜勳原從 是後公再爲成均館大司成 歷禮兵刑三曹參議 受節鉞 出按江原道 入爲司諫院大司諫 其餘則或在僉樞衛廬 凡十三年 知回亢品 則朝中晩進 已皆貴矣. 銓曹久欲薦引 患無機 値憲長比彈去臺 選甚峻 視在廷當品無可者 則擧公爲司憲府大司憲 世皆悶公久滯閑 有是除 士林咸喜 公猶謂盛滿 卽拜疏引疾 夏爲兵曹參判 亦引窒苦辭 皆移同知中樞府事. 公之畏勢利眞 若愵夫 非故爲此 天性然 此操心 爾輩亦宜體之. 恬於處約 不喜芬華 俸祿入門 分男女輒盡 堂宇無飾 客至 常設一莞席 蕭然如布衣. 雖在散慢 心常在國 念不及移 臨屬纊 猶以報國警諸子 則其平生所行可知. 公儕流無在 惟高判府荊山輩六公尙存 作洛中舊事 簪纓輝映 望之如仙 人皆委壽德之也. 嘗授左副承旨 批猶未下 入懇陳老疾 求免甚堅 上知不可强 遞適還亢職 至七十 又引例乞休 言雖甚切 聖朝雅優賢尙齒 特不從 祿秩如舊 公志不遂 深自慨失 至今歲則斷意欲辭 請遞提調. 壽千爲承旨 公婚媾屬豚息稟 曰提調老耗者甚多 公若獨辭 非但立異 彼且無以爲地 盍姑徐之 公景不顧 上亦重違 遂許其請. 嗚呼 高而恩降者鮮矣 世豈有能辭爵祿者耶. 公可謂視富貴如浮雲者也. 剛正宇法 好惡至公 雖與人無忤 人莫敢于 雖不喜要結 士皆傾慕. 孝慕不衰 友愛天至 履官五十年勤謹小心 常訟詩臨深履薄之語 成子孫 月余每以效至其子孫之顯 則又公與任判書由謙爲最 亦可爲爲善者之勸矣. 早爲金議政應箕推許 後乃薦公于朝 議政公德行實高 近世人之審德者 亦可以觀所與矣.

公諱壽崗 字不崩. 公以景泰五年甲戌八月二十六日丑時生於白川郡內 嘉靖六年丁亥二月二十八日卒 享年七十四 娶持平金彦辛女 生三男一女 長玉卿 爲義禁府都事 次玉亨 爲承政院右承旨 次玉精 爲宗廟暑副奉事 女適歸後署別提宋康 先公亡 都事娶內禁衛朴潤孫女 生二男一女 長應虛 次應軫 女適宗室大興令 承旨娶內禁衛金壽延女 生一男一女 男應斗 女適幼學閔蘭馨 宋康生三男 長文粹 次文度 次文憲 承旨謂壽千能昭悉先德 强委幽堂事 非敢憚鉛槧小勞 實懼撰次失宜 行迹邃泯 不敢措手 价人自京師走海西 屢促之曰 否難及事番不獲 謹敍如右 得非枉具僭耶 銘曰

高明何有 只招鬼瞰
滿孰無損 雷火亦暫
公遇勢利 惡如避臭
天能益謙 理曷惑謬
公在昌期 早振華鑣
道自如矢 從黜昏朝
奇逢昭代 轉膺榮臣
外主藩臬 內長給諫
治不取名 直烏傷謁
位進亞卿 壽登大耋
香山洛中 勝迹可較
何以致此 大德有家
窀在高陽 王城之畿
納名玄堂 惟以永徽

通政大夫守黃海道觀察使兼兵馬水軍節度使 閔壽千 謹志
嘉靖六年丁亥四月十五日葬

유명조선국가선대부병조참판겸동지성균관사증자헌대부이조판서겸지경연춘추관의금부사정공수강처정부인김씨묘지명병서(有明朝鮮國嘉善大夫兵曹參判兼同知成均館事贈資憲大夫吏曹判書兼知經筵春秋館義禁府事丁公壽崗妻貞夫人金氏墓誌銘幷序)

정사룡(鄭士龍)

가정(嘉靖) 신축년 중춘(仲春)에 참찬(參贊) 정공(丁公) 옥형(玉亨)이 모친상을 당하였을 때, 어머니의 행장(行狀)을 갖추어 들고 와서 사룡(士龍)에게 묘지명을 지어달라고 청하였다. 이에 사룡이 대답해 말하기를 "무릇 명문(銘文)으로 내세(來世)에 긍지를 가지려는 사람은 반드시 이름난 문장가나 존귀한 사람에게 부탁하는 법인데, 사룡은 아무리 돌이켜 생각해 봐도 그럴 만한 인물이 못 되니 어찌 선대(先代)의 덕을 찬양하기에 족하겠는가?" 하고 감히 사양했더니, 참찬은 더욱 강경하게 재촉하는 것이었다.

내 삼가 살피건대 부인(夫人)의 선계(先系)는 신라 무열왕으로부터 나와서 그 후 6세를 내려와 주원(周元)이라는 분은 명주(溟州)에 봉해져서 그곳에서 살았는데 명주는 곧 지금의 강릉(江陵)이다. 강릉에 김씨 성이 있게 된 것은 바로 이때부터이다. 면면히 삼국(三國)과 고려를 지나 본조(本朝)에 이르는 18세를 내려오는 동안, 대부(大夫) 재상(宰相)이 될 만한 명망 높은 사람이 보첩(譜牒)에 찬란히 드러나 있다. 덕숭(德崇)이라는 지한산군사(知寒山郡事)는 성품이 지극한 효자로, 관직마저 버리고 집으로 돌아와 아침저녁으로 부모에게 문안드리고, 부모의 마음을 읽어 봉양하고 정성과 공경을 극진히 하였다. 정통(正統) 갑자(1444)년 세종이 초정리 약수터에 행차하는 길에 진천(鎭川)을 지나다가 공의 탁월한 효행을 전해 듣고 술과 의복을 특별히 하사하여 그를 표창하였다.

그 후, 두 번의 상사(喪事)를 거행함에, 묘 옆에 여막(廬幕)을 짓고 기거하면서 자신의 몸도 돌보지 않고 슬퍼하였고, 비록 60세가 넘었어도 제복 입는 것을 한시도 어기지 않았으며, 마치 부모가 살아 있을 때처럼 예를 다하고 죽을 때까지 게을리 하지 않았다. 그러자 향리에서 이런 사실을 감사(監司)에게 알리니 마침내 조정에까지 알려지게 되어, 세종은 그의 묘로 통하는 길에 비석을 세워 그의 요직을 기록하도록 명하였다.

그는 두 아들을 두었는데 장남은 귀성(貴誠)으로 서부록사(西部錄事)이고, 안계(安繼)를 낳았고 안계는 일찍이 세상을 떠났으나, 두 아들을 두었는데 언경(彥庚)과 언신(彥辛)이다. 언경은 벼슬이 경상절도사(慶尙節度使)에 이르렀고, 그 귀함으로 지군(知郡)에게는 사복시정(司僕寺正)이 추증(追贈)되고, 녹사(錄事)에게는 호조참의(戶曹參議)가 추증되었으며, 선고(先考)에게는 병조참판(兵曹參判)이 추증되었다. 언신은 벼슬이 사헌부(司憲府) 지평(持平)에 이르렀고, 일찍부터 명망이 있었으나 벼슬길이 고르지 못해 향리에서 생을 마쳤다.

언신은 나주 목사 문서(文敍)의 딸을 아내로 맞이하여 부인(夫人)을 낳았다. 부인은 맑은 덕을 지니고 있었으며, 자라나서 공(公)에게로 시집을 왔다. 시가(媤家)에 입문(入門)한 이후로는 시부모로부터 사랑받고, 남편에게 순종했으며, 동서간이나 노복(奴僕)들 사이에서는 그의 환심(歡心)을 얻지 않은 사람이 없었다.

공은 효성과 우애가 돈독하였으며, 맏형이 일찍이 세상을 떠나자 홀로된 형수와 재산을 나눌 때, 형수에게는 많이 주고 자신은 적게 취했으며, 형수가 제사 모시는 일을 극복해내지 못하자, 삼대(三代)의 제사를 대신 지내고 신주(神主)를 자기의 거처에 모시고 마치 살아 계시는 것처럼 제향(祭享)하였다.

부인은 주도면밀하게 집안 일을 주관해서 식생활은 넉넉하면서도 깨끗하게 꾸려나갔고, 공은 산업(産業)에 관한 일은 거의 돌보지 않았으며, 부인이 항상 한결같이 처리해나갔기 때문에 일찍이 집안의 경제 사정을 물어보는 일이 없었다. 공은 평생 사욕 없이 시원스런 성격으로 세상에 모범이 되었는데, 여기에는 부인의 내조(內助)가 컸다. 부인은 만년에 항상 선조들이 관직에 있을 때 청렴결백하고 곤궁에서도 안주(安住)했던 일을 거론하면서 자손들을 가르치고 격려하였다. 참찬이 크게 현달(顯達)하자, 자녀 양육에 남들이 간혹 물건을 보내오면 부인은 그것을 되돌려보내면서 “내가 자식들을 먹이는 데는 영화스러운 복과 녹봉(祿俸)으로 충분합니다”라고 말하였다. 거처에서 스스로 바느질을 했으며 언제나 새벽닭이 울면 반드시 일어나 세수하고 머리를 빗었고, 이런 습관은 늙을 때까지 계속하였다. 병이 위독했을 때도 정신은 흩어지지 않았으며, 뒷일을 당부함에 있어서도 다 조리가 분명하였다.

부인은 천순(天順) 기묘년 7월 14일에 태어나서 가정(嘉靖) 신축 2월 15일 향년 83세로 세상을 떠났고, 그 해 4월 17일 고양군(高陽郡) 치소(治所)의 남쪽 옛 행주(幸州) 토당리(土堂里) 진좌(辰坐) 술향(戌向)의 언덕, 참찬공의 묘좌(墓左)에 배장(配葬)하였다.

부인은 모두 3남 1녀를 두었는데 장남은 옥경(玉卿)으로 포천현감(抱川縣監)이요, 다음은 옥형(玉亨)으로 즉 의정부(議政府) 좌참찬(左參贊)이며, 다음은 옥정(玉精)으로 금천현감(衿川縣監)이다. 딸은 우사어(右司禦) 송강(宋康)에게로 출가했다. 포천현감은 내금위(內禁衛) 박윤손(朴潤孫)의 딸을 아내로 맞이하여 2남 1녀를 낳았는데, 장남은 응허(應虛)로 후릉참봉(厚陵參奉)이요, 차남은 응진(應軫)이다. 딸은 종실(宗室) 대흥령(大興令) 대춘(大春)에게로 출가했다. 좌참찬은 부사직(副司直) 김수연(金壽延)의 딸을 아내로 맞이하여 1남 1녀를 두었는데 아들은 응두(應斗)로 이조정랑(吏曹正郞)이요, 딸은 예빈시(禮賓寺) 참봉 민난형(閔蘭馨)에게로 출가하였다. 금천현감은 내금위 원홍조(元弘祖)의 딸을 아내로 맞이하였으나 후사(後嗣)가 없다. 우사어 송강은 2남을 낳았는데 첫째는 문수(文粹)로 희릉참봉(禧陵參奉)이요, 둘째는 문도(文度)이다. 그리고 증손 남녀가 약간 명 있다.

다음은 명(銘)이다:

우리나라의 씨족(氏族)은 중국(中國)과 아울러 성하였고,
하나씩 세계(世系)를 밝혀보면 으뜸 가는 명가(名家) 있네.
무공(武功)은 함께 어울렸고, 공로는 삼한(三韓)에 뚜렷하니
근원(根源)은 실로 넓고 경사(慶事)는 그침이 없었네.
명주(溟州) 땅에 봉(封)해져서 분파(分派)하여 다른 한 파 이룬 뒤
자손이 번성하여 요직(要職)에 오르니 기반 더욱 돋우어졌네.
대대로 내려오며 인재(人材)가 쌓임으로써 순수한 효자가 나오니
누군들 길러져서 빛나지 않겠으며 임금도 포상(褒賞)을 지시했네.
비석을 세워 효의(孝義)를 드러내니 세상에 드문 일이며
세운 공적(功績) 드높아 그 명성 어전(御殿)에서 드날렸네.
집정관(執政官)으로 이름이 알려져 강직으로 부정함을 꺾었고
가문(家門)을 맑게 다스림으로써 가정을 화목(和睦)하게 하였네.
이름난 사람에게 출가하여 안살림을 능숙하게 처리하였고
사랑과 순종을 바른 일로 삼고, 청렴과 검약을 기쁨으로 알았네.
가정(家庭)은 수수하고 은혜로운 책봉(册封)도 없는 듯하였으나
백미(白眉)라고 도우며 꾀하고 시종(時宗)으로 우러러보았네.
봉양할 때 고기 준비해 두었으니 늙은이는 높은 수를 하였고
미처 다하지 못한 일 거두어서 후대에서 이루도록 당부하였네.
훌륭한 업적을 견고히 새겨놓고 광중에도 넣어서 영구히 전함에
부덕(婦德)을 생각하면서 어찌 이에 살펴보지 않을 수 있으리요.

가선대부동지중추부사겸오위도총부(嘉善大夫同知中樞府使兼五衛都摠府)
부총관(副摠管) 정사룡(鄭士龍) 근지(謹誌)

有明朝鮮國嘉善大夫兵曹參判兼同知成均館事贈資憲大夫吏曹判書兼知經筵春秋館義禁府事丁公壽崗妻貞夫人金氏墓誌銘幷序

嘉靖辛丑仲春 參贊丁公玉亨 丁外艱 手具先夫人行狀 徵銘於士龍 士龍復曰 凡以銘文取信來世者 必屬諸名文鉅公 龍顧非其人 豈足以揄揚先德 敢辭 參贊速之益堅. 謹按 夫人之系 出新羅武烈王 越六世諱周元 受封溟州 因家焉 溟州卽今江陵 江陵之有金氏 自此始 綿歷三國高麗以及本朝 傳世十八 軒緌相望 爛于譜牒. 有諱德崇知韓山郡事 性至孝 棄官歸家 晨昏色養 備極誠敬 正統甲子 世宗幸椒水 過鎭川 聞公卓行 特賜米酒衣服以旌之 其後擧二喪 廬墓哀毁 雖在耆年 不少愆制 服除猶執如生之禮 終身不衰. 鄕黨暴其狀于監司 遂轉聞于朝 世宗命立石墓道 以紀其美 官其二子. 長貴城西部錄事 生安繼 早沒 有二子 曰彦庚彦辛. 彦庚官至慶尙節度使 以其貴 贈知郡司僕寺正 錄事贈戶曹參議 先考贈兵曹參判. 彦辛官至司憲府持平 夙有時名 仕不諧 終于鄕. 取羅州牧使文敍之女 生夫人 雅有淑德 及長 歸于公. 旣入門 媚于舅姑 順于夫子 姒娌僕使之間 莫不得其歡心. 公篤於孝友 伯兄早歲 與寡嫂分産 推多取薄 嫂不克供祀 替奉三世廟主于所居 享之如在. 夫人尸事周盡 羞醴豊潔 公庶謹不事産業 夫人理辦有素 故未嘗告匱 公平生以淸德儀世 內裨居多. 夫人晩年 常擧先世莅官淸苦 誨勉子孫 及參贊大顯 夫人在養 外人或饋遺 却之曰 我食諸子榮祿 足矣. 自紉居處 有常鷄鳴 必起盥櫛 至老不廢 病革神思不亂 處置後事 皆有條緖. 夫人生于天順己卯七月十四日 終于嘉靖辛丑二月十五日 享年八十三 是年四月十七日配葬于高陽郡治之南 古幸州土堂里辰坐戌向之原 參判公墓左. 夫人凡生三男一女 男長曰玉卿 抱川縣監 次曰玉亨 卽議政府左參贊 次曰玉精 衿川縣監 女適于司禦宋康. 抱川娶內禁衛朴潤孫之女 生二男一女 男長曰應虛 厚陵參奉 次應軫 女適宗室大興令大春. 參贊娶副司直金壽延之女 生一男一女 男曰 應斗 吏曹正郞 女適禮賓寺參奉閔蘭馨. 衿川娶內禁衛元弘祖之女 無嗣. 司禦生二男 長曰文粹 禧陵參奉 次文度. 曾孫男女若干人. 銘曰

吾東氏族 儷盛中華 歷數表系 就最名家
武烈混合 功著三韓 實洪其源 流慶不殫
溟州之封 波別爲岐 昆雲顯要 益培其基
序傳疊九 以有純孝 孰薀不耀 上厘褒敎
琢石表義 世不多見 惟其積厚 乃發于殿

官爹有聞 竟以剛折 鍾淑門楣 以疏其室
歸于聞人 克幹內理 媚順爲正 淸約是喜
家如未貴 不有恩封 白眉贊模 望爲時宗
養備牲釜 壽嶄耊耉 歛其未究 歸成于後
最迹勒堅 納窾圖永 有考婦德 盍於斯省

嘉善大夫 同知中樞府事 兼 五衛都摠府副摠管 鄭士龍 謹誌

증자헌대부이조판서겸지경연춘추관의금부사행가선대부병조참판겸동지성균관사공묘갈음기(贈資憲大夫吏曹判書兼知經筵春秋館義禁府事行嘉善大夫兵曹參判兼同知成均館事公墓碣陰記)

공(公)은 성(姓)이 정(丁)씨이며, 휘(諱) 수강(壽崗), 자(字) 불붕(不崩)이다. 나주(羅州) 압해(押海) 사람이다. 먼 조상 윤종(允宗)은 검교대장군(檢校大將軍)이다. 윤종이 혁재(奕材)를 낳았고, 혁재가 량(良)을 낳았고, 량이 신(信)을 낳았고, 신이 준(俊)을 낳았고, 준이 공일(公逸)을 낳았고, 공일이 원보(元甫)를 낳았고, 원보가 세(世)를 낳았고, 세가 안경(安景)을 낳았으니 증사섬시정(贈司贍寺正)이며, 안경이 연(衍)을 낳았으니 증공조참의(贈工曹參議)이다. 연이 자급(子伋)을 낳았으니, 과거에 급제하여 벼슬이 소격서령(昭格署令)에 이르렀으며, 증예조참판(贈禮曹參判)이다. 중랑장(中郎將) 황처성(黃處盛)의 여식에게 장가들어 2남을 두었다. 장자는 수곤(壽崑)이니 승문원 교리(承文院校理)가 되었으나 일찍 졸했다. 다음이 바로 공(公)이니, 나이 21세에 진사(進士)가 되었고, 24세에 과거에 급제하였다.

처음에는 전교서(典校署)에 소속되었으며, 누차 전직하여 사간원 정언(司諫院正言) 병조 좌랑(兵曹佐郎) 사헌부 장령(司憲府掌令) 봉상시 부정(奉常寺副正) 홍문관 직제학(弘文館直提學) 등을 역임하였다. 홍치(弘治) 계해년(癸亥年, 연산군 9, 1503) 겨울에 통정 대부(通政大夫)로 승급(陞級)되었으며, 홍문관 부제학(弘文館副提學) 지제교(知製敎) 겸 경연 참찬관(經筵參贊官) 춘추관 수찬관(春秋館修撰官)이 되었다. 정덕(正德) 병인년(丙寅年, 중종 1, 1506)에 금상(今上)이 즉위하자 원종 공신(原從功臣) 일등(一等)에 책록(策錄)되었고, 강원도 관찰사(江原道觀察使)에 제수되었으며, 윗 삼대(三代)가 추증(追贈)되었다. 예조(禮曹), 병조(兵曹), 형조(刑曹)의 참의(參議)를 역임하였으며, 다시 성균관 대사성(成均館大司成)에 임명되었다. 무인년(戊寅年, 중종 13, 1518) 봄에 가선대부(嘉善大夫)로 승급되었다. 사헌부 대사헌(司憲府大司憲)이 되고, 얼마 안 있어 동지성균관사(同知成均館事)를 겸임하였으며, 이윽고 병조 참판(兵曹參判) 동지중추부사(同知中樞府事), 전의(典醫)와 빙고(氷庫) 양 관사(官司)의 제조(提調)가 되었다.

공은 경태(景泰) 갑술년(甲戌年, 단종 2, 1454) 8월 26일 축시(丑時)에 배천(白川) 군내(郡內)에서 태어나 가정(嘉靖) 정해년(丁亥年, 중종 22, 1527) 2월 28에 졸하였으니, 향년 74세였다. 이 해 4월 15일에 고양군(高陽郡) 남토당리(南土堂里) 진좌술향(辰坐戌向)의 자리에 묻혔다.

공은 성품이 어질고, 어버이에겐 효도하고 형제간에는 우애가 있었으며, 청렴하고 대범하고 겸손하고 근신(謹愼)하여 사람들이 그 덕에 감복하였다.

지평(持平) 김언신(金彦辛) 여식에게 장가들어 3남 1녀를 두었다. 장자는 옥경(玉卿)이니 의금부 도사(義禁府都事)이다. 차남은 옥형(玉亨)이니 승정원 우승지(承政院右承旨)이다. 그 다음은 옥정(玉精)이니 종묘서 부봉사(宗廟署副奉事)이다. 여식은 귀후서 별제(歸厚署別提) 송강(宋康)에게 시집갔는데, 공보다 앞서 죽었다. 옥경은 박씨(朴氏)에게 장가들어 2남 1녀를 두었으니, 남자는 응허(應虛) 응진(應軫)이며, 여식은 종실(宗室) 대흥령(大興令)에게 시집갔다. 옥형(玉亨)은 김씨에게 장가들어 1남 1녀를 두었으니, 남자는 응두(應斗)이며 여식은 유학(閔蘭馨)에게 시집갔다. 송강은 3남을 두었으니, 문수(文粹) 문도(文度) 문헌(文憲)이다. 김씨부인(金氏夫人)은 신라(新羅) 태종왕(太宗王) 6대손 주원(周元)의 후손이니, 천순(天順) 기묘년(己卯年, 세조 4, 1459)에 7월 14일에 태어나서 가정(嘉靖) 신축년(辛丑年, 중종 36, 1541) 2월 15일에 졸하였으며, 4월 17일에 묻혔다.

아들 승문원 우승지 옥형이 삼가 짓다

贈資憲大夫 吏曹判書 兼 知經筵 春秋館 義禁府事 行嘉善大夫 兵曹參判 兼同知成均館事 公 墓碣陰記

公姓丁 諱壽崗 字不崩 羅州押海人. 遠祖允宗 檢校大將軍. 允宗生奕材 奕材生良 良生信 信生俊 俊生公逸 公逸生元甫 元甫生世 世生安景 贈司贍寺正 安景生衍 贈工曹參議 衍生子伋 登第 官至昭格署令 贈禮曹參判 娶中郎將黃處盛之女 生二男 長壽崑 爲承文院校理 早卒 次則公 年二十一中進士 二十四登第. 初屬典校署 累轉

爲司諫院正言 兵曹佐郎 司憲府掌令 奉常寺副正 弘文館直提學. 弘治癸亥冬 陞通政大夫 弘文館副提學 知製敎 兼經筵參贊官 春秋館修撰官. 正德丙寅秋 今上卽位錄原從功一等 拜江原道觀察使 追贈三代. 歷遷禮兵刑三曹參議 再任成均館大司成. 戊寅春 陞嘉善大夫 司憲府大司憲. 俄兼同知成均館事 尋爲兵曹參判 同知中樞府事典醫 氷庫 兩司提調. 公以景泰甲戌八月二十六日丑時生於白川郡內 至嘉靖丁亥二月二十八日卒 享年七十四 是年四月十五日葬于高陽郡南土堂里辰坐戌向之原. 公性仁恕孝友 廉簡謙謹 人服其德. 娶持平金彦辛之女 生三男一女. 長玉卿 義禁府都事 次玉亨 承政院右承旨 次玉精 宗廟署副奉事. 女適歸厚署別提宋康 先公亡. 玉卿娶朴氏 生二男一女 男應虛 應軫 女適宗室大興令. 玉亨娶金氏 生一男一女 男應斗 女適幼學閔蘭馨. 宋康生三男 文粹 文度 文憲. 金氏夫人 新羅太宗王六世孫周元之後 天順己卯七月十四日生 嘉靖辛丑二月十五日卒 四月十七日葬.

子承文院右承旨 玉亨 謹撰

檀紀 4308年 乙卯 仲秋 不肖後孫奎琰再拜 謹追記

조선조행가선대부병조참판겸동지성균관사증자헌대부이조판서겸지경연춘추관의금부사월헌정공수강신도명병서(朝鮮朝行嘉善大夫兵曹參判兼同知成均館事贈資憲大夫吏曹判書兼知經筵春秋館義禁府事月軒丁公壽崗神道銘幷序)

不佞 家源이 일찍이 月軒 丁公의 文集이 四刊될 때에 序를 쓴 일이 있어 公의 宦業과 文章에 대하여 攷究한 바 있었다. 公의 諱壽崗과 字不崩은 일찍이 大人 子伋公의 夢中에 神人에게 받은 것이라 한다. 公은 李朝端宗二年甲戌八月二十六日에 白川龍靑坊에서 羅州丁氏의 名門에 태어났었다. 天資가 英邁하여 나이 겨우 十歲에 經史百家를 博通하셨고 詩文이 典雅平澹하였으며 二十一歲에 成均進士에 居魁하였고 뒤 三年에 文科에 올랐으니 이로부터 官途가 크게 트이었다. 典校署의 權知副正字 · 正字 · 著作 · 博士 등을 역임하였고, 辛丑에 司醞署主簿 · 司憲府監察에 옮겨 壬寅正朝 書狀官으로 明京에 갔고, 癸卯 이후에는 平安北道兵馬評事 · 承文院校檢 · 兵曹佐郎 · 成均館典籍 兼 南學敎授 · 司諫院正言 · 宗簿寺主簿 · 江原都事 · 儀賓府都事 · 工曹正郎 · 兵曹正郎 · 禮賓寺僉正 · 開城府經歷 · 司憲府掌令 · 奉常寺僉正 · 軍器寺副正 · 成均館司成 · 奉常寺副正 · 司宰監正 · 證考使從事官 등을 역임하였

다. 癸亥에 弘文館에 들어 直提學·副提學·知製教가 되었으니, 正祖大王의 이른바 "玉堂은 丁氏家物이라" 는 말씀도 이에서 비롯된 것이다. 公이 벼슬에 恬淡하였으므로 燕山主의 노염을 만나 罷職을 당하였으나, 丙寅에는 職牒이 還給되었고, 銓曹에서 成均館大司成에 擬注하였으나, 主가 前過로써 길이 敍用하지 않았다. 믿 中宗이 反正함에 靖國功臣原從一等에 錄勳되어 副護君으로 內禁衛將·五衛將을 겸하였고, 丁卯 이후에는 成均館大司成·江原道觀察使·僉知中樞府事·掌隷院判決事·司諫院大司諫·虎賁衛司直·忠佐衛上護軍·龍驤衛副護軍·義興衛大護軍·兵曹參議·刑曹參議·禮曹參議·同知中樞府事 兼 知成均館事·兵曹參判·忠武衛大護軍·虎賁衛上護軍·義興衛上護軍 등을 역임하였고, 甲申에 同知中樞府事로서 典醫監·氷庫提調를 겸하여 乞退하였으나 兼帶만 갈고 本職은 그대로 致仕되었으니 特典이었다. 七十四春秋를 享有하던 丁亥二月二十八日에 卒하매, 高陽郡知道面土堂山辰坐에 장사하였고, 次子 玉亨公의 貴로 인하여 吏曹判書에 追贈되었다. 公이 비록 別著의 書는 없으나, 文集五卷三册이 일찍이 英祖의 睿覽을 거쳐 刊進되었고, 文章이 醇淡平白하여 李朝初葉의 風을 지녔으며, 그 어떤 것이 修己治國의 眞衷에서 나오지 않음이 없건만은… 특히 治國如治病賦는 治國의 妙諦를 제시하였고, 抱節君傳은 暴政을 지나 오는 苦節에 自況한 擬人體의 小說이었고 將進酒는 당시 七英三老契會의 風流를 엿볼 수 있었으며, 또 權韠 鄭澈 輩의 詩風을 열어 주었다.

公의 始祖는 고려 檢校大將軍 尹宗이요 曾祖 安景은 左右衛保勝郎將 贈司贍寺正이요, 祖父 衍은 贈工曹參判이요 父公이 비로소 李朝에 벼슬하였으니 文科及第하시고 昭格署令 贈禮曹判書이요, 妣贈貞夫人 管城黃氏는 右領中郎將 處盛의 따님이요 配贈貞夫人 江陵金氏는 持平 彦平의 따님이시다. 三男一女를 두었는데, 아들 玉卿은 文化縣令이요, 다음이 곧 玉亨이니 文科兵曹判書요, 다음 玉精은 僉正이요, 사위는 縣令 宋康이다. 玉卿의 아들 應虛는 參奉 贈參議요, 應軫은 大司成이며, 玉亨의 아들 應斗는 文科左贊成 贈領議政이요, 曾玄 이하는 이루 다 기록할 수 없겠고, 다만 몇몇 名賢을 들면 性理學에는 時翰, 文學에는 範祖, 實學에는 若鏞이 있어 國中에 이름을 떨치었다.

임나실제 신이 도와 아름다운 이름내려 천품이 이미 높으시고 옛글 읽어 학식 넓혀 높은 재주 한번 날아 용문에 오르셨소. 학문이 넉넉하고 밝은 임금 만나시어 벼슬길이 트이심에, 金局堂 빨리 올라 學士님 높은 바람 일세에 날리셨소. 昏朝가 혼탁할제 푸른댓잎 절개 짓고 바다 햇빛 거듭 밝아 그 공훈이 기록되어 글도 맡고 법도 맡아 亞卿에 이르셨소. 致仕는 하였으나 좋은 벼기 상기남아 자손에게 말씀일러 가득 넘침 경계하고 아담하신 그 풍류는 七英三老 모았었소. 가신뒤 나라 은혜 가지도록 망극하여 끼친 책권 그 머리에 어필이 빛나 있고 후손이 번영하여 명현이 대이었소. 서울 가까운 곳에 土堂이 아름답고 빗돌에 글새겨서 우뚝히 세우노니 초동아 삼가 이 어른을 높여다오.

公歿後四百四十二年乙酉仲秋日 外裔孫 文學博士 眞城 李家源 謹撰

命必在于順前後二百三十年
之間文之顯晦時之遭逢豈
偶然哉是不但爲範祖氏
之榮其亦有光於吾二祖矣
於使後之人徒知有範祖
氏之發揚而不知是集之不
湮沒由吾二祖則不亦難乎
不肖忝所生不能以繼述二
祖而今日所相不已綴輯之
徽則竊有愧於範祖氏之使
先人顯也癸巳南至十世
孫載遠謹跋

一九九七年　八月　二〇日　印刷
一九九七年　八月　三一日　發行
서울特別市 瑞草區 瑞草洞 一五五三—一
羅州丁氏月軒會館 七〇四號
電話：〇二—五八五—三三三一～二
FAX：〇二—五八六—七四六七
會長
發行人　丁　海　昌
著者　丁　壽　崗
編輯人　丁　周　榮
出版人　丁　海　南
發行處　羅州丁氏月軒公派宗會
瑞耿出版社
(出版登錄番號 二—一三八七號)

頭是集之登徹適在範祖廁近密承顧問之日幽明感激寧有其極焉究其不才無能倖竊科官保守門戶迺其先德攸暨後之子孫讀斯文者其必油然生忠孝之心矣

上之四十九年癸巳季秋十世孫範祖謹跋

月軒公棄子孫十六年當嘉靖壬寅遺集始入梓于星州越五十年遭壬辰之燹蕩佚不傳又四十餘年吾五世祖校理公得其書於嶺南又六十餘年吾高祖參議公承其志印之於

昇平又六十餘年因族兄範祖氏而徹睿覽煌煌雲章弁之簡編之首而重入剞劂之

集四世三卷可賁也仍　親製書
五言十字令模寫亟錄　下敎弁
卷首
宣諭湖南道臣改刊印出一本
進御一本進
東宮盖　異數也先祖固以文學

顯重當世矣而獨其所著述幾亡
而僅存者又不克廣布國中如沉
珠韞玉光氣不外見一日登
天覽而被　睿奬塵編璀簡輝
暎
雲章之下而並與夫三世遺稿

赫曷人耳目豈非遭遇有時歟盖
先祖秉德純慤律己淸簡家學
相承源流有自發之爲文辭去要
皆理贍詞約而不爲夸多鬪靡之習
雖其篇帙不富片言隻字本源性
情之正而有足以補世教故百歲之後
卒能一當

聖人之心而表顯爲如此固知嘉穀之
實薦爲粢盛不與空花俱滅而抑
伏覩我
聖上祛文尙質風励一世之　盛意也
竊念範祖謬忝　寵渥歷叨華

挽呉判書準母夫人金氏

夫人聯閥閱窈窕性天然愛敬閨門著柔嘉婦道全
享年逾七袠教子已三遷定識張林撰高名播遠傳

忠靖公遺稿 終

十世祖月軒公遺集詩文凡三卷
上錄十一世祖 贈判書公詩若干
篇中下附九世祖恭安公八世祖忠靖公
詩月軒公伯氏校理公詩文各若干
篇始嘗刊星州板而壬辰冦難佚
板本後幸得完帙重刊于族祖諱

時潤公宰順天時然印布不廣年
代寖遠但作子孫巾衍藏而已癸巳
秋範祖以承宣入侍
上問而先祖有文集乎臣即以是集
對 命持入讀訖
下教曰予嘗悶近世文集帙太多是

肅廟朝丁亥五世孫道復以安州牧使往賞得
此二詩而來但石多刓缺間有闕字可勝歎
哉

同李知事賢輔遊暎湖樓樓在安東

禮安李知事退老十餘年未嘗出門聞僕欲
進謁肩轝徑臨乃陪上湖樓又下樓登船公
之次胤奉化倅希樑青松倅仲樑連山倅季
樑及長孫與壻孼子數人迭侍左右而邊佐
郎永清亦與焉相與嗟嘆竟日侍歡時適好
雨新晴一州人咸來聳觀亦一時盛事不覺

僭書一律公乃見而喜之仍次以示遂不敢
泯焉公爲慶尚監司時

南極光芒耀福州德星還聚暎湖樓元方接武雲仍
合張仲連城孝友周海遣麻姑供獻祝天教喜雨勸
淹留微生忝續先人好幸挹清塵又此遊

其二

佳麗東南第一州州前江水水邊樓扁題滿額人何
在種植成林歲幾周不用臨流空歎慨直須探勝重
淹留咨詢每被驅馳急分付君行盡意遊右都事病未參會而落後故勸使調理出遊

挽李知事賢輔

南極爭傳福德增東方忽報泰山崩名齊疏傅恩何
限孝軼封人代有興一道瞻依知幾歲百年儀表恨
無憑如吾亦世先君好漬酒陳誠愧未能

次風詠亭板上韻亭在光州判校金公彦琚之宅

早欲歸休久未休聞君亭號便忘愁光風長起青蘋
末溱水遙分白鷺洲樂事難追先輩遠良辰還與好
懷留行成春服相隨去肯爲蓴鱸更待秋

奉別金榮川細令公赴任官司

尊執曾從得御頻追陪每幸廁清塵薇垣奉袂炎蒸
節榆塞離筵歲暮辰　天意昭然回日鑑　寵章先
許慰慈親知應孝友施民政預恐頴川借寇恂

其二

愛日庭闈苦入思哀誠上荷　九重知東州爲屈清
要扶　北闕方登俊彩時袍笏榮生萊子戲珍甘奉
厚頴人遺都門車馬還多少嘖嘖爭吟錫類詩

挽黃貳相士佑

人物堂堂瑞世珍斯文拔萃見祥麟胸襟浩浩無邊
海氣岸溫溫有脚春遭遇生前恩寵盛流傳身後姓
名新同庚一掬情鍾淚灑向春風倍悵神

若干首錄之於初且伯父聯叙好學嘗因書七行俱下無一所不涉攬而文章贍富操縕立就不幸早世所著詩集不多併以叙父公一所作觀之則可知三大人並捷巍科登仕路以文以行名於世者固不在於記誦章句雕蟲小技而甚所自得於心者有由矣豈不偉哉時嘉靖紀元之二十有一年壬寅秋男亞亨謹跋

忠靖公遺稿附

寄鄭林塘惟吉案下

巷僻無賓客人閑有桂花風清懷谷口蟬響隔林多

紀夢芝峯類說云公未第時記夢詩云云逮登第一如所夢

曙色初開 玉殿春位分龍虎挾階陳中官賜罷天廚醞浥露宮花滿首新

滿月臺懷古壬午十五歲作

滿月臺空月滿臺臺前雲影去還來秋風吹起前朝恨銷恨無如飲百盃

題無盡臺

奇巖壁立帶晴川中有仙區隔俗烟定是高人逃世處滿園桑柘尚依然

其二

地秘仙居處誰教我缺求乾坤無盡藏湖海不期遊曲水蘭亭會清風赤壁秋人間三字缺崖石缺二字留

無盡臺在平安道价川地 忠靖公於嘉靖丙辰出按關西翌年暮春與道內守令金鍊光楊士彥楊士奇慎之詳李允寶五人往遊焉始以無盡名其臺仍題刻諸人名字及詩於石上

以爲之耳目則其任其選豈不榮且重矣哉往祇厥官無曠乃職農桑在所敦勸刑獄亦當欽恤至於輕徭薄賦凡可以除民之瘼者無不盡心爲之以寬予西顧之憂則予汝嘉而賞隨之故玆教示想宜知悉

樂府

次兼善踏莎行

紫燕銜巢倉庚伏卵韶光撩亂問誰管年年不改舊繁華上林千樹紅霞散泉石興長貂蟬意短不堪束帶隨行嬾一塲春夢到江南起看天末碧雲斷

寄舍弟不崩永安幕淸平樂二闋

鴒原悵望落落神斜放雲白天高横萬嶂不斷情懷漾漾

先春嶺上豊碑至今守在蠻夷校尉綸巾長嘯將軍羽扇吟詩

校理公遺稿 終

先君天性美邁年甫十餘既讀四書五經遂徧覽群書精深於經傳博洽於書史發以爲詩文平淡典雅有古作者之體其篤守虛靜之性思慕父母之情著見於吟詠製作之間者至矣抑可以見避榮利脫流俗優游自樂

之氣象也晚年謝事閒居與金鶩埰俊孫朴僉知元矜李經歷師準爲詩酒忘形之友酬唱不輟以此自娛而終焉今收詩文分類以書祖考善爲詞章而不收貯故只得

見性虗無寂滅菽陏離窮然佛說之能侈而閎其誣人也愈滚而久常樂我淨配吾元亨利貞因果輪廻易我道德忠信天堂有蓮座之樂地獄具劒山之刑由邪言詖行之若茲故害人溺物之罔極雖元魏盡撤寺社而柴周咸鑄銅錢然深根之未除故滋蔓之復盛遂到今而自若比前世而尤繁恭惟自誠而明惟睿作聖罷黜百家之說表章六藝之文家孔孟而人洙泗皆誦聖訓祖堯舜而憲文武並行王猷煥乎其有文章巍乎其有道德惟佛法之未廢與儒教而並存金碧列於陂陁齊民逃於緇褐入闤闠穿閭巷

騰孀寡之醜聲化衣裳營滋味蠹黔黎之生業況士族之婦女亦蔵身於袈裟非徒諸山之搆堂乃於中都而立剎瓶鉢多於俎豆僧尼衆於兵農克仁塞義之如斯拔本防源之可緩伏望廓揮剛斷亟下俞音焚其書火其廬不崇朝而兵賦足正其誼明其道期永世而治教休

西征將士謝賜衣冠箋

屬推轂之有命將軍感解衣之榮推在閫而及恩士卒同挾纊之暖瞻九天而拜謝舉三軍以歡欣恭惟自誠而明惟睿作聖握龍圖於七葉丕承無疆之休

紀鳳曆者十年誕撫有道之運邊塵旣靜國步亦寧航海梯山覲天朝而莫攘文身被髮叩關門而來庭洞徃古而髙觀莫今時之爲盛頃以肅愼氏之遺孽辜恩大邦不感山之殘戎猜噬中夏下十行之明詔徵數萬之精兵遂命臣等之庸材爰致閫外之重任冬日烈烈時當滕六之蜚英北風蕭蕭節屬巽二之施怒奈此墮指之苦難堪曠野之行賴一人之遐思煩九重之軫念優加護恤曲賜矜憐衣吉而安可以禦霜雪之撲面寵榮而重亦以思報效於粉身喜淚交頤感情銘骨臣等敢不益勵無怠永矢不忘破陣

攻城奮韓鉞以前驅被堅執銳期祖鞭之先着

教書

教黃海道觀察使朴繼姓書

王若曰予惟黃海一道地狭民稀賦役繁重重以飢饉而奔於使命徵發之廣輓輸之弊民之告病四年于此矣思欲休息以復其業非得公廉敦敏之人以寄其升黜循撫之任則尚何望焉以卿沉詳有守悃愊無華嘗爲大諫多所獻替裨益弘多簡在予心肆以命卿徃觀察之其通政以上聽予科斷通訓以下任卿處置於戲一人之聡明不及於四境故立監司

囊沙背水非韓信之無雙悅禮敦詩異郤縠之可舉屬函夏之多事荷睿鑑之誤收濟洪流而誓辭聞荒雞而作氣漢賊兩立常懷據鞍而捐生氷炭同盛每擬援桴而畢命是用先着越甲獨揮吳戈鳴劒黃河之南馳志玄塞之北懸麾直指挑豹股戰而跳身分旆斜邀陳川滕行而搖尾剪當路之荊棘戮橫波之鯨鯢燎原之焰欲灰滔天之勢漸殺天助者順我武揚而取彼凶師曲者奔虜衆盛而崩厥角玆陳形勢敢布腹心伏望恢麟經之大謨覽羊傳之確論須十行之明詔誕告多方出七萃之猋戎恭行九伐鐵馬

則跨豫闖冀樓船則浮濟入河水陸俱陳奇正并用迎二帝之靈駕慰彼黔黎彗三川之妖氛還我桑梓三年克鬼一怒安民則臣謹當賴天之靈敵王所愾長安謁高廟掃十一帝之園陵洛邑朝諸侯贍八十物而垂拱

新羅遣使於唐請伐百濟表 文臣課試

漢使閉於西南天子致昆明之戰辰番壅於東北將軍下樓船之師凡小夷之不恭在大邦而當討從古如此矧今何疑欽惟聖敬日躋勇智天錫值四七之際亂龍飛鴈門當五百之興王鳳翔鶉首接羲軒之絕緒撫胡越而同家鰈域龍堆披山溪以通道氷天桂澨引懸渡而輸琛几在覆燾之中均被甄陶之化如臣者雞林舊址鰲極偏邦乃祖乃孫迭秉周禮一枝一葉皆襲漢封受冠帶三十代之相承涉滄波數萬里而致貢頃因蛇豕之當路致闕玉帛之旅庭綏遠之恩雖隆享上之誠莫遂空極瞻天之目未有就日之期地醜德齊力不足以舉彼山重海隔罪無由以通天若不憑於王靈安能問於兇黨伏望出偏師之數萬命一將而徂征共驅雷霆之威廣張犄角之勢扶餘川上騰六軍之凱歌泗沘河邊雪三韓之宿

憤則謹當長承漢德永守箕藩葵藿輸誠向太陽而敢怠山河作誓與上國而同歡

擬禮曹請斥異端箋 會文臣於殿庭親試

教無二致惟仁義禮智之宜行作爲一端彼楊墨老佛之可斥敢嘉猷之是奏期聖治之益亨若稽先民明王設教自格致誠正遵一道而無偏而修齊治平捨五常其奚以故禮樂刑政之不悖抑聲教風俗之至純虞舜風動四方唐堯光被四表初無駭世異常之事以爲化民成俗之資淳風告還邪說雜起墨二本而無父楊獨善而逃君老云守氣存精佛曰明心

不成是感又及大歸蕭蕭葉落瀟瀟水凝青霞朝黯
白雲晨興厩馬嘶主蒼童拊膺悲莫悲兮爲客而死
慟莫慟兮不見妻子知歟不知長歸蒿里臨訣奠盃
潸然含淚累情述懷長呼而喟嗚呼哀哉尚饗

祭亡妻小祥文

惟靈受命上界禀氣精英氷神水質玉潤松貞芳年
二七親結其褵庶畢志而偕老共貧富於期頤夫何
好事難全佳緣易缺驟嬰微疾沉綿五月難堪殘緒
奄及不淑慈顔永違羽駕長徃青春十七滅彩黄壤
嗚呼哀哉玉隕兮花飛珠沉兮簪折豊城之劒安在

樂昌之鏡永訣百年契濶一朝分張適子之舘感念
悲傷依俙陟（缺）髮鬚衣裳閨門冷落幃幌凄凉鼠穿
綾壁塵集文擽嗚呼哀哉光陰荏苒時及小祥設奠
来享傍塋彷徨哀長逝於流水泣孤聲於白楊回仙
駕之翩翩慰夫聟之丹忱奠三杯以長跪冀英靈之
来臨

表箋

擬晉奮威將軍豫州刺史祖逖請北伐表

春秋復九世之讎武帝遵而伐虜戎翟過三塗之野
文公遂以興師顧已徃而猶然其在今而可忍爰揭
大略式啓宸聰竊以物靡盛而不虧事罔隆而勿替
昏明遆謝天地欠其全功否泰相承聖智難於純治
九黎亂德於昊代三苗不恭於嬀朝顓帝受而蘊芟
重華代而流竄皆明天討用躋大猷惟我皇晉繼炎
軒之末流接周漢之正統三葉克搆二聖重光東漸
海而西被沙聲教咸曁南戴日而北値斗智武并臣
民物阜康人文宣朗崇極而陊亂起不虞鼈墜三山
羯賊扛周家之鼎龍戰九服凶奴掩驪岳之烽胡貉
并海而覘風戎馬循河而候月人鬼於焉無主雞犬
以之未寧蒼梧之鳳駕不歸重瞳杳渺鼎湖之龍髯

莫及萬姓悲呼喪亂之弘前昔所罕幸帝眷之匪懈
啓上聖以中興欽惟生當千一之期運値百六之會
歲連鎭而緯女太社之青祥允臧馬浮江而化龍金
陵之紫氣始驗重維絶紐更振頽綱發金德之清輝
攬武皇之餘烈宜述盛德用被樂章第以天邑貴於
宅中帝略要於圖大龍旌颺於江介非所久安宸極
傾於海隅豈堪永保氈罽易中原之冠帶父老思漢
官之威儀時不再来機難驟得冀方復皇祖之迹少
康以之蜚英岷川駐劉宗之輿孔明所以泣血茲徃
世之明鏡乃今日之元龜臣逖力乏翹關才謝中戟

美家業何曾隴西憇西湖千里多風景無事𣠽門接
笑談腰纏秋水龍紋劒王勒錦韉挑花驂高秋大獵
錦江上紅幟平明蘸寒潭日暮清笳歸幕府路人爭
指馬征南

祭文

祭槐山郡守柳公 季芳文

渾元宰物外黙内聡福善禍淫隨感而通易讚餘慶
書稱輔德居高聽卑其鑑不忒余昔讀書觀古聖賢
經傳所訓謂爲誠然中年以来頗究世縁吉凶之理
或參差焉今於君洖尢恠于天君以華胄克繩其先

志慮端固言辭晏温蜚英蟾窟擢秀薇垣将宣所學
大奏嘉言家宗不幸爰及播遷章皇山澤十有三年
始遭雷雨大滌羣慝還朝調選已近華顛司評之職
不堪其叢况非利器所施其工遷延未幾外憂是丁
脫衰從仕典禮直清物望淸重期於晩成郎官之任
曹務甚擾亦愧故舊益秩公卿爰求外寄槐壤是守
客邇桑鄉時省百畝亦從此退寧享黄耉天胡不靈
茫昧與取俾我淑人在世不久旣不昇位又吝於壽
維彼凶徒爲惡孜孜是崇是長不殛誅爲咸躋膴仕
笑語熈熈維此吉士行步有䂓是蹶是殲如不克之

幾何爲善不使怠而天甚不仁天信無知嗚呼哀哉
歲在玄黓余捷春闈穉年入朝實狂而窽君乃恍可
謂將大施其後四禩竟托冤絲潘揚之睦肇締於斯
通家出入升堂去帷忘形莫逆情愛咿咿願得遐齡
畢意相隨如何翩然與我長辭翻思往年有慶賢郎
言笑之別一何琅琅那知此行無復見期分襟之面
永作相思傷吾薄宦身方羈束聞故南望未得赴哭
不覩其斂亦不臨窆虧恩缺禮何時弛念光陰易謝
星霜屢移承訃如昨今已二期入君之門不見淸容
趨君之墓空悽寒松菲蔬斗酒長跪抒情靈如不昧
諒我丹誠嗚呼哀哉尚饗

祭黄萬户文

歲在癸卯孟冬五日黄君遠行晨將執紼感平昔之
相歡酌卮酒而歠詞苟精靈之不蕩歆余觴而莫辭
嗚呼哀哉余於黄君雖非同根婚姻之故締契至親
游宦四方一蹟歸鄉單騎入洛於我卸韁論情話舊
笑語洋洋從容五月起居相忘那知一疾奄及不良
嗚呼哀哉昔君之來仲呂紀律鸎語淸娟園樹榮欝
萋萋芳草步步惜別迢迢家山望望而滅棲遲客次
載罹寒暑斯螽莎雞在野入戶時物變化緇塵染衣

此景淳六姓遺蹤今可錄扶桑銅柱消氛祲日本琉
球南蠻國木道遙通五千里兼金大貝来南極多君
建節非債帥幸我亦是君家出貂蟬十葉飛翠綏門
地人材兩不缺固知七羲能辨事一弦彈破夷膽裂
還朝自有　君恩重不比蘇卿還漠北

赴燕京途中

燕山春半寒猶劇漫空雪片大如席黃沙白草連漠
北巫閭峭拔撑天額無端驛舍阻行客獨坐何堪守
閑寂小官傾囊計粮食大官支頤夢故國故國縹緲
倚鰈域長路遙遙不可極三义河上鶴野邈松鶻山

前鴨江亢江東千里六小國長亭短亭連紫陌是時
關西好風色薩水同江氷初劃清華賓舘輝丹雘歌
吹朝朝兩部樂（脫一句）何人此日行此樂飄泊余行天
一角轞轗征袖渾塵羃幾度衝晨抵昏黑良辰萬里
空役役怊悵今春虛拋擲

以燕京墨十丁餉四佳恩府

羿昔西征覲王母瑶池宴罷醼玄霜歸来慢藏誨婦
偷奔月托身甘棲孀不辭玉腕敲萬杵合成烏圭一
兩强偶然失手墜雲外落向鍾繇書硯傍漂流千載
到海表輸入吾家置豹囊試拂玉板染數字三年不
暗更生光寒家拙筆渾無用敢將十笏供几席先生
妙手超永和字字瘦硬皆入格至尊愛之欲常覽命
寫聯珠責真跡已逾山陰寫道經似勝王生註周易
憑君揮灑須大製爾雅蟲魚何足釋（時四佳受命寫聯珠詩格將供　御覽焉）

題金別提獨樂亭詩卷

居家常苦乏糇粮為宦翻憂有禍殃魏闕江湖兩渺
茫謀身難適是行藏君家稻田盡肥良秋稼離離連
雲黃齊唱春歌恣蹴揚釀成春風竹葉光一斟方塘
即滄浪滑蓴赬鯉不論償荷香苒苒来都房柳幕陰

陰凝清香餘生欲盡世外鄉百年幽意伴漁郎年年
力作收金穰自享素侯逃覊韁

鄭牧使趙正郎見邀轉谷川邊詩以謝之

萬里韶光強半春江南老圃已負耒川回石角漱雲
根日暖原頭浮地肺草芽屈鉤緑未勻山勢峩鬟橫
遠黛東華㓞㓞趂清晨急流何人能勇退座中趙鄭
兩佳賓入袋功名謝不悔相將招此塵中人鬧向清
川共洗穢放鷹走犬恣今辰聚合摶沙那易再

送忠清李水使 敦仁

將軍虎頭封侯相躍馬青年氣雄酣英姿自是東方

世世上羣兒教無施張良骨法當侯相可以教之爲帝師下邳圯上初相遇墮屩橋下使取之愕然欲毆因大悟取履還地冀有規授以陰符一編書潛摩揣闔騁神機三寸舌掉天下震韓仇已滅楚王夷腰懸金印食千鍾丈夫事業無一時功名自古畏招謗周公晩節尚東歸從仙辟穀養天真入世危機渾不知蕭何繫獄淮陰戮一時英雄存者誰至今人道留侯智不在求仙在逃危

落花巖

荒荒海日曛喬木温王霸業荒荊棘山河形勝雖依然龍虎氣衰寧似昔方其遷邑比卜臧國富兵強綱紀立縱橫五府擁提封百二城連如纚錯人烟七十六萬户籠絡山川開疆場當時後主錮色荒佐平忠諫翻成獄邪知荊國方受命飛艫千艘橫瀚渤十三萬兵奮貔貅勢從天來誰敢敵錯將地險與人便直使天戈臨我闕滿月讖成事大非赫赫崇墉兵蟻薄蒼黃廐馬鞴中宵況痛宮娥阽峻石寧當玉碎留淸芬肯學瓦全汚貞節生憎馬家羊皇后再畫蛾眉向屠客千年社稷亦不保一代容華邪更啚豐肌高髻隕黟波長有魂驚怨春碧餘民滿目看悽惶回首人

閒已八百野老何知興廢事唯記吾州古是國行人空指天政臺無復三山仙駕鶴碧空斜月空嬋娟故都佳氣秋蕭瑟一夜風生大王浦鼉憤龍愁江娥泣

崔致遠黃巢檄詩

孤雲本是東方英精爽磊磊禀長庚生纔一紀航滄瀛北學中原道已亨鶯遷喬木亮新聲鵬化天池搏太淸遂有盛名傾公卿誰將楚産敢相輕宦遊一縣非所榮鶡冠揭來叅諸兵金陵王壘舊帝京淮海維揚驃騎營彷徉萬里眺八紘天地納納隨吾行當時屈起販鹽氓鼙鼓隱地妖塵驚孤雲草檄倚馬成筆下颯颯驚風鳴諄諄忠告盡敵情死生禍福理甚明明當率土顯加刑幽則鬼神暗奪精賊巢心醉沮猩獰自知朝夕身遭烹陳琳詎可擅芬名駱子庸能覇文盟神州學士顧先生作詩推君視猶兄乃知地産無常程羡王不獨生南荊請君不信予所評看取唐書著筆耕

書權節度詩卷

朝瞰射甲光生漆腰閒白羽如白雪軍容八陣戟紅旆飛騎三千照夜白男兒意氣革裹屍誰向家山悲楚惻嶺外提封六十州通衢來往多於織三邪開國

安閑無一日直到蓋棺時長羨桑門子無事送顧期
何時去塵累得話永禪師

次韻兼善遊漢江

江流何浩浩南紀作襟抱亭臯曠而平風景麗以好
新晴動遠山陽曜一何暠滔滔江之流可以澆煩惱
鼎鼎百年間星鬢苦已早何不重周遊晩節徒傷老

秋懷二首贈蒨秀才貴

秋風生桂枝洞庭寒波起蕭蕭無盡時百昌俱氄散
柯葉日㾜黃繁華就瘁靡傷彼林下蘭含芳欲逞技
芬鷁方披離嚴霜道不已天機諒如斯遷逝誰控止

其二

皎月出東方照我窓欞媚幽人覺夜長不寐寒入被
攬衣起徘徊步屧看天地清漢已翻經王繩多移次
愁多而無聊舒氣長嘆喟奄忽百年間誰能償素志

七言古詩

烏鵲橋

金井梧桐墜銀牀西風蕭蕭入蘭房團團桂葉凝清
露六曲闌邊啼寒蛩此時含情愁不寐仰視河漢通
關梁仙官指揮烏鵲集橋成鳳駕導七香河東美人
輟投杼河西老牛不服箱三百六十日相憶盡向今
宵訴中腸鮫綃六銖襯紅玉玉葉蕈上融冷光雙縷
鳶紋錦衾爛鳳翹脫却動明璫歡情未洽夜已艾不
覺金雞叫扶桑從官草草戒行色佳人未暇理殘粧
回首靈橋隨步撤去住彼此兩茫茫人間宮殿三十
六羅綺爲樓奏清商燔香黙禱拜無數天孫甚巧乞
與卬不願生男與壽考願將雙蛾識君王不知天孫
不會巧但憑烏鵲詰天郎一年只得一相見纔勝廣
寒羿嫁孀

七夕行

去年此日華山前昭敬殿中詩數聯今年此日漢江

邊大毋山間濯清漣每因官事借安便一日閒適如
窮年前山後山籠輕烟千樹萬樹鳴寒蟬一條流出
雲間川飛灑石矼何濺濺主人愛客色裒然相携一
夕欵遊筵不向庭中曬陳編不向樓前乞天仙但要
轟飮得天全芳醇每斟不論錢清渠鈞出貫柳鮮或
膾或烹勝羊羶世間悠悠愛憎偏聊從安日忘塵緣
君不聞提携長劒過祁連又不聞金甲朱旗勒燕然
身後功名萬世傳不博樽前酒如泉

圯橋

秦家二世失金鏡六合擾攘不可爲縠切神人思濟

時和謠頌作俗樸令條蠲行旅求出路蠻夷願受廛
豐功景鍾勒茂烈貞珉鐫玉漏催臘破韶光逐晨旋
屠蘇末最後婪尾飲誰先蕭后唐宮飲坡仙海外遷
歡娛雜悲咤笑謔間狂顚最惜閑妖冶長悲失嬋娟
蛾眉凋故黛玉頰減前姸自古長如此於今獨可悁
惟宜看霰集相與戒弓翩絳蠟搖紅暈青尊起綠漣
辛盤排象箸竹葉瀉觥船射覆爭微數藏龜鬪弄拳
分曹呼五白隔坐撚四絃調急歌聲厲更深笛響圓
淸琴纖手泛壽酒細腰傳軟舞垂小手峩髮貼細鈿
紅綃燔雋永雪縷膾芳鮮徒倚青玉案低昂紫茸氈

相期崇令德毋以效輕嬛堂上燈微燼尊前袖互穿
留髡拋大爵邀杜綴新篇鬧戲稱爾汝高哦掃硯甎
淸談霏玉屑峻議窮蒼玄不必求金毋何須嗅道筌
淋漓人欲倒散浪夜俄遄淸漢已翻矣明星亦爛焉
暗鷄報初曉早漏動遠阡柳色依墻軟梅花傍砌嫣
千門新歲月萬户舊山川臣拜承嘉命　王明受細
涓能令觚牘技得灑醽覽戔度遠容方朔襟恢宥浩
然渾非泣鬼筆謾費畫蛇鉛襪線那縫袞頑砆可側
玭臨河須巨艦構厦謝脩梗渾沌鼈宕蠢生成荷陶
甄頻頻唯賊食數數每招愆照耗何曾驗賒癡似獨
偏情懷憐廓落思緒杳揮撥所學如終逞丹忱敢怠
旃（㦖疑作壇　趮疑作躁）

五言古詩

鳳凰山

悄悄歲將闌行行渡龍灣探奇自不恤直到鳳凰山
危峯明劒戟絶奇露天慳山下何所有孤城削壁間
林陀餘數仞苦無人往還記得阿闌胤強兵噬完顔
燕都戎馬驚汴京野血殷龍采此遒伐可悔餘孽孱
天方覆昏暴人力所不扳一朝世業破千年雲水閒
我本好古者看此淚欲潸要將一周覽作話傳人寰

梧林雲霧暗未易窮險艱

悲二　陵擬古

恭順埋雙玉敬昌隔一陌凄京翁仲墟千載有餘悲
青莎彌隆砌白楊暗荒陂亭亭雙石馬相對兀不嘶
瀏瀏閶闔風凄凄振松枝舜日淪何年堯蓂催歲時
微臣生較晚未及侍經帷錐無蘘墻見作詩淚欲洏

寄峻上人

幽幽離垢宮鬱鬱山之陽隆隆隱金堆簇簇開蜂房
燦燦青蓮宇峩峩闢天堂生公坐法寮作偈説無常
撞鍾擊法鼓淸吹醒羣倀吾儕營口腹遑遑走路歧

鳳山館曉起

寒天短日擲輕梭客子長吟出塞歌自是生涯關道晩由來傳舍閱人多十年宦海從愁老萬里雲山和醉過欲寫看來無限景強題燈下筆頻呵

普通院監司來餞

高張雲幕近西城淸酒百壺送遠行積雪前山銀海凍層氷絶壑玉臺淸衣冠自是分携地歌吹偏多惜別聲回看三山在何許思親思友若爲情

送崔院判赴 京兼示不崩 是行不崩爲書狀官

塞外嚴霜夜夜凋初寒惻惻試輕貂行看鴨水常朝

海路入燕山慣度遼東望洪濤浮日暈北來雄塹絶天驕乾坤納納增襟度豪氣元龍老不消

題尹同知 孝孫 歸養詩卷

淸時濶步佐龍飛十載慈闈色養違雲白湖南親舍在萱靑堂背夢魂歸一朝 楓禁辭通籍千里桑鄕舞綵衣怊悵吾曹推不去感君高義古來稀

送鄭分憲 錫堅 赴 京賀千秋節

攻文不讓漢司農又是觀周學禮容戰國關河餘易水中原管鑰守居庸同文已賀千秋節積德長依萬歲峯君去試看山後地白溝無復限提封

哭義昌君夫人金氏 其女壻申弘文從濩吾友也

厭世雖然歎逝魂傳家還有不亡存生男得鳳犀豐滿擇壻乘龍玉潤温三十年來鸞舞鏡一雙容吊鶴通門工容言德君須記留與它年太史論

五言排律

除夜排律七十韻 奉 敎 即日製進

崢嶸歲已盡北陸道南躔此夕偏多感明朝又一年二毛驚非舊雙鬢訝減前守歲傳遺俗迎春辦小筵檀槽壓缸面利刃披羊羶兒女喧殘夜賓朋楚上遷街衢行逼側車馬轢騈闐竹火禳窮鬼桃符換舊編

祭時休奠脯餽歲且傳鱸畫袴金吾進朱衣麗道連驅儺鳴大鼓逐疫制荆鞭乍夜燒沉水中庭洒甲煎熒煌迷斗昴肦蠁布天淵綉闥疏重轉彤闈闢蟺蛸内家看火處中貴侍君邊瓔珞紆空碧蒲萄迸半天燭龍噓天額列缺掣雲巔燁爍愁河伯奔騰笑謝仙珊瑚攅寶海火馬隕瑤田燧象奔煋煋金蛇走蹮蹮光搖龍尾道影射玉題椽劃響崩窮宇雄聲撼九泉山膘蔵邃壑罔兩遁遐壖邦國祺祈億君王壽邁千民情何皥皥王道亦平平注輦航南極丁零道朔埏祥風初入律厚德可孚蠕鼇極開壽域龍圖撫朝鮮

其二

十年悔不下書帷戀豆駑駘苦受覊楊子草玄玄尚白樂缺待富富難期平時寡見慙蛙井没世無名愧豹皮家近終南佳處住未知要路向何之

送李叅判完山焚黃

春風乘馹出金城千里桑鄉去路輕鄒卒共瞻香案吏津人能識棄繻生丘墳草木霑光澤父老壷漿謁姓名寵命已從君借得何妨爛醉任扶傾

其二

帷幄詞臣賜暇歸黃麻携出自 彤闈桃花時節遊鄉曲竹馬親朋話布韋上塚封牲羊甚碩臨川斫膾鱖初肥傍人莫怪忩忩返又向萱堂舞綵衣

送洪兼善按江原

名區省事與何長例遣淸高粉署郎楓岳瞰浮凝遠黛鏡浦天帖逗寒光觀風徧踏鳴沙路窺日何勞架石梁待報課爲諸道最却歸羣玉步寥陽

送權都事子建赴平安兼奉使相節下

贈言今日送權君佐幕深期靜塞氛使相英威張御史郎官雅達孟叅軍留連風月傾酇酥嘲弄江山運郢斤更喜太師存化地井田遺俗樂耕耘

其二

江上琳宮號永明九梯遺址尚留名山河龍虎更三姓花月樓臺偃五兵閭道朝廷憂重寄故將管鑰付時英知君入幕叅謀日羽扇綸巾話太平

送李判官之任南原

籍甚才名更少年蹔迃驥足鐵牛邊昔聞京兆三王舉今見帶方二李賢黃綬豈稽天下士青雲久待地行仙的應父老挽車日一酌淸泉作別筵

送權書狀官健赴京 以典翰兼執義而去

内翰衙添御史名弱齡持節覲天京龍灣鶻岳君當見鶴野燕山我亦行上國繁華迷夢寐全燕形勝極幽并歸来共檢觀光錄應有皇恩賦鹿鳴

其二

日下長安極杳㝠紫淸宮闕闢皇扃渾河傍地爲南紀玉帶撓天控朔庭五夜漏鐘聲紞紞百官籠燭走熒熒多君覲帝憑年少太史應驚動使星

渡臨津宿東坡驛

馬山路上馬蹄輕野渡孤舟一葉橫長道單身千里遠短亭斜日半樓明寒江催凍龍應蟄悉景凋年鴈自驚前去松都餘幾里天磨山色玉龍擎

丹葉明殘照素英舞輕颸對玆無價景何不飮千卮

其二

酒不可不飮良朋告別時離筵臨水設班馬和風嘶欲去重携手臨行更接辭邦將此時意能不極淋漓

其三

酒不可不飮情人話舊時閑陳十年事細閱數軸詩促席辭尤密開眉語轉奇此時無酒盞何以展幽思

七言律

江樓晩望錄奉四佳亭恩府

樓上簾旌四面開湖中晴浪碧雲堆閑看鴻鴈雙雙

度細數帆檣一一來嫩葉已隨淸露變寒潮惟趁夕陽回十年歧路昏昏客顔面難教不染埃

婆猪江 文臣課試

鴨水猪江朔漠間將軍鼙鼓隱胡山乾坤南北初分塹天地中間此設關自昔蠻戎來搭矢至今旌節過闐顔 天朝近日徵兵去三箭應聞凱捷還

端午向 獻陵偶吟

五月山中鹿已茸洞天雲物治閑容女蘿暗結溪邊石仙鶴深巢嶺外松楚俗千年留競渡江心此日進盤龍靈符命縷非吾事只有淸醥味可供

其二

長養神功屬祝融南薰乍入苧衣中秧針刺水添輕霎蒲劒當溪獵晩風華柱綵繩懸萬户香羅細葛賜深宮丹衷欲把江心鑑直獻蓬萊熖舜瞳

送楊可行乞郡泗川

端合高情日詠梅南州草木被昭回 聖恩特許孤親養物議非因百里才直把銅章棲枳棘遙將雲氣望蓬萊君歸行部逢佳景莫惜新詩寄我來

檀君祠

綠髮紺瞳壽鬪龜坐聞河水瀁淸漪曽輸玉帛塗山會又覩干戈亳邑師正朔迭承寅丑曆淳風獨遇敬

忠時人間陳迹荒祠在洞裏仙桃結子遲

蜃市

少海洪波接大千化人宮殿起中天初疑貝闕來方丈復恐星槎泛羽仙造化嬰兒呈戱劇色形生滅笑機緣當時蘇子看奇事又向人間幾變遷

病中偶成寄申次韶

嬾入膏肓未易砭不堪多病更相兼容身祿位三間屋乖世文章六日蟾蕭育稀遷郤敢怨王君晩合且休嫌朝來拄笏看山久爽氣超然洗景炎

想潮来惟帶月明歸　右綠江路

共向豪端集細塵莽来何物不吾人休將去住分賓
主寄跡人間等是賓　右送客橋

腰鎌手斧不曾閑更唱狂歌響碧山日暮雲埋歸去
路只嫌剪却碧山還　右樵歌谷

世路何知行路難風塵不到此闌干平山水月吾懷
抱度度凭軒却反觀　右潮月軒

隔雲遙見佛燈明風遞疎鐘落一聲夜向人間醒醉
夢幾多塵土汩人情　右隣寺鍾

人間桃李謾軒眉誰信祗園霜橘垂真性詎能南北

化世人只自看膚皮　右青橘井

耆闍山口石紋斑一徑縈回雲水間爲報烟霞深鎖
洞莫教俗客傍禪關

奇嵒恠石蘚紋斑竹杖芒鞋紫翠間行到路窮雲起
處會尋真宰扣玄關　右奇石逕

金浦縣客舍

一官蕭灑近蒼巘兩岸離離亘茭肥太守慇懃君莫
恠羲洋世上賞音稀

有羲堂

潮捲沙河近綉黨山回鳳翼舞飛簷杭州勝槩傾天
下有羲堂中又畫無

子胥廟

萬古英靈誓不昏潮頭白馬怒東門年年寒食吳山
上風雨蕭蕭泣斷魂

孤山

林逋結廬孤山二十年足不及城市自爲墓
於廬側臨終爲詩曰湖上青山對結廬墳前
脩竹亦蕭疎茂陵他日求遺藁猶喜曾無封
禪書

舊日西湖處士居梅花千樹影扶疎墳前脩竹今何

似湖上青山不見廬

五言律

義州統軍亭次韻

到江麗地盡隔岸漢山青一片華夷界千年蠻觸爭
平原餘古壘荒塞有長城長嘯倚風磴悠悠萬古情

其二

雪壓龍灣白天低鶻岳青虞廷舞干羽遼海息戰爭
直截三韓界遙連五國城隋唐今寂寞懷古有餘情

無題

酒不可不飲良辰無事時殷紅初滿苑寄翠亂圍池

偶書

百年世事八支順白水黃河兩背馳直待功成方謝去故園松老竹亦衰

爲人借酒

西曹吏醉汚車茵日日當壚算酒緡獨有閑官閉口頻對花長作啜茶人

次韻洪兼善 貴達

千門桃李欲紛紛咫尺思君不見君朝隱孤高青鶴洞崖仙應醉卧長雲

次柳震卿示韻

人事虧成昭氏琴休孃衆口鑠黃金雲途有命終無碍才子何年賦上林

其二

稟氣平生喜自然爲詩亦未要精姸十分春瘦緣行邁不學敲推賈浪仙

約與近仁訪兼善

玉露楓林錦葉斑黃墮入莢月如彎秋香未必皆衰落須把殘枝上玉山

次韻中次韶 從蓬○時次韶以監察左遷爲廣州教授

欲刮龜毛織作氊儒冠堪笑亦堪憐君材合抱空樑棟又向黌堂卧孝先

其二

書窓寒劇欲瓶氷痛飮高哦揔未能逸足詎當成久踠休題新句怨青燈

送權子建通落職歸安東

嶺南千里月輪孤君去閑遊訪冷菰莫恨居貧徒四壁江山無價可相娛

其二

交意年來已莫逆如何棄我去悠悠江鷗浩蕩忘形地明月誰人肯瞎投

其三

才名合指鄭公鄉通德門中射斗光邦作東西南北客隨君歸去聽風篁

次楊可行韻

斗南人物獨當今猿臂長身錦綉心一別五霜今始會蒹葭喜復接瓊林

宋福禪寺八景次韻 琉球國使僧作此詩求和於我國文士

紺宇凌霄塔半空萬松含翠欝崇崇山僧結夏松陰下卧看松花落晩風 右萬松山

碧波芳草遠依俙路轉禪巖竹作扉僧在定中無外

其三

蘆峯口外淸笳壯山海關東畫角長日日行裝近鄉邑朝暾慣見上扶桑

其四

北極天王眷念殷東韓舊主禮儀勤小臣自恐完朝露未報鴻恩萬一分

其五

年去年來氣力衰還鄉聞笛不勝悲翻思短布西行日駟馬高車豈所期

其六

身留鰈域三千里心撫燕京十二時想得龍顔違暑處南薰吹度小龍池

其七

爲客他鄉已入秋鴨江何日泛歸舟東華門外金銀洞臨到歸時菊遶樓

如通津夜深迷路誤入童城

日落沉沉六幕昏荒山何處叩柴門看來忽訝孤燈耿知有人家在近村

通津客舍曉起張燭走筆

霜葉含風蔌蔌鳴閑庭寂寂有餘淸詩人挽上思佳句換作梅天細雨聲

其二

萬壑烟霞古木攢一區山水地分寬題詩粉壁今朝意準擬他年再到看

侵夜過揚花渡

呼船立馬渡頭沙舟子忙迎棹軋鴉月滿長江風浪起粼粼掣散萬金蛇

達城十詠 中四首不選

晩約沙鷗共忘形雪蓬烟艇棹寒汀一聲玉笛吹江月喚起雲山鶴夢醒

右琴湖泛舟

坐占烟莎一縷垂水寒風起得魚遲綠蓑披向月明臥空翠霏霏滴柳枝

右笠澤釣魚

溶溶閑鎖遠山眉晴後多姿雨亦奇但與詩家收好景不關人世有安危

右龜嶺春雲

穆穆金波轉太淸玉階塵洗十分明夜深陡覺輕寒襲桂影婆娑近綉楹

右鶴樓秋月

芳草年年此院春靑門送別盡傷神無端結柳看行色淡灑東風浥玉塵

右草院送客

桐飄碧砌起微凉蕭寺尋僧石路荒行到水窮林麓斷白雲深處得禪房

右桐寺尋僧

肋年来徒覺宦情微

在遼東次曹宰相幹韻

鴨江東畔已氷消叱撥長亭去路迢風雪天涯吾遠役何人煖帳直金鎖

山海關

鯨濤萬里接長城曾是 高皇武六成莫說秦家關百二澤中戎馬一時生

其二

粉堞連空萬里城鬼神陰助祖龍成不是防胡勤作計慇懃偃載爲蒼生

永平府

盧龍孤竹作東藩碣石榆林迹尚存守在四夷今代事誰誇天設劒爲門

其二

千年城郭古平州十里珠簾映翠樓前古繁華遺俗在鞦韆蹴踘亦風流

其三

繞郭平灤緑四圍水邊楊柳疊成帷何人細馬馱紅粉手整金釵緩緩歸

漁陽懷古

舞罷天人絕世姿纏頭百萬拜恩時誰知一奏霓裳曲媒喚漁陽馬上鞞

其二

往事微茫水自波烟沉古壘夕陽多旌旗日薄峩嵋路誰唱弘農得寶歌

其三

芙蓉楊柳去何之七月長生入夢遲鴆毒由来生衽席三郎當日不曾知

留懷遠贈百户吳振

青眼他鄉喜見君昂如孤鶴出雞羣中原有網方羅

俊須及芳年取茂勳

其二

野濶天低道路長再朝京闕過遼陽憑君莫說生偏國弧矢吾曾射四方

七月上日代天使金興（本國選送宦者也）作

雙龍闕角瑶天近萬歲山頭化日長蒲柳残姿供灑掃朝衣日日染天香

其二

離親去國雖堪恨附驥觀光幸此生虧質自多依日月淸都五紀賀王正

愛茲清興到江汀艇子閑撑採翠萍笑拍蘭槳驚白鷺輕飛遠落水田青

其二十二

黃鷄白日催遲暮綠水青山起遠愁安得玲瓏歌艶曲西湖老去等閑遊

其二十三

蘋汀柳岸泛湖賞菱唱蓮歌隔渚聞與我相隨唯白鳥年來江上日相親

其二十四

白蘋江上看潮生野服繩鞋取次行歌罷竹枝歸去晩遙岑落日半輪明

其二十五

蓬窓閑倚釣清潭酌酒題詩倚半酣折得荷花歸興晩白鷗飛盡水如藍

邀和送金近仁 甲訥

驚心人世幾重陽依舊黃花泛酒觴頭上更添今日白尊前無復去年狂

其二

帝城今日是重陽處處登高泛菊觴南望白雲天共遠堂前誰作老萊狂

送丁承文朝燕京

春寒料峭入貂裘萬里燕山道路脩老病吾今空髀肉送君歷歷記前遊

其二

鴨水澄澄鶻岳青地連遼霫憶曾經君看華表依然在仙鶴歸来又姓丁

其三

三叉河上見巫閭山海關前又棄繻日下長安看漸近金燕自古帝王都

其四

皇都三月好春時御柳金黃萬萬絲醉盡淸香燕市酒揮毫珠玉幾篇詩

春暮

柳嫩花明兩鬬妍西江暖浪碧浮天誰家小會成歡笑翠袖輕揎錦瑟邊

細雨

好雨知時乃發生東郊徧喜老農情萌芽萬里同膏澤天意昭然貺 聖明

肅寧舘獨坐

騑騑四牡疾如飛百里雲山夢裏歸世味誰人能雜

其八
疑是沈家八詠樓蕭蕭寒起一江秋山川飽閱人間
事盡角聲中萬古愁
其九
碧玉江流清可濯淡烟斜日倚樓人憑君莫厭盃頻
到浮世功名不是真
其十
白雲當戶媚晴景碧水迎潮舞晩漪一官豈能長縶
我要將鶴鷺卧漁磯
其十一

紛紛思緒杳雲騫銷盡丹衷斷盡魂擬向緱山尋子
晉共騎笙鶴軼天門
其十二
予樹梅花水淺濱晴香聞處酒孤斟西湖處士留佳
句遺世閑情起我心
其十三
百尺岑樓霄漢間高開簾幌納溪山浮雲不管人間
事閑帶西風去不還
其十四
平西斜日正荒荒臨水登山斷殺魂借問江神如許
我清風一席到南昌
其十五
漱玉寒泉瀝得清要將一掬濯塵纓浮生莫戀繁華
事王謝空留紙上名
其十六
翠萍深處打魚兒抛出錦鱗趁午炊如指小魚何忍
食放教歸去化天池
其十七
鼇頭山下借晴光秋興亭前泛野航安得傳神摩詰
手畫余垂足濯滄浪
其十八

萬户連甍枕碧流家家童子解撑舟此江應與天河
接願泛星槎問斗牛
其十九
寒瑶萬頃拍天浮此地淹留春已秋避暑還為河朔
飲閑眠何似澤南州
其二十
落落瑶天轉斗衡月明江上弄輕清夜深何處冷冷
曲絕勝潯陽送客聲
其二十一

詩

五言絶句

金巖驛曉起口占

霄迥星移次天寒海欲氷雞鳴催我去起坐耿孤燈

次葛天民 天使頭目葛貴之字韻

傾盖成佳語靈犀一點通仙才句漏亂文焰照遼東

七言絶句

伏次家君示韻

人生有患爲有身矯性隨波幾度春牢落故園荊棘合何時歸卧養天真

其二

故園蓴菜日應肥垂白馮唐可限悲百歲半從愁裏老回看萬事轉頭非

其三

役役浮生到死迷家山應恨我歸遲何當謝笏成長往溪月松風賞趂時

其四

家無世業可想饒彭澤當年枉折腰薄宦從來緣口腹何嫌汨没逐塵囂

西江雜咏上四佳相公

薰風輕拂小青樓一縷穿懷冷占秋縱寄闌干無限思溶溶江月照清愁

其二

江邊碧樹戰風聲江上青山動晩晴一曲悠揚何處笛玉人留倚畫樓聽

其三

飄然獨立大江頭豪氣元龍浩不收安得長風駕我去天根月窟恣騰遊

其四

羣山雲外露天慳不借塵人半日閑一枕偶然成小

夢蓬萊 宮闕躡仙關

其五

爲官喜得近江洲滿眼波濤碧玉流霽月光風誰管得可憐長屬釣魚舟

其六

衙罷登樓成獨望坐来閑適勝禪房一簾驚動微風起引得西江水氣凉

其七

山頭落日曳殘紅聽倚闌干寂歷中堪恨林間黃雀鬧傍簾驚破夢周公

為戎族薄志節兮靦面目罪通天兮寃亦酷命不造兮身不淑人所侮兮世所戮渾元運兮曜靈催陰方慘兮寒易回風萷萷兮氷璀璀雪漫漫兮霜皚皚襟千岑兮紐萬堆欝玄雲兮溢不開鵾鶬爾兮鴻鴈哀邊聲起兮笳皷來欲銷憂兮酌醇醅氣塡胷兮不盡杯已矣哉葉落猶歸根鳥飛尋故枝覽萬物其如彼况人情之羈離彼莊生之入楚操越吟而傷悲伊孔聖之去魯歎吾行之遲遲均中夏而用夾矧去華而就夷嗟子卿兮去我之今永訣兮見無期長委骨兮天之涯滯孤䰟兮啾荒陲沂凱風兮托情辭諒漢庭兮倘我知

愁霖賦 幷序

戊戌五月十五日予以典祀官赴 順陵至則他官者代余先到矣雨甚留宿翌日而還行十餘里阻一山水漲不可渡寄頓川邊峽裏民家頑雲霪雨余頗悄然仍念人間失意者能不銷䰟茹恨於此時哉遂開卷哦咏援筆賦之兼致衷私云

歲在著雍閹茂仲夏之月大雨時行彌旬不輟魚生于竇犬不吠日列缺施鞭掣神光雷公運車怒不洩騰九澤之神怪舞魚龍之隱突余時典於國祀自順陵而還京濕短褐之淋漓歷山溪而跉跰未十里於前途阻一水之盈盈撫咫尺而不可渡渺弱流之千重望神京其幾許屯客雲之空濛無舟楫其相須孰先我而指揮傷孤行之踽踽循水澨而依依策余馬以回轡叩傍山之柴扉主媪應門引我不疑接我上堂與我忘機命僕伐芻對竈燎衣支頤歇息嗒然移時開箱發匣取書而覿紛紛之事炳炳于目心撫四海之外心遊千載之邈乃有貧士懷祿欲去未決親朋無書桂玉難續君門深以九重雲路邈以未達永悠悠以興歎看頹垣與漏屋亦有長吏墮官愁思含酸蕭條生計寂寞盤飧臨鏡徘徊顧影煢單愁霖積而未歇塵霾着於舊襴若乃逐臣去國一訣情親崎嶇瘴癘流飄海濱悲笳奏夜塞鴈違春頑雲黑雨迷白晝霹靂狂風兢殘䰟至若孀婦窮居巷無來人竈中産蛙甑上生塵一畝種麻無復所存傷心無告之生恤緯卒歲之裙此人也皆人間之極窮天所赭而不赦茹萬恨兮飲千愁惡次骨兮痛判膀雖班馬之善述與李杜之長詞罄中山之兔毫竆南越之側釐又安能模其艱險而覼縷其百罹也哉

卿兮情何極

悲垓下辭

金虎殲隣兮魚貫入珠鑾齒牙欵兮鹿挻而趍知三
戶之可報兮卒兵起乎淮之涘有參眸之豪士年鼎
少兮二紀不階尺土兮白挺而起跨江涉河兮纓王
軹李百二之山河誰何兮直造渭水嬰胥組而不免
火三月而乃已衣錦之思歸急兮英謀逆耳惟馬首
楚山之是指兮奄中道而失趾騅不逝兮道之窮虞
奈何兮效以死身七十戰常勝兮今一敗兮天所棄
信材力拔山而扛鼎兮顧乃爲制於亞臂豈不知早

降之贏取富貴兮取氣息於人喉所未試也又豈不
知死中而求生兮環社投穴苟活之可愧也矧八千
一人之不返兮亦何顏於父老也揮霜刃以就刎兮
德故人以市侯之賓也爲漢者樂兮金城千里以爲
居山河富貴至雲孫玉帛充堂收國祖爲楚者憂兮
離親左墓鈇戕殳金章玉佩不買生七尺完軀劒上
屠首入漢兮身委地骨沙礫兮血糢糊家山遠兮大
江外魂魄泣兮怨何沫强木折兮强兵滅君王至死
猶未艾至今垓下陰陵道覇材遺恨寄寒籟

李陵泣別蘇武辭幷序

李陵旣降凶奴謂蘇武曰陵與衛律之罪上
通於天當矣至其與武書曰顧國家於我已
矣所以每顧而不悔其志隘其言不恭故述
此辭爲陵意以廣之云

送子歸兮子歸故國余安歸別淸都之繁華逗蠻夷
之下畿遵長路兮攬子袪不能從兮涕漣如班荊坐
兮秣征驢馬嘶駿兮風蕭疎昔子之丁年奉使兮今
白首而還鄉妻去室兮毋辭堂浩滿目兮悲以凉猶
有忠節之可旌兮荷天寵之榮光余進退之無據兮
冗去水之孤航然初服之所期豈昧義兮求利己寧

貪生兮惜一死背君親兮捐妻子當先帝之在位朔
庭聳兮征伐起提五千之步卒抗百萬之虎兕鏖浚
稽兮窺瀚水涉龍勒兮徑氷涘援兵絶兮南風靡敵
如雲兮秖坐誒張空拳兮冒流矢激壯士兮爭登壘
嗟賊臣之嫁禍奄一敗而汰趾身執畧兮鈇功美陷
家聲兮貽漢耻顧滅名之非智思忍死而立事皇不
察其區區卒未免於吏議順廣漠兮灑淸淚骨肉盡
兮何所冀送子歸兮子歸而榮我留辱釋域中之冠
帶襲殊方之所服去棟宇之安宅逐水草而止宿忘
揖讓之禮飮餐湩酪與羶肉謝先人之桑梓化世胄

次兼善踏莎行

寄舍弟淸平樂二闋

校理公遺稿 附

賦

悲易水辭

山周遭兮水漫漫野曠莽兮慘以寒臨清沚兮歎逝者悠荊卿兮悲燕丹彼秦政兮甚鵰鷲飄爲風兮猛爲狻出三晉兮蔚河山剗上黨兮夷邯鄲勢順流兮決峻湍欲塞之兮泥一丸卿何爲乎不度空輕然諾兮事所難感殺馬兮敦一歡捧金丸兮進玉盤誓捐命兮報知己仗尺八兮解囂囂出薊門兮素驥鳴日色淡兮白虹虷漸離筑兮宋意唱徵聲苦兮羽奏酸親戚悲兮色變灰烈士怒兮髮衝冠既飲餞而取道兮竭登車而不顧車班班而不駐兮馬蕭蕭而長鶩秦關邈其千里兮路超忽而回互知此去之不廻兮心慷慨而彌怒歷九門而從容兮笑北蠻之振懼及圖窮而刃發兮始惶急而失措方環柱而負劒兮恨匕首之不長欲希功於曹子兮非所望於秦王已矣哉華山西兮易水北輿亾忽兮駟過隙樊子舘兮武陽城遺跡存兮感慨生田光之俠徒輕一死鞠武之諫真藥石萬古何曾天雨粟烏頭未白馬不角春草綠兮春波碧哀怨結兮雲嘿嘿彼壯志兮曠百世悲荊

序三農告成民不飢寒爲世休禎休禎丕應吾 王
之德於萬斯年惠我東國

月軒集卷之五 終

校理公遺稿目錄

賦

詩

五言絕句

七言絕句

亦云王之爪牙嗚呼臣既效忠君何吝賞山河表裏盡一隅以歸封疆烟火閭閻舉萬家而供賦役庶在彼而無惡永與國而咸休

奏

漢諸葛亮請北伐中原奏

臣亮謹啓爲大舉皇威北伐中原事臣竊惟我大漢之御天下也高皇則關中光武則洛陽皆能宅中圖治混一六合而後嗣綿遠浸不如初建安年間強臣叛將羅列四方而曹氏之奸爲之魁傑始似仗義尊主終乃干名犯分父子相繼圖移漢鼎除江南地面

孫吳所據外河南北淮東西神州赤縣盡入其手先皇帝奮起涿郡思復舊物流離荊表崎嶇隴外粗立九廟不廢禘祫其所以隱忍至此者非爲安於小成永住一隅之計將以圖其後舉以復中土之大而天不悔禍弓劍遽遺臨崩囑臣付以大事此臣所以竭股肱之力效忠貞之節死而後已者也今計莫若奬諭人心舉義興師一則出自褒斜直指關陝一則浮江順流回向宛洛水陸俱進奇正並用有進無退指期恢復使中原父老復覩漢官威儀卧榻之下不容他人鼾睡于以都關中于以都洛陽功光于前人業垂于後裔則陛下可以繼先帝之志而臣亦少副先帝之託矣臣不勝憤激之至敢用陳奏伏冀聖察焉

臣亮謹奏

頌

賀有年頌

於皇我　王舜哲堯欽明德惟馨克享天心天何以報豊年之祥曰雨而雨曰暘而暘四時順序百穀穰穰築場納禾有實其積婦子寧止喜溢窮僻爲酒爲食洽比其隣仰事俯育無憾於人扣腹何爲頌聲渢渢吾民之樂吾　王之功吾　王之功胡不萬年

王乃不有歸之於天惟人所召天又何言臣拜稽首敢贊皇猷庶永終譽百祿是遒

臘前三白頌

是歲之冬十月既望玄冥騁靈屏翳奔放夜漏將半滕六乃下瀰滿山谷分披原野寒律已窮暖氣漸漏厥土塗泥麥苗抽青臘前盈尺已三其零野老相慶乃云其祥其祥云何豊年穰穰多黍多稌千倉萬箱民得醉飽國以富強赤烏神雀不足富民慶雲甘露不能養人未若茲雪登我民天瑞應方來豈曰徒然惟天生民惟辟作福　一人存誠天地位育二氣順

今往何監善吾師而惡吾師

宋司馬光請起河南處士程頤不次擢用表

碧山千里方騰搜逸之書紫微九重敢薦經世之彥冀回睿鑑勉從愚言竊聞河南程頤實是海內名士言忠信行篤敬非但州里之行志伊呂學顔曾可堪經濟之任求古人亦未易多得生斯世將大有施爲然遯世無悶之心豈肯衒玉而自鬻在求賢如渴之道當修聘幣而往招才難不其然乎旌別維其時矣伏望樂善不倦聽德惟聰擧此難得之賢擢以不次之位使君爲堯舜翻然畎畝之所懷用汝作塩梅置

諸左右其何愧臣謹當同心輔政協力圖治與文子同升諸公庶免蔽賢之罪詠緇衣適子之館益篤好善之誠

箋

弘文館請撰續綱目輯覽箋

德無師善無主師主惟在於前王治則興亂則亡興亡可鑑於古史欲隆右文之治盡行稽古之功念惟綱目之書本諸春秋之義繫年繫事百王之興廢分明公是公非一筆之與奪嚴謹曰自烟沉白鹿之洞筆絶獲麟之經自皇宋暨于胡元始建隆終於至正雖有編史之筆未盡規模之宜屬大明之隆興有鴻儒之述作續考亭之遺意撰兩朝之餘編義正辭嚴文約指廣終始二十七卷備載勸懲之方上下四百八年悉該治亂之跡第因訓釋之靡備而致取舍之難分文多害辭每有患於採摭意以逆志尚未窮於蘊微伏望誕降俞音府從輿望俾述註解之說以成輯覽之便州郡沿革之紛紜瞭然目上姓氏派系之源本燦乎心中臣等謹當愼思明辨惟日勤於討論陳善閉邪期盡力於輔養

制

漢高祖封雍齒什方侯制

肇造區夏雖當寡昧之躬大滌妖氛實由英雄之策朕從沛邑奮自布衣關中之虐焰已消山東之羣鋒亦息顧有慓悍之賊敢肆叱咤之威驅逐東西未知鹿死誰手回瞻南北豈意鳥集我家寔賴熊羆之臣敢竭股肱之力茂烈茂績宜褒律之斯加分土分茅已封侯之有等然無稗將之助何期大業之成惟爾雍齒夷視險難灼知權變攻城畧地恒冒汗馬之勞衝陣決圍每從宣力之列縱有嫌於舊怨安敢忘乎懋功庸建爾乎什方俾延慶於苗裔可謂邦之屛翰

矣敢效古者送人以言之義姑此草拙某謹序

表

長安父老賀上皇還京表

布昭聖武揮一怒之天戈收復神京返三巳之鑾駕目覩清表喜溢衰顔念惟柳城孽胡是乃平盧僨將包容大度旣貸喪師之誅愛惜小才又授伏鉞之任恩當何如報也死亦不可忘之豈意大姦若忠至詐似信面雖人而心則獸內實黠而外爲癡控制幽燕之强挾持蕃漢之勢謂三鎭精兵所在天下可圖而百年泰運相承海內弛備敢稱兵而犯順托誅奸而

構辭俗狃平安列城望風而自潰變起倉卒至尊避鋒而遠巡兩京陷爲賊庭百官竄於荒野胡馬厭潼關之草羌笛弄渭陽之風神鬼無主者三年干戈不息於四境淒凉南苑憶昔霓旌之春臨迢遞西岷誰問行宮之曉寢何幸天心厭亂人意思治儲皇匹馬以北行猛將驅雲而南下分兵河北賊將失勢而退奔進軍洛陽竪子棄城而出走洗腥膻而清宮禁芟穢蕪而掃園陵咸陽之日月增輝終南之草木動色回千里之巡馭合二聖之歡情百萬家長安老人幸延生於今日五十年太平天子得重逢於故都悲與喜並淚隨言出玆盖伏遇聖主大孝上皇至仁重華協於放勳善繼善述文謨承於武烈肯構肯堂臣等莫不犬馬戀深葵藿誠切臥北堂以無事詠康衢謠仰南山之不騫祝聖人壽

宋司馬光進資治通鑑表

治者興亂者亡旣有往古之得失前車覆後車戒宜示永世之勸懲肆輯新編庸瀆聰聽竊惟周錫位號於三晋漸移威福於七雄秦詐力之是崇纔延二世之祚漢寬仁之相尙遂永歷年之傳炎祚微而三國鸞爭晋籙終而五胡雲擾六朝分據孤隋並吞三百

之唐祚相承禍斯極於藩鎭五季之羣雄崛起位何分於君臣天亦厭於昏庸命已歸於神聖玆或合或離之有異亦一治一亂之不同欽惟日就緝熙天縱聖智顯丕謨承丕烈聿追先猷論其世考其人博究前代敢意編摩之重寄遽及綿薄之孱材伏念臣才乏三長慮何一得罄獻曝之微懇猥加删潤之功忘續貂之厚譏妄著論撰之說久疲精於鉛槧方奏陳於冕旒凡事關治體之汚隆巨細畢舉而政係生民之休戚詳畧不遺是能傳信而傳疑盖亦與治而與亂特賜乙覽用恢燕貽允念在玆人爲鑑而古爲鑑

某再拜上書于太保召公座下竊以士之生於世也所重者在乎出處去就而已時苟可出則就而爲兼善天下時苟可處則去而爲獨善其身今君得可就之時任可就之道服勞王家已歷三世何乃一朝不顧大義飄然有去志乎夫我周之有天下也自后稷至於公劉自公劉至於王季積累之漸千有餘歲而后我文考文王不遑暇食顯于西土及我寧王丕承厥志大勳斯集則其創業垂統之難我輩所耳聞而目覩者也今至于我幼冲之主嗣大歷服雖有無疆之休亦有無疆之恤四方之叛亂者容或有之殷民

之遷洛者尚未悉服天命人心之向背未可的知君心聖狂之轉幾亦甚可畏若左右匡救之無其人使之背聖從狂則安知今日佑周之天不爲前日棄商之天乎又安知今日歸周之民不爲前日叛商之民乎況亂臣十人殆盡淪逝惟我二人共負大任此正鞠躬盡瘁死而後已之時也比如爲農不終其畝則豈有秋成可穫之理乎比如爲家不肯堂構則豈有不棄我基之望乎往日之艱旣與之同心而得濟方來之事當與之協力而畢圖上不負寧王付托之重下不失冲子倚賴之切使我周光大之業勿替引之至于億萬斯年而後之稱周家賢輔者在我二人不亦美乎我之不遂明農之志者亦以此也君其念之

某再拜

序

送富弼奉使契丹序

余友知制誥富公之奉使於契丹也朝中士大夫皆設祖道於都門外囑余爲文以贐其行余惟古之列國均爲中夏欲行禮貌無不相同而其於交相遣使之際猶且專對之難其人況非我族類如契丹兇醜乎今公之應是重選擧朝嘖嘖以爲得其人可謂榮

且義矣然奉使之難莫甚於此彼契丹者知朝廷有西顧之憂欲乘其釁侵犯我邊境而惡其無名猝擧托試割地難應之事以開其釁端耳朝廷之榮辱當於公之此行決矣公其勉乎哉公之憤激之誠入對便殿臣不愛死之一言足以盡之矣公豈食言者乎若夫因機應變隨問隨荅之事在公臨時斟酌合於義理而已不可以遙度妄語也言未旣西日淡輝別馬長嘶僕夫戒令嚴裝欲發咸擧其一觴以別念其單車萬里投身豺虎之窟莫不含酸茹恨無以爲情而公乃義氣愈厲略無難色嗚呼公真可謂烈丈夫

在上行道之義也聖人從權合經酬酢萬變無所往而不得其中若膠固不通終身畎畝則是乃潔身亂倫者之比烏得謂之聖人乎或者又以爲尹之於湯與桀也互相窺覘擇其所事有似乎後世遨遊二帝間者之所爲也反面治兵勸臣伐君有似乎後世逆行而倒施者之所爲也合此二者而觀之則其得與於聖人之列不亦過乎曰聖人亦何心哉觀天命之改與未改耳欲知天命之所在當於民監之民乃苦桀之虐曰時日曷喪徯湯之來曰奚獨後余則天命人心之向背從可知矣天不能自討而假手於湯若

不能順天則厥罪惟均矣假使桀少有悛心不至已甚則湯與尹事桀之心曷嘗斯須替哉此所以一就二就至於五就而不能自已之誠也孟子論古聖人以尹爲聖之任者也參是任底意思在雖不及孔子之時中然豈居隘與不恭夷惠之下乎

張良勸漢王追項羽論

張良漢之開國元勳又有明哲之智其於人物蔑以尚矣獨背約追羽一事議者以爲不義之甚蓋國保於民民保於信故以信易食聖人荅子貢之問此所以謂良爲不義者也雖然信有大小事有緩急若膠固不通執一廢百則必有失機債事之悔矣豈合用權時中之道乎愚則以爲勸追項羽者非背約也乃所以爲義也何者漢王之於項羽也勇悍材智皆所不及睢水之圍鴻門之會幾入虎口如是者數矣而幸賴寬仁之德得蒙天人之助踣而復起至于八年然後龍且見殺韓信夾攻我勢得張彼氣頓挫勝敗之判瞭然可見也其所以與漢約劃鴻溝解兵而歸者是豈猾賊之誠心哉不過爲緩師脫禍之術以圖養兵後舉之計而已若於此時守小信忘急事不聽張良之言不奮追擊之師則不知天下何時可定而

漢之爲漢未可必也况羽負弑君之罪天地所不容則所當伸前日縞帶之舉激士卒忠奮之心使亂賊不得逃於天刑乃其策也豈可諉諸信義縱釋不討以滅綱常之理乎且良之本心非立功名要富貴者之所爲也始之誤中副車者欲報滅國之讐而終之托跡赤松者已報殺君之讎也其報讎一念上通於天終始不渝則奚暇計其信與不信哉愚故曰良之勸追項羽者非背約也乃所以爲義也

書

周公留召公書

遊太古結繩而無爲則斯亭之景豈爲流連滛逸之資哉盖將以益堅夫吾侯淸節之苦也無疑矣侯之女氏歸于我家我以是詳知侯之心與亭之景而爲之記云時　大明弘治十四年辛酉冬十月錦城後學丁壽崗不崩再拜

醉鄉記

在昔上古之世洪荒朴畧睢睢盱盱天下大同而無有邪氣奸其間降而爲三皇降而爲五帝風氣漸漓大道不全氣質之偏習俗之染有褊迫者焉有侈欲者焉有憂厲者焉上帝於是降監下土悶不如古乃

命臣儀狄竭巧思作旨酒釀成純一之氣以與天下共之使之入於醉鄉向之褊迫者變而爲寬裕向之侈欲者變而爲廉淸向之憂厲者變而爲無思天下返醇幾若華胥氏之國其神化之妙不可測識也帝又慮其過飲失性敗身亡國也則旋命大禹疏儀狄而絕之又命武王作酒誥以禁之然馨香之德浹人已久不可得遏而糟丘酒池腐脅爛腸果有亡國敗身者可歎天地之無全功也問其鄉之所在則莫有知其幾千萬里者也而杯盤酬酢之餘悠然怳然忽至其所似夢非夢似虛非虛其往其來莫知端倪吁可怪也余嘗與青州從事薄遊湖海間歷中山過洞庭至上若之村迷路失足墜於此鄉之中其地廣衍無丘陵險阻之難其氣和平無霜雪嚴凝之苦其俗熙熙無乖戾忿爭之心冲融元氣薰蒸透骨樂土樂土爰得我所與其醒狂不如醉眞余欲終老於此鄉故爲之記云

論

伊尹五就湯論

余嘗讀史至伊尹五就湯五就桀之事未始不致疑於心曰古人出處之正者莫如伊尹也則豈肯爲自

賣之傭二君之間往來屑屑至於五就也哉無乃是恠誕不經如割烹要湯之說之類乎乃反覆思之有以知伊尹自任以天下之重而何事非君何使非民治亦進亂亦進之意也盖天之生此民也旣以斯道付之先覺又使先覺覺其後覺則爲天民先覺者盍亦行道濟世堯舜其君民乎此尹之所以不憚五就之煩卒能就湯而說之以伐夏救民也然則其於出處之際何其輕變所守先貞後黷無凜然不可奪之節乎盖始之所以囂囂自得獨善其身者窮而在下樂道之心也終之所以出爲世用兼善天下者達而

爲之褒賞則是無勸懲之方昔秦始皇上泰山須功德風雨暴至休松樹下因封爲大夫況有如此之節而不授之以爵乎若封爲抱節君則可謂名實相孚也制曰可又特賜瀟湘以爲湯沐邑時論榮之宋自王安石變法之後民怨朋興旱乾相仍川澤枯竭至是極矣抱節君偶得相如之疾渴而死生一子曰此君性亦勁直不曲不邪時人咸曰過追先志不墜其業真吾君之子也史臣曰疾風知勁草世亂識忠臣君之謂也旣全其節又受其爵流芳萬葉不與草木同凋可謂烈丈夫矣樹此不拔之葉淸白遺子孫世

封此君當與天地俱存所謂千載香名長不泯者也

記

萬景亭記

朴侯閔孫彰祖家於高陽郡之治南十五里漢水下流之濱距都城西四十里也侯本咸陽望族也侯之才於文於武恢恢乎其有餘也而侯之心以進以退綽綽乎其有裕也亦以早孤無聊不求聞達將欲投閑終老以遂雅趣第念 聖明之朝不可虛負故晩屬禁衛得近 清光遞休之暇即還其家雍容几杖坐臥自適其怡神養性息慮忘機之道雖山林隱逸之士蔑以加之而又非荷蕢耦耕潔身亂倫之比也侯之居也有良田數百頃足以供朝夕之飧有僕隷數十口足以代耕穫之勞且其家依殘山兩峽之間多植樹木四面周匝幽邃可愛又於傍南顯敞之處除地爲亭不宇不棟不墻不籬其於觀望豁然無礙可謂快矣但江天朝暮易生驟雨談笑方濃而杯盤遽輟賓主失容而衣冠顚倒斯豈非亭之一欠事也歲辛酉夏命工構材爲舍三間數日而訖匪斥匪石匪雕匪彩覆之以茅蕭然塊立侯於是心獨喜自負屬余爲記且名其亭余以侯之亭之景也北望三山

之半落南臨二水之中分則如立鳳凰臺之上仰見霞鶩之齊飛俯視舸艦之迷津則如坐滕王閣之中嗚呼古今稱形勝者必以鳳凰臺滕王閣爲最而侯之亭得兼斯二者豈不美矣哉若夫春和秋凉夏熱冬寒飛者南而北北而南潛者上而下下而上動者作而蟄蟄而作植者榮而悴悴而榮萬物之理循環無窮四時之景有萬不同而侯之玩景之心亦萬其端故名其亭曰萬景侯之登斯亭也有吟風咏月之妙而無絲竹之蕩心有彈冠濯纓之潔而無塵埃之累目飄飄然如遺世獨立羽化而登仙泯泯乎若神

哀李秀才亨孫文 開城府儒生

嗚呼哀哉松都縫掖推子爲右温然其容確乎所守之才之美如璋如圭將蜚騰於萬里展逸驥之霜蹄

嗚呼哀哉悠悠天遠冥冥鬼惡一疾微恙謂可勿藥云胡大缺奄爾無祿未百歲於半途邈重泉之寔卜

嗚呼哀哉天旣與才何壽之靳有才無壽天從何問茫昧福善寂寞餘慶悲伯道之無子閔顔回之短命

嗚呼哀哉文星戢曜玉樹埋塵架書空挿講帳虛陳月照孤鸞鏡分一匣襲長夜之漫漫怨歡恩之未洽

嗚呼哀哉與子相從匪日匪月炎天方熯同我硯筆白露未霜歸神冥蔑何數月之不見爲百年之永訣

嗚呼哀哉城西數里孤墳三尺涷燈無焰泉扃闃隅玄猿叫月白楊悲風顧逝者兮安及獨名聲兮無窮

嗚呼哀哉

傳

抱節君傳

抱節君者嶰州人也其先篁嘗隱嶰谷未嘗出爲世用人不之知黃帝創始律呂而無諧之者故嘗思其人而未得焉帝一日聞其聲而至谷擊節嘆曰不圖君在此何相見之晩也令伶倫析節下禮與之俱來授典樂之官爲人聲爲律而身爲度名播人口皆愛其淸節篁之子孫蕃茂蟠結天下居渭川者曰籊籊太公一見如舊以爲知音相遇携手不釋釣魚而相樂居首陽者曰孤竹君聞其風者頑夫廉懦夫有立志君其末葉也有特立孤介之志而世無知己者嘗喟然嘆曰安能鬱鬱久居此乎欲移住徂徠與十八公爲方外友至中途見淇澳有淸絶之處謂弟籜曰我生髮未燥已聞淇澳是吾地余舍此而安適因居焉仕衛有切磋之功詩人歌詠其德而書諸簡策至孔子刪詩書亦贊美其德而不削焉晉七賢聞君有超凡秀羣之才携壺挈榼而來謁皆醉酒放達踞傲無禮君責之曰吾聞諸古人之言惟酒無量不及亂德將無醉吾子皆國之重臣而沉酗于酒不顧國政可乎吾則異於是一年一醉乃五月十三日也若與君同處則禍必及已遂避隱于黃州石假山之下居歲餘累帝與東君爭時候霜鋒雪鍔交下叢立之中君顔色不變與累帝同休戚而不改節蘇軾在側而見之上奏於帝曰君之爲人也其性堅正中通外直不變節於夷險全臣道於危難志節甚嘉可封爲君使爲人臣而臨難苟免者知所愧也有此勁節而不

存有子其賢克構厥門靈若有知以此自慰斗酒隻
鷄仲我獻欷奠拜有度哀情何旣嗚呼尚饗

祭襄陽府使李公仲賢文公爲江原道觀察使時

惟公之量若海無津惟公之性有脚陽春匪驕匪吝
之才之美早登桂籍蜚英萬里入參亞卿出典大府
士服其義民呼以父年未知命患眼昏花欲謝簪笏
頤養在家鴻漸之勢難以遽退且官且辭更際 昭
代錄君廉潔命宰襄陽黽勉就職撫民如傷共期三
載沐浴洪澤如何如何變生不測蒼蒼天高冥冥鬼
惡一羅背疽奄至不淑鳳辭碧梧孤鸞曷歸地埋玉

樹餘枝何依民失怙恃巷哭聲接余以無似忝任方
伯季夏初吉喜君康樂新秋未半歸神冥滅何奈數
旬而至於斯載寢載興念玆在玆余懷之悲曷有其
己追惟笑語琅琅在耳言念容儀宛宛於目再見無
期幽明永隔嶺南千里咸安一方旅魂悠悠必思家
鄉坦途安柩儀備紼翣魂兮向南毋東西北桑梓共
塋永饗千億與子相交始自弱冠聯袂泮宮臭同雜
蘭共立朝端餘三十載終始不渝並濟宦海子今已
矣何以爲心峩洋絃絕更無知音人誰不惜余慟實
深天何茫昧混於與奪夭顏壽跖理難測識今在於

君以才以德旣德且才何壽獨靳天不可梯安從就
問百年人世得之者誰猜子賢能造物小兒蝶夢不
醒壑舟忽移末之追攀況也號擗悠悠九泉永不可
作謂之何哉譬如流水逝者如斯無時或止脩短之
數有定不易古來共盡牛山虛泣非獨蒼天奪我玉
人以此忍哀佇奠明禋嗚呼哀哉尚饗

祭鷲城君金公俊孫文

維嘉靖四年歲次乙酉七月十七日同知中樞府事
丁壽崗敬祭于鷲城君金公之靈嗚呼子彥何逝之
忙誰謂八十是壽之長我今於子慟如顏夭相遇雖

晩知音則早子知我心我知子心其臭如蘭其利斷
金問病就看琅琅語音意謂勿藥可占有喜云胡大
歛竟不能起訃及以後回惶如失追惟往事淚隨言
出曩與君度結爲三老枕流堂上共開懷抱綠水青
山滿眼佳景左右顧眄如登仙境吟風詠月更唱迭
和蒼顏白髮擧杯相賀日月不留歡轉愁裏君度先
亾惟我與子子今已矣何所依倚漢江之遊悠悠可
戀如何數年世事多變奪我玉人天似無知余懷之
悲曷有休時非我悲子子令我悲聊奠蔬果敬獻三
酌勿間幽明靈其歆格

響像如在精靈不滅奠一觴而再拜爲百年之永訣嗚呼哀哉尚饗

祭領議政金公 壽童文 同年致奠

嗚呼哀哉惟公之性溫如玉潤惟公之才美而不吝金自爐躍錐從囊脫少登桂籍歷敭華秩遭遇 聖世躡上台堦都俞一堂謨明弼諧三接寵隆四篋榮極煥爀功名照耀麟閣春秋尚富百歲悠邈共謂無恙永享遐福天何嗇壽大命伊近歲在壬申寔君否運自春徂夏沉綿牀席竟不見起魂迷莊蝶昴宿斂輝箕精還昊唐亾一鑑漢失三老蒼生何望百僚無

首軫及 宸衷慟暨諸友況我同榜情好倍他三十三人存者幾何吾儕四五落落晨星興言及此尤切愴情念昔相面笑言謔謔今日臨門盖棺嘿嘿繐帳之下只留孱孼冠世名位寂寞餘慶茫茫天道遠矣難詰醞藉風神更見無因古來共盡牛山霑巾非獨蒼天奪我玉人以此忍哀敬奠一酌靈其有知庶垂歆格嗚呼哀哉尚饗

祭驪平府院君閔公 孝曾文 生員同年致奠

嗟嗟希參何至於斯六十六年寔君生涯滿世榮名一朝星沉如我故舊何以爲心憶初同榜並袂聯襟較藝芹宮君常居首果先登第名著朝右驪興巨姓甲于東國世濟其美至君大發霜蹄千里騰踏不窮形圖麟閣煥乎其功秩並三公巍乎其位人間福祿可謂全備百歲光陰亦云未暮如何遠跡頓於促路念我同榜分如兄弟四十年間相繼零替幸君無恙一榜生輝君今又逝吾儕焉依聞將遠行適館匍匐宛宛容儀猶存乎目琅琅語音尚盈于耳莫逆交分何異生死玆奠菲薄長跪抒情靈其來格諒我微誠嗚呼哀哉尚饗

祭工曹判書鄭公 光世文 同年致奠

生也有涯定有一死歌以訣友古稱達士我輩於君慟何至此地埋玉樹情不能已與君相好不日不月循念平昔奈此永訣往在甲午俱從貢薦二百人中君是邦彥年纔二紀大庭對策名登第一崑山片玉鵬程九萬扶搖羊角玉堂金馬南臺左掖出宣棠化入長六卿士林倚重 聖主加榮長途方騁濛汜俄迫六十光陰駒過其隙知與不知率皆興嘆吾儕同榜實自弱冠倏忽逮今四十餘年一場夢闌往事茫然太半辭世存者亦衰中夜起念無復昔時如何今者又失夫子溫言雅容永絕眼耳積善餘慶不亾者

月軒集卷之五

祭文

祭廣原君李公克墩文代

維弘治十六年歲次癸亥四月二十日坡平府院君尹弼商議政府左參贊尹孝孫等謹以清酌庶羞敬祭于卒廣原君李公之靈如何士高遽至於斯嗚呼疇依余懷之悲昴靈戢曜箕精歸昊唐亡一鑑漢失三老哀纏士林痛深諸友況我數人名忝榜後共荷聖恩聯步朝右喜君康強益勵忠貞將躋台堦爕理　明庭國以此待人以此期天何茫昧曾不憖遺

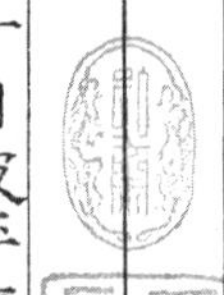

天不可梯安從詰問歲在昭陽寔君否運春暉未暮歸神冥蒐一朝易簀百年永訣與子相交匪面而心追惟平昔琅琅語音教我誨我益不止三今子已矣無聞善談謂之何哉匪今斯今古來共盡牛山霑襟非獨蒼天奪我王人以此忍哀敬奠明禋尚饗

祭左參贊尹公孝孫文代作

維弘治十六年歲次癸亥六月二十六日奉常寺都提調領議政成俊正柳軒等謹以清酌庶羞敬祭于卒左參贊尹公之靈公生於世七十二齡著龜邦家羽儀朝廷動爲時法言比古經朋友推信宗族歸睦屈郡養親和顏愉色貳公弘化白首丹衷爲國爲親以孝以忠有子若孫盈門聯璧積善餘慶昭然不忒將躋台堦爲國柱石云何一朝遽爾淪没茫茫天道遠矣難保昴靈戢曜箕精歸昊黎庶疇依士林共傷況我同僚情好倍常念昔連席笑言爲樂豈意今日臨門慟哭盖棺蔽帷欲見無因古來共盡牛山霑巾非獨蒼天奪我王人用此忍哀敬奠一酌嗚呼已矣終天永訣尚饗

祭領議政韓公致亨文

嗚呼哀哉惟公之性春而有脚惟公之量寬於六幕

燕居沉默中若無主臨事勇決毫析蘗聚期永享於頤耄屹大厦之支柱嗚呼哀哉天高莫聞鬼頑多詭曩遭微恙勿藥有喜笑言自如榮衛絕沴云何一夕倏然而逝棄人間之顯貴襲重泉之幽閉嗚呼哀哉漢逝三老唐亾一鑑典刑雖存音容永欠蒼生何望百僚安仰巷哭相聞遺愛東壤慨九原之難作起文子之遐想嗚呼哀哉天畀於公以德以位既德且位何靳厥嗣茫昧福善寂寞餘慶幹蠱誰托門宗不競毖天道之無知悶傳家之易姓嗚呼哀哉夢迷莊蝶舟藏夜壑殯室闃閴繐帳冥漠末之追攀況也嗚咽

月軒集卷之五目錄

月軒集 三

已畢縱有貝闕仙居義未可與此爭甲乙多君償盡
三生願歎我翛翛老蓬蓽

月軒集卷之四

卉不同旋當時返魯入山後對此感歎情何極人與物馨紛至今幾吟遺操而三復

畫山水

何人偷得造化理描出青山與綠水白鷗平泛亂波頭素月半沉層峯裏雲將出兮日將騰舟欲行兮溪欲冷烟寺歸僧歸不得漁磯釣翁釣不成湖邊草巖上松葉長翠色長濃萬里江山輸一幅不勞着脚看萬重

次義城聞韶樓韻

客來尋上最高樓豪氣元龍增百尺當階一笑樹頭花偶壠三聲牛背笛帶風殘絮落無痕含雨片雲飛不滴回看壁上有瑣聯人去詩存真可惜

其二

闌干十二隱層樓登上斗牛捫咫尺誰家溪女唱村歌何處牧童吹野笛梨花窓影亂婆娑嵐翠簷光微點滴壁間唯見古人詩不見古人空嘆惜

其三

聳空樓上怕登臨烟鎖闌干迷咫尺欲招子晉共吹笙思與桓伊同弄笛檻前柳絮白綿飄庭畔桃花紅雨滴徘徊盡日愽淸閑但送年光為可惜

鍾城次使相韻

鍾山鎮裏百隊兵奮劍疾馳風雷生綠髮將軍帶笑看紅幟耀日秋光清錦韉玉勒桃花驂走射封狐振長鳴城頭乘醉歸來晩西風又作他鄕情夢罷酒醒寒月白誰家巧送出塞聲

戱呈柳彥傳 溥

風流學士幕中郎不用吳兒木石腸雲雨巫山窈窕娘鴛鴦衾暖夜未央堪笑病翁興味凉夢斷無寢凝淸香煩君須發少年狂奈此蕭蕭兩鬢霜

鍾街觀燈

一夜張燈百萬家天風吹散赤城霞須臾遍滿三千界頃刻能開萬樹花九街香土白於晝鞍馬胡兒馳似狖勝賞今宵樂未央雞人何處催晨漏

漁翁

五更風露苔磯宿千尺絲綸一竿竹月落西山日出東潮生兩岸烟波綠自笑機心常在魚不如與鷗閑相逐

漢江行寄拢流堂

氷蠶作絲水不濡鮫人織成綃萬匹鋪遍長江千里面風來纈紋生翠縠弄棹忽成破幅痕舟過旋見縫

公遂令窮村蔀屋裏分與明光處處同

秋霖嘆

炎霆轉作秋霖苦流火迄今猶未晴通宵滴破空堦上添却幽腸百慮縈初逢霡霂潤枯槁願至霈然滿澮盈漸成咎徵恒雨若九旬不見天日明有時似倒銀河落地維欲絶天柱傾蛙竈炊烟吹不焰濕翅寒螢飛不輕青丘可擬庸蜀地日出應聞犬吠聲酸辛萬事不須說所恨滌盡田疇平大地嗷嗷待餔者無人不是望秋成一畝種禾無一穗天乎何罪赭蒼生秋霖自古今人嘆豈有如今拂輿情嗚呼安得逐屏

翳坐令陰散天地清

鳳鳥不至嘆

吾已矣吾已矣鳳鳥不至吾何為聞說皇王大道世嗈嗈阿閣又鳴岐從來感應如影響太平有象於此知至今寥寥六百載明王不作更為誰憶曽年少志學日謂可行道濟斯時西方美人夢常見一念依依恒追隨當年盛治如可並得聞鳴鳥亦何疑吁嗟歲月不我與千一河清待無期倦遊東西南北路何人向我歌德衰歸來泗上栽狂簡無復興嗟去魯遲吾已矣吾已矣瑞世靈物莫浪思

氷

日躔玄枵氣凌兢江河結成白練繒手足皴裂苦轉增厭見處處皆稜層朱明啓候炎氣蒸火龍驅逐赫日升五内若燒空掬膺一片入口精神澄惡之斥去如不勝好之招來恐不能何乃一心與一氷隨時好惡轉相仍憶昔豳歌王化興凌陰亦並農桒稱越時沖沖備薦登喪祭燕飮無不承人間物物理皆凝莫以偏私施愛憎

卞和泣玉

大璞未析内藴眞含章有似君子人江南大國豈無

物獻此欲為王府珍所以遑遑不憚煩再世脩門干至尊一進一刖何可恨可恨人皆以石論吁天欲訴天九萬無由上燭吾方寸世間具眼何處逢千行雙淚不滅怨請君勿泣遇有時時之未至遇難期孔聖終身沽不得休嫌世人乏見知

幽蘭在空谷

菁菁綠竹在淇澳詩人詠比君子德英英黃菊遶東籬高士自托淸節特物中美質難自掩合作凡人眼前色何奈猗猗此幽蘭晩含秋意在空谷不以無人不芬芳乃知情性喜幽獨宣尼空惜聖王香世間羣

作人間萬古說我欲和之無好語但對寒光冷於鐵

登廣武觀楚漢戰場

廣武原上一登眺荒坡骼齒沉宿莽問此何代戰伐場劉項當年搆兩虎自從虐焰熸儒坑三秦父老厭苛苦王侯將相寧有種山東豪傑競鳴鼓沛上隆準輕生産愛人好施爭來聚旦中少年傲書劍力能扛鼎睨寰宇轉鬪東西互勝負欲決雌雄臨廣武雷鼓震天旋蔽日飛空弩矢亂如雨山河百戰坤靈死畢竟中原誰是主乃知天意厭慓悍大物終令長者取茫茫往事隨流水楚漢興亡兩丘土當時虎躍龍騰

地歷歷于今在阿睹雲陰雨濕殺氣腥鬼語叢林訴千古我今凜然不可留急投前村毛髮竪

苦寒嘆

地氣下降天氣升陰陽不交成閉凝玄冥號令何太急巽二滕六亂奔騰宇内化作凌陰窟將身無地避威稜手足皸瘃何須惟羽毛飛走亦凌兢百虫坯戶墐如鐵春來啓蟄恐不能萬木氷枝凍欲死東風生意恐不勝欲掃此寒投赫熱南方赤帝嗅不譍我今閉戶坐室奧冷透重裘膚粟興況是窮村委巷裏破屋嚴氣恣憑凌百結懸鶉不蔽膝雷鳴腹中苦轉增何處洞房紈綺客歌舞聲中酒如澠紫氍毹煖春風動揮去紅爐怕鬱蒸仰祝天公均此樂勿令人道偏愛憎不然除却三冬節長遣薰風被哀矜

中秋翫月

人世常留四時中冬苦祁寒夏苦熱唯有春風與秋月不寒不熱好時節況此八月三五夜十分清光圓不缺碧海無塵瑤宇湛氷輪輾上琉璃潔森森桂樹枝可數歷歷兎毫眼透徹姮娥俯笑如咫尺不覺天高浩冥滅誰家曲檻開清賞何處郵亭客騷屑人間無盡悲歡意應向今宵仰自列我來幾度逢此夕今

年今日最清絶謫仙死去九百年無人歌舞續豪傑對影一杯復一杯奈此百篇詩才劣

廣寒殿

聞說清虛廣寒府邈在蒼空白月中桂影婆娑蔭其上半露澄輝半朦朧孀娥每悔偸仙藥夜夜奔騰碧海東大唐術士申天師能令至尊躡虛空看盡奇形播人世雷騰萬口流無窮天高去地九萬里欲問古事空夢夢人間貝闕三十六五色雲深隔九重即是天上廣寒殿下民無路得相通我願　君王克明德垂衣拱手坐法宮勿效廣庭歌舞戲常體無私照至

似何人寓名善形狀綠秧盈疇忽張王薰風輕拂秀穗上一時委靡翠紋生鱗鱗轉流晴波漲平地水深知幾尺勢可乘舟麥蕩漾萬家相慶喜有秋還將甕裏藏新釀路中應有醉騎驢低昂頭帽笑相望麥浪麥浪合游泳滅人飢火寬人量豈如洶洶蛟龍窟臨之可避不可嚮

汨羅懷古

漠漠烟波浩無津不知何處弔靈均聞說當年國事誤可憐憔悴放逐臣武關前鑑分明在如何更信喋喋人萬死南荒吾不恨但恨宗國將沉淪誰懲熱羹

吹冷虀堅白何如不緇磷堅斷龍門過夏首楓江千里憶楓宸此身無復入脩門寧從碧窟伴江神漂泊忠魂無覓處難將消息問水濱天地終窮會有數此怨綿綿幾時湮楚俗至今遺競渡還將裹飯報良辰我來懷古心無賴欲賦哀詞更逡巡

弔古戰場

有客欲酬弧矢願遊遍四方忘倦困到處所見皆骼齒猶帶槍瘢縈野蔓可憐一片中原地幾番蠻觸爭尺寸山河不絕鉦鼓響叢身鋒刃安能逭日暮悲風吹雨過啾啾鬼語含未噴誰無父母與妻子盡是終

天抱冤悶世世人逢征戰苦唐虞逝後無揖遜春秋列國逮五季歷代又結胡虜怨且問何地冢可傷長平坑卒四十萬

鴻門宴

璧獻滈池祖龍死山東處處鳴鉦鼓傭隸亦懷鴻鵠志紛紛燕雀不知數吳中何處參騂兒年纔二紀氣麤粗奮臂渡江向長安阿誰先我入關輔擁兵百萬駐鴻門威靈赫赫雷霆怒盃酒豈緣情好設沛公於此如投虎殆哉送目頻舉玦劍光凌亂逼身舞賴有壯士擁盾入目眥盡裂毛髮竪挫鋭扶顛脫亡去不

使主君膏賊斧一雙白璧何損我撞碎玉斗徒取侮寬仁自是天所佑肯令慓悍為民主山河富貴竟歸漢四百年來臨率土

聚星堂用東坡韻禁體

朔風吹盡千林葉聚星堂中初見雪飄空不下久徘徊徐撲簾櫳更奇絕細看箇箇皆六出誰逞巧思為曲折到夜可映千篇字大勝螢光明復滅歐陽太守值此景蕩心不堪清興掣四十年來繼者誰東坡文焰爛生纈二公才氣真一槩吟隨霏落紛瓊屑冉冉百年人換盡風流勝事過如瞥至今黃絹幼婦詞留

空至今談者猶冷笑武關遺悔不可追如何更許譊舌掉江潭千里泣孤臣耿耿丹心天日照望斷龍門不見君茫茫帝閽無路叫日中見沬從古然我今何怨竄南徼但恐坐見宗國亡荆生郢都飛熠耀千尋碧窟自沉身可憐魂魄隨流漂南人為立一間祠萬古妥神依斗峭春秋丹荔薦精禋彷彿如見佼人嫽

戲馬臺懷古

秋風行客向江南錦綉山河如入繪楚甸東西八千里彭城一區佳麗冣戲馬臺上商飈館土俗相承重九會項王當日此登臨自許才氣一世蓋至今猶想

叱咤聲奈何陰陵奄顛沛人去臺存到六朝樗蒲赤誌皆無賴白手奮起卒富貴三千歌舞樂未艾重陽勝賞集層臺黃花秋色香藹藹安心自作龜兹國豈知窽守如許大可憐興亡不旋踵片時繁華隨急瀨英雄有骨盡成塵但見荒臺餘暮靄

乘桴嘆

吾何歸乎無所歸吾欲乘桴浮于海憶曾年富力強時意謂斯道於我在欲濟天下蒼生溺遑遑此心敢少息自作東西南北人屢遭窮厄猶未悔吁嗟明王不復作孰能宗予為世宰鳳兮已聞歌德衰猗蘭何處逞芳彩西方美人夢不見甚矣吾衰更何待吾欲乘桴從者誰吾與由也將同載

歲寒松栢

北風剗地雪飄泊短晷陰凝寒轉劇曠宇泬寥氣凌兢人間無物不凋摵濯濯羣山如洗空餘存唯是松與栢青青一色貫四時不在天工造化迹憶昨春風吹煖暉桃紅李白柳爭碧轉入炎天百卉張視爾尋常誰愛惜今遇風霜搖落時方知獨秀歲寒格在物尚有君子行况可為人迷所擇孔聖一言真大閑平生所守不可易欲見孤高烈丈夫勿於平日當於尼

妬花風

春風自是催花發何事飄成滿地紅憶昨羣芳蓓蕾時含脣欲吐未吐中二十四番吹信來千村萬落爛戎戎可憐春光隨處藹幾人幽賞樂未窮一夜狂風忽掃去曉來樹樹盡成空人言此風能妬花我言妬花非此風祟在光陰太無情朝暮駸駸走西東豈但穠華為片時世間無物不相同請看青春少年子俄然變作白頭翁花開花落君莫問任他榮悴付化工

麥浪

我昔山中聽松濤今來野外看麥浪細推物理多相

濟川亭觀漲

昔日來登此亭觀淸江一帶横練帛今日來登此亭觀狂瀾萬丈非如昔崖沉谷没浩無涯衝波激浪紛崩濤天呉紫鳳顚倒行魚龍恍惚失窟宅有如洪水勢滔天呂梁龍門猶未闢又如三湘七澤間却疑呉楚東南圻久視凛然神魂驚天高亦跼地厚蹐世間壯觀豈如斯不須子長窮禹跡還嗟此江不安流寔由恒陰致雨澤今年小民何所依不見禾穗留阡陌

八陣圖

四百年來赤運終孱顚神鼎皆奸雄中原已墮阿瞞

手江表亦屬虬鬚公可憐中山帝室冑流年屑涕悲無功間關保此梁益地與誰共力圖興隆矯矯南陽龍卧士三顧魚水欣相同飄然自許復炎祚誓將竭力輸丹衷渭水前頭師已出眼底呉魏俱牢籠胷中許多有奇策江上聚石為兵戎天地風雲奇正裏龍蛇烏虎縱横中堂堂八陣儼成列神謀秘略猶天工運去英雄事不濟妖星隕營光芒紅將軍魂冷士氣挫恨隨芳草流無窮至今沙頭石不轉應知浩刼留英風屑䬃作雪

銅雀硯

銅雀當年鎭鄴都鱗鱗碧瓦蔭金殿三千歌舞襪生塵承歡長作淸宵宴一朝英骨埋西陵月明淚眼何所見人去臺傾歲月多荒基散落瓦片片堅硬緣為和鉛膏凝滋不滲光生面何人試磨龍香劑隼擬端溪紫雲硯年年風雨半蝕苔豈料一夕登几薦數罷奸雄亦憑渠似向舊主無顧戀物是無情還有情脏爾文房伴書卷流傳來作席上珍記盡世事無窮變怳如怨說狐媚兒殫力爭臺藏羨媛所行非是大丈夫合被他年石胡譴

落花嘆

落花嘆落花嘆落花之嘆何時斷年年一度見落花不耐年年節序換莫言佳節是春風奈此穠花旋飄散昨日爛熳今日衰更教風雨長凌亂去年花落傷春歸今年花落轉悽惋我顏歲歲凋朱光我鬢日日霜華粲丈夫心意已如斯況此閨塵染皓腕黃鷄白日苦相催流光倏忽如湍悍玉頰難將獺髓醫空傳挾彈章臺畔誰道生涯在百年多怨百年半未半不如沉醉送花時愁來不麾去不婁

弔屈原廟

楚國忠魂何處弔千年江上有孤廟當時遺事久成

秋臨江張幕白雲浮驪興行客瀉羈愁況聞歌管聲啾啾百味為鯖笑五侯小船網魚為盤羞亂酌迭巡迭相酬蘸甲鯨飲何曾休多君氣槩古賢儔樂與諸子忘形遊細筭今古土一丘不飲何以遣悠悠歡意未了西日收其奈四散人不留

將進酒

朝暮鍾容愁濃其奈容顏易謝紅曾向昆明嘆刼灰武陵墳樹亦秋風嫋嫋笛鼕鼕鼓浩浩歌娑娑舞爛醉盃看五湖水肯知世上飜雲雨生前有酒莫停手死不得相酬一抔土

其二

酒入鍾春色濃蒼顏亦作桃花紅況是韶光三月半尊中吹送梨花風彈鵾絃打羯鼓發清歌呈妙舞行樂須趂少年時人生幾度晴與雨他日東風寒食節一盃酒空澆墳上土

其三

粟千鍾資財濃不用空為爛腐紅況是光陰駒過隙人生能得幾春風堂有琵檻有皷坐則歌起則舞長醉任他時序去那識祁寒與暑雨請君得錢即沽酒君不見孔跖俱塵土

漢武東巡

牂柯朱崖入漢界漢南王庭亦已空長楊五柞深復深隘窄無以騁豪雄況是浮生如電掣安能坐掩三寸桐不獨文成逞奇術長卿遺藁感宸衷翠華搖搖向何處日出扶桑青海東泰山梁甫封禪了金泥玉檢秘神功遙望三山知幾許行將足躡六鼇中不知望海樓作墟八駿霜蹄跡亦窮牽狗一夫僅得見天下蒼生盡疲癃至今茂陵松栢裏蕭蕭落日射殘紅

秋霖嘆

人怨祁寒與暑雨我嘆黯黯秋霖苦憭慄天氣正可

悲況乃霪溢侵后土古今疚懷因此生羈窮怨恨人無數愁深桂玉天難曉滴破鄉心夢未了江南楓竹冷蕭蕭楚䰟湘靈增悄悄更想劒門雲棧間霖鈴餘響猶繚繞青丘今被恒雨毒日出犬吠應似蜀自夏徂秋秋已深九旬不見扶桑旭堪驚碎盡梧葉黃濕穴寒蛩鳴不續屋漏垣頹何足嘆傷心禾稼皆沉爛嗷嗷萬姓乏簞儲不但薪蕘絕炊爨田夫昨日入城來斗米不許衾裯換呼天欲除此霖虐天高九萬空漠漠金風不能施勁吹白帝不能措勝略安得新篲萬丈長手掃陰翳開寥廓

動光祿添恩百味鮮異服西蕃頭裹帛殊音北狄酪
爲饘紛紛衆類來重譯蕩蕩仁風普八埏楚女吳姬
光艶艶越香巳錦萬千千王孫甲第多珠翠公子金
鞍帶綉韉夜入千門燈燭爛風和九陌酒旗聯繁華
未易收胸海彩筆須煩染素牋碧海青丘身一返玉
京金闕夢相牽送君還想重逢日白酒黃花喜欲顚

五言古詩

呈君度

病人如病馬齕草長伏櫪志雖在千里筋力不相適
我病已兩期我年臨七十生涯知幾許歲月如箭急

容顏日凋謝恰似枯槎兀羨君保康強長醉臥江月

和陶淵明止酒

居常欲止酒欲止猶未止飲止二三盃神止華胥裏
仰止孝於父俯止慈於子吊則止於哀慶則止於喜
怡然安所止世慮止莫起終歸止於醉萬事止不理
精神漸止耗還思止持己覆盃誓止之從此長止矣
欲效淵明止其止難測涘姑當止吾止唯不止於祀

少年行

紫騮嘶春風垂柳蔭道左臂鷹牽韓盧騎向前村過
半醉乘昏歸披衾擁姬臥何乃鄰家子讀書猶窮餓

傷田家

債還無寸絲稅入無斗穀塩虀猶不贍况望食粱肉
宴罷東家樓虗燒三丈燭天何不靳財獨靳寒微屋

寄枕流堂

漢江淸且淪風景殊奇絶羨人弄扁舟長占烟波濶
可憐名利人車馬塵中沒

其二

漢江是官渡路出金城下滔滔競涉人半是求名者
焉知地上仙臨江構精舍若得聞其風誰能不顔赭

七言古詩

採蓮曲

一雙採蓮靚粧女立向池塘笑不語嫌將玉肌汚黑
泥欲舉紅裙猶未舉何處便嬛年少郎閑騎白馬傍
垂楊馬上回看注眼波相思卽斷一寸腸

其二

窈窕誰家採蓮女脉脉幽懷心自語所思在彼不在
斯終朝采采傾筐擧陌頭何處蘧篨郎短笛春風弄
折楊隔荷不許露全身偷看半面已灰腸

驪州行中 癸亥秋

一帶長江碧玉流白蘋紅蓼滿芳洲使君爲愛重九

竹林寒送影湘簟冷侵床不見蚊蝱亂誰逢褦襶狂
倐然迎爽籟豁爾灑焦腸浩嘯乾坤窄閑吟日月長
百年繞瞬息萬事莫思量浮李酬三酌圍碁笑一場
何人如靖節在世擬羲皇河朔連宵飲京棚間坐娘
氷山楊氏宴荷葉鄭公觴適意雖云好窮奢奈己康
悲歡唯是醉苦樂永相忘寒燠時能若陰陽燮在良
相公休避暑　明主正當陽黼黻宜成釆登時繪舜
裳

其二

朱明開暖候赫日熾炎光無計逃煩暑何緣沃渴腸

忽尋臨水榭還向倚巖庄石齒漱清澗山顏掩翠篁
松風消酷熱溪雨送微凉高卧藤牀兀閑憑竹枕香
惟知膏起粟誰道汗飜漿浩嘯乾坤窄豪吟日月長
醉爲蝴蝶夢醒是次公狂莫厭歸來晩人間沸火湯

七言排律

金陵懷古

金陵佳氣鬱葱葱虎踞龍盤地勢雄雉堞聯綿横碧
昊鍾山突兀聳蒼穹吳王此地開鴻業晋帝當年底
大功金碧鮮明同泰寺丹青凝煥景陽宫蘭陵日暮
蓮花隕胥井龍沉玉樹空千載興亡同逝水六朝文
物盡埋蓬瑶階芳草纖纖緑閬苑幽花慘慘紅破礎
頽垣雲黯淡荒墟遺址月朦朧悲風似訴奸雄罪禽
韻如哀國祚終往事茫茫無處問江流嗚咽古今同

其二

南國山川舊帝居金陵紫氣問何如孫吳此地曽開
邑馬晋當年亦駐輿青蓋已符歸洛後清談空誤渡
江餘凌歊累榭藏歌舞帖地香蓮步婕妤餓死臺城
緣己淺投身胥井計還疎偷安自作巢堂燕襲跡誰
監覆轍車六代興亡碁變局千場富貴夢歸虗公侯
廢宅虫書篆將相荒碑魯鈌魚勝勢尚存今北固名

區空說古南徐客懷何處尤難任鴈度楓橋日落初

送鄭監察(後官至參判) 子健(錫堅) 赴 京(癸卯四月)

萬國衣冠共會燕大明离照正中天君歸慶誕屬今
歲我亦朝正在去年故國漸看千里外皇都遥指五
雲邊薰風漢水初吹緑夜月遼陽幾上弦仙鶴不歸
華表沒征夫未至望臺傳昌黎古縣存韓墓雍伯遺
墟有玉田碣石巫閭窮禹迹首陽孫竹想夷賢欒河
浮翠千條柳潞水連檣萬隻船郁郁三千周典禮茫
茫十二禹山川文華殿裏前星照萬歲山頭兩曜懸
華渚新秋報虹慶龍顏當日賜金錢鴻臚傳唱三呼

月軒集卷之四

五言排律

黃金臺

齊末無賢伯誰能運一𠅘但知燕可伐寧識衛忘亡
國亂由推相兵加是幸殃天思延保奭人恊立昭王
銳意圖恢復專心用俊良築臺修舍舘隆禮聘遐方
素布賓迎悉黃金賞與忙謀臣爭霧集猛將競鷹揚
直擣臨淄國惟餘即墨鄉至今臺尚在多士奉吾皇

劒閣

關右二千里茫茫在眼邊巫山橫楚徼劒閣壯秦川

界別東西地區分彼此天蠶叢開國後華夏隔垓前
誰畫金牛策能令力士穿細通雲棧路潜入虎狼烟
歷代分争日中原割據年井蛙何所見木馬自無鞭
離合尚殊異安危更變遷維餘天作險萬古永流傳

歲寒松栢用山谷韻

我憐貞節苦松栢撫盤桓雨露無施澤風霜不到寒
名高尼父聖冷擬廣文官傲視羣陰壯超經百卉殘
物猶忘凜烈人可避艱難所守當彌固將渠一摸觀

雲臺

漢炎雖暫熄天意肯歸奸北極淪威斗南陽見大冠
英雄輸義膽士卒奮忠肝洛邑皇居定長安廟貌完
豈知新繼續猶念舊艱難介胄功追賞山河誓不刊
高臺雲表立毅相壁間寒仰慕徽勳業回瞻煥碧丹
昔勞鞍馬上今逸畫臺端廾八誰為首應從鄧禹看

嶧陽桐

人稱淇澳竹我愛嶧陽桐不向窮陰北常當旭日東
孫高臨絶壁翠蔚聳層空樹可鳳凰集材宜琴瑟工
登歌郊與廟下管薦兼矇疎越彈無滯繁絃響獨洪
幽明皆感格上下共流通濟濟趨周室蹌蹌舞舜宮
誰知山畎物有此世人功正是邦家寶曾編禹貢中

河梁泣別圖

携手河梁上今生永別離千行雙玉筯三首五言詩
日色凄涼暮歌聲斷續吹鴈門空縹緲沙磧更逶遲
死葬吾無所生還子有時母妻雖莫及忠節可相知
胡漢分南北去留各喜悲孤囚惟我在骨肉問誰遺
既怨國恩薄寧思臣義虧投降非苟活意欲後圖為

納涼

朱明開夏節赤帝自南方翠巘多枯色紅爐熾火光
邦堪喉暴喝不耐汗飜漿無計逃煩熱何緣納晛涼
忽尋臨水榭還向倚山庄涼吹松梢外清流石齒傍

月軒集卷之四目錄

飛仙長安歲歲昇平會樂事偏應屬少年

墨竹

揮灑濡毫染素空描生天質自然中蕭森已奪神明力妙絶應偷造化功壁上如侵三夜雨枝間欲起九秋風須知淡泊為奇手徒務丹青不是工

承露盤

凌霄仙掌捧金盤沆瀣霏霏夜氣寒靈液更堪調玉屑宸心偏喜潤龍肝三神望眼空迷海萬歲呼聲若在壇七十五年淹忽過茂陵墳下哭千官

鴈奴

江南處處鴈飛秋千百為羣宿渚頭主向中間棲止秘奴從外面護圍稠唯知姑得安眠計不覺俄墮亂打謀寄語戒心虞患者須當未雨更綢繆

新霜

草間垂白露驚秋忽作霜華着尾頭侵夜月輝增冷淡碎林風氣更颸颸山陽笛弄思鄉恨隴上笳吹出塞愁最是香閨寒逼處半衾殘夢轉悠悠

明妃出塞曲

漢家天子重胡人不許千金贖妾身白玉宮中辭燕侍黃龍塞上配殊倫更無笑臉雙刀利還有愁眉八字顰腸斷琵琶已催老曲戎王却訝鬢絲新

薏苡

交趾當年息戰塵軍還薏苡載行輪豈知風霧輕身餌化作滄濱泣月珍可惜忠魂埋草土誰將簧舌弄楓宸日中見沬君休恠從古難明僞與真

月軒集卷之三

床邊羲皇身世閑如許琴到無絃古意全

竹醉日移竹

鄰人解我愛淇園趂此名辰與數根醉裏不知離本土醒來應惜失諸孫窓含吟影消紅日樽近寒階帶翠痕俗態從今除去了何妨更號綠筠軒

重陽登戲馬臺 辛丑赴京時

喜見重陽節又來江南何處好懷開蕭蕭凉氣商颷館灎灎香花戲馬臺此日登臨爲可樂當年覇迹不須哀龍山千古風流在大醉無妨落帽迴

老驥

當初凌厲欲騰空八尺龍精相貌雄吸海飮河將以盡朝荆夕薊亦猶窮齒頭作臼雙蹄澁脊骨成稜兩眼矇伏櫪猶懷千里志甚嗟烈士老相同

江都懷古

浚河民力奈勞何怨入長堤柳色多八萬烝徒牽彩鷁三千歌舞泛淸波行都纜繫牙檣纜別殿誰推雪刃戈此地經過須掩鼻畜生遺臭未消磨

白鹿洞

天作幽居一洞奇佳山勝水疊成帷丈函皐比從先覺奎聚文星起後師自是詞源流不息于今道脉續

無隳地靈人傑徵於此曰鹿名垂萬古知

月食

桂魄騰光喜可知夜當三五正明時已成全體團團鏡還作偏頭細細眉圓復似更君子過咎徵應軫聖君思太陽猶有食之旣休向陰精重致疑

踏靑

一歲韶光屬令辰踏靑何地不宜人風吹野燒痕初滅雨過原蕪綠漸勻展齒印時慳破錦馬蹄行處惜蹂茵年年慣作探春會翠色隨行染鞠塵

商山四皓圖

老盡松杉掩石門採芝何處摠雲根唐虞渺渺人無在富貴悠悠命有存自謂因經秦日月寧知更作漢乾坤若非羽翼儲皇事世路終當不着跟

新亭懷古

亭倚荒陂落照邊金陵風景尚依然牧童此日騎吹笛豪士當年淚灑筵北望山川非晉地東來區域只吳天就中慷慨王公在千載忠言耀簡編

鞦韆

紫陌通逵日暖天綠陰堤下掛鞦韆誰家公子穿珠履何處佳人帶玉鈿乍向樹梢拋過鳥還從雲際落

千盃繁華滿眼看無厭玉漏銅壺且莫催

十八學士夜宴圖

昔時秦府有羣仙今見圖中正宛然歷歷瓊樓分十二依依弱水隔三千盤中飣餖是宮膳月下樽罍知夜筵欲問當時搜討事如何默默不相傳

黃梅雨

霏霏細雨正陽天結子香梅萬顆懸珠翠雲來濃欲滴金黃染盡爛如然已知品物分時序還訝流光轉歲年我願升堂薦君子芬芳色臭兩相全

新凉

新凉滌暑報秋聲雲斂郊墟宿雨晴月透玉樓無限爽風生銀簟有餘清荻階淡淡蛩音亂旅舘凄凄客夢驚正是騷人多感慨如憑山水送將行

早梅

早傳春信有寒梅粲粲庭前伴雪堆處士吟魂依舊冷貴人粧額正新裁却嫌桃李方爭艷惟趁句芽未破胎何處江南逢驛使一枝分與隴頭來

無絃琴

我識先生尚素琴繁聲未足發中心何須變轉因絃柱自是流通貫古今浪撫莪洋猶歷歷虛彈商羽更

森森清風幾度北窓下奏入羲皇上世音

玉堂栢

蒼顏不變四時同高倚鑾坡控紫宮風裏波濤將盛海雨中鱗甲欲騰空朝看滴翠凝書硯午得淸陰滿檻櫳寄語雕龍諸學士貞心莫負歲寒中

九日無菊

今年節候太遲回不見黃花九日開幾處謾傳烏帽落誰家空待白衣來強斟美酒難成醉任送衰齡不禁頹安得道人殷七七卽開香蘂樂徘徊

迎祥

王殿垂衣日色晴 重瞳三漏廣聰明陽回暖律多生意恩洽枯根盡發榮已見人間敷頌遍還聞天上泰階平調元順序餘何事庶績熙熙但仰成

觀漲

苦雨霶霈不肯休長江雷吼亂奔流還如洪水無涯日正是龍門未闢秋天帝必生傾柱慮地皇應起絕維愁岳陽樓上誰登望吳楚東南半面浮

北窓淸風

解綬如何在晚年歸來松菊尚依然三吳山水皆劉地五柳風烟獨晉天南陸炎威消枕上北窓凉吹入

曲聲縫掖微臣叅盛事愧無詞藻頌河清

復職

一寸丹心向日邊觚稜回首夢悠然多年俟罪蓬門下此日重朝 王陛前德與乾坤同蕩蕩恩將河海共淵淵粉身無計酬 洪造只祝華嵩億萬年

新雪

十月玄冥令已行驚聞新雪灑窓聲粘枝冷艶爭春發撲地寒光照夜明千里溪山銀界濶一軒松竹玉容清此時若得羔兒酒應殺騷人歲暮情

臘梅

窮冬草木未精神忽見梅梢粉色勻和靖吟魂初蕩漾壽陽粧額更清新喜將潔操留寒臘羞與穠華競暖春何處江南逢驛使一枝先寄隴頭人先一作聊

至日早朝

葭管灰飛復一陽早趨 金闕慶辰良東方未見明星爛西掖難消刻漏長雞唱五更催曉曙山呼千歲祝 君王從今暖律舒和氣却扇仁風散八荒

其二

瑞氣氤氳滿鳳城百官趨賀一陽生鳴珂紫陌雞三唱待漏 金門鼓五聲黯淡天光星欲落熹微殿色

日初明山呼唱罷催宣酒醉下 丹墀頌太平

其三

陽動蓬萊抃六鼇五更冠佩列仙曹晨光破黑分丹殿燭影搖紅認赭袍樂奏九成來彩鳳山呼千歲進蟠桃中官催賜瓊漿酒醉出 金門日未高

立春

何處尋知大造仁條風吹暖物輝新 御溝催動黃金柳宮漏徐傳絳幘人銀勝此時頒 禁闥土牛誰是賽農神近臣爭獻南山壽酒烈椒香味更真

迎祥

堯蓂一葉喜初生 禁裏陽和瑞色明鳳曆幾經元日慶星文今見泰階平深仁大地流千里廣樂勻天奏九成最賀承歡 長樂殿香椒甁奉萬年觥

新春

天機流轉四時中又見新春造化功寒盡北方無臘雪暖迴東陸有條風柳開嫩眼將舒綠桃結香房欲綻紅正是三陽好時節一盃休厭與人同

上元觀燈

百萬長安綉戶開張燈處處好樓臺惟知明月隨人去不見香塵逐馬來新歲流光三五夜少年行樂十

女殷今日太平行樂處醉歸雙脚染氤氳

喜雨

物意含春乃發生況逢甘雨細絲輕家家村落梨花色處處園林布穀聲九陌看回青靄合千疇望斷綠雲平秋來大有何煩問志喜須當頌　聖明

送春

深嫌歲月隙駒同九十春光欲暮中何處池塘生草夢幾家簾幕落花風空將短鏡悲華髮願得長繩掛碧空寄語東君須我與明年莫作白頭翁

秋虫

雲歛長空積雨晴愁聞啾唧百虫鳴草根露白夜初永庭際月明秋更清旅館此時驚遠夢香閨何處動離情從今歲暮偏多感忍聽床前蟋蟀聲

汨羅

憔悴當年到汨羅忠言其奈忤君何曾經衆口銷金易始信良醫折臂多一寸丹心懷未露千尋碧窟落隨波應知萬古英靈在怨入章華麥秀歌

崖山懷古

北來胡馬過南徐島嶼何堪駐玉輿萬里幅員無尺寸百年宗社作丘墟良醫豈及千瘡後義士難圖四廣餘欲問當時龍去處茫茫碧海但涵虛

曉吟

長夜漫漫睡不成喜聞簷下曉雞鳴東窓月轉西窓白三鼓漏移五鼓聲醉夢一生如過客筌蹄萬事已忘情幾人能得百年壽太半凋零在半程

萊公竹

公安城裏萬家人哭送靈輀競薦禋篠簜插來皆斷脉紙錢焚處更成筠莫言嶺海孤囚鬼曾是澶淵一介臣知爾感神唯貢父故將奇事上貞珉

悲清秋

西南昨夜火星流暗覺乾坤節序遒萬里關河誰作客一番霜露惹生愁猿啼冷月青衣曉砧急寒城白帝秋不獨宋玉知此恨到頭人事盡悠悠

大射

高褰　鳳幄赭袍輝謁罷先師講射儀比耦升階行揖讓循聲發矢中熊麋百年禮樂方興日一代風雲畢會時　恩許羣臣同宴樂南山萬壽祝無期

其二

龍飛九五屬休明禮樂文章燦大成已向先師禋祀畢還從古制射儀行雍容揖遜千官會蹈舞簫韶九

致仕仍官命自 天優遊七老享遐年蘭亭稧會將誰記洛社耆英已畫傳北極應看星象動南朝莫說竹林賢但嫌如我叅其側白玉團九一點玄

其二

萬壽盃中旨酒柔春風吹却鬢邊秋猩袍坐客皆張仲玉齒歌兒盡莫愁青眼赤心因醉發蒼顏白髮入圖遊主人情意深於海莫厭慇懃更挽留

安公即叅贊潤德公與安公及高贊成荊山李知事陌任判書由謙李判書自堅趙叅贊元紀結為七老之稧輪設讌會作為繪事有耆英唱酬詩軸當世傳為美事諸公各有和詩而間有脫漏今不附錄事載丁氏述先錄及潛谷金公堉所撰海東名臣錄任公由謙傳容齋李公荇亦有七老稧會圖詠在本集

上巳宴羣臣

雲擁蓬萊五色昭六龍扶 輦下層霄芳菲上苑當三月縹緲句天奏九韶風遞爐烟香細細日明仙仗影飄飄侍臣爭獻南山祝霑醉歸來月滿宵

其二

踏青佳節轉清和上苑鶯花艶綺羅 玉座天開明日月金門雷動響笙歌爐烟風散氤氳色壽酒香浮瀲灧波侍宴羣臣爭獻祝南山松歲不為多

其三

金闕岧嶤日月開九重 鸞駕下天來豔陽花柳三春景香烈椒蘭萬壽杯列陛旋旗横細霧滿庭笙鼓隱晴雷鹿鳴何幸忝佳宴欲頌河清愧不才

其四

蓬萊宮闕五雲間 鳳輦迢迢出九關風散爐烟開 玉座日明仙仗擁鵷班山呼唱後齊聲應 御醞須來盡醉還自幸微臣叅盛會彤墀此日近 龍顏

踏青

暖入郊原綠正酣踏青人在曲江潭行行嫩色憐嬌婉步步芳姿愛穉憨翠接紅裙光淺淡香侵碧酒影澄涵太平行樂當今事況是清明三月三

其二

二月長安天氣和其於逸興踏青何行經窈窕鋪茵陌步過迢迢織錦坡襯地紅裙青鬪色依叢白酒碧生波紛紛士女扶歸路始識昇平樂事多

其三

踏青佳會爛如雲望斷平原碍錦紋步步清香浮屐齒看看翠色暎羅裙山陰謾說文人會洧外空傳士

句分襟亂下淚千行冤魂我竟為胡鬼高義君今達
聖皇別後重逢何日是龍庭漢闕永茫茫

開城懷古

古都興癈思悠悠滿目蓬蒿不盡愁泥峴秋深無與過花園春滿許誰遊天荒地破江山改鳥沒雲行歲月流五百年前文物地當時豈料作荒丘

僧房假榻次古韻

量寬鯨飲倒鯤船醉臥何嫌冷乏氈野客不曾知色相山僧休更說因緣魂隨春夢迷蝴蝶迹遠塵寰悟蛻蟬寄語同遊二三子這間滋味莫輕傳

次君度枕流堂韻

落落清標橫素秋紛囂世隔百無愁鉤簾夜待青天月泛艇秋隨碧水鷗舉網細鱗安用市盈樽美酒不須謀莫言無與論懷者日夕相親有四佚

挽李祭判

我於君沒惜才多其奈年纔五十何金鎖綠沉臨鴈塞皇墳帝典侍鑾坡朝中已得風雲會隴上俄聞薤露歌還喜門闌餘慶遠佳男佳壻玉如磨

挽朴安山母夫人

榮養高堂八十年一門風化自熙然可憐君子恩先畢還喜螽斯福更延手澤尚存衣線上家坊猶在學宮邊兩男才氣難兄弟應把青氈世世傳

呈君度

富貴功名不可期人間萬事孰先知我應樗散還逢運君合雷騰反後時緣數不佚飛將恨有才無命謫仙悲樂天如子世難得早退江湖白髮垂

秋夕翫月

月色何曾有缺癈纖雲卷盡碧天寬漫空灝氣生孤照到處清光着一般且對金樽謀卻老休言玉兔擣還丹如今興倍南樓賞風露三更不覺寒

答金海魚舍人

魏闕曾為侍從臣江湖今作釣魚人門閭昔日相依住意氣當時亦許親惆我三年離夢數感君千里寄書頻驚看二律如聯璧始信詩成泣鬼神

奉送金府尹 揚震

登進名途競看謀惟君委命不營求曾騎五馬巡千里又夢三刀作一州羣議共憐棲枳棘自心猶喜近蓬萊徵還 恩詔應尋下莫把離情枉結愁

夜長無聊追憶諸相宅宴會之勝吟成二律奉呈東隣安判相軒下以希和教

珀春光微動紫氍毹但期四座皆沉醉何計三星已在隅我亦不知衰病甚蹣跚起舞倩人扶

浣花醉歸圖

淸溪一曲轉西東草屋三間不蔽風綠酒相邀何處客紅顔更發此間翁橫斜驢帽殘陽外指點林塘醉眼中宛宛丹靑眞面目方知畫手是良工

斑竹

蒼梧雲斷信昏昏江上長留萬古寃渺渺烟波愁帝子斑斑血淚染龍孫含風冷葉蕭踈響帶雨殘枝寂寞痕莫向三湘看物色箇中靑翠最消魂

其二

鶴駕南巡不復還重瞳何處更承顔二妃當日思君恨雙淚于今染篲斑淸影倒侵湘水底碧光遙射九疑間憑君莫向江南去蒼翠看來涕欲潸

花山第夜飮

長夜漫漫樂未休任他紅燭淚頻流座中詠士今康樂樽畔歌兒古莫愁世上難逢開口笑人間誰得挾仙遊平生歡會無今日莫厭王孫更挽留

浣花醉歸圖

此身閑卜浣溪幽菡萏香中點白鷗出郭已知塵事少濯纓深喜世緣休長衫短帽斜陽裏醉眼騫驢出岸頭千首文章傳萬古更留圖畫想風流侊木一

惜春

惜春長欲醉如泥閑向平郊路欲迷馬踏靑來垂柳陌人耕紫去落花蹊黃雞白日催年逝碧草淸塘入夢題九十風光知幾許憑君莫厭酒頻携

惜餘春起早

惱人春氣正融融簇簇花開處處同媚艶重濃三夜露嬌香易落一簾風及時探景北園裏趂曉尋芳南陌中九十光陰知幾許五陵公子恨無窮

落花嘆

昨夜東君駕已回到頭朱白亂相摧誰家濕雨墜紅錦幾處隨風點綠苔飛燕宿粧猶在額王嬙別淚已凝腮寒門窮巷空堆積留賞何人把酒盃

杏花飛簾散餘春

三春信在杏花中看取殘紅覺信窮昨日含粧千朶髻今朝驚落一簾風幽閨何處惜顔女明月誰家踏影翁蘇老淸塵何寂寞吟詩我愧語無工

李陵泣別蘇武

悽悽送遠上河梁落日關山路更長携手強吟詩數

肺誓結慇懃到白頭漢水往年曾共泛盤松何日得
同遊多君酷似張公子千首詩輕萬户侯

挽同年洪副正祥卿 慶昌

羲洋世上喜逢君何乃琴從此夕分千歲鶴歸今尚
說九原人作古無聞深嗟玉樹將埋土多幸庭蘭獨
秀芬怊悵龍門山下洞空封數尺若堂墳

呈會寧府使金 瑚

綠髮君今鎭犬戎歎吾衰甚作閑翁掛繩誰繫西飛
日傳信難憑北去鴻天嶺四時常雪白鰲山三月未
花紅追思年少經行處黑水長城是夢中

挽金鶩城 俊孫

星沉南極老人躔始覺英靈下九泉聞訃共傷埋玉
樹知音偏恨斷琴絃風生意氣歸何處唾落瓊珠有
幾聯悵望全城三百里行輀一別永茫然

送閔相 壽千 觀察江原
王汝

宸衷簡閱明皇華使節寵非輕一邦喜被周
文化千里爭迎召伯行自是望風知遁避何須攬轡
欲澄清公餘題盡關東景應壓前賢板上名

挽李判書健之 自健○李公自堅之弟

知是難為弟與兄滿門光照紫欄明三千路遠鵬飛
健七十年催鳥過輕身後可憐無一子眼前猶喜有
雙甥挽歌悽斷南州道水色山容共不平

處仁家茅亭次韻

感今懷古坐荒亭遥想當年倚此楹世上生存雖有
數山丘零落太無情謾將清節一身計留與虛名千
載評珍重故人來恤寡九泉應亦淚沾纓

春陰

陽春景物正堪觀忽被陰猜淑氣殘柳眼烟籠眉色
淡桃腮霧濕淚痕寒愁添荊野王孫草望斷章臺俠
客九九十風光誰與賞五陵公子恨湯湯

宮宴

上苑春深景物榮載歌魚藻宴周京花因雨過紅脣
重柳被風搖綠眼輕雲遏歌聲和鳳管日開晴色動
龍旋微臣何幸逢千一稽首 丹墀頌太平

送李應教之仁同展墓

恩許詞臣遞馹行嶺南千里謁先塋須知今日襴衫
貴自是當年布褐輕墓上陳根霑厚澤樽前故友瀉
深情鄉人莫恠忩忩返又趁 經帷召對榮

花山第夜飲

王孫甲第倚雲衢許與同儕作一娛蟻影亂侵紅琥

眷日東韓地 主拜嘉時錦紋織作雲龍絲銀錠疑
成王雪姿事大我 王誠已至合先諸國被洪私

次朴大茂示韻

詩興陶陶醉興餘仙葩隨唾落鄰閭長從道闡游於
藝肯向王門曳爾裾欲抱古琴酬太白還將圖說問
橫渠相期永結金蘭契實樹毋嫌接惡樗

其二

邇來榮衛失和平閉户經旬對短檠自歎老衰惟我
甚未嘗盃酒與人傾春光暗向閑中過夜氣潛從靜
裏生晨起眼前無物蔽正心功力不勞成

挽閔左尹國瑞祥安

金雞催曉叫扶桑七十年光蝶夢忙聞訃人與埋玉
歎知音我痛絕絃傷青氊家物心無累白首鵷班國
有良萬事如今已陳迹惟餘蘭秀一莖香

次酒軒示韻

百年身老是非間幾度平安幾度艱飜覆人情無一
態崎嶇世路有重關在君與我心何間愛酒兼詩趣
亦班自喜依歸吾不失高山仰止庶追攀

其二

何事依違進退間只緣家計十分艱青山素約曾相
負白首丹心尚自關為祿可慚非委吏辭尊其奈已
崇班生涯垂盡 恩猶渥庶仰龍鱗不懈攀

其三

欲學先生舉一隅禀來才質愧偏枯簞瓢我乏顏回
樂螯酒君兼畢卓娛已喜大賢能作相寧同老馬反
為駒綿綿福祿應無盡百歲尊榮享此軀

其四

夜坐三星已在隅香殘灰冷愽山枯渾忘世事渾無
念不見情人不足娛高矣固難從彼道愛之還欲秣
其駒百年碌碌成何事虛度天生七尺軀

其五

西望高軒毋岳隅眼波長注欲成枯逢秋惟我偏多
感對酒無人可與娛得失已經邊上馬光陰空過隙
間駒勉加常膳為吾事努力應須養此軀

挽蘇求禮自坡

驚聞南邑哲人萎遺愛應成墮淚碑五世同居歌棣
萼一家餘慶詠螽斯床中袍笏常多積身後門闌不
少衰但報慈堂恩未畢悠悠此恨洩何時

次酒軒韻

幸被溝中斷木收更加文采掩前尤心知許可由丹

其五

何妨門外斷跫音老境惟宜處僻深雙鬢不多渾欲雪百年將盡若爲心千鍾厚祿　明君惠一寸微誠白日臨說與　國恩無限意逢君竟夕更披襟

其六

莎鷄振羽近秋音不覺年光忽已深同是老骸宜有疾曾於世事頓無心難將仙藥身長健安得江亭日共臨善策莫如醒復醉清風到處好開襟

詠秋呈酒軒

長空不見黑雲飛凜凜商飈木葉稀似作羇離無與

友如臨山水送將歸三農事畢應終歲九月風高欲授衣老我宜從眠醉過何須憭慄怨秋輝

其二

落霞孤鶩與齊飛天濶長空鴈影稀江閣猿啼人已散山陽笛響客將歸篋中莫怨捐團扇省裏應思御袂衣日暮倚軒凝望處寒鴉飜背閃金輝

五衛部將稧飮圖

濟濟衣冠脫衆流　五雲深處領貔貅明時烽燧無邊報暇日盃盤有稧修當面輸心如或變傳神畫像亦應羞他年分宦東西去幾向圖中憶舊遊

挽枕流堂李君度

早卜幽居漢水邊閑情分與白鷗眠無端歲運催雙轂不管生涯逼百年否極昭陽難入夢妖臨鵩尾鶴歸天可憐滿目江亭興無復吟成玉屑篇

次酒軒嘆老吟

擁衾寒日上窓紗欲起其如怯冷何眸子眩風看不定頭顱思帽髮無多偷官自作倉中鼠操筆難生夢裏花寄跡人間如過客休驚歲月走雙蛇

自叙

壽位俱全世所稀如何荐福及余微蒼顏白髮垂垂

老碧佩紅欄閃閃輝貧郭無田堪飽暖休官有計奈依違　國恩深重如河岳未補涓埃迫暮暉

題典設寺官員稧會圖

一官深邃近　楓宸應選成僚十二人吹和塤篪爲伯仲與同生死是雷陳欲抒分宦相思意故寫連襟各摸眞莫效世間雲雨態從來或有白頭新

伏聞獻倭俘馘使成世昌回還　賜勅書綵段銀錠于我

殿下喜而有作

梯航玉帛會京師四海爲家此可知北極　天王隆

挽同年李崇甫岵

南極星沉應老成可憐儀彩尚分明滿朝何處推先進函丈誰能起後生此日汗編書美迹當時金榜記虗名傷心一掬同年淚病卧無緣灑柩行

憶江亭勝會呈酒軒

隨君出郭訪知音共倚朱闌興轉深野雨作紋鋪水面松風助響碎琴心難將城市千金貴得賭江亭半日臨若見主人傳我意歸來多謝洗塵襟

次君度示韻

草深門巷没頹墻老病幽懷更渺茫人面漸消前日

色階花不改舊年香春歸洞裏無桃碧夏入枝間有鳥黄却憶漢陰漁隱士江天興味細吟長

其二

往古英賢遠渺茫當今人物子非常驚看筆法追前晉喜得詩聯續晩唐謾把隋珠投暗夜誰將荆璞獻明光已爲泉石膏肓疾大卧城南枕水堂

憶江亭勝會寄枕流堂

碧玉江流繞畫欄主人心地共清寒圖書四壁家無累風雨千山夢易闌半日喜成三老會幾年思與一尊歡如今分散東西去疊疊離愁也解難

次朴大茂示韻

秋天因雨未全澄路上行看積潦增漸次郊原歸冷落仍知樓閣歇炎蒸身閑得酒醒還醉客到關門喚不譍何物牕前驚熟睡顰眉我欲賦蒼蠅

奉呈酒軒

一曲峩洋遇賞音斷金誠意轉深深相逢若飲醇醪味不見常萠鄙吝心老病令人長困卧江樓何日更登臨西風立向塵何污吹作清凉掃我襟

其二

世間那得遇知音多謝君今愛我深采葛難經三歲

日斷金利在二人心墻頭鵲報先聲喜門外兒傳使介臨忽見瓊琚排紙上還如對坐共披襟

其三

喜聽黄鸝送好音家園幽寂樹陰深清寒自作便安計衰耗偏生感愴心合對青樽花下醉休將白髮鏡中臨賴逢佳什頭風愈盥手披吟更整襟

其四

察君顔色與聲音知是容人氣量深飜覆雨雲看世態貫通金石識誠心清歌妙舞思同醉勝水佳山憶共臨因病未能頻會面謾將情意積胷襟

讀十九史略

三皇五帝又三王漢宅秦關及洛陽海內一分爲鼎峙江東六遽已凡亡唐傳衰季知長短虜入中華見弱強萬古紛紛成敗事都乘八卷炳琅琅

中秋翫月寄枕流堂

十分明月正無瑕萬里雲收碧宇寬兎竪寒毫猶歷歷娥開粉面更團圓多情天上臨空笑幾處樽前對影歡遙想江亭淸絕夜玉人留倚曲欄看

漠南無王庭

帝略應將掃彗星將軍笳鼓隱雷霆百年運值匈奴厄萬里風行大漢靈塞北從今無毳幕漠南何地是王庭遙知凛凛長城窟雨氣時因殺氣腥

秋雨

淒涼物色已悲秋況値霏霏雨不休彌日陰連千里外通宵滴到五更頭蕭蕭驚破香閨夢箇箇添生旅館愁安得乾端呈霽色明朝擡眼快登樓

次趙礪卿靈通寺韻

尋僧一路細穿林雲覆招提萬疊陰幽界自然禪定易故都其奈客懷深鷄林黃葉曾傳古鵠嶺靑松不到今舊物唯餘山水在欲問興廢兩沉沉

次君度韻

自歎蕭蕭兩鬢秋衰情時賴酒澆愁我因食祿留塵土君已忘機狎海鷗與世無求眞雅操從心所欲是良謀不知何事班司馬投筆思封萬里侯

其二

昭代吹竽鬢已秋泉林城市兩關愁無錢可買靑山宅有約終欺碧海鷗恨乏寸長爲世用羞持厚祿自身謀何如漢曲逃名士千首詩輕萬戶侯

其三

簾捲江天萬里秋淸風吹盡世間愁雕闌粉壁招黃鶴曲渚長洲伴白鷗一飮無妨千日醉五勞何必百年謀令人景慕君如古願識荊州不願侯

次酒軒咏梅韻

酒軒殊絕俗人家粉色梅梢已着花和靖吟䰟如托絜壽陽粧額似嬿邪北枝未發寒猶觸東影初橫日欲斜千古孤山風味在哦詩不覺冷生牙

其二

梅兄合在鬱城家可愛寒枝粲粲花姑射精神應有托主人心地並無邪暗香忽得淸風動疎影潛隨淡月斜莫倚高樓吹玉笛却疑零落兀槎牙

詠菊醉楊妃

墻邊高倚兩三枝次苐花開色絕奇青蕋脣開微笑處朱顔暈起半酡時雖然豈學妖嬌態自是真成隱逸姿何處狂荒無識子枉將清節比楊兒

己卯迎祥詩

拜賀新正喜氣同赭袍高拱大明宮日昇鼇背浮青瑣臚唱山呼動碧空天上三陽開泰運人間萬象被仁風年年 北闕看春到共仰洪勻轉不窮

奉呈安東退老李留守 鋐

物外高情世裏身倘來軒冕豈迷真桑榆歲月臨頭

晛松桂家山入夢頻天上九重辭 聖主嶺南千里作閑人慚余辜負江湖興到老猶銜汲馬塵

挽礪原府院君宋可中 軼

王汝 君王寵命申清班曾許領簪紳空嗟故國餘喬木不見當時有世臣麟閣丹青光百代夜臺消息隔千春我今病痺留牀褥誰作西州痛哭人

言志呈君度

我心非是喜營求偶爾樗材得見收已乏涓流添海瀆那堪蚊子負山丘 國恩未報身先病家計猶貧祿與謀却羡漢陰漁隱士白鷗長伴戲滄洲

次朴大茂示韻

襴衫已見着霾塵久闕趨朝病日新局促生涯餘幾許凋零朋舊少相親幸騰鵬路三千里叨列鵷班五十春從古斗筲無足筭包羞竊祿我何人

挽權旋善

休官自適卧城南七十稀齡又享三治郡才名追召父滿床袍笏盡賢男浮雲萬事回頭過化蝶孤魂入夢酣病痺故人違執紼空題哀挽意難堪

嘆老病呈君度

半身風濕自生哀欲起扶笻背作駘眼暗看書交細

蟻耳聾聞語隱微雷多君意氣如橫鶻笑我形神若死灰同是行年臨七十一何強健一何頽

松都故宮次南伯恭韻

四望依俙有土城故宮遺址尚縱橫花磚散地將承步石獸顛溝欲吼聲朝士當年鳴佩會牧童此日跨牛行惟餘滿月臺前月寂寞光輝不禁清

挽同年孫正 元老

我今風痺患沉冥君獨康強向九齡黃甲青年曽接武丹心白首尚忘形北山蘭滅誰分臭南極天陰不見星惆悵若堂封罷後忍聞谿澗響冷冷

送濟州牧使李子厚坱之任次諸賢韻

此行人指馬征南涉險捐生世不堪五兩船頭風力緊千層鼇背浪紋巉應令青海無傳箭更使頑民絕訴譏宣化籌邊一身事肯將詩酒謾沉酣

乙亥端午帖子

蓬萊宮闕五雲深烟送爐香爇水沉舜殿薰風能解愠堯堦蓂莢已敷陰 御留龍鑑除邪氣臣拜烏羹奉德音 長樂年年逢此日南山壽酒祝難禁

五部叅奉一會圖

時平務省少馳奔衙罷相從樂事繁青眼對來肝膽

照綠樽開處笑談喧他年共濟浮沉意今日先憑繪畫論古道休將棄如土平生久要不忘言

漢城府郎廳稧飲圖

六郎交道似雷陳堪笑相知白首新決遣不教留片牘閑來何害設重茵忘形恰是無腸子盡醉渾為有脚春圖上生綃縑底事百年長作眼中人

安知事潤德夫人羅氏挽

一家風化自深閨始信高門有令妻君子百年恩未畢婦人中饋事何睽匣分雙鏡鸞隨逝桐落連枝鳳獨棲怊悵廣陵山下路貞魂日夜向君啼

戊寅正朝迎祥

攝提回序日初長暖氣浮浮滿八荒白雪新梅堆上苑黃金嫩柳拂披香爐烟細細籠晨色環佩琤琤近耿光螭陛山呼爭蹈舞綿綿福祉祝無疆

戊寅端午帖子

縹緲祥雲接太微 九重佳氣擁晴暉葛醪滿斝香初散艾虎懸門影半飛天上盤龍留寶鏡人間白紵試輕衣侍臣宴罷憑花枕夢入通明殿裏歸

奉呈李二相長坤

自幸平生善卜鄰如何浩浩出城闉三千弱水通靈

境咫尺長安隔軟塵東野泉林欣有主北山猿鶴怨無人還知我亦勞心想一夕魂迷九逝頻

秋晩病餘

糾糾園中葛屨霜病餘秋氣倍凄凉楓留敗葉帶深色菊發殘枝含淺香夭壽人生三萬日悲歡世事百千場不如閑作忘情客長對清尊入醉鄉

送文書狀官赴京次李牧使韻

五雲深處是神京遙向遼西幾日程華表千年無鶴返秦家萬里有城橫流芳孤竹聞風立遺臭漁陽擁鼻行此去好觀周禮樂悠悠往事不須評

其三

衆軍逸氣隘塵寰九日龍山放意閑滿塢黃花開艷蘂盈樽綠酒發韶顔烏紗不覺風吹落白髮何妨鬢露斑世上堪嗤強容餙多君任性一生間

錢塘觀潮

朱匣無處不生潮最恠錢塘勢悍慓鰲嶺飜疑崩冢崒龍宮誰道鎖潛寥風濤蹙作馮夷怒雪浪噴成白馬驕掛眼看來吳已沼如何憤氣尚飄飖

次權子復西所壁上韻

直宿清嚴楓禁內深思踰分耿無眠官居黑槊周廬

首侍近紅雲 御座前民意歸仁非一日天心厭亂已三年從今大啓隆平運知子亨衢騁㝡先

其二

春回日暖 九重天衛卒長閑穩着眠自幸身留雙闕下還驚手拜五雲前 君臨東土三千里壽並南山萬億年寄語鑾坡諸學士中興 聖德頌誰先

次金希興友曾秋夕翫月韻

玉兔纖毫在眼前靑天萬里浩無邊今辰佳景云秋夕今日清光勝去年幾處關山驚旅夢誰家簾幕伴孤眠舉盃欲問還如古只恨未能詩百篇

次沈直講家甫家軒韻

共指門巖沈氏閭天真安樂有蝸廬終沉宦海君應笑早脫名韁我不如謝眺青山當後面陶潛碧柳滿前墟願言紫綬雲仍輩趁賦歸田保此居

挽韓修撰訓

寶劍空將射斗邊一生其奈命迍邅金鷄放赦江南日野烏來家單閼年玉骨已從泉裏閟魁名留與世間傳可堪白髮春庭恨不見阿奴在目前

挽楊右尹可行熙正

兩朝恩沐鳳池深書劒當年壓士林黃紙未窮身上

事白鷄其奈夢中尋傳家福慶留雙璧遺世文章直萬金惆悵音容何處去九原消息永沉沉

挽金參判子龍

英英蘭質秀儒林貞信公廉四德深已喜摶風騰海表行看調鼎坐槐陰無端天上雙丸走不覺人間二竪侵白髮同年交契友楚些題罷淚沾襟

挽成政丞愚翁希顔

憑伏平生濟世才黑頭勳業到雲臺欣聞 日轂扶中道悶見天文隕上台 宸意正因亡鑑恨交情偏為絕絃哀可憐新壠西山下空度人間幾刧灰

八陣圖

將軍雄略閫精明聚石平沙八陣成天地風雲神出沒龍蛇鳥虎勢縱橫堂堂似壓東吳郡整整如臨北魏城奇策未施星忽隕至今遺磧咽江聲

和賞花釣魚

禁苑臨池 王座開和風吹下 御床來陽回東陸三春景祝獻南山萬歲盃含露細花方掩映引鉤游鯉更徘徊昇平許與臣同樂賡載 宸章竟日陪

七夕

玉露新秋夜氣凉銀河萬里轉清光蜘蛛謾說藏金

合烏鵲誰言造石梁青鳥信沉雲渺渺小笙音斷鶴茫茫不如且作良宵會瓜果庭中喫客嘗

其二

天星佳會說今辰乞巧家家亦薦神可笑曬褌從世俗堪嗟乘鶴謝時人九華燈下留王母百子池邊戲戚嬪陳迹千年無問處至今脯酒尚娛賓

水精盃

何人巧琢水精盃鏡讓清輝雪讓皚斟酒綠波隨手去泛花紅艷托空來鸊鵜鸚鵡誇形質琥珀琉璃詑寶財我酌無巡非為飲憐渠瑩澈絕纖埃

天清一鴈遠

收盡彤雲玉宇清驚寒一鴈向南行層霄萬里斜飛逈落日三竿隻影橫空舘應愁回客夢誰家忽訝有邊聲還思短棹江東客興入蓴鱸過海輕

菊為重陽冒雨開

有信重陽得得回黃花若待故人來知時不負年年約冒雨如前續續開但願微霑留紫蘂休教亂滴撲蒼苔淵明死後無人愛我把濃香泛酒盃

南陽卧龍

矯矯南陽有卧龍泥蟠幾日秘神蹤崢嶸頭角行將

出滃靄風雲會有逢枉駕廬中勤顧問攀鱗天上快登庸欲將霖雨蘇霓望其奈星隕運已凶

龍山落帽

坦率天真底處郎龍山佳會是重陽深盃泛泛秋香動爛醉陶陶客興長不覺驚飈吹落帽何妨滿座笑呼狂至今留與登高飲千古風流尚未忘

其二

重陽佳會滿龍山共說參軍意氣閑赤葉黃花秋爛熳青樽綠酒醉闌珊何妨風裏烏紗落遮莫頭邊白髮斑為報傍人休指摘風流千載可開顔

次三陟竹西樓韻 上一首載輿地勝覽三陟題詠

十二闌干客倚樓入簾天氣近新秋但看爛石山川老不覺跳丸歲月流一枕偶然成旅夢三盃聊復破羇愁誰知盡日安閑意都付滄波泛泛鷗

其二

鰲轉仙峯第幾樓炎天登上袖生秋窓含竹影青微染簾透山光翠欲流黃鶴不將風月去白雲空結古今愁欲知物我相忘處看取欄前點點鷗

次平海東軒韻

風雪蕭蕭暗海山箕城二月尚餘寒欲醫民瘼咨諏急謬被 君恩報答難為客有愁憑綠酒問人何藥駐朱顏唯將西北瞻 天眼長送雲霄縹緲間

次三陟東軒韻

無用吾如六日蟾鎮邊何奈似匡炎未聞羽檄傳青海誰數將軍奮紫髯萬里民居烟火混千年 聖壽屋籌添只慙矍鑠非前輩安有當時薏苡嫌

次江陵東軒韻 上一首載輿地勝覽江陵題詠而間字作還字

臨瀛古府幾千年地拆東南控海天依舊山川來眼底重新樓閣倚雲邊家家士造三冬學處處秋登萬井烟揔是使君宣化力我今閒作酒中仙

其二

赤葉黃花滿古城一年時序去無情客程來往身常倦塵海浮沉宦亦成 恩謝九天長北向榮將五馬作東行樓臺此日重登處好在山河眼忽明

次原州東軒韻

十載關東再度行民貧土瘠可憐生我無慷慨追張子君有弦歌擬武城縱乏甘棠留惠政寧從畏日得威名咨詢恐負皇華意夢絕雲山釣與耕

次春川鳳儀樓韻

敎衢紅塵走未閑高樓半日解愁顏携朋樂甚皆青眼拄笏看來揔碧山長笛妙詩誰得和胡床清興欲追攀古今豪傑只如此承弁休嫌兩鬢斑

端午帖子

萬物欣逢長養天 九重金闕擁祥烟南薰日暖絃歌緩長樂風和福祿綿細切蒲香浮盞裏輕裁艾虎掛門邊于今莫獻江心鏡 宸鑑昭昭已洞然

其二

金闕沉沉隔 五雲尚衣初進翠羅熏堯階蓂發光敷瑞舜殿琴和慍解紜律應黃鍾當夏至日躔鶉首叶天文人間萬象皆熙皞至治如今到十分

珍重龍門我早投一生多幸識荊州中間分散緣微官兩地光陰似悉流今日相逢俱白髮少年曾許共青樓如何又作南行客雲樹添成六載愁

其二

若若腰間印綬橫嶺南千里送君行為官自幸桑鄉近屈郡其能物議平渤海如今無劍佩武城從古有絃聲欲知遺愛他年事當驗生兒以柳名

其三

大器云胡苦晩成多君推分不經營平生㧾底三刀夢今日知為五馬行本是無心圖富貴終非有意取

功名卧治殘邑何難事惟喜絃歌續武城

其四

怨子今宵不我同陽關三疊漢江東寒雲黷黷浹旬兩落葉蕭蕭無限風賦別江淹魂已斷悲秋宋玉思何窮明朝欲上高樓望其奈前山礙目中

次狼川東軒韻 幷序

先考以成化八年癸巳挈家來守此邑至戊戌滿期而遞其間余以布衣就學于京來往侍闈中甲午進士試稍慰親心兄 壽崑 則前已登第矣越三年丁酉春忝參龍榜着袍導喝而來覲則黃邑浮於慈顏邑人觀者如堵皆曰此縣前古所未有之盛事也其後春闈萱謝抱恨終天而甲寅乙卯年間為此道都事又於去年丁卯秋叨受觀風制閫之任榮幸無比第以擁節到縣則只有故吏欣迎而無復昔日具慶之樂嗚呼痛哉山川如昨館宇依舊餘三十年之事追念依依中情所激不覺失聲而哭因次板上韻以叙寸懷至於溪山勝槩則未暇及之耳

狼川曾是我慈堂幾度行雲望此方靜木堪嗟風不

止昊天長慕德難量江山有素無悲喜歲月無情換燠涼駐節憑欄多少思含言脉脉送斜陽

次鐵原東軒韻

黑金斧壤古王州國破千年攬客愁幾度紅塵生輦路空餘碧草怨霜秋似聞提甲謀真得堪笑觀心事謬悠今日輿圖歸混一好將旌節壯東遊

次襄陽東軒韻

大山當後海當前名府其間幾百年蕞竹階寒侵夜月老槐庭濕帶朝烟塵中鬢髮初斑容馬上光陰已暮天莫厭小兒齊拍手習家池畔酒如泉

底事山呼動　紫宸陽回暖律履長辰海敎河伯輸龜貝仙遣麻姑獻玉塵　長樂樽開千歲酒上林梅發萬年春小臣亦被需天澤竊效華封祝聖人

萬景亭

納納乾坤眼底微登臨勝景世間稀誰家牧笛乘風響何處漁舟載月歸野馬不飛知隔市海鷗相狎悟忘機倚欄應笑陶彭澤晩向田園悔昨非

其二

鴨島茫茫接海微桂陽山色遠依稀晴川芳草難爲句細雨斜風不必歸愧我十年奔宦路多君一世息

塵機亭閑也得身閑處肯向人間管是非

其三

醉看天地似毫微一曲欄干百慮稀黃犢坡頭樵笛動白鷗江上釣船歸世間簪紱吾踈計物外烟霞子息機待得他年婚嫁畢與君同迹孰云非

其四

山容水色入軒微世上奇觀似此稀趁暮鴈穿斜日去逐潮帆飽細風歸等閑光景消棊局遮莫榮枯斡化機堪笑紅塵奔走客朱顔不覺鏡中非

其五

十里荒村一逕微幽亭自喜俗人稀天從冠岳山頭盡舟向楊花渡口歸日暮輕烟橫練匹雨餘芳草展羅機西湖誰比西施樣欲把濃粧較是非

其六

百年身寄一亭微如子淸塵古亦稀謾泣世間多路處更看林下幾人歸榮華可笑迷槐夢危險誰能避穽機是是非非無用處不如無是又無非

秋聲

天上金星向兌行人間無物不寒聲蟲吟如助歐陽恨木落空悲宋玉情萬類從知秋後盡二毛休歎鬢

邊生但將樽酒成長醉任遣前林百籟鳴

送春

光陰苒苒駐無因此日難堪送暮春風拂桃花紅臉怨烟侵柳葉翠眉顰凝粧樓上誰家女秉燭園中甚處人年去年來催白首東君何事即回輪

碧蹄驛

碧蹄曉起俶行裝催上　王程去意忙歲晏空山看落葉風高衰草已經霜臨津渡口哀般若兜率院中吊愍王往事茫茫無處問唯餘古跡使人傷

奉別青松府使柳震卿 陽春

壯一江南北限曾成白雲長劒倚天色明月胡笳出塞聲寄語將軍須盡瘁景鍾應得上勳名

次慶源板上韻

名藩古郭水泱泱　大業曾聞肇此鄕冀北遺風存儉素江南紫氣驗靈長山河紐地雄關塞日月光天麗漢陽綠髮將軍方緩帶時平何用事邊疆

上兩使相 咸鏡監司申浚兵使李季仝皆庚寅科文武榜頭

使星佳會黑江邊拭眼驚看白璧聯學士投毫穿七札將軍橫槊賦千篇隴西自古無雙藝崧岳如今第一賢藉藉庚寅龍虎榜狀頭名播四方傳

其二

光嶽當年降雋良高陽使相與平昌三千海路摶鵬健十二天閑逸驥忙學士詞宗騰紫鳳將軍武庫繞青霜相逢塞外芝蘭會切飮餘香我敢當

次朴奎甫衛文示韻 奎甫時為六鎭御史

為客天涯恨可量從軍已度二星霜胡笳聲斷折楊曲鐵馬光搖落月芒悄悄朔風吹塞遠茫茫沙磧接天長高軒邂逅成歡樂亂酌無巡倒百觴

其二

一歲光陰逼獻椒天涯遊子合心勞萱堂崗壽誰三祝　聖代文衡屬一豪殘柳望秋零已盡摶鵬垂翅舉還高平時欲陟龍門久豈料相逢塞外遥 來詩有雙親壽考如崗在之句蓋指我名我亦幷兩名而答之如此

賀朴彬中文幹登第 彬中三兄弟中文科

多君才藝冠儒紳桂樹枝枝次第春鵬路三千飛正健牛庖十二刃猶新溪邊跨得青袍客柳下行逢九烈神共賀一家連有慶門前應見滿朱輪

挽崔正 塽

三品華班七袠齡乘龍幹蠱摠英英共期東海籌無數誰料南柯夢未驚滿塚陳根他日淚埋塵玉樹此時情可憐祖罷都門外忍聽挽風楚挽聲

醉歸

欲晴微雨尚霏霏路入殘山翠四圍正可吟詩探景去何妨醉酒犯昏歸還家老馬能知路待我官門不闔扉多謝乾坤容落魄不教蹤跡落危機

承　教製進 以吉再凜然不二心之意弘文館官員各製律詩以進事傳教

委質辛家事已非稜稜志節凜霜威人思今日開隆運我憶前朝侍禁闈袖裏元無陶穀草山中自有伯夷薇歸來好向林間老一樹綱常萬代依

冬至日承　教製進

氣千里關山少信音荊樹夢牽青鶴洞萱堂望斷白雲岑何當還渡龍灣去兄弟同時壽酒斟

遼陽途中

行到遼陽起我思幾番留喜幾番悲祭彤千載稱懷遠張奐當年設好施五國城荒龍去杳襄平柱没鶴歸遲悠悠往事憑誰問惟有山川似昔時

其二

上國觀光眼更高遼陽脩道不辭勞貔爪始解偏方繫弧矢增成百尺豪北望紅螺明劒戟東臨滄海隱金鼇玉皇此去應朝覲元日行看獻碧桃

榆關

臨閭古驛雪瀼瀼老壁殘燈客正寒夜厚始知姜被薄風高旋覺晏裘單已驚節序行將暮何況關山遠更難不耐他鄉遊子意家書苦待報平安

在玉河館呈正使李叅判子安克基

運值興王五百年 大明离照正中天三陽熈泰頌新曆萬國朝宗赴百川蜀錦呉香隨處滿酒旗燈燭爛街懸遠人亦被 皇恩重日筭樽中酒聖賢

其二

觀光上國屬青年白玉京中認九天煥赫三千周典禮盤廻十二禹山川雲開萬歲星辰近天櫬瓊華日月懸 聖世隆平已無事門猶四闢大迎賢

大妃殿春帖子請關出韻

纔聞天上洪勻轉始識人間添弱線葭管灰飛運大和雪花風軟吹殘片祥雲掩靄繞金門瑞氣氤氳籠玉殿壽祝齊天獻椒頌簾開別館芙蓉宴

祈雨祭執事到山壇

憂旱年年 聖慮煩恭將圭璧四馳奔幾時鱗甲相吹動何日山川便吐吞願得阿香施號令欣看霖雨遍乾坤神壇此夕祈靈貺冀饗諸羞潔且繁

鎮北營次使韻即鏡城也北道評事時作

衝要巨鎮三韓界杖鉞將軍二品班黑水一條分地軸白山千仞倚天關風吹鼓角催牙令日照旌旗耀劒環烽燧蒼黃人不識惟看獵騎暮城還

鍾城次兵使示韻

長年不見草生芽悄悄胡風起亂沙黑水已驚非故國黃鷄況聽促年華寒生鐵馬關山晩令出牙門鼓角譁獵罷歸來霜月苦斷腸何處動悲笳

次會寧南城樓韻

周遭山勢又重城錯落干戈拂日横百雉東西觀已

月軒集卷之三

七言律

送同年李伯彥世佐觀察忠清

面捧 綸音下九天煌煌王節照山川憂民即是周文聖宣化寧無召伯賢路向湖南行色遠筵開漢北別愁牽百年遺愛甘棠下又賦皇華小雅篇

春帖子

暖回青瑣淑輝升瑞氣偏於 鳳闕增風度岧嶢香馥郁雪殘鳷鵲玉崩騰三盃紫醞陳千歲五色南龜獻百朋共賀年年逢此日爭祈福祿永繩繩

贈洪裕孫南陽貢生

磊落心懷鬱未開凌雲豪氣謾恢恢玉川文字五千卷太白風流一百盃商洛青袍相遇晩月宮丹桂幾時摧成名莫恨差遲緩從古青雲不負才

南溪茅亭

小小茅亭傍水開炎天端可此徘徊忽驚白帝將秋至不見紅爐扇火來澗底枯松龍欲起雨餘香草錦初裁幸因官事投閑境明日還衝滿陌埃

在遼東辛丑年余為壬寅正朝使書狀官

漢北遼東兩地心共看明月思難禁一冬風雪多寒

月軒集卷之三目錄

月軒集 二

今日是冬至一盃偷面丹喜聞陽始復愁念歲將闌
國禮箭班賀民風豆粥餐憶京何處客生菜滿春
盤

詠蘭

人貪紅紫艷我愛此蘭青節晚尤生色林深更發馨
名登君子操詠入大夫經願托歲寒契不隨蒲柳零

迎祥

青陽開左闔萬物遂生初推化當先務施恩肯少徐
聖君同大造黔首樂羣居處處三元節惟看暖日
舒

端午帖子

育物恩何厚陶民德又薰和風方淡蕩瑞氣更氤氳
共賀重陽節遙瞻五色雲恭將泛蒲酒 聖壽祝無
垠

寄君度

落落石泉客棲棲朝市人如鴻能遠弋匪鮪敢潛鱗
江外開收景城中困過春今看君與我不啻隔仙塵

挽朴承旨壕夫人

痛哭夫人逝宜家德譽存已乖偕老約先背所天恩
獨樹無連理孤蘭不續根悠悠世間事地下結貞魂

次君度秋懷韻還呈

西風吹病樹落葉聚成堆冷月砧方碎虛堂燕已回
鴉翻斜日去鴈帶塞聲來莫作悲秋意令人白髮催

挽君度

玉樹嗟埋地奇才更可傷詩堪追甫白筆亦繼王張
夢斷青雲裏身終碧水傍空題哀挽處淚眼看蒼蒼

挽韓牧使夫人

門地三韓貴家風一代聞事天惟必敬生子摠能文
連理枝何折雙棲鳥忽分可憐東郭外孤塚掩山雲

月軒集卷之二

準擬登三島端如出九垓覺來知是夢歸興更相催

偶吟

駸駸經歲月病與老相侵入夢遊山野披書閱古今
門前人跡少窓外屐塵深賴有園中趣時時付短吟

偶吟

三萬六千日三分過二分蕭然臨老境悦爾入禪門
識未三隅反風無百世聞然常看屋漏自恐累天君

初寒甚嚴

十月純陰會地凝天氣升留暉繩未掛獻曝意難勝
酒價高難典炊烟凍不騰重裘冷如鐵巽二更憑凌

閑居偶吟寄君度

小屋消長夏光陰自轉時病因衰易發懶與睡相宜
計拙無他事神交有所思頻扶藜杖立南望漢之涯

次呈君度

自酌一盃酒衰顏暫得春迂踈羞計拙淡泊喜天真
烏雀庭中噪兒孫膝下親有時南望處江上憶閑人

其二

有客温如玉江亭引興長松風消夏暑桐雨近秋凉
細膾飛紅縷醇醪嫩碧香酣餘揮栗尾詩思湧於腸

竹醉日移竹

五月十三日名為竹醉辰移根無失性徙地亦全真
客到看青眼軒成號緑筠從今知免俗爽氣不生塵

迎祥

律灰消息到天地是三陽鳳曆千年紀鴻基億載長
殿高雲起瑞椒烈酒生芳共獻封人祝堯仁仰日
光

日本躑躅

萬里滄波外誰傳此勝花錦圍金谷障風起赤城霞
臉上册脂膩釵頭紫燕斜東枝多泣露似是憶鄉家

雪夜訪戴圖

歲晏山陰路風吹白雪飛一溪猶未凍三夜自生輝
滿眼此時景孤舟何處依不須尋隱士興盡便還歸

端午帖子

凱風吹棘日神化配乾元遂 殿方垂拱窮村已飽
温帝王推至治河海讓深恩萬物自生育天何有一
言

今丙戌冬寒甚聞明日為冬至

歲律云遒盡愁看澤腹凝日光彌淡薄風氣更凌兢
獻曝誠雖切懸鶉苦不勝回陽在明日莫怕此寒恒

至日吟呈可久 丙戌十一月初九日

詩收無限景酒作不時春可笑名場客沉身陌上塵

其二

貪名非雅志早別一時豪淸漢連三島高亭駕六鰲
哦詩龍隱窟吸酒海翻濤秋興知多少江天眼更高

偶吟呈君度

小堂扶坐久西日已橫欄赤葉靑山老黃花白露寒
感時時去易憂病病除難何客身方健江亭興未闌

寄酒軒枕流堂

人間三伏熱天地火光浮翠巘乾無色彤雲結不流
誰同河朔飮孰倚漢江樓我愛軒前樹蟬聲已近秋

詠秋寄君度 辛巳

天機長袞袞歲月急如流菊發黃花日楓開赤葉秋
山陽聞笛恨巫峽聽猿愁余亦方何念佳人在漢丘

其二

夷則三陰律其神是蓐收猿啼巫峽曉風起洞庭秋
幾處砧敲月何人笛倚樓堪嗟蕭瑟氣空管白添頭

其三

梧桐墜一葉天下共知秋南極洪爐熄西方大火流
吳江嘗滑菜赤壁泛扁舟我亦多幽興何時共勝遊

用前韻呈酒軒

節屬商飈動霖開積潦收孤帆吳海暮一鴈楚天秋
寂寞蟬辭樹凄凉燕謝樓登臨如送客憭慄更回頭

其二

白帝臨西兌蕭蕭玉宇秋鴈橫斜日去帆落暮江流
羈旅山陽笛歸來彭澤舟懷燕還望越我欲馭風遊

次君度韻還呈

曠蕩秋光晩幽懷更渺然生涯唯綠酒世計只靑氈
病倚寒窓畔愁懸落照邊何人無一事長得枕流眠

其二

嘆息吾衰甚頭顱白髮疎手顫休秉筆眸暗廢看書

送歲雙丸裏勞生一夢餘多君依江閣心與水同虛

挽宋叅奉母夫人

溫惠夫人德連姻我細聞所天亡已久孤子育斯勤
餘慶應歸遠脩齡合出羣山丘烟暗處悵望路初分

挽慶都事母夫人

可憐慈範隔還喜不亡存得壻犀豐滿生男玉潤溫
雲仍餘慶遠閥閱化儀敦哭送西山去千秋掩霧門

乙酉正月夜夢遊濟川亭欲成五律曰吟詩閑
未足二字飮酒樂徘徊夢覺而綴成

淸陰金城外高樓絶點埃吟詩閑眺覽飮酒樂徘徊

次與客對琴待月韻

携琴相偶坐遲待月明時對影吾爲白知音子是期
鷗絃調已久桂魄照何遲兩箇清和意應從此夜知

挽李府尹 典

生涯嗟幾許六十五星霜奕世貂蟬貴盈門桂樹香
長途行未了短景逝何忙賴有叢蘭茂知君永不亡

次君度示韻

晩境身何托浮雲世事空黃粱孤枕上紫陌一生中
廢讀榻塵黑沉眠窓日紅精神衰耗甚百計盡宜慵

丙寅初秋

六月云徂暑微凉報早秋人間桐葉落天上火星流
節序頻推轉功名大謬悠感時仍感物南鴈叫新愁

戊寅端午帖子

解慍琴成曲南薰化日舒青蒲浮酒細白紵受風踈
長樂承歡處金鑾布 詔餘年年端午慶瑞氣滿
空虛

戊寅中秋翫月

盈盈三五月今歲最分明影射瑤空冷光乘夜氣清
仙娥開粉面玉兎竪毫莖此夕人間事悲歡各有情

夏日獨坐

西堂扶病坐過眼物紛紛出峀雲無數飛空鳥有羣
天機流衮衮世事逝沄沄誰與消長日忘言到夕曛

端午呈君度

共惜天中節年年一度回日長將北至風軟正南來
酒用青蒲飲衣從白紵裁念君多逸興病眼向江開

其二

病逢端午節幽興尚依依麥秀含秋色梅黃映日暉
蒲醪生舊味艾虎貼前扉遙羡江亭會賓朋樂未歸

誕賀日病卧悵然有作呈可久

姑洗當春律蓂開五莢新虹流華渚日電繞斗樞辰
瑞色盈 丹殿懽聲動 紫宸就中無限恨因病未

朝臣

次君度示韻

故人歸去早塵境挽難留斂跡爲漁隱名堂曰枕流
優游經歲月浩蕩伴鳧鷗遣興知何物床頭酒滿甌

寄君度

愁霖今始霽天地正蒼茫月滿清宵影風增薄暮凉
鱸肥膾宜細飯滑稻生香此味誰先得江湖隱逸郎

次呈君度

枕流堂有泚樂志一閑人赤壁清秋月松江巨口鱗

唐宮添綉線魯國紀祥雲路隔 天庭賀悠悠效獻
芹

其二

子夜天開處洪勻一氣回黃鍾初應律玉管已飛灰
幾處陳椒頌誰家進壽盃驚看梅蘂綻始諳小春來

次吉城韻

行到雄城裏投閑似逸民悠揚春意滿浩蕩客懷新
日憶蒼龍闕長思白髮親無緣慰羈況盃酒且逡巡

其二

鎭塞雄藩裏將軍萬里城鼓催牙令肅風軟陣雲平

慣畫降戎策爭輸死敵情轅門今日事麟閣異時榮

會寧南樓送林殿中 偃 還京 林偃遷穩城判官去曾經淸州判官

手持三尺劒腰帶百斤弓北極榆關外南窮海島中
氈城稱召父栢府號桓驄若別鰲山下薰蒸五月風

次會寧韻

城高炎氣少爽塏近新秋壯士輕卮酒將軍競黑頭
淸樽開北海幽興滿南樓忝席殘儒在渾忘客裏愁

辛酉秋在西籍田夢得汀遠鴈聲微之句悟而
綴成一律

淸秋添旅恨時序疾如飛天上曽流火人間欲授衣
樹空山色瘦汀遠鴈聲微何處尊方滑江東客未歸

次籍田壁韻

微徑荒陂側官門隱樹林境幽遺世事鷗狎絶機心
軒逈秋先到山高午亦陰日長何所課有興即成吟

其二

官閑宜懶拙性癖在山林冒祿依違計嫌貧去住心
居然成老大自爾費光陰獨立江天暮羈愁入短吟

宿檜巖寺次李懷璧韻

巖檜千重隔琳宮佛所居僧眠齋罷後客到日昏初
金碧輝中夜浮屠聳半虛三淸聞有境今日素懷攄

大雨三句 丙寅夏

滛暑三旬雨飛廉大肆威昆蟲愁濕穴草木戀晴輝
薪桂炊烟細芻金馬力微門前泥一膝竟日客來稀

蔚珍樓次韻

地高城愈峻樓逈氣常寒西日長安近東溟水國寬
微誠馳 闕下壯覧入乾端客意紛如緒行行月幾
團

金城東軒次韻

金城公舘裏重到十年間庭樹依然立墻花宛爾開
入皆新面目地是舊江山我欲留連去周咨奈緊關

處半生朝市夢非真　右四明狂客
膏盲山水病深時任却扁舟早晩歸細雨斜風尤絶勝不須簑笠捍霑衣　右西塞風雨

端午帖子

凉生殿閣五雲低端拱垂衣　聖敬躋長養神功同造化仁風吹暖遍黔黎

送希輿之任定州

湖南曾結別離情今又西藩送遠行遊宦四方男子事勉從昭代策功名

七十三自叙

國恩深重報無緣仕版登名五十年長與妻兒安享祿豈知饑饉歲相連

其二

無知如我壽何延孔聖之年豈偶然理數由来難究竟宜將萬事委諸天

丁亥二月初七日同知中樞府事及典醫監氷庫提調呈辭　命遞兩司提調而本職則仍授

中風年老曠官臣乞謝微情達　紫宸甘與枯楊同就死那知雨露更霑身是月二十八日公卒此詩去易簀僅數十日便是絶筆矣

七十四吟呈海陽軒下

齊視彭殤是妄談老来添齒一難堪賢愚脩短無殊別孔聖猶終七十三

五言律

奉別監司都事咸鏡監司申浚都事金良槇也公為北評事時

草草南門別悠悠朔漠間黃雲迷黑水落日慘長山野戍行人斷孤城牧馬還何時回駟馬樽酒更躋攀

報恩寺次惕若齋金九容韻

萬木縈廻處殘溪瀉石矼金身光照地麗塔影搖江清境從来少覊心到此降逢僧勤挽我擁褐話藤窓

其二

古木千年地玄門碧水傍玉燈明佛殿松子落禪堂塔仄憑長壁碑頹護短墻如登蓬島上塵世正茫茫

次臨津渡韻

搖落清秋節臨津客渡時雨晴山色晩潮退岸痕奇鞍馬令身倦光陰與老期沙鷗應笑我来往欲何為

殘菊

撲叢殘菊色秋老若為心但傲風霜重寧知歲月深堪憐香欲歇莫厭酒頻斟若待數三日粘枝不見金

癸卯冬至北評事時作

一陽初動日天氣漸氤氳北陸寒威減東郊暖色分

棘從今不必問新畬

春日 回文

花栽錦色香含露柳染藍光翠帶烟霞滿碧樽開宴會賞春饒景入詩聯

夏日 回文

凉送晩樓依竹翠暑消深檻近泉寒香醪酌處添氷片冷簟鋪時却扇圑

秋日 回文

梧落瘦枝寒露浥鴈飛斜影暮天長孤燈伴女愁深夜斷夢驚人客遠鄉

冬日 回文

年催急景老添愁氣冷多嫌短髮頭天閉凍兼風又雪便安借得酒盈甌 安一作身

殘菊

沉寥知是歲將闌滿地霜華菊已殘餘艶欲添陶令醉落英如待屈平餐

復職

五色雲頭作解雷 恩波高自九天來今朝拜謝龍墀下願把貞心托雪梅

其二

昨宵驚蟄一聲雷春布陽和萬里來從此風霜無改節貞心共結歲寒梅

喜鵲

寂寂西軒日欲斜碧梧枝上鵲査査殷勤為報主人喜知有家中樂事加

端午帖子

暉暉旭日照層簷 宮殿風微卷玉簾不用蘭湯除沴氣 一人仁念濟洪纖

次希輿子野示戍婦韻

聞道河陽戰未闌遠人存没得知難還疑夢裏相逢事恐是遺魂骨已寒

惜花

惜花連日醉醺醺三月春光到十分紅謝明朝無悦目却愁鸎語耳邊聞

次東坡書王晉卿畫韻

詞華筆跡奪天真況復淸標出世倫若也蘭亭無勝會千年高致屬何人 右山陰陳迹

雪月明輝一樣狀況聞溪響轉晴雷乘舟訪戴緣乘興興盡何妨不見來 右雪溪乘興

狂情摇蕩出風塵厭却襴衫絆此身恩許鑑湖歸計

朝天萬里路坡平暫憇公堂又發程馬上思君未相
見停雲其奈別愁生

詠楓呈大茂

十分紅色滿楓林知是清霜玉露侵明日寒風吹掃
盡檻前何物助詩吟

詠菊

萬紫千紅次第開問渠何事太遲遲從来介性喜幽
獨不許春風百卉知

次子野詠項王韻

窘到東城覇業傾千年孤憤寄江聲天亡說與吳中

士一敗非因怯用兵

次送人韻

故園西望意茫茫忽憶前村熟稻粱堪笑客中孤寂
處一秋清況轉凄凉

次金柳月夜韻

不見微雲滓太清一輪寒月轉分明幾人今夜揄關
外腸斷胡笳出塞聲

春望處處挑花滿開

東風吹起赤城霞散入長安百萬家一夜分粘無限
樹曉来仙界換京華

西堂題所見

丹楓樹下拒霜花掩映堂前爛紫霞忽許濃光為淺
淡回看日脚正西斜

端午回文

黃梅洗色雨晴初霧捲風凉水閣虛觴滿碧蒲香擁
鼻良辰此樂更何如

次遙寄永興判官趙可行達生韻

一笛西風夜倚樓眼穿明月不回頭美人千里音塵
闕川路遙遙謾起愁

其二

胡床老子獨登樓明月清宵上海頭迢遞雙城一千
里思君不見結離愁

冬至呈大茂

嗜酒難逃歇後名雖然此外更何營良辰今日是冬
至請與先生較大觥

挽金積城

萬里青雲未半程西州遺愛哭蒼生可憐三十七年
事金榜空留甲第名

望雨

樹間陰鳥亂鳴初占解屯膏久旱餘自昔如何抽芝

家園春詠

洞門深鎖一園春白白紅紅次第新莫遣桃花泛流
水怕教漁父得尋真

慶源門樓送洪點馬 淑 還京

催上 王程不少留歌殘金縷動離愁人間別恨從
来有何况邊城入素秋

聞洪相移葬咸昌

還賀先生有不亡堂前四子揔文章應將黼黻山龍
彩接武虞庭繪舜裳

其二

遥向咸昌哭義人此生無復見風神唯餘玉屑霏霏
句積作瀛洲九斛塵

禁內夜雪

無風細雪夜潜垂入直香堂睡不知曉見上林蓊欝
處玉花爭發萬年枝

送李國幹登第歸覲永興 時國幹之父克敬為永安監司兼永興尹

雙翻碧玉馬蹄輕得意秋風嶺北行此去覲闈黃色
滿陽關何用唱離程

哭李繼勲

棘子欒欒有少連因哀毀瘠背青年庭前蘭玉留餘
慶錫類方知載雅篇

其二

功名幾信三刀夢百歲那知未半程見說南州遺愛
事家家生子李為名

其三

擬將情好永無違豈料泉臺忽掩扉少日南庠連袂
事如今追憶夢依依

葵花

一片丹心向日開義輪似為汝徘徊願言長得清光
照莫使陰雲暫蔽来

閑中偶吟

樹陰深處避炎暉喚取青奴化蝶飛是是非非休聒
聒心空無是又無非

除夜

歡喧此夕強排眠不覺三更漏已傳何處雞聲初報
曉判知晷刻是新年

春睡

春光融暖困難當分與閑人睡味長枕上神遊蝴蝶
夢東阡西陌恣尋芳

寄崔生員 永善

瞿白頭如我若爲情

謝大茂惠詩十一絶

無乃前身是謫仙何其詩律酷同焉若令並製清平曲不識誰先被管絃

哀酒軒呈大茂

城西舊宅路傍存過客皆言是酒軒長憶與君同哭殯至今淚眼帶餘痕

其二

百歲光陰下坂輪傷心玉骨亦成塵醉中若過全城路應依西州慟哭人

子彦來訪

一片葵心向日紅殘年猶被 聖恩濃長承厚祿連軀命兼使家中百口從

其二

相逢西日未沉紅何事忩忩去意濃更勸一盃須盡飲老來難處是相從

次朴奎甫(衡文)示韻

金榜當年第一人詩從李杜又傳神邉關此日欣相見還怕明朝別恨新(奎甫爲文科狀元故云)

人日寄君度

人日常年暖氣多今年人日苦寒何想君長憶南江趣難待扁舟泛碧波

呈子彦

咫尺城西不見君往來魂夢苦紛紛只緣風痺妨行步非是萬重山一雲

其二

二月天寒凍色多今年春氣奈遲何想應初泮官池水流入君家未綠波

懷君度子彦舊居

冉冉光陰過七旬邇來朋舊盡沉淪東江如昔西山在不見當時對酌人

在北道次使相遂寄監司韻

秋風獨上仲宣樓南望雲山不盡頭渺渺雙城何處是黑江千里使人愁

其二

月明淸興滿南樓杖鉞相逢共黑頭南北如今雲樹隔搖搖心旆動離愁

聞笛有感

滿地淸陰綠樹稠一軒凉氣報新秋何人弄笛驚殘夢百感中來不自由

拾穗行歌樂亦三況今班與大夫喬願言百歲超風下長戴先生斗以南

次酒軒示韻

高步青雲路更通文章餘事自然工愧余得下陳蕃搨人物何能孺子同

次大茂示韻

前頭白露節非遥漸見逢霜木葉飄莫謾登山更臨水客魂應向此中銷

詠丹楓呈酒軒

何物墻邊爛似花滿枝楓葉染霜華莫言秋氣多蕭

瑟富貴春光在我家

謝酒軒示詩

過情褒語入詩吟知是先生愛我深誘掖後人當若此愧中還有作興心

春分

困人天氣漸薰薰今日春光半已分莫厭倚軒成晝睡能忘世事亂紛紛

清明 乙酉三月初五日也卽誕辰

今日清明三月節正當 明主誕生辰天人陽德同流處自是熙熙萬化新

喜沈相國來訪

春風桃李滿園香歌舞筵中奉一觴追憶當時如昨日計年今已五星霜 前五年來訪故云

其二

衰年叵耐送羲娥況是知音世不多一識荊州人共願再迎冠蓋喜如何

重九請大茂登家園飲

重九今年菊未花如何節氣與時差雖然興味依然在帽落休嫌笑孟嘉

其二

家園高處作重陽與客登臨倒百觴今日好相開口笑奈無頭上揷花黃

奉謝富平府使金 祐將之任來辭

昨日相逢酒一巡笑回青眼老猶新割雞共惜牛刀用惟我知君為養神

寄枕流堂

天地中間寄迹人端如傳舍往來賓百年役役成何事辜負清江理釣緡

次酒軒示韻

秋風輕拂枕邊生起視山光錦繡明歲晏少年猶瞿

甲午于今五十期秋霜春露幾人悲可憐遺老無多在興感如存為戲卮

其二

江上離筵病未參門前相送思難堪此行再會知難必更勸一盃須盡酣

謹次　　男王亨

世間離合豈無期白首重逢喜又悲五十年來多少意一時憑道酒千卮

其二

遠送江亭恨不參他年雲樹思何堪如今便作相

離飲投轄須將各盡酣

寄新昌權浩叔

相逢即別恨如何南望雲山冷眼波安得滄浪吾亦去與君同唱濯纓歌

次浩叔鄉居題詠

滿地青山滿地湖如何白首尚塵區羨君不屑名場就應有清風起懶夫

惜春呈李校理 熙騫

扶笻伸脚步前墀老境幽懷不自持紅雨落花春正晩一盃來勸客何遲

其二

嘆老無緣駐逝暉落花飛絮怨春歸鑾坡學士來何晩欲把風光入錦機

寄酒軒

憶曾江上好聯襟鼎坐吟詩酒又斟三老如今亡一老遺存二老若為心

吟懷奉呈朴大茂

老病交攻不可為留床只待死亡期煩君莫惜投瓊什得愈頭風是一醫

臘月望夜趙經歷 續李持平 熙騫 安署令 中孫

持酒殺來饋詩以謝之

斯文佳會月明中多謝持盃慰老翁醉卧不知長夜逝㙫頭曉日上窓紅

酒軒作詩慰我得嘗致仕仍官之　命次呈

殘年何幸際　堯仁一片丹心白首新恨乏涓埃微補效耄荒猶作綴班臣

奉呈酒軒

青年始仕到皤皤其奈吹竽竊食何七十仍官嘗聖命感　恩深處愧還多

其二

奠文宣王嘗以飮則酒氣久不歇滅故齋日與祭前不接一盃其日奠罷遂向宿廳乃進早飯飮一大鍾薰然就睡夢見聖殿內文宣王座前卓子上顔子鞠躬北向對坐夫子若有喜悅別待之意又前年嘉靖元年壬午十一月三十日曉在家夢夫子若臨余家南向坐顔子坐東余進飯床且稽首以謝曰因家內不平未進可嘗之味爾今考之丁丑則十一月小而壬午則大似是同辰也恠而誌之

平生再度夢宣尼此豈人人所得爲自恠自多還自

問緣何不分至於斯

寄枕流堂

去夏唱歌黃鶴樓今春吹笛白鷗洲可憐無限淸江
興輸與年年三老遊

答酒軒簡

病加衰境苦留床況復炎威不可當却憶漢江同會
處淸風長在枕流堂

其二

我遇明時乏事功多慚薌爵亞於公自評人品何如
者詩酒中間歇後翁

送權同年碩淳還鄕 幷序

僕與權侯浩叔同占甲午蓮榜連袂泮宮情好甚篤其後分散中外五十年間一時同年零落殆盡而聞權侯無恙在鄕但迹絕城市未得會合徒費戀戀之意今年癸未夏有同年之子判決事柳公灌以哀慕先君之故延及于遺存之老乃與右通禮尹公世霖議設宴席名之曰獻壽約以閏四月二十八日會于三淸洞之空家是乃人倫之厚風稀世之美事不可違約以負盛意也僕方患風痺力

疾肩輿而往則閔國瑞李井父閔百源洪祥卿成國老與僕居京六員無遺畢會而存沒者之諸子在座十有八員迭爲奉盃極歡而罷其在外者亦纔六七或遠不及通或通而有故獨權侯自所居新昌縣馳來赴會余初視之不識其爲權也權亦如之可歎也已留十餘日還鄕判決公又約諸君齊餞于漢之濟川亭僕以病未得往叅邀別於家因記盛會之顚末以爲後日寓目存念之資且書二絕以贈之

冠岳當南間海湖芙蓉削出挿虛無那邊知有何為者應是吹簫子晉徒　右冠岳山

次大同江韻 回文

留君勸酒別情多苦奈爭聲亂唱歌愁入晚江空渺渺秋天霽色碧連波

其二

腸斷一聲哀怨多曲江臨唱莫愁歌忙忙奈此人離別羨爾閑鷗白㸃波

謹次回文　男玉亨 贊成謚恭安公

回遲此別怨懷多送遠飛聲數曲歌盃酒勸君留

欲醉晚江秋色碧涵波 此兒時作

次酒軒示韻

相逢盃酒放精神又得淸詩作篋珍能續古人文字飲他時應說我三人

聞蟬有感

樹陰深處亂蟬鳴知是秋風滿洛城聞爾少年猶有感白頭身世豈無情

七月既望寄枕流堂

人間勝地合仙遊七月今當既望秋欲把漢江為赤壁吹簫月下共扁舟

寄酒軒

自古傳稱鸕鷀詞誰知今有詠秋詩白頭我亦知無益不學當年宋玉悲 来詠秋詩有宋玉悲何益恐令白盡頭之句

次大茂示韻

半身風痺老難堪得接芳鄰未往叅遙想三盃軟泡後背窓桐雨睡方酣

生日有感 八月二十六日

嗟余初度在今辰一盞傾来百感臻節物正當梨棗熟九泉那得餉吾親

重九日次酒軒示韻

登高處處泛黄花落帽何人是孟嘉那似樓中安坐客淺斟低唱興還加

曉夢

鷄叫三聲漏五更夜闌西月射窓明此心長切朝金闕彷彿隨班夢忽驚

新歲寄君度

来往光陰逐海潮世間何術駐顏韶難將百鍊還丹粒換得三盃碧玉醪

追往言志 幷序

去正德十二年丁丑十二月余以大司成朔

呈君度

誤入蓬萊最上樓天敎半日侍仙儔白雲歌裏瓊漿酒一飮衰顔赭氣浮

其二

仙境自知難久留翻身不覺落塵陬當時竒興知多少轉作人間百段愁

憶江亭勝會呈酒軒

堪笑緇塵染素顔十年蹤跡滯人寰幸因仙老尋眞去偷得蓬峯半日閑（酒軒招我偕進枕流堂故云）

次酒軒枕流堂諸景韻

淸流浴罷又沙頭長與主人江上遊堪笑世間奔走客有誰能似此閑鷗 右沙鷗

靑山半帶白雲回迷路何人得往来我欲尋君林下去須敎洞口暫時開 右白雲

盤中飣餖頼園蔬抱甕勤治計不踈夢斷靑雲今已久休歌長鋏食無魚 右園蔬

百果秋来一樣佳霜風昨夜滿庭階陸兒當日如看此何必甜酸橘入懐 右園果

細路縈林隔世間無人踏破蘚紋斑辛勤莫向此中去過了千關更萬關 右苔徑

一葉梧桐忽謝枝江邊琴響豁襟期曲中應有相思意我亦神交夢雅儀 右玄琴

面臨江水背山根堂有閑人似玉温終老垂竿磯上坐不知西日已斜村 右釣磯

家住無塵綠水干當階竹色映波寒主人心與此君合須把淸孤一樣看 右階竹

欲泛扁舟夜下樓滿江明月是淸秋流光遡向空明裏赤壁仙遊我復修 右江月

莫恨春歸謝衆芳秋深黃菊亦淸香白衣望望来何晩欲取金英泛玉觴 右籬菊

細腰春到舞靑坡知是韶光頼爾多落絮紛紛過門去忽驚時序近南訛 右門柳

江邊望見一頹堂堂下灘流噴雪霜泛泛白鷗還似舊無人来狎但斜陽 右狎鷗亭

大江横截兩邊山海口西連百里間終日憑欄厭空濶又從堂北聽潺湲 右漢江

路接長安競渡流行人半是利名求焉知江上淸修士終日閑臨曲檻頭 右漢津

萬古長江水自流登臨人在鏡中遊眼前勝景難形説欲賦還慚鸚鵡洲 右濟川亭

此意通于酒軒曰若得先生之詩弁諸板上
因以索和於諸賢懸于壁上則瓊葩玉屑可
與明月爭輝豈不為軒中之勝事乎惟先生
照採先生送詩曰淡月高懸照太清如嫌自
滿有虧盈主人心地應相似借此名軒寄此
生枕流堂李君度聞之和送曰素魄東昇逼
骨清當軒三五更盈盈主人有酒身無事長
對姮娥過一生僕亦和之曰
小軒贏得月光清惟恐罇中酒不盈欲與嫦娥分昇
藥休言百歲是人生

細雨呈酒軒
三月催花細雨來含香蓓蕾一時開雖然不得經旬
在須趂穠華更進盃

落梅嘆
喜見青春領物華朱朱白白滿人家如何不久凋零
盡可惜香梅亦落花

寄枕流堂
聞君今已返江頭江水江花喜色浮貪病相仍歸未
得我心非是厭沙鷗

其二
家住青山綠水間先生一笑白鷗閑白雲亦被風吹
去不似先生不往還

其三
落盡桃花一夜間五更風雨不曾閑年年苦待春消
息其奈芳時倏爾還

送閔郎蘭馨之洪州覲親
白雲南指馬騑騑三月楊花滿路飛此去省親時正
好北堂黃色動春暉

夜雨志喜
靈雨從昏至五更細聞簷溜滴堦聲園中物色知何

似曉起應令老眼明

漢江泛舟與酒軒枕流同遊
乘舟西下自東江何處山川比與雙仰見懸崖奇絕
處家家面水闢風窓

其二
偷閑半日泛清江恠爾驚飛白鳥雙莫謂世人皆可
避携竿我欲伴蓬窓

寄枕流堂前日送簡云與酒軒偕來共成三老之會亦一奇事云云故詩內及之
終南山水漢陰中隔斷長安軟土紅何日得成三老
會枕流堂上一罇同

寄子彦

幾人織草藉萋萋扶醉歸來手共携好是淸明三月節踏青佳會滿東西

病聞子彦朝退吟呈

五雲深處響簫韶環佩盈班拜 聖堯毋嶽晨嵐猶未捲先生回自 紫宸朝

次呈君度

光陰送去又迎來節氣今春已發雷顔色自然隨歲改黃雞白日莫相催

其二

枕流堂待主人来節過春分已作雷歸隱舊居應不遠野花啼鳥莫謾催 君度夏則避暑出歸枕流堂

謝酒軒自 誕賀来訪

君今来自 九重天曽聽山呼萬萬年白髮病臣徒戀闕心神飛到 五雲邊

其二

承君臨訪自 楓宸滿袖香烟惹襲人悵我三年空病卧夢隨鵷列覺非真

次酒軒来訪還家寄詩韻

感君意欲見常常况是春風酒滿觴階上梅花應笑我主人先醉客歸忙

謝酒軒臨訪

喜鵲槎槎夢忽回病中懷抱向誰開我聞呵喝傳門巷人道乘軺宰相来

其二

相逢握手共忘形亂酌無巡醉不醒自是依然肝膽照交情何必語丁寧

和酒軒詠月軒詩 并序

吾家隘陋僅容膝而有西堂二楹以爲接客之所無寓目寛曠之地但天形全露乎南面

而稍及東西無冬無夏月色長臨余乃於此焉徘徊翫賞今幾五十年矣然少學識鄙人何敢有名軒之意去辛巳春子玉卿偶得半幅紙上大書月軒二字於友人家持以貼于壁上經年尚無恙至壬午三月日酒軒先生臨門問病顧見壁上謂余曰盍以此名君軒乎余辭不敢當先生勸之力而辭去後因惠詩有言及月軒者余潜念夫人誰不愛月余之愛月有甚於他而偶有貼壁之異亦有先生之教此豈非前定之號玆不得强避遂以

誕辰吟呈慶同知可久（世昌）

君曾昵侍奉 綸音我亦周廬將羽林今遇慶辰俱病卧瞻 天戀闕若爲心

詠躑躅

滿樹墻邊躑躅花紅光映日爛蒸霞傍居朱白渾無色病眼唯知向此斜

次鷲城戲寄君度韻

養心和氣自然臻高卧幽堂二十春想得江天凝望處平郊如掌草如茵

次九栗亭韻（在坡州猪灘邊僉正金友謹敬叔別墅也）

猪江南岸一區天九栗亭深隔世緣莫道主人歸去晩重違 昭代且留連

謝全州府尹許（磺）將之任來辭

陌上輪蹄不我過感君高義世無多明朝五馬湖南路未拜行塵意若何（病未進別故云）

次君度示韻

何處珊瑚高一尺誰家笑臉利雙刀我無財色堪娛樂空對青銅數白毛

其二

人情隱伏虞機在對面猶疑笑裏刀今世雷陳君與我平生交道豈皮毛

迎登極頒詔（正使翰林院修撰唐皐 副使兵科給事中史道）

天頒 鳳詔下三韓 袞冕郊迎率百官莫訝今冬多暖氣 恩風到處自無寒（辛巳臘月初七日日暖不凍）

次鷲城君金子彦（俊孫）示韻

能詩能酒鷲城君詩酒中間度世紛病我未堪陪杖屨還如渭樹隔江雲

其二

傷心霜露已年多其柰音容永隔何今見割雞當日事潸然不覺涙睚波（余先君爲木川縣監時子彦以生員來謁故來詩有割雞當日

拜先君之語）

又次

酒軒滋味問諸君云是全除萬事紛莫遣暫時醒耿耿人間塵慮集如雲

其二

有詩無酒興難多有酒無詩俗奈何一詠一觴君兩得胷中浩浩淡於波（於一作如）

其三

休言七十是年多往事其如一夢何縱得百年爲我壽餘存三十亦如波

月軒集卷之二

七言絶句

杜鵑花

坐看軒外杜鵑花始覺春光到我家莫使狂風容易落病人偏惜送年華

詠芍藥

薔薇已謝牡丹空唯有當階芍藥紅客到嫣然相對笑勸盃何必主人翁

紀夢

五色雲中闢九門摐摐紛佩擁鵷羣夢䰟不悟身拘

病亦走明廷拜 聖君

寄君度

三淸洞口掩烟霞望斷南山東麓家怊悵美人恩不見悠悠送盡一年華

其二

雲散天空萬里秋白蘋紅蓼滿江頭羨君洗盡塵間念長泛扁舟物外遊

謝君度見訪

昨日逢君酒數巡依然相對舊精神莫嫌衰鬢俱如雪儕輩唯存我二人

五言律

月軒集卷之二目錄

七言絕句

鏡中頭髮白鬖鬖羲馭駸駸不駐驂却愧此身無一化行年六十又添三

忌日臨近有感

凄凄霜露百年間感自中来未易刪明發二人懷不寐此生何處更承顔

送文書狀官瓘赴燕

金臺萬里覲 天王共指東韓御史郎我亦曾朝成化末仍君此去憶 先皇

乙亥重九

欲酬佳節引壺觴況是黃花満意香忽忽百年曾過半前頭知有幾重陽

聞別試羣儒大會

過眼槐黃歳不留驚心擧子幾番愁今聞別試如雲集誰是塲中第一流

雨中殘菊

過時黃菊已摧頹況被蕭蕭冷雨催軒外更無留眼處主人從此懶銜盃

白髮嘆

有何造物戲同兒操弄榮枯只片時却恠昔年如漆髮到今飄颯白於絲

紀夢

病餘神氣更羸疲月過西窓睡不知魂夢頓迷風痺在謝 恩袍叅拜 丹墀

悼文學令瓘

君方強壯我衰齡相得還如水上萍却憶十年同樂處西堂月下醉忘形

漢江舟中謝李君度携酒来訪

風動長江碧玉堆艤船留待故人来相逢憐我頭如雪勸飲瓊漿一百盃

贈君度扇子

城市炎蒸不可當妄疑延及枕流堂聊將兩箇麤麤扇也助松風作晩凉

熱甚吟呈君度

三伏人間暑退遲苦思天上火流時羨君高卧清江畔擧世炎蒸獨不知

謝君度臨訪

青眼相逢故意多此身端擬托松蘿爲君欲賦高軒過其奈才非長吉何

月軒集卷之一

重九

九日今年菊未黃對茲青蘂意先香何妨待得花開後更作重陽泛酒觴

換甲嘆

六旬光景疾於川甲戌生還甲戌年縱使又逢還甲限瞥然經過亦如前

奉呈崔觀察使子真 淑生

君家遠住國城南命駕相從病不堪蒙昧如今天日照何嫌市虎謾傳三

其二

君今攬轡下湖南慷慨澄清志不堪玉汝 宸衷偏眷注歸來晝日接應三

其三

物議推君斗以南文章政事揔能堪想應宣化多餘暇題遍南州五十三

奉別金寶城希輿之任

五馬君今遠向南漁陽不獨有張堪他年麥穗賡歌處應恨分期只在三

其二

茫茫漢北與湖南去住情懷兩不堪秋入山陽思友處何人長笛弄戍三

六十嘆

六旬光景擲如梭其奈蕭蕭白髮何設使百年為可必前程四十亦無多

哭柳宗孝 崇祖

齠齔相從到至今風塵宦海共浮沉如何先我重泉去永絶伯牙絃上音

葵花

三徑數枝籬下菊孤山千樹水邊梅人皆雅尚清標格我獨憐葵向日開

寄梁伯英

南州何處是金堤萬疊雲山入眼迷安得從君江海去手持螯酒日相攜

其二

吾家舊物只青氈世業曾無負郭田送老菟裘何處是秋風意欲上歸船

其三

祿厚官閑愧滿顏居然雙鬢雪華斑歸田賦就歸何處却恨無錢可買山

六十三嘆

鬢共把青銅鏡

憶豐基金碩瓊 善卜能詩

關東昔日共繁華錦瑟前頭醉絳霞分散如今空悵望嶺南何處是君家

寄鍾生驛謫居鄭德秀 鍾仁

思君不見向坡州却恨將身未自由欲問鍾生何處是隔江遙想瘴鄉秋

臨津亭次而毅韻

兀兀孤亭古渡頭登臨無處不通眸三年四度經行客愧爾沙鷗點碧流

次楊根壁上韻

水勢山形紐地根龍津秋色接龍門我來公舘貪幽僻桑柘炊烟似遠村

冬至看梅

天閼窮陰復一陽從敎暖日暫舒長欲知春信傳來處須檢寒梅暗吐香

姪彭之行寄朴進士 聞卿

珍重星山朴秀才慇懃寄我玉音來相逢即別無窮意今日憑傳少子回

喜晴次玉卿韻

虹銷天際濕雲收淡蕩晴光萬里浮拄笏凝看綠底事西山爽氣滿岑樓

送金希輿之任北道

明時應選鎭荒邊書劒當今第一賢莫恠胡兒爭歎服知君家物是青氊

其二

山河萬里入提封北塞狼烟已息紅君去轅門無一事南樓清興月明中

其三

黃雲迷眼塞天長豆滿江流界虜方莫起離家千里

恨胡歌處處斷人腸

其四

千里榆關路渺茫送君今日九回腸少年時節輕離合老去方知別意長

其五

黑龍江上白山頭我亦從軍過二秋衰病如今空鬢縮送君聊復記前遊

雨晴寄希輿

我留北岳烟林曲君住東城楊柳堤同是長安東北異未將春色共吟題

事會見枝枝次第春

書　敬陵典祀廳壁參奉金對適不在故思而言志

隔年阻話思依依況是雷陳世又稀今日訪君君不
在秋鴻社燕巧相違

書奉先寺僧詩軸次崔次玉韻

任見春花着五枝心空無是又無非閑雲出岫天然
去幽鳥尋林自在飛

其二

維摩丈室靜堪誇常服溪邊巨勝花世上萬緣都不
管東華軟土隔烟霞

其三

短帽長衫陌上奔幸因官事傍禪門坐來閑適連三
日閑聽鐘聲又報昏

其四

雨添離恨浥蒼苔華表何年鶴更回我欲相從採瑤
草仙山其奈路崔嵬

其五

相逢漢北見情真又送臺山惱我神此去幾經人世
變行看東海復揚塵

其六

長松處處亂成林談柄攀来講道深聞説本無南北
界浮雲何處更相尋

琉球國使臣僧八詠次韻中二首不錄

青山一徑萬緣空落落長松欝翠崇閑把低枝依談
柄吹来不是世間風　右萬松山

清江綠草野人稀一逕遠連巖上扉飛錫且看天地
暮掉頭閑踏月明歸　右綠江路

谷口春深白日閑樵歌一曲響空山倒騎黃犢歸来
晩又被蕭蕭暮雨還　右樵歌谷

如此江山得遇難秋風好是凭闌干潮頭月色金紛

碎眩入雙眸不定觀　右潮月軒

半夜西風吹月明寒鐘歷歷隔巖聲袈裟起坐發深
省消遣世間無限情　右隣寺鐘

奇嵒恠石蘚紋斑一路縈回卓犖間歷盡崎嶇稍開
曠白雲横處有禪關　右奇石徑

展墓

終天抱恨子無依奉養當年事已非奠罷三觴灑清
淚何人知我寸心違

次梁參議伯英芝孫示韻

因官分戍兩地孤十年南北謾心勞相逢此日皆衰

百里神交忽見君平時懷抱説慇懃無情亂鵲來驚夢還作人間兩地分

中秋十四夜月寄沈百源

共説中秋三五夜十分圓月鏡磨時與君徑欲今宵翫明日陰晴未可知

春雪 丙寅

春光張王北風殘少皥功於物上看何事微陰猶未盡有時飛雪弄餘寒

挽襄陽府使李遵聖 仲賢○有寬弘字民之量

鈴閣空留化日遲凄風吹作萬人悲襄陽遺愛無今古會見重刊墮淚碑

病痺未參 賀班悵然有作 庚辰四月二十二日

冊封 儲副在今辰千歲山呼動 紫宸抱病小臣趑不得遙瞻天上頌 堯仁

雨晴寄枕流堂君度

南江新水幾添篙晴後溶溶碧玉濤月白空明清夜裏玉人何處弄輕舠

壬午五月與酒軒會枕流堂

更勸一鍾又一鍾相看白髮亂如蓬少年行樂尋常事此會人生豈易逢

次呈酒軒

病中無計解愁顔長憶江亭隔世寰何日更成三老會蒼波白鳥共清閑

其二

竊祿年多尚靦顔家貧無計避塵寰男婚女嫁吾曽畢可得閑時未得閑

送魚舍人落職歸鄉

嶺南千里送君遊老去難堪遠別愁更進一盃須盡醉明朝相憶路悠悠

其二

金官古國是君鄉菰菜秋風味正香莫恨暫辭 京闕去應看微 詔下天忙

乙酉重九請朴大茂 元稔 登家園飲

強扶靈壽上園丘準擬龍山作勝遊衰耗精神非不倦為緣佳客更遲留

其二

人生歡會苦難成幾遇親朋話舊情如此良辰尤可惜一盃聊復為君傾

贈李國幹 世卿 登第 庚子

駟馬高車滿巷塵一門奚啻十朱輪燕山丹桂君家

八十光陰瞥眼催仙遊何處是瑤臺葡萄架下茅亭畔寂寞無人擧一盃

其二

早賦歸田作逸民從容七十五年春笑看俗子虛馳走千尺人間沒馬塵

鵠嶺春晴次古韻

半天雲雨鎖層峯晴後溶溶翠幾重春意不知亡國恨年年粧出碧芙蓉

挽李上將

平生不作利名貪七十稀年又享三共說君家餘慶

遠傳芳百世有雙男

寄趙礪卿

欲得金丹未遇仙任他時序疾於川天公猶自嫌遲暮喚取新春入舊年

戱呈柳彦博 溥

身登十二五城樓笑我兩肩無翰羽巫峽仙人招不來陽臺萬古空雲雨 余以觀察使巡到襄陽彦博亦以都事同行余之房妓巫峽仙以余老病無共衾之歡彼亦漠然無顧念之意吟呈彦博博笑

宿凍山驛戱呈彦博

雲鎖巫山十二峯誰敎仙女露花容莫言一夜郵亭恨猶勝高唐夢裏逢

襄陽留客戱吟

管絃催我上華筵紅粉三行滿座前衰病自無雲雨興相逢不是夢中仙

和青鶴洞詩呈洪相 貴達

洞裏尋常採茯苓曾聞鶴在此山庭滿秋黃葉烟林合何處巢深夢未醒

其二

先生家似野人居古栢長松日月舒萬丈紅塵城裏漲唯應不到此山墟

其三

世味還同魯酒醨林泉逸興少人知不妨蘸甲淋漓飮倒着山公白接䍦

冬至看梅 甲子

喜得陽從子夜來坤陰盡處暖初回誰能報道春消息只是窓前一樹梅

乙丑除夜

排眠強話破岑寥惜歲嫌他燭淚消轟飮千盃君莫訝一生能得幾今宵

午夢趙礪卿 自司藝求爲開城敎授去

會寧

長白遠連沙塞外黑龍遥接海西頭山河此地真形勢合説關防是上流

次富寧板上韻

寧山古鎮黒江邊人物昇平近百年胡虜已驚飛將至况今聲敎速郵傳

寄永興趙判官 達生

雙城縹緲鐵關前鹿野微茫黑水邊千里夢䰟迷所適空將别思兩懸懸

次使相韻

日侍鈴軒軟話成歡情聊寄管絃清望雲更作思親意厭聽秋鴻度塞聲

其二

緬邈功名斑鬢颯時憑緑酒作韶顔從軍又到榆關外身與飄蓬不蹔閑

次使相韻旅中有思

間關峻坂又風雨一局孤城萬疊山馬上光陰期已再宦情鄉思兩相關

其二

弱骨難堪勤跋涉况逢泥淖久霪霖人間歲月跳丸事又見薰風緑滿林

次穩城板上韻

南北今看限一川黄沙白草接胡天封侯不是儒家事敢擬圖形萬世傳

其二

客中光景逝如川又値風霜欲暮天行到氈城窮絶處鄉關消息杳無傳

次使相示韻

邊城日日奏伊凉舞罷青娥倚半粧南望白雲天共遠歡情忽轉入愁腸

寄連上人

春凋萱謝兩蕭蕭茅屋無人獨送朝生怕梅天多細雨恨隨芳草日添饒

壬戌除夜與趙礪卿 鎭 飲吟呈

滿酌酬君慰寂寥一年光景只今宵明朝縱得春風暖添鬢霜華定不消

遊燈明寺

禪窓熟睡日西斜夢入雲山不到家帷底香風吹滿袖起看庭際落松花

哭申主簿 自繼

金子太乙憑誰更杖藜

送友徐智元

黃花時節家家月落葉溪山處處風風月有餘秋景好不須惆悵別離中

滿月臺待姜宗道參不至詩以促之

春光先傍故宮回景物偏宜滿月臺嫵媚山花依舊態嫣然忙待玉人來余為開城府經歷時姜參爲築城從事官

重九辛酉

山上無人落帽廻籬東空待白衣來黃花不負重陽意依舊凌霜續續開

次尹都事喜男韻

十載青衫未歸去家貧親老強淹留莫嫌役役行將暮蓋棺方知事乃休

次宋監司可中軼示韻

靄靄停雲謾倚樓一江空隔海西秋開緘頓覺頭風愈讀罷瓊聯意轉悠

送韓察訪

秋來情境忽無憑況復關河別故朋後夜驛樓寒月色相思莫上最高層

聖居山

九龍山色翠連天似秘神蹤暗鎖烟聖骨將軍今不見空餘祠宇歷千年

松岳山

識得奇形有八元東連西走欝齊天如今消盡興王氣移向華山億萬年

凌河道上次金禮翁口占成化辛丑秋余以壬寅正朝使書狀赴京

西指皇都渺似天巫閭過盡又燕然前途尚有千餘里幾度衝行大野烟

其二

客路三千直復斜五雲何處是皇家似聞玉闕觀光日開遍春風上苑花

次富寧東軒韻

期得宛王毋寡頭漢家征戰幾時休爭如此日寧山下緑髮將軍緩帶遊

次鐘城板上韻

按堵人民已百年提封萬里舊山川從知定遠平平策不與開邊衛霍傳

次尹相弼商韻

宣春猶記壯陳兵天下奇才識壘營世世坡平傳骨相台星今日耀王城

其二

少時相愛心到老尚森森今則幽明隔如何又夢尋

訪道者不遇

空見巖扃閉不知人所去烟林隨步迷歸路向何處

寄君度

邇来音問阻君子氣何如嘆息吾衰甚今年懶寄書

春帖子

紅入宮梅綻青歸 御柳新恭陳長樂慶壽酒味方真

其二

日照黃金殿樽開白玉筵山呼雷動處桃實獻金仙

蠶婦

年年採桑苦頭上只綦巾不知紈綺者其肯念蠶人

春帖子

北陸寒暉盡東郊淑氣和新年有餘慶先向九重多

端午帖

金殿香烟裊瑶墀白日照菖醪恭獻壽仙樂奏簫韶

挽金生員

百年纔過半何奪玉人忙賴有叢蘭茂應傳永世芳

惜花

長安百萬家桃李爛蒸霞浩蕩春無限憑誰賞物華

立春

寒威初斂北斗柄已回東 聖化同天造陽和萬里風

端午帖子

端陽開令節坱圠化流空惠洽霑民澤仁吹解愠風

其二

玉階留白日金殿蔭青槐九節菖蒲酒恭擎萬壽杯

七言絶句

聞同年李崇甫坫訃音 壬午

官躋二品壽八旬有子英賢已立身人事知君無所恨九泉應亦妥靈神

其二

同朝四十六寒暄共得崇班荷 聖恩今日君先辭世去傷心一椈獨吾存

臨津兠率院

麗王當日避紅巾玉輦蒼皇急渡津遼倒如今看古院空庭荒草走鼯麏

題芸閣壁上

秘閣穹窿 御殿西五年曾此聽鶯啼人間已逝卯

春睡

處處青烟起家家白日長人閑好憑枕春草夢池塘

次使戲示 癸卯年間余為北道評事時節度使李季仝虞候辛錫康也

邊地起離愁阿誰唱金縷青樓薄倖名未必損風度

慶源門樓夜飮次使韻

塞上秋風起蕭蕭薄暮雲城樓宵宴罷凉月正紛紛

次使相雨中思鄕韻

塞上逢微雨愁添遠客膓想應今夜裏花柳滿桑鄕

次使示韻

道達三盃後詩成七步間醉餘垂一絶披玩擬承顔

王昭君

胡酒不替愁胡塵易汚頰長為大家羞未能庇一妾

途中九日 癸亥年余為證考使從事官向驪州

客中逢九日何處泛黃花凉吹欹行帽非緣醉孟嘉

次金僉知希輿 友曾 秋夕月夜韻

中秋三五夜依舊月明天坐待西樓影何須擁被眠

送南學諭 趎 還鄕

送君一盃酒千里向湖南兩地相思月應明夜五三

有感

霜露有情否乃何傷我神百年長子子緣是念雙親

感夢

六載曾歸覲狼川父母鄕至今花岳路魂夢過羊膓

即事

滴滴催寒雨蕭蕭落葉風天機舒復慘萬物返於窮

仲冬夜聞雨聲

不寐過三夜愁從冷雨生明朝看我鬢白雪幾添莖

次柳僉知子野 垌 示韻 伴直衛將所時

新晴南省裏碧柳滿城頭坐引清風緖疎簾亦上鉤

詠楓樹

墻底雙楓樹紅於二月花深秋俱索莫爾可敵春華

暮春

雨細能生草風微亦落花可憐時節暮知賞屬誰家

次沈百源 克孝 踏青韻

寒食兼三日風烟處處新我罹衰病祟辜負一年春

次海平君尹思愼 熙平 飮花山第韻

王孫開夜宴銀燭映金盃老發少年興青娥笑欲摧

江雪

頑雲連不絶漁火隱明滅蓬户眼花迷江邊三尺雪

志夢 壬午六月望曉再夢眉叟即故領相金公壽童

今曉夢眉叟即時再見之抱持同卧話一如少年時

顧視風浪起兮連天知此䰟之遐舉乃枕流之使然二十年之清夢一不到於槐安白鷗兮飛来共忘機以盤桓春風兮秋月長無絶兮年年隔紅塵於十里渺弱水之三千此其為清虛紫府匪俗流之側肩曩余一登乎其上侍仙儔以蹁躚聽雲和之妙曲聞白雲之纖歌將十載之塵纓洗萬丈之清波嗟凡骨之未蛻何靈境之敢留回余馬以下来邈天上之玉樓千愁兮百慮集如雲兮紛相因哀人間不可以托些安得從子于堂兮終吾身

枕流堂賦次李經歷君度師準韻

月軒子與酒軒枕流二子結為三老其喜洋洋共托意於物外于世事乎未遑乃聚首相告曰盍各言名軒之意乎酒軒曰唯家在城西頗近山澤棲遟偃仰景象可拾酒戍甕雲不與婦謀合自然於一斗兮渺太山如小丘兀無思而無慮兮蕩胷懐之沉幽樂天真之枯淡兮耻乾没乎與儔是用名軒而自娛兮何厭夫三十年之一裘月軒曰吁我住山腰嵐深一膝堂近玉闕瑞氣葱欝開軒邀月形與影列仰澄輝以披襟兮消萬慮之雲集憶謫仙之風韻兮欲對影乎一席嘆浮生之迫促兮等奕棋之換局玆乃寓號而清翫兮何慕乎與海鷗以相狎枕流子聞之莞爾而笑曰吾堂之在乎江上者非獨為酒與月也左顧右眄萬景俱足賞心樂事如期如式爾乃天際浮雲混作岡巒檻外長江千古一顔天機造化之不息兮任寒暑與温凉飛潜動植之不齊兮各乗時以張皇嵐滴翠乎琴書白雲繞簷而低飛枕長流以高卧兮輕浪灑濺兮濕衣如登靈隱寺之上兮門對浙江或詠歸去来之辭兮有酒盈缸已焉哉盈虛有數物我皆同胡為乎大耋之嗟而羡夫長江之無窮也堯舜其君民兮望已絶於伊傳樂天而知命兮揭古訓於座

右誓不失聖代之逸民付生涯於㵎皐或乃倚欄夜静心不自若舉酒問月誰與獨息惟萬般無禁之景物恨不與二子而同得二子於是聞言心醉皆謝不及相與携手而同行伴鷗鷺而儷魚龜逸興蠱心如狂如癡神清骨冷凜不成眠忽焉驚風起於足下若墜天然 公與酒軒金公俊孫子彦枕流堂李公師準君度結為三老之稧集中多有酬唱詩律

詩

五言絶句

曉霧 此以下二首未第時作

漠漠晨開後茫茫雨霽初玄黃未分處看向先天圖

登陂陁之長坂涉荒壠之宿莽尋五陵之所在拂頹碑以留睹埋玉骨於當年閱幾秋之風雨念雄材與大略亢有感於茂陵倚石馬以徘徊悲不能以自勝方其赫然南面志氣凌厲動盪風霆鼓舞一世蓋將超鯨海越龍荒倚長劒於崆峒掛彎弓於扶桑軼天門以高御運六合於戶牖故乃謀臣猛將奔騰龍虎衛青奮於僕隷日磾拔於胡虜王恢說平城之怨李廣得飛將之名萬里票騎之營貳師將軍之兵掃幕南之王庭燔代右之龍城列亭障於玉門夷蔥州以為縣慍西南之壅命習昆明之水戰橫東北之阻貢

下濵渤之樓船混番率以梯航恐投附之不先竹杖兮大夏蒟醬兮牂柯赤鴈兮來海神馬兮獻歌馨瑞物之四集昭靈應之孔多頌功德於泰山並垂義於青史吸沆瀣之靈液悟冲澹之保已凋三光而不老為萬年之天子夫何薤露易晞蝶夢俄廹天崩地坼玉體下席奪彌天之壯氣奄收入於寸棺渺白雲兮帝鄉悵龍髯之莫攀七十五年之身世若電火之閃空千秋萬歲之魂魄依九泉之玄宮山河富貴之安在臺殿歌舞之誰同至今寒鴉夕暉落葉荒榛滿目蕭然人非物是心馳百世之上哀生無情之地顧堂堂大漢之皇帝何為寂寞兮山之隧已焉哉烏兔兮跳九世代兮轉輪高岸兮深谷清水兮黃塵望疑九峯之相似想孫墳兮何處烏呼金粟之松風恨龍媒之已去驪山之銀鴨不飛西陵之望月空明無聖狂與智愚同一歸於土坑歷古今而皆然宜以此而寬情竊恠夫黷威武兮慕功美侈宮室兮惑方士使秋風感慨之客亦有譏於踵亡秦之軌所賴噬臍厥終改過不吝下詔責己哀痛若疚如蝕日之更明欣萬目之瞻仰譬遂非以迷復固不侔乎霄壤安得不發浩嘆於墟墓起千載悠悠之遐想也

枕流堂賦

枕流堂即李公師準堂號早辭官搆堂于江上以終老焉

南山一條之迤走控漢水之西涯隴西子卜築於其間屹百尺之蒼崖上松檜之蔭盖下魚龍之盤渦跨空虛以立堂枕長流之涾涾大野漫漫其迷望遙山隱隱於雲間隔岸樵笛之互動隨潮漁艇之往還晴瀲灧而雨空濛俄氣象之不齊會萬景於雙眼坦胷懷之町畦發浩嘯以俯仰凌天地之端倪或寄興於烟波縱蘭舟之所至仍體倦而歸來憑危欄以就睡奄浮游以遠逝怳三島與十洲遇羣仙之欣迓酌霞觴以送酬授長生之祕訣擬托契於丹丘忽驚寤以

鳥弄絃管之聲野花留綺羅之色鹿遊姑蘇之草風悲銅雀之月通天之露盤荒凉避風之七寶寂寞千年往事之誰問一片高臺之安在經終古以共盡又何為乎永慨所賴哲后持盈明王慎德一日萬機兢兢業業文帝惜百金之費昭王市千里之骨西京歌四海之大風東都繪一代之元勳皆足以流芳百世令譽無垠豈如流連之主荒亡之君樂未畢而哀已至臺未傾而國已分也哉想凌歊之遺址但山椒之夕曛

吊長平坑卒賦

試望平原敻如荒塞野草少色風沙晝晦如泣如訴鬼魂猶在悠悠往事此將何代盖聞夫火德不競蒼籙欲艾強梁西雍紛紜東岱六國之從約已解百二之形勝自若勢有甚於建瓴計又密於蠶食函關之鑰一抽百萬之師東出近攻之策初試上黨之地自拔趙侵弱之餘燼軍長平以抗秦信間說以易將受推轂者匪人前堅壁之阻拒後奇兵之塞絶顧進退之狼狽抑糧餉之告乏援兵絶兮何竢敵若雲兮四合將軍斃於一矢士卒同於面縛既委身於虎口敢求活於再生四十萬之擾擾奄見殲於一坑叫蒼空兮訴冤枉天何懣兮振威靈臨其穴惴惴其慄兮目地下猶未瞑慘然為爾悲兮禍何至於此極生不遂乎安居死亦失其窀穸悲乎哉誰無父母嗟余子行役尚慎旃哉猶來無息誰無夫婦如之何勿思君子于役不知其期是皆劬愉膝下死生契濶亦既見止我心則悅夫何天高茫茫地厚漠漠莫往莫來娟娟心目山重水隔蓼汝來斯海枯石爛見汝何時冬之夜兮夏之日永遼隔於百歲生何恩兮死何辜時不淑兮命不濟至今風號九原月苦洹水旅魂飄飄何所託止魂兮有知魂勿為怨死於王事死亦何恨汝

則無恨汝實何罪蕭蕭古壘山河不改幾人經過幾人停轡傷心百年之際興哀無情之地奠一觴兮酹羣靈野決漭兮魂何處日黯淡兮西墮川嗚咽兮東去鳥孤聲兮失羣猿哀鳴兮無儷怨秦人之挾詐坑萬命於一舉剏殺降者不祥寧施報之敢忒宜乎嬴絶莊襄之時劒污杜郵之血山東戍卒之一叫函關帝業之俄滅秦坑卒歟卒坑秦歟出乎爾者返乎爾過長平而一吊永余懷之未已

哀茂陵賦

客有道扶風歷長安弭節終南之下容與清渭之干

臺兮立立勢將凌汗漫出九垓超崆峒俯蓬萊堪手柄兮手摘可銀河兮掬挹飛鳥依於層階行雲宿於疊石九疑之黛色當窓三湘之灝氣入簾窮天地之遠目撩景物之駿瞻爾其粉壁凝雲蘭房拂日簾捲鰕鬚屛開孔雀鋪玳瑁兮縫紋滑爇蘭麝兮香烟碧乃有楚女纖腰吳姬艶質燕帖玉釵塵生羅襪振瑤佩之淸響曳錦裳之輕縠笑臉利於雙刀星眸明於劍戟皓齒編貝之爛絳唇穠華之燦落歡聲於層霄留軟笑於天半羞兼百味之鯖觴滿葡萄之液勻天之樂奏九韶回雲之舞呈八佾瑞霧生於席上香風

起於袖末邀風情之可愛倚朱顏之半酡眠月中之臺榭醉雲外之笙歌意此歡之永保指百年以勿失憑軒檻以俯仰感人生之駒隙恐薤露之易晞為他人之所樂誠荒淫以無度曾不知其不可庶憑高以蕩情滌塵機之惱我于時金輿駐駕霓旋婀娜千官列於陂陁萬馬嘶於豁隧雲影為我徘徊天容為我嫵媚增草木之輝光溢江山之喜氣爛重瞳之顧眄知皇帝之為貴信昇平之樂事抑奇觀之罕匹竊悲夫中原之地正如金甌無缺臥榻之下豈容他人鼾睡當此之時草創未備國於江左壤地褊小茫茫九州之大區區一隅之渺西乞伏之號秦北沮渠之稱凉拓跋虎踞於平城赫連龍睇於朔方紛紛黃屋幾帝幾王顧天下四分五裂靡三半之一得是宜治兵誓衆經營四域宵衣旰食日不暇給夫何安於小成竟無志於混一大功未就後心已放子之蕩兮臺之上洵有情兮而無望顧貽謀之如此將何監于成憲宜後嗣之驕奢窮土木於孝建亦於焉而興作日登遊以耽歡究厲階之誰生自夫子之造端果若人言縱欲成災階闥之內推刃四境之外漲埃淮北之將夜遁河南之師不還黃鉞假於齊王戎馬飮於江灣

遂使大江之南千里之地得之艱難失之造次至今落花啼鳥松風澗水滿目蕭然人非物是寢園之荒蕪野崇悲入許令之詩碑上之青苔斷文哀增謫仙之思信滄浪之濯足又何悔於噬臍然則是臺也無異乎晉之九層楚之乾谿秦之望海漢之栢梁役萬姓以挑怨迷自底於滅亡縱凌歊之可誇奈孫根之無依千日之樂未洽萬年之計已非五紀之業斯迫七廟之魂無歸山河富貴之何處文物繁華之誰屬已矣哉青陽謝兮白帝至玉兔升兮金烏匿風流兮不存榮華兮無迹塵凝長樂之榭香滅按歌之閣山

如古兵器猶在右夏服之勁箭左烏號之雕弓金鎖冷於曉霜綠沉拂乎秋虹吉日兮良辰奠椒漿兮酹忠魂凜英氣之宛宛如有饗乎蘋蘩客於是徘徊舊德惆悵前聞詠許渾金劒之詩讀王教黃綃之文聊行吟以缺久兮顧山椒兮日曛

治國如治病賦

歷井陘之險者出平道以方蹶過灧澦之堆者至安流而不濟苟縱心於所忽鮮不爲乎見敗吾於治病之道得治國之大誠方其龍飛革命之際离明繼照之初思大業之不易念天位之難居泛君舟於民水

御六馬於朽索仁恩血脈之周流政教喉舌之出納臣股肱以左右民百體以從令調元氣於至和引國脉於大競是猶蘧篨之疾不鮮癰疽之毒內食千方萬藥之靡有餘力期一身之康吉及夫治定功成之後君臨倦勤之餘席百年之昇平混萬國之車書忘宴安之鴆毒遠忠言之藥石朝廷腹心之解緩四方肩背之受敵爛千瘡與百孔潰四瀆以莫遏人心同於疾首國勢殆乎岌岌是猶沉痾之病纔瘳將謹之心已怠四肢五臟之復受其害秪死亡之立待信乎危生於所安病加於少愈孰能明夫此義醫膏肓之

寰宇爾乃晉陽雲興江都黍離天日之表龍鳳之姿同魏祖之神武類漢高之豁達掃殘隋之風雨新大唐之日月擧胡越以一家同文軌於八表猶一心之戰兢圖禍機於未兆治國之一如治病兮申告誡之再三夫何後嗣之莫念謾先明而後闇彼開元焚珠之治竟壞於蛾眉之色而大中金鏡之政終變於道士之術遂使漁陽之鼓動地鳳翔之駕載塵丹砂之毒成疾龍樓之寢永閟靡不有初鮮克有終竊羡夫治病之嘉言兮猶有憾於征遼之無功

凌歊臺賦

曰自金行不競神州陸沉渡江之馬玄黃五胡之亂浸淫泣銅駝於荊棘淪九廟於洛陽有彭城之人傑挺風骨之不常奄屈起於賣履振薄天之威名方其斬大蛇耽耽乎虎視叱妖精赴赴乎龍行不階尺土白手奮發凌厲乾坤動盪河岳廣固望風而塵散關中聞聲而響應指揮而羣盜盪平下東而江南大定東包百越之地西暨三巴之鄙南括羣蠻之表北界淮漢之涘缺一句據金陵之天府擬吞吐乎宇宙頓雄心之未已壯南遊之山川思凌虛以直上蕩胸懷於八埏乃於太平勝區當途名邑闢黃山之翠微築高

夫惟君子之出處關時運之通塞遇文明而隱晦非經濟之大德當亂世而干進豈保身之良策或行而或違兮隨世道之憂樂若夫朝陽既昇淑氣方長風雲畢會魚水一堂拱堯舜於紫極坐臯夔於巖廊喜鴻毛之順風歌鹿鳴之雅章是君子樂行之時兮宜濟世於雍穆及夫天地晴晦上下否隔北風其凉青蠅止棘玉乃慮於俱焚金亦憂其衆鑠嘆雨雪之霏霏詠十畝之閑閑是君子憂違之時兮宜鏟影於林間縱行違之不同究其歸則一也信知世治而潔其身兮等膠柱而鼓瑟世亂而務求進兮亦未免於干

澤況初九之君子乃勿用之潛龍固不利於攸往庶用靜之無凶宜乎聖人之贊易示隱見之大節等百世之人物孰於斯而有得不屑就兮孤竹子之淸風不屑去兮柳下惠之大同然未免隘與不恭兮豈行藏之得中彼其耕莘野之雲釣渭濱之月或萬鍾之不顧或避紂而晦迹及湯文之作興任行道以為責上功格於皇天下澤潤於民物是庶乎樂行憂違兮為後人之所式者也余亦喜身逢於　昭代兮冀行道於當日

衛將軍廟賦

大澤邊兮墳三尺荆溪上兮廟千年紙錢兮雨濕簫鼓陳兮淵淵若有客兮江之南步神宇之閑庭撫斷碑之零落想將軍之英靈爾其龍飛晉陽烟滅江都遯也執殳為王前驅冀垂名於竹帛願攀鱗以效死始杖劒以歸漢喜無雙之國士終猿臂以善射知天下之飛將桓桓萬人之敵赳赳百夫之長馳突矢石之中縱橫戰陣之間擒建德於鼓下謾龍旗於武關壯所向之無前期百戰而百勝指麾而羣盜平下車而中原定宜褒贈之有加授將軍之隆秩爛戟枝之當戶紆印綬兮若若庶壯心之未已作干城於王室

夫何落落之淸神竟不累於外物既酬平生之志敢負白鷗之盟富貴浮雲之蔑軒冕草芥之輕覇越而平吳兮泛五湖之扁舟滅秦而帝漢兮從赤松以仙遊況千金之乞骸有兩疏之超羣顧淸塵其寂寞希一托乎餘芬辭聖主於文石作冥鴻於碧雲樂桑榆之晚景循林皐以送老高堂弄斑衣之戲鄉黨盡恂如之道蓋庶幾功成勇退知足不辱大雅君子既明且哲其與膠寵冒進迷而不返忘身徇利者一何相遠也宜乎鄉人思其沒世士林泣其遺愛欲立祠以禋享托精魂之不昧至今荆樹悲聲楚雲愁態廟貌

月軒集卷之一

賦

悲凊秋辭

悲凊秋之蕭瑟兮試登高以望遠瞰四際其無碍兮
開積霾之混沌天曠朗以彌高兮野蒼茫而欲晚鴈
流哀於遙浦兮嵐捲翠於疊巘起叢薄之颸颸兮葉
於邑而歸根湫湫兮余懷怳臨別而銷魂於是辭空
閣即幽軒去衫寒取裌温驚歲月之易流兮究萬化
之一元何一元之不貞兮伊榮悴之俄翻攬昔人之
興感兮想當時之秋氣湘瑟鼓兮曲未既楚魂招兮

若有愾江東菜兮薄宦味蘺下菊兮憐相慰砧碎月
於長安兮催玉關之寒衣笛弄風於山陽兮悵家園
之未歸嘆二毛之初生兮傷百卉之俱腓怨蕭森於
巫峽兮悲泬寥於楚甸紛萬緒之疚懷兮遭一途而
難遣天既平分四時兮胡為有此素節諒視古其猶
今兮豈人情之有別覽萬物之敷榮兮惜白露之為
霜催短晷以入暝兮轉氣候之凄凉落葉兮聚堦寒
鴉兮棲林熠燿燦於町畽兮星漢淡其上臨亂百蟲
兮偕作如助余之愁吟

立春賦

感天運之不息轉一氣之洪勻揖玄冥之寒威謁青
帝以寅賓爾乃斗在寅風曰條歌青陽舞雲翹迎淑
氣於東郊餞寒暉於北陸立土牛於國都帖綵燕於
華屋葭管之灰纔飛木鐸之令已徇唐宮之花勝俄
頒齊人之細菜初進秦城樓閣之烟霞漢主山河之
錦綉錦江色兮迎人来洞庭風兮瀾生溜挑北渚之
芙蓉抽南澗之蘋蘩賞獻歲之初陽逕油幕之微暄
頌椒花之萬年酌屠蘇之盈樽天子詠芝田之鴈騷
人吟庭柳之風流落蒼江之上想觚稜於夢中凄凉
劍門之外憶兩京之梅發怨羲娥之增年笑風花之

催髮惱陽臺之雲雨迷洛浦之烟暉缺甃傾垣之芳
草恨王孫之不歸隴頭江南之一枝寄千里之音塵
是由志苦者感時序之變心平者樂韶光之新春豈
心於動人人自動於逢春紛萬緒之悲歡玆一付於
芳辰亦復王者法天布政行仁化齊一元恩養萬民
設寬書於侯覇議振貸於漢文今　聖主之在上順
三陽以氤氳漢宮奉長樂之懽舜殿彈解慍之琴句
芽萠折之咸育慶太平之屬令賦短章於令節任余
懷之弗禁

樂行憂違賦

月軒集卷之一目錄

贈判書公遺稿

遺二子詩

大抵人之秉彛好是懿德兄弟相友孰無此心或因微物之相貪或信婦女之是譏爭訟遽起竟失天倫之重豈不哀哉爾等各體父母愛子之心式相好矣無相猶矣傳之子孫以忠孝為門庭之慶不亦悅乎且非以為詩以父母區區之望並錄舊述以貽爾後嗟爾後嗣勿以我為耄為迂刻骨留神不勝幸甚其詩曰

百端紛紜夢幾場平生一夢最非常中有老翁依俙

報長曰壽崑弟壽崗時生長子未生弟翻驚思夢泝成漿果爾數年弟亦生神語丁寧耳洋洋借問苦守豐儲事屈指如今五載強直宿西江和睡月昔年老翁来何方字崗不崩崑不騫名前字後意無疆由来神人必生異疑是先靈俾壽昌祖宗陰佑尚如此况乃雙親在北堂寄語相好無相猶忠孝傳家永流芳

送尹湜秀才

春回桃李處客去我如何不識青雲路相將古意多

其二

今日分離後參商千里餘問君懷舊故遺我尺素書

病中有感而作寄兩男

茅舍依山三徑微淵明胡奈得歸遲依俙松菊應忙待解綬行裝須及時

贈判書公遺稿終

月軒集重刋始末

月軒公遺集凡三卷公之胤恭安公所嘗編次也以公之考
贈判書公詩載之一卷首以伯氏校理公詩與文附其下昔在嘉靖壬寅入梓于星州府萬曆壬辰值倭亂板與印布者俱為蕩失崇禎丙子之亂公之五世孫校理彥璧避兵于嶺南適於一士人家得一本諸孫始相謄傳而但七言絕句十四首缺亡常以為恨後五十餘年有李兵使益亨者謫于端川偶得一冊子於郡人家即月軒集首卷傳寫者也轉歸于子

孫遂補其亡而就完焉
肅廟壬午六世孫參議時潤為順天府使參議即校理之胤也體先志始以活字重印恭安公次韻數篇初既附元韻之下又以公之孫忠靖公詩若干篇追附編末於是四世五公之文咸載一集有若世稿焉今
上四十九年癸巳十世孫範祖以湖堂蒙
恩擢為承宣遂以是集登徹
睿覽仍下
御製御筆十字曰昔見湖洲集今何聞此編繼有令湖南道臣改刋以進之
命其詳在範祖後跋忠靖公遺稿散佚殆盡壬午重刋時不得多載矣五言絕句一首七言絕句三首五言律詩二首七言律詩三首或得於題詠或得於稗說或得於人家簡牘中取其真的無疑者次第補入是集凡三刋而既失而復得終為進
御之文字吁亦異哉遂記顛末以備後觀云

士人家得一本首尾完具無
脫缺拔所欲以迎子孫之意者
果有之耶未及重刊而校理公
歿後五十餘年七世孫時潤出
守昇平乃得鳩工刊行累代所
願欲始克成可貴哉　贈判書

公諱子伋校理公諱壽崑月軒
公諱壽崗其代序在恭安跋文中
崇禎紀元後壬午十二月日資憲
大夫原任禮曹判書兼弘文館
大提學藝文館大提學知成均
館事同知　經筵春秋館事

世子右副賓客權愈序

公少以文行名於時早登　朝為
名學士清靜自守不誘奪於勢
利嶽山無道託疾屏居家不受
疲於汚上
中廟反正復晉用為名宰晚年謝
事歸優遊以終其恬淡蕭散之

趣多見于集中而造端拓體無
季俗輕淳之態理贍氣裕有古
詩忠厚之意文質不偏勝源流
有所歸真　國朝中世以上學
士之文也集凡三卷公之胤恭安
公玉亨之所類次也　贈判書公

遺詩數篇錄之卷首丁氏發
祥之兆貽後之訓不可不傳也校
理公詩又編諸下不能卷不可別
為集也惜乎校理公才思敏達
其僅存殘篇皆少時作也然捷
手所賦得詞彩炳蔚多勝語使得

盡其蘊究其業其所造可想顧乃
未四十而歿故所著少若是悲夫
此集始嘗入梓于星州壬辰南寇
之亂板本蕩失無復存者不獨
其子孫恨也後丙子亂公之六
世孫校理彥璧避兵嶺南適于

月軒集序

國朝文學之士有文集者多然傳之至今者寡非乃其言之可以視譜於後與否也乎有所品别之而乎有所傳不傳耶况末流儇子不惟後人之指謫如何而偏有所主强以規永傳者其能望其後之承其意歟纖巧以會俗餙虛以驚愚苟焉逐時好而已者其細已甚墨丈之外求聞亦妄耳而蘄與夫表見諸家共聲聞於後惡可幾也凡古大

小集行于世不廢絶者德藝并與華實副與發乎儒林之通共稱慕者也沛沛乎經川與滔滔甬江河與盖皆恃源而往者也亘世流光之業奚患乎伏不發也若既失而復得殆絶而又續者盖若有神助非窮索而逕得之力求而屢續之也誕價不終售逸寶不終祕亦其理有當然者矣今以月軒集若將傳若將不傳而卒能刋布者觀之若云者徵也夫其可以必之來許夫月軒

御製中錄梓以進湖洲
集已三卷而月軒集
名雖三卷即四代文
集甚可貴特書十字
令入侍度支長並與
下敎而書刋弁於首

傳敎

二

文集中間板本在順
天云令道臣印進今
若無板亦令道臣刋
板印進一件內入一
件入于世孫宮以示
予不忘百載舊臣之

意
上之四十九年仲秋崇
政大夫行戶曹判書
兼知 經筵春秋館
事 世孫左賓客臣
蔡濟恭奉

傳敎

三

敎謹書

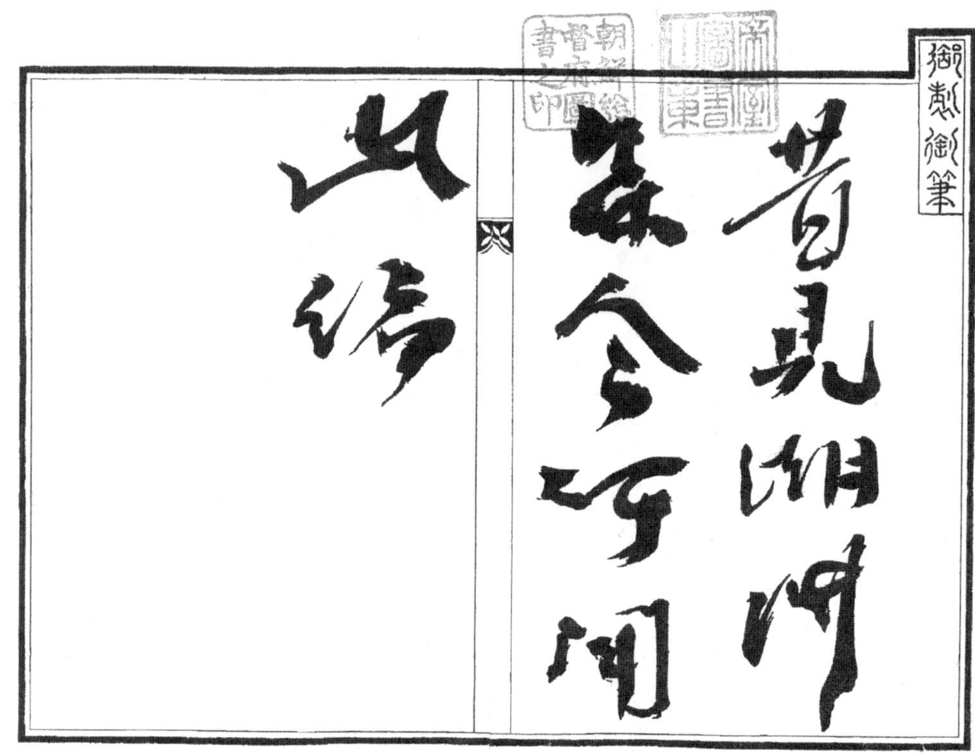

傳教

平生予心慕古而已
況近者文集許多予
嘗閱焉因其孫今承
旨丁範祖更爲湖堂
知貳相丁應斗爲八
代祖欲見文集持來
粵
著年承
命尋得湖洲集而獻其
時有
御製其孫得見

月軒集 一

新譯 月軒集

초판발행 : 2009년 6월 10일

羅州丁氏月軒公派宗會 編
丁範鎭 監修
鄭相泓 · 李聖浩 共譯

羅州丁氏月軒公派宗會
서울 서초구 서초동 1553-1. 월헌회관 704호
전화 : 02-585-3331-2

東文選
제10-64호, 78. 12. 16 등록
110-300 서울 종로구 관훈동 74번지
전화 : 737-2795

ISBN 978-89-8038-653-6 93810